21世纪高等职业教育信息技术类规划教材
21 Shiji Gaodeng Zhiye Jiaoyu Xinxi Jishulei Guihua Jiaocai

网页设计与制作

WANGYE SHEJI YU ZHIZUO

王君学 主编　郭永利 于红梅 副主编

人民邮电出版社
北京

图书在版编目（C I P）数据

网页设计与制作 / 王君学主编. -- 北京 : 人民邮电出版社，2009.10

21世纪高等职业教育信息技术类规划教材
ISBN 978-7-115-21477-5

Ⅰ. ①网… Ⅱ. ①王… Ⅲ. ①主页制作—高等学校：技术学校—教材 Ⅳ. ①TP393.092

中国版本图书馆CIP数据核字(2009)第177845号

内容提要

本书共 14 章，主要介绍如何在网页中插入文本、图像、媒体、超级链接、表单等网页元素并设置其属性，如何运用表格、框架、AP Div、模板、库等工具对网页进行布局，如何运用 CSS 控制网页外观，如何使用行为和 Spry 构件完善网页功能，如何在可视化环境下创建应用程序，如何使用 Photoshop CS3 处理网页图像，如何使用 Flash CS3 制作网页动画，如何综合运用网页三剑客制作生动活泼的网页以及创建、管理和维护网站的基本知识。

本书遵循由浅入深、循序渐进的原则进行编排，力求把可视化操作与源代码学习有机地结合在一起。本书可作为高等职业学校“网页设计与制作”课程的教材，也可以作为网页设计爱好者的入门读物。

21 世纪高等职业教育信息技术类规划教材

网页设计与制作

◆ 主　　编　王君学
　副 主 编　郭永利　于红梅
　责任编辑　潘春燕
　执行编辑　刘　琦

◆ 人民邮电出版社出版发行　北京市崇文区夕照寺街 14 号
　邮编　100061　电子函件　315@ptpress.com.cn
　网址　http://www.ptpress.com.cn
　北京华正印刷有限公司印刷

◆ 开本：787×1092　1/16
　印张：19
　字数：475 千字　2009 年 10 月第 1 版
　印数：1 – 3 000 册　2009 年 10 月北京第 1 次印刷

ISBN 978-7-115-21477-5

定价：30.00 元

读者服务热线：(010)67170985　印装质量热线：(010)67129223
反盗版热线：(010)67171154

前　言

目前，我国很多高等职业院校的计算机相关专业都将“网页设计与制作”作为一门重要的专业课程。为了帮助高职院校的教师能够比较全面、系统地讲授这门课程，使学生能够熟练地使用网页设计与制作工具来进行网站规划和网页制作，我们策划编写了本书。

本书根据高教司组织制订的《高等职业院校计算机及应用专业教学指导方案》的要求，以《全国计算机信息高新技术考试技能培训和鉴定标准》中的“职业资格技能等级三级”（高级网络操作员）的知识点为标准，针对高等职业院校的教学需要而编写。通过本书的学习，学生可以掌握网页设计与制作的基本方法和应用技巧，并能顺利通过相关的职业技能考核。

本书的讲解由浅入深、循序渐进，力求把可视化操作与源代码学习有机地结合在一起。在内容编写方面，注意难点分散、循序渐进；在文字叙述方面，注意言简意赅、重点突出；在实例选取方面，注意实用性与针对性。本课程的教学时数约为96课时，各章的参考教学课时见下面的课时分配表。教师可根据实际需要进行调整。

章　节	课 程 内 容	课　时　分　配	
		讲授	实践训练
第1章	网页制作基础	2	0
第2章	创建和管理站点	2	2
第3章	创建和设置文档	2	4
第4章	使用图像和媒体	2	4
第5章	创建和设置超级链接	2	4
第6章	使用表格布局页面	4	4
第7章	使用CSS样式控制网页外观	4	4
第8章	使用框架和AP Div布局页面	4	4
第9章	使用库、模板和行为	4	4
第10章	创建动态网页	4	6
第11章	使用Photoshop CS3处理图像	2	4
第12章	使用Flash CS3制作动画	2	4
第13章	使用网页三剑客制作网页	4	6
第14章	发布和维护网站	4	4
课　时　总　计		42	54

为方便教师教学，本书配备了内容丰富的教学资源包，包括素材、所有案例的效果演示、PPT电子教案、习题答案、教学大纲和2套模拟试题及答案。任课老师可登录人民邮电出版社教学服务与资源网（www.ptpedu.com.cn）免费下载使用。

本书由王君学任主编，郭永利、于红梅任副主编，其中王君学编写了1~4章，郭永利编写了5~10章，于红梅编写了11~14章。参加本书编写工作的还有沈精虎、黄业清、宋一兵、谭雪松、向先波、冯辉、郭英文、计晓明、董彩霞、滕玲、郝庆文等。由于作者水平有限，书中难免存在疏漏之处，敬请广大读者批评指正。

编　者

2009年3月

目 录

第1章 网页制作基础

现代社会，网络已经渗入到人们生活的各个角落。网络技术已经成为给社会带来重大变化的关键因素之一。其中，最为常见也是与人们生活息息相关的就是网站。企业通过网站展示自己，个人通过网站推介自己，新闻单位也开始通过网站发布新闻。可见，网站已经成为人们与外界沟通的重要桥梁。本章将介绍网络、网站和网页的一些基本知识，为后续内容的学习奠定一个初步基础。

【学习目标】

- 了解网络的一些常用术语。
- 了解网页的基本元素。
- 了解常用的网页制作工具。
- 掌握网页布局的基本类型。
- 了解常用的网页布局技术。
- 了解网站建设的基本流程。

1.1 常用术语

下面对一些与网络有关的基本概念进行简要介绍。

1.1.1 Internet

Internet也称因特网或国际互联网，是20世纪70年代由美国军方的ARPAnet（阿帕网，由美国高等研究计划署（Advanced Research Project Agency）创立）发展而来的。Internet是一个覆盖全球范围的庞大网络，由各种不同类型和规模并各自独立运行和管理的计算机网络组成，网络间可以畅通无阻地交换信息。组成Internet的计算机网络包括局域网（LAN）、地域网（MAN）和广域网（WAN）等。这些网络通过普通电话线、高速率专用线路、卫星、微波和光缆等通信线路，把不同地域的大学、公司、科研机构以及军事、政府等组织的网络连接起来。Internet为人们提供了巨大且不断增长的信息资源和服务工具，用户可以利用其提供的各种工具去获取这些信息资源和服务，也可以通过Internet将个人或企业部门的信息发布出去，供其他用户访问浏览。

1.1.2 Intranet

Intranet也称企业内部互联网，用于在公司或组织内传递和处理信息。它是Internet技术在企业内部或封闭的用户群内的应用，也是一个公司或组织所特有的（不一定与Internet有物理上的连接关系）网络。它可以用于提供文档分发、软件发布、访问数据库和培训等服务。虽然 Intranet 也使用了如 Web 页（网页）、Web 浏览器、FTP 站点、电子邮件、新闻组和邮件列表等与 Internet 相关的应用程序，但它的作用范围仅限定于公司或组织内部。

1.1.3 ISP

ISP（Internet Service Provider）是 Internet 服务提供商。用户只有通过 ISP 才能接入 Internet，并享受各种服务。ISP 作为提供接入服务的中介，租用国际信道和大量的当地电话线，购置一系列计算机设备，通过集中使用、分散压力的方式，向本地用户提供接入服务。

1.1.4 IP

IP 地址就是给连接在 Internet 上的主机分配一个在全世界范围内唯一的逻辑地址，地址以数字形式表示，与主机的域名地址是一一对应的。IP 地址是一个 32 位的二进制数，通常写成被小数点分开的 4 个十进制数的形式，如 202.112.223.12 等。IP 地址通常分为 A、B、C 3 类，这种分类与 IP 地址中字节的使用方法相关。在实际应用中，可以根据具体情况选择 IP 地址的类型格式。A、B、C 三类地址所能表示的范围分别是：A 类“0.0.0.0”～“127.255.255.255”，B 类“128.0.0.0”～“191.255.255.255”，C 类“192.0.0.0”～“223.255.255.255”。IP 地址和域名地址就像平时生活中的通信地址一样，不能随意分配，否则将会导致无法估计的混乱状态。在需要 IP 地址或域名地址时，用户必须向国际网络信息中心提出申请。申请批准后，凡能够使用 Internet 域名的地方都可以使用 IP 地址。

1.1.5 域名

Internet 上的站点就像人们生活中的机构或家庭一样，需要有个具体的地址，人们才能根据这个地址进行访问。由于 Internet 计算机的身份标识是 IP 地址，为了便于记忆，按照一定的规则给 Internet 上的计算机起的名字就叫做域名。按照 Internet 的组织模式，对域名进行分级，一级域名主要包括.com（商业组织）、.net（网络中心）、.edu（教育机构）、.gov（政府部门）、.mil（军事机构）、.org（国际组织）等。大部分国家和地区都拥有自己独立的域名，如.cn（中国）、.us（美国）、.uk（英国）、.hk（香港）等。

1.1.6 网站

网站是一种通过 Internet 相互连接起来的，为用户提供网页服务（Web Server）、数据传输服务（FTP Server）、邮件服务（Mail Server）、数据库服务（Database Server）等多种服务的信息载体。它通常以虚拟主机或主机托管的方式进行存放和运作。网站一般拥有固定的域名。

1.1.7 URL

URL（Uniform Resource Locator，统一资源定位）主要用来指明通信协议和地址的方式，以取得网络上的各种服务，它包括通信协议（Protocol）、主机名、所要访问文件的路径和文件名等几个部分。例如，“http://www.laohu.net”是老虎工作室的 URL。这部分内容将在本书中的 5.1.1 节详细介绍。

1.1.8 FTP

FTP（File Transfer Protocol，文本传输协议）是 Internet 上使用非常广泛的一种通信协议。FTP 是由支持 Internet 文件传输的各种规则所组成的集合，这些规则使 Internet 用户可以把文件从一个主机传送到另一个主机上。FTP 通常也表示用户执行这个协议所使用的应用程序，如 CutFTP 等。用户使用 FTP 的方法很简单，启动 FTP 软件后先与远程主机建立连接，然后向远程发出指令即可。

1.1.9 WWW

WWW（World Wide Web，万维网）是一个基于超级文本的信息查询工具。WWW 是在 Internet 的基础上，由各计算机节点上的 WWW 软件和超级文本格式的信息文件组成的。这些节点称为 WWW 服务器，简称 Web 服务器。海量的信息被存储于 Web 服务器上，用户使用 WWW 时只需提出查询要求，到何处查询及如何查询则由 WWW 自动完成。WWW 只是 Internet 上的一种应用，Internet 还包括许多其他服务，如 Telnet、FTP、Archie、Wais、Mail 等。使用这些服务功能必须具备一定的计算机知识，有的还需要用户通过键盘输入命令来完成操作（如 Telnet），这就使许多初级用户望而却步。而 WWW 采用的是图形界面技术，用户只需操纵鼠标，通过 Windows 界面下的 WWW 软件和超级文本就可以完成浏览、查询和下载等各项功能，并通过 Internet 从全世界任何地方找到所希望得到的文本、图像和声音等信息，而且 WWW 可以与其他服务（如 Telnet、FTP 和 Mail 等）实现无缝连接。可以说，WWW 的诞生使用户从繁杂的操作中解脱出来，充分享受计算机带来的便利。

1.1.10 超级文本

超级文本（Hypertext）与普通文本不同，它是一种使用户与计算机之间能够更加密切交流的文本显示技术，它通过对相关词汇进行索引链接，可以使带链接的词汇或语句指向文本中的其他段落、注解或文本。用户可以沿着超级文本中的索引链接跳转阅读，也可以随时返回到原来的阅读之处。超级文本的出现，使计算机中的文本呈现出崭新的面目。

1.1.11 HTML

HTML（Hypertext Markup Language，超文本标记语言）是一种用来制作网络中超级文本的简单标记语言。它在文本文件的基础上加上一系列标记，用以描述其颜色、字体、文字大小和格式，再加上声音、图像、动画甚至视频等形成精彩的页面。严格来说，HTML 语言并不是一种编程语言，只是一些能让浏览器看懂的标记。当用户浏览 WWW 上包含 HTML 语言标签的网页时，浏览器会“翻译”由这些 HTML 语言标签提供的网页结构、外观和内容的信息，并按照一定的格式在屏幕上显示出来。HTML 是在客户端被执行的，它包含许多 HTML 标签，这些标签都包括在“<”和“>”符号里，并且大部分是成对出现的，一个最简单的 HTML 文档至少包含下列标签。

```
<html>
<head>
```

```
…
</head>
<body>
…
</body>
</html>
```

它们的含义分别如下。

- <html>…</html>：网页的开始、结束标签，表示文件声明，让浏览器知道这是 HTML 文件。
- <head>…</head>：网页的文件头部分，包含网页的重要信息，在浏览器中不显示。
- <body>…</body>：网页的可见部分，在设计视图中看到的各个元素都包含在这一对标签内。

以上 3 对标签在网页文档中只能出现 1 次，而且顺序也是固定的，不能重复出现或者颠倒顺序。源代码中的 HTML 标签是层层嵌套的，最外层是"<html>…</html>"标签。

1.1.12 ASP

ASP（Active Server Pages，动态服务器页面）是 Microsoft 公司在 1996 年底推出的一种运行于服务器端的 Web 应用程序开发技术，可以运行于 Windows 98（PWS）/Windows NT（IIS）/Windows 2000（IIS）/Windows XP（IIS）/Windows 2003（IIS）平台。ASP 既不是一种语言，也不是一种开发工具，而是一种内含于 IIS/PWS 之中的集成 Script 语言（如 VBScript、JavaScript）到 HTML 主页的服务器端的脚本语言环境，其主要功能是为生成动态的、交互的 Web 服务器应用程序提供一种功能强大的方式或技术。因此可以说，ASP 是一种类似于 HTML、Script 与 CGI 的结合体，但是其运行效率却比 CGI 更高，程序编制比 HTML 更方便且更有灵活性，程序安全及保密性也比Script好。ASP 文件的扩展名为".asp"，其中包括 HTML 标记、文本和脚本语句，其脚本语句代码包含于"<%…%>"之间。

1.1.13 VBScript 和 JavaScript

Script（脚本）是一种介于 HTML 和 Java、C++之类高级编程语言之间的一种特殊语言，它由一组可以在 Web 服务器或客户端浏览器上运行的命令组合而成。尽管 Script 更接近高级语言，但它不具有编程语言复杂、严谨的语法规则。VBScript 脚本语言是 ASP 的默认语言，它是 VB 家族的最新成员，可以说 VBScript 是 VB 的子集，也可以说 VBScript 是为了符合 Internet 小而精的条件而从 VB 之中萃取出精华功能的程序语言。其语法规则、函数与 VB 很相似，但功能上有所限制。VBScript 可以在客户端使用，也可以在服务器端使用，这是由程序本身决定的。但是并不是所有的浏览器都支持 VBScript，因此一般在安装 IIS 的服务器端使用 VBScript。下面来看一段 VBScript 代码。

```
…
<script language="VBScript">
  MsgBox"欢迎访问我们的主页！"
```

```
</script>
…
```

其中，<script language="VBScript">与</script>之间就是 VBScript 的脚本代码，language 告诉浏览器脚本代码的语言类型是 VBScript。MsgBox 是 VBScript 语言中显示消息框的函数，其功能是弹出一个具有[确定]按钮的对话框，并显示双引号之间的字符串。

提到 JavaScript 脚本语言，读者有可能会把它与 Java 语言混淆，认为也像 VBScript 与 VB 这对“孪生兄弟”一样，其实 JavaScript 与 Java 是两种完全不同的语言。虽然它们的语法元素都和 C++非常相似，但彼此之间是不同的。JavaScript 是一种解释型的语言，而 Java 是一种编译型的语言。

JavaScript 是一种跨平台、基于对象的脚本语言，由 JavaScript 核心语言、JavaScript 客户端扩展、JavaScript 服务器端扩展 3 部分组成。核心语言部分在客户端、服务器端均可使用，包括了 JavaScript 的基本语法（如操作符、语句、函数）以及一些内置对象等。客户端扩展部分是在 JavaScript 核心语言的基础上扩展了控制浏览器的对象模型 DOM。这样，在客户端编写脚本时，用户就可以方便地对页面中的对象进行控制，完成许多功能。服务器端扩展部分是在 JavaScript 核心语言的基础上扩展了在服务器端运行需要的对象，这些对象同样可以与 Web 数据库连接，对服务器上的文件进行控制，在应用程序之间交换信息，从而实现与 CGI 同样的功能。下面来看一段 JavaScript 代码。

```
…
<script language="JavaScript">
  alert("您是访问我们主页的第 88 位浏览者！");
</script>
…
```

其中，<script language="JavaScript">与</script>之间就是 JavaScript 的脚本代码，language 告诉浏览器脚本代码的语言类型是 JavaScript。alert()是 JavaScript 语言中显示消息框的函数，其功能是弹出一个具有[确定]按钮的对话框，并显示括号中双引号之间的字符串。

1.2 网页元素

Web 站点的内容是通过其中的网页来实现的。网页是 WWW 中最基本的文档，也是 Web 站点中最重要的组成部分。而网页一般通过文本、图像、动画、音频和视频等来传递信息，通过超级链接、表格、AP Div、CSS、框架、库和模板等来组织信息，对于交互式网页还会用到表单、应用程序和后台数据库。下面对文本、图像、动画、音频和视频等反映网页内容的网页元素进行详细介绍，对超级链接、表格、AP Div、CSS、框架、库和模板、表单、应用程序和后台数据库等内容将在后续章节中进行详细介绍。

1.2.1 文本

文本是非常重要的网页元素之一，是网页中信息的主要载体，如图 1-1 所示。文字、字母、数字和符号等都可以称为文本。与漂亮的图像、优美的动画、悦耳的声音和有声有色的视频相比，文本在网页中似乎是最普通不过了，但文本却是用户创建网页应该考虑的关键因素，因为文本是表述信息的最完备的方式，绝大多数信息都是通过文本传递给浏览者的。

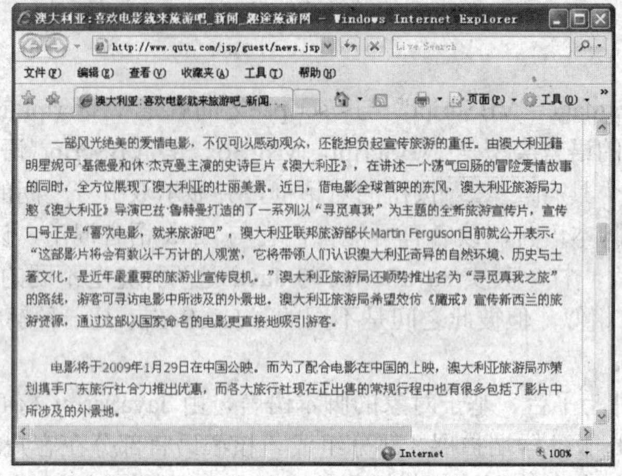

图1-1 文本

1.2.2 图像

图像是站点中比较重要的元素，网页的设计和创意都离不开图像的使用和处理。一个欣赏性较好的站点应有清新悦目的画面，能够使读者有兴趣浏览下去。同时，图像可以传递文字所无法表达的特定的信息，在 Web 上的大多数网页都使用图像来图文并茂地对内容加以介绍，如图 1-2 所示。网页中的图像既有简单的彩色背景，也有实物的真实照片。总之，根据不同的需要，配备不同的图像加以说明。但从制作网页的角度来讲，网页上的图像可以分为两大类。一类纯粹是网页本身的需要，起增添网页色彩的作用，它并不传给读者特定的信息，如某些网页背景图像、表格背景图像等。另一类是行文的需要，配合文本向读者传递信息，这就是所说的图文并茂，或者利用图像单独向读者传递信息，如图片新闻。

图1-2 图像

1.2.3 动画

动画是现代网站的重要特色，是网页制作技术的重要组成部分。在网页中，常见的动画类型有 GIF 动画、Flash 动画等，使用编程的方法也可以制作动画。目前，网页中最流行的动画是 Flash 动画，如图 1-3 所示。Flash 动画一般具有文件容量小、传输速度快、不失真、边下载边播放的特点，还具有交互性优势。Flash 动画具有崭新的视觉效果，已经成为一种流行的艺术表现形式。

图1-3　动画

1.2.4 音频

实际上，在 Internet 中运用最早和最多的多媒体文件就是音频文件。目前，网络上的音频文件得到了空前的应用，而且类型多样。MP3 具有压缩程度高、音质好的特点，是目前最为流行的一种音乐文件，在网上有很多可以在线收听或下载 MP3 的站点，如图 1-4 所示。OGG 是一种新的音频压缩格式，类似于 MP3 等现有的音乐格式。ASF 和 WMA 都是 Microsoft 公司针对 Real 公司开发的新一代网上流式数字音频压缩技术，这种压缩技术的特点是同时兼顾了保真度和网络传输需求，所以具有一定的先进性，由于 Microsoft 公司的影响力，这种音频格式现在正获得越来越多的支持。WAV 是 Microsoft Windows 系统提供的音频格式，由于 Windows 本身的影响力，这个格式已经成为了事实上的通用音频格式。rm 是目前网络上流行的主流多媒体文件格式之一，该类文件必须使用基于 RealNetworks 公司开发的 RealMedia 引擎的播放器（例如 RealPlayer）才能正常播放。real 格式是 RealNetworks 公司网络音频和视频解决方案，具有很高的压缩比，使用流式（streaming）播放媒体技术，从而使人们能够在网上实时收听音频及收看视频。

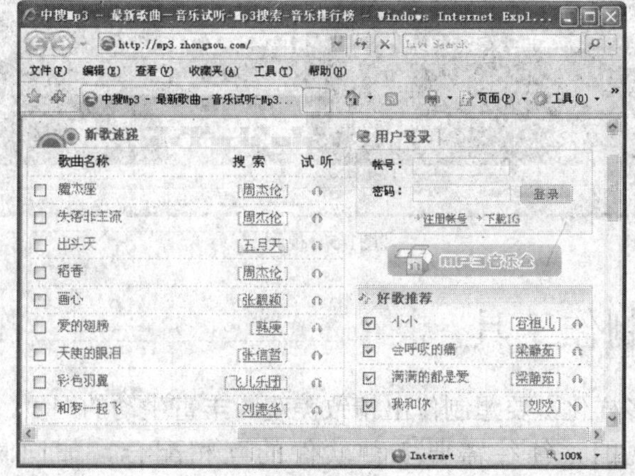

图1-4　音频

1.2.5 视频

在网页中添加视频文件可以大大增加站点的可读性，它已成为站点多媒体特性的重要体现，如图 1-5 所示。现在，能够在网络上运行的视频文件类型也日益丰富。AVI（.AVI）是音频视频交错（Audio Video Interleaved）的英文缩写，它是 Microsoft 公司开发的一种符合 RIFF 文件规范的数字音频与视频文件格式。MPEG 文件（.MPEG/.MPG/.DAT）是运动图像压缩算法的国际标准，它采用有损压缩方法减少运动图像中的冗余信息，同时保证每秒 30 帧的图像动态刷新率，已被几乎所有的计算机平台共同支持。DIVX 视频编码技术可以说是一种新生视频压缩格式，它由 Microsoft mpeg4 v3 修改而来，使用了 MPEG4 的压缩算法。RealVideo 文件（.RA/.RM/.RMVB）是 RealNetworks 公司开发的一种新型流式视频文件格式，它包含在 RealNetworks 公司所制定的音频视频压缩规范 RealMedia 中，主要用来在低速率的广域网上实时传输活动视频影像，可以根据网络数据传输速率的不同而采用不同的压缩比率，从而实现影像数据的实时传送和实时播放。QuickTime（MOV/.QT）是 Apple 计算机公司开发的一种音频、视频文件格式，用于保存音频和视频信息，具有先进的视频和音频功能，目前已成为数字媒体软件技术领域中事实上的工业标准。Microsoft 公司推出的 Advanced Streaming Format （ASF，高级流格式）是一个在 Internet 上实时传播多媒体的技术标准，由于它使用了 MPEG4 的压缩算法，所以压缩率和图像质量上的表现都很不错。WMV 是一种采取独立编码方式并且可以在 Internet 上实时传播多媒体的技术标准，主要优点包括本地或网络回放、可扩充的媒体类型、部件下载、可伸缩的媒体类型、流的优先级化、多语言支持、环境独立性、丰富的流间关系以及扩展性等。

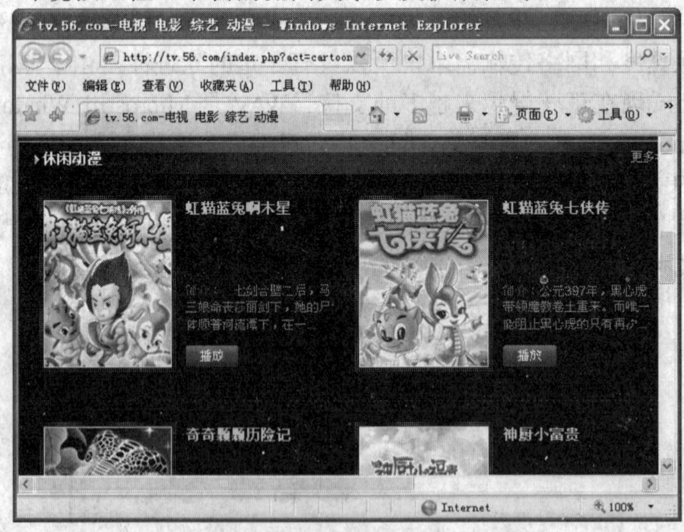

图1-5 视频

1.3 了解网页制作工具

由于网页元素的多样化，要想制作出精致美观、丰富生动的网页，不是单纯依靠一种网页编辑软件就能实现的，往往需要多种软件的互相配合，如同时应用网页布局软件 Dreamweaver、图像处理软件 Photoshop、动画制作软件 Flash 等。

常用的网页编辑软件有 FrontPage 和 Dreamweaver 等。Dreamweaver 因其功能全面、操作灵活、专业性强，而受到网页制作人员的青睐。在制作网页时，经常使用的图像处理软件有 Fireworks 和 Photoshop。Dreamweaver、Fireworks 和 Flash 一度被称为“网页三剑客”，不过，现在一般将 Dreamweaver、Photoshop 和 Flash 称为“新网页三剑客”。Flash 是目前最常用的网页动画制作软件。用 Flash 制作的动画文件小，利于网上发布，而且还能制作出具有交互功能的动画，并能很方便地与网页建立链接。作为一般网页制作人员，掌握了这 3 种软件，就可以制作出精美的网页。本书将重点介绍 Dreamweaver CS3 的使用方法，同时兼顾介绍 Photoshop CS3、Flash CS3 的使用方法。

1.4 网页布局类型

网页是构成网站的基本元素。一个网页是否精彩与网页布局有着重要关系。常见的网页布局类型有“国”字型、“匡”字型、“三”字型、“川”字型等。

1.4.1 国字型

国字型也称同字型，即网页最上面是网站的标题以及横幅广告条，接下来是网站的主要内容，最左侧和最右侧分列一些小条目内容，中间是主要部分，最下面是网站的一些基本信息、联系方式、版权声明等。这是使用最多的一种结构类型。图 1-6 所示页面就是这种结构。

图1-6　国字型布局

1.4.2 匡字型

匡字型也称拐角形，这种结构与国字型结构很相近，网页上面是标题及广告横幅，下面左侧是一列窄的链接等，右侧是很宽的正文，下面也是一些网站的辅助信息。图 1-7 所示页面就是这种结构。

图1-7 匡字型布局

1.4.3 三字型

这是一种比较简洁的布局类型，其页面在横向上被分隔为 3 部分，上部和下部放置一些标志、导航条、广告条和版权信息等，中间是正文内容。图 1-8 所示页面就是这种结构。

图1-8 三字型布局

1.4.4 川字型

整个页面在垂直方向上被分为 3 列，内容按栏目分布在这 3 列中，最大限度地突出栏目的索引功能。图 1-9 所示页面就是这种结构。

图1-9　川字型布局

1.4.5　其他类型

常见的网页布局类型还包括标题文本型、框架型、封面型、Flash 型等。

- 标题文本型即页面内容以文本为主，最上面一般是标题，下面是正文的格式。
- 框架型布局通常分为左右框架型、上下框架型和综合框架型。由于兼容性和美观等原因，专业设计人员很少采用这种结构。
- 封面型基本出现在一些网站的首页，大部分由一些精美的平面设计和动画组合而成，在页面中放几个简单的链接或者仅是一个“进入”的链接，甚至直接在首页的图片上做链接而没有任何提示。这种类型的网页布局大多用于企业网站或个人网站。
- Flash 型是指整个网页就是一个 Flash 动画，这是一种比较新潮的布局方式。其实，这种布局与封面型在结构上是类似的，无非使用了 Flash 技术。

1.5　网站建设流程

制作网站需要做好前期策划、网页制作、网站发布、网站推广以及后期维护等工作。

1.5.1　前期策划

无论是大的门户网站还是只有少量页面的个人主页，都需要做好前期的策划工作。明确网站主题、网站名称、栏目设置、整体风格、所需要的功能及实现的方法等，这是制作一个网站的良好开端。

网站必须有一个明确的主题。特别是对于个人网站，必须找准一个自己最感兴趣的内容，做出自己的特色，这样才能给用户留下深刻的印象。一般来说，确定主题应该遵循以下原则：①主题最好是自己感兴趣且擅长的；②主题要鲜明，在主题范围内做到又全又精；③题材要新颖且符合自己的实际能力；④要体现自己的个性和特色。

网站必须有一个容易让用户记住的名称。网站的命名应该遵循以下原则：①能够很好地概括网站的主题；②在合情合理的前提下读起来琅琅上口；③简短便于记忆；④富有个性和内涵，能给用户更多的想象力和冲击力。

网站栏目设置要合理。栏目设置是根据网站内容分类进行的，因此网站内容分类首先必须合理，方便用户使用。不同类别的网站，内容差别很大，因此，网站内容分类也没有固定的格式，需要根据不同的网站类型来进行。例如，一般信息发布型企业网站栏目应包括公司简介、产品介绍、服务内容、价格信息、联系方式和网上定单等基本内容。电子商务类网站要提供会员注册、详细的商品服务信息、信息搜索查询、定单确认、付款、个人信息保密措施和相关帮助等。

网站必须有自己的风格。网站风格是指站点的整体形象给用户的综合感受。这个“整体形象”包括站点的标志、色彩、版面布局、交互性、内容价值、存在意义以及站点荣誉等诸多因素。例如，“网易”网站给用户的感觉是平易近人的，“迪斯尼”网站给用户的感觉是生动活泼的。网站风格没有一个固定的模式，即使是同一个主题，任何两个人都不可能设计出完全一样的网站，就像一个作文题目不同的人会写出不同的文章一样。

1.5.2 网页制作

在前期策划完成后，接着就进入网页设计与制作阶段。这一时期的工作按其性质可以分为 3 类：页面美工设计、静态页面制作和程序开发。

美工设计首先要对网站风格有一个整体定位，包括标准字、Logo、标准色彩和广告语等。然后再根据此定位分别做出首页、二级栏目页以及内容页的设计稿。首页设计包括版面、色彩、图像、动态效果、图标等风格设计，也包括 Banner、菜单、标题、版块等模块设计。在设计好各个页面的效果后，就需要制作成 HTML 页面。在大多数情况下，网页制作员需要实现的是静态页面。对于一个简单的网站，可能只有静态页面，这时就不需要程序开发了，但对于一个复杂的网站，程序开发是必须的。程序开发人员可以先行开发功能模块，然后再整合到 HTML 页面内，也可以用制作好的页面进行程序开发。但是为了程序能有很好的移植性和亲和力，还是推荐先开发功能模块，然后再整合到页面的方法。

1.5.3 网站发布

发布站点前，必须确定网页的存储空间。如果自己有服务器，配置好后，直接发布到上面即可。如果自己没有服务器，则最好在网上申请一个空间来存放网页，并申请一个域名来指定站点在网上的位置。发布网页可直接使用 Dreamweaver CS3 中的“发布站点”功能进行上传。对于大型站点的上传一般都使用 FTP 软件，如 LeapFTP、CuteFTP 等，使用这种方法上传下载速度都很快。

1.5.4 网站推广

网站推广活动一般发生在网站发布之后，当然有一些网站在筹备期间就开始进行宣传。网站推广是网络营销的主要内容，可以说，大部分的网络营销活动都是为了网站推广的需要，如发布新闻、搜索引擎登记、交换链接以及网络广告等。

1.5.5　后期维护

站点上传到服务器后，首先要检查运行是否正常，如果有错误要及时更正。另外，每隔一段时间，还应对站点中的内容进行更新，以便提供最新消息，吸引更多的用户。

1.6　建站方式

从狭义的角度讲，一个网页就是一个最小的网站；广义地讲，有了网页还不能称其为网站，网站必须有网址，必须有服务器，浏览者可以通过 URL 访问其中的网页。建设网站的第 1 步当然是制作完成所有的网页，当网页制作完成以后，就要将其放到服务器上，以便让用户浏览，也就是在网络中构建一个家园。这项工作一般可以从 3 个方面来实现。

1.6.1　实体主机

自行购买和建设服务器主机，然后向 ISP 申请连接 Internet 的专线和网址。

实体主机方案的主动权较大，可以随意增加服务项目，功能最丰富。通过专线，主机将成为网络中的一个节点，网络中的用户可以随时访问主机。不过该方案的弊端也很多，仅购买服务器主机和每个月昂贵的专线租用费这两项，就不是中小企业所能承担的，而且还要聘用专人维护网站和服务器主机。总之，这种方案就仿佛在开发一片新大陆，不仅要修路、架桥，还要建房、寻觅人才。不过对于公司内部的 Intranet 来说，这种方式却变成了最优方案，因为 Intranet 本身就是服务于公司内部的，自身网络及服务器都不需要花费额外的费用，只需要选择性能好的服务器主机就行了。

1.6.2　主机托管

只需购买主机，不必租用专线，自行创建网站和管理服务器主机。

主机托管方案比实体主机方案省掉一部分的专线租用费，但必须通过其他方式（如拨号、ISDN、ADSL 等）上网，服务器必须放置在提供主机托管的服务商那里。这种方案就好像省去了修路、架桥的费用，直接租赁土地进行开发建设。目前多数的企业采取这种方式在 Internet 上安家落户。

1.6.3　虚拟主机

虚拟主机方案连购买主机的费用也省去了，而是租用 ISP 的主机硬盘空间，由 ISP 负责所有硬件和技术人员的费用以及连接 Internet 的专线月租。

使用这种方案，网站建造者可以不必通过 ISP 的网络接入上网，而是通过其他更省钱的方式上网，还可以向其他 ISP 申请专有的域名。就好像向 ISP 租用厂房，节省了各项建设费用，只要按时交纳各种管理费，就可以省心地开展业务了。小型企业或者个人用户多采取这种方式在 Internet 上落户。

以上 3 种方案适用于不同的 Internet 用户，而对于 Intranet 用户来说，一般都选择第 1 种方案。

小结

本章主要介绍了网页制作的基础知识，包括网页制作相关术语、常用的网页元素、网页制作工具、网页布局类型、网站建设流程以及建站方式等。希望读者能够深入理解这些内容，为网页制作打下基础。

习题

一、填空题

1. Internet 是 20 世纪 70 年代由美国军方的_______发展而来的。
2. 用户只有通过_______才能接入 Internet，并享受各种服务。
3. 大部分国家和地区都拥有自己独立的域名，中国的域名是_______。
4. _______是非常重要的网页元素之一，是网页中信息的主要载体。
5. 现在，一般将 Dreamweaver、_______和 Flash 称为“新网页三剑客”。

二、选择题

1. IP 地址是一个（　）位的二进制数。
   A. 16　　B. 32　　C. 64　　D. 128
2. 域名“.edu”表示（　）。
   A. 教育机构　　B. 商业组织　　C. 政府部门　　D. 国际组织
3. 下列说法错误的是（　）。
   A. 网站一般拥有固定的域名
   B. 通信协议包括 HTTP、FTP、Telnet 和 Mailto 等协议
   C. WWW，即万维网，是一个基于超级文本的信息查询工具
   D. HTML 是一种用来制作网络中超级文本文档的简单标记语言
4. 下列关于 ASP 的说法错误的是（　）。
   A. ASP 是 Microsoft 公司推出的运行于客户端的 Web 应用程序开发技术
   B. ASP 既不是一种语言，也不是一种开发工具
   C. ASP 文件的扩展名为“.asp”
   D. 脚本语句代码包含于“<%…%>”之间
5. 下列关于 VBScript 和 JavaScript 的说法错误的是（　）。
   A. VBScript 脚本语言是 ASP 的默认语言
   B. VBScript 可以在客户端使用，也可以在服务器端使用
   C. JavaScript 核心语言在客户端、服务器端均可使用
   D. JavaScript 是 Java 的子集

三、问答题

1. 网站建设的基本流程是什么？
2. 建设网站的方式有哪些？

第2章 创建和管理站点

目前，Internet 已经触及到社会的各个领域。各行各业使用 Internet 的方式仍然以浏览网页为主。因此，伴随着 Internet 的发展，网站建设也得到飞速发展。本章将首先介绍网页制作软件 Dreamweaver CS3 的工作界面、常用工具栏和面板、工作区布局，然后介绍在 Dreamweaver CS3 中创建和管理站点的方法。

【学习目标】

- 了解 Dreamweaver CS3 的工作界面。
- 了解 Dreamweaver CS3 的常用工具栏和面板。
- 了解 Dreamweaver CS3 的工作区布局。
- 掌握定义站点的基本方法。
- 掌握设置首选参数的基本方法。
- 掌握创建文件夹和文件的基本方法。
- 掌握编辑、复制和删除站点的基本方法。
- 掌握导出和导入站点的基本方法。

2.1 认识 Dreamweaver CS3

Dreamweaver 原是由 Macromedia 公司（1984 年成立于美国芝加哥，现已被 Adobe 公司并购）推出的网页制作软件。在 2005 年，Macromedia 公司被 Adobe 公司并购后，Dreamweaver 也就成为了 Adobe 家庭的成员。Adobe 公司推出了 Creative Suite 3 创意套件，Dreamweaver CS3 因此诞生。在使用 Dreamweaver CS3 进行网页制作之前，首先要对 Dreamweaver CS3 的工作界面有一个总体认识。

2.1.1 工作界面

下面对 Dreamweaver CS3 的工作界面进行简要介绍。

一、 欢迎屏幕

启动 Dreamweaver CS3，在 Dreamweaver CS3 的工作界面中首先出现的是欢迎屏幕，如图 2-1 所示。

如果从网页制作的角度来看欢迎屏幕，可以将其分为页眉、主体和页脚 3 个部分，其中主体又分为左栏、中栏和右栏 3 列。在页眉部分显示的是 Dreamweaver CS3 的名称和 Adobe 的标志，在主体部分的左栏提供了用户打开文档的方式，在主体部分的中栏提供了新建文档的方式，在主体部分的右栏提供了从模板创建文档的方式，在页脚部分提供了帮助信息，初次使用 Dreamweaver CS3 的用户可从中了解该软件的基本情况。

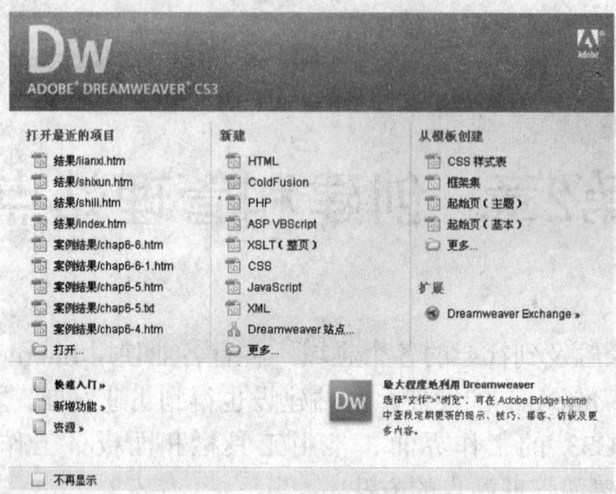

图2-1　欢迎屏幕

如果希望以后在启动 Dreamweaver CS3 时不再显示欢迎屏幕，可以勾选页脚中的【不再显示】复选框；也可以通过选择菜单栏中的【编辑】/【首选参数】命令，打开【首选参数】对话框，在【常规】分类中的【显示欢迎屏幕】复选框中设置是否显示欢迎屏幕，勾选该项将在启动 Dreamweaver CS3 时显示欢迎屏幕，否则不显示欢迎屏幕，如图 2-2 所示。

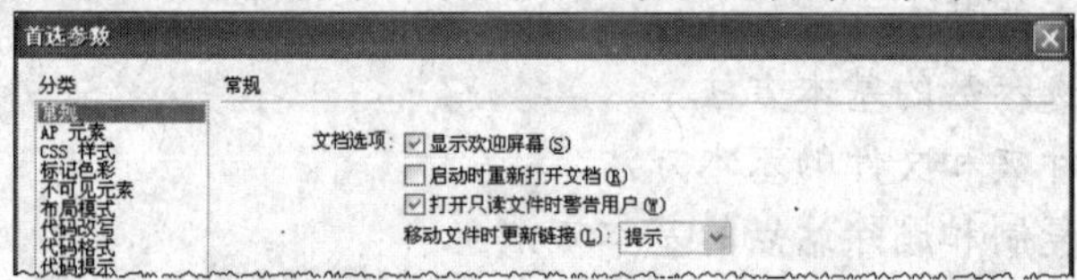

图2-2　在【首选参数】对话框中设置是否显示欢迎屏幕

在 Dreamweaver 之前的版本中，习惯将欢迎屏幕称为“起始页”，而在 Dreamweaver CS3 中称为“欢迎屏幕”，这仅是名称的不同，在本质上是一样的。

二、　工作界面

在欢迎屏幕中，选择主体部分中栏的【新建】/【HTML】命令，将新建一个 HTML 文档，并显示图 2-3 所示的工作界面。

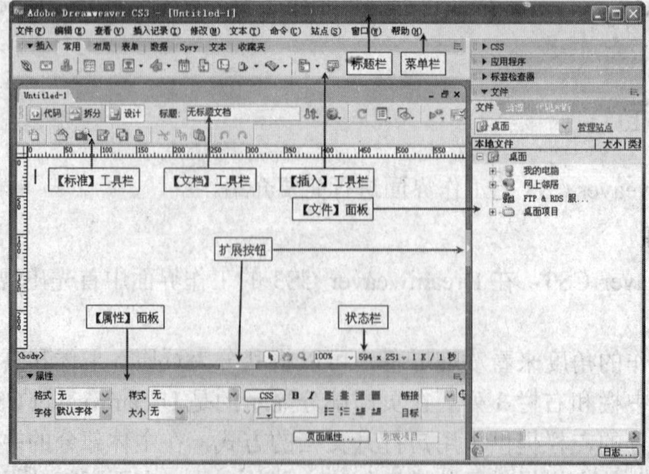

图2-3　工作界面

下面将具体介绍 Dreamweaver CS3 的常用工具栏和面板以及工作区布局。

2.1.2 常用工具栏

下面对【插入】工具栏、【文档】工具栏和【标准】工具栏进行简要介绍。

一、【插入】工具栏

【插入】工具栏位于菜单栏的下面，如图 2-4 所示，可以通过在菜单栏中选择【查看】/【工具栏】/【插入】命令（或选择【窗口】/【插入】命令）将其显示或隐藏。单击【插入】工具栏左侧的▼（或▶）按钮可进行按钮的隐藏或显示。【插入】工具栏包括多个子工具栏，可以通过选择相应的选项卡在它们之间进行切换。

图2-4　制表符格式的【插入】工具栏

【插入】工具栏通常有两种表现形式：制表符格式和菜单格式。图 2-4 所示为制表符格式【插入】工具栏，在其标题栏上单击鼠标右键，在弹出的快捷菜单中选择【显示为菜单】命令，【插入】工具栏即由制表符格式变为菜单格式，如图 2-5 所示。

图2-5　菜单格式的【插入】工具栏

在菜单格式的【插入】工具栏中，单击常用 ▼按钮，在弹出的下拉菜单中选择相应的菜单命令，如图 2-6 所示，【插入】工具栏中即显示相应类型的工具按钮。如果选择【显示为制表符】命令，【插入】工具栏即由菜单格式转变为制表符格式。

对于不同类型的文档，【插入】工具栏会稍有不同。上面所介绍的工具栏通常针对 HTML 类型的文档，它包括【常用】、【布局】、【表单】、【数据】、【Spry】、【文本】以及【收藏夹】7 个选项卡。

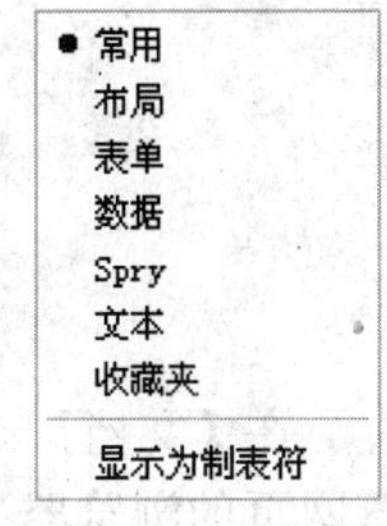

图2-6　下拉菜单

二、【文档】工具栏

【文档】工具栏如图 2-7 所示，可以通过在菜单栏中选择【查看】/【工具栏】/【文档】命令来对其进行显示或隐藏。

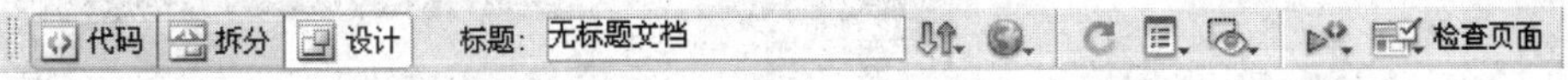

图2-7　【文档】工具栏

在【文档】工具栏中，可进行以下操作。

- 单击设计按钮，可以将编辑区域切换到【设计】视图，在其中可以对网页进行可视化编辑。
- 单击代码按钮，可以将编辑区域切换到【代码】视图，如图 2-8 所示，在其中可以编写或修改网页源代码。
- 单击拆分按钮，可以将编辑区域切换到【拆分】视图，如图 2-9 所示，在该视图中整个编辑区域分为上下两个部分，上方为【代码】视图，下方为【设计】视图。

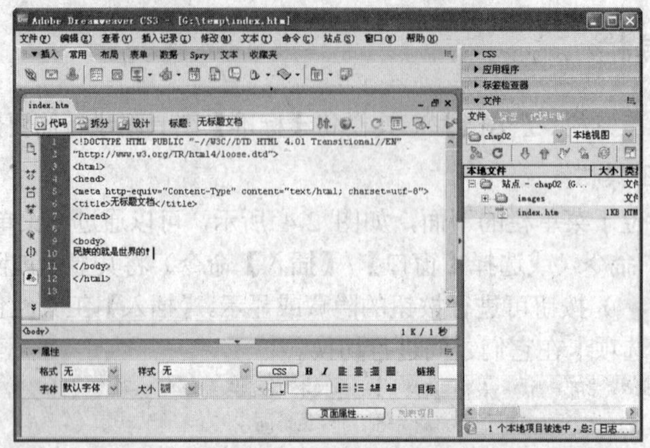

图2-8 【代码】视图

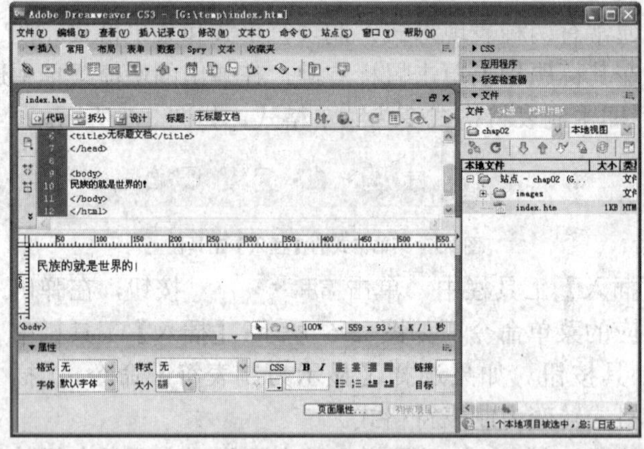

图2-9 【拆分】视图

在【文档】工具栏中，单击按钮将弹出图 2-10 所示的下拉菜单，从中可以选择要预览网页的浏览器。在下拉菜单中选择【编辑浏览器列表】命令，将打开【首选参数】对话框，可以在【在浏览器中预览】分类中添加其他浏览器，如图 2-11 所示。

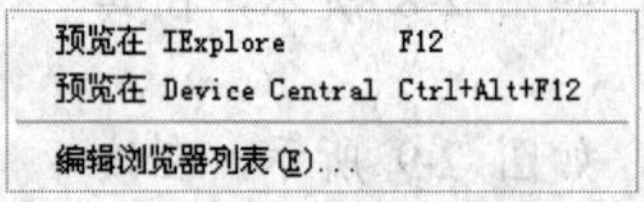

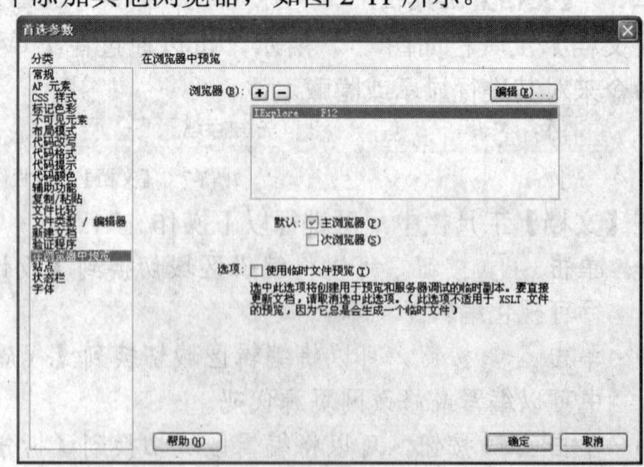

预览在 IExplore F12
预览在 Device Central Ctrl+Alt+F12
编辑浏览器列表(E)...

图2-10 选择浏览器

图2-11 添加浏览器

在该对话框中，单击按钮将打开图 2-12 所示的【添加浏览器】对话框，可以添加已安装的其他浏览器；单击按钮将删除在【浏览器】列表中所选择的浏览器；单击编辑(E)...按钮将打开图 2-13 所示的【编辑浏览器】对话框，可以对在【浏览器】列表中所选择的浏览器进行编辑，还可以通过设置【默认】选项为“主浏览器”或“次浏览器”来设定所添加的浏览器是主浏览器还是次浏览器。

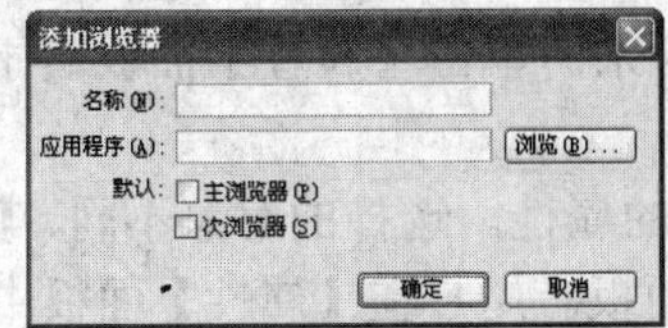

图2-12　【添加浏览器】对话框

图2-13　【编辑浏览器】对话框

三、【标准】工具栏

在默认情况下，【标准】工具栏是不显示的，可以通过选择【查看】/【工具栏】/【标准】命令来显示或隐藏该工具栏。【标准】工具栏如图 2-14 所示。

图2-14　【标准】工具栏

下面对【标准】工具栏中各个按钮的作用进行简要介绍。

- （新建）按钮：单击该按钮将打开【新建文档】对话框来创建新文档。
- （打开）按钮：单击该按钮将打开【打开】对话框来打开选择的文件。
- （在 Bridge 中浏览）按钮：单击该按钮将启动 Bridge 进行浏览。
- （保存）按钮：单击该按钮将对当前文档进行保存。
- （全部保存）按钮：单击该按钮将对所有打开的文档进行保存。
- （打印源代码）按钮：单击该按钮将打开【打印】对话框对源代码进行打印。
- （剪切）按钮：单击该按钮将对所选择的对象进行剪切。
- （复制）按钮：单击该按钮将对所选择的对象进行复制。
- （粘贴）按钮：单击该按钮将对所剪切或复制的对象进行粘贴。
- （撤销）按钮：单击该按钮将撤销上一步的操作。
- （重做）按钮：单击该按钮将对撤销的操作进行恢复。

2.1.3 常用面板

下面对【文件】面板和【属性】面板进行简要介绍。

一、【文件】面板

Dreamweaver CS3 提供了许多功能面板，这些功能面板的命令都集中在【窗口】菜单中。如果要显示某个面板，在【窗口】菜单中选择相应的命令（即在命令前打上“√”号）即可。这些功能面板绝大多数都显示在窗口的右侧，多个面板可以组成一个面板组，如【文件】面板组包括【文件】、【资源】和【代码片断】3 个面板，再如【CSS】面板组包括【CSS 样式】和【AP 元素】两个面板。

如图 2-15 所示是【文件】面板，其中左图显示的是在 Dreamweaver CS3 中没有创建站点时的状态，右图显示的是创建了站点以后的状态。

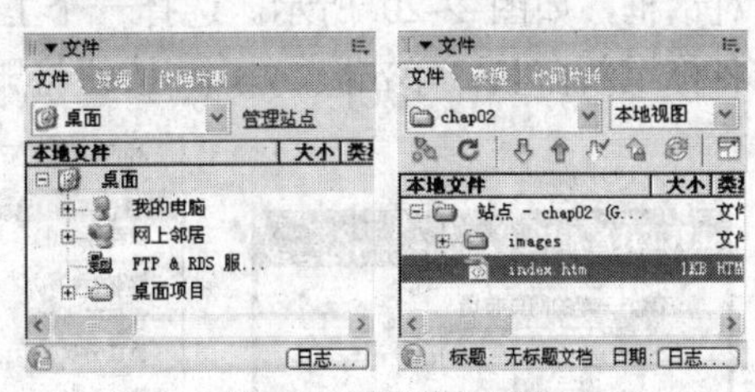

图2-15　【文件】面板

在【文件】面板中可以创建文件夹和文件，也可以上传或下载服务器端的文件，可以说，它是站点管理器的缩略图。其具体使用方法将在后续章节中进行介绍。

二、【属性】面板

【属性】面板通常显示在编辑区域的最下面，如果工作界面中没有显示【属性】面板，在菜单栏中选择【窗口】/【属性】命令即可将其显示出来。单击【属性】面板右下角的△按钮或▽按钮可以隐藏或重新显示高级设置项目。

通过【属性】面板可以检查、设置和修改所选对象的属性。选择的对象不同，【属性】面板中的项目也不一样，图 2-16 所示是文本【属性】面板。用户在【属性】面板中进行的大多数修改，都会立刻显示在文档窗口中。但有些属性，需要在文本编辑区域外单击鼠标左键（也可以按 Enter 键或 Tab 键切换到其他属性）才会应用更改。

图2-16 文本【属性】面板

不同对象【属性】面板的具体使用方法将在后续章节中陆续介绍。

2.1.4 工作区布局

在 Dreamweaver CS3 工作界面中，工具栏和面板是否显示以及显示的位置都是可以调整的。例如，在 Dreamweaver CS3 工作界面右侧显示的通常是不同类型的面板组，通过在面板标题栏左侧的图标上按住鼠标左键并拖动，可以将面板浮动到窗口中的任意位置。单击某个浮动面板左侧的▶图标，将在标题栏下面显示该浮动面板的内容，此时▶图标也变为▼图标，如果再单击▼图标，该浮动面板的内容将又隐藏起来。可以根据实际需要对面板进行重组。以【文件】面板为例，首先单击【文件】面板组中的【文件】面板，然后单击【文件】面板组标题栏右侧的图标，在弹出的菜单中选择【将文件组合至】/【CSS】命令，这时【文件】面板便组合到了【CSS】面板组中，如图 2-17 所示。

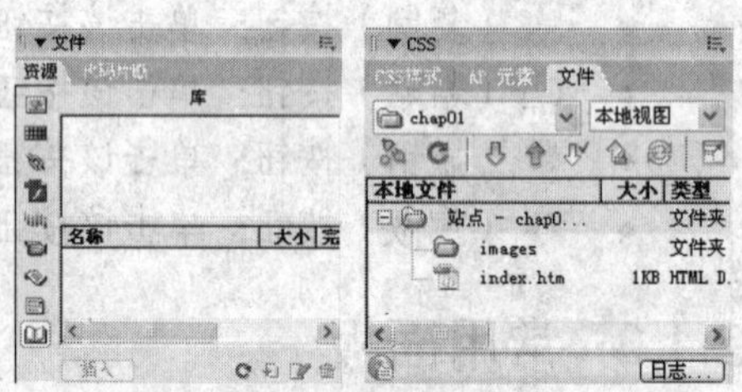

图2-17 将【文件】面板组合到【CSS】面板组

调整好的工作区布局可以保存下来，在菜单栏中选择【窗口】/【工作区布局】/【保存当前...】命令，打开【保存工作区布局】对话框，在【名称】文本框中输入名称，如图 2-18 所示，然后单击 确定 按钮，即可将当前的工作区布局进行保存。此时，在【窗口】/【工作区布局】菜单中便增加了自定义的布局命令，如图 2-19 所示。

如果存在多个工作区布局，那么应如何管理它们呢？

在菜单栏中选择【窗口】/【工作区布局】/【管理...】命令，打开【管理工作区布局】对话框，如图 2-20 所示。选择一个工作区布局的名称，单击 重命名... 按钮可对工作区布局名称重新命名，单击 删除 按钮将删除所选择的工作区布局名称。

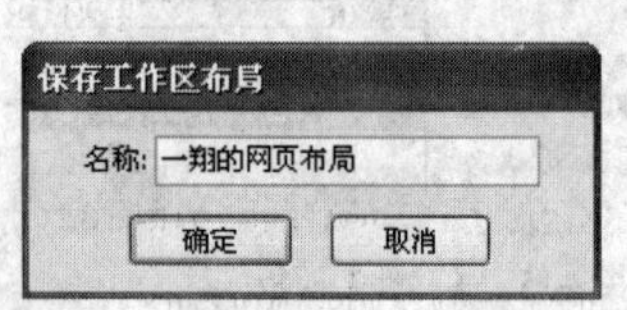

图2-18 【保存工作区布局】对话框

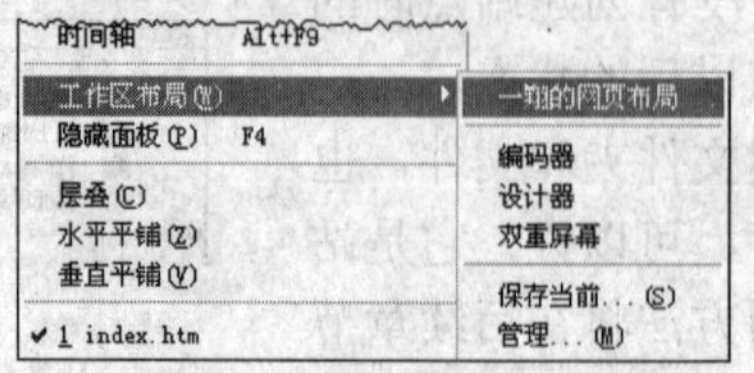

图2-19 菜单中增加了自定义的布局命令

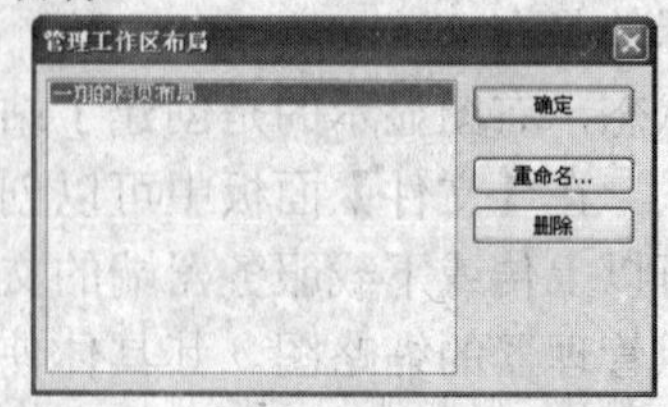

图2-20 【管理工作区布局】对话框

2.2 创建站点

Dreamweaver 是一个创建和管理站点的工具，使用它不仅可以创建单个文档，还可以创建完整的 Web 站点，然后再根据总体规划在站点中创建文件夹和文件。在编辑网页内容之前，还可以根据自己的需要定义 Dreamweaver 的使用规则，即设置首选参数。下面对这些内容进行简要介绍。

2.2.1 定义站点

在定义站点时，首先需要确定是直接在服务器端编辑网页还是在本地计算机编辑网页，然后设置与远程服务器进行数据传递的方式等。下面介绍一个定义新站点的基本方法。

定义站点

1. 启动 Dreamweaver CS3，在菜单栏中选择【站点】/【新建站点】命令，打开【未命名站点 2 的站点定义为】对话框。
2. 在【您打算为您的站点起什么名字？】文本框中输入站点的名称“chap02”，如果还没有站点的 HTTP 地址，下方的文本框可不填，如图 2-21 所示。

【chap02 的站点定义为】对话框有两个选项卡：【基本】选项卡和【高级】选项卡。这两种方式都可以完成站点的定义工作，不同点如下。

- 【基本】选项卡：按照向导一步一步地进行操作，直至完成定义工作，适合初学者。
- 【高级】选项卡：可以在不同的步骤或者不同的分类选项中任意跳转，而且可以做更高级的修改和设置，适合在站点维护中使用。

3. 单击[下一步(N) >]按钮，在弹出的对话框中选中【是，我想使用服务器技术。】单选按钮，在【哪种服务器技术？】下拉列表中选择【ASP VBScript】选项，如图 2-22 所示。

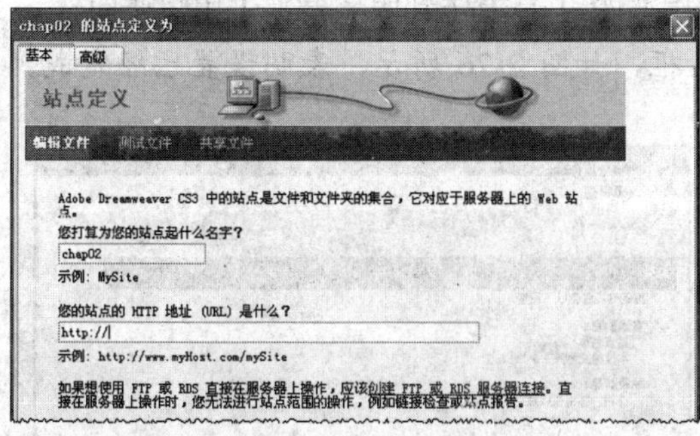

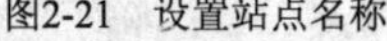
图2-21　设置站点名称

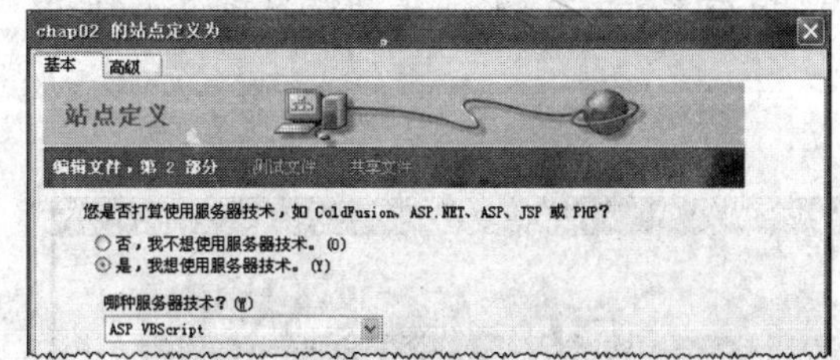

图2-22　设置是否使用服务器技术

> **要点提示** 选中【否，我不想使用服务器技术。】单选按钮表示该站点是一个静态站点，选中【是，我想使用服务器技术。】单选按钮，对话框中将出现【哪种服务器技术？】下拉列表。在实际操作中，读者可根据需要选择所要使用的服务器技术。

4. 单击[下一步(N) >]按钮，在对话框中关于文件的使用方式选中【在本地进行编辑和测试（我的测试服务器是这台计算机)】单选按钮，然后设置网页文件存储的文件夹，如图 2-23 所示。

关于文件的使用方式共有 3 个选项。

- 【在本地进行编辑和测试（我的测试服务器是这台计算机）】：将网站所有文件存放于本地计算机中，并且在本地对网站进行测试，当网站制作完成后再上传至服务器（要求本地计算机安装 IIS，适合单机开发的情况）。
- 【在本地进行编辑，然后上传到远程测试服务器】：将网站所有文件存放于本地计算机中，但在远程服务器中测试网站（本地计算机不要求安装 IIS，但对网络环境要求要好，如果不满足就无法测试网站，适合于可以实时连接远程服务器的情况）。
- 【使用本地网络直接在远程测试服务器上进行编辑】：在本地计算机中不保存文件，而是直接登录到远程服务器中编辑网站并测试网站（对网络环境要求苛刻，适合于局域网或者宽带连接的广域网的环境）。

5. 单击 下一步(N) > 按钮，在【您应该使用什么 URL 来浏览站点的根目录？】文本框中输入站点的 URL，如图 2-24 所示；然后单击 测试 URL(T) 按钮，如果出现测试成功提示框，说明本地的 IIS 正常。

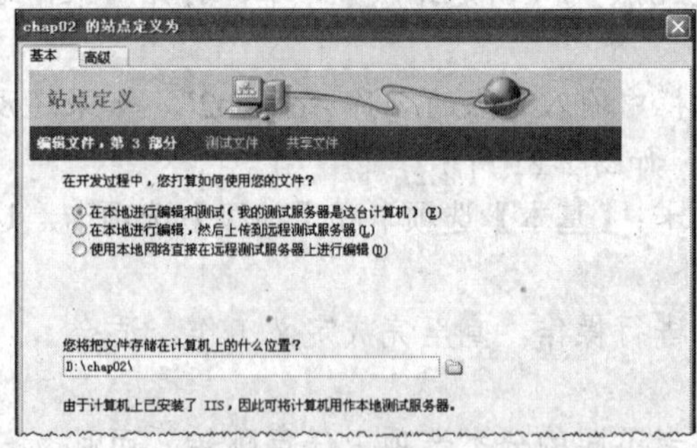

图2-23　选择文件使用方式及存储位置

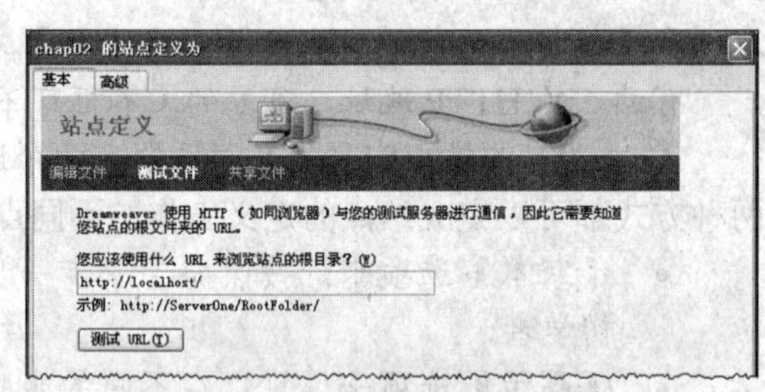

图2-24　定义浏览站点的根目录

6. 单击 下一步(N) > 按钮，在弹出的对话框中选中【否】单选按钮，如图 2-25 所示。

   由于在前面的设置中选择的是在本地进行编辑和测试，因此，这里暂不需要使用远程服务器。等到网页文件制作完毕并测试成功后，可以利用 FTP 工具上传到服务器上供用户访问。

7. 单击 下一步(N) > 按钮，弹出站点定义总结对话框，如图 2-26 所示，表明设置已经完成。最后单击 完成(D) 按钮结束设置工作。

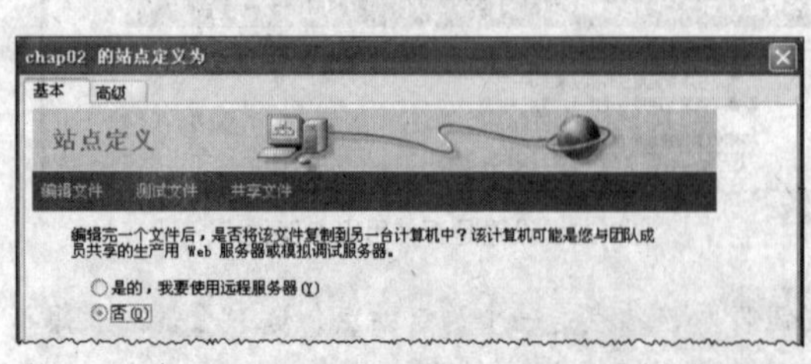

图2-25　设置是否使用远程服务器

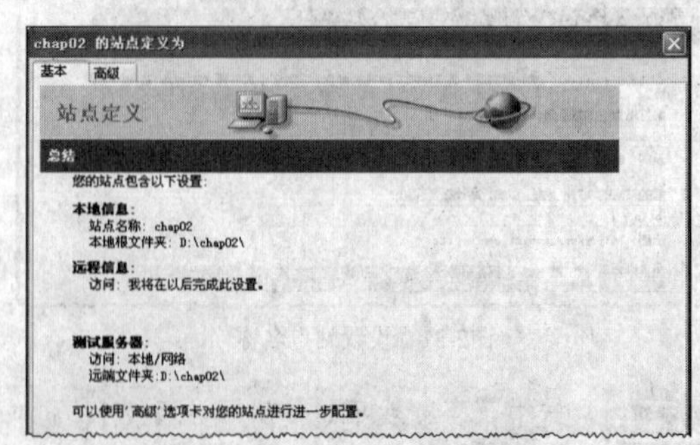

图2-26　站点定义总结对话框

在【管理站点】对话框（参见 2.3 节）中单击 新建(N)... 按钮，将弹出一个下拉菜单，从中选择【站点】命令也可以打开站点定义对话框。其作用和菜单栏中的【站点】/【新建站点】命令是一样的。

2.2.2 设置首选参数

在使用 Dreamweaver CS3 制作网页之前，可以结合自己的需要来定义 Dreamweaver CS3 的使用规则。例如，在 Dreamweaver CS3 启动时是否显示欢迎屏幕，在文本处理中是否允许输入多个连续的空格，在定义文本或其他元素外观时是使用 CSS 标签还是使用 HTML 标签，不可见元素是否显示，新建文档默认的扩展名是什么等。这些规则可以通过设置 Dreamweaver CS3 的首选参数来实现。下面介绍设置首选参数的基本操作方法。

设置 Dreamweaver CS3 的首选参数

1. 选择【编辑】/【首选参数】命令，打开【首选参数】对话框，可以根据实际需要设置【常规】分类，如图 2-27 所示。

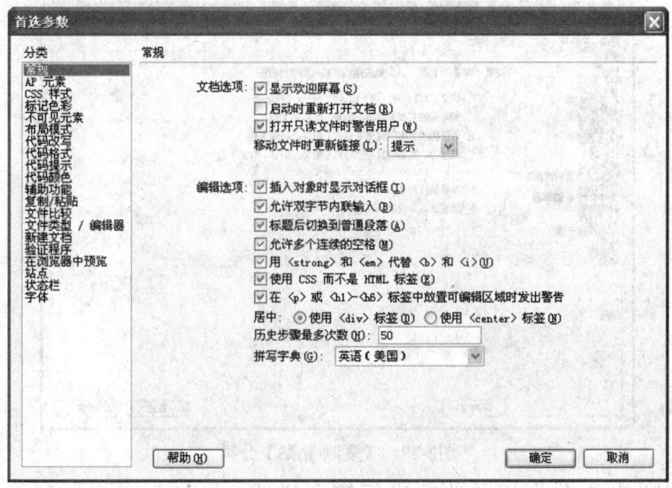

图2-27　【常规】分类

下面对【常规】分类相关选项进行简要说明。

- 【显示欢迎屏幕】：设置 Dreamweaver CS3 启动时是否显示欢迎屏幕，勾选该项将显示，否则将不显示。
- 【允许多个连续的空格】：设置是否允许使用 Space（空格）键来输入多个连续的空格，勾选该项表示可以，否则只能输入一个空格。
- 【使用 CSS 而不是 HTML 标签】：设置在编辑文档时，文本的字体、大小、颜色等属性是使用 CSS 样式标签表示还是使用 HTML 样式标签表示，勾选该项表示使用 CSS 样式标签，否则表示使用 HTML 标签。

2. 切换到【不可见元素】分类，如图 2-28 所示，在此可以定义不可见元素是否显示。

要点提示 在设置了【不可见元素】分类后，还要确认菜单栏中的【查看】/【可视化助理】/【不可见元素】命令是否已经勾选。在勾选后，包括换行符在内的不可见元素会在文档中显示出来，以帮助设计者确定它们的位置。

3. 切换到【复制/粘贴】分类，如图 2-29 所示，在此可以定义粘贴到 Dreamweaver CS3 文档中的文本格式。

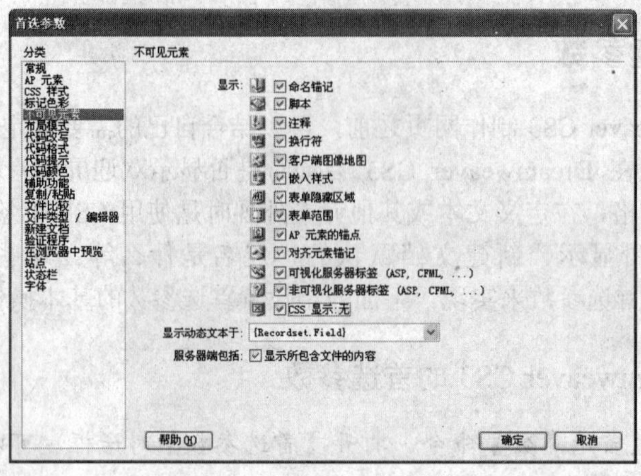

图2-28 【不可见元素】分类

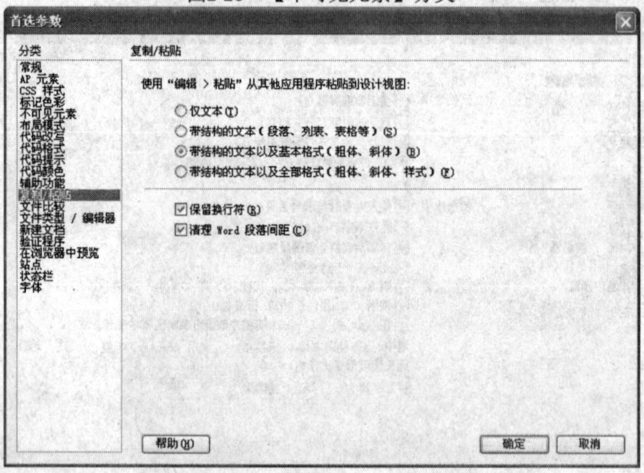

图2-29 【复制/粘贴】分类

下面对【复制/粘贴】分类相关选项进行简要说明。

- 【仅文本】：选中该项表示粘贴过来的内容仅有文本，图像、文本样式以及段落设置等都不会被粘贴过来。
- 【带结构的文本（段落、列表、表格等）】：选中该项表示粘贴过来的内容将保持原有的段落、列表、表格等最简单的设置，但图像仍然无法粘贴过来。
- 【带结构的文本以及基本格式（粗体、斜体）】：选中该项表示粘贴过来的内容将保持原有粗体和斜体设置，同时文本中的基本设置和图像也会显示出来。
- 【带结构的文本以及全部格式（粗体、斜体、样式）】：选中该项表示将保持粘贴内容的所有原始设置。

在设置了一种适用的粘贴方式后，就可以直接选择菜单栏中的【编辑】/【粘贴】命令粘贴文本，而不必每次都选择【编辑】/【选择性粘贴】命令。如果需要改变粘贴方式，再选择【选择性粘贴】命令进行粘贴即可。

4. 切换到【新建文档】分类，如图 2-30 所示。可以在【默认文档】下拉列表中选择默认文档类型，如“HTML”，在【默认扩展名】文本框中输入扩展名，如“.htm”，在【默认文档类型】下拉列表中选择文档类型，如“HMTL 4.01 Transitional”，在【默认编码】下拉列表中选择编码类型，通常选择“Unicode(UTF-8)”。

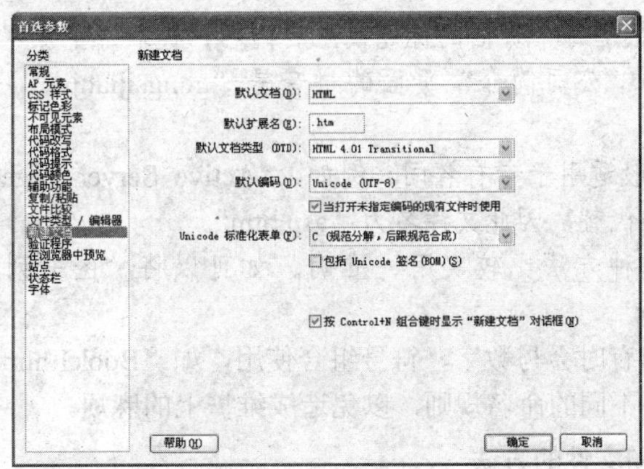

图2-30　【新建文档】分类

下面对【新建文档】分类进行简要说明。

Unicode（统一码、万国码、单一码）是一种在计算机上使用的字符编码。它为每种语言中的每个字符设定了统一并且唯一的二进制编码，以满足跨语言、跨平台进行文本转换、处理的要求。

在【默认文档类型】下拉列表中包括 6 种类型，大体可分为 HTML 和 XHTML 两类。XHTML 是在 HTML 的基础上优化和改进的，目的是基于 XML 应用。HTML 目前最高的版本是 4.01，但不能简单地认为 XHTML 就是 HTML 5.0。这是因为 XHTML 并不是向下兼容的，它有自己严格的约束和规范，因此应该是 XHTML 1.0。XHTML 非常简单易学，任何会用 HTML 的人都能使用 XHTML。由于用户是在可视化环境中编辑网页，因此并不需要关心二者实质性的区别，只是选择某一种类型的文档，编辑器便会相应生成一个标准的 HTML 或者 XHMTL 文档。

有经验的用户可以根据自己的需要来修改其他首选参数，而初学者在不了解具体含义的情况下，最好不要随意进行修改，否则会给使用带来不必要的麻烦。上面介绍了【首选参数】对话框最基本的内容，对于【首选参数】对话框中的其他分类选项，将在后续章节中进行介绍。

2.2.3　创建文件夹和文件

下面介绍在站点中创建文件夹和文件的方法。

一、 文件夹和文件的命名规则

一个站点中创建哪些文件夹，通常取决于网站内容的分类。网站内每个分支的所有文件都被统一存放在单独的文件夹内，根据包含的文件多少，又可以细分到子文件夹。文件夹的命名最好遵循一定的规则，以便于理解和查找。

文件夹创建好以后就可在各自的文件夹里面创建文件。当然，首先要创建首页文件。一般首页文件名为“index.htm”或者“index.html”。如果页面是使用 ASP 语言编写的，那么文件名变为“index.asp”。如果是用 ASP.NET 语言编写的，则文件名为“index.aspx”。文件名的开头不能使用数字、运算符等符号，最好也不要使用中文。文件的命名一般可采用以下 4 种方式。

- 汉语拼音：即根据每个页面的标题或主要内容，提取两三个概括字，将它们的汉语拼音作为文件名。如“公司简介”页面可提取“简介”这两个字的汉语拼音，文件名为“jianjie.htm”。

- 拼音缩写：即根据每个页面的标题或主要内容，提取每个汉字的第 1 个字母作为文件名。如“公司简介”页面的拼音是“gongsijianjie”，那么文件名就是“gsjj.htm”。
- 英文缩写：一般适用于专有名词。例如，“Active Server Pages”这个专有名词一般用 ASP 来代替，因此文件名为“asp.htm”。
- 英文原义：这种方法比较实用、准确。如可以将“图书列表”页面命名为“BookList.htm”。

以上 4 种命名方式有时会与数字、符号组合使用，如“Book1.htm”、“Book_1.htm”。一个网站中最好不要使用不同的命名规则，以免造成维护上的麻烦。

二、 创建文件夹和文件的方法

在【文件】/【文件】面板中创建文件夹的方法是，用鼠标右键单击根文件夹，在弹出的快捷菜单中选择【新建文件夹】命令，然后在“untitled”处输入新的文件夹名，如“images”，然后按 Enter 键确认，如图 2-31 所示。

在【文件】/【文件】面板中创建文件的方法是，用鼠标右键单击根文件夹，在弹出的快捷菜单中选择【新建文件】命令，然后在“untitled.asp”处输入新的文件名，如“index.asp”；然后按 Enter 键确认，如图 2-32 所示。也可在菜单栏中选择【文件】/【新建】命令或按 Ctrl+N 组合键打开【新建文档】对话框来创建文档。

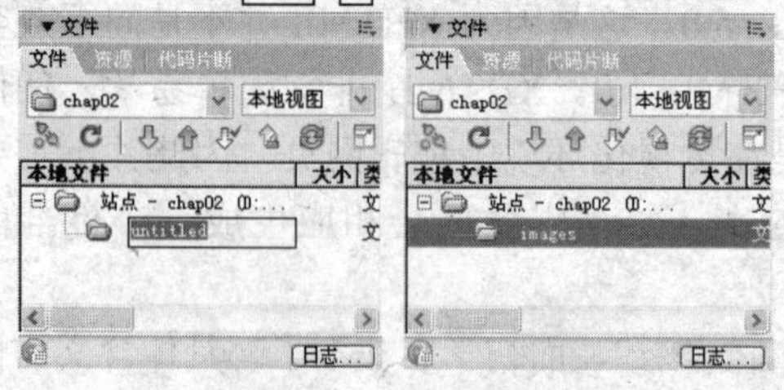

图2-31 创建文件夹

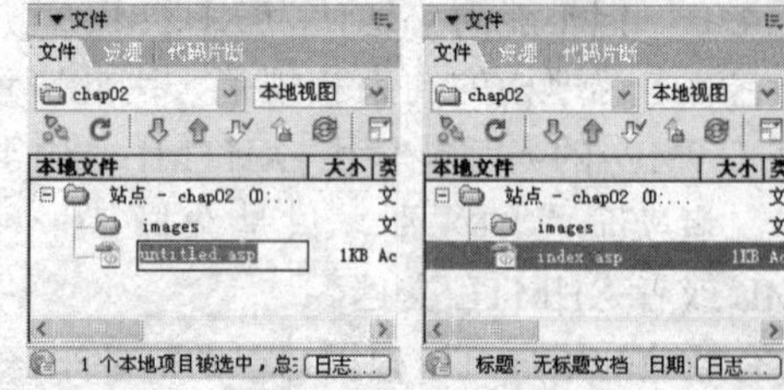

图2-32 创建文件

这里创建的文件扩展名为什么自动为“.asp”呢？这是因为在定义站点的时候，选择了使用服务器技术“ASP VBScript”。如果选择不使用服务器技术，创建文档的扩展名通常为【首选参数】对话框中定义的默认扩展名。

2.3 管理站点

在 Dreamweaver CS3 中创建的站点，日后还可以根据实际需要对该站点进行编辑。如果要在 Dreamweaver CS3 中创建一个与已有站点类似的站点，可以首先复制相似的站点，然后根据需要进行编辑。在 Dreamweaver CS3 中，对于那些已经完成使命，不再需要的站点可以进行删除。如果要在多台计算机的 Dreamweaver CS3 中创建一个相同的站点，可以首先在一台计算机进行创建，然后使用导出站点的方法将站点信息导出，最后再在其他计算机中导入该站点即可。下面对这些内容进行简要介绍。

2.3.1 编辑站点

编辑站点是指对 Dreamweaver CS3 中已经存在的站点，重新进行相关参数的设置，使其更符合实际需要。编辑站点的方法是，选择【站点】/【管理站点】命令，打开【管理站点】对话框，如图 2-33 所示。在站点列表中选中要编辑的站点，然后单击编辑(E)...按钮打开【chap02 的站点定义为】对话框，按照向导提示一步一步地进行修改即可，这与创建站点的过程是一样的。

图2-33　【管理站点】对话框

当然，编辑站点使用【chap02 的站点定义为】对话框的【高级】选项卡中提供的功能会比较方便，通常对【chap02 的站点定义为】对话框的【本地信息】、【远程信息】和【测试服务器】等分类中的参数进行设置即可。

2.3.2　复制站点

根据实际需要，可能会在 Dreamweaver 中创建多个站点，但并不是所有的站点都必须重新创建。如果新建站点和已经存在的站点有许多参数设置是相同的，可以通过“复制站点”的方法进行复制，然后再进行编辑即可。

复制站点的方法是，在【管理站点】对话框的站点列表中选中要复制的站点，然后单击复制(P)...按钮将复制一个站点，如图 2-34 所示，此时再对复制的站点进行编辑即可。

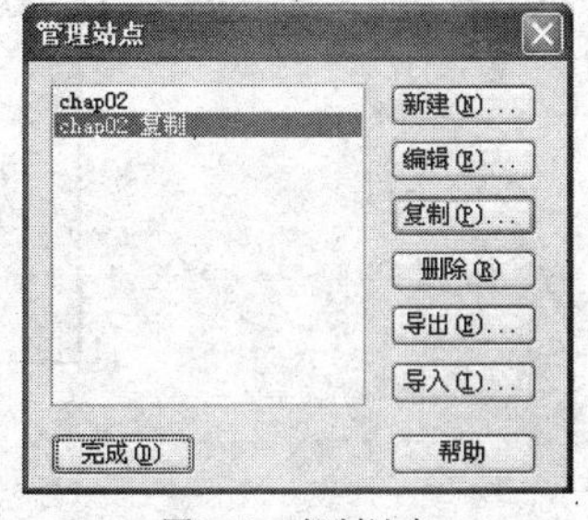

图2-34　复制站点

2.3.3　删除站点

有些站点已经不再需要了，可以在 Dreamweaver 中将其删除。在【管理站点】对话框中选中要删除的站点，然后单击删除(R)按钮，这时将弹出提示对话框，如图 2-35 所示，单击是(Y)按钮将删除该站点。

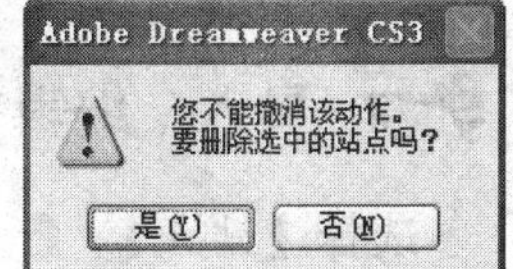

图2-35　提示对话框

在【管理站点】对话框中删除站点仅仅是删除了在 Dreamweaver CS3 中定义的站点信息，存在磁盘上的相对应的文件夹及其中的文件仍然存在。

2.3.4　导出站点

如果重新安装操作系统，Dreamweaver CS3 站点中的信息就会丢失，这时可以采取导出站点的方法将站点信息导出。在【管理站点】对话框中选中要导出的站点，然后单击导出(E)...按钮打开【导出站点】对话框，设置导出站点文件的路径和文件名称，如图 2-36 所示，最后保存即可。导出的站点文件的扩展名为“.ste”。

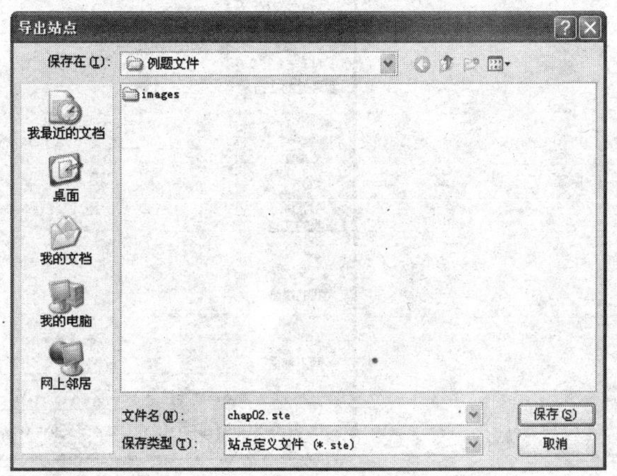

图2-36　【导出站点】对话框

2.3.5 导入站点

导出的站点只有导入到 Dreamweaver CS3 中才能发挥它的作用。在【管理站点】对话框中单击 导入(I)... 按钮，打开【导入站点】对话框，选中要导入的站点文件，单击 打开(O) 按钮即可导入站点，如图 2-37 所示。

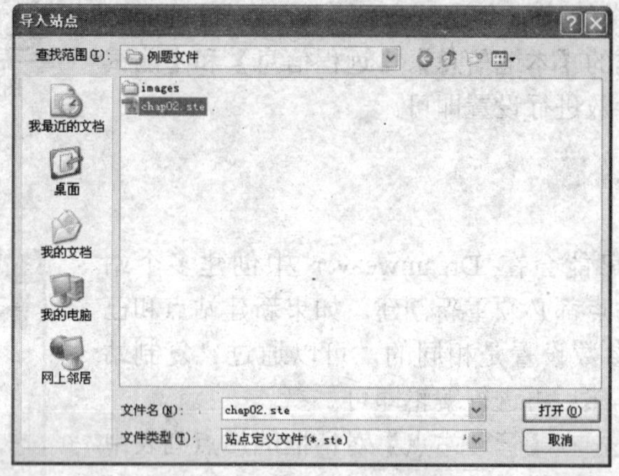

图2-37 【导入站点】对话框

2.4 实例——导入、编辑和导出站点

通过前面各节的学习，读者规划、创建和管理站点已经没有问题了。本节将综合运用前面所介绍的知识来导入一个站点，然后对该站点进行编辑，最后导出该站点。

导入、编辑并导出站点

1. 选择【站点】/【管理站点】命令，打开【管理站点】对话框。
2. 在【管理站点】对话框中单击 导入(I)... 按钮，打开【导入站点】对话框，选中要导入的站点文件"myownsite.ste"，如图 2-38 所示。

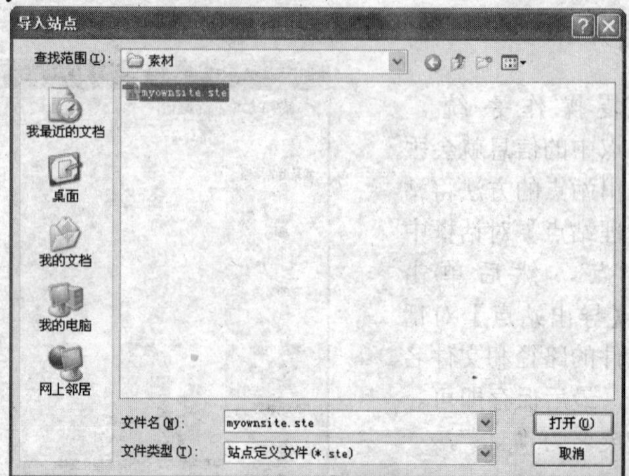

图2-38 选中要导入的站点文件

3. 单击[打开(O)]按钮，弹出【选择站点 myownsite 的本地根文件夹:】对话框，文件夹设置完毕后单击[选择(S)]按钮导入站点，如图 2-39 所示。

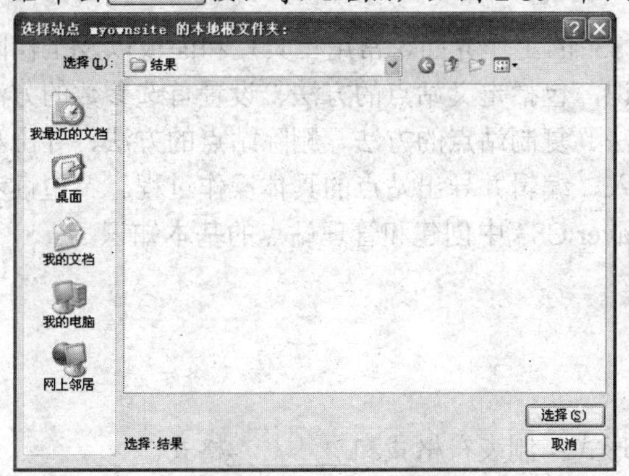

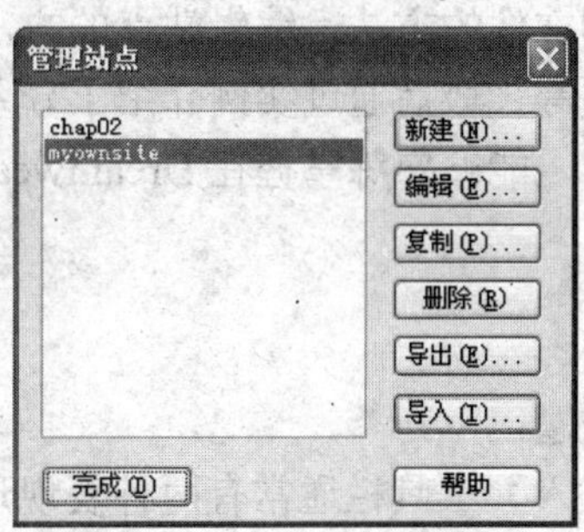

图2-39　导入站点

4. 选中站点“myownsite”，然后单击[编辑(E)...]按钮，打开【myownsite 的站点定义为】对话框，切换到【高级】选项卡，在【本地信息】分类中将【站点名称】选项设置为“myownsite2”,【本地根文件夹】选项设置为“D:\ myownsite2\”，如图 2-40 所示。
5. 在【测试服务器】分类中将【测试服务器文件】选项设置为“D:\myownsite2\”，如图 2-41 所示。

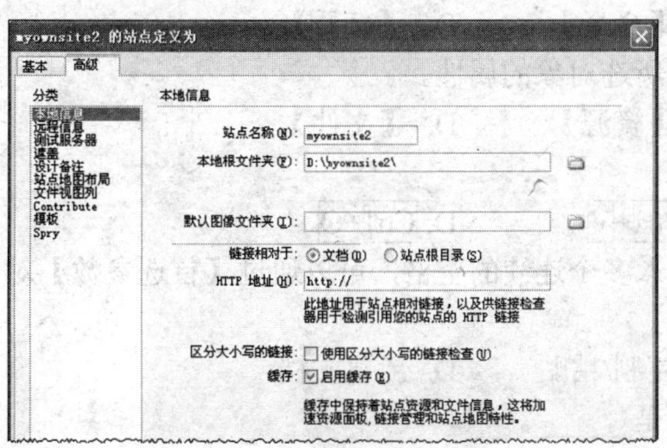

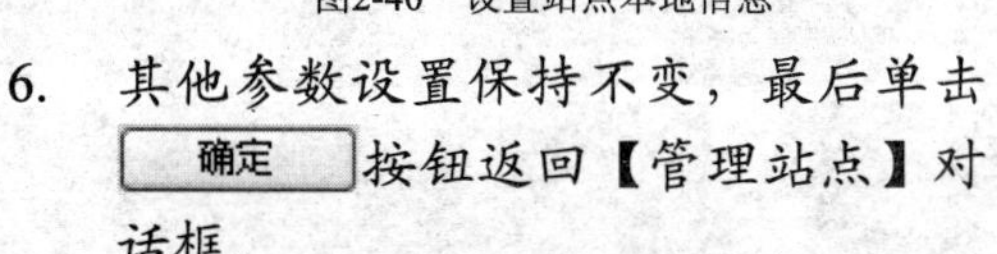

图2-40　设置站点本地信息

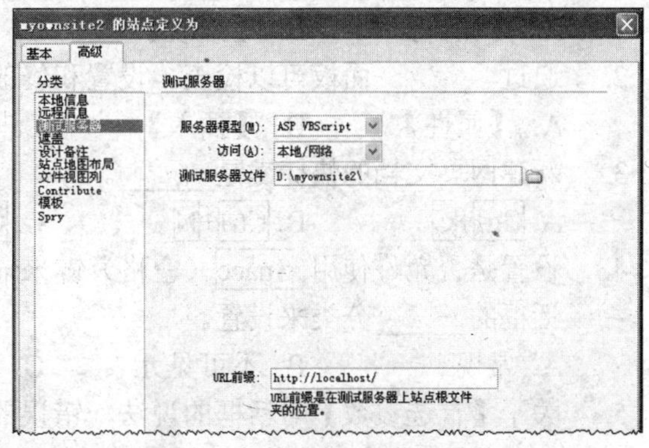

图2-41　设置站点测试服务器信息

6. 其他参数设置保持不变，最后单击[确定]按钮返回【管理站点】对话框。
7. 选中刚才编辑过的站点，单击[导出(E)...]按钮打开【导出站点】对话框，设置导出站点文件的路径和文件名称，如图 2-42 所示。
8. 单击[保存(S)]按钮保存导出的站点文件。
9. 最后单击[完成(D)]按钮，关闭【管理站点】对话框。

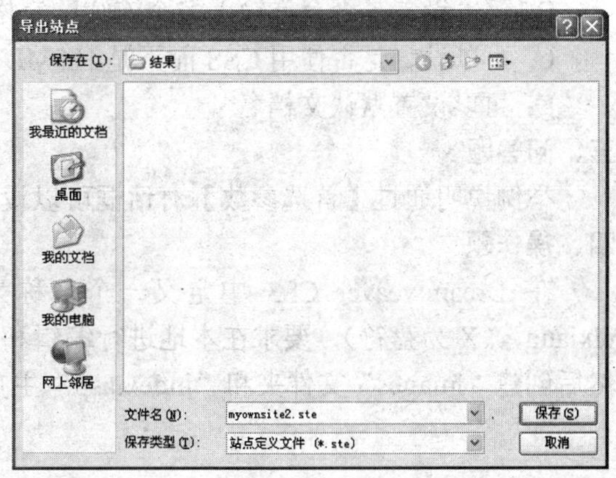

图2-42　导出站点

小结

本章首先介绍了 Dreamweaver CS3 的工作界面、常用工具栏和面板以及工作区布局，然后介绍了创建和管理站点的基本知识，包括定义站点的方法、设置首选参数的方法、创建文件夹和文件的方法、编辑站点的方法、复制站点的方法、删除站点的方法、导出和导入站点的方法等，最后通过实例介绍了导入、编辑并导出站点的具体操作过程。希望读者通过本章的学习，能够熟练掌握在 Dreamweaver CS3 中创建和管理站点的基本知识。

习题

一、填空题

1. 【插入】工具栏通常有两种表现形式：制表符格式和________格式。
2. 默认情况下，【资源】面板位于________面板组。
3. 【站点定义】对话框包括【基本】和______两个选项卡。
4. 通过【站点】/______命令可打开【管理站点】对话框，对站点进行编辑。
5. 在 Dreamweaver 中，可以通过设置______来定义 Dreamweaver 的使用规则。

二、选择题

1. 选择________/【工具栏】/【文档】命令可显示或隐藏【文档】工具栏。

   A. 【编辑】　B. 【修改】　C. 【命令】　D. 【查看】
2. 通过________面板可以检查、设置和修改所选对象的属性。

   A. 【属性】　B. 【插入】　C. 【资源】　D. 【文件】
3. 新建网页文档的快捷键是______。

   A. Ctrl+C　B. Ctrl+N　C. Ctrl+V　D. Ctrl+O
4. 设置是否允许使用 Space（空格）键来输入多个连续的空格，可以通过【首选参数】对话框的______分类来设置。

   A. 常规　B. 不可见元素　C. 复制/粘贴　D. 新建文档
5. 关于【首选参数】对话框的说法，错误的是______。

   A. 可以设置是否显示欢迎屏幕

   B. 可以设置是否允许输入多个连续的空格

   C. 可以设置是否使用 CSS 而不是 HTML 标签

   D. 可以设置默认文档名

三、问答题

举例说明通过【首选参数】对话框可以设置 Dreamweaver 的哪些使用规则。

四、操作题

在 Dreamweaver CS3 中定义一个名称为“yixiang”的站点，文件保存位置为“X:\yixiang”（X 为盘符），要求在本地进行编辑和测试，并使用“ASP VBScript”服务器技术，然后创建“images”文件夹和“index.asp”主页文件。

第3章　创建和设置文档

虽然网页传递信息的手段比图书、报纸丰富得多，但仍然是以文本为主。文本是网页表达信息的最基本的手段，是网页存在的基础。因此，创建文档并合理设置文档格式，不仅可使网页内容更加充实，而且可使页面更加美观。本章将介绍在 Dreamweaver CS3 中，创建文档和设置文档格式的基本方法。

【学习目标】

- 掌握创建和保存文档的方法。
- 掌握打开和关闭文档的方法。
- 掌握添加文档内容的方法。
- 掌握设置文档格式的方法。

3.1　创建和保存文档

要想在 Dreamweaver CS3 中制作网页，首先必须掌握在站点中创建和保存文档的基本方法。

3.1.1　创建文档

在 Dreamweaver CS3 中创建文档通常有以下几种方式。

一、 通过【文件】面板创建文档

用户可以通过下面两种方法之一来创建一个默认名为“untitled.htm”的文件，并在“untitled.htm”处输入新的文件名，如“index.htm”，最后按Enter键确认即可，如图3-1所示。

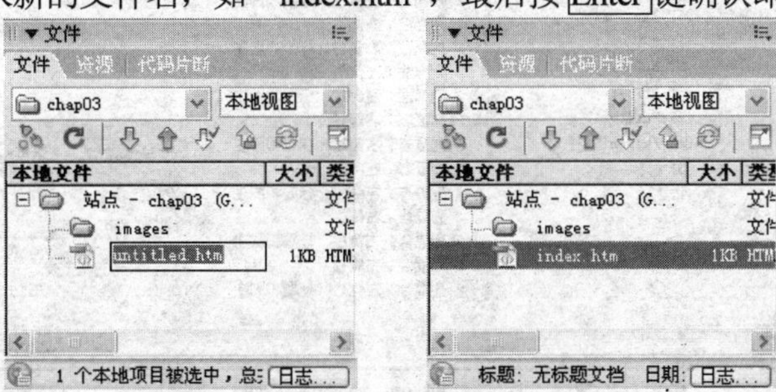

图3-1　从【文件】面板创建文档

- 在【文件】面板中用鼠标右键单击根文件夹，在弹出的快捷菜单中选择【新建文件】命令。
- 单击【文件】面板组标题栏右侧的按钮，在弹出的快捷菜单中选择【文件】/【新建文件】命令。

二、 通过欢迎屏幕创建文档

在欢迎屏幕的【新建】或【从模板创建】列表中选择相应命令，可以创建相应类型的文件，如选择【新建】/【HTML】命令即可创建一个 HTML 文档，如图 3-2 所示。

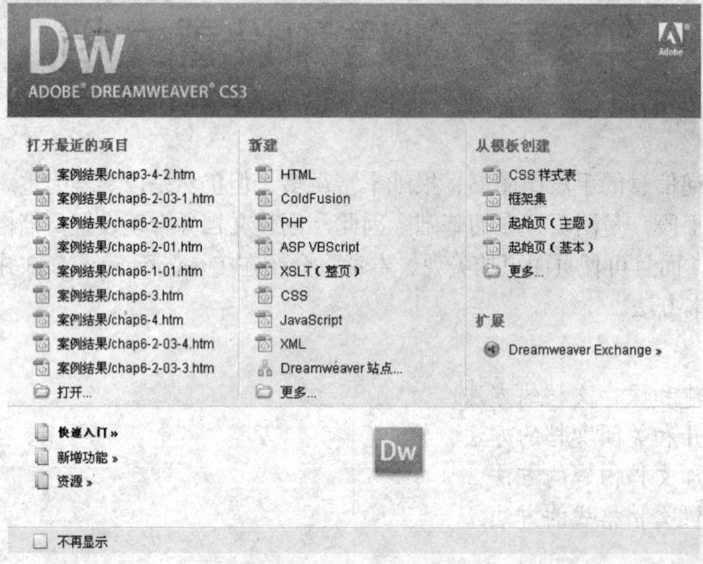

图3-2 通过欢迎屏幕创建文档

三、 通过菜单命令创建文档

从菜单栏中选择【文件】/【新建】命令，打开【新建文档】对话框，根据需要选择相应的选项创建文件，如选择【空白页】/【HTML】/【无】选项，如图 3-3 所示。

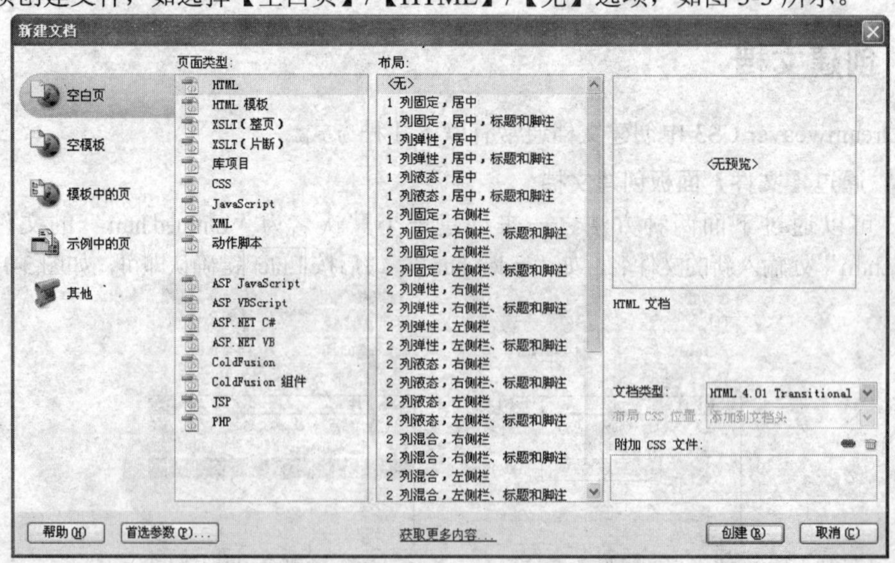

图3-3 【新建文档】对话框

在【新建文档】对话框的【文档类型】下拉列表中可以选择需要的文档类型，如“HTML 4.01 Transitional”。如果已经在【首选参数】对话框的【新建文档】分类中设置了【默认文档类型】为“HTML 4.01 Transitional”，这里就不用再特意设置了。如果是根据 HTML 模板创建文档，此时【布局 CSS 位置】选项将变为可用，它包括【添加到文档头】、

【新建文件】和【链接到现有文件】3 个选项，用户可以根据实际需要进行选择。设置完毕后单击 创建(R) 按钮即可创建文档，如图 3-4 所示。

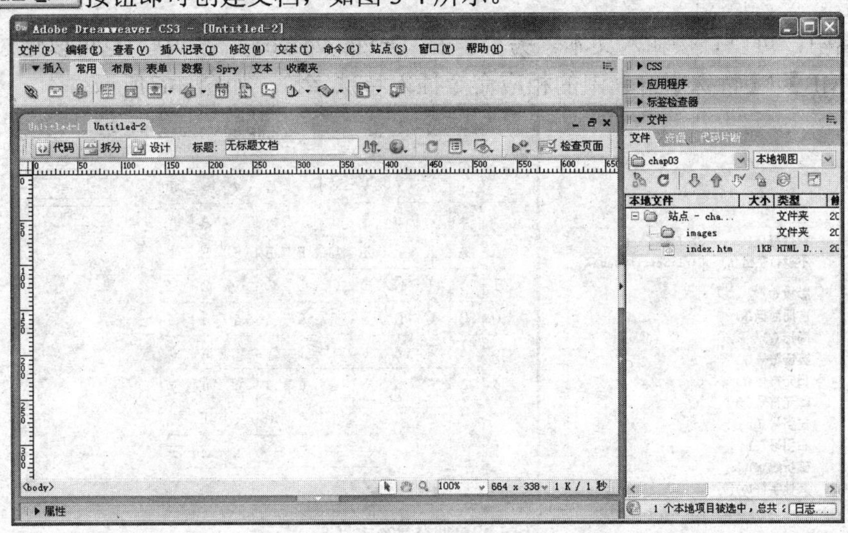

图3-4　创建文档

在实际操作中，读者可以发现，通过【文件】面板创建的文档，其默认文档名依次为“untitled”、“untitled1.htm”、“untitled2.htm”等，而通过欢迎屏幕和【文件】/【新建】命令创建的文档，其默认文档名依次为“Untitled-1”、“Untitled-2”等。

3.1.2　保存文档

在编辑文档的过程中要养成随时保存文档的习惯，以免出现意外造成文档内容的丢失。

如果对新建文档进行保存，可选择【文件】菜单中的【保存】命令或【另存为】命令，打开【另存为】对话框，在【保存在】下拉列表中选择要保存的文件夹，也可单击按钮新建一个文件夹，在【文件名】文本框中输入文件名，在【保存类型】下拉列表中选择文档类型，如图 3-5 所示，然后单击 保存(S) 按钮保存文件。

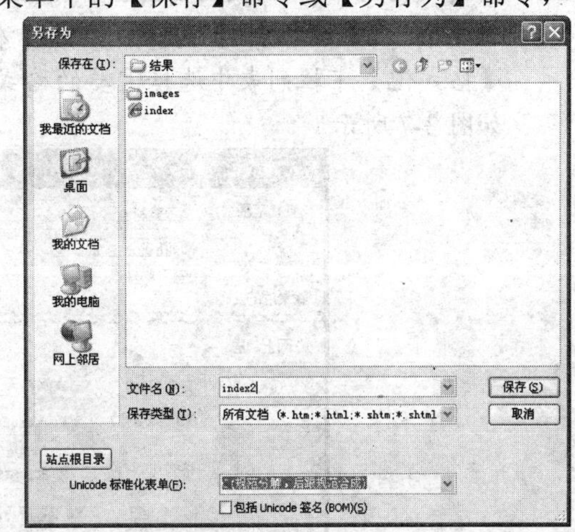

图3-5　【另存为】对话框

文档被保存以后，如果又对其进行了编辑，可以直接选择【文件】/【保存】命令进行保存，如果要换个名字保存，则选择【文件】/【另存为】命令进行保存。选择【文件】/【保存全部】命令可同时保存已打开的所有文档。

3.2　添加文档内容

在文档中添加内容是一项非常重要的工作。添加文档内容的主要方法通常有直接输入、导入其他文档、从其他文档中复制并在该文档中粘贴。下面对这些方法进行简要介绍。

3.2.1 输入文本

在文档中，可以直接输入文本。另外，在 Dreamweaver CS3 中，也可以通过【插入记录】/【HTML】/【特殊字符】中的相应命令插入特殊字符，如图 3-6 所示。

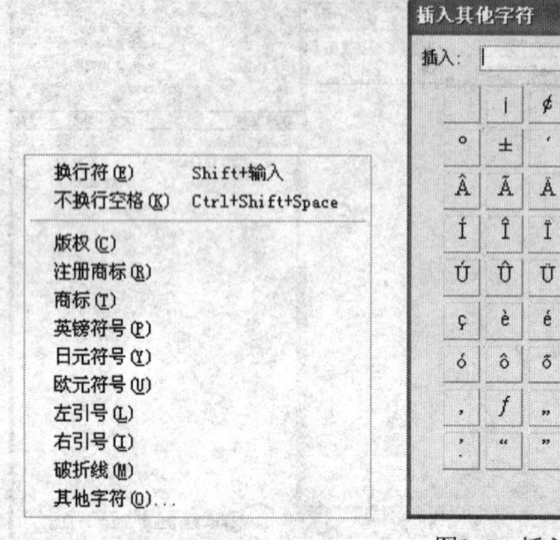

图3-6 插入特殊字符

3.2.2 导入文档内容

除了直接输入文本外，还可以通过导入的方法将 Word 文档中的内容导入到 Dreamweaver CS3 文档中。下面介绍导入 Word 文档的基本方法。

导入文本

1. 创建网页文档"chap3-2-2.htm"，然后选择【文件】/【导入】/【Word 文档】命令，打开【导入 Word 文档】对话框，选择本章素材文件"例题文件\素材\女娲补天.doc"，在【格式化】下拉列表中选择需要的格式，并取消勾选【清理 Word 段落间距】复选框，如图 3-7 所示。

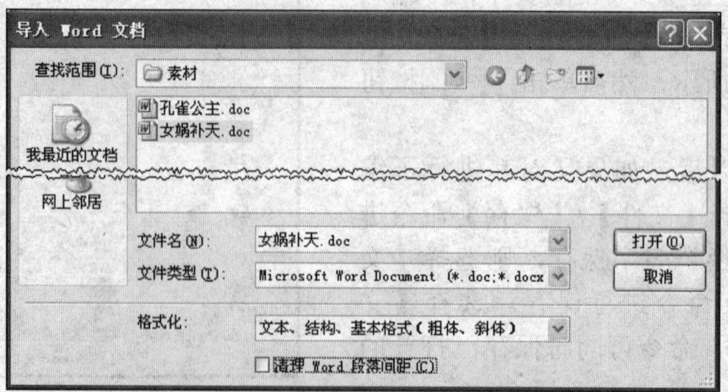

图3-7 【导入 Word 文档】对话框

2. 单击 打开(O) 按钮，将 Word 文档内容导入到网页文档中，如图 3-8 所示。

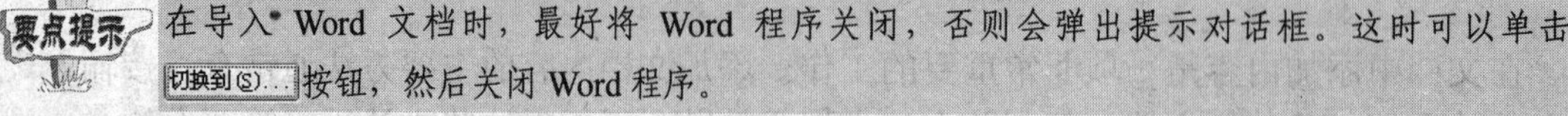
要点提示 在导入 Word 文档时，最好将 Word 程序关闭，否则会弹出提示对话框。这时可以单击 切换到(S)... 按钮，然后关闭 Word 程序。

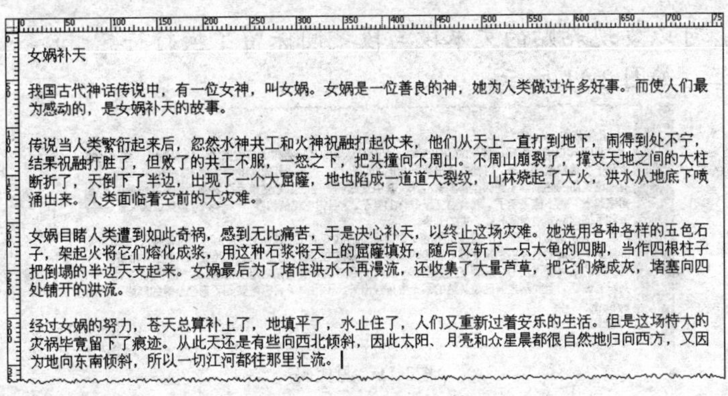

女娲补天

我国古代神话传说中，有一位女神，叫女娲。女娲是一位善良的神，她为人类做过许多好事。而使人们最为感动的，是女娲补天的故事。

传说当人类繁衍起来后，忽然水神共工和火神祝融打起仗来，他们从天上一直打到地下，闹得到处不宁，结果祝融打胜了，但败了的共工不服，一怒之下，把头撞向不周山。不周山崩裂了，撑支天地之间的大柱断折了，天倒下了半边，出现了一个大窟窿，地也陷成一道道大裂纹，山林烧起了大火，洪水从地底下喷涌出来。人类面临着空前的大灾难。

女娲目睹人类遭到如此奇祸，感到无比痛苦，于是决心补天，以终止这场灾难。她选用各种各样的五色石子，架起火将它们熔化成浆，用这种石浆将天上的窟窿填好，随后又斩下一只大龟的四脚，当作四根柱子把倒塌的半边天支起来。女娲最后为了堵住洪水不再漫流，还收集了大量芦草，把它们烧成灰，堵塞向四处铺开的洪流。

经过女娲的努力，苍天总算补上了，地填平了，水止住了，人们又重新过着安乐的生活。但是这场特大的灾祸毕竟留下了痕迹。从此天还是有些向西北倾斜，因此太阳、月亮和众星晨都很自然地归向西方，又因为地向东南倾斜，所以一切江河都往那里汇流。

图3-8　导入 Word 文档

3.2.3　复制和粘贴

除了直接输入文本和导入文档内容外，也可以将其他文档中的内容复制粘贴到 Dreamweaver 文档中。目前，Word 文档是使用最广泛的一种文档，因此复制粘贴 Word 文档内容是最常见的操作，下面介绍复制和粘贴 Word 文档的基本方法。

复制和粘贴文本

1. 创建网页文档“chap3-2-3.htm”，然后打开本章素材文件“例题文件\素材\孔雀公主.doc”，全选并复制所有文本。
2. 在 Dreamweaver CS3 菜单栏中选择【编辑】/【粘贴】命令，把文本粘贴到网页文档中，如图 3-9 所示。

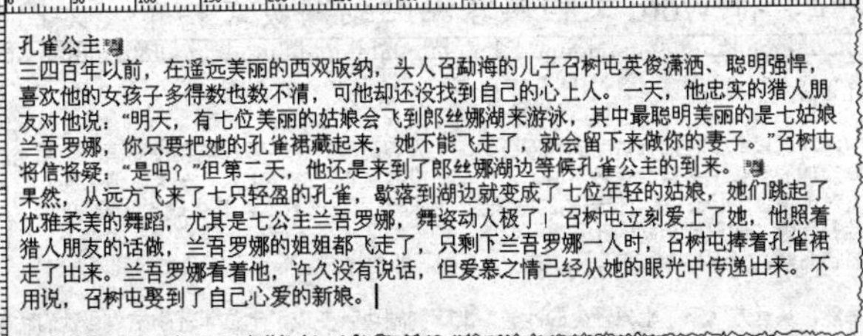

孔雀公主
三四百年以前，在遥远美丽的西双版纳，头人召勐海的儿子召树屯英俊潇洒、聪明强悍，喜欢他的女孩子多得数也数不清，可他却还没找到自己的心上人。一天，他忠实的猎人朋友对他说：“明天，有七位美丽的姑娘会飞到郎丝娜湖来游泳，其中最聪明美丽的是七姑娘兰吾罗娜，你只要把她的孔雀裙藏起来，她不能飞走了，就会留下来做你的妻子。”召树屯将信将疑：“是吗？”但第二天，他还是来到了郎丝娜湖边等候孔雀公主的到来。
果然，从远方飞来了七只轻盈的孔雀，歇落到湖边就变成了七位年轻的姑娘，她们跳起了优雅柔美的舞蹈，尤其是七公主兰吾罗娜，舞姿动人极了！召树屯立刻爱上了她，他照着猎人朋友的话做，兰吾罗娜的姐姐都飞走了，只剩下兰吾罗娜一人时，召树屯捧着孔雀裙走了出来。兰吾罗娜看着他，许久没有说话，但爱慕之情已经从她的眼光中传递出来。不用说，召树屯娶到了自己心爱的新娘。

图3-9　粘贴文本

直接使用该命令粘贴文本，将按照【首选参数】对话框中的【复制/粘贴】分类设置的粘贴方式进行粘贴，其中勾选【保留换行符】复选框，如图 3-10 所示。

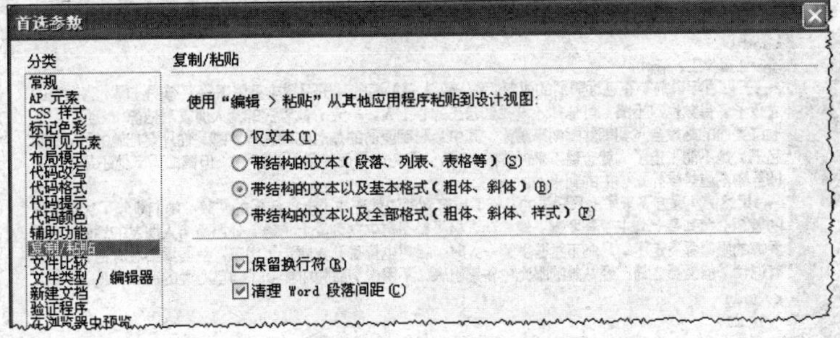

图3-10　【复制/粘贴】分类

3. 查看源代码，可以发现粘贴的文本段与段之间保留了换行符“
”，而所有的文本整体是一个段落，如图 3-11 所示。

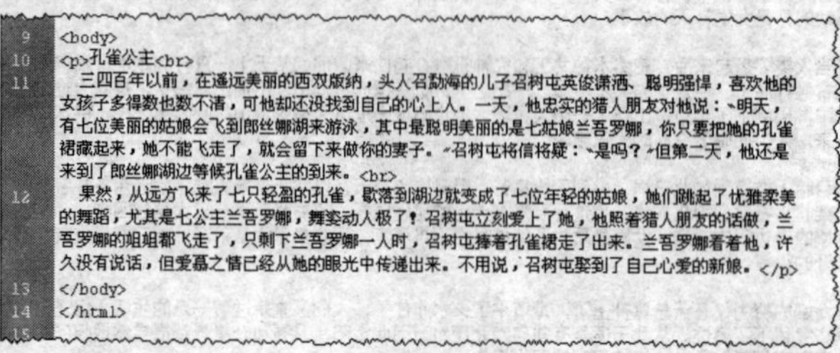

```
<body>
<p>孔雀公主<br>
　三四百年以前，在遥远美丽的西双版纳，头人召勐海的儿子召树屯英俊潇洒、聪明强悍，喜欢他的女孩子多得数也数不清，可他却还没找到自己的心上人。一天，他忠实的猎人朋友对他说：“明天，有七位美丽的姑娘会飞到郎丝娜湖来游泳，其中最聪明美丽的是七姑娘兰吾罗娜，你只要把她的孔雀裙藏起来，她不能飞走了，就会留下来做你的妻子。”召树屯将信将疑：“是吗？”但第二天，他还是来到了郎丝娜湖边等候孔雀公主的到来。<br>
　果然，从远方飞来了七只轻盈的孔雀，歇落到湖边就变成了七位年轻的姑娘，她们跳起了优雅柔美的舞蹈，尤其是七公主兰吾罗娜，舞姿动人极了！召树屯立刻爱上了她，他照着猎人朋友的话做，兰吾罗娜的姐姐都飞走了，只剩下兰吾罗娜一人时，召树屯捧着孔雀裙走了出来。兰吾罗娜看着他，许久没有说话，但爱慕之情已经从她的眼光中传递出来。不用说，召树屯娶到了自己心爱的新娘。</p>
</body>
</html>
```

图3-11　源代码

4. 选择【编辑】/【撤消粘贴】命令，取消对文本的粘贴。

5. 选择【编辑】/【选择性粘贴】命令，打开【选择性粘贴】对话框，在【粘贴为】栏中选择需要的选项，本例选中第 2 项，同时取消勾选【清理 Word 段落间距】复选框，如图 3-12 所示。

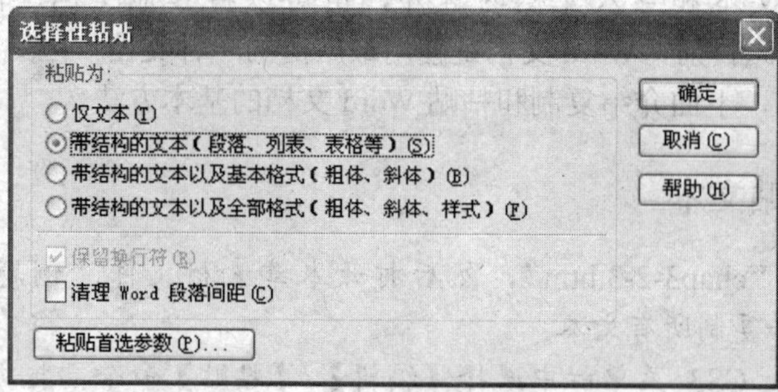

图3-12　【选择性粘贴】对话框

6. 单击 确定 按钮，将 Word 文档内容粘贴到网页文档中，如图 3-13 所示。

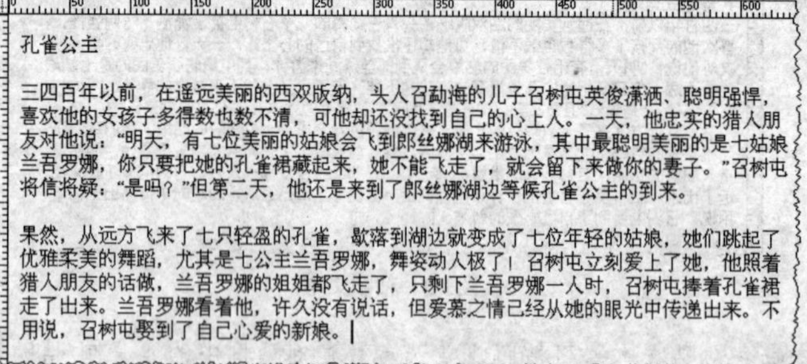

图3-13　选择性粘贴

7. 查看源代码，可以发现粘贴的文本段与段之间使用的是分段符“<p>”，如图 3-14 所示。

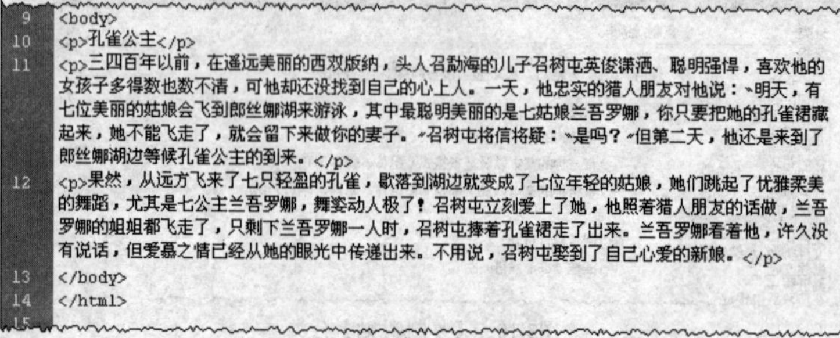

```
<body>
<p>孔雀公主</p>
<p>三四百年以前，在遥远美丽的西双版纳，头人召勐海的儿子召树屯英俊潇洒、聪明强悍，喜欢他的女孩子多得数也数不清，可他却还没找到自己的心上人。一天，他忠实的猎人朋友对他说：“明天，有七位美丽的姑娘会飞到郎丝娜湖来游泳，其中最聪明美丽的是七姑娘兰吾罗娜，你只要把她的孔雀裙藏起来，她不能飞走了，就会留下来做你的妻子。”召树屯将信将疑：“是吗？”但第二天，他还是来到了郎丝娜湖边等候孔雀公主的到来。</p>
<p>果然，从远方飞来了七只轻盈的孔雀，歇落到湖边就变成了七位年轻的姑娘，她们跳起了优雅柔美的舞蹈，尤其是七公主兰吾罗娜，舞姿动人极了！召树屯立刻爱上了她，他照着猎人朋友的话做，兰吾罗娜的姐姐都飞走了，只剩下兰吾罗娜一人时，召树屯捧着孔雀裙走了出来。兰吾罗娜看着他，许久没有说话，但爱慕之情已经从她的眼光中传递出来。不用说，召树屯娶到了自己心爱的新娘。</p>
</body>
</html>
```

图3-14　源代码

要点提示　直接粘贴的文本将以“默认字体”显示，其中的引号看起来感觉像英文状态下的引号，实际上在将文本设置字体后（如“宋体”），引号看起来就是中文状态下的引号了。

从上面的操作可以看出，选择不同的粘贴选项以及是否勾选【清理 Word 段落间距】复选框，复制粘贴后的文本形式是有差别的，读者可通过实际练习加以体会，同时使用导入的方法将 Word 文档中的所有内容导入到 Dreamweaver CS3 文档中，而使用复制粘贴的方法可以选择需要的内容，不必导入全部内容，因此具有更大的灵活性。

3.3　设置文档格式

在文档中添加内容后，还需要设置文档格式，这样文档才会美观。下面介绍设置文档格式的基本方法。

3.3.1　设置浏览器标题

浏览器标题是指在浏览网页时显示在浏览器标题栏的文本。设置浏览器标题通常有以下两种方式。

(1)　在【文档】工具栏的【标题】文本框中输入浏览器标题，如图 3-15 所示。

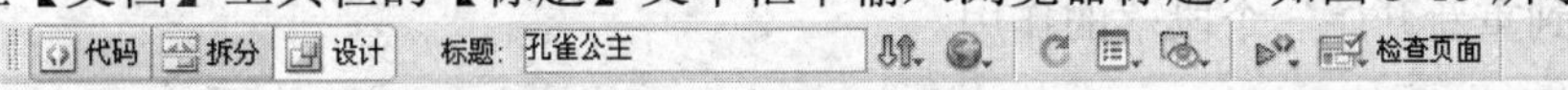

图3-15　设置浏览器标题

(2)　选择【修改】/【页面属性】命令，或单击【属性】面板中的【页面属性...】按钮，打开【页面属性】对话框，然后选择【标题/编码】分类，在【标题】文本框中输入网页标题，如图 3-16 所示。

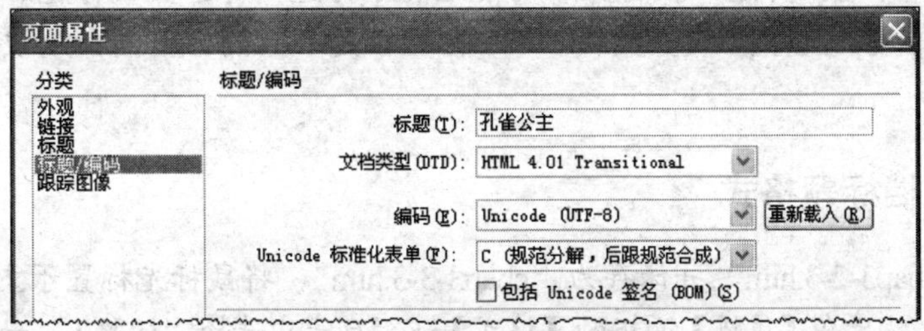

图3-16　【标题/编码】分类

浏览器标题的 HTML 标签是“<title>…</title>”，它位于 HTML 标签“<head>…</head>”之间，如图 3-17 所示。另外，通过【页面属性】对话框的【标题/编码】分类，还可以设置当前网页的文档类型和编码方式。

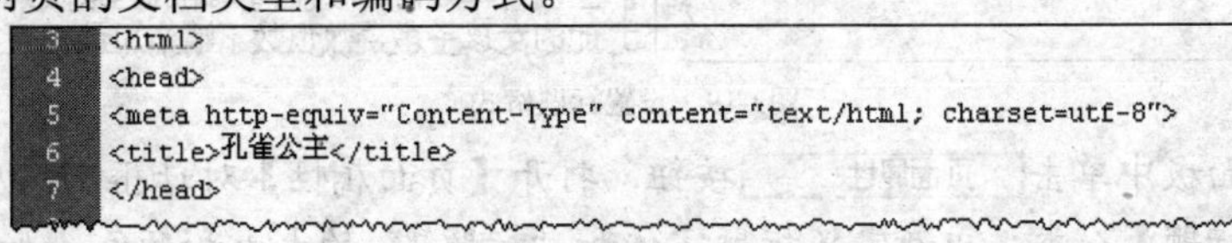

```
<html>
<head>
<meta http-equiv="Content-Type" content="text/html; charset=utf-8">
<title>孔雀公主</title>
</head>
```

图3-17　HTML 标签是“<title>…</title>”

3.3.2　分段和换行

在 Word 等文本编辑软件中，通常按 Enter 键可以另起一个段落。同样，在 Dreamweaver CS3 文档窗口中，每按一次 Enter 键也会另起一个段落。按 Enter 键的操作通

常称为“硬回车”，段落就是带有硬回车的文本组合。使用硬回车划分段落后，段落与段落之间会产生一个空行间距。如果希望文本换行后不产生段落间距，可以采取插入换行符的方法。选择【插入记录】/【HTML】/【特殊字符】/【换行符】命令，或按 Shift+Enter 组合键，可以插入换行符，段落与换行效果如图 3-18 所示。

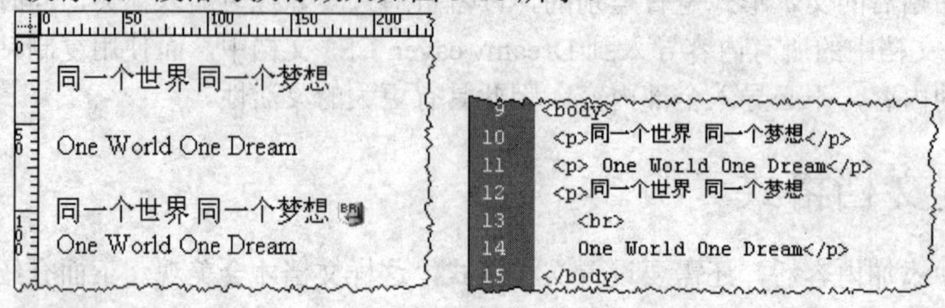

图3-18　段落和换行效果

段落的 HTML 标签是“<p>…</p>”。通过该标签中的 align 属性可对段落的对齐方式进行控制。align 属性值通常有 center、right 和 left，可分别使段落内的文本居中对齐、居右对齐和居左对齐。读者可使用以下格式定义文档段落。

```
<p align="center">段落内容</p>
```

换行的 HTML 标签是“
”，换行仍然是发生在段落内的行为，只有“<p>…</p>”标签才能起到重新开始一个段落的作用。

3.3.3 设置文档标题格式

在设计网页时，一般都会加入一个或多个文档标题，用来对页面内容进行概括或分类。就像一篇文章有一个总的标题，在行文中可能还有小标题一样。文档标题和浏览器标题是不一样的，它们的作用、显示方式以及 HTML 标签都是不同的。下面介绍设置文档标题格式的基本方法。

设置文档标题格式

1. 打开文档“chap3-2-3.htm”并保存为“chap3-3-3.htm”，将鼠标光标置于文档标题“孔雀公主”所在行，然后在【属性】面板的【格式】下拉列表中选择“标题 1”，如图 3-19 所示。

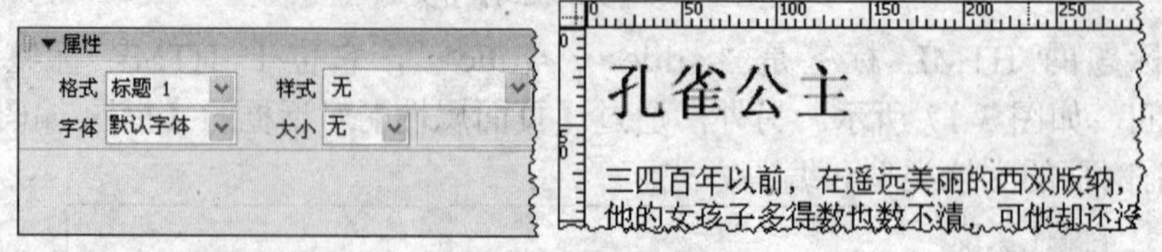

图3-19　设置标题格式

2. 在【属性】面板中单击 页面属性... 按钮，打开【页面属性】对话框，然后在【分类】列表中选择【标题】分类，重新定义标题字体和“标题 1”的大小和颜色，如图 3-20 所示。
3. 单击 确定 按钮关闭对话框，然后切换至源代码视图，会看到标题样式是使用 CSS 样式重新定义的，如图 3-21 所示。

要点提示　CSS 是 Cascading Style Sheet 的缩写，可译为“层叠样式表”或“级联样式表”，是一组格式设置规则，用于控制 Web 页面的外观。

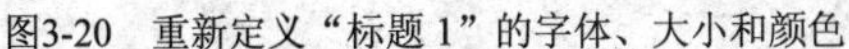

图3-20　重新定义“标题 1”的字体、大小和颜色

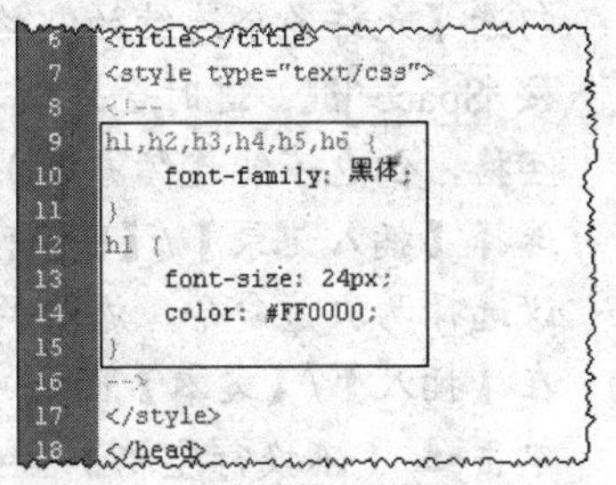

图3-21　重新定义标题样式的 CSS 代码

为了使文档标题醒目，Dreamweaver CS3 提供了 6 种标准的标题样式“标题 1”～“标题 6”，可以在【属性】面板的【格式】下拉列表中进行选择。当将标题设置成“标题 1”～“标题 6”中的某一种时，Dreamweaver CS3 会按其默认设置显示。如果在【首选参数】对话框的【常规】分类中勾选了【使用 CSS 而不是 HTML 标签】复选框，也可以通过【页面属性】对话框的【标题】分类来重新设置“标题 1”～“标题 6”的字体、大小和颜色属性。设置文档标题的 HTML 标签是“<h$_n$>标题文字</h$_n$>”，其中 n 的取值为 1～6，n 越小字号越大，n 越大字号越小。

如果在【首选参数】对话框的【常规】分类中没有勾选【使用 CSS 而不是 HTML 标签】复选框，那么【页面属性】对话框将是如图 3-22 所示的简化对话框。在该对话框中，没有【标题】分类，因此也就无法重新定义标题样式。

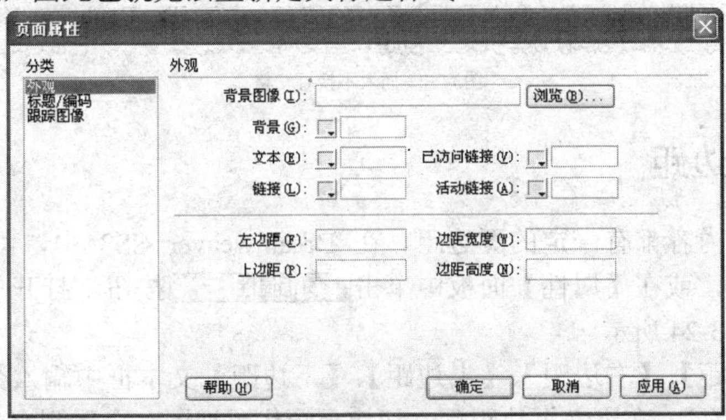

图3-22　简化的【页面属性】对话框

对话框两种状态的主要区别在于后者不再使用 CSS 样式来定义网页的属性，而是使用 HTML 标签来表示。虽然不可能将 CSS 样式的好处一言概之，但一般情况下，如果有可能使用 CSS 样式标签来定义网页，就不要使用 HTML 标签。

3.3.4　添加空格

在文档中添加空格是最常用的操作，也是必不可少的。下面介绍添加空格的基本方法。

添加空格

1. 打开文档“chap3-3-3.htm”并保存为“chap3-3-4.htm”，然后将鼠标光标置于正文文本的开始处。
2. 选择【编辑】/【首选参数】命令，打开【首选参数】对话框，在【常规】分类中取消勾选【允许多个连续的空格】复选框。

3. 按 Space 键，这时会发现不能添加空格（如果鼠标光标是在文本中间，可以添加 1 个空格，但也不能连续添加）。
4. 选择【插入记录】/【HTML】/【特殊字符】/【不换行空格】命令，可以添加空格（建议选择两次该命令，添加两个空格）。
5. 在【插入】/【文本】面板中单击最后的 （字符）按钮右侧的箭头，在弹出的列表中单击 （不换行空格）按钮，也可以添加空格（建议单击两次该按钮，再添加两个空格）。
6. 将上面添加的 4 个空格删除，并在【首选参数】对话框的【常规】分类中勾选【允许多个连续的空格】复选框。
7. 按 Space 键 4 次，可以连续添加空格。

通过上面的操作可以看出，在【首选参数】对话框的【常规】分类中，是否勾选【允许多个连续的空格】复选框只对按 Space 键有影响，而对【插入记录】/【HTML】/【特殊字符】/【不换行空格】命令和在【插入】/【文本】面板中单击 按钮没有影响。另外，不换行空格在源代码中显示为“ ”，如图 3-23 所示。

```
<h1>孔雀公主</h1>
<p>     三四百年以前，在遥远美丽的西双版纳，头人召勐海的儿子召树屯英俊潇
洒、聪明强悍，喜欢他的女孩子多得数也数不清，可他却还没找到自己的心上人。一天，他忠实的猎
人朋友对他说：“明天，有七位美丽的姑娘会飞到郎丝娜湖来游泳，其中最聪明美丽的是七姑娘兰吾
罗娜，你只要把她的孔雀裙藏起来，她不能飞走了，就会留下来做你的妻子。”召树屯将信将疑：“是
吗？”但第二天，他还是来到了郎丝娜湖边等候孔雀公主的到来。</p>
```

图3-23 插入不换行空格

3.3.5 设置页边距

网页文档中的内容都有一定的页边距。在 Dreamweaver CS3 中，可以选择【修改】/【页面属性】命令，或在【属性】面板中单击 页面属性... 按钮，打开【页面属性】对话框进行设置，如图 3-24 所示。

可以在【左边距】、【右边距】、【上边距】、【下边距】文本框中输入数值，然后选择单位，一般选择“像素”。在定义页边距后，切换至源代码视图，会看到定义页边距时使用的 CSS 样式，如图 3-25 所示。

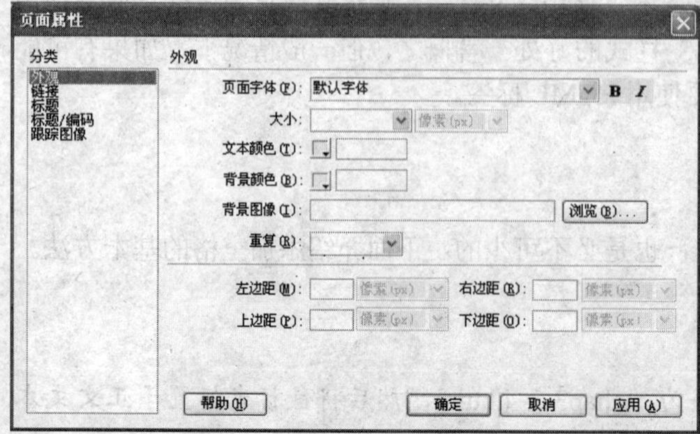

图3-24 【页面属性】对话框

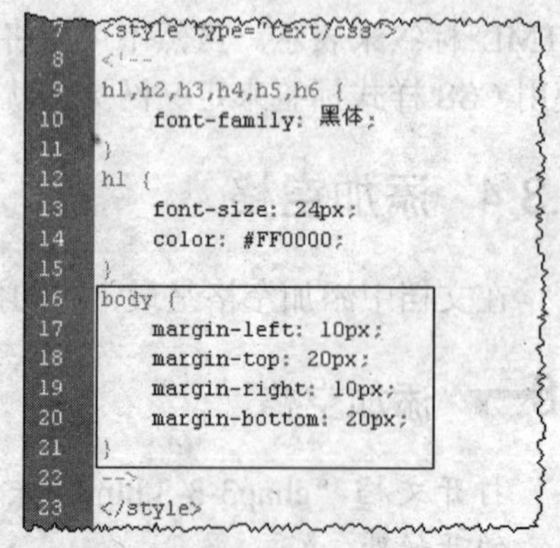

图3-25 定义页边距时使用的 CSS 样式

3.3.6 设置文本的字体、大小和颜色

许多时候要根据实际需要设置网页中文本的字体、大小和颜色。下面介绍在 Dreamweaver CS3 中设置文本字体、大小和颜色的基本方法。

设置文本的字体、大小和颜色

1. 打开文档“chap3-3-4.htm”并保存为“chap3-3-6.htm”，然后选择【修改】/【页面属性】命令，打开【页面属性】对话框，在【外观】分类中定义页面文本的字体、大小和颜色，如图 3-26 所示。

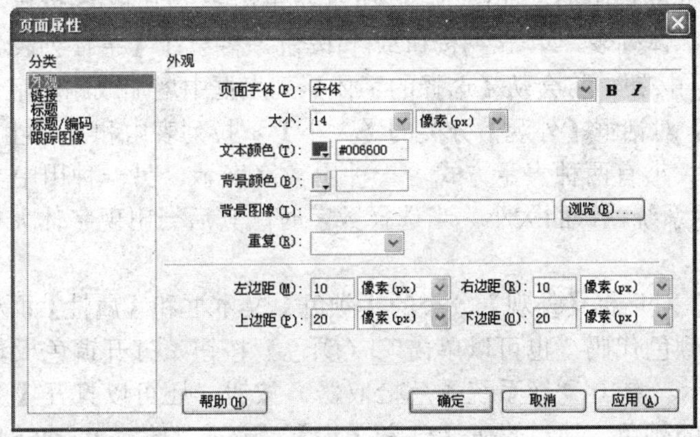

图3-26　定义页面文本的字体、大小和颜色

2. 单击 确定 按钮关闭对话框，这时文本的格式发生了变化，如图 3-27 所示。

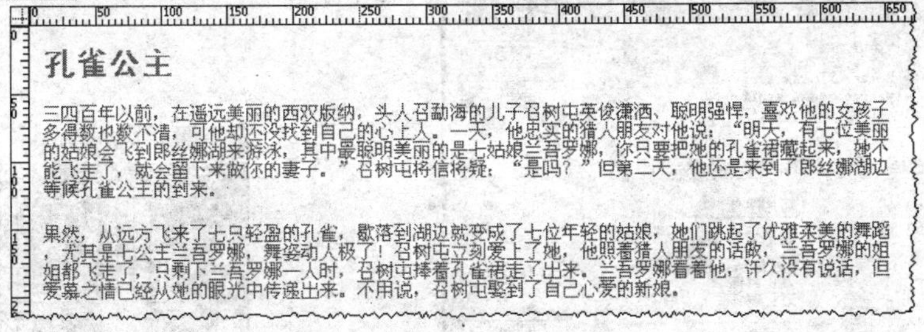

图3-27　文本的格式发生了变化

3. 选择正文第 1 句中的文本“西双版纳”，在【属性】面板的【字体】下拉列表中选择“黑体”，在【大小】下拉列表中选择“16 像素”，设置【颜色】为“#0000FF”，如图 3-28 所示。

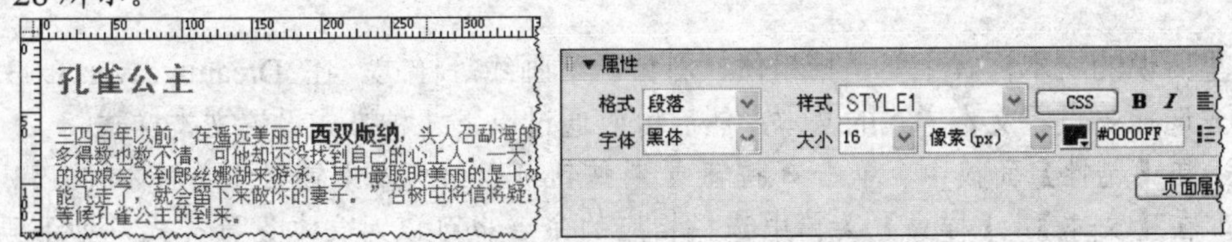

图3-28　设置选择文本的字体、大小和颜色

实际上，设置文本的字体、大小和颜色通常有 3 种途径：第 1 种是通过【页面属性】对话框的【外观】分类进行设置，第 2 种是通过【属性】面板中的【字体】、【大小】和【颜

色】选项进行设置，第3种是在【文本】菜单中选择【字体】、【大小】和【颜色】命令进行设置。但第1种途径与后两种途径是有区别的，在【页面属性】对话框中设置的字体、大小和颜色，将对当前网页中所有的文本都起作用，而通过【属性】面板或【文本】菜单中的命令设置的字体、大小和颜色，只对当前网页中所选择的文本起作用。

在【页面属性】对话框【外观】分类的【页面字体】下拉列表和【属性】面板的【字体】下拉列表中，有些字体列表每行有 3～4 种不同的字体，这些字体均以逗号隔开。浏览器在显示时，首先会寻找第1种字体，如果没有就继续寻找下一种字体，以确保计算机在缺少某种字体的情况下，网页的外观不会出现大的变化。

如果【字体】下拉列表中没有需要的字体，可以选择【编辑字体列表…】选项打开【编辑字体列表】对话框进行添加，如图 3-29 所示。单击⊞按钮或⊟按钮，将会在【字体列表】中增加或删除字体列表，单击▲按钮或▼按钮，将会在【字体列表】中上移或下移字体列表。单击«或»按钮，将会从【选择的字体】列表框中增加或删除字体。

在【页面属性】对话框【外观】分类的【大小】下拉列表中和【属性】面板的【大小】下拉列表中，文本大小有两种表示方式，一种用数字表示，另一种用中文表示。如果选择“无”，则表示采用系统默认的大小。当选择数字时，其后会出现字体大小单位列表，通常选择“像素（px）”。

在【页面属性】对话框【外观】分类的【颜色】文本框和【属性】面板的【颜色】文本框中可以直接输入颜色代码，也可以单击▭（颜色）按钮，打开调色板直接选择相应的颜色，如图 3-30 所示。单击◉（系统颜色拾取器）按钮，还可以打开【颜色】拾取器调色板，从中选择更多的颜色。通过设置【红】、【绿】、【蓝】的值（0～255），可以有“256×256×256”种颜色供选择。

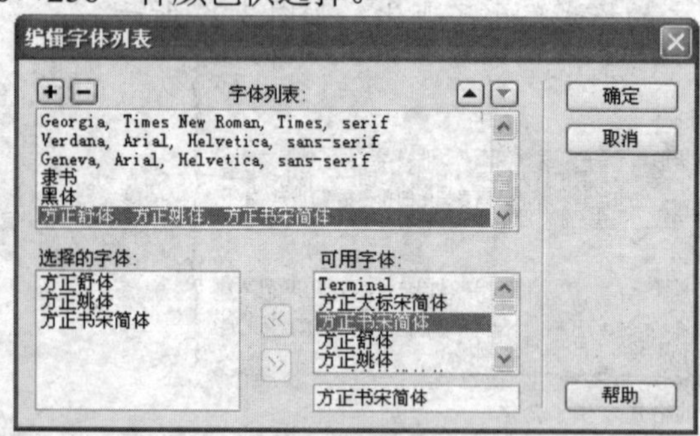

图3-29 【编辑字体列表】对话框

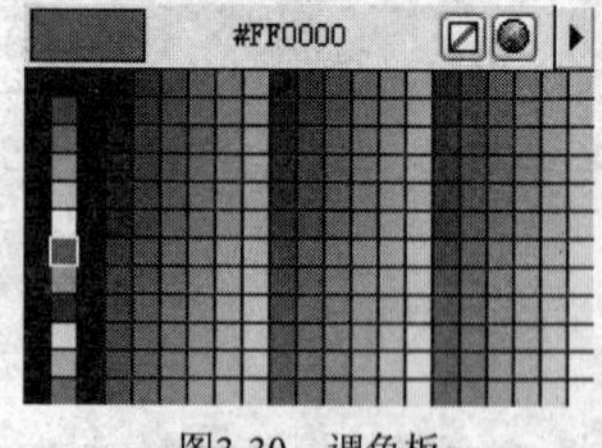

图3-30 调色板

3.3.7 设置文本样式

这里所说的文本样式主要是指粗体、斜体、下画线等样式。在 Dreamweaver CS3 文档中，首先选择要设置文本样式的文本，然后可以通过以下3种方式设置文本样式。

- 在【属性】面板中，单击**B**按钮或*I*按钮可以给文本设置粗体或斜体样式。
- 在【文本】/【样式】菜单中选择相应的命令也可以对文本设置样式，如下画线、删除线等。
- 在【插入】工具栏中，切换到【文本】选项卡，将出现【文本】工具面板，单击相应的按钮也可以设置粗体或斜体样式，如图 3-31 所示。

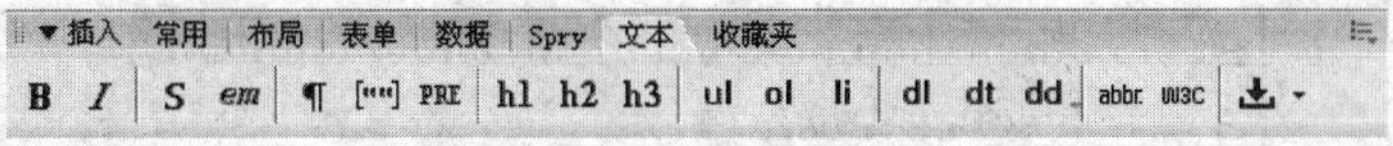

图3-31　【文本】工具面板

3.3.8　设置文本的对齐方式

文本的对齐方式通常有 4 种：左对齐、居中对齐、右对齐和两端对齐。可以通过依次单击【属性】面板中的按钮、按钮、按钮和按钮来实现，也可以通过【文本】/【对齐】菜单中的相应命令来实现。如果同时设置多个段落的对齐方式，则需要先选中这些段落。

3.3.9　设置文本的缩进和凸出

在文档排版过程中，有时会遇到需要使某段文本整体向内缩进或向外凸出的情况。选择【文本】/【缩进】或【凸出】命令，或单击【属性】面板上的按钮或按钮，可以使段落整体向内缩进或向外凸出。如果同时设置多个段落的缩进和凸出，则需要先选中这些段落。

3.3.10　应用列表

列表的类型通常有编号列表、项目列表、目录列表、菜单列表、定义列表等，最常用的是项目列表和编号列表。下面介绍设置列表的基本方法。

设置列表

1. 将本章素材文件“例题文件\素材\chap3-3-10.htm”复制到站点根文件夹下。
2. 选择所有文本，然后通过以下任意一种方式将所选文本设置为编号列表，如图 3-32 所示。
   - 在【属性】面板中单击（编号列表）按钮。
   - 选择【文本】/【列表】/【编号列表】命令。
   - 在【插入】工具栏中，切换到【文本】选项卡，在【文本】工具面板中单击（编号列表）按钮。
3. 将鼠标光标置于编号列表的第 2 行，然后在【属性】面板中单击（文本缩进）按钮使文本缩进，运用同样的方法设置其他行，如图 3-33 所示。

图3-32　设置编号列表

图3-33　设置文本缩进

4. 仍将鼠标光标置于编号列表的第 2 行，然后在【属性】面板中单击（项目列表）按钮，运用同样的方法设置其他行，如图 3-34 所示。

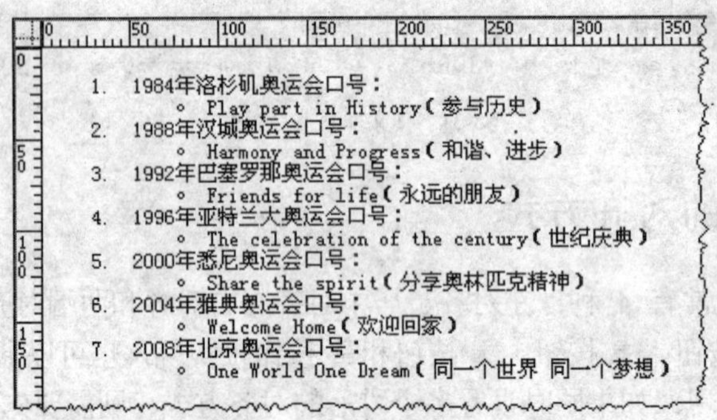

图3-34 设置嵌套列表

如果对默认的列表不满意，可以进行如下修改。

5. 将鼠标光标放置在要修改的列表中，然后选择【文本】/【列表】/【属性】命令，或在【属性】面板中单击 列表项目... 按钮，打开【列表属性】对话框。

要点提示 当在【列表类型】下拉列表中选择“项目列表”时，对应的【样式】下拉列表中的选项有【默认】、【项目符号】和【正方形】3 项；当在【列表类型】下拉列表中选择“编号列表”时，对应的【样式】下拉列表中的选项发生了变化，【开始计数】选项也处于可用状态，通过【开始计数】选项，可以设置编号列表的起始编号，如图 3-35 所示。

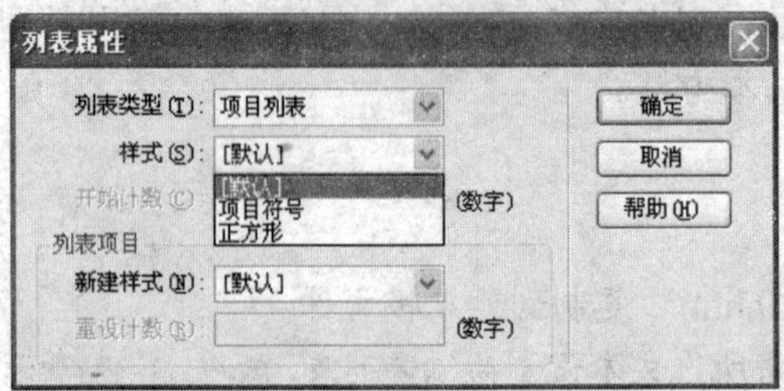

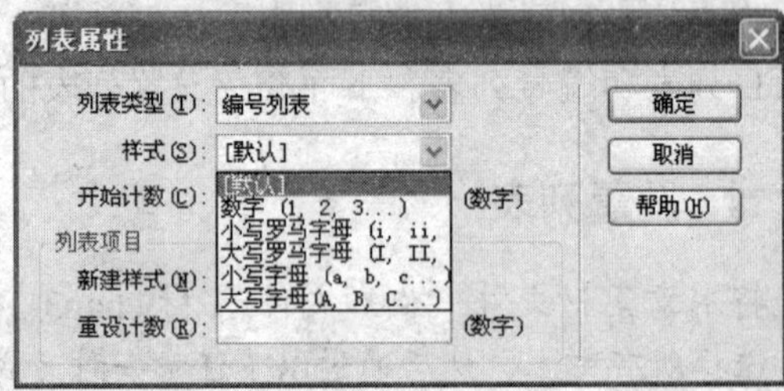

图3-35 【列表属性】对话框

上面介绍了如何设置列表以及如何设置嵌套列表和修改列表属性的方法。在设置嵌套列表时，子列表需要使用文本缩进命令才能实现。下面认识一下列表的 HTML 标签。

(1) 编号列表的 HTML 标签是“<ol>…</ol>”，“<li>…</li>”表示列表的内容，具体格式是：

```
<ol>
  <li>列表内容 1</li>
  <li>列表内容 2</li>
  …
</ol>
```

(2) 项目列表的 HTML 标签是“<ul>…</ul>”，其格式与编号列表是一样的。列表是可以嵌套的，下面是一个列表嵌套的 HTML 代码，最外层的列表是编号列表，里面的列表是项目列表。

```
<ol>
  <li>水果
    <ul>
      <li>苹果</li>
```

```
        <li>香蕉</li>
      </ul>
    </li>
    <li>蔬菜
      <ul>
        <li>青椒</li>
        <li>萝卜</li>
      </ul>
    </li>
    <li>其他</li>
  </ol>
```

3.3.11　插入水平线

在制作网页时，经常需要插入水平线，使用图像处理技术可以制作水平线，在 Dreamweaver CS3 中，也可以直接插入水平线并设置其属性。如果掌握了 CSS 样式，制作的水平线效果会更美观。

选择【插入记录】/【HTML】/【水平线】命令可以插入水平线，如图 3-36 所示。

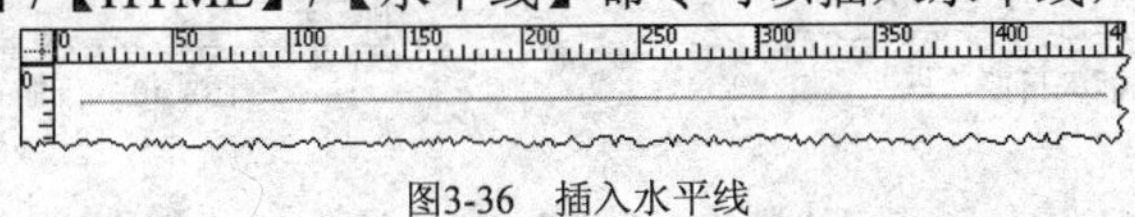

图3-36　插入水平线

选中水平线，在【属性】面板中可以设置其属性，如图 3-37 所示。

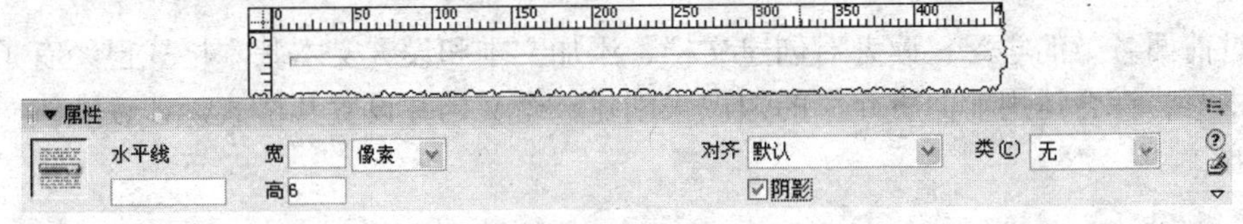

图3-37　设置水平线属性

在水平线【属性】面板中，可以设置水平线的 id 名称、宽度和高度、对齐方式、是否具有阴影效果等，如果设置了 CSS 类样式，还可以应用样式。这些属性的设置要根据实际需要而定。如果使用 CSS 高级样式来定义水平线的效果或使用其他脚本语言引用该水平线，就需要设置其名称，否则就不需要，包括使用 CSS 类样式和标签样式。水平线的 HTML 标签如下。

```
<hr align="center" width="500" size="5" id="line">
```

水平线的 HTML 标签是“<hr>”，如果仅仅插入一条水平线不设置任何属性，只需要使用“<hr>”即可。在上面的代码中，align 表示对齐方式，其值有 left（左对齐）、center（居中对齐）和 right（右对齐）。width 表示宽度，size 表示高度，id 表示水平线的 id 名称。

3.3.12　插入日期

许多网页在页脚位置都有日期，而且每次修改保存后都会自动更新该日期。那么这是如何设置的呢？下面介绍插入日期的基本方法。

插入日期

1. 创建网页文档“chap3-3-12.htm”。
2. 选择【插入记录】/【日期】命令，打开【插入日期】对话框，在【星期格式】下拉列表中选择“Thursday,”，在【日期格式】下拉列表中选择“1974-03-07”，在【时间格式】下拉列表中选择“22:18”，并勾选【储存时自动更新】复选框，如图 3-38 所示。

图3-38 【插入日期】对话框

要点提示 只有在【插入日期】对话框中勾选【储存时自动更新】复选框，才能使单击日期时显示日期的【属性】面板，否则插入的日期仅仅是一段文本而已。

3. 单击 确定 按钮插入日期，如图 3-39 所示。
4. 如果对插入的日期格式不满意，可以选中日期，在【属性】面板中单击 编辑日期格式 按钮，重新打开【插入日期】对话框进行设置，如图 3-40 所示。

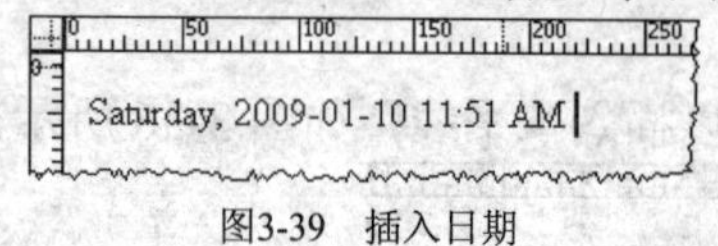

图3-39 插入日期

图3-40 日期【属性】面板

3.4 实例——设置“国外知名电影节”文档格式

通过前面各节的学习，读者对创建文档、添加文本和设置文本基本格式已经有了初步的了解。本节将综合运用前面所介绍的知识来创建一个文档并设置其格式，让读者进一步巩固所学内容。

设置“国外知名电影节”文档格式

1. 创建一个 HTML 空白文档，并保存为“shili.htm”。
2. 在文档中添加文本。

(1) 打开本章素材文件“综合实例\素材\国外知名电影节.doc”，并选择【编辑】/【全选】命令，将所有文本全部选择。

(2) 选择【编辑】/【复制】命令，将所选文本进行复制。

(3) 选择【编辑】/【选择性粘贴】命令，打开【选择性粘贴】对话框，在【粘贴为】栏中选择第 2 项，并取消勾选【清理 Word 段落间距】复选框，如图 3-41 所示。

(4) 单击 确定 按钮，将文本粘贴到网页文档中。

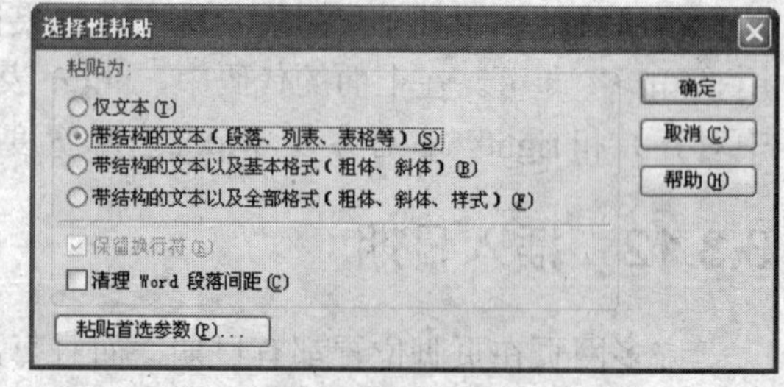

图3-41 设置【选择性粘贴】对话框

3. 设置页面属性。

(1) 选择【修改】/【页面属性】命令，打开【页面属性】对话框。

(2) 在【外观】分类中设置文本的【大小】为“12 像素”，页边距均设置为“50 像素”。

(3) 在【标题/编码】分类中设置显示在浏览器标题栏的标题为“国外知名电影节”。

4. 设置文本格式。

(1) 将鼠标光标置于文档标题“国外知名电影节”所在行，并在【属性】面板的【格式】下拉列表中选择“标题 1”，然后单击（居中对齐）按钮使其居中显示。

(2) 选中所有正文文本，并在【属性】面板中设置其【字体】为“宋体”。

(3) 选择文本“美国奥斯卡电影金像奖”，并在【属性】面板中单击（项目列表）按钮，然后按照同样的方法设置其他同类文本，如图 3-42 所示。

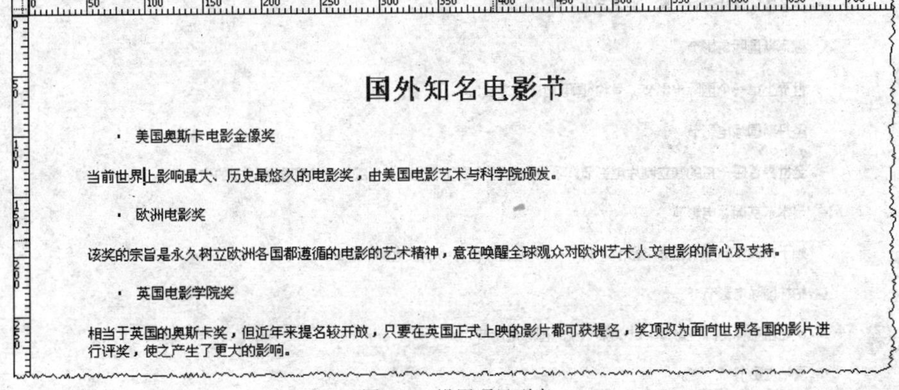

图3-42　设置项目列表

(4) 将鼠标光标置于文本“当前世界上影响最大、历史最悠久的电影奖，由美国电影艺术与科学院颁发。”所在行，然后在【属性】面板中单击按钮使其向内缩进 1 次，然后按照同样的方法设置其他同类文本，如图 3-43 所示。

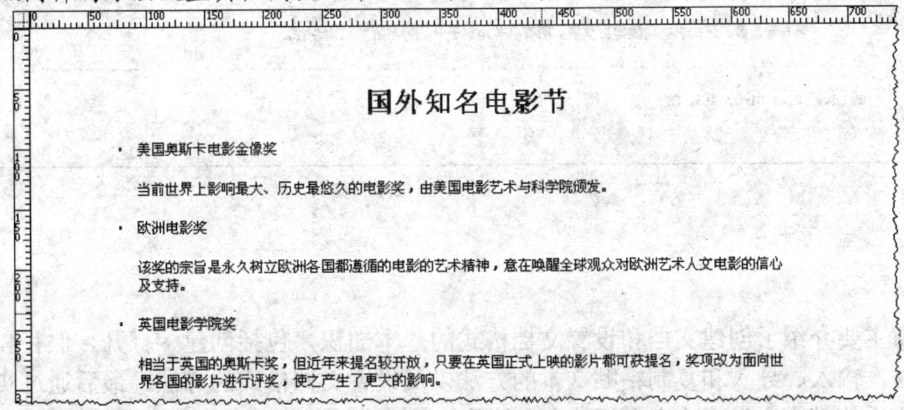

图3-43　设置文本缩进

(5) 将鼠标光标置于文档最后一行文本的后面并按 Enter 键，然后在【属性】面板中单击按钮，接着选择【插入记录】/【HTML】/【水平线】命令插入一条水平线。

(6) 将鼠标光标置于水平线的下面，然后选择【插入记录】/【日期】命令，打开【插入日期】对话框，在【星期格式】中选择“Thursday,”，在【日期格式】中选择“1974-03-07”，在【时间格式】中选择“10:18 PM”，并勾选【储存时自动更新】复选框。

5. 保存文件，最终效果如图 3-44 所示。

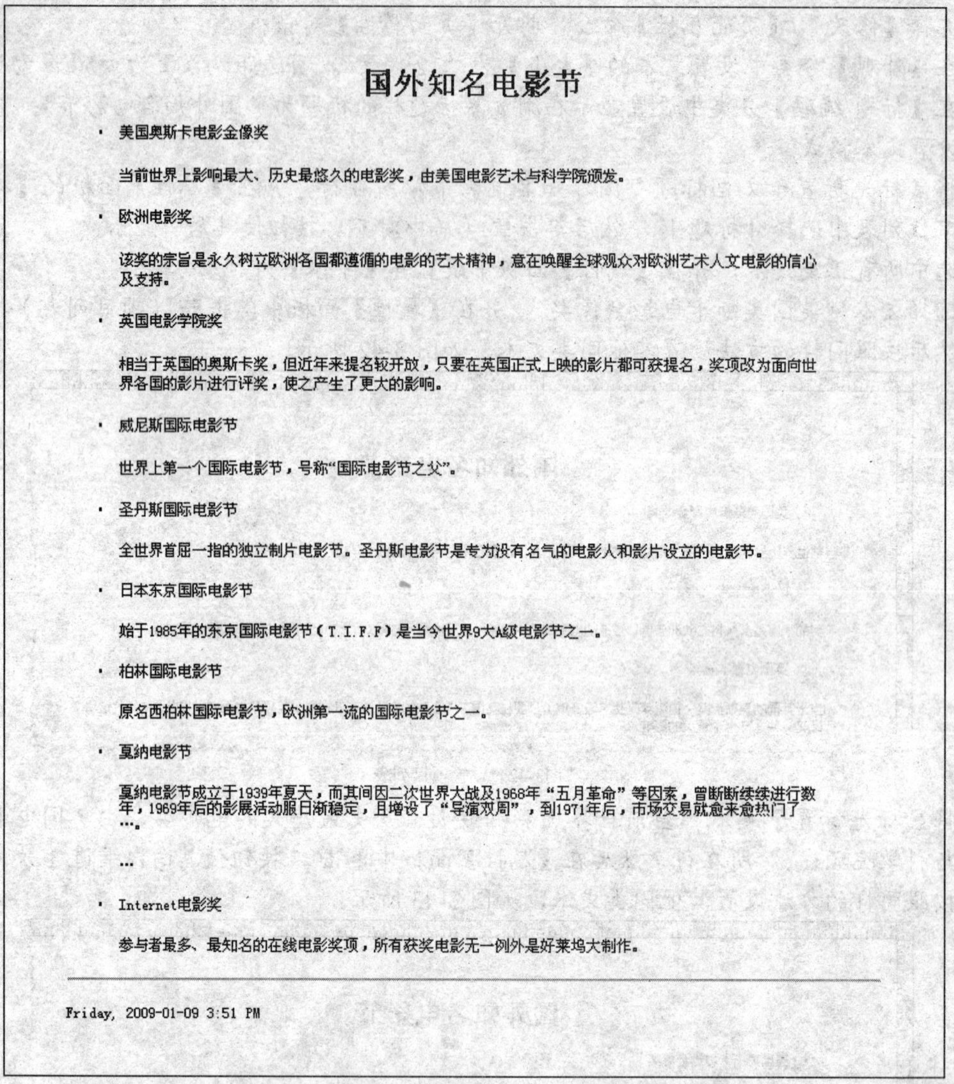

国外知名电影节

- 美国奥斯卡电影金像奖

当前世界上影响最大、历史最悠久的电影奖，由美国电影艺术与科学院颁发。

- 欧洲电影奖

该奖的宗旨是永久树立欧洲各国都遵循的电影的艺术精神，意在唤醒全球观众对欧洲艺术人文电影的信心及支持。

- 英国电影学院奖

相当于英国的奥斯卡奖，但近年来提名较开放，只要在英国正式上映的影片都可获提名，奖项改为面向世界各国的影片进行评奖，使之产生了更大的影响。

- 威尼斯国际电影节

世界上第一个国际电影节，号称“国际电影节之父”。

- 圣丹斯国际电影节

全世界首屈一指的独立制片电影节。圣丹斯电影节是专为没有名气的电影人和影片设立的电影节。

- 日本东京国际电影节

始于1985年的东京国际电影节（T.I.F.F）是当今世界9大A级电影节之一。

- 柏林国际电影节

原名西柏林国际电影节，欧洲第一流的国际电影节之一。

- 戛纳电影节

戛纳电影节成立于1939年夏天，而其间因二次世界大战及1968年“五月革命”等因素，曾断断续续进行数年，1969年后的影展活动服日渐稳定，且增设了“导演双周”，到1971年后，市场交易就愈来愈热门了…。

…

- Internet电影奖

参与者最多、最知名的在线电影奖项，所有获奖电影无一例外是好莱坞大制作。

Friday, 2009-01-09 3:51 PM

图3-44 “国外知名电影节”网页

小结

本章主要介绍了创建文档和设置文档格式的基本知识，包括创建、打开、保存和关闭文档的方法，输入、导入和复制粘贴文本的方法以及设置文档格式的方法，最后通过实例介绍了设置文本的基本方法。本章介绍的内容是最基础的知识，希望读者多加练习，为后续的学习打下基础。

习题

一、填空题

1. 选择【文件】/______命令关闭所有打开的文档。
2. 通过【页面属性】对话框的______分类，可以设置当前网页的页边距。

3. 在文档窗口中，每按一次______键就会生成一个段落。
4. 文本的对齐方式通常有 4 种：【左对齐】、【居中对齐】、【右对齐】和______。
5. 选择【插入记录】/【HTML】/______命令，可在文档中插入水平线。

二、选择题

1. 通过下列途径不能创建新文档的是______。

   A. 在【文件】面板中用鼠标右键单击根文件夹，在快捷菜单中选择相应命令

   B. 单击【文件】面板标题栏的按钮，在弹出的快捷菜单中选择相应命令

   C. 从欢迎屏幕的【打开最近的项目】列表中选择相应选项

   D. 从菜单栏中选择【文件】/【新建】命令
2. 对 HTML 代码“<p align="center">同一个世界
同一个梦想</p>”描述不正确的是______。

   A. 文本“同一个世界同一个梦想”自成一个段落

   B. 文本“同一个世界同一个梦想”将居中对齐

   C. 文本“同一个世界同一个梦想”将分两行显示

   D. 文本“同一个世界同一个梦想”中间会有一个空格
3. 按______组合键可在文档中插入换行符。

   A. Ctrl+Space　　B. Shift+Space　　C. Shift+Enter　　D. Ctrl+Enter
4. 下列关于设置文本格式的说法，错误的是______。

   A. 只要按 Space 键就可以在文档中添加空格

   B. 在【文本】/【样式】菜单中选择相应的命令可以对文本添加下画线

   C. 如果同时设置多个段落的缩进和凸出，则需要先选中这些段落

   D. 只有在【插入日期】对话框中勾选【储存时自动更新】复选框，才能确保对文档进行修改时自动更新日期
5. Dreamweaver CS3 提供的编号列表的样式不包括______。

   A. 数字　　B. 字母　　C. 罗马数字　　D. 中文数字

三、问答题

1. 通过【页面属性】对话框和【属性】面板都可以设置文本的字体、大小和颜色，它们有何差异？
2. 列表的类型有哪些？

四、操作题

根据操作提示编辑“九个最值得去的中国小镇”网页，如图 3-45 所示。

【操作提示】

1. 新建一个空白文档，并保存为“lianxi.htm”。
2. 打开本章素材文件“课后习题\素材\九个最值得去的中国小镇.doc”，全选并复制所有文本。
3. 选择【编辑】/【选择性粘贴】命令，将 Word 文档内容粘贴到网页文档中，在【选择性粘贴】对话框的【粘贴为】栏中选中【带结构的文本以及基本格式（粗体、斜体）】单选按钮，并取消勾选【清理 Word 段落间距】复选框。
4. 设置【页面属性】对话框：在【外观】分类中，设置【页面字体】为“宋体”，【大

小】为“12 像素”，所有页边距均为“20 像素”，在【标题/编码】分类中设置显示在浏览器标题栏的标题为“九个最值得去的中国小镇”。

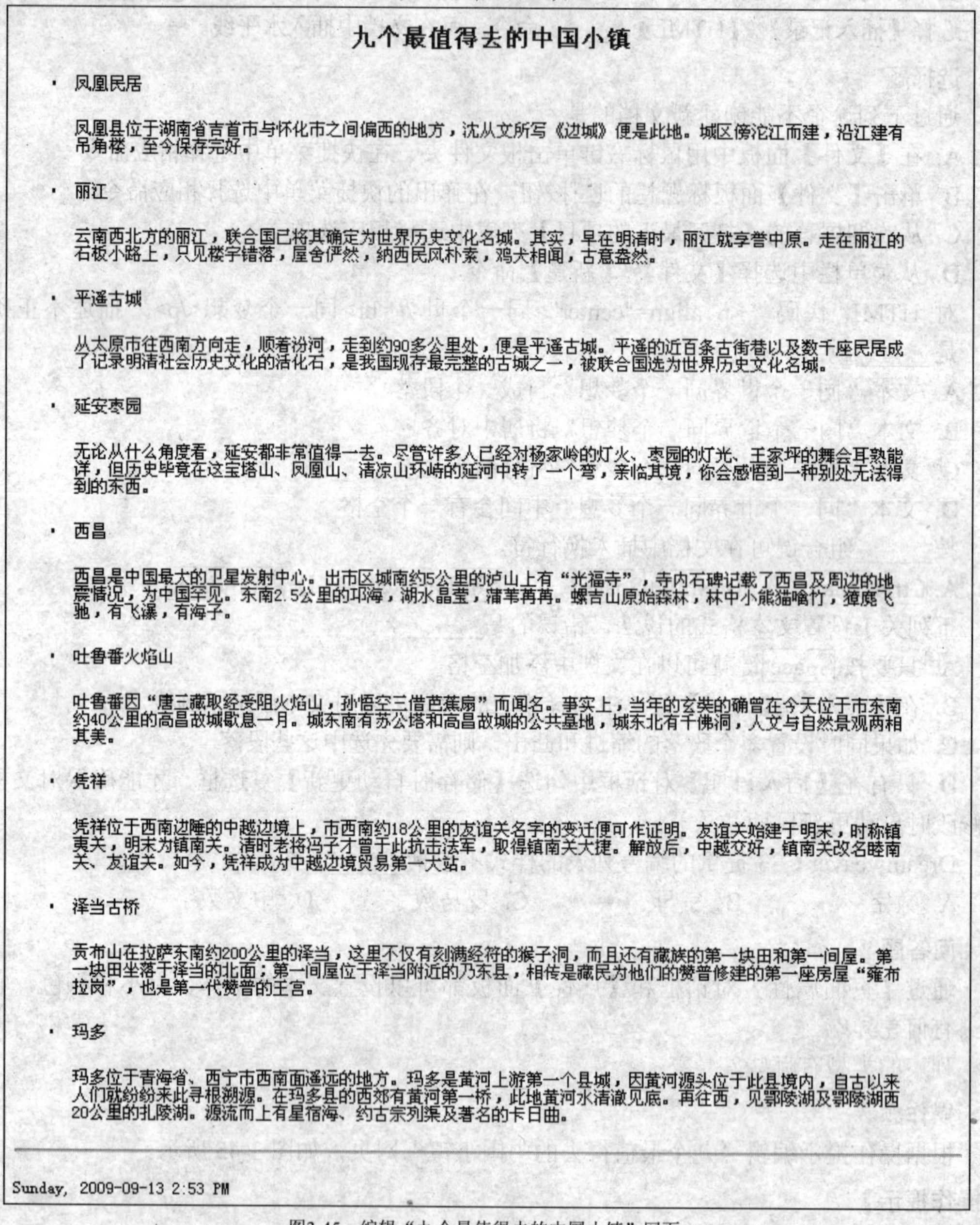

九个最值得去的中国小镇

- 凤凰民居

  凤凰县位于湖南省吉首市与怀化市之间偏西的地方，沈从文所写《边城》便是此地。城区傍沱江而建，沿江建有吊角楼，至今保存完好。

- 丽江

  云南西北方的丽江，联合国已将其确定为世界历史文化名城。其实，早在明清时，丽江就享誉中原。走在丽江的石板小路上，只见楼宇错落，屋舍俨然，纳西民风朴素，鸡犬相闻，古意盎然。

- 平遥古城

  从太原市往西南方向走，顺着汾河，走到约90多公里处，便是平遥古城。平遥的近百条古街巷以及数千座民居成了记录明清社会历史文化的活化石，是我国现存最完整的古城之一，被联合国选为世界历史文化名城。

- 延安枣园

  无论从什么角度看，延安都非常值得一去。尽管许多人已经对杨家岭的灯火、枣园的灯光、王家坪的舞会耳熟能详，但历史毕竟在这宝塔山、凤凰山、清凉山环峙的延河中转了一个弯，亲临其境，你会感悟到一种别处无法得到的东西。

- 西昌

  西昌是中国最大的卫星发射中心。出市区城南约5公里的泸山上有“光福寺”，寺内石碑记载了西昌及周边的地震情况，为中国罕见。东南2.5公里的邛海，湖水晶莹，蒲苇苒苒。螺吉山原始森林，林中小熊猫嗆竹，獐麂飞驰，有飞瀑，有海子。

- 吐鲁番火焰山

  吐鲁番因“唐三藏取经受阻火焰山，孙悟空三借芭蕉扇”而闻名。事实上，当年的玄奘的确曾在今天位于市东南约40公里的高昌故城歇息一月。城东南有苏公塔和高昌故城的公共墓地，城东北有千佛洞，人文与自然景观两相其美。

- 凭祥

  凭祥位于西南边陲的中越边境上，市西南约18公里的友谊关名字的变迁便可作证明。友谊关始建于明末，时称镇夷关，明末为镇南关。清时老将冯子才曾于此抗击法军，取得镇南关大捷。解放后，中越交好，镇南关改名睦南关、友谊关。如今，凭祥成为中越边境贸易第一大站。

- 泽当古桥

  贡布山在拉萨东南约200公里的泽当，这里不仅有刻满经符的猴子洞，而且还有藏族的第一块田和第一间屋。第一块田坐落于泽当的北面；第一间屋位于泽当附近的乃东县，相传是藏民为他们的赞普修建的第一座房屋“雍布拉岗”，也是第一代赞普的王宫。

- 玛多

  玛多位于青海省、西宁市西南面遥远的地方。玛多是黄河上游第一个县城，因黄河源头位于此县境内，自古以来人们就纷纷来此寻根溯源。在玛多县的西郊有黄河第一桥，此地黄河水清澈见底。再往西，见鄂陵湖及鄂陵湖西20公里的扎陵湖。源流而上有星宿海、约古宗列渠及著名的卡日曲。

Sunday, 2009-09-13 2:53 PM

图3-45　编辑“九个最值得去的中国小镇”网页

5. 在【属性】面板中设置标题“九个最值得去的中国小镇”的格式为“标题 2”，并使其居中显示。
6. 设置正文中 9 个小镇的名称为“项目列表”，然后设置每个小镇的介绍文本缩进 1 次。
7. 在正文后面插入一条水平线，并在水平线下面插入自动更新的日期，日期格式自定。
8. 保存文件。

第4章 使用图像和媒体

使用图像不仅可以美化网页，还可以帮助表达网页主题。绚丽的图像往往可以更好地表达文字所无法描述的信息。除了使用图像，在网页中还可以使用媒体。毫无疑问，给网页添加动态的媒体对象，网页会更具表现力。本章将介绍有关图像和媒体的基本知识及其在网页中的应用。

【学习目标】

- 了解常用图像的基本格式。
- 掌握插入和设置图像的方法。
- 掌握插入图像占位符的方法。
- 掌握设置网页背景的方法。
- 掌握插入 Flash 动画的方法。
- 掌握插入图像查看器的方法。
- 掌握插入 ActiveX 视频的方法。

4.1 认识网页常用图像格式

图像格式虽然多种多样，但并不是所有的格式都适合在网页中应用。目前，在网页中使用得最为普遍且被各种浏览器广泛支持的图像格式主要有 GIF 和 JPEG 两种，PNG 格式也在逐步地被越来越多的浏览器所接受。在网页中插入图像，其作用基本上可分为两种：一种是起装饰作用，如背景图像；另一种是起传递信息的作用，它和文本的作用是一样的。

4.1.1 GIF 图像

GIF 格式（Graphics Interchange Format，图像交换格式，文件扩展名为.gif）是由 Compuserve 公司提出的与设备无关的图像存储标准，也是在网页上使用最早、应用最广泛的图像格式。该格式图像具有文件小、下载速度快、下载时隔行显示、支持透明色以及多个图像能组成动画的特点，是网页制作中首选的格式。由于最多只支持 256 色，因此适合对色彩要求不高的图像，不适合于有晕光、渐变色彩等颜色细腻的图像和照片。

4.1.2 JPEG 图像

JPEG 格式（Joint Photographic Experts Group，联合图像专家组文件格式，文件扩展名为.jpg）是目前 Internet 中最受欢迎的图像格式。该格式可以设置图像质量，其图像大小由其质量的高低决定，质量越高文件越大，质量越低文件越小。在多数图像处理软件中（如 Photoshop、Fireworks、Paintshop 等）都可以设置 JPEG 文件的大小，使其介于最低图像质量

和最高图像质量之间。因此，该格式比较适合显示色彩较绚丽、质量要求较高的图像，如照片、油画和一些细腻、讲究色彩浓淡的图像。由于 JPEG 支持很高的压缩率，其图像的下载速度也非常快。

4.1.3 PNG 图像

PNG 格式（Portable Network Graphics，便携式网络图像，文件扩展名为.png）是最近使用量逐渐增多的一种图像格式。该格式图像的优点是，在压缩方面能够像 GIF 格式图像一样没有压缩上的损失，并能像 JPEG 那样呈现更多的颜色。而且 PNG 格式也提供了一种隔行显示方案，在显示速度上比 GIF 和 JPEG 更快一些。同时 PNG 格式图像又具有 JPEG 格式图像没有的透明度支持能力。虽然 PNG 格式图像还没有普及到所有的浏览器，但在未来它有可能是一种非常受欢迎的图像格式。

4.2 在网页中应用图像

下面介绍在网页中插入图像以及设置图像属性的方法。

4.2.1 插入图像

在 Dreamweaver CS3 的【设计】视图中插入图像主要有以下几种途径。

- 选择【插入记录】/【图像】命令。
- 在【插入】/【常用】工具栏中单击（图像）按钮或将其拖动到文档中。
- 在【文件】面板中选中图像并拖动到文档中。
- 在【资源】面板中选中图像并单击 插入 按钮或直接拖动到文档中。

下面通过具体操作来学习插入图像的方法。

插入图像

1. 将本章素材文件中“例题文件\素材”文件夹下的“images”文件夹复制到站点根文件夹下，然后新建一个网页文档“chap4-2-1.htm”。
2. 将鼠标光标置于文档中，选择【插入记录】/【图像】命令，打开【选择图像源文件】对话框，选择素材文件“例题文件\素材\wyx01.jpg”，如图 4-1 所示。
3. 单击 确定 按钮，弹出提示对话框，询问是否将图像文件复制到网站的根文件夹下面，如图 4-2 所示。

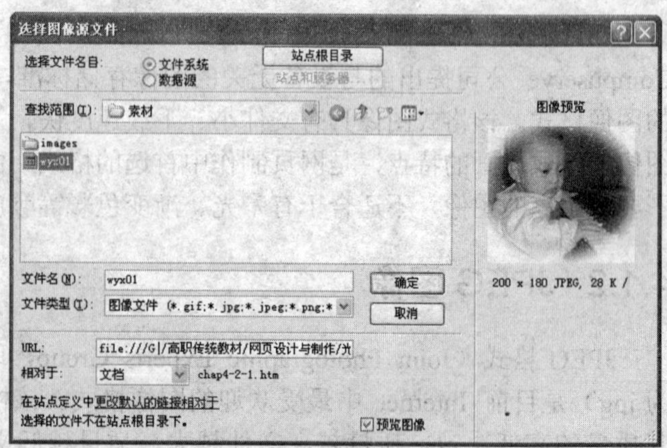

图4-1 【选择图像源文件】对话框

如果图像文件不在网站的根文件夹内，将弹出该对话框询问是否将图像文件复制到网站的根文件夹下面。此时要单击 是(Y) 按钮，否则将本地网站文件夹上传到远程服务器后，就无法显示这幅图像了。

4. 单击 是(Y) 按钮，打开【复制文件为】对话框，在【保存在】下拉列表中选择站点根文件夹下的“images”文件夹，如图 4-3 所示。

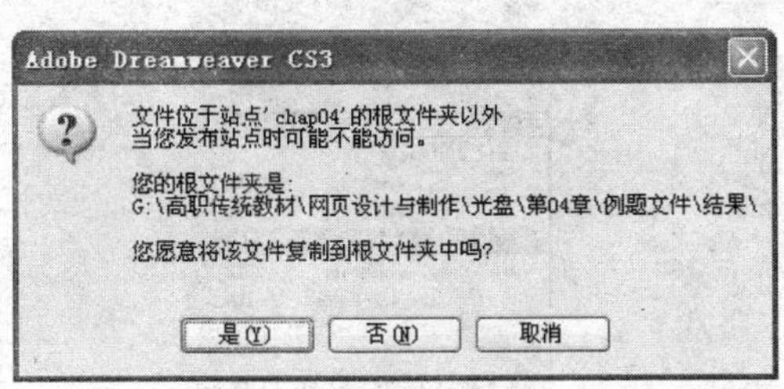

图4-2　提示对话框

图4-3　【复制文件为】对话框

如果图像文件不在网站的根文件夹内，而定义站点时又设置了【默认图像文件夹】选项，如图 4-4 所示，那么文件将自动复制到该文件夹，而不会出现提示性的对话框。如果网站的分支非常多，分支的图像文件会保存在相应的文件夹，而不会全部保存在一个图像文件夹里面，因此通常不设置【默认图像文件夹】选项。

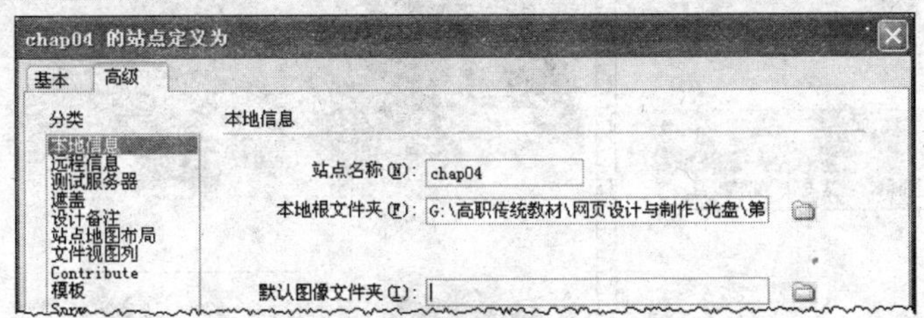

图4-4　设置默认图像文件夹

5. 单击 保存(S) 按钮，弹出【图像标签辅助功能属性】对话框，如图 4-5 所示。
   - 在【替换文本】文本框内可以输入图像的名称、描述或者其他信息。
   - 在【详细说明】文本框中可以详细说明文件的位置。
   - 通过单击对话框下方的链接可打开【首选参数】对话框，取消勾选【图像】复选框，如图 4-6 所示，以后就不会再出现图 4-5 所示的对话框。

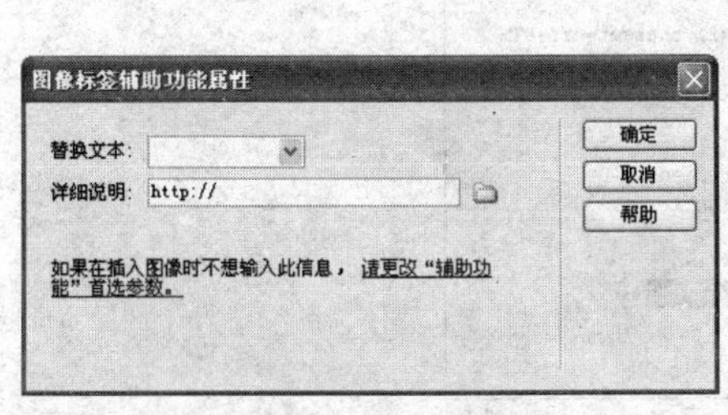

图4-5　【图像标签辅助功能属性】对话框

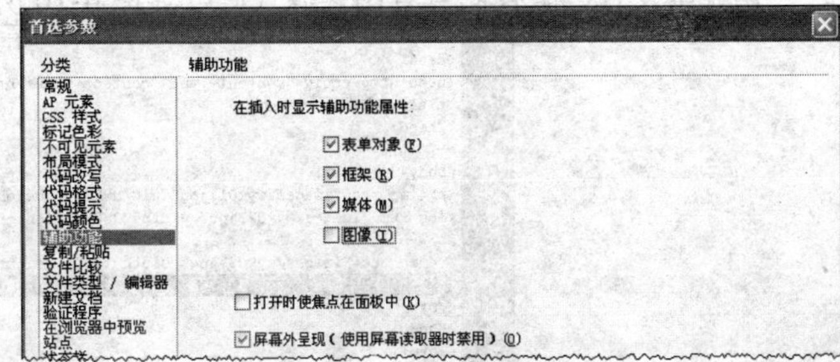

图4-6　【首选参数】对话框

6. 在图 4-5 所示的对话框中，单击 取消 按钮插入图像。

以上介绍了通过菜单命令插入图像的方法，下面在上例基础上，接着介绍其他几种插入图像的方法。

(1) 在【插入】/【常用】工具栏中单击（图像）按钮（或将其拖动到文档中），将打开【选择图像源文件】对话框，选择站点根文件夹中“images”文件夹下的“wyx02.jpg”，单击确定按钮，将图像插入到文档中，如图 4-7 所示。

(2) 按 Enter 键另起一段，然后在【文件】面板中选中站点“images”文件夹下的图像文件“wyx03.jpg”，如图 4-8 所示，并将其拖动到文档中。

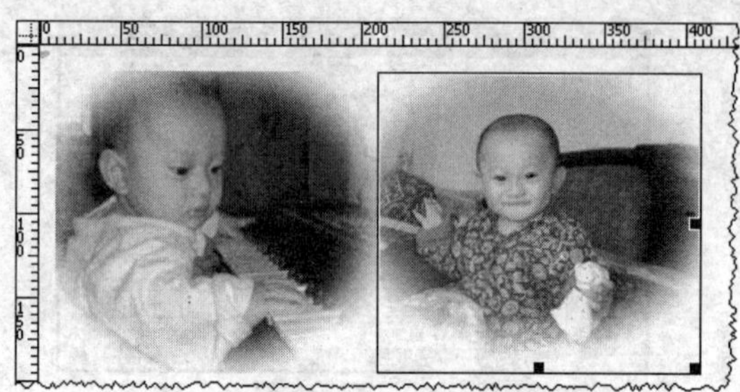

图4-7 插入图像

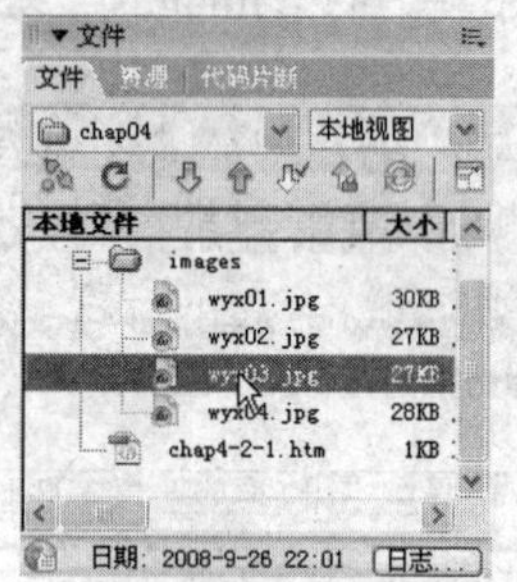

图4-8 选中图像文件“wyx03.jpg”

(3) 在【文件】面板组中，切换到【资源】选项卡，进入【资源】面板，单击面板左侧的（图像）按钮，在文件列表框中选中图像文件“wyx04.jpg”并单击插入按钮（也可以直接将文件拖动到文档中）。插入图像后的效果如图 4-9 所示。

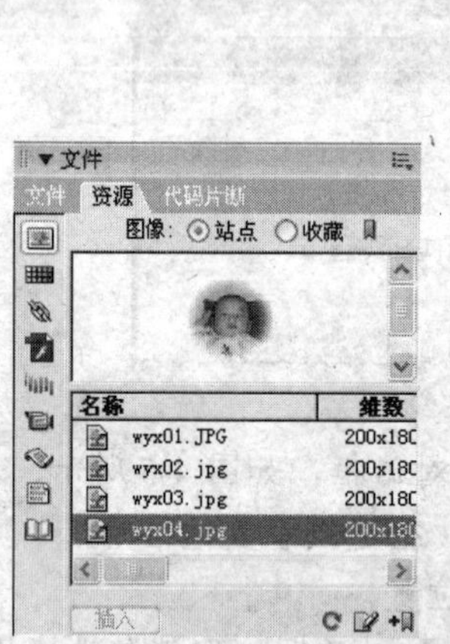

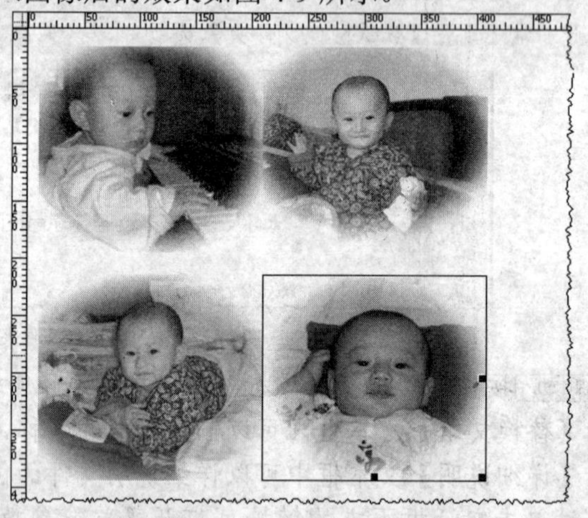

图4-9 拖动图像文件到文档中

切换至【代码】视图查看图像源代码，如图 4-10 所示。

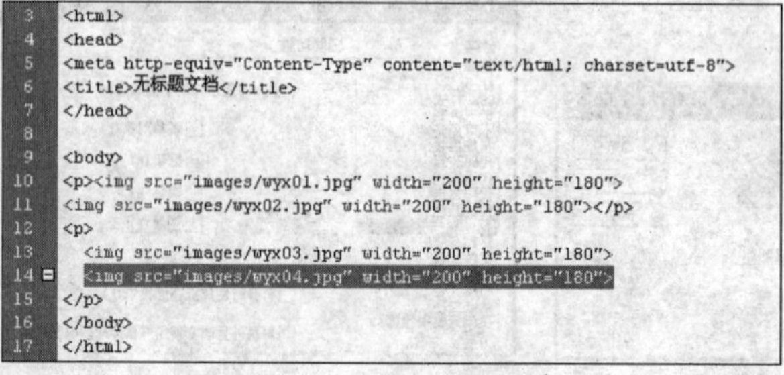

```
<html>
<head>
<meta http-equiv="Content-Type" content="text/html; charset=utf-8">
<title>无标题文档</title>
</head>

<body>
<p><img src="images/wyx01.jpg" width="200" height="180">
<img src="images/wyx02.jpg" width="200" height="180"></p>
<p>
  <img src="images/wyx03.jpg" width="200" height="180">
  <img src="images/wyx04.jpg" width="200" height="180">
</p>
</body>
</html>
```

图4-10 查看源代码

图像的 HTML 标签格式是“<img src="images/wyx04.jpg" width="200" height="180">”其中，“<img>”是图像标签，属性“src”表示图像文件的路径，“width”表示图像的宽度，“height”表示图像的高度。

4.2.2 设置图像属性

插入图像后，可以根据需要设置图像属性，从而使图像更美观。设置图像属性，首先需要单击图像，此时图像四周会出现可编辑的缩放手柄，同时【属性】面板中也将显示关于图像的属性设置。如果此时【属性】面板隐藏，可以通过选择菜单栏中的【窗口】/【属性】命令将其显示，如果【属性】面板没有全部展开，单击【属性】面板右下角的▽即可。下面通过具体操作来介绍设置图像属性的方法。

设置图像属性

1. 接上例。将网页文档“chap4-2-1.htm”另存为“chap4-2-2.htm”。
2. 选中第 1 幅图像“images/wyx01.jpg”，其【属性】面板如图 4-11 所示。

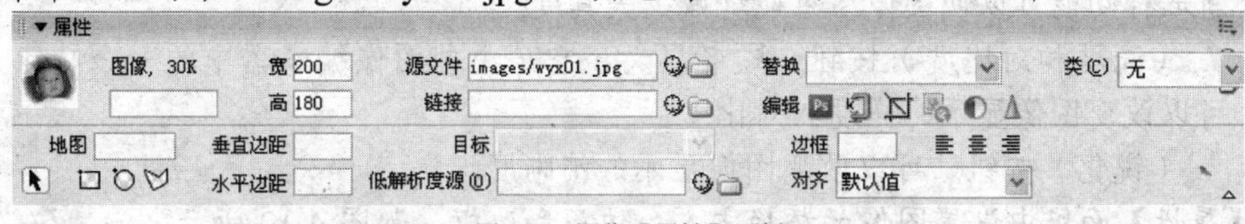

图4-11　图像【属性】面板

图像【属性】面板左上方是图像的缩略图，缩略图右侧的数值是当前图像文件的大小，其下的文本框用来输入图像的名称和 id（脚本调用图像时会用到），其他参数如下。

- 【宽】和【高】：定义图像的显示宽度和高度，单位是“像素”。
- 【源文件】：图像文件的路径，可通过单击□按钮来重新定义图像文件。
- 【链接】：超级链接的目标页面或定位点的 URL。
- 【替换】：图像的名称、描述或者其他信息。
- 【类】：在其下拉列表中选择可用的 CSS 样式名称。
- 【地图】：用于制作图像映射，有矩形、椭圆形、多边形 3 种形状。
- 【垂直边距】：图像在垂直方向与其他页面元素的间距。
- 【水平边距】：图像在水平方向与其他页面元素的间距。
- 【目标】：超级链接所指向的目标窗口或框架。
- 【边框】：图像边框的宽度，默认为无边框。
- ≡≡≡按钮：依次是左对齐、居中对齐、右对齐按钮。
- 【低解析度源】：当前图像的低分辨率副本的路径。
- 【对齐】：用于调整图像周围的文本或其他对象与图像的位置关系，通过设置此选项可以实现图文混排的目的。它有下面这些基本选项。

  【默认值】：该方式取决于用户浏览器所设置的排列方式。

  【基线】：表示将网页元素的基线与所选图像的底边对齐。

  【顶端】：表示将网页元素排列在所选图像所在行的最顶端。

  【中间】：表示将网页元素的基线排列在所选图像的中间。

  【底部】：表示将网页元素的基线排列在所选图像的底部。

  【文本上方】：表示将所选图像的顶端与文本的最顶端对齐。

  【绝对中间】：表示将元素排列在当前行的绝对中间。

【绝对底边】：表示将元素排列在当前行的绝对底边。

【左对齐】：表示将所选图像靠左边界排列，文本在右边围绕它排列。

【右对齐】：表示将所选图像靠右边界排列，文本在左边围绕它排列。

【编辑】栏中的按钮功能如下。

- （编辑）按钮：单击该按钮，将在 Photoshop 中处理图像，结果在文档中即时生效。
- （优化）按钮：单击该按钮，将对输出的文件格式等参数进行优化设置。
- （裁剪）按钮：单击该按钮，将直接在 Dreamweaver 中对图像进行裁剪，图像裁剪后无法恢复到原始状态。
- （重新取样）按钮：有时用户会在 Dreamweaver 中手动改变图像的尺寸，如加宽或者缩小，如果用户没有按比例缩放，这时图像会发生失真，但使用重新取样功能可以使图像尽可能地减少失真度。
- （亮度和对比度）按钮：顾名思义，它是小型图像编辑器中的一个功能，可以改变图像显示的亮度和对比度。
- （锐化）按钮：可以改变图像显示的清晰度。

3. 在【属性】面板中设置图像的替换文本、边距和边框，如图 4-12 所示。

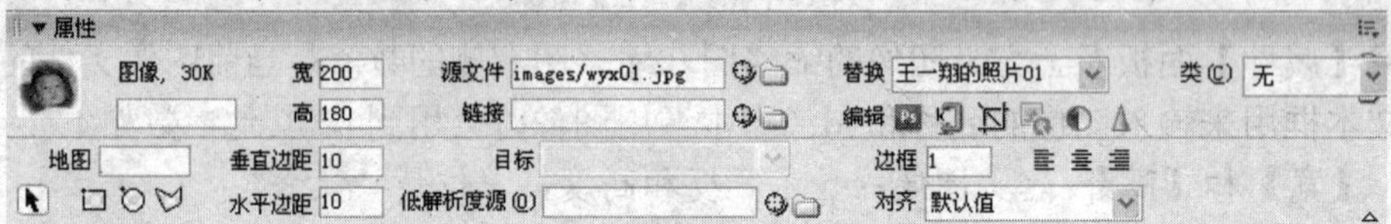

图4-12 设置图像属性

4. 保存文件，效果如图 4-13 所示。

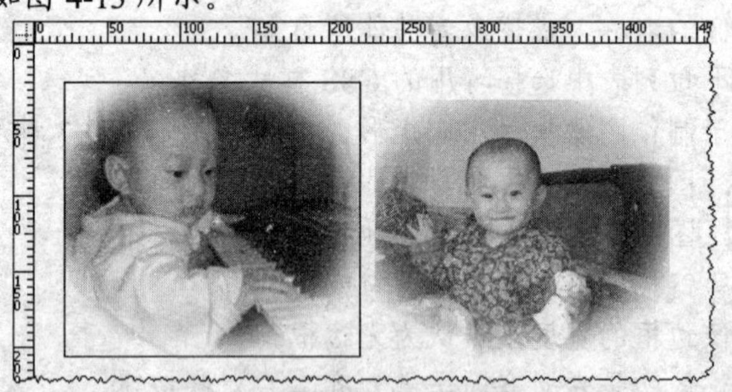

图4-13 重新设置图像属性后的效果

4.3 插入图像占位符

图像占位符作为临时代替图像的符号，是在网页设计阶段使用的重要占位工具。读者可以随意定义其大小，并且放置在预插入图像的位置，用自定义的颜色来代替图像。在有了合适的图像后，可以通过图像占位符【属性】面板的【源文件】文本框设置实际需要的图像文件，设置完毕后图像占位符将自动变成图像。下面介绍插入图像占位符的具体方法。

插入图像占位符

1. 新建网页文档“chap4-3.htm”。

2. 将鼠标光标置于文档中，然后选择【插入记录】/【图像对象】/【图像占位符】命令，或在【插入】/【常用】面板的【图像】下拉按钮组中单击（图像占位符）按钮，打开【图像占位符】对话框，如图 4-14 所示。
3. 在【名称】文本框中输入图像占位符的名称，在【宽度】和【高度】文本框中设置图像占位符的宽度和高度，在【颜色】文本框中设置图像占位符的颜色，在【替换文本】文本框中输入替换文本，如图 4-15 所示。

在【名称】文本框中不能输入中文，可以是字母和数字的组合，但不能以数字开头。

4. 单击 确定 按钮插入图像占位符，如图 4-16 所示。

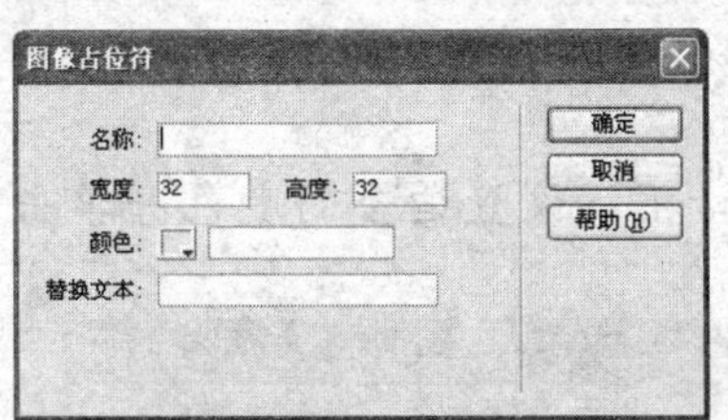

图4-14 【图像占位符】对话框

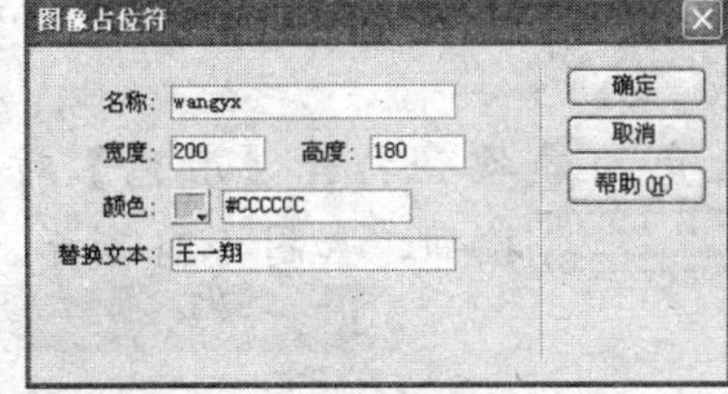

图4-15 设置图像占位符属性

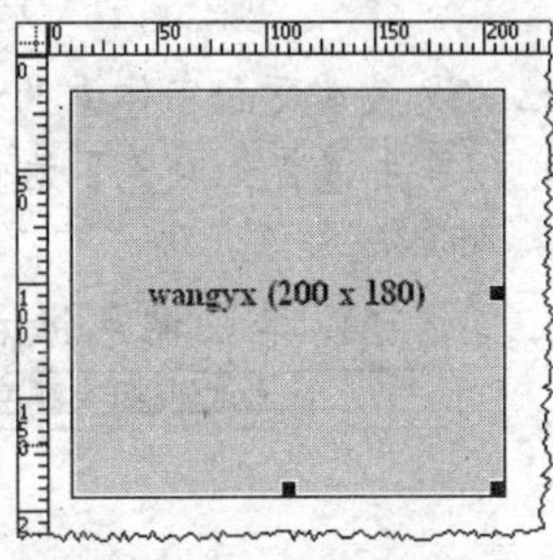

图4-16 图像占位符

5. 如果要修改图像占位符的属性，可选中图像占位符，然后在其【属性】面板中重新设置属性参数，如图 4-17 所示。

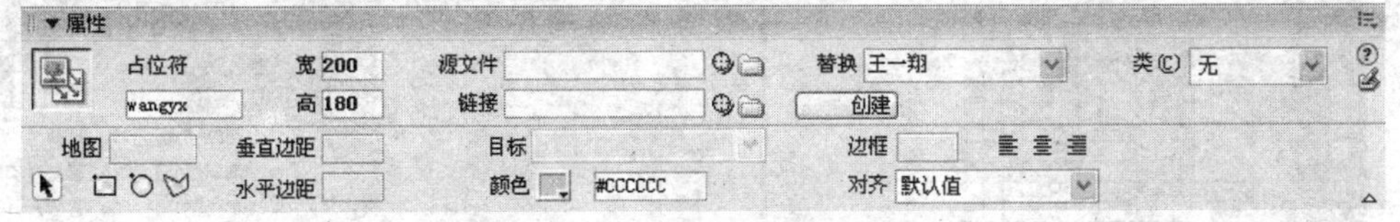

图4-17 图像占位符【属性】面板

4.4 设置网页背景颜色和背景图像

在浏览网页时，经常可以看到许多网页有背景。设置网页背景通常有两种方式，一种是设置背景颜色，另一种是设置背景图像。设置网页背景颜色，可以直接在 Dreamweaver CS3 中进行，设置网页背景图像首先需要利用图像处理软件制作背景图像，然后再在 Dreamweaver CS3 中将其设置为网页背景。

4.4.1 设置背景颜色

在 Dreamweaver CS3 中，可以通过【页面属性】对话框设置网页背景颜色。

设置背景颜色

1. 新建网页文档“chap4-4-1.htm”，并在网页中输入文本，如图 4-18 所示。
2. 选择【修改】/【页面属性】命令，打开【页面属性】对话框，如图 4-19.所示。

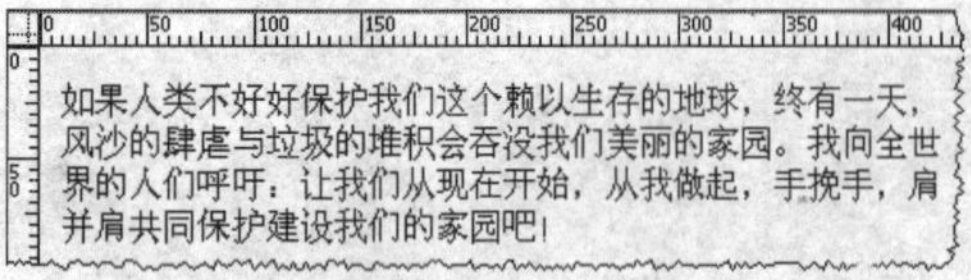

如果人类不好好保护我们这个赖以生存的地球，终有一天，风沙的肆虐与垃圾的堆积会吞没我们美丽的家园。我向全世界的人们呼吁：让我们从现在开始，从我做起，手挽手，肩并肩共同保护建设我们的家园吧！

图4-18 输入文本

页面属性
分类
外观
链接
标题
标题/编码
跟踪图像
页面字体(F): 默认字体
大小:
文本颜色(T):
背景颜色(B):
背景图像(I):
浏览(B)...
重复(R):
左边距(M):
右边距(R):
上边距(P):
下边距(O):
帮助(H)
确定
取消
应用(A)

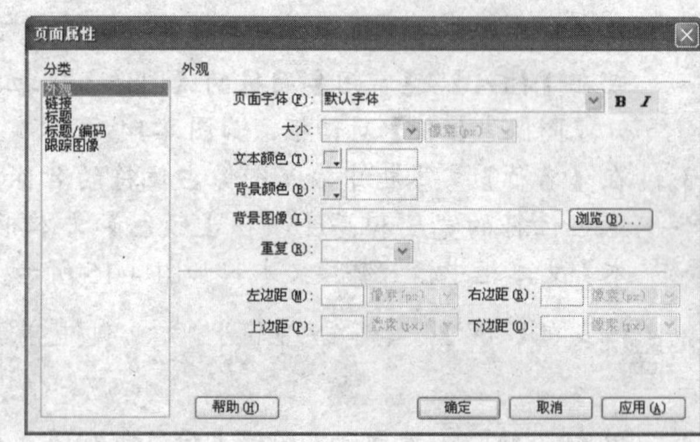

图4-19 【页面属性】对话框

3. 设置【页面字体】为"宋体",【大小】为"12像素"。
4. 单击【背景颜色】右侧的图标，打开调色板，在调色板中选取适合的颜色，如图4-20所示。
5. 也可以单击调色板右上角的按钮打开【颜色】对话框，设置适合的颜色并单击【添加到自定义颜色(A)】按钮，如图4-21所示。

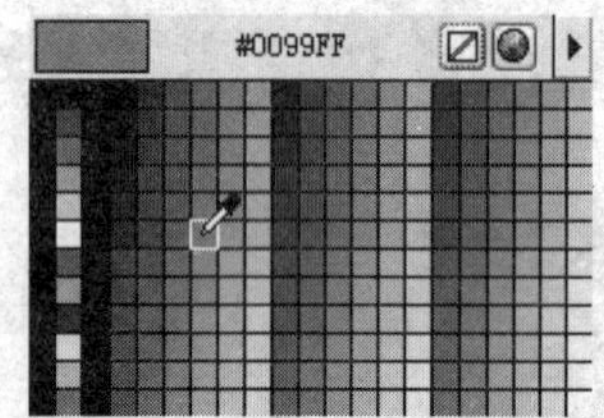

#0099FF

图4-20 在调色板中选取颜色

颜色
基本颜色(B):
自定义颜色(C):
规定自定义颜色(D) >>
确定
取消
色调(E): 37
饱和度(S): 225
亮度(L): 208
红(R): 253
绿(G): 249
蓝(U): 189
颜色|纯色(O)
添加到自定义颜色(A)

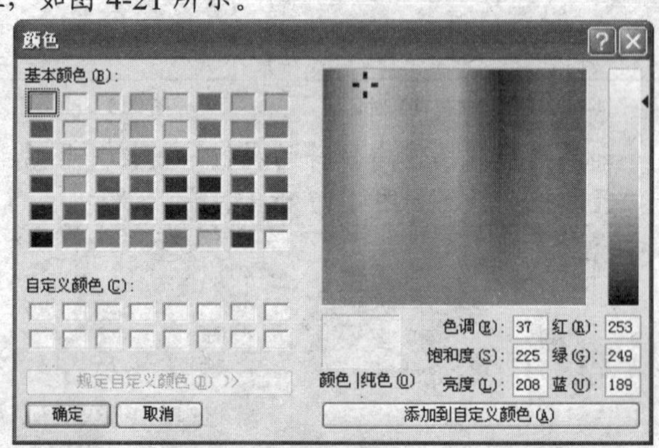

图4-21 选取自定义颜色

6. 单击【确定】按钮完成设置，最后得到的背景颜色为"#FDF9BD"，如图4-22所示。

页面属性
分类
外观
链接
标题
标题/编码
跟踪图像
页面字体(F): 宋体
大小: 12
像素(px)
文本颜色(T):
背景颜色(B): #FDF9BD
背景图像(I):
浏览(B)...
重复(R):

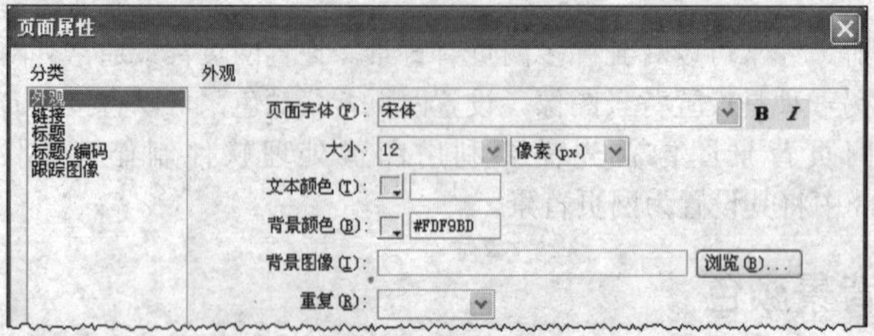

图4-22 设置背景颜色

7. 在【页面属性】对话框中单击【确定】按钮，效果如图4-23所示。

如果人类不好好保护我们这个赖以生存的地球，终有一天，风沙的肆虐与垃圾的堆积会吞没我们美丽的家园。我向全世界的人们呼吁：让我们从现在开始，从我做起，手挽手，肩并肩共同保护建设我们的家园吧！

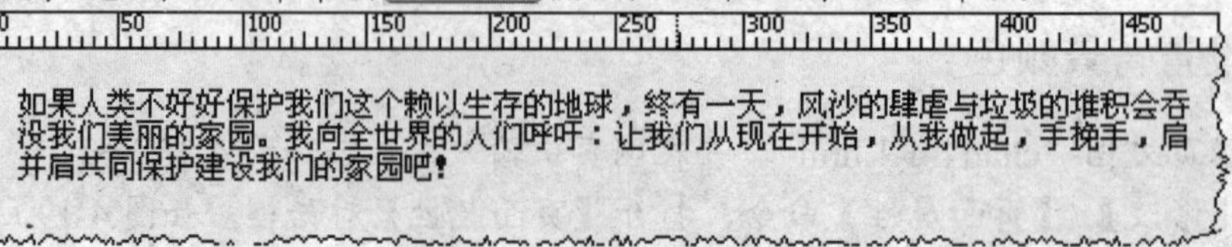

图4-23 设置网页背景颜色

4.4.2 设置背景图像

单纯使用背景颜色，会使网页背景显得比较单一。如果使用背景图像，网页会显得更丰富多彩。

设置背景图像

1. 将网页文档“chap4-4-1.htm”另存为“chap4-4-2.htm”。
2. 打开【页面属性】对话框，在【外观】分类中单击 浏览(B)... 按钮，打开【选择图像源文件】对话框，选择背景图像文件，如图 4-24 所示。

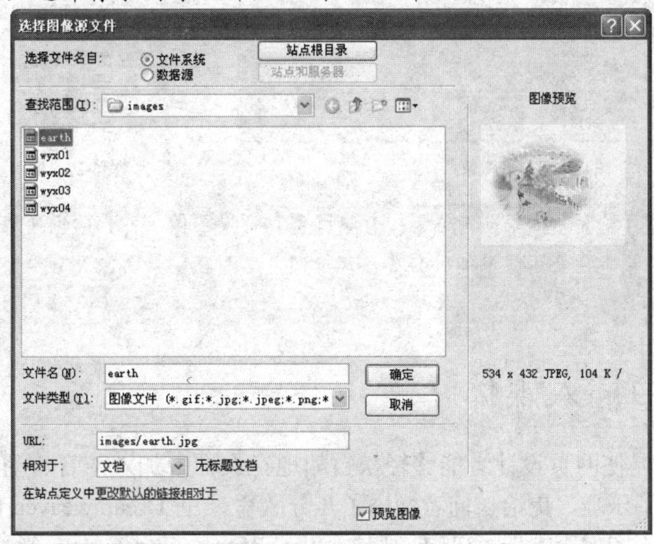

图4-24　选择背景图像

3. 单击 确定 按钮，然后在【重复】下拉列表中选择“不重复”，如图 4-25 所示。

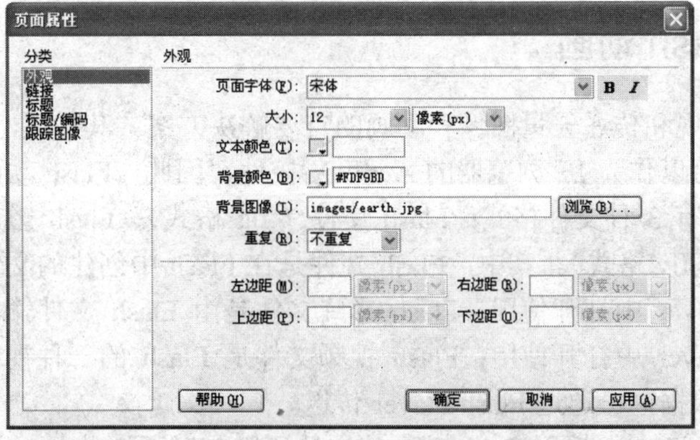

图4-25　设置背景图像重复方式

在【重复】下拉列表中共有 4 个选项，它们决定背景图像的平铺方式。

- 不重复：只显示一幅背景图像，不进行平铺。
- 重复：在水平、垂直方向平铺显示图像。
- 横向重复：只在水平方向上平铺显示图像。
- 纵向重复：只在垂直方向上平铺显示图像。

4. 在【页面属性】对话框中单击确定按钮，完成背景图像的设置，如图 4-26 所示。
5. 如果在【设计】视图中看不到背景颜色及背景图像的变化，可在【文档】工具栏中单击按钮，在弹出的下拉列表中取消【CSS 布局背景】选项的勾选，如图 4-27 所示。

图4-26　背景图像

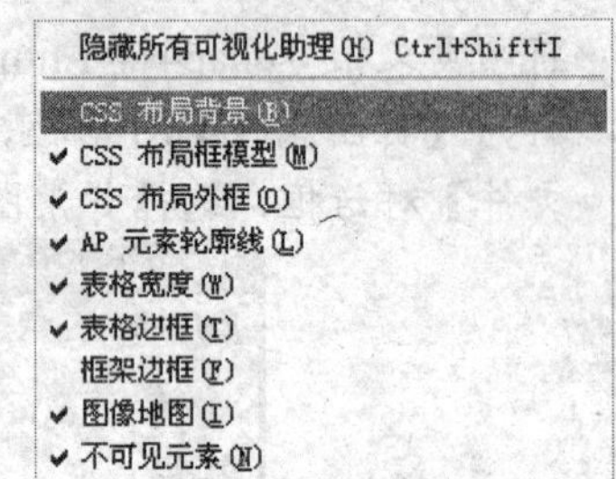

图4-27　取消【CSS 布局背景】项

在设置网页背景时，如果同时设置了背景颜色和背景图像，背景颜色通常平铺在最底层，然后是背景图像，背景图像平铺时会覆盖背景颜色。而在背景图像没有平铺的区域，会显示背景颜色。

4.5 在网页中插入媒体

媒体技术的发展使网页设计者能够轻松自如地在页面中加入声音、动画、影片等内容，使制作的网页充满了乐趣，更给访问者增添了几分欣喜。在 Dreamweaver CS3 中，媒体的内容包括 Flash 动画、图像查看器、Flash 视频、FlashPaper、Shockwave 影片、插件、Applet、ActiveX 等。下面介绍向网页中插入 Flash 动画、图像查看器和 ActiveX 视频的方法。

4.5.1 插入 Flash 动画

Flash 技术是实现和传递矢量图像和动画的首要解决方案。其播放器是 Flash Player，在常用计算机上，它可以作为 IE 浏览器的 ActiveX 控件，因此，Flash 动画可以直接在浏览器中播放。Flash 通常有 3 种文件格式：Flash 文件（.fla 格式）、Flash 影片文件（.swf 格式）和 Flash 视频文件（.flv 格式）。其中，Flash 文件是在 Flash 中创建的文件的源文件格式，不能直接在 Dreamweaver 中打开使用；Flash 影片文件是由 Flash 文件输出的影片文件，可在浏览器或 Dreamweaver 中打开使用；Flash 视频文件是 Flash 的一种视频文件，它包含经过编码的音频和视频数据，可通过 Flash Player 传送。

在 Dreamweaver CS3 中插入 Flash 动画的方法通常有以下 3 种。

- 选择【插入记录】/【媒体】/【Flash】命令。
- 在【插入】/【常用】工具栏中单击（媒体）按钮，在弹出的下拉按钮组中单击按钮。
- 在【文件】/【文件】面板中选中文件，然后拖动到文档中。

下面通过具体操作来介绍插入 Flash 动画的方法。

插入 Flash

1. 新建网页文档“chap4-5-1.htm”。
2. 将鼠标光标置于文档中，然后选择【插入记录】/【媒体】/【Flash】命令，打开【选择文件】对话框，在对话框中选择要插入的 Flash 动画文件“images/shouxihu.swf”。
3. 单击 确定 按钮，将 Flash 动画插入到文档中。根据文件的尺寸大小，页面中会出现一个 Flash 占位符。
4. 在【属性】面板的【宽】和【高】文本框中分别输入“326”和“100”，并确保已勾选【循环】和【自动播放】两个复选框，如图 4-28 所示。

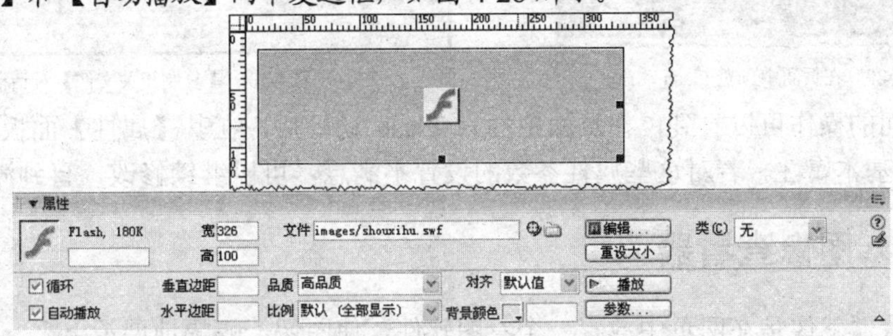

图4-28　设置 Flash 动画属性

下面对 Flash 动画【属性】面板中的相关选项简要说明如下。

- 【Flash】：为所插入的 Flash 文件命名，主要用于脚本程序的引用。
- 【宽】和【高】：用于定义 Flash 动画的显示尺寸，也可以通过在文档中拖动缩放手柄来改变其大小。
- 【文件】：用于指定 Flash 动画文件的路径。
- 【循环】：勾选该复选框，动画将在浏览器端循环播放。
- 【自动播放】：勾选该复选框，文档在被浏览器载入时，Flash 动画将自动播放。
- 【垂直边距】和【水平边距】：用于定义 Flash 动画边框与该动画周围其他内容之间的距离，以像素为单位。
- 【品质】：用来设定 Flash 动画在浏览器中的播放质量。
- 【比例】：用来设定 Flash 动画的显示比例。
- 【对齐】：设置 Flash 动画与周围内容的对齐方式。
- 【背景颜色】：用于设置当前 Flash 动画的背景颜色。
- 编辑...：单击该按钮，将在 Flash 中处理源文件，当然要确保有源文件“.fla”的存在。
- 重设大小：单击该按钮，将恢复 Flash 动画的原始尺寸。
- 播放：单击该按钮，将在设计视图中播放 Flash 动画。
- 参数...：单击该按钮，将设置使 Flash 能够顺利运行的附加参数。

5. 在【属性】面板中单击 播放 按钮，在页面中预览 Flash 动画效果，如图 4-29 所示。此时 播放 按钮变为 停止 按钮。

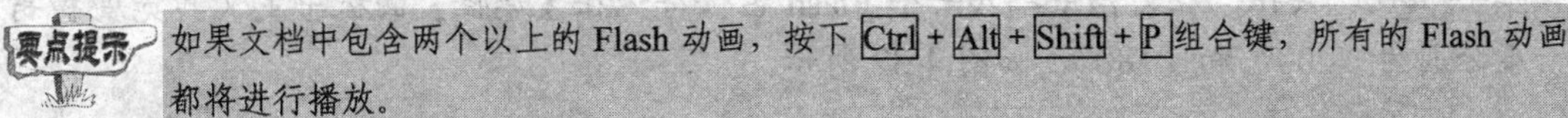
要点提示　如果文档中包含两个以上的 Flash 动画，按下 Ctrl + Alt + Shift + P 组合键，所有的 Flash 动画都将进行播放。

6. 保存文件，此时可能会出现【复制相关文件】对话框，如图 4-30 所示，单击确定按钮加以确认。

图4-29 在页面中预览 Flash 动画

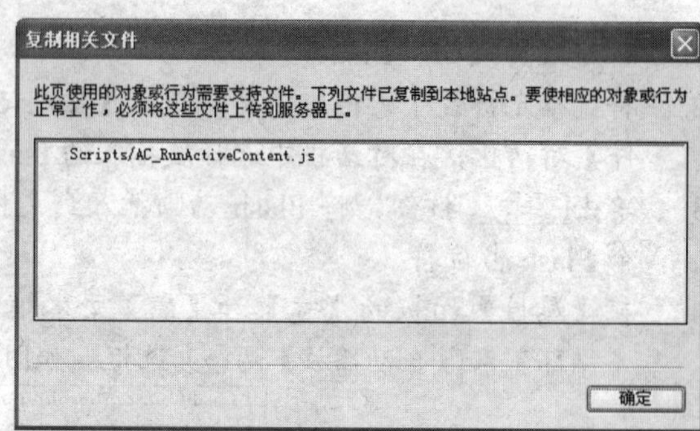

图4-30 【复制相关文件】对话框

通过上面的操作可以看到，在页面中插入 Flash 动画后，在其【属性】面板中将显示该 Flash 动画的基本属性。若对这些属性参数的设置不满意，可以继续修改，直到满意为止。

4.5.2 插入图像查看器

图像查看器就像是在网页中放置一个看图软件，使图像一幅幅地展示出来。图像查看器是一种特殊形式的 Flash 动画，但它的插入和使用方法与 Flash 动画略有不同。下面介绍向网页中插入图像查看器的基本方法。

插入图像查看器

1. 新建网页文档"chap4-5-2.htm"。
2. 选择【插入记录】/【媒体】/【图像查看器】命令，打开【保存 Flash 元素】对话框，为新的 Flash 动画命名，如图 4-31 所示。

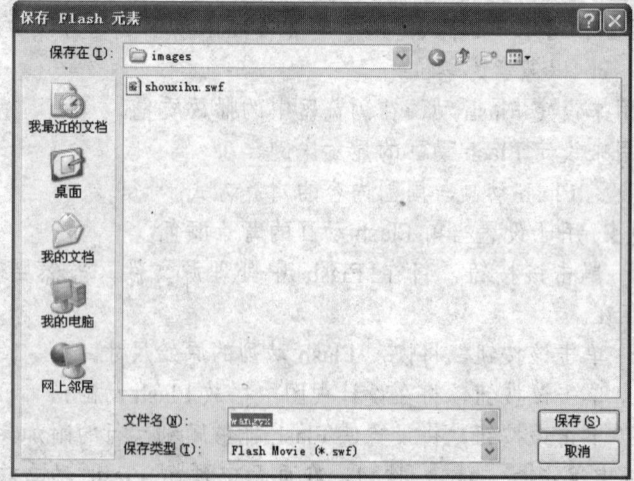

图4-31 【保存 Flash 元素】对话框

3. 单击保存(S)按钮，在文档中插入一个 Flash 占位符，在【属性】面板中定义其宽度和高度分别为"200"和"180"，如图 4-32 所示。

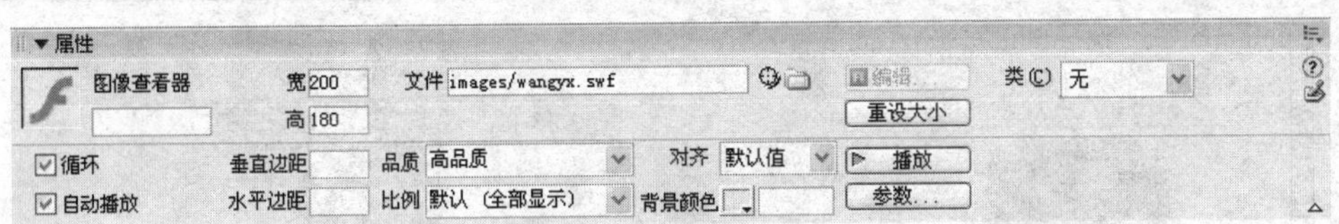

图4-32　图像查看器【属性】面板

4. 在文档中右键单击 Flash 占位符，在弹出的快捷菜单中选择【编辑标签<object>】命令，打开【标签编辑器 - object】对话框，切换至【替代内容】分类，然后在文本框内找到默认的图像文件路径名，如图 4-33 所示。

图4-33　【标签编辑器－object】对话框的【替代内容】分类

要点提示　默认情况下，图像查看器只显示“‘img1.jpg’, ‘img2.jpg’, ‘img3.jpg’”3 幅图像，而且它们必须与图像查看器存放在同一个文件夹里。可以修改图像路径，使其显示更多的图像。

5. 修改图像文件路径，使其可以显示预先准备好的图像，如图 4-34 所示。

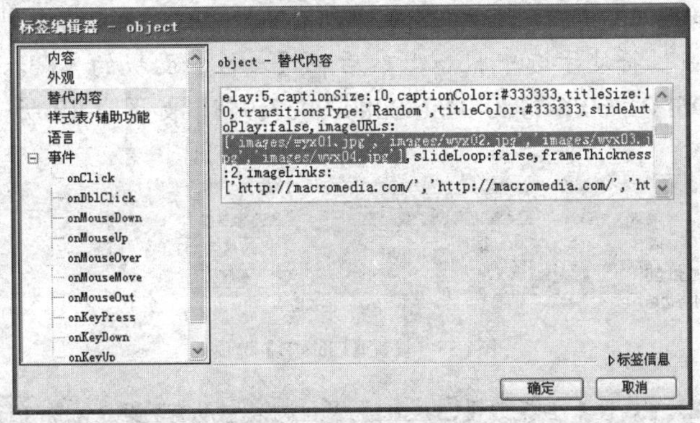

图4-34　修改图像文件路径

要点提示　由于图像文件在源代码中出现了两次，因此在修改图像文件路径时，要修改代码中所有图像文件的路径，这主要是由于针对不同型号的浏览器而采用了不同的标签。

6. 单击 确定 按钮，然后在【属性】面板中单击 ▶ 播放 按钮，预览效果如图 4-35 所示。

7. 如果对图像查看器的参数设置不满意，可以在浮动面板组的【Flash 元素】面板中修改相关参数值，如图 4-36 所示。

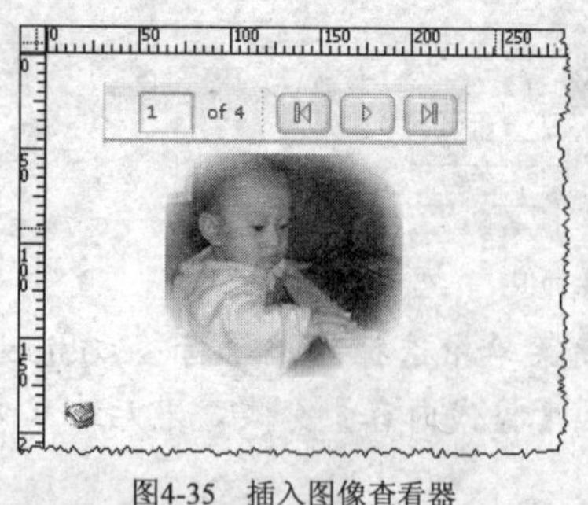

图4-35 插入图像查看器

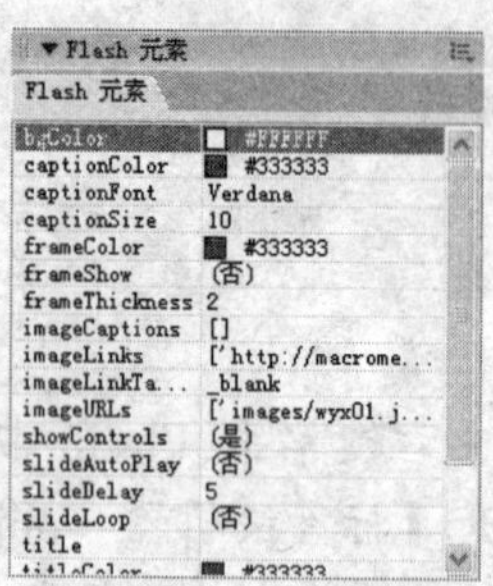

图4-36 【Flash 元素】面板

在图像查看器中有播放按钮和导航条，这对于包含大量图像的网站来说，提供了一种非常有效的处理方式，既节省了网页的空间又丰富了网页的功能。

4.5.3 插入 ActiveX

ActiveX 的主要作用是在不发布浏览器新版本的情况下扩展浏览器的能力。如果浏览器载入了一个网页，而这个网页中有浏览器不支持的 ActiveX 控件，浏览器会自动安装所需控件。WMV 和 RM 是网络常见的两种视频格式。其中，WMV 影片是 Windows 的视频格式，使用的播放器是 Microsoft Media Player。下面介绍向网页中插入 ActiveX 来播放 WMV 视频格式文件的基本方法。

插入 ActiveX

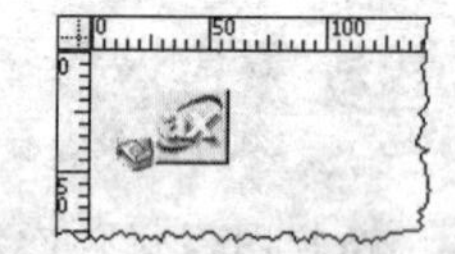

图4-37 插入 ActiveX 占位符

1. 新建网页文档“chap4-5-3.htm”。
2. 选择【插入记录】/【媒体】/【ActiveX】命令，系统自动在文档中插入一个 ActiveX 占位符，如图 4-37 所示。
3. 确保 ActiveX 占位符处于选中状态，然后在【属性】面板的【ClassID】下拉列表中添加“CLSID:22D6f312-b0f6-11d0-94ab-0080c74c7e95”，如图 4-38 所示，然后按 Enter 键确认。

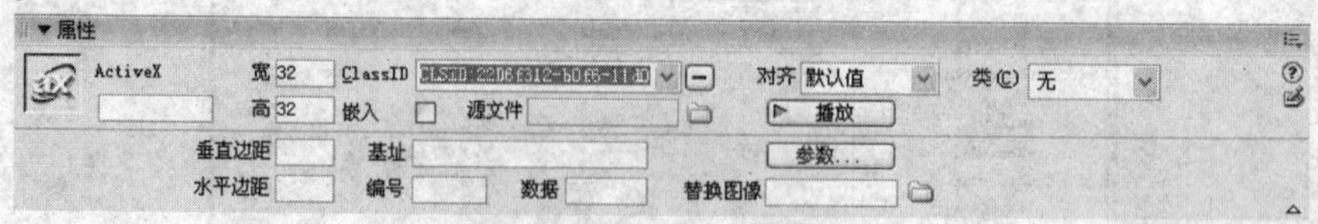

图4-38 设置【ClassID】选项

要点提示 由于在 ActiveX【属性】面板的【ClassID】下拉列表中没有关于 Media Player 的设置，因此需要手动添加。

4. 在【属性】面板中勾选【嵌入】复选框，然后单击 参数... 按钮，打开【参数】对话框，根据本章素材文件“素材\WMV.txt”中的提示添加参数，添加后的效果如图 4-39 所示。
5. 参数添加完毕后，单击 确定 按钮关闭【参数】对话框，然后在【属性】面板中设置【宽】和【高】选项，如图 4-40 所示。

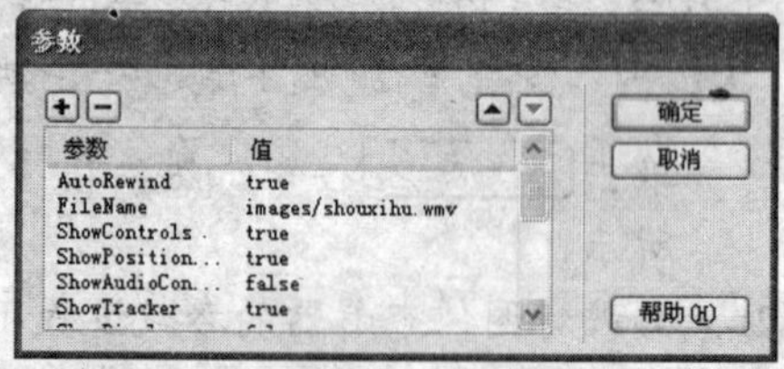

图4-39 添加参数

图4-40　设置属性参数

6. 最后保存文件，并按 F12 键预览，效果如图 4-41 所示。

图4-41　WMV 视频播放效果

在 WMV 视频的 ActiveX【属性】面板中，如果一些参数没有设置，便无法正常播放 WMV 格式的视频。这时需要做两项工作：一是添加“ClassID”；二是添加控制播放参数。对于控制播放参数，可以根据需要有选择地添加，其中，参数代码及其功能简要说明如下。

```
<!-- 播放完自动回至开始位置 -->
<param name="AutoRewind" value="true">
<!-- 设置视频文件 -->
<param name="FileName" value="images/shouxihu.wmv">
<!-- 显示控制条 -->
<param name="ShowControls" value="true">
<!-- 显示前进/后退控制 -->
<param name="ShowPositionControls" value="true">
<!-- 显示音频调节 -->
<param name="ShowAudioControls" value="false">
<!-- 显示播放条 -->
<param name="ShowTracker" value="true">
<!-- 显示播放列表 -->
<param name="ShowDisplay" value="false">
<!-- 显示状态栏 -->
<param name="ShowStatusBar" value="false">
<!-- 显示字幕 -->
<param name="ShowCaptioning" value="false">
<!-- 自动播放 -->
<param name="AutoStart" value="true">
<!-- 视频音量 -->
<param name="Volume" value="0">
<!-- 允许改变显示尺寸 -->
<param name="AllowChangeDisplaySize" value="true">
<!-- 允许显示右击菜单 -->
<param name="EnableContextMenu" value="true">
<!-- 禁止双击鼠标切换至全屏方式 -->
```

```
<param name="WindowlessVideo" value="false">
```

每个参数都有两种状态："true"或"false"。它们决定当前功能为"真"或为"假"，也可以使用"1"、"0"来代替"true"、"false"。

在代码"<param name="FileName" value="images/shouxihu.wmv">"中，"value"值用来设置影片的路径，如果影片在其他远程服务器，可以使用其绝对路径，如下所示。

```
value="mms://www.laohu.net/images/shouxihu.wmv"
```

也可以用 MMS 协议取代 HTTP 协议，专门用来播放流媒体，所以也可以设置如下。

```
value="http://www.laohu.net/images/shouxihu.wmv"
```

除了当前的 WMV 视频，此种方式还可以播放 MPG、ASF 等格式的视频，但不能播放 RM、RMVB 格式。播放 RM 格式的视频不能使用 Microsoft Media Player 播放器，必须使用 RealPlayer 播放器。在【属性】面板的【ClassID】下拉列表中选择"RealPlayer/clsid:CFCDAA03-8BE4-11cf-B84B-0020AFBBCCFA"，勾选【嵌入】复选框，然后在【属性】面板中单击 参数... 按钮，打开【参数】对话框，并根据本章素材文件"素材\RM.txt"中的提示添加参数，最后设置【宽】和【高】为固定尺寸。

其中，参数代码简要说明如下。

```
<!-- 设置自动播放 -->
<param name="AUTOSTART" value="true">
<!-- 设置视频文件 -->
<param name="SRC" value="shouxihu.rm">
<!-- 设置视频窗口,控制条,状态条的显示状态 -->
<param name="CONTROLS" value="Imagewindow,ControlPanel,StatusBar">
<!-- 设置循环播放 -->
<param name="LOOP" value="true">
<!-- 设置循环次数 -->
<param name="NUMLOOP" value="2">
<!-- 设置居中 -->
<param name="CENTER" value="true">
<!-- 设置保持原始尺寸 -->
<param name="MAINTAINASPECT" value="true">
<!-- 设置背景颜色 -->
<param name="BACKGROUNDCOLOR" value="#000000">
```

对于 RM 格式的视频，使用绝对路径的格式稍有不同，下面是几种可用的形式。

```
<param name="FileName" value="rtsp://www.laohu.net/shouxihu.rm">
<param name="FileName" value="http://www.laohu.net/shouxihu.rm">
src="rtsp://www.laohu.net/shouxihu.rm"
src="http://www.laohu.net/shouxihu.rm"
```

在播放 WMV 格式的视频时，可以不设置具体的尺寸，但是 RM 格式的视频必须要设置一个具体的尺寸。当然，这个尺寸可能不是影片的原始比例尺寸，可以通过将参数"MAINTAINASPECT"设置为"true"来恢复影片的原始比例尺寸。

4.6 实例——设置“西湖十景”网页

通过前面各节的学习，读者对网页中常用的图像格式以及插入图像、设置图像属性、插入图像占位符、设置网页背景、插入 Flash 动画、图像查看器、ActiveX 控件的基本方法都有了一定的了解。本节将综合运用前面所介绍的知识来设置文档中的图像和媒体，让读者进一步巩固所学内容。

设置“西湖”网页

1. 将本章素材文件“综合实例\素材”文件夹中的内容复制到站点根文件夹下，然后打开网页文件“shili.htm”。
2. 设置网页背景图像。
   选择【修改】/【页面属性】命令打开【页面属性】对话框，在【外观】分类中单击 浏览(B)... 按钮，设置网页背景图像为“images/bg.gif”，在【重复】下拉列表中选择【重复】选项，如图 4-42 所示。

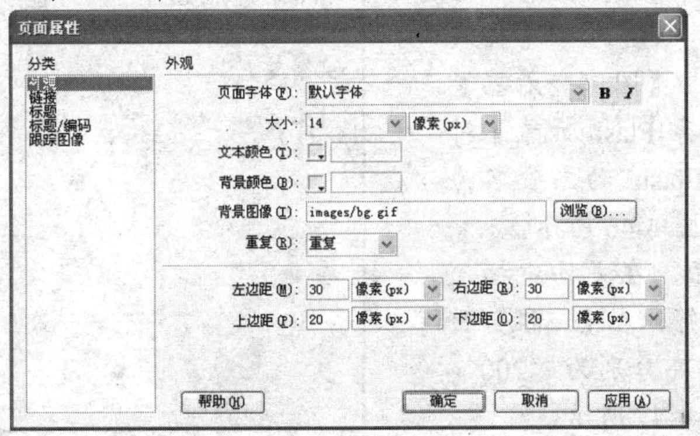

图4-42　设置背景图像

3. 插入图像占位符。

(1) 将鼠标光标置于正文第 1 段的末尾处，然后选择【插入记录】/【图像对象】/【图像占位符】命令，打开【图像占位符】对话框，参数设置如图 4-43 所示。

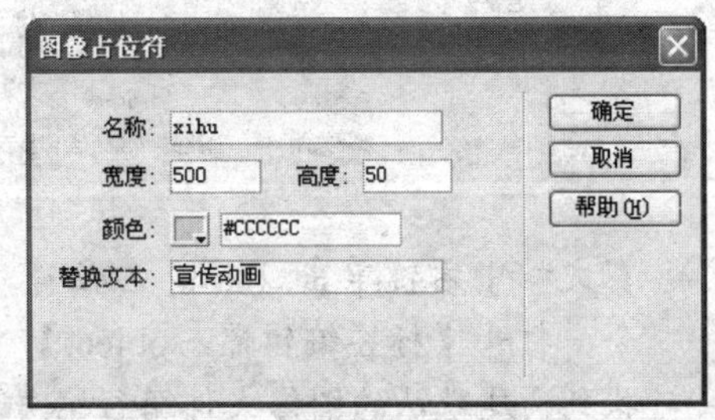

图4-43　【图像占位符】对话框

(2) 单击 确定 按钮插入图像占位符，然后在【属性】面板的【对齐】下拉列表中选择【右对齐】选项，使图像右对齐，如图 4-44 所示。

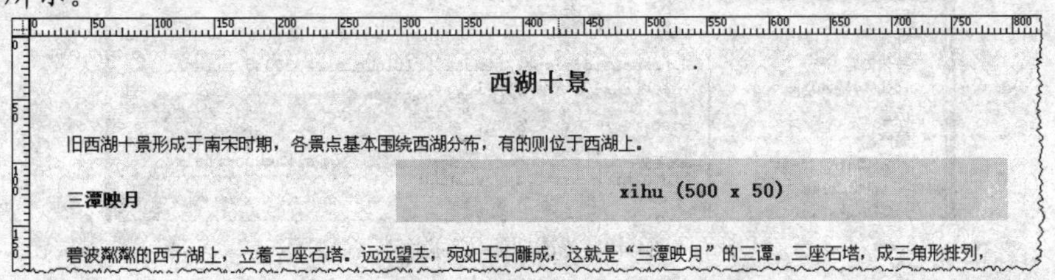

图4-44　设置图像占位符

4. 插入和设置图像。

(1) 将鼠标光标置于正文第 3 段的起始处，然后选择【插入记录】/【图像】命令插入图像“images/1santan.jpg”。

(2) 在【属性】面板的【宽】和【高】文本框中分别输入“200”和“250”，重新定义图像的显示大小。

(3) 在【替换】文本框中输入文本“三潭映月”，以便图像不能正常显示时显示替换文本。

(4) 在【垂直边距】和【水平边距】文本框中输入“2”，在【边框】文本框中输入“3”，在【对齐】下拉列表中选择【左对齐】选项，设置后的【属性】面板如图 4-45 所示。

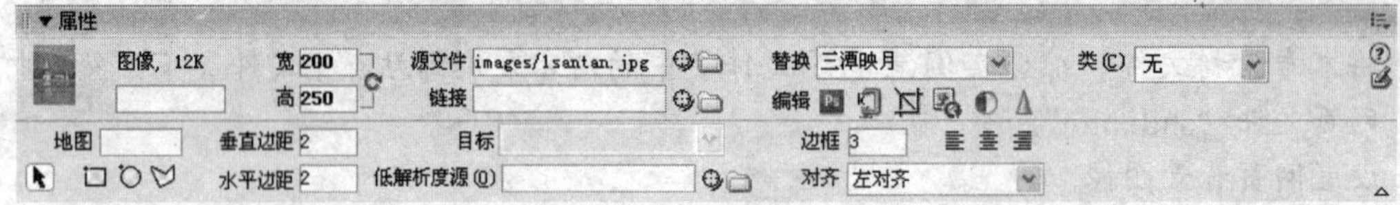

图4-45 设置图像属性

5. 插入图像查看器。

(1) 在文档最后添加一个空段落，并使其居中对齐，然后选择【插入记录】/【媒体】/【图像查看器】命令，打开【保存 Flash 元素】对话框，将新的 Flash 动画命名为“xihu.swf”，如图 4-46 所示。

(2) 单击 保存(S) 按钮，在文档中插入一个 Flash 占位符，在【属性】面板中定义其宽和高分别为“200”和“200”，如图 4-47 所示。

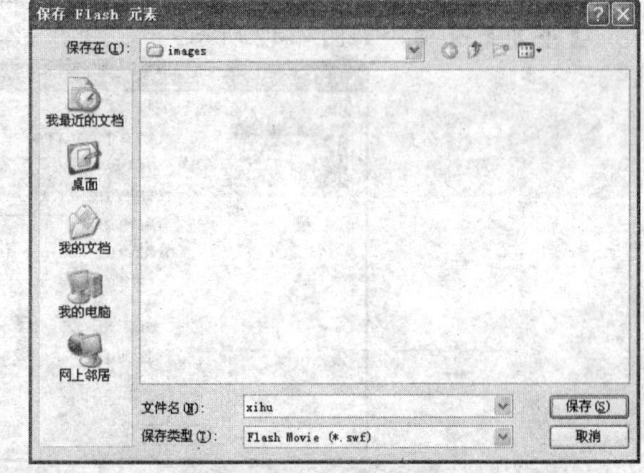

图4-46 【保存 Flash 元素】对话框

图4-47 图像查看器的【属性】面板

(3) 在文档中右键单击 Flash 占位符，在弹出的快捷菜单中选择【编辑标签<object>】命令，打开【标签编辑器－object】对话框，切换至【替代内容】分类，然后在文本框内找到两处默认的图像文件路径名并进行修改，如图 4-48 所示。

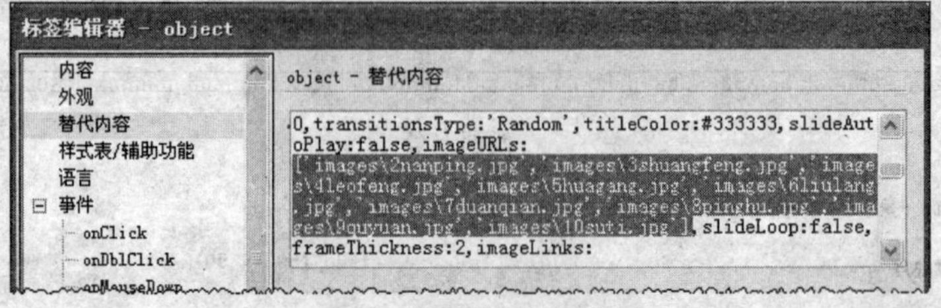

图4-48 修改图像文件路径

6. 保存文件，效果如图 4-49 所示。

西湖十景

旧西湖十景形成于南宋时期，各景点基本围绕西湖分布，有的则位于西湖上。

三潭映月

xihu (500 x 50)

碧波粼粼的西子湖上，立着三座石塔。远远望去，宛如玉石雕成，这就是“三潭映月”的三潭。三座石塔，成三角形排列，形状都是葫芦形。塔尖是一个玲珑剔透的宝顶，犹如一座小小的佛牙塔，但又与佛牙塔不尽相同。塔身不仅是一个镂空的石球，球上凿出五个圆圆的洞口，这样，一个普普通通的石球，就变成一个朴素而精巧的艺术建筑了。塔基是一个圆形石盘，托住了石塔，犹如圆河擎玉藕，微风浪里，亭亭玉立。虽说三座石塔形状一样，但由于远近排列的层次不同，仍然不使人感到呆板，反而更富有诗一般的意境。

曲苑风荷

曲苑风荷，以夏日观荷为主题，承苏堤春晓而居西湖十景第二位。“曲院”原是南宋朝廷开设的酿酒作坊，位于今灵隐路洪春桥附近，濒临当时的西湖湖岸，近岸湖面养殖荷花，每逢夏日，和风徐来，荷香与酒香四处飘逸，令人不饮亦醉。后曲院逐渐衰芜，湮废。清康熙帝品题西湖十景后，在苏堤跨虹桥畔建曲院风荷景碑亭。遗留下来的，只不过是一处小小庭院院前湖面小小荷花一片而已。曲院风荷最引人注目的仍是夏日赏荷。 公园内大小荷花池中栽培了上百个品种的荷花，其中特别迷人的要数风荷景区。这里以水面为主，分布着红莲，白莲，重台莲，洒金莲，并蒂莲等等名种荷花，莲叶田田，菡萏妖娆。水面上架设了造型各异的小桥，人从桥上过，如在荷中行，人倚花姿，花映人面，花人两相恋。

……

1 of 9

图4-49　应用图像和媒体

小结

本章主要介绍了图像和媒体在网页中的应用，包括网页常用图像格式的介绍，插入和设置图像的方法，插入图像占位符的方法，设置网页背景的方法以及插入 Flash 动画、图像查看器和 ActiveX 视频等媒体的方法。通过对这些内容的学习，希望读者能够掌握图像和媒体在网页中的具体应用及其属性设置的基本方法。

习题

一、填空题

1. ______作为临时代替图像的符号，是在网页设计阶段使用的重要占位工具。
2. 背景图像的重复方式有“不重复”、“重复”、“横向重复”及______4 种。
3. 如果文档中包含两个以上的 Flash 动画，按______________组合键，所有的 Flash 动画都将进行播放。
4. ______可以使图像一幅幅地展示出来，是一种特殊形式的 Flash 动画。

二、选择题

1. 在网页中使用的最为普遍的图像格式是______。

   A. GIF 和 JPG　　B. GIF 和 BMP　　C. BMP 和 JPG　　D. BMP 和 PSD

2. 具有图像文件小、下载速度快、下载时隔行显示、支持透明色、多个图像能组成动画的图像格式的是______。
   A. JPG　　B. BMP　　C. GIF　　D. PSD
3. 下列方式中不可直接用来插入图像的是______。
   A. 选择【插入】/【图像】命令
   B. 在【插入】/【常用】面板的【图像】下拉按钮组中单击按钮
   C. 在【文件】/【文件】面板中选中文件，然后拖动到文档中
   D. 选择【插入】/【图像对象】/【图像占位符】命令
4. 通过图像的【属性】面板不能完成的设置是______。
   A. 图像的大小　　B. 图像的边距　　C. 图像的边框　　D. 图像的第 2 幅替换图像
5. 下列方式中不能插入 Flash 动画的是______。
   A. 选择【插入记录】/【媒体】/【Flash】命令
   B. 在【插入】/【常用】/【媒体】面板中单击图标
   C. 在【文件】/【文件】面板中选中文件，然后拖到文档中
   D. 在【插入】/【常用】/【图像】下拉按钮组中单击按钮

三、问答题

1. 就本项目所学知识，简要说明实现图文混排的方法。
2. 如果要在网页中播放 WMV 格式的视频，必须通过【属性】面板做好哪两项工作？

四、操作题

将本章素材文件“课后习题\素材”文件夹下的内容复制到站点根文件夹下，然后根据操作提示在网页中插入图像和 Flash 动画，如图 4-50 所示。

图4-50　在网页中插入图像和 Flash 动画

【操作提示】

1. 在正文第 1 段的起始处插入图像“images/jiuzhaigou.jpg”。
2. 设置图像宽度和高度分别为“200”和“100”，替换文本为“九寨沟”，边距和边框均为“2”，对齐方式为“左对齐”。
3. 在正文第 3 段的后面插入 Flash 动画“fengjing.swf”。
4. 设置 Flash 动画的宽度和高度分别为“300”和“200”，对齐方式为“右对齐”，在网页加载时自动循环播放。

第5章　创建和设置超级链接

在网页的制作中，超级链接是非常重要的，因为在网站中大量的网页都是通过超级链接联系在一起的，而且网站与网站之间也是通过超级链接互相联系的。本章将介绍在 Dreamweaver CS3 中创建和设置超级链接的基本方法。

【学习目标】

- 了解超级链接的种类。
- 掌握设置文本和图像超级链接的方法。
- 掌握设置图像热点超级链接的方法。
- 掌握设置电子邮件超级链接的方法。
- 掌握设置锚记超级链接和空链接的方法。
- 掌握设置鼠标经过图像和导航条的方法。
- 掌握设置 Flash 文本和 Flash 按钮的方法。

5.1　认识超级链接

在创建超级链接前，下面首先来介绍超级链接的基本知识。

5.1.1　URL

URL 的概念在 1.1.7 小节已经做了介绍，URL 的地址格式为“scheme://host:port/path/file”，下面对其进行简要说明。

- scheme：Internet 资源类型，又称通信协议，如 http、ftp、telnet 等。
- host：服务器主机，指出服务器在网络中的 IP 地址（如“210.77.35.118”）或域名（如“www.laohu.net”）。
- port：端口，对某些资源的访问需要给出服务器相应的端口号，但许多时候不需要。
- path：路径，指明服务器上资源的位置，有时不需要。
- file：文件，指明服务器上资源的文件名称，有时不需要。

例如，“http://sports.163.com/special/00052FJJ/rocketteam.html”便是一个典型的 URL 地址。“http”表示客户程序（如 IE 浏览器）要处理的是 HTML 链接，“sports.163.com”是站点主机名，“special/00052FJJ”是路径，“rocketteam.html”是路径下的文件名。另外需要注意的是，WWW 上的服务器都是区分大小写字母的，所以，一定要注意正确的 URL 大小写表达形式。

5.1.2 路径

在超级链接中，路径通常有以下 3 种表示方法。

- 绝对路径：就是被链接文档的完整 URL，包括所使用的传输协议。当创建的超级链接要连接到网站以外的其他某个网站的文件时，必须使用绝对路径，如“http://www.dowebs.org/dobbs/index.aspx”。
- 文档相对路径：是指以当前文档所在位置为起点到被链接文档经由的路径。当创建的链接要连接到网站内部文件时通常使用文档相对路径。与同文件夹内的文件链接只写文件名即可，如“index.aspx”；与下一级文件夹里的文件链接，直接写出文件夹名称和文件名即可，如“dobbs/index.aspx”；与上一级文件夹里的文件链接，在文件夹名和文件名前加上“../”即可，如“../dobbs/index.aspx”。“../”表示在文件夹层次结构中上移一级。

  通过文档相对路径构建链接的两个文件之间的相对关系，不会受到站点文件夹所处的服务器位置的影响，可以省略绝对地址中的相同部分。这种方式可以确保在站点文件夹所在的服务器地址发生改变的情况下，文件夹的所有内部链接都不会出现错误。
- 站点根目录相对路径：是指所有路径都开始于当前站点的根目录，以“/”开始，“/”表示站点根文件夹，如“/dobbs/index.aspx”。通常只有在站点的规模非常大、文件需要放置在几个服务器上，或者是在一个服务器上放置多个站点时才使用站点根目录相对路径。移动包含站点根目录相对路径链接的文档时，不需要更改这些链接。

以上这些路径都是网页的统一资源定位（URL），只不过后两种路径将 URL 的通信协议和主机名省略掉了，它们必须有参照物，一种是以文档为参照物，另一种是以站点根目录为参照物。而第 1 种路径就没有参照物，它是比较完整的路径，也是标准的 URL。

5.1.3 链接目标

链接目标用于设置单击某个链接时，被链接文件打开的位置。例如，链接的页面可以在当前窗口中打开，或在新建窗口中打开。通常，链接目标有以下 4 种形式。

- 【_blank】：将链接的文档载入一个新的浏览器窗口。
- 【_parent】：将链接的文档载入该链接所在框架的父框架或父窗口。如果包含链接的框架不是嵌套框架，则所链接的文档载入整个浏览器窗口。
- 【_self】：将链接的文档载入链接所在的同一框架或窗口。此目标是默认的，因此通常不需要特别指定。
- 【_top】：将链接的文档载入整个浏览器窗口，从而删除所有框架。

5.1.4 超级链接的分类

超级链接通常由源端点和目标端点两部分组成。

(1) 根据源端点的不同，超级链接可分为文本超级链接、图像超级链接和表单超级链接。

- 文本超级链接以文本作为超级链接源端点。
- 图像超级链接以图像作为超级链接源端点。
- 表单超级链接比较特殊，当填写完表单后，单击相应按钮会自动跳转到目标页。

(2) 根据目标端点的不同，超级链接可分为内部超级链接、外部超级链接、电子邮件超级链接和锚记超级链接。

- 内部超级链接是使多个网页组成为一个网站的一种链接形式，目标端点和源端点是同一网站内的网页文档。
- 外部超级链接指的是目标端点与源端点不在同一个网站内，外部超级链接可以实现网站之间的跳转，从而将浏览范围扩大到整个网络。
- 电子邮件超级链接将会启动邮件客户端程序，可以写邮件并发送到链接的邮箱中。
- 利用锚记超级链接，在浏览时网页时可以跳转到当前网页或其他网页中的某一指定位置。

5.2 创建超级链接

下面介绍创建不同类型超级链接的基本方法。

5.2.1 文本超级链接

在浏览网页的过程中，当鼠标经过某些文本时，这些文本会出现下画线或文本的颜色、字体会发生改变，这通常意味着它们是带链接的文本。用文本做链接载体，这就是通常意义上的文本超级链接，它是最常见的超级链接类型。在 Dreamweaver CS3 中，创建文本超级链接比较常用的方式主要有两种。

- 在【属性】面板的【链接】文本框中定义链接地址，在【目标】下拉列表中定义目标窗口。
- 选择【插入】/【超级链接】命令，或在【插入】/【常用】工具栏中单击按钮，打开【超级链接】对话框进行设置。

对于文本超级链接，还可以通过【页面属性】对话框设置不同状态下的文本颜色以及下画线样式等。下面介绍创建文本超级链接和设置其状态的基本方法。

创建和设置文本超级链接

1. 将本章素材文件“例题文件\素材”文件夹下的内容复制到站点根文件夹下。
2. 创建网页文档“chap5-2-1.htm”并输入文本，如图 5-1 所示。

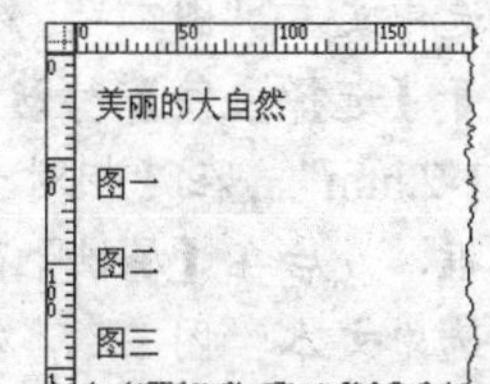

图5-1　创建网页文档“chap5-2-1.htm”

3. 在文档“chap5-2-1.htm”中，选中文本“图一”，然后在【属性】面板中单击【链接】文本框后面的按钮，打开【选择文件】对话框，通过【查找范围】下拉列表选择要链接的网页文件“chap5-2-1-1.htm”，在【相对于】下拉列表中选择【文档】选项，如图 5-2 所示。

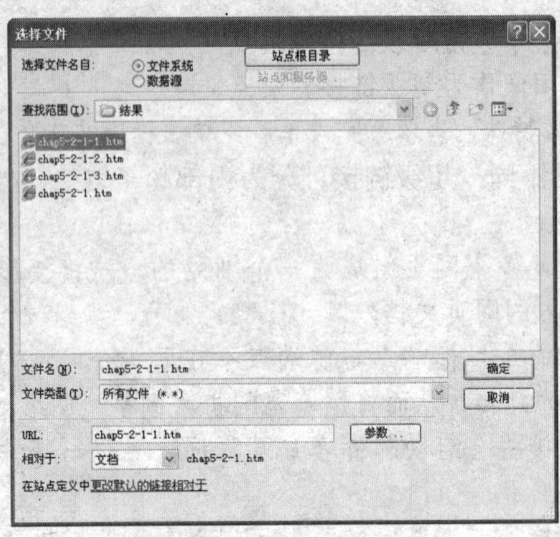

图5-2 【选择文件】对话框

在【相对于】下拉列表中有【文档】和【站点根目录】两个选项。

- 选择【文档】选项，将使用文档相对路径来链接，省略与当前文档 URL 相同的部分。如果在还没有命名保存的新文档中使用文档相对路径，那么 Dreamweaver 将临时使用一个以“file://”开头的绝对路径。通常，当网页是不包含应用程序的静态网页，且文档中不包含多重参照路径时，建议选择文档相对路径，因为这些网页可能在光盘或者不同的计算机中直接被浏览，文档之间需要保持紧密的联系，只有文档相对路径能做到这一点。
- 选择【站点根目录】选项，将使用站点根目录相对路径来链接，通常当网页包含应用程序，文档中包含复杂链接及使用多重的路径参照时，需要使用站点根目录相对路径。

4. 单击 确定 按钮返回到【属性】面板，然后在【目标】下拉列表中选择目标窗口打开方式，本例选择【_blank】选项，如图 5-3 所示。

图5-3 通过【属性】面板设置超级链接

5. 选中文本“图二”，然后单击鼠标右键，在弹出的快捷菜单中选择【创建链接】命令打开【选择文件】对话框，通过【查找范围】下拉列表选择要链接的网页文件“chap5-2-1-2.htm”，在【相对于】下拉列表中选择【文档】选项，并单击 确定 按钮关闭对话框，最后在【属性】面板的【目标】下拉列表中选择【_blank】选项。
6. 选中文本“图三”，然后将【属性】面板【链接】文本框右侧的图标拖动到【文件】面板中的“chap5-2-1-3.htm”文件上，建立该文本到此文件的链接，然后在【属性】面板的【目标】下拉列表中选择【_blank】选项。
7. 在文本“图三”后面按 Enter 键，将鼠标光标移到下一段，然后选择【插入】/【超级链接】命令，或在【插入】/【常用】面板中单击（超级链接）按钮，打开【超级链接】对话框。

8. 在【超级链接】对话框的【文本】文本框中输入网页文档中带链接的文本“更多”，在【链接】下拉列表中输入地址“http://www.google.cn”，在【目标】下拉列表中选择【_blank】选项，在【标题】文本框中输入当鼠标经过链接时的提示信息，本例输入“更多内容”。可以通过【访问键】选项设置链接的快捷键，也就是按下 Alt 键+26 个字母键其中的任意 1 个，将焦点切换至文本链接，还可以通过【Tab 键索引】选项设置 Tab 键切换顺序，这里均不进行设置，如图 5-4 所示。

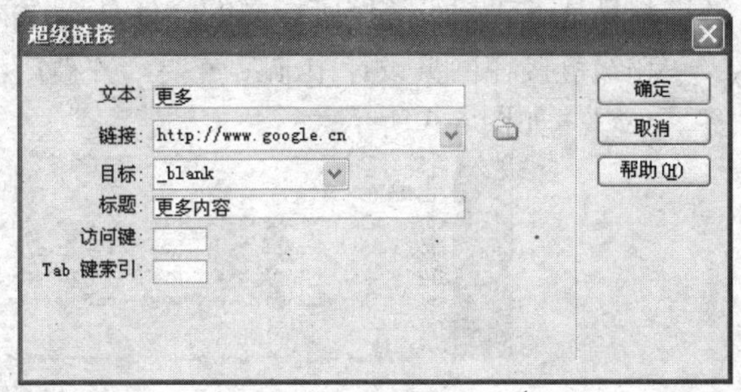

图5-4 【超级链接】对话框

9. 单击 确定 按钮，插入文本为“更多”的超级链接。

一个未被访问的链接与一个被激活的链接在外观上肯定会有所区别，链接被访问过了也会发生变化，提示用户这是一个已经被单击过的链接，所有这些都是链接的状态。通过 CSS 样式可以改变链接的字体，从而使不同的状态一目了然。下面通过【页面属性】对话框设置文本超级链接的状态。

10. 在【属性】面板中单击 页面属性... 按钮，打开【页面属性】对话框，切换至【链接】分类。
11. 单击【链接颜色】选项右侧的图标，打开调色板，然后选择一种合适的颜色，也可直接在右侧的文本框中输入颜色代码，如“#0000FF”。
12. 用相同的方法为【已访问链接】、【变换图像链接】和【活动链接】选项设置不同的颜色。
13. 在【下画线样式】下拉列表中选择【仅在变换图像时显示下画线】选项，如图 5-5 所示。设置完成后单击 确定 按钮关闭对话框，最后保存文件。

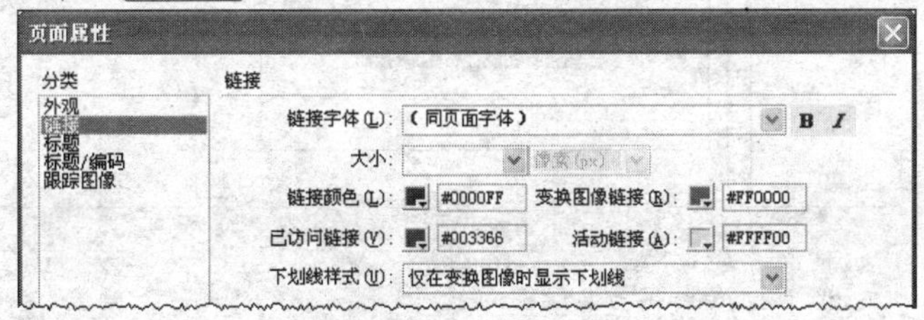

图5-5 设置文本超级链接状态

下面对【页面属性】对话框中的相关选项进行说明。

- 【链接字体】：设置链接文本的字体，另外，还可以对链接的字体进行加粗和斜体的设置。
- 【大小】：设置链接文本的大小。
- 【链接颜色】：设置链接没有被单击时的静态文本颜色。
- 【已访问链接】：设置单击过的链接文本的颜色。
- 【变换图像链接】：设置将鼠标光标移到链接上时文本的颜色。
- 【活动链接】：设置对链接文本进行单击时的颜色。
- 【下划线样式】：共有 4 种下画线样式，如果不希望链接中有下画线，可以选择【始终无下划线】选项。

在实际应用中，链接目标也可以是其他类型的文件，如压缩文件、Word 文档等。如果要在网站中提供资料下载，就需要为文件提供下载超级链接。下载超级链接并不是一种特殊的链接，只是下载超级链接所指向的文件是特殊的。

超级链接在网页设计中非常重要，并被广泛使用，而它在【代码】视图中却只有一个标签“<a>”，如图 5-6 所示。

```
<body>
<p>美丽的大自然</p>
<p><a href="chap5-2-1-1.htm" target="_blank">图一</a></p>
<p><a href="chap5-2-1-2.htm">图二</a></p>
<p><a href="chap5-2-1-3.htm">图三</a></p>
<p><a href="http://www.google.cn" title="更多内容" target="_blank">更多</a></p>
</body>
</html>
```

图5-6　超级链接标签<a>

超级链接标签“<a>”的属性有 href、name、title、target、accesskey 和 tabindex，最常用的是 href 和 target。href 属性用来指定链接的地址，target 属性用来指定链接的目标窗口。这两个是创建超级链接时必不可少的部分。name 属性用来为链接命名，title 属性用来为链接添加说明文字，accesskey 属性用来为链接设置热键，tabindex 属性用来为链接设置 Tab 键索引。

5.2.2 图像超级链接

用图像作为链接载体，这就是通常意义上的图像超级链接，它能够使网页更美观、更生动。创建图像超级链接通常通过【属性】面板进行，方法是首先选中图像，然后在【属性】面板中设置链接地址和目标窗口，如图 5-7 所示。

图5-7　创建图像超级链接

图像超级链接不像文本超级链接那样会发生许多提示性的变化，图像本身不会发生改变，只是鼠标在指向图像超级链接时会变成手形（默认状态）。

在源代码中，图像超级链接的表示方法如下。

```
<a href="http://www.baidu.com" target="_blank"><img src="images/logo_cn.gif"
alt="baidu" width="270" height="129"></a>
```

其中，“<img src="images/logo_cn.gif" alt="baidu" width="270" height="129">”表示的是图像信息，“<a href="http://www.baidu.com" target="_blank">”表示的是链接指向的网址及打开窗口的方式。

5.2.3 图像地图

图像地图（或称图像热区、图像热点）实际上就是为图像绘制一个或几个特殊区域，并为这些区域添加链接。图像热点工具位于【属性】面板的左下方，包括□（矩形热点工具）、◯（椭圆形热点工具）、▽（多边形热点工具）3 种形式。日常所说的图像超级链接是指将一幅图像指向一个目标的链接，而使用图像地图技术形成的图像热点超级链接是在一幅图像中划分出几个不同的区域并分别指向不同目标的链接。下面具体介绍图像地图的创建方法。

创建和设置图像地图

1. 将本章素材文件“例题文件\素材\images\fengjing.jpg”复制到站点“images”文件夹下，然后新建网页文档“chap5-2-3.htm”，并插入图像“images/fengjing.jpg”，如图 5-8 所示。
2. 确保图像处于选中状态，然后在【属性】面板中单击左下方的□（矩形热点工具）按钮，并将鼠标光标移到图像上，按住鼠标左键绘制一个矩形区域，如图 5-9 所示。

图5-8 插入图像

图5-9 绘制矩形区域

3. 接着在【属性】面板中设置链接地址、目标窗口和替换文本，如图 5-10 所示。

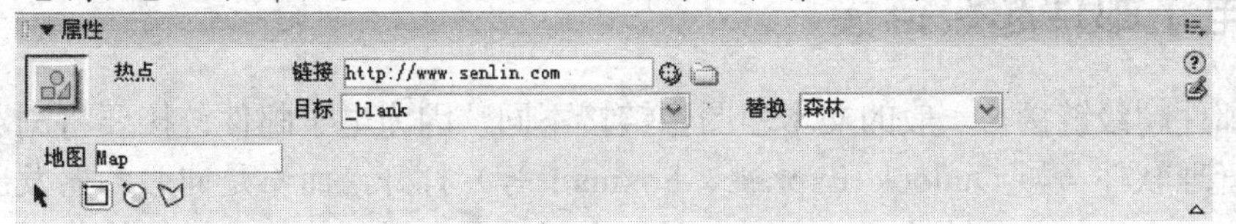

图5-10 设置图像地图的属性参数

4. 运用类似的方法分别设置其他图像地图，设置链接地址分别为“http://www.pubu.com”、“http://www.yunwu.com”，目标窗口均为“_blank”，替换文本分别为“瀑布”、“云雾”，设置后的效果如图 5-11 所示。

要编辑图像地图，可以利用【属性】面板中的↖（指针热点工具）按钮。该工具可以对已经创建好的图像地图进行移动、调整大小或层之间的向上向下向左向右移动等操作。还可以将含有地图的图像从一个文档复制到其他文档或者复制图像中的一个或几个地图，然后将其粘贴到其他图像上，这样就将与该图像关联的地图也复制到新文档中了。

5. 在【属性】面板中单击↖（指针热点工具）按钮，并单击图像中“瀑布”处的热点区域使其处于选中状态，然后按住鼠标左键不放并稍微移动来调整热点区域的位置，如图 5-12 所示。

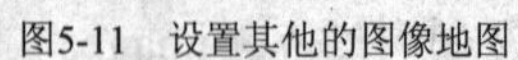
图5-11　设置其他的图像地图

图5-12　调整热点区域的位置

6.　保存文件，并按 F12 键在浏览器中预览，当鼠标光标移到热点区域上时，鼠标光标变成手形并出现提示文字，如图 5-13 所示，当单击鼠标时会打开一个新的窗口并在其中显示相应的内容。

图5-13　在浏览器中预览

5.2.4　电子邮件超级链接

电子邮件超级链接与一般的文本和图像链接不同，因为电子邮件链接要将浏览者的本地电子邮件管理软件（如 Outlook Express、Foxmail 等）打开，而不是向服务器发出请求，因此它的添加步骤也与普通链接有所不同。下面介绍设置电子邮件超级链接的基本方法。

创建电子邮件超级链接

1.　打开网页文档“chap5-2-4.htm”，如图 5-14 所示。

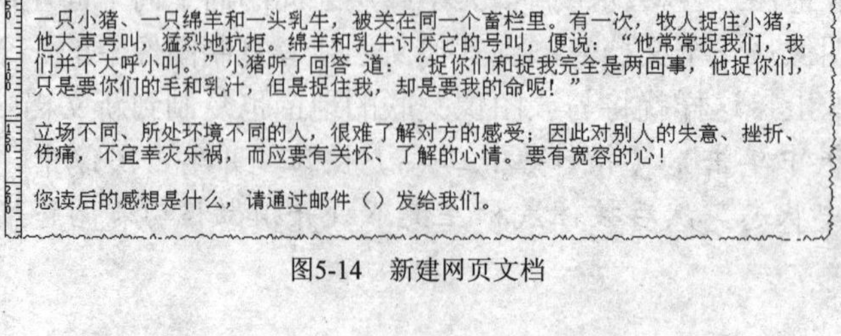

情况不同

一只小猪、一只绵羊和一头乳牛，被关在同一个畜栏里。有一次，牧人捉住小猪，他大声号叫，猛烈地抗拒。绵羊和乳牛讨厌它的号叫，便说：“他常常捉我们，我们并不大呼小叫。”小猪听了回答 道：“捉你们和捉我完全是两回事，他捉你们，只是要你们的毛和乳汁，但是捉住我，却是要我的命呢！”

立场不同、所处环境不同的人，很难了解对方的感受；因此对别人的失意、挫折、伤痛，不宜幸灾乐祸，而应要有关怀、了解的心情。要有宽容的心！

您读后的感想是什么，请通过邮件（）发给我们。

图5-14　新建网页文档

2. 将鼠标光标置于最后一行文本的“( )”中，然后选择【插入记录】/【电子邮件】命令，或在【插入】/【常用】面板中单击（电子邮件链接）按钮，打开【电子邮件链接】对话框。
3. 在【文本】文本框中输入在文档中显示的信息，在【E-Mail】文本框中输入电子邮箱的完整地址，这里均输入“yx2008@163.com”，如图 5-15 所示。
4. 单击 确定 按钮，一个电子邮件链接就创建好了，如图 5-16 所示。

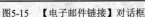

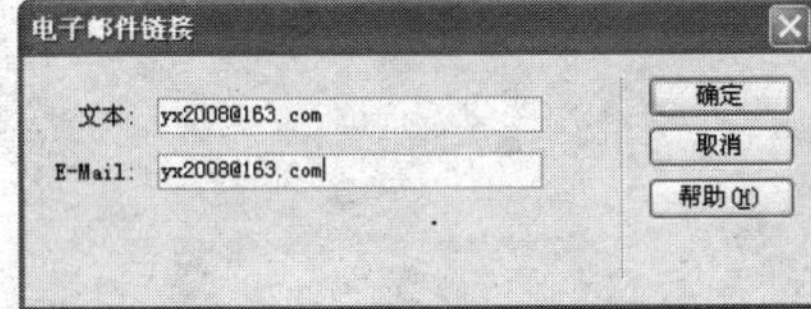

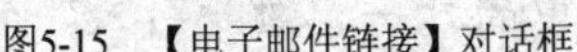

图5-15　【电子邮件链接】对话框

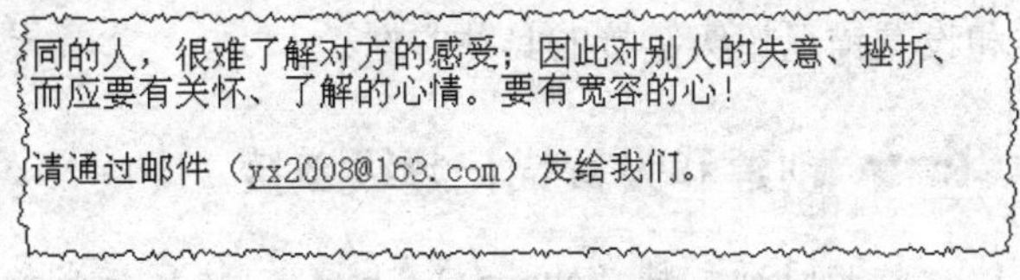

图5-16　电子邮件超级链接

要点提示　如果已经预先选中了文本，在【电子邮件链接】对话框的【文本】文本框中会自动出现该文本，这时只需在【E-Mail】文本框中填写电子邮件地址即可。

如果要修改已经设置的电子邮件链接的 E-mail，可以通过【属性】面板进行重新设置。

5. 将鼠标光标置于电子邮件链接文本上，此时在【属性】面板中显示已经设置的 E-mail，如图 5-17 所示，用户可以对其进行修改以设置新的 E-mail。

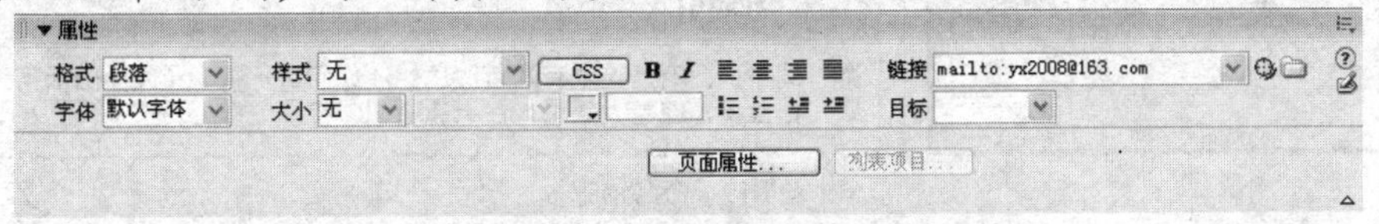

图5-17　电子邮件链接【属性】面板

要点提示　“mailto:”、“@”和“.”这 3 个元素在电子邮件链接中是必不可少的，有了它们，才能构成一个正确的电子邮件链接。

在设置电子邮件链接时，为了更快捷，可以先选中需要添加链接的图像或文本，然后在【属性】面板的【链接】文本框中直接输入电子邮件地址，并在其前面加一个前缀“mailto:”，最后按 Enter 键确认即可。如果想要添加更加复杂的电子邮件链接，也可以直接在【属性】面板的【链接】文本框中输入相应的代码。

6. 保存文件并按 F12 键在浏览器中预览，单击电子邮件链接将打开默认的电子邮件程序，【收件人】文本框中会自动出现已设置的 E-mail，如图 5-18 所示。

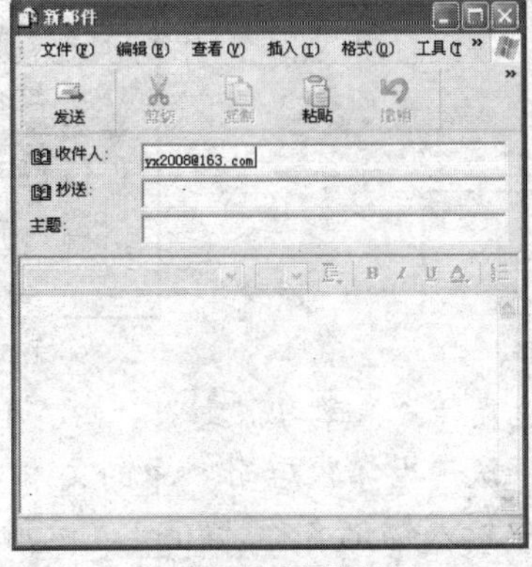

图5-18　启动邮件程序

5.2.5 锚记超级链接

一般超级链接只能从一个网页文档跳转到另一个网页文档，使用锚记超级链接不仅可以跳转到当前网页中的指定位置，还可以跳转到其他网页中指定的位置。创建锚记超级链接，首先需要命名锚记，即在文档中设置标记，这些标记通常放在文档的特定主题处或顶部，然后在【属性】面板中设置指向这些锚记的超级链接来链接到文档的特定部分。下面介绍创建和设置锚记超级链接的具体方法。

创建和设置锚记超级链接

1. 打开网页文档“chap5-2-5.htm”，将鼠标光标置于正文中的“一、激趣引入”的前面，然后选择【插入记录】/【命名锚记】命令，或在【插入】/【常用】面板中单击（命名锚记）按钮，打开【命名锚记】对话框。
2. 在【锚记名称】文本框中输入“a”，单击 确定 按钮，在文档鼠标光标位置便插入了一个锚记，如图 5-19 所示。

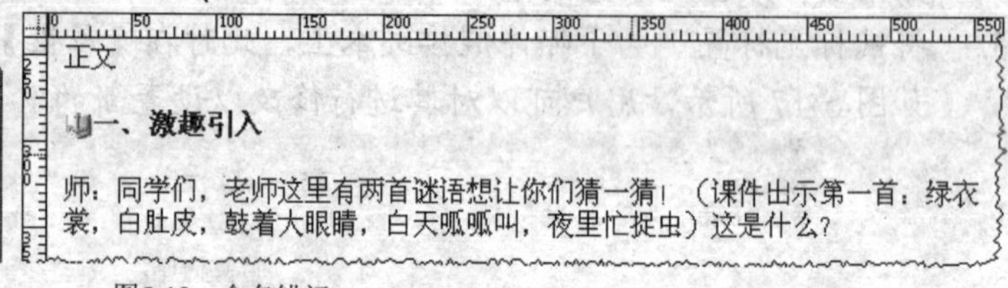

图5-19 命名锚记

3. 按照相同的步骤为正文中的“二、整体感知，认读生字”、“三、学习课文”、“四、小结”分别添加命名锚记“b”、“c”、“d”，然后为文档标题“小蝌蚪找妈妈”添加命名锚记“top”。
4. 在文档顶部目录中选中标题“一、激趣引入”，然后在【属性】面板的【链接】下拉列表中输入锚记名称“#a”，或直接将【链接】下拉列表后面的图标拖动到锚记名称“#a”上，如图 5-20 所示。
5. 在文档顶部目录中选中标题“二、整体感知，认读生字”，然后选择【插入记录】/【超级链接】命令，打开【超级链接】对话框，这时选择的文本“二、整体感知，认读生字”自动出现在【文本】文本框中，然后在【链接】下拉列表中选择锚记名称“#b”，如图 5-21 所示，单击 确定 按钮。

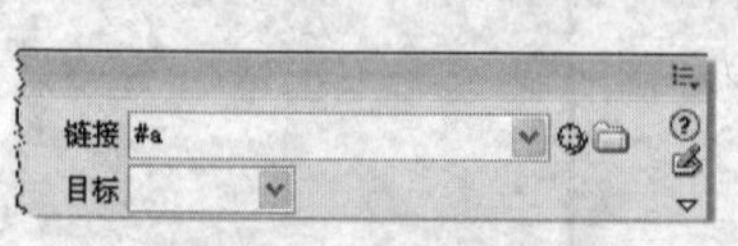

图5-20 设置锚记超级链接

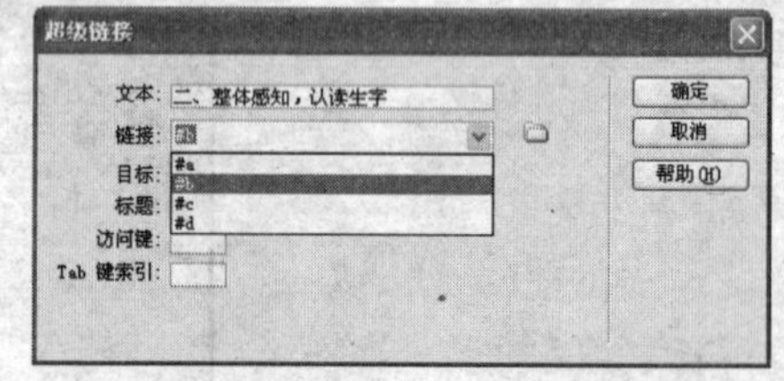

图5-21 【超级链接】对话框

6. 运用以上介绍的方法分别设置“三、学习课文”、“四、小结”的锚记超级链接。
7. 选中标题“二、整体感知，认读生字”后面◇中的文本“返回顶部”，然后在【属性】面板的【链接】下拉列表中输入锚记名称“#top”，运用相同的方法分别为“三、学习课文”、“四、小结”后面◇中的文本“返回顶部”添加锚记超级链接。

如果链接的目标命名标记位于当前网页中，需要在【属性】面板的【链接】文本框中输入一个“#”符号，然后输入链接的锚记名称，如“#a”。如果链接的目标锚记在其他网页中，则需要先输入该网页的 URL 地址和名称，然后再输入“#”符号和锚记名称，如“index.htm#a”、“http://www.yx.com/yx/20080326.htm#b”等。

5.2.6 空链接

空链接是一个未指派目标的链接。建立空链接的目的通常是激活页面上的对象或文本，使其可以应用行为。给页面对象添加空链接很简单，在【属性】面板的【链接】文本框中输入“#”即可，如图 5-22 所示。

图5-22　空链接

5.2.7 鼠标经过图像

鼠标经过图像是指在网页中，当鼠标经过或者单击图像时，图像的形状、颜色等属性会随之发生变化，如发光、变形或者出现阴影，它会使网页变得生动有趣。鼠标经过图像基于图像的比较特殊的链接形式，属于图像对象的范畴。下面介绍设置鼠标经过图像的具体方法。

设置鼠标经过图像

1. 将本章素材文件“例题文件\素材\images”文件夹下的图像文件“edu1.jpg”和“edu2.jpg”复制到站点“images”文件夹下，然后新建网页文档“chap5-2-7.htm”。
2. 将鼠标光标置于文档中，然后选择【插入记录】/【图像对象】/【鼠标经过图像】命令，或在【插入】/【常用】面板中单击（鼠标经过图像）按钮，打开【插入鼠标经过图像】对话框。
3. 在【图像名称】文本框内输入图像文件的名称，这个名称是自定义的。
4. 单击【原始图像】和【鼠标经过图像】文本框右边的 浏览... 按钮，添加这两个状态下的图像文件的路径。
5. 在【替换文本】文本框内输入替换文本提示信息。
6. 在【按下时，前往的 URL】文本框内设置所指向文件的路径名，如图 5-23 所示。

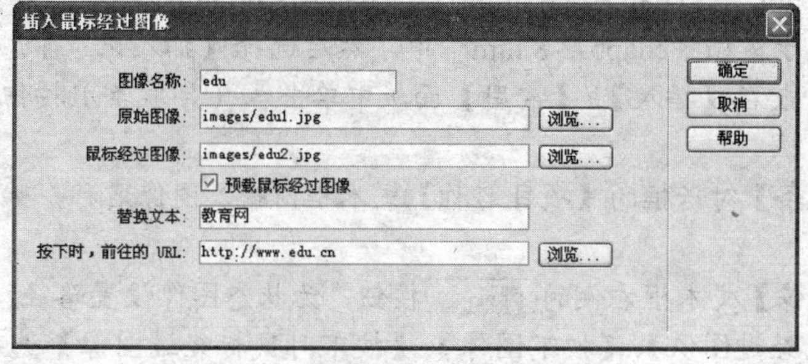

图5-23　【插入鼠标经过图像】对话框

7. 单击 确定 按钮，插入鼠标经过图像，如图 5-24 所示。

图5-24 插入鼠标经过图像

8. 保存文档并在浏览器中预览，当鼠标指在图像上面时，效果如图 5-25 所示。

图5-25 预览效果

由上面的操作可知，鼠标经过图像有以下两种状态。

- 原始状态：在网页中的正常显示状态。
- 变换图像状态：当鼠标经过或者单击图像时显示变化图像。

在设置鼠标经过图像时，两幅图像的尺寸大小必须是一样的。Dreamweaver 将以第 1 幅图像的尺寸大小作为标准，在显示第 2 幅图像时，将按照第 1 幅的尺寸大小来显示。如果第 2 幅图像比第 1 幅图像大，那么将缩小显示；反之，则放大显示。为避免第 2 幅图像可能出现的失真现象，因此，在制作和选择两幅图像时，尺寸应保持一致。

一般要先在图像处理软件中将两种状态的图像文件制作好，分别保存到网站的图像文件夹内，然后才能创建鼠标经过图像。当包含“鼠标经过图像”的网页被浏览器下载时，会将这两种状态图像一起下载。暂时不显示的图像被存放在浏览器的缓存中，当鼠标经过图像时，再从缓存中将变化的图像调出来，这样图像的变化就没有停滞的感觉，也节省了用户的等待时间。

5.2.8 导航条

导航条是由一组按钮或者图像组成的，这些按钮或者图像链接各分支页面，起到导航的作用。导航条也是基于图像的比较特殊的链接形式，属于图像对象的范畴。下面介绍设置导航条的具体方法。

设置导航条

1. 将本章素材文件“例题文件\素材\images”文件夹下的“nav”文件夹复制到站点“images”文件夹下，然后新建网页文档“chap5-2-8.htm”、“chap5-2-8-1.htm”、“chap5-2-8-2.htm”、“chap5-2-8-3.htm”、“chap5-2-8-4.htm”。
2. 将鼠标光标置于文档“chap5-2-8.htm”中，然后选择【插入记录】/【图像对象】/【导航条】命令，或在【插入】/【常用】面板中单击（导航条）按钮，打开【插入导航条】对话框。
3. 在【插入导航条】对话框的【项目名称】文本框内输入图像名称，如“nav01”，建议不用中文。
4. 单击【状态图像】文本框右侧的 浏览... 按钮，为状态图像设置路径。
5. 依次为【鼠标经过图像】、【按下图像】、【按下时鼠标经过图像】选项设置具体的文件路径，本例只设置【鼠标经过图像】选项的路径。

6. 在【替换文本】文本框内输入图像的提示信息，如“首页”。
7. 在【按下时，前往的 URL】文本框内设置所指向的文件路径。右侧下拉列表中只有【主窗口】一项，相当于链接的【目标】属性为“_top”。如果当前的文档包含框架，那么列表中会显现其他框架页。
8. 勾选【预先载入图像】复选项，浏览器读取页面信息时就会将全部图像一起下载到缓存里，这样导航条在变化时，便不会发生延迟。如果该选项未被勾选，则移动鼠标光标到翻转图上时可能会有延迟。

要点提示　一般不勾选【页面载入时就显示“鼠标按下图像”】复选项。如果勾选该项，页面被载入时将显示按下图像状态而不是默认的一般图像状态。

9. 在【插入】下拉列表中选择“水平”或“垂直”方向，这里选择“水平”。
10. 勾选【使用表格】复选项，导航条将被放在表格内。
11. 单击对话框上方的+按钮，继续添加导航条中的其他图像，如图 5-26 所示。

图5-26　【插入导航条】对话框

12. 创建完成后，单击 确定 按钮，关闭对话框，文档中就添加了具有图像翻转功能的导航条，如图 5-27 所示。

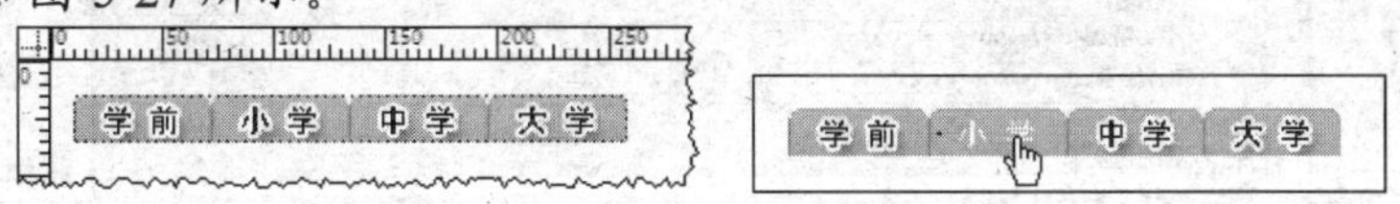

图5-27　插入的导航条及其在浏览器中的显示效果

导航条通常包括以下 4 种状态。

- 【状态图像】：用户还未单击图像或图像未交互时显现的状态。
- 【鼠标经过图像】：当鼠标光标移动到图像上时，元素发生变换而显现的状态。例如，图像可能变亮、变色、变形，从而让用户知道可以与之交互。
- 【按下图像】：单击图像后显现的状态。例如，当用户单击按钮时，新页面被载入且导航条仍是显示的；但被单击过的按钮会变暗或者凹陷，表明此按钮已被按下。
- 【按下时鼠标经过图像】：单击按钮后，鼠标光标移动到被按下元素上时显现的图像。例如，按钮可能变暗或变灰，可以用这个状态暗示用户：在站点的这个部分该按钮已不能被再次单击。

制作导航条时不一定要制作全部包括 4 种状态的导航条图像。即使只有“一般状态图像”和“鼠标经过图像”，也可以创建一个导航条，不过最好还是将 4 种状态的图像都包括，这样会使导航条看起来更生动一些。

如果要对导航条进行修改，通常有 3 种方法。

(1) 再次执行【插入记录】/【图像对象】/【导航条】命令，系统将弹出如图 5-28 所示的提示对话框，单击 确定 按钮打开【修改导航条】对话框进行修改即可。

(2) 选择【修改】/【导航条】命令，打开【修改导航条】对话框进行修改，如图 5-29 所示。

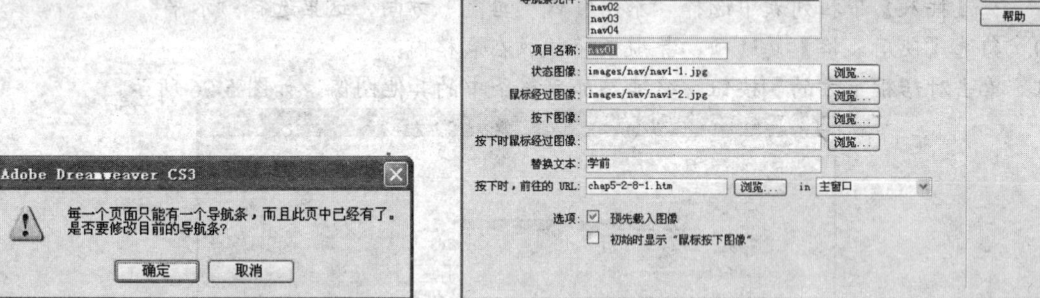

图5-28 提示对话框　　　　图5-29 【修改导航条】对话框

(3) 通过【设置导航栏图像】行为进行修改。行为是 Dreamweaver CS3 有特色的功能之一，使用行为可以允许浏览者与网页进行简单的交互，从而以多种方式修改页面或引起某些任务的执行。设置方法是，在导航条中选中其中一个按钮，打开【行为】面板，在【行为】面板中单击 + 按钮，在弹出的下拉菜单中选择【设置导航栏图像】命令，打开【设置导航栏图像】对话框，如图 5-30 所示，在该对话框中可以重新设置图像的源文件及所指向的 URL。

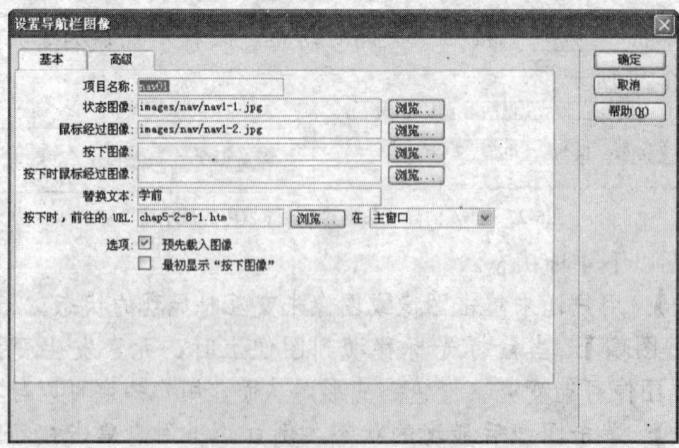

图5-30 【设置导航栏图像】对话框

这个对话框和【插入导航条】对话框相比，又多了一个【高级】选项卡，如图 5-31 所示。如果焦点在当前的按钮，而其他的按钮同时也发生变化，那么就必须设置【变成图像文件】和【按下时，变成图像文件】这两项。由此看来，【设置导航栏图像】动作是导航条功能的一个补充和延伸，是为方便导航条创建后的修改而设立的。

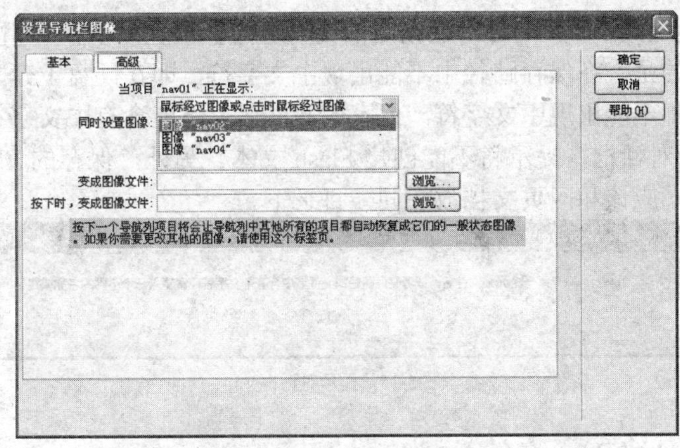

图5-31 【设置导航栏图像】对话框中的【高级】选项卡

5.2.9 Flash 文本

在 Dreamweaver CS3 中还可以创建具有 Flash 效果的 Flash 文本，它具有超级链接的功能。下面介绍创建 Flash 文本的基本方法。

创建 Flash 文本

1. 首先创建并保存网页文档“chap5-2-9.htm”。
2. 将鼠标光标置于文档中，然后选择【插入记录】/【媒体】/【Flash 文本】命令，打开【插入 Flash 文本】对话框进行参数设置，如图 5-32 所示。

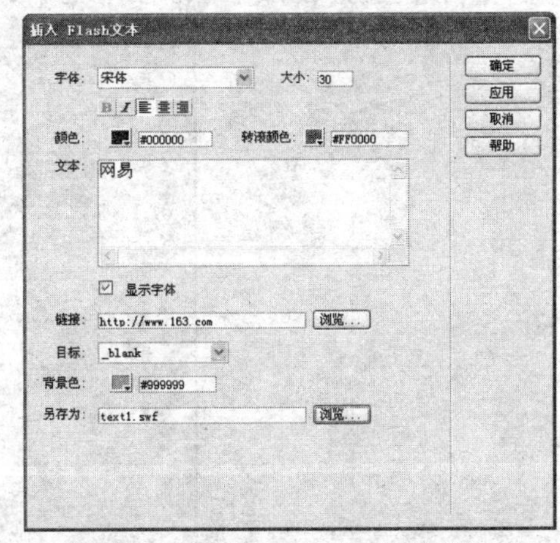

图5-32 【插入 Flash 文本】对话框

在【插入 Flash 文本】对话框中，【颜色】选项用于设置 Flash 文本的颜色，【转滚颜色】选项用于设置当鼠标光标移到 Flash 文本上时文本的显示颜色，【背景色】选项用于设置 Flash 文本的背景颜色，【另存为】选项用于设置 Flash 文本的保存路径和名称。

3. 单击 确定 按钮插入 Flash 文本并在浏览器中预览，如图 5-33 所示。

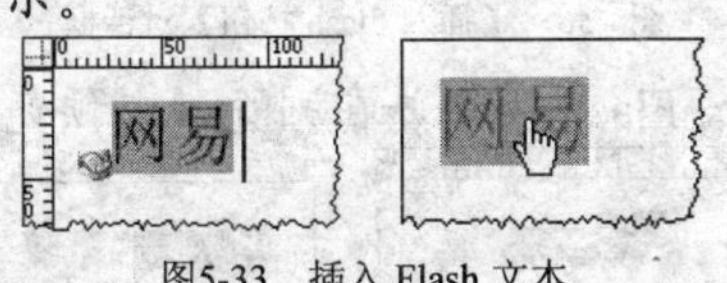

图5-33 插入 Flash 文本

4. 选中 Flash 文本，在【属性】面板中可以修改 Flash 文本的相关参数，如图 5-34 所示。

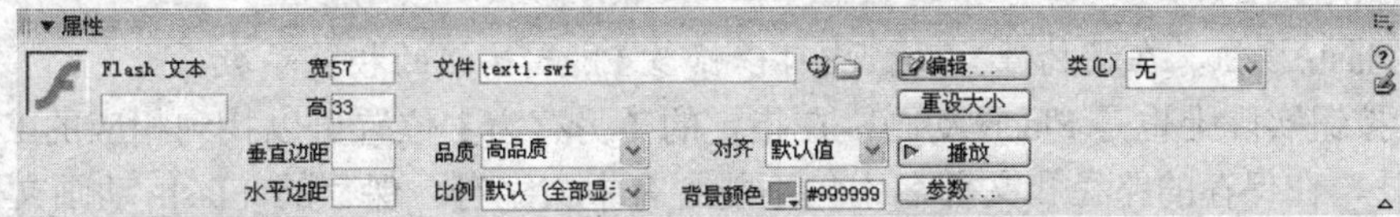

图5-34 Flash 文本【属性】面板

Flash 文本实际上是 Flash 动画，在指定的【另存为】位置可以找到相应的 Flash 动画文件。需要提醒读者的是，在保存路径中不能出现中文字符，即在硬盘上建立的文件夹，无论有多少层次，中间都不能出现中文字符，保存的文件名也不能含有中文字符，否则会出现如图 5-35 所示的提示对话框，提示将不能创建 Flash 文本。另外，保存的 Flash 动画文件如果使用的是相对路径，应该和网页文档放在同一目录下。

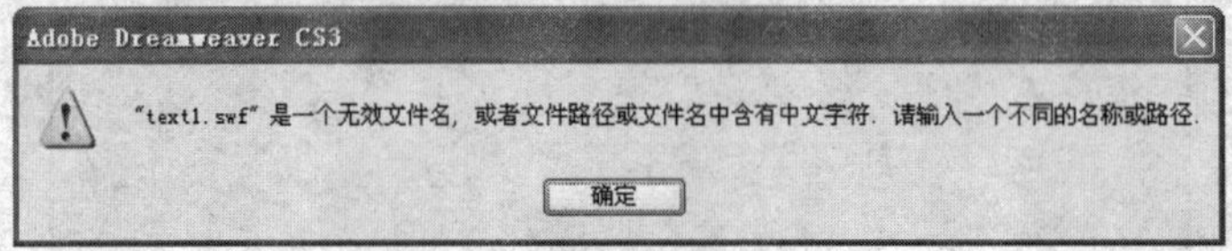

图5-35 提示对话框

5.2.10 Flash 按钮

在 Dreamweaver CS3 中还可以创建具有 Flash 效果的 Flash 按钮，它也具有超级链接的功能。下面介绍创建 Flash 按钮的基本方法。

创建 Flash 按钮

1. 首先创建并保存网页文档“chap5-2-10.htm”。
2. 将鼠标光标置于文档中，然后选择【插入记录】/【媒体】/【Flash 按钮】命令，打开【插入 Flash 按钮】对话框并进行参数设置，如图 5-36 所示。

图5-36 【插入 Flash 按钮】对话框

3. 单击 确定 按钮插入 Flash 按钮并在浏览器中预览，如图 5-37 所示。

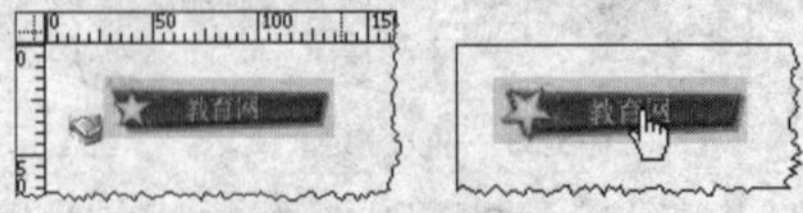

图5-37 插入 Flash 按钮及其预览效果

4. 选中 Flash 按钮，在【属性】面板中可以修改 Flash 按钮的相关参数。

Flash 按钮实际上也是 Flash 动画，在指定的【另存为】位置可以找到相应的 Flash 动画文件。另外，在保存的路径和文件名中也不能含有中文字符。保存的 Flash 动画文件如果使用的是相对路径，应该和网页文档放在同一目录下。

5.2.11　脚本链接

超级链接不仅可以用来实现页面之间的跳转，也可以用来直接调用 JavaScript 语句。这种单击链接便执行 JavaScript 语句的超级链接通常称为 JavaScript 链接。创建 JavaScript 链接的方法是，首先选定文本或图像，然后在【属性】面板的【链接】文本框中输入"JavaScript:"，后面跟一些 JavaScript 代码或函数调用即可。

下面对经常用到的 JavaScript 代码进行简要说明。

- JavaScript:alert('字符串')：弹出一个只包含"确定"按钮的对话框，显示"字符串"的内容，整个文档的读取、Script 的运行都会暂停，直到用户单击"确定"按钮为止。
- JavaScript:history.go(1)：前进，与浏览器窗口上的"前进"按钮是等效的。
- JavaScript:history.go(-1)：后退，与浏览器窗口上的"后退"按钮是等效的。
- JavaScript:history.forward(1)：前进，与浏览器窗口上的"前进"按钮是等效的。
- JavaScript:history.back(1)：后退，与浏览器窗口上的"后退"按钮是等效的。
- JavaScript:history.print()：打印，与在浏览器菜单栏中选择【文件】/【打印】命令是一样的。
- JavaScript:window.external.AddFavorite('http://www.laohu.net','老虎工作室')：收藏指定的网页。
- JavaScript:window.close()：关闭窗口。如果该窗口有状态栏，调用该方法后浏览器会警告："网页正在试图关闭窗口，是否关闭？"，然后等待用户选择是否关闭；如果没有状态栏，调用该方法将直接关闭窗口。

下面以创建收藏链接为例说明创建脚本链接的基本过程。

创建收藏链接

1. 创建网页文档"chap5-2-11.htm"，并在文档中输入文本"收藏本站"。
2. 选中文本"收藏本站"，然后在【属性】面板的【链接】文本框中输入 JavaScript 代码"JavaScript:window.external.AddFavorite('http://www.laohu.net','老虎工作室')"，如图 5-38 所示。
3. 保存文档并在浏览器预览网页，当单击"收藏本站"链接时，将弹出【添加收藏】对话框，如图 5-39 所示。

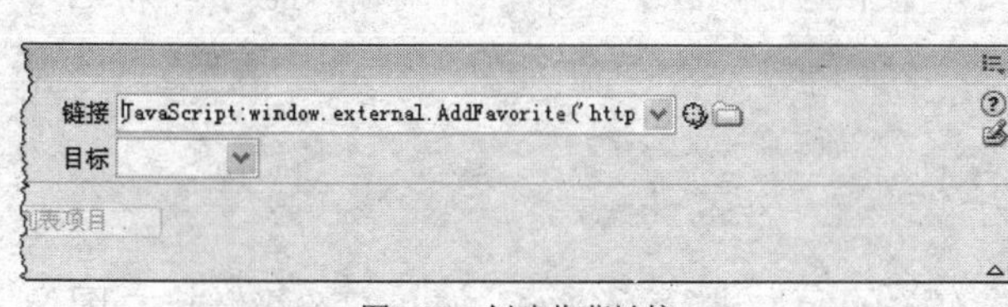

图5-38　创建收藏链接

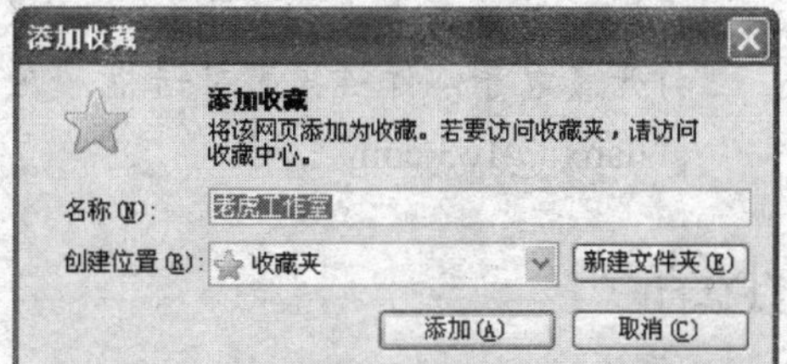

图5-39　【添加收藏】对话框

4. 单击 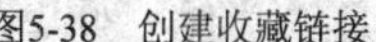 按钮，将当前页面的标题和网址添加到浏览器的收藏夹中。

5.3 实例——设置“航空母舰”网页中的超级链接

通过前面各节的学习，读者对超级链接的基本知识有了一定的了解。本节将综合运用前面介绍的方法来设置文档中的超级链接，让读者进一步巩固所学内容。

设置“航空母舰”网页中的超级链接

1. 将本章素材文件“综合实例\素材”文件夹中的内容复制到站点根文件夹下，然后打开网页文件“shili.htm”，如图 5-40 所示。

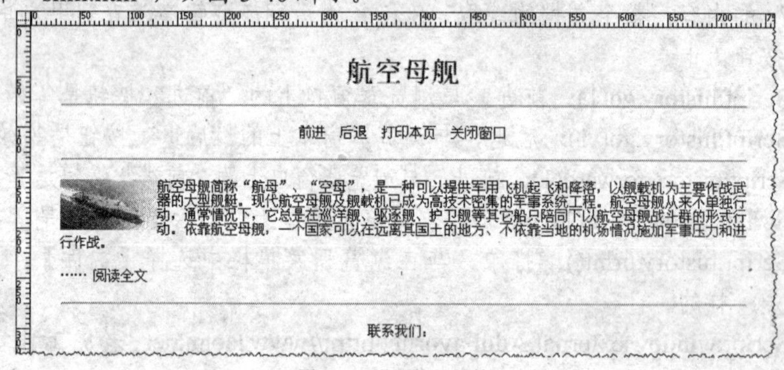

图5-40 设置超级链接

2. 选中文本“前进”，在【属性】面板的【链接】下拉列表中输入 JavaScript 脚本代码“JavaScript:history.go(1)”。
3. 选中文本“后退”，在【属性】面板的【链接】下拉列表中输入 JavaScript 脚本代码“JavaScript:history.go(-1)”。
4. 选中文本“打印本页”，在【属性】面板的【链接】下拉列表中输入 JavaScript 脚本代码“JavaScript:history.print()”。
5. 选中文本“关闭窗口”，在【属性】面板的【链接】下拉列表中输入 JavaScript 脚本代码“JavaScript:history.close()”。
6. 选中图像“images/hangmu.jpg”，在【属性】面板的【链接】下拉列表中输入链接地址“tupian.htm”，在【目标】下拉列表中选择“_blank”。
7. 选中文本“阅读全文”，在【属性】面板的【链接】下拉列表中输入链接地址“quanwen.htm”，在【目标】下拉列表中选择“_blank”。
8. 将鼠标光标置于文本“联系我们:”后面，然后选择【插入记录】/【电子邮件】命令，打开【电子邮件链接】对话框，在【文本】和【E-Mail】文本框中均输入电子邮箱地址“lianxi@163.com”。

小结

本章围绕超级链接对网页中各种与链接有关的元素进行了介绍，如文本超级链接、图像超级链接、图像地图、电子邮件超级链接、锚记超级链接、空链接等，并在此基础上介绍了鼠标经过图像、导航条、Flash 文本、Flash 按钮等功能。读者可以结合浏览的网页加深对这些内容的理解。

习题

一、填空题

1. 在超级链接中，路径通常有 3 种表示方法：______、文档相对路径和站点根目录相对路径。
2. 空链接是一个未指派目标的链接，在【属性】面板【链接】文本框中输入______即可。
3. “mailto:”、“______”和“.”这 3 个元素在电子邮件超级链接中是必不可少的。
4. 使用______技术可以将一幅图像划分为多个区域，分别为这些区域创建不同的超级链接。
5. 使用______超级链接不仅可以跳转到当前网页中的指定位置，还可以跳转到其他网页中指定的位置。

二、选择题

1. 表示打开一个新的浏览器窗口的是______选项。

   A. 【_blank】　　B. 【_parent】　　C. 【_self】　　D. 【_top】
2. 下列______项不在图像地图的 3 种形状之列。

   A. 矩形　　B. 圆形　　C. 椭圆形　　D. 多边形
3. 下列属于超级链接绝对路径的是______。

   A. http://www.wangjx.com/wjx/index.htm

   B. wjx/index.htm

   C. ../wjx/index.htm

   D. /index.htm
4. 如果要实现在一张图像上创建多个超级链接，可使用______超级链接。

   A. 图像地图　　B. 锚记　　C. 电子邮件　　D. 表单
5. 下列属于锚记超级链接的是______。

   A. http://www.yixiang.com/index.asp

   B. mailto:edunav@163.com

   C. bbs/index.htm

   D. http://www.yixiang.com/index.htm#a
6. 下列命令不能够创建超级链接的是______。

   A. 【插入】/【图像对象】/【鼠标经过图像】命令

   B. 【插入】/【媒体】/【导航条】命令

   C. 【插入】/【媒体】/【Flash 文本】命令

   D. 【插入】/【媒体】/【Flash 按钮】命令

三、问答题

1. 根据目标端点的不同，超级链接可分为哪几种？
2. 就本项目所学知识，简要说明图像超级链接与文本超级链接有什么不同？

四、操作题

将“课后习题\素材”文件夹下的内容复制到站点根文件夹下，然后根据操作提示在网页中设置超级链接，如图 5-41 所示。

黄山四绝

——奇松、怪石、云海、温泉

1、奇松

黄山延绵数百里，千峰万壑，比比皆松。黄山松，它分布于海拔800米以上高山，以石为母，顽强地扎根于巨岩裂隙。黄山松针叶粗短，苍翠浓密，干曲枝虬，千姿百态。或倚岸挺拔，或独立峰巅，或倒悬绝壁，或冠平如盖，或尖削似剑。有的循崖度壑，绕石而过；有的穿罅穴缝，破石而出。忽悬、忽横、忽卧、忽起，“无树非松，无石不松，无松不奇”。

黄山松是由黄山独特地貌、气候而形成的中国松树的一种变体。黄山松一般生长在海拔800米以上的地方，通常是黄山北坡在1500-1700米处，南坡在1000-1600米处。黄山松的千姿百态和黄山自然环境有着很大的关系。黄山松的种子能够被风送到花岗岩的裂缝中去，以无坚不摧、有缝即入的钻劲，在那里发芽、生根、成长。黄山泥土稀少，但花岗岩中肉红色的长石中含有钾，夏天雷雨后空气中的氮气变成氮盐，可以被岩层和泥土吸收，进而为松树的根系吸收；松树的根系不断分泌一种有机酸，能慢慢溶解岩石，把岩石中的矿物盐类分解出来为己所用；花草、树叶等植物腐烂后，也分解成肥料；这样黄山松便在贫瘠的岩缝中存活、成长。地势崎岖不平，悬崖峭壁纵横堆叠，黄山松无法垂直生长，只能弯弯曲曲地甚至朝下生长。由于要抗暴风御冰霜，黄山松的针叶短粗，冠平如削，色绿深沉，树干和树枝也极坚韧，极富弹性。黄山松的另一特点是，由于风吹日晒，许多松树只在一边长出树枝。黄山松姿态坚韧傲然，美丽奇特，但生长的环境十分艰苦，因而生长速度异常缓慢，一棵高不盈丈的黄山松，往往树龄上百年，甚至数百年；根部常常比树干长几倍、几十倍，由于根部很深，黄山松能坚强地立于岩石之上，虽历风霜雨霜却依然永葆青春。

最著名的黄山松有：迎客松（位于玉屏楼的石狮前面），送客松（位于玉屏楼的右边），蒲团松（位于莲花溪谷），凤凰松（位于天海），棋盘松（位于平田石桥），接引松（位于始信峰），麒麟松（位于北海宾馆和清凉台之间），黑虎松（位于北海宾馆和始信峰之间），探海松或叫舞松（位于天都峰的鲫鱼背旁边）——这就是黄山的十大名松。过去还曾有人编了《名松谱》，收录了许多黄山松，可以数出名字的松树成百上千，每颗都独具美丽、优雅的风格。

2、怪石

黄山“四绝”之一的怪石，以奇取胜，以多著称。已被命名的怪石有120多处。其形态可谓千奇百怪，令人叫绝。似人似物，似鸟似兽，情态各异，形象逼真。黄山怪石从不同的位置，在不同的天气观看情趣迥异，可谓“横看成岭侧成峰，远近高低各不同”。其分布可谓遍及峰壑巅坡，或兀立峰顶或戏逗坡缘，或与松结伴，构成一幅幅天然山石画卷。

黄山千岩万壑，几乎每座山峰上都有许多灵幻奇巧的怪石，其形成期约在100多万年前的第四纪冰川期，黄山石“怪”就怪在从不同角度看，就有不同的形状。站在半山寺前望天都峰上的一块大石头，形如大公鸡展翅啼鸣，故名“金鸡叫天门”，但登上龙蟠坡回首再故，这只一唱天下白的雄鸡却仿佛摇身一变，变成了五位长袍飘飘、扶肩携手的老人，被改冠以“五老上天都”之名。黄山峰海，无处不石、无石不松、无松不奇。奇松怪石，往往相映成趣，位于北海的梦笔生花、以及“喜鹊登梅”（仙人指路）、老僧采药、苏武牧羊、飞来石等，据说黄山有名可数的石头的就达1200多块，大都是三分形象、七分想象，从人的心理移情于石，使一块冥顽不灵的石头凭空有了精灵跳脱的生命。欣赏时不妨充分调动自己的主观创造力，可获更高的审美享受。

3、云海

图5-41　在网页中设置超级链接

【操作提示】

1. 设置文本“迎客松”的链接目标为“yingkesong.htm”，目标窗口打开方式为“_blank”。
2. 设置第 1 幅图像的链接目标为“qisong.htm”，第 2 幅图像的链接目标为“guaishi.htm”，第 3 幅图像的链接目标为“yunhai.htm”，目标窗口打开方式均为“_blank”。
3. 在正文中的“1、奇松”、“2、怪石”、“3、云海”和“4、温泉”处分别插入锚记名称“1”、“2”、“3”、“4”。
4. 在副标题中的“奇松”、“怪石”、“云海”、“温泉”建立锚记超级链接，分别指到锚记“1”、“2”、“3”、“4”处。

第6章 使用表格布局页面

在网页制作中，表格是很重要的网页布局元素。使用表格，可以将各种网页元素有效地组织起来，按指定的次序和位置显示在页面上。表格本身也可以实现多种效果，起到美化页面的作用。本章将介绍在 Dreamweaver CS3 中创建和设置表格的基本方法。

【学习目标】

- 理解表格的构成和作用。
- 掌握创建表格的方法。
- 掌握设置表格和单元格属性的方法。
- 掌握导入和导出表格的方法。
- 掌握对表格进行排序的方法。
- 掌握使用表格进行网页布局的方法。

6.1 认识表格

表格是由行和列组成的，行和列又是由单元格组成的，所以，单元格是组成表格的最基本单位。单元格之间的间隔称为单元格间距；单元格内容与单元格边框之间的间隔称为单元格边距（或填充）。表格边框有亮边框和暗边框之分，可以设置粗细、颜色等属性。单元格边框也有亮边框和暗边框之分，可以设置颜色属性，但不可设置粗细属性。图 6-1 所示是一个 4 行 4 列的表格。

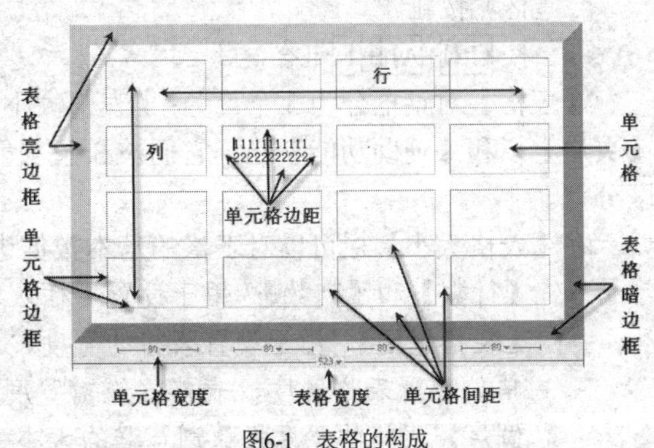

图6-1 表格的构成

理解了图 6-1 所示的表格以后，就可以很容易地计算出表格与各单元格的宽度。一个包括 n 列表格的宽度＝2×表格边框＋（n＋1）×单元格间距＋2n×单元格边距＋n×单元格宽度+2n×单元格边框宽度（1 个像素）。但如果表格的边框为“0”，则单元格边框宽度也为“0”。如一个 4 行 4 列的表格，其表格边框是 20 像素，间距是 15 像素，边距是 10 像素，单元格宽度是 80 像素，单元格边框是固定值 1 像素，根据上述公式，其表格宽度=2×20＋(4＋1)×15＋2×4×10＋4×80+2×4×1，即 523 像素。

在网页制作中，表格的作用主要体现在以下 3 个方面。

- 组织数据：这是表格最基本的作用，如成绩单、工资表、销售表等。
- 网页布局：这是表格组织数据作用的延伸，由简单地组织一些数据发展成组织网页元素，进行版面布局。

- 制作特殊效果：如制作细线边框、按钮等。若结合 CSS 样式，会制作出更多的效果。

6.2 创建表格

要想熟练地使用表格组织数据、布局页面、制作特殊效果，首先必须掌握表格的基本操作。下面介绍插入表格、选择表格和编辑表格的方法。

6.2.1 插入表格

首先介绍插入表格的基本方法。

插入表格

1. 在文档中将鼠标光标置于要插入表格的位置。
2. 通过下列任一种方式打开【表格】对话框，如图 6-2 所示。
   - 选择【插入记录】/【表格】命令。
   - 在【插入】/【常用】工具栏中单击 （表格）按钮。
   - 在【插入】/【布局】工具栏中单击 （表格）按钮。
   - 按 Ctrl+Alt+T 组合键。

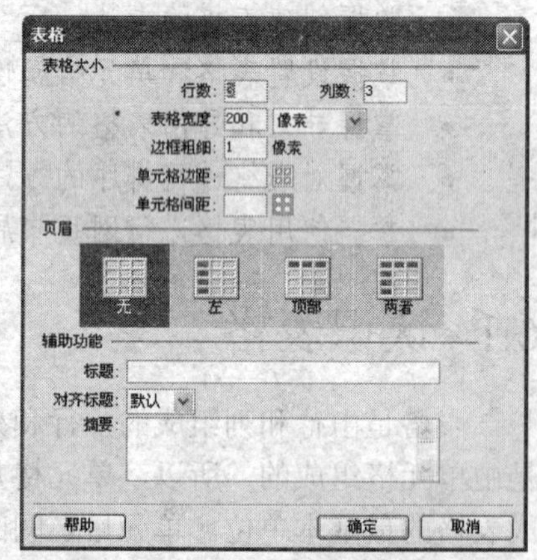

图6-2 【表格】对话框

【表格】对话框分为 3 个部分：【表格大小】栏、【页眉】栏和【辅助功能】栏，它们被 3 条灰色的线区分开。

在【表格大小】栏可以对表格的基本数据进行设置。

- 【行数】和【列数】：用于设置要插入表格的行数和列数。
- 【表格宽度】：用于设置表格的宽度，单位有“像素”和“%”。以“像素”为单位设置表格宽度，表格的绝对宽度将保持不变。以“%”为单位设置表格宽度，表格的宽度将随浏览器的大小变化而变化。
- 【边框粗细】：用于设置单元格边框的宽度，以“像素”为单位。
- 【单元格边距】：用于设置单元格内容与边框的距离，以“像素”为单位。
- 【单元格间距】：用于设置单元格之间的距离，以“像素”为单位。

在【页眉】栏可以对表格的页眉进行设置，共有 4 种标题设置方式。

- 【无】：表示表格不使用列或行标题。
- 【左】：表示将表格的第 1 列作为标题列，以便用户为表格中的每一行输入一个标题。
- 【顶部】：表示将表格的第 1 行作为标题行，以便用户为表格中的每一列输入一个标题。
- 【两者】：表示用户能够在表格中同时输入行标题或列标题。

在【辅助功能】栏可以设置表格的标题及对齐方式，还可以设置对表格进行说明的文字。

- 【标题】：用于设置表格的标题，该标题不包含在表格内。
- 【对齐标题】：用于设置表格标题相对于表格的显示位置。
- 【摘要】：用于设置表格的说明文字，该文本不会显示在浏览器中。

要点提示　【表格】对话框中显示的各项参数值是最近一次所设置的数值大小，系统会将最近一次设置的参数保存到下一次打开这个对话框时为止。

3. 在【表格】对话框中进行参数设置，如图 6-3 所示。
4. 单击 确定 按钮插入表格，然后在表格单元格中输入数据，如图 6-4 所示。

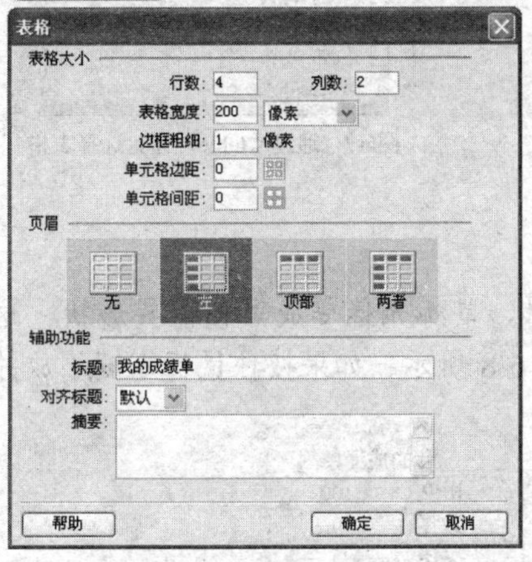

图6-3　设置表格参数

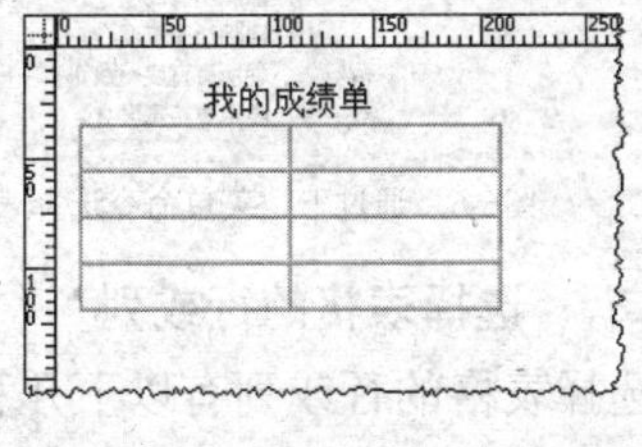

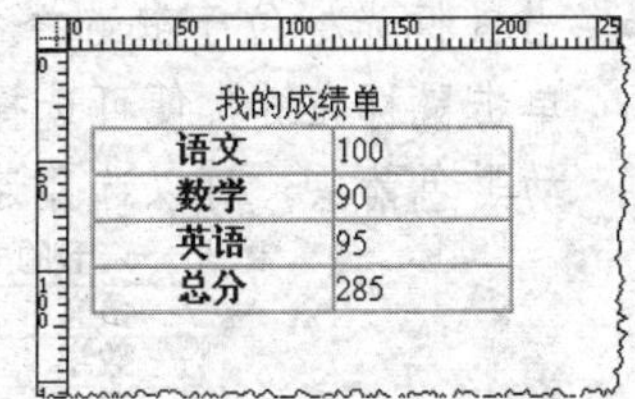

我的成绩单

语文	100
数学	90
英语	95
总分	285

图6-4　插入表格并输入数据

由于在【表格】对话框的【页眉】栏中选择了【左】选项，这就意味着表格最左边的 1 列单元格是标题单元格，其中的文本居中对齐并以粗体显示。

在源代码中，标签“<table>”、“<caption>”、“<tr>”、“<th>”、“<td>”都是成对出现的。其中“<table>”是表格标签，“<caption>”是表格标题标签，“<tr>”是行标签，“<th>”是标题单元格标签，“<td>”是数据单元格标签。

6.2.2 选择表格

要对表格进行编辑，首先必须选定表格。因为表格包括行、列和单元格 3 个组成部分，所以选择表格的操作通常包括选择整个表格、选择行或列、选择单元格等几个方面。

一、 选择整个表格

选择整个表格最常用的方法主要有以下几种。

- 单击表格左上角或单击表格中任何一个单元格的边框线，如图 6-5 所示。

我的成绩单

语文	100
数学	90
英语	95
总分	285

我的成绩单

语文	100
数学	90
英语	95
总分	285

图6-5　通过单击选择表格

- 将鼠标光标置于表格内，选择【修改】/【表格】/【选择表格】命令，或在鼠标右键快捷菜单中选择【表格】/【选择表格】命令。

- 将鼠标光标移到预选择的表格内，表格上端或下端将弹出绿线的标志，单击绿线中的▾按钮，从弹出的下拉菜单中选择【选择表格】命令，如图 6-6 所示。
- 将鼠标光标移到预选择的表格内，单击文档窗口左下角相应的“<table>”标签，如图 6-7 所示。

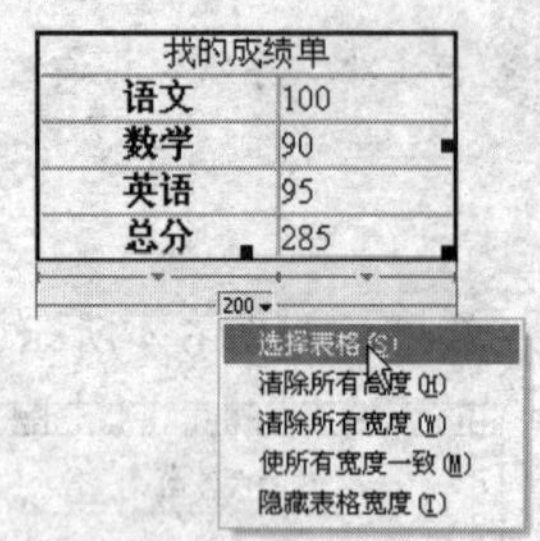

图6-6　通过下拉菜单命令选择表格

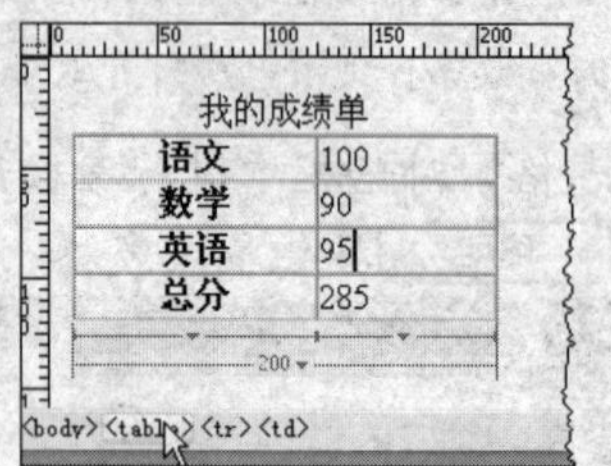

图6-7　通过<table>标签选择表格

二、 选择表格的行或列

选择表格的行或列有以下几种方法。

- 当鼠标光标位于欲选择的行首或列顶时，鼠标光标变成黑色箭头形状，这时单击鼠标左键，便可选择行或列，如图 6-8 所示。如果按住鼠标左键不放并移动黑色箭头，可以选择连续的行或列。 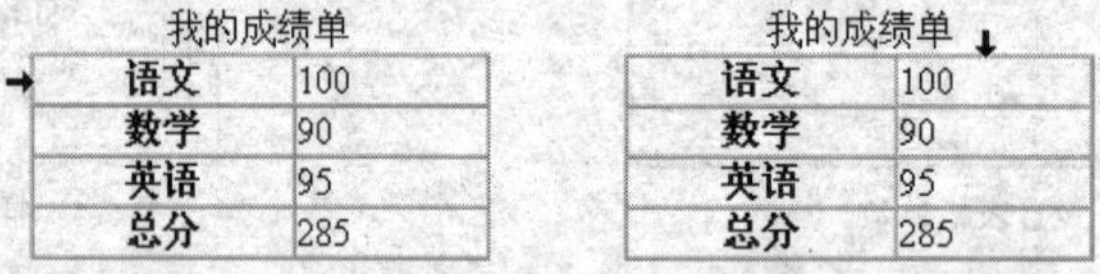

我的成绩单

语文	100
数学	90
英语	95
总分	285

我的成绩单

语文	100
数学	90
英语	95
总分	285

图6-8　选择行或列

- 按住鼠标左键从左至右或从上至下拖曳，将选择相应的行或列。
- 将鼠标光标移到欲选择的行中，单击文档窗口左下角的“<tr>”标签选择行。
- 将鼠标光标移到表格内，单击欲选择列的绿线标志中的▾按钮，从弹出的下拉菜单中选择【选择列】命令。

有时需要选择不相邻的多行或多列，可以通过下面的方法来实现。

- 按住 Ctrl 键，依次单击欲选择的行或列。
- 按住 Ctrl 键，在已选择的连续行或列中依次单击欲去除的行或列。

三、 选择单元格

(1) 选择单个单元格的方法有以下两种。

- 将鼠标光标置于单元格内，然后按住 Ctrl 键，单击单元格可以将其选中。
- 将鼠标光标置于单元格内，然后单击文档窗口左下角的<td>标签将其选中。

(2) 选择相邻单元格的方法有以下两种。

- 在开始的单元格中按住鼠标左键并拖曳到最后的单元格。
- 将鼠标光标置于开始的单元格内，然后按住 Shift 键不放，单击最后的单元格。

(3) 选择不相邻单元格的方法有以下两种。

- 按住 Ctrl 键，依次单击欲选择的单元格。
- 按住 Ctrl 键，在已选择的连续单元格中依次单击欲去除的单元格。

6.2.3　插入行或列

在表格内插入行或列，首先需要将鼠标光标移到欲插入行或列的单元格内，然后可采取以下几种方法进行操作。

- 选择【修改】/【表格】/【插入行】命令，可在鼠标光标所在单元格的上面增加 1 行。同样，选择【修改】/【表格】/【插入列】命令，则在鼠标光标所在单元格的左侧增加 1 列，如图 6-9 所示。也可使用鼠标右键菜单命令进行操作。

我的成绩单

语文	100
数学	90
英语	95
总分	285

我的成绩单

语文	100
数学	90
英语	95
总分	285

我的成绩单

语文		100
数学		90
英语		95
总分		285

图6-9　插入行或列

- 选择【插入记录】/【表格对象】菜单中的【在上面插入行】、【在下面插入行】、【在左边插入列】、【在右边插入列】命令来插入行或列。
- 选择【修改】/【表格】/【插入行或列】命令，打开【插入行或列】对话框进行设置，如图 6-10 所示，加以确认后即可完成插入操作。也可在鼠标右键菜单中选择【表格】/【插入行或列】命令打开该对话框。

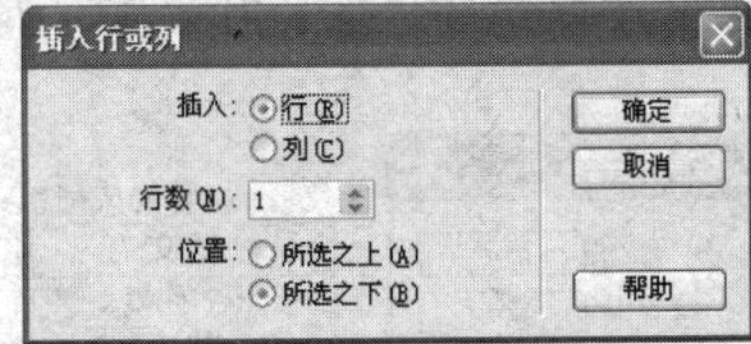

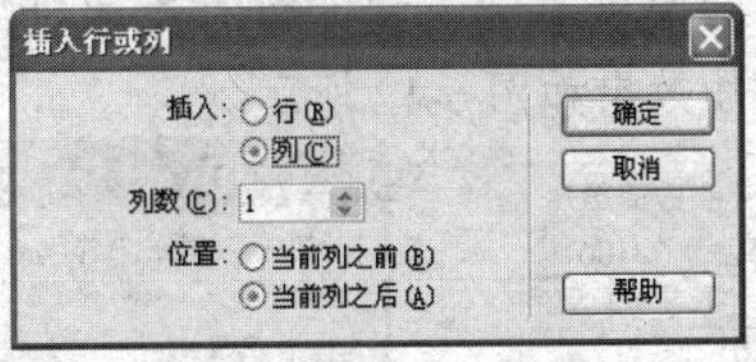

图6-10　【插入行或列】对话框

在图 6-10 所示的对话框中，【插入】选项组包括【行】和【列】两个单选按钮，其初始状态选择的是【行】单选按钮，所以下面的选项就是【行数】，在【行数】选项的文本框内可以定义预插入的行数，在【位置】选项组可以定义插入行的位置是【所选之上】还是【所选之下】。在【插入】选项组如果选择的是【列】单选按钮，那么下面的选项就变成了【列数】，【位置】选项组后面的两个单选按钮就变成了【当前列之前】和【当前列之后】。

6.2.4　删除行或列

如果要删除行或列，首先需要将鼠标光标置于要删除的行或列中，或者将要删除的行或列选中，然后选择【修改】/【表格】菜单中的【删除行】或【删除列】命令，将行或列删除。最简捷的方法就是利用选择表格行或列的方法选定要删除的行或列，然后按键盘上的 Delete 键。也可使用鼠标右键菜单进行以上操作。

6.2.5　合并单元格

合并单元格是指将多个单元格合并为一个单元格。首先选择欲合并的单元格，然后可采取以下几种方法进行操作。

- 选择【修改】/【表格】/【合并单元格】命令。
- 单击鼠标右键，在弹出的快捷菜单中选择【表格】/【合并单元格】命令。
- 单击【属性】面板左下角的□按钮，合并单元格后的效果如图 6-11 所示。

我的成绩单

语文	100
数学	90
英语	95
总分	285

200

我的成绩单

语文	100
数学90	
英语	95
总分	285

200

图6-11　合并单元格

要点提示　不管选择多少行、多少列或多少个单元格，选择的部分必须是在一个连续的矩形内，只有【属性】面板中的□按钮是可用的，才可以进行合并操作。

6.2.6 拆分单元格

拆分单元格是针对单个单元格而言的，可看成是合并单元格操作的逆操作。首先需要将鼠标光标定位到要拆分的单元格中，然后采取以下几种方法进行操作。

- 选择【修改】/【表格】/【拆分单元格】命令。
- 单击鼠标右键，在弹出的快捷菜单中选择【表格】/【拆分单元格】命令。
- 单击【属性】面板左下角的□按钮，弹出【拆分单元格】对话框，拆分单元格后的效果如图 6-12 所示。

我的成绩单

语文	100
数学90	
英语	95
总分	285

200

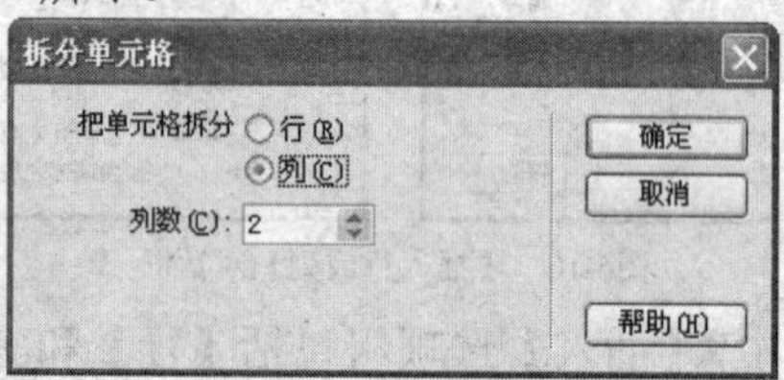

我的成绩单

语文	100
数学90	
英语	95
总分	285

200

图6-12　拆分单元格

在【拆分单元格】对话框中，【把单元格拆分】选项组包括【行】和【列】两个单选按钮，这表明可以将单元格纵向拆分或者横向拆分。在【行数】（当【把单元格拆分】选项组选择【行】单选按钮时，下面将是【行数】选项）或【列数】列表框中可以定义要拆分的行数或列数。

6.2.7 复制或剪切

选择了整个表格、某行、某列或单元格后，选择【编辑】菜单中的【拷贝】或【剪切】命令，可以将其中的内容复制或剪切。选择【剪切】命令，会将被剪切部分从原始位置删除，而选择【拷贝】命令，被复制部分仍将保留在原始位置。

6.2.8 粘贴表格

将鼠标光标置于要粘贴表格的位置，然后选择【编辑】/【粘贴】命令，便可将所复制或剪切的表格、行、列或单元格等粘贴到鼠标光标所在的位置。

(1)　复制/粘贴表格

当鼠标光标位于单个单元格内时，粘贴整个表格后，将在单元格内插入一个嵌套的表格。如果鼠标光标位于表格外，那么将粘贴一个新的表格。

(2)　复制/粘贴行或列

选择与所复制内容结构相同的行或列，然后使用粘贴命令，复制的内容将取代行或列中原有的内容，如图 6-13 所示。若不选择行或列，将鼠标光标置于单元格内，粘贴后将自动添加 1 行或 1 列，如图 6-14 所示。若鼠标光标位于表格外，粘贴后将自动生成一个新的表格，如图 6-15 所示。

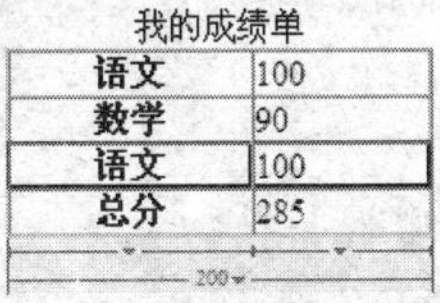

我的成绩单

语文	100
数学	90
语文	100
总分	285

图6-13　粘贴相同结构的行或列

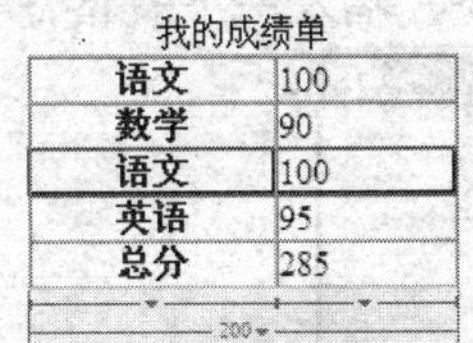

我的成绩单

语文	100
数学	90
语文	100
英语	95
总分	285

图6-14　不选择行或列并粘贴

我的成绩单

语文	100
数学	90
英语	95
总分	285

我的成绩单

语文	100

图6-15　在表格外粘贴

(3)　复制/粘贴单元格

若被复制的内容是一部分单元格，并将其粘贴到被选择的单元格上，则被选择的单元格内容将被复制的内容替换，前提是复制和粘贴前后的单元格结构要相同，如图 6-16 所示。若鼠标光标在表格外，则粘贴后将生成一个新的表格，如图 6-17 所示。

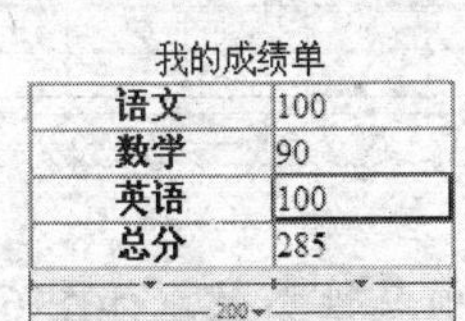

我的成绩单

语文	100
数学	90
英语	100
总分	285

图6-16　粘贴单元格

我的成绩单

语文	100
数学	90
英语	95
总分	285

我的成绩单

100

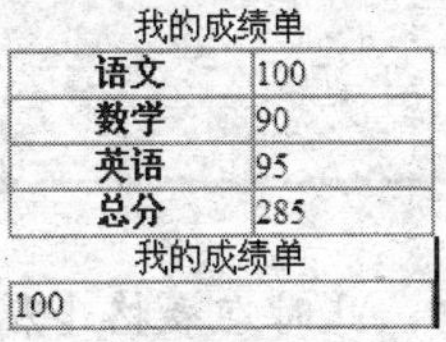

图6-17　在表格外粘贴单元格

6.2.9　移动表格内容

在 Dreamweaver 中可以整行或整列地移动表格中的数据。首先需要选择要移动的行或列并执行剪切操作，然后移动鼠标光标插入点到目标位置，执行粘贴操作。粘贴的内容将位于插入点所在行的上方或插入点所在列的左方，如图 6-18 所示。

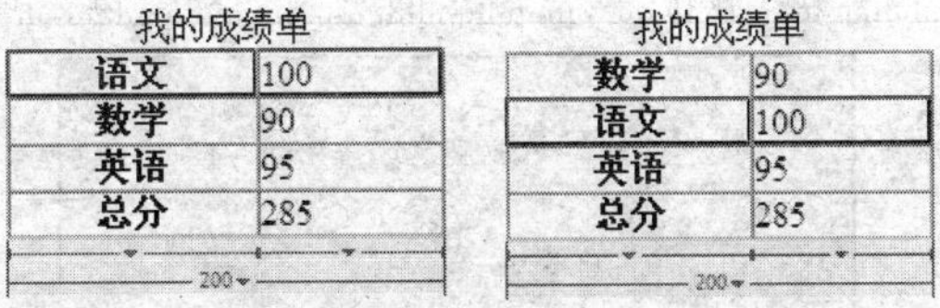

我的成绩单

语文	100
数学	90
英语	95
总分	285

我的成绩单

数学	90
语文	100
英语	95
总分	285

图6-18　移动表格内容

6.3　设置表格和单元格属性

在创建表格后，通常要设置表格属性，对行、列、单元格也可以根据需要进行属性设置，只有设置了这些属性，表格才会更美观、更符合实际要求。下面介绍设置表格和单元格属性的基本方法。

6.3.1 设置表格属性

在创建表格后，在表格的【属性】面板中会显示所创建表格的基本属性，如行数、列数、宽度、填充、间距、边框、对齐方式、背景颜色、背景图像以及边框颜色等，此时可以进一步修改这些属性设置，使表格更完美。下面介绍设置表格属性的基本方法。

设置表格属性

1. 选择【插入记录】/【表格】命令，插入一个表格，如图 6-19 所示。

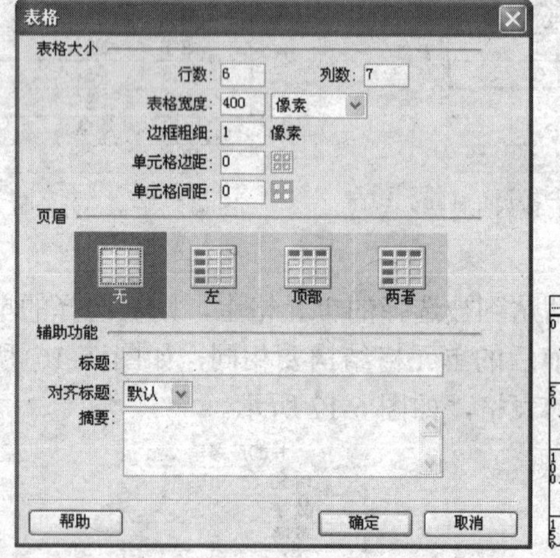

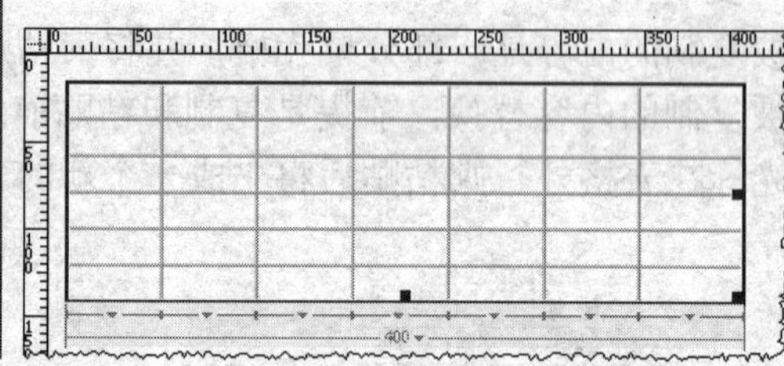

图6-19 插入表格

2. 选中表格，此时在表格【属性】面板中显示了表格的各项属性参数，如图 6-20 所示。

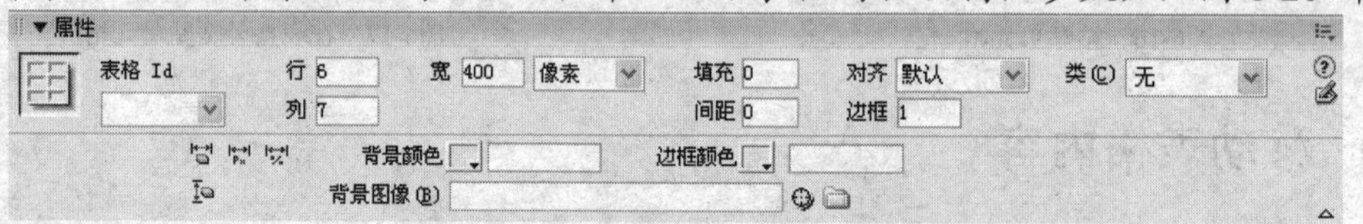

图6-20 表格【属性】面板

3. 在表格【属性】面板中，重新设置填充、间距、边框、对齐方式和背景颜色，如图 6-21 所示。

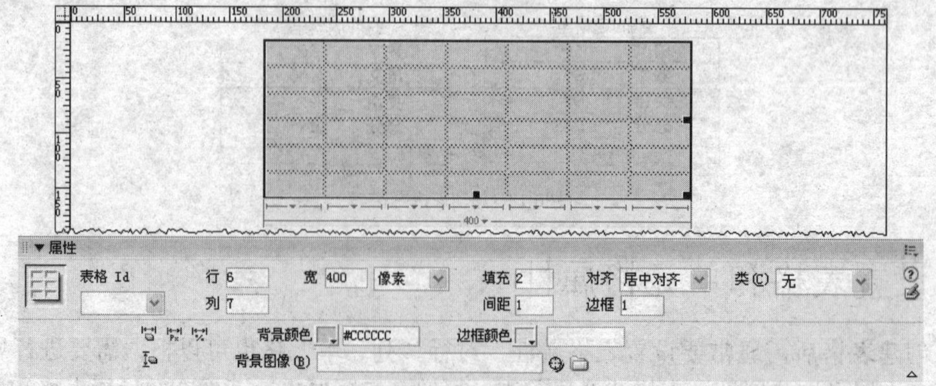

图6-21 修改表格属性

下面对表格【属性】面板中的相关参数说明如下。

- 【表格 Id】：设置表格唯一的 Id 名称，在创建表格高级 CSS 样式时会用到。
- 【行】和【列】：设置表格的行数和列数。
- 【宽】：设置表格的宽度，以“像素”或“%”为单位。
- 【填充】：设置单元格内容与单元格边框的距离，即单元格边距。
- 【间距】：设置单元格之间的距离，也就是单元格间距。
- 【对齐】：设置表格的对齐方式，如“左对齐”、“右对齐”、“居中对齐”等。
- 【边框】：设置表格的边框宽度。如果设置为“0”，表示没有边框。
- 和按钮：清除行高和列宽。
- 和按钮：根据当前值，将表格宽度转换成像素或百分比。
- 【背景颜色】：设置表格的背景颜色。可以单击按钮，在弹出的拾色器中选择需要的颜色，也可以直接在右侧的文本框中输入颜色的值。
- 【背景图像】：设置表格的背景图像。
- 【边框颜色】：设置表格的边框颜色。

6.3.2 设置单元格属性

在表格中选择行、列或单元格，在【属性】面板中可以设置其属性。由于行和列是由单元格组成的，因此设置行、列的属性实质上也就是设置单元格的属性，它们的【属性】面板也是一样的。单元格【属性】面板主要分为上下两个部分，上面部分主要用于设置单元格中文本的属性，下面部分主要用于设置行、列或单元格本身的属性。下面介绍设置单元格属性的基本方法。

设置单元格属性

1. 接上例。在第 1 行单元格中输入相应的文本，然后选中表格的第 1 行，在【属性】面板中设置水平对齐方式为“居中对齐”，垂直对齐方式为“居中”，宽度为“52”，高度为“30”，【背景颜色】为“#0000FF”，并勾选【标题】复选框，同时设置文本大小为“14 像素”，文本颜色为“#FFFFFF”，如图 6-22 所示。

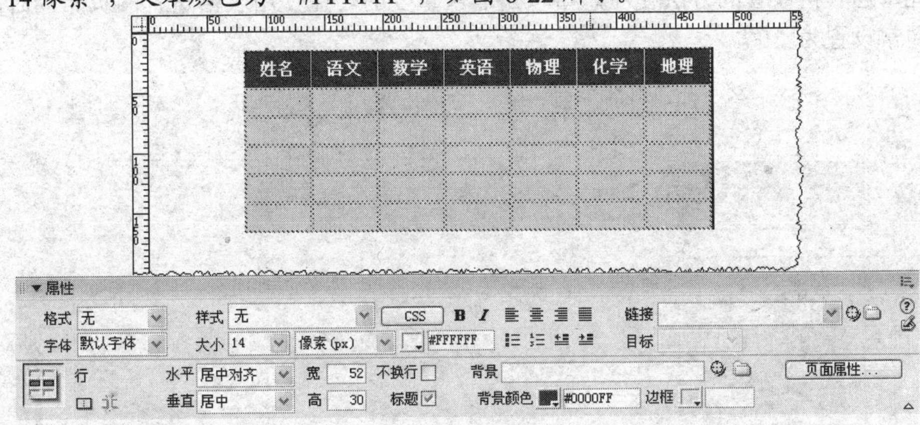

图6-22　设置表格行属性

2. 选中表格的第 2 行～第 6 行，在【属性】面板中设置背景颜色为“#FFFFFF”，水平对齐方式为“居中对齐”，然后在单元格中依次输入文本，如图 6-23 所示。

姓名	语文	数学	英语	物理	化学	地理
王晓东	85	92	88	75	65	86
李林	87	99	85	75	98	88
陈晓	78	95	86	95	88	75
田地	78	98	88	75	85	75
陈林	78	98	85	68	72	96

图6-23　设置背景颜色并输入文本

单元格【属性】面板的相关参数说明如下。

- 【水平】：设置单元格的内容在水平方向上的对齐方式，其下拉列表中有【默认】、【左对齐】、【居中对齐】和【右对齐】4 种排列方式。
- 【垂直】：设置单元格的内容在垂直方向上的对齐方式，其下拉列表中有【默认】、【顶端】、【居中】、【底部】和【基线】5 种排列方式。
- 【宽】和【高】：设置被选择单元格的宽度和高度。
- 【背景】：设置单元格的背景图像。
- 【背景颜色】：设置单元格的背景色。
- 【边框】：设置单元格边框的宽度，以“像素”为单位。

6.4 嵌套表格

嵌套表格是指在表格的单元格中再插入表格，其宽度受所在单元格的宽度限制，常用于控制表格内的文本或图像的位置。虽然表格可以层层嵌套，但在实践中不主张表格的嵌套层次过多，一般控制在 3～4 层即可。大的图像或者多的内容最好不要放在深层嵌入式表格中，这样网页的浏览速度会受影响。

图 6-24 所示是一个嵌套表格，它嵌套了 3 个层次的表格。第 1 层是一个 3 行 3 列的表格，在这个表格的第 2 行第 1 列的单元格中又嵌套了一个 4 行 1 列的表格，在其第 2 行的单元格中又嵌套了一个 3 行 1 列的表格。使用表格布局网页主要就是通过表格的嵌套来实现的，因此掌握表格嵌套的方法和注意事项是非常重要的。在使用表格进行网页布局时，表格的边框通常设置为“0”。

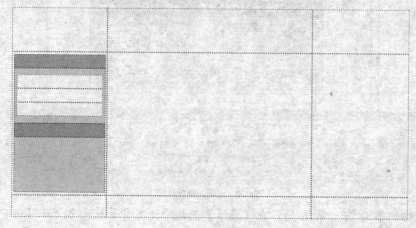

图6-24　嵌套表格

6.5 实例——使用表格布局“一翔文学”网页

通过前面内容的学习，相信读者已经掌握了表格的基本操作。但表格在网页制作中的作用更重要的还是应用于网页布局上。它可以将网页中的文本、图像等内容有效地组合成符合设计效果的页面。下面以“一翔文学”网页为例，介绍使用表格进行网页布局的基本方法。在本例中，将使用表格分别对页眉、主体和页脚进行布局。

6.5.1 制作页眉

网页的页眉部分一般包括网站名称、网站的标志等。下面使用表格来布局页眉的内容。

制作页眉

1. 首先将本章素材文件“综合实例\素材”文件夹下的内容复制到站点根文件夹下，然后新建一个网页文档“shili.htm”。
2. 选择【修改】/【页面属性】命令，打开【页面属性】对话框，在【外观】分类中将文本的【大小】设置为“12 像素”，页边距全部设置为“0”，在【标题/编码】分类的【标题】文本框中输入“一翔文学”，然后单击 确定 按钮关闭对话框。
3. 将鼠标光标置于页面中，然后插入一个1行1列的表格，属性设置如图6-25所示。

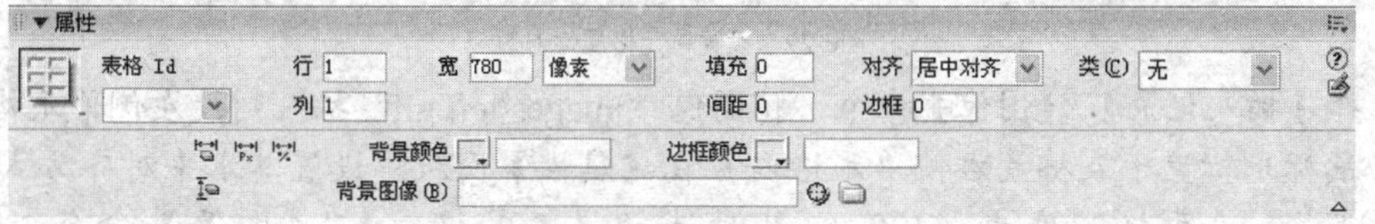

图6-25 设置表格属性

要点提示 在使用表格进行页面布局时，通常将边框粗细设置为“0”，这样在浏览器中显示时就看不到表格边框了。但在Dreamweaver CS3文档窗口中，边框线可以显示为虚线框，以利于页面布局。

4. 选中表格单元格，然后在【属性】面板的【水平】下拉列表中选择【左对齐】选项，设置单元格【高】为“60”，设置【背景】为“images/bg-up.gif”，如图6-26所示。

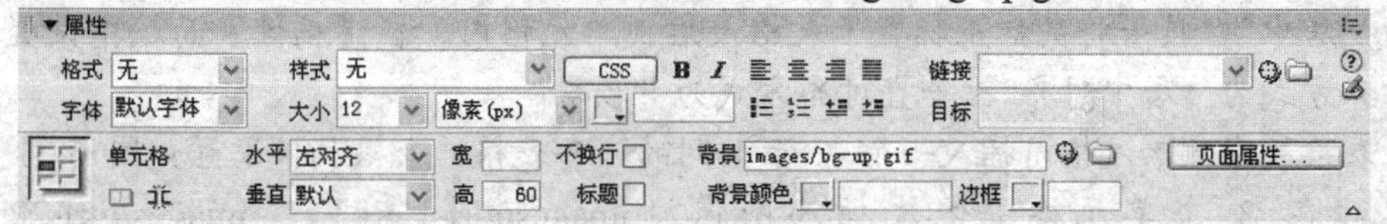

图6-26 设置单元格属性

5. 仍将鼠标光标置于第1个单元格内，然后选择【插入记录】/【图像】命令，将图像文件“images/logo.gif”插入到单元格中，如图6-27所示，并在图像【属性】面板的【替换】文本框中输入“一翔文学”。

图6-27 插入图像

至此，页眉部分制作完了，下面制作主体部分。

6.5.2 制作主体

一般网页的主体部分占用的面积是最大的，因为它要显示网页的主要内容。在制作网页主体部分时，经常用到嵌套表格。下面将使用嵌套表格来布局网页主体部分的内容。

制作主体

1. 选中整个页眉表格，或将鼠标光标置于页眉表格的最右侧，然后在页眉表格的下面插入一个 2 行 3 列的表格，表格属性参数设置如图 6-28 所示。

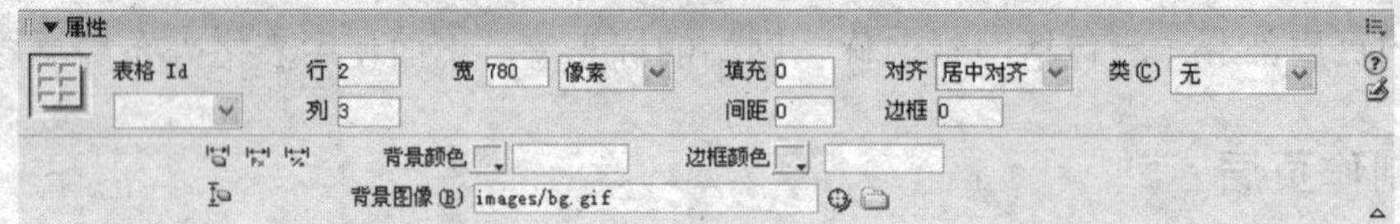

图6-28 设置表格属性参数

2. 将鼠标光标置于表格第 1 行最左侧单元格内，在【属性】面板中设置其水平对齐方式为“左对齐”，单元格宽度为“255”，高度为“36”，如图 6-29 所示。

图6-29 设置单元格属性参数

3. 选择【插入记录】/【图像】命令，将图像“images/left.gif”插入到最左侧单元格中。
4. 将鼠标光标置于表格最右侧单元格内，在【属性】面板中设置其水平对齐方式为“右对齐”，单元格宽度为“120”，然后选择【插入记录】/【图像】命令，将图像“images/right.gif”插入到最右侧单元格中，如图 6-30 所示。

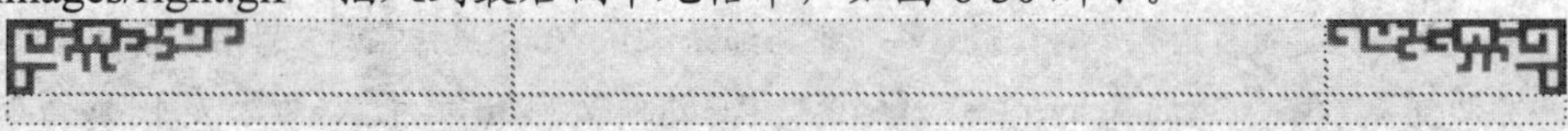
图6-30 插入图像

5. 将鼠标光标置于表格第 2 行最左侧单元格内，在【属性】面板中设置其垂直对齐方式为“居中”，接着将鼠标光标置于表格最右侧单元格内，在【属性】面板中设置其水平对齐方式为“居中对齐”，垂直对齐方式为“顶端”。
6. 在表格最左侧单元格内插入一个 3 行 1 列的嵌套表格，表格属性设置如图 6-31 所示，然后在 3 个单元格中依次插入图像“images/girl-1.gif”、“images/girl-2.gif”和“images/girl-3.gif”。

图6-31 插入 3 行 1 列的嵌套表格

7. 在表格中间的单元格插入一个 1 行 10 列的嵌套表格，表格属性设置如图 6-32 所示，然后设置嵌套表格的所有单元格的水平对齐方式为“居中对齐”，垂直对齐方式为“顶端”，宽度为“10%”，高度为“400”，并在单元格中输入相应的文本。

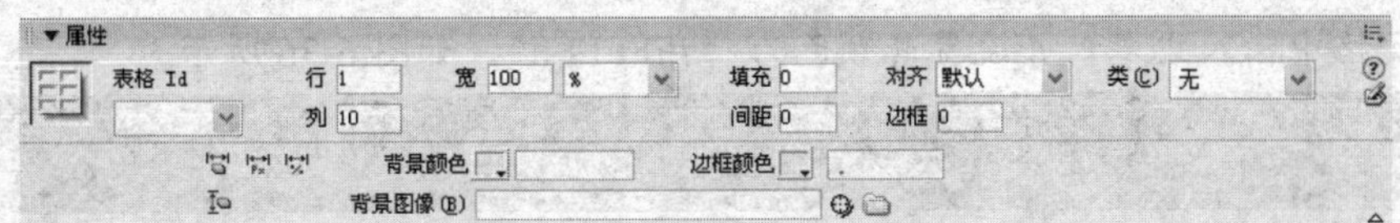

图6-32　插入 1 行 10 列的嵌套表格

8. 在表格最右侧的单元格中插入图像“images/title.gif”，其效果如图 6-33 所示。

图6-33　主体部分效果

至此，网页的主体部分制作完了，下面制作网页的页脚部分。

6.5.3　制作页脚

页脚部分会放一些导航、版权信息、联系方式等内容，一般会出现在多数网页中。下面使用表格来布局网页页脚的内容。

制作页脚

1. 将鼠标光标置于网页主体部分最外层表格的右侧，然后插入一个 1 行 1 列的表格，表格属性设置如图 6-34 所示。

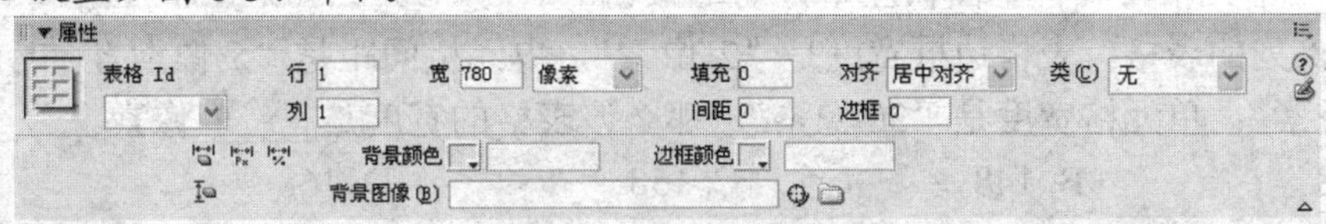

图6-34　表格属性设置

2. 将鼠标光标置于表格单元格中，设置单元格的水平对齐方式为“居中对齐”，背景图像为“images/bg-down.gif”，单元格高度为“60”，如图 6-35 所示。

图6-35　设置单元格属性

3. 在单元格中输入文本，并设置其颜色为“#FFFFFF”，如图 6-36 所示。

图6-36 输入文本

至此，页脚部分就制作完了。

小结

本章首先介绍了表格的基本知识，包括表格的构成和作用，插入、选择和编辑表格，设置表格和单元格属性，嵌套表格，导入和导出表格以及排序表格等，最后通过实例介绍了使用表格对网页进行布局的基本方法。熟练掌握表格的各种操作和属性设置会给网页制作带来极大的方便，因此，表格是需要重点学习和掌握的内容之一。

习题

一、填空题

1. 单击文档窗口左下角的______标签可以选择表格。
2. 单击文档窗口左下角的______标签可以选择单元格。
3. 一个包括 n 列表格的宽度＝2×______＋（n＋1）×单元格间距＋2n×单元格边距＋n×单元格宽度+2n×单元格边框宽度（1 个像素）。
4. 设置表格的宽度可以使用两种单位，分别是“像素”和______。
5. 将鼠标光标置于开始的单元格内，按住______键不放，单击最后的单元格可以选择连续的单元格。

二、选择题

1. 下列操作不能实现拆分单元格的是______。

   A. 选择【修改】/【表格】/【拆分单元格】命令

   B. 单击鼠标右键，在弹出的快捷菜单中选择【表格】/【拆分单元格】命令

   C. 单击单元格【属性】面板左下方的按钮

   D. 单击单元格【属性】面板左下方的按钮

2. 一个 3 列的表格，表格边框宽度是“2 像素”，单元格间距是“5 像素”，单元格边距是“3 像素”，单元格宽度是“30 像素”，那么该表格的宽度是______像素。

   A. 138　　B. 148　　C. 158　　D. 168

3. 下列关于表格的说法错误的是______。

   A. 插入表格时可以定义表格的宽度

   B. 表格可以嵌套，但嵌套层次不宜过多

   C. 表格可以导入但不能导出

   D. 数据表格可以排序

4. 下列关于单元格的说法错误的是______。

   A. 单元格可以删除

   B. 单元格可以合并

C. 单元格可以拆分

D. 单元格可以设置边框颜色

5. 下列关于表格属性的说法错误的是______。

A. 表格可以设置背景颜色　　B. 表格可以设置背景图像

C. 表格可以设置边框颜色　　D. 表格可以设置单元格边框粗细

三、问答题

1. 选择表格的方法有哪些？

2. 如何进行单元格的合并？

四、操作题

根据操作提示使用表格布局“儿童教育”网页，如图 6-37 所示。

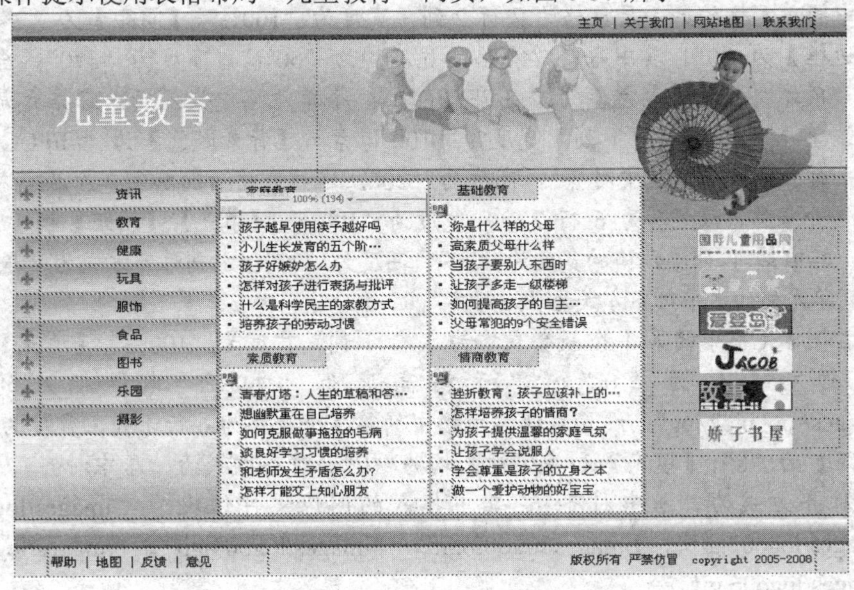

图6-37　使用表格布局“儿童教育”网页

【操作提示】

1. 将本章素材文件“课后习题\素材”文件夹下的内容复制到站点根目录下，然后新建一个空白网页文档，并保存为“lianxi.htm”。

2. 设置页面属性。在【外观】分类中设置文本大小为“12 像素”，所有页边距均为“0”，在【标题/编码】分类中设置显示在浏览器标题栏的标题为“儿童教育”。

制作页眉部分。

3. 设置第 1 个表格为 1 行 2 列，宽度为“780 像素”，【填充】、【间距】和【边框】均为“0”，水平对齐方式为“居中对齐”，背景图像为“images/top_bg1.jpg”。其中，第 1 个单元格的水平对齐方式为“右对齐”，高度为“30”，第 2 个单元格的宽度为“30”。

4. 设置第 2 个表格为 1 行 2 列，宽度为“780 像素”，【填充】、【间距】和【边框】均为“0”，水平对齐方式为“居中对齐”，背景图像为“images/top_bg2.jpg”。其中，第 1 个单元格的宽度为“285”，高度为“145”，第 2 个单元格的宽度为“495”，插入的图像文件为“images/top_pic1.jpg”。

制作主体部分。

5. 设置最外层表格为 1 行 3 列，宽度为“780 像素”，【填充】、【间距】和【边框】均为“0”，水平对齐方式为“居中对齐”，其中，左侧单元格的宽度为“190”，高度为“348”，垂直对齐方式为“顶端”，中间单元格的宽度为“397”，垂直对齐方式为“顶端”，【背景颜色】为“#FFBB0E”，右侧单元格的宽度为“193”，垂直对齐方式为“顶端”，【背景颜色】为“#FFBB0E”。
6. 设置左侧单元格中的第 1 个嵌套表格为 9 行 2 列，宽度为“100%”，【填充】、【间距】和【边框】均为“0”，背景图像为“images/left_btn.jpg”，第 1 列单元格的宽度为“25”，高度为“29”。设置左侧单元格中的第 2 个表格为 1 行 1 列，宽度为“100%”，高度为“87 像素”，填充、间距和边框均为“0”，背景图像为“images/left_bg.jpg”。
7. 设置中间单元格的第 1 层表格为 2 行 2 列，宽度为“100%”，【间距】为“2”，【填充】和【边框】为“0”。其中每个单元格的宽度均为“50%”，高度为“170”，垂直对齐方式为“顶端”，【背景颜色】为“#FFFFFF”。4 个单元格中嵌入的内容格式是相同的，其中第 1 个表格为 1 行 1 列，宽度为“100 像素”，【背景颜色】为“#FFCC99”，单元格水平对齐方式为“居中对齐”，高度为“20”。在该表格后面加入一个换行符，然后插入第 2 个表格，设置其为 6 行 2 列，宽度为“100%”，【填充】、【间距】和【边框】均为“0”，其中第 1 列单元格的宽度为“20”，高度为“20”，水平对齐方式为“居中对齐”，第 2 列单元格的水平对齐方式为“左对齐”。
8. 设置右侧单元格中的第 1 个嵌套表格为 1 行 1 列，宽度为“100%”，【填充】、【间距】和【边框】均为“0”，单元格高度为“44”，其中插入的图像为“images/top_pic2.jpg”。设置右侧单元格中的第 2 个表格为 6 行 1 列，宽度为“100%”，【间距】为“8”，【填充】和【边框】均为“0”，对齐方式为“居中对齐”。单元格的水平对齐方式为“居中对齐”，其中插入的图像文件依次为“images/logo01.gif”、“images/logo02.gif”、“images/logo03.gif”、“images/logo04.gif”、“images/logo05.jpg”、“images/logo06.gif。

制作页脚部分。

9. 设置页脚表格宽度为“780”，【填充】为“3”，【间距】和【边框】为“0”，对齐方式为“居中对齐”，背景图像为“images/foot_bg.jpg”。其中，第 1 行单元格的高度为“30”，第 2 行第 1 个单元格的宽度为“25”，高度为“30”，第 2 个单元格的宽度为“200”，水平对齐方式为“左对齐”，垂直对齐方式为“居中”，第 3 个单元格的水平对齐方式为“右对齐”，垂直对齐方式为“居中”，第 4 个单元格的宽度为“25”。
10. 保存文件。

第7章 使用 CSS 样式控制网页外观

CSS 样式表技术是当前网页设计中非常流行的样式定义技术，主要用于控制网页中的元素或区域的外观格式。使用 CSS 样式表可以将与外观样式有关的代码内容从网页文档中分离出来，实现内容与样式的分离，从而使文档清晰简洁，便于日后修改。本章将介绍 CSS 样式的基本知识以及使用 CSS 样式控制网页外观的基本方法。

【学习目标】

- 了解 CSS 样式的类型。
- 掌握创建 CSS 样式的方法。
- 掌握应用 CSS 样式的方法。

7.1 认识 CSS 样式

CSS（Cascading Style Sheet，“层叠样式表”或“级联样式表”）是一组格式设置规则，用于控制 Web 页面的外观。通过使用 CSS 样式设置页面的格式，可将页面的内容与表现形式分离。页面内容存放在 HTML 文档中，而用于定义表现形式的 CSS 规则则存放在另一个文件中或 HTML 文档的某一部分，通常为文件头部分。将内容与表现形式分离，不仅可使维护站点的外观更加容易，而且还可以使 HTML 文档代码更加简练，缩短浏览器的加载时间。

下面通过分析一个具体的网页文档来介绍 CSS 样式是如何将内容与表现形式分离的。图 7-1 所示是一个使用了 CSS 样式的网页文档。

查看其源代码，如图 7-2 所示。在这个文档的源代码中，“<style>…</style>”中间存放的是控制文档外观的 CSS 代码，位于文档的文件头部分，“<body>…</body>”中间是网页文档的内容，通过这种形式，较好地实现了 HTML 文档内容与表现形式的分离。

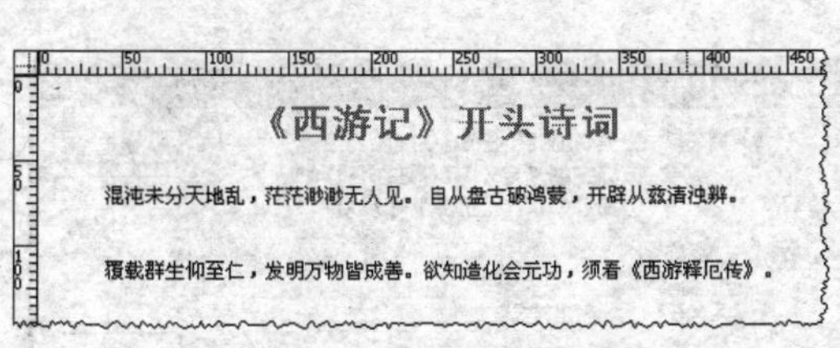

图7-1 应用了 CSS 样式的网页文档

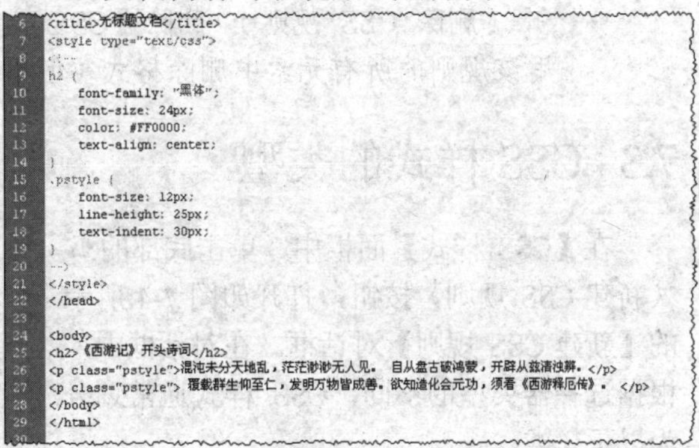

图7-2 查看源代码

那么 CSS 样式可以实现哪些方面的功能呢？下面进行简要概括。

- 可以更加灵活地控制网页中文本的字体、颜色、大小、间距、风格及位置。
- 可以灵活地为网页中的元素设置各种效果的边框。
- 可以方便地为网页中的元素设置不同的背景颜色、背景图片及平铺方式。
- 可以更加精确地控制网页中各元素的位置，使元素在网页中浮动。
- 可以为网页中的元素设置各种滤镜，从而产生诸如阴影、辉光、模糊和透明等只有在一些图像处理软件中才能实现的效果。
- 可以与脚本语言相结合，使网页中的元素产生各种动态效果。

7.2 【CSS 样式】面板

在 Dreamweaver CS3 中，【CSS 样式】面板是新建、编辑、管理 CSS 样式的主要工具。在打开文档窗口的情况下，选择【窗口】/【CSS 样式】命令可以打开或关闭【CSS 样式】面板。在没有定义 CSS 样式前，【CSS 样式】面板是空白显示，在定义了 CSS 样式后，【CSS 样式】面板中会显示定义好的 CSS 规则。在【所有规则】列表中，每选择一个规则，在【属性】列表中将显示相应的属性和属性值。在【CSS 样式】面板中，单击全部按钮，将显示文档所涉及的全部 CSS 样式；单击正在按钮，将显示文档中鼠标光标所在处正在使用的 CSS 样式，如图 7-3 所示。

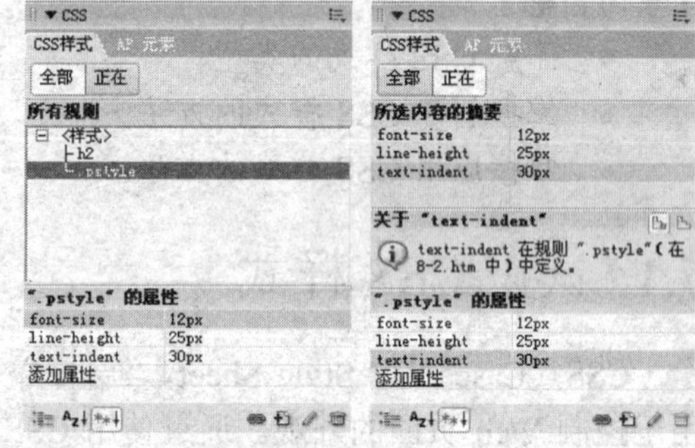

图7-3 【CSS 样式】面板

在【CSS 样式】面板的底部排列有 7 个按钮，这些按钮功能如下。

- （显示类别视图）：将 Dreamweaver 支持的 CSS 属性划分为 8 个类别，每个类别的属性都包含在一个列表中，单击类别名称旁边的图标展开或折叠。
- （显示列表视图）：按字母顺序显示 Dreamweaver 所支持的所有 CSS 属性。
- （只显示设置属性）：仅显示已设置的 CSS 属性，此视图为默认视图。
- （附加样式表）：选择要链接或导入到当前文档中的外部样式表。
- （新建 CSS 规则）：新建 Dreamweaver 所支持的 CSS 规则。
- （编辑样式）：编辑当前文档或外部样式表中的样式。
- （删除 CSS 规则）：删除【CSS 样式】面板中的所选规则或属性，并从应用该规则的所有元素中删除格式（但不能删除对该样式的引用）。

7.3 CSS 样式的类型

在【CSS 样式】面板中，单击底部的（新建 CSS 规则）按钮，打开如图 7-4 所示的【新建 CSS 规则】对话框。在对话框中，根据选择器类型的不同，CSS 样式通常划分为以下 3 类。

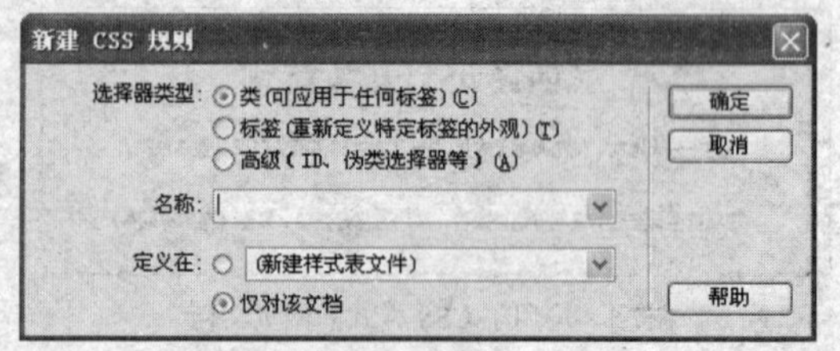

图7-4 【新建 CSS 规则】对话框

(1) 【类（可应用于任何标签）】

利用该类选择器可创建自定义名称的 CSS 样式，能够应用在网页中的任何标签上。例如，可以在样式表中加入名为“pstyle”的类样式，代码如下。

```
<style type="text/css">
<!--
pstyle {
    font-size: 12px;
    line-height: 25px;
    text-indent: 30px;
}
-->
</style>
```

在网页文档中可以使用 class 属性引用“pstyle”类，凡是含有“class="pstyle"”的标签都应用该样式，class 属性用于指定元素属于何种样式的类。

<p class="pstyle">…</p>

(2) 【标签（重新定义特定标签的外观）】

利用该类选择器可对 HTML 标签进行重新定义、规范或者扩展其属性。例如，当创建或修改“h2”标签（标题 2）的 CSS 样式时，所有用“h2”标签进行格式化的文本都将被立即更新，如下面的代码。

```
<style type="text/css">
<!--
h2 {
    font-family: "黑体";
    font-size: 24px;
    color: #FF0000;
    text-align: center;
}
-->
</style>
```

因此，重定义标签时应多加小心，因为这样做有可能会改变许多页面的布局。比如说，如果对“table”标签进行重新定义，就会影响到其他使用表格的页面布局。

(3) 【高级（ID、伪类选择器等）】

利用该类选择器会对标签组合（如“td h2”表示所有在表格单元中出现“h2”的标题）或者是含有特定 ID 属性的标签（如“#myStyle”表示所有属性值中有“ID="myStyle"”的标签）应用样式。而“#myStyle1 a:visited,#myStyle2 a:link, #myStyle3…”表示可以一次性定义相同属性的多个 CSS 样式。

其中，ID 属性用于定义一个元素的独特的样式，如以下 CSS 规则。

```
<style type="text/css">
<!--
#mytext { font-size: 24 }
-->
```

```
</style>
```

可以通过 ID 属性应用到 HTML 中。

```
<P ID= "mytext" >…</P>
```

整个文档中的每个 ID 属性的值都必须是唯一的。其值必须以字母开头，然后紧接字母、数字或连字符。字母限于 A～Z 和 a～z。

7.4 创建 CSS 样式

在 Dreamweaver CS3 中，创建 CSS 样式的操作是一个完全可视化的过程。下面通过具体实例说明创建 CSS 样式的基本操作过程。

创建 CSS 样式

1. 新建网页文档“chap7-4.htm”，并输入一段文本，如图 7-5 所示。
2. 选择【窗口】/【CSS 样式】命令，打开【CSS 样式】面板。单击面板底部的按钮，打开【新建 CSS 规则】对话框。
3. 在【选择器类型】选项组中选择要创建的 CSS 样式的类型，本例选择【标签（重新定义特定标签的外观）】单选按钮，并在【标签】下拉列表中选择 HTML 标签“h1”，如图 7-6 所示。

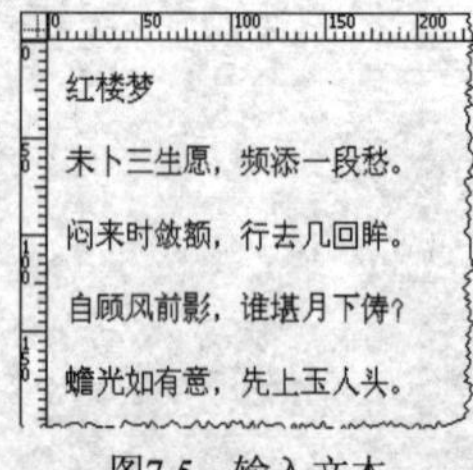

图7-5　输入文本

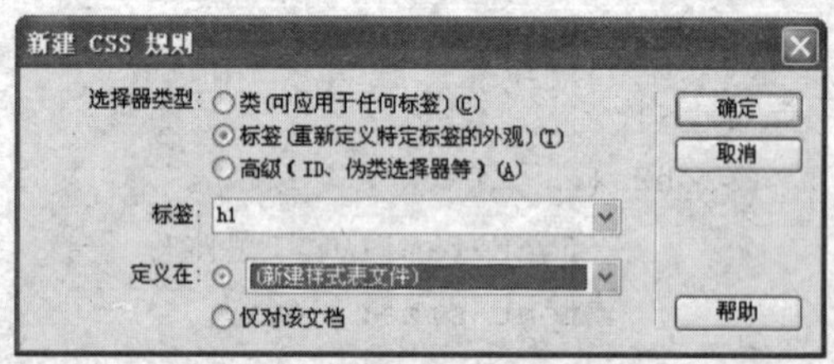

图7-6　【新建 CSS 规则】对话框（1）

要点提示 在【选择器类型】选项组中选择不同的选项，对话框的内容也有所不同。当选择【类】单选按钮时，对话框中的【标签】下拉列表变成了【名称】下拉列表，如图 7-7 所示，当选择【高级】单选按钮时，对话框中的【标签】下拉列表变成了【选择器】下拉列表，如图 7-8 所示。

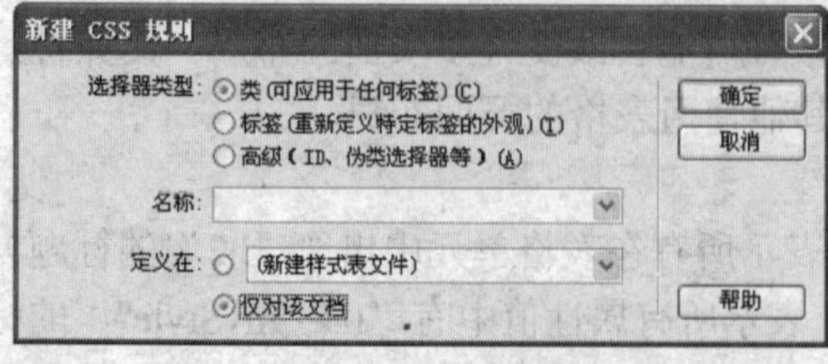

图7-7　【新建 CSS 规则】对话框（2）

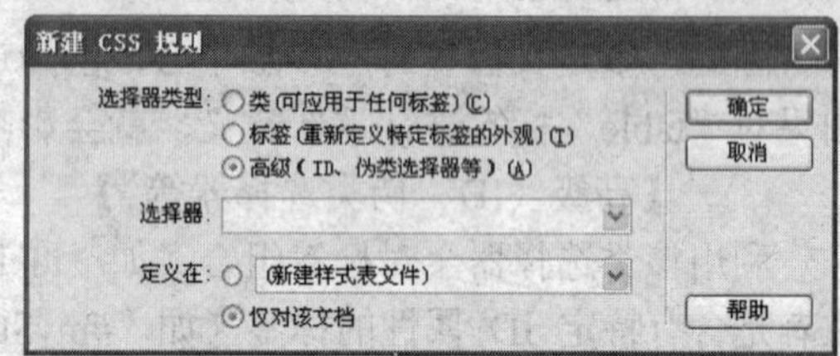

图7-8　【新建 CSS 规则】对话框（3）

4. 在对话框中的【定义在】下拉列表中选择 CSS 样式的存放位置，本例选择【(新建样式表文件)】单选按钮。

【新建 CSS 规则】对话框中的【定义在】选项右侧是两个单选按钮，它们决定了所创建的 CSS 样式的保存方式。

- 【仅对该文档】：将 CSS 样式保存在当前的文档中，包含在文档的头部标签“<head>…</head>”内。

- 【新建样式表文件】：将新建一个专门用来保存 CSS 样式的文件，它的文件扩展名为“*.css”。

5. 单击 确定 按钮，打开【保存样式表文件为】对话框，设置样式表文件的保存位置和名称，如图 7-9 所示。
6. 单击 保存(S) 按钮，打开【h1 的 CSS 规则定义（在 7-4.css 中）】对话框，进行 CSS 样式设置，如图 7-10 所示。

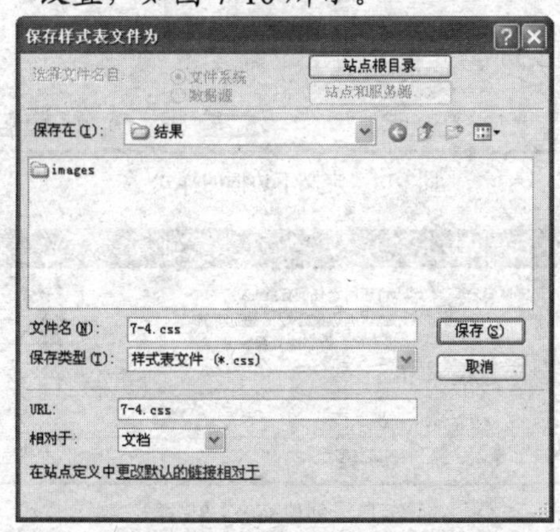

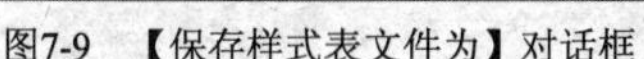
图7-9　【保存样式表文件为】对话框

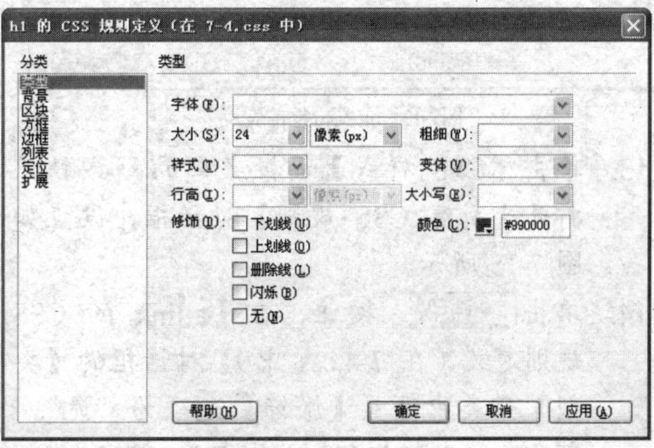

图7-10　【h1 的 CSS 规则定义（在 7-4.css 中）】对话框

7. 单击 确定 按钮，完成设置并关闭对话框。

   上面创建的是“标签”类型的 CSS 样式，下面继续创建一个“类”类型的 CSS 样。

8. 单击【CSS 样式】面板底部的 按钮，打开【新建 CSS 规则】对话框，在【选择器类型】选项组中选择【类（可应用于任何标签）】单选按钮，并在【名称】下拉列表中输入“.pstyle”，在【定义在】下拉列表中选择“7-4.css”，如图 7-11 所示。
9. 单击 确定 按钮，打开【.pstyle 的 CSS 规则定义（在 7-4.css 中）】对话框，在【类型】分类中，设置文本【大小】为“18 像素”，【颜色】为“#006600”，如图 7-12 所示。

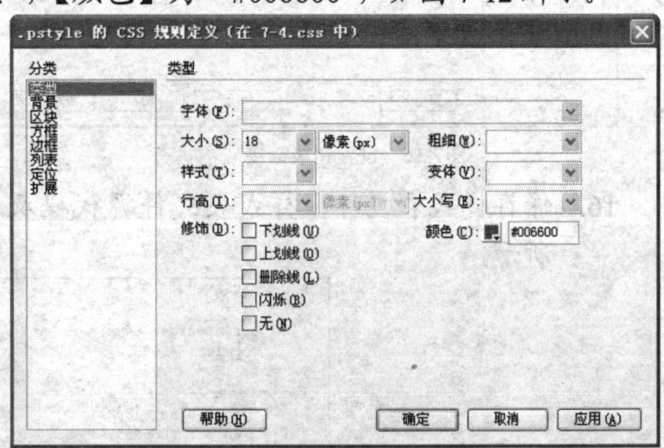

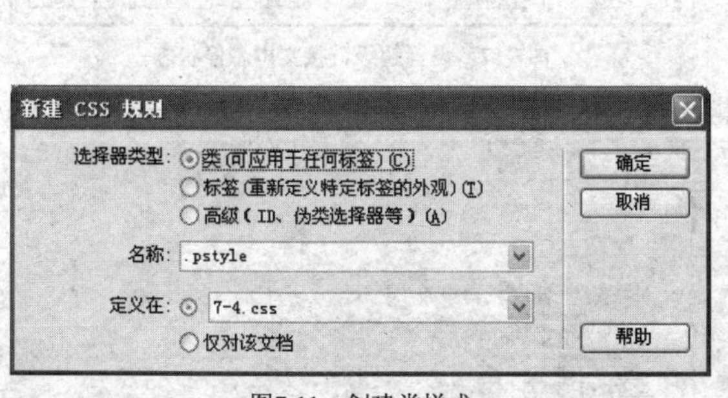

图7-11　创建类样式

图7-12　定义文本的大小和颜色

10. 切换到【方框】分类，设置其【宽】为“220 像素”，如图 7-13 所示。
11. 切换到【边框】分类，设置下边框的样式为“点划线”，宽度为“1 像素”，如图 7-14 所示。
12. 单击 确定 按钮，完成设置并关闭对话框。

下面继续创建关于超级链接状态的【高级】CSS 样式。

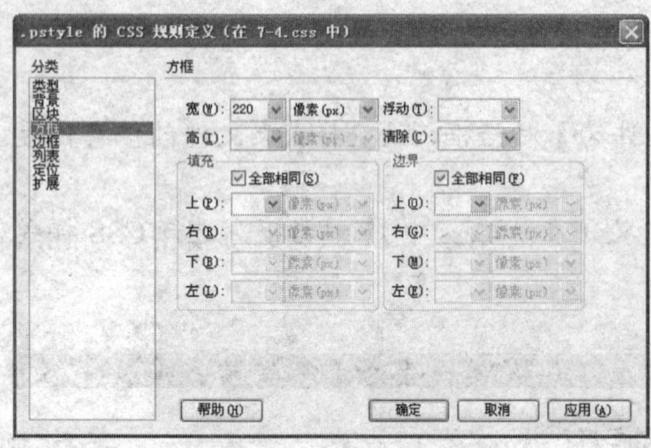

图7-13 定义方框的宽度

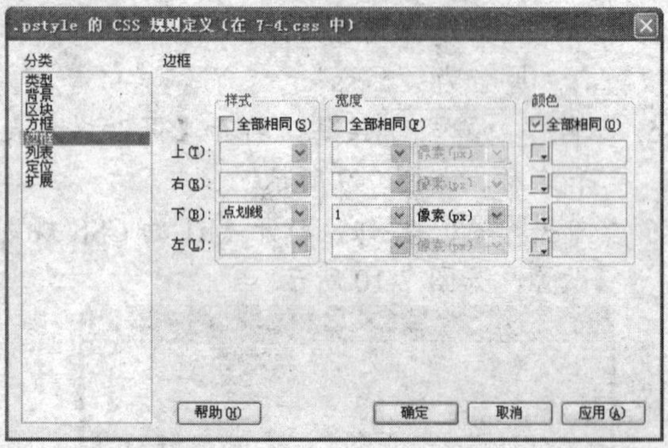

图7-14 定义下边框的样式

13. 单击【CSS 样式】面板底部的按钮，打开【新建 CSS 规则】对话框，设置如图 7-15 所示。

14. 单击 确定 按钮，在【a:link 的 CSS 规则定义（在 7-4.css 中）】对话框的【类型】分类中设置【修饰】选项为“无”，颜色为“#990066”，如图 7-16 所示。

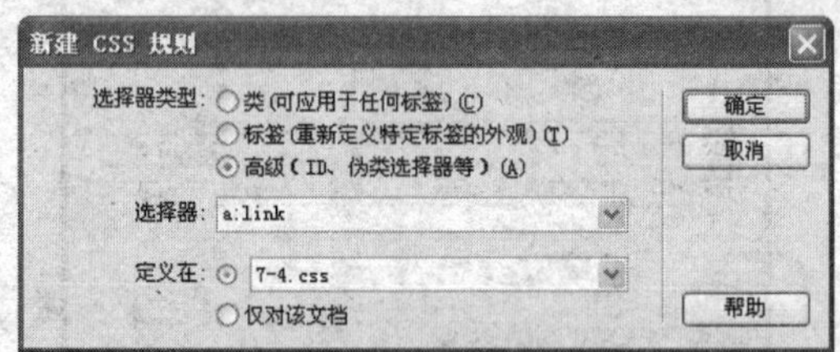

图7-15 创建高级 CSS 样式

15. 运用同样的方法创建【高级】CSS 样式“a:hover”，参数设置如图 7-17 所示。

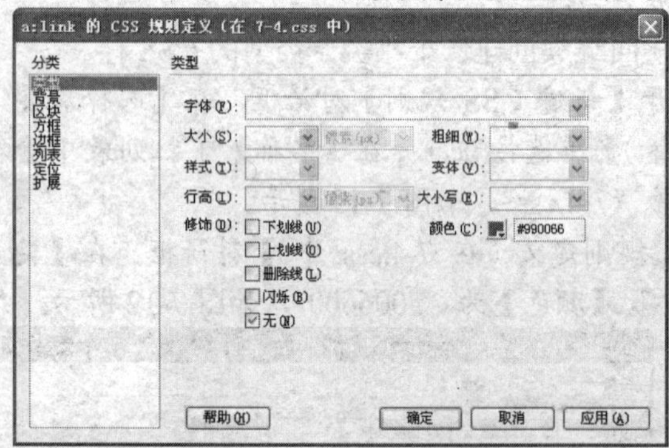

图7-16 设置超级链接文本状态

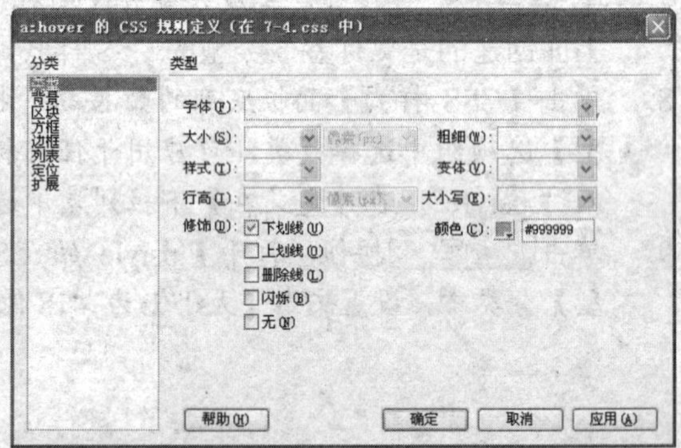

图7-17 设置超级链接文本悬停状态

16. 保存样式表文件，样式表文件源代码及其在【CSS 样式】面板中的显示状态如图 7-18 所示。

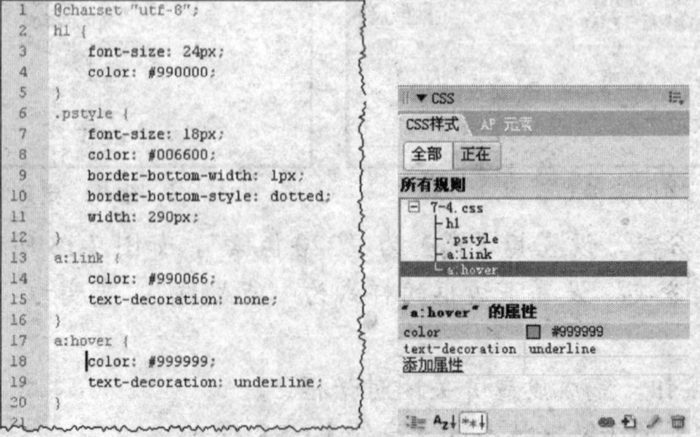

```
@charset "utf-8";
h1 {
    font-size: 24px;
    color: #990000;
}
.pstyle {
    font-size: 18px;
    color: #006600;
    border-bottom-width: 1px;
    border-bottom-style: dotted;
    width: 290px;
}
a:link {
    color: #990066;
    text-decoration: none;
}
a:hover {
    color: #999999;
    text-decoration: underline;
}
```


图7-18 样式表文件源代码及其在【CSS 样式】面板中的显示状态

本节创建了文档的 CSS 样式，其中涉及到了 CSS 规则定义对话框，下节将对这些属性设置进行详细介绍。另外，创建的样式只有应用到文档中的对象上，才会发挥 CSS 样式的作用，在后面将介绍如何应用这些样式。

7.5 CSS 样式的属性

Dreamweaver CS3 将 CSS 属性分为 8 大类：类型、背景、区块、方框、边框、列表、定位和扩展，它可以在 CSS 规则定义对话框中进行设置。下面分别进行介绍。

7.5.1 类型

类型属性主要用于定义网页中文本的字体、大小、颜色、样式及文本链接的修饰效果等，如图 7-19 所示。

【类型】分类对话框中包含了 9 种 CSS 属性，简要说明如下。

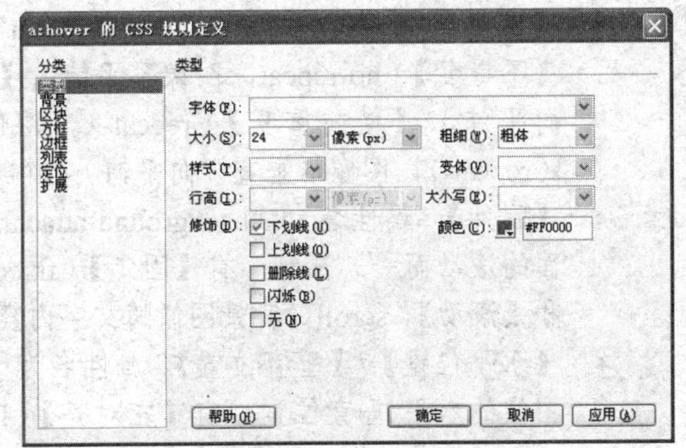

图7-19　CSS 的【类型】分类对话框

- 【字体】：属性名为“font-family”，用于指定文本的字体，可以手动编辑字体列表。如果浏览器支持的话，能够使用几十种不同的字体。
- 【大小】：属性名为“font-size”，可以对文字的尺寸进行无限的控制，支持 9 种尺寸度量单位，常用单位是“像素(px)”。
- 【粗细】：属性名为“font-weight”，用于为字体设置粗细效果，有【正常】(normal)、【粗体】(bold)、【特粗】(bolder)、【细体】(lighter)及 9 组具体粗细值等 13 种选项。
- 【样式】：属性名为“font-style”，用于设置字体的风格，有【正常】(normal)、【斜体】(italic)、【偏斜体】(oblique) 3 个选项。
- 【变体】：属性名为“font-variant”，可以将正常文字缩小一半尺寸后大写显示。
- 【行高】：属性名为“line-height”，用于控制行与行之间的垂直距离，有【正常】(normal) 和【(值)】(value，常用单位为“像素(px)”) 两个选项。
- 【大小写】：属性名为“text-transform”，可以使设计者轻而易举地控制字母的大小写，有【首字母大写】(capitalize)、【大写】(uppercase)、【小写】(lowercase) 和【无】(none) 4 个选项。
- 【修饰】：属性名为“text-decoration”，用于控制链接文本的显示形态，有【下划线】(underline)、【上划线】(overline)、【删除线】(line-through)、【闪烁】(blink)、【无】(none，使上述效果都不会发生) 5 种修饰方式可供选择。
- 【颜色】：属性名为“color”，用于设置文字的颜色。

图 7-20 给出的就是为“a:hover”（变换图像链接）设置的 CSS 样式，所有带链接的文本都会使用这个 CSS 样式。

您来吃饭，我们才有饭吃！

您来吃饭，我们才有饭吃！

图7-20 “a:hover”（变换图像链接）的 CSS 样式效果

7.5.2 背景

背景属性主要用于设置背景颜色或背景图像，其属性对话框如图 7-21 所示。

【背景】分类对话框中包含以下 6 种 CSS 属性。

- 【背景颜色】：属性名为“background-color”，用于设置背景的颜色。
- 【背景图像】：属性名为“background-image”，用于为网页设置背景图像。
- 【重复】：属性名为“background-repeat”，用于控制背景图像的平铺方式，有【不重复】（no-repeat，图像不平铺）、【重复】（repeat，图像沿水平、垂直方向平铺）、【横向重复】（repeat-*X*，图像沿水平方向平铺）和【纵向重复】（repeat-*Y*，图像沿垂直方向平铺）4 个选项。
- 【附件】：属性名为“background-attachment”，用来控制背景图像是否会随页面的滚动而一起滚动，有【固定】（fixed，文字滚动时，背景图像保持固定）和【滚动】（scroll，背景图像随文字内容一起滚动）两个选项。
- 【水平位置】/【垂直位置】：属性名为“background-position”，用来确定背景图像的水平/垂直位置。有【左对齐】（left，将背景图像与前景元素左对齐）、【右对齐】（right）、【顶部】（top）、【底部】（bottom）、【居中】（center）和【(值)】（value，自定义背景图像的起点位置，可对背景图像的位置做出更精确的控制）等选项。

通过图 7-21 所示的 CSS 样式参数设置，可以将普通的背景效果（图 7-22 左侧单元格是没有设置 CSS 样式时的背景效果，背景图像自动平铺，反而影响了网页的美观）变为如图 7-22 右侧单元格所示的特殊背景效果。

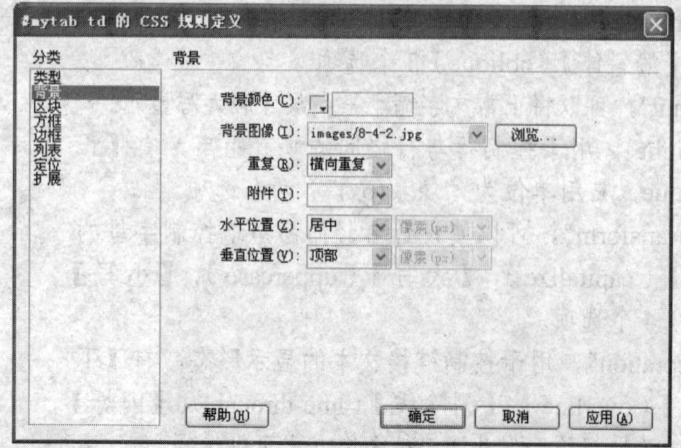

图7-21 CSS 的【背景】分类对话框

图7-22 CSS 使用前后的对比效果

7.5.3 区块

区块属性主要用于控制网页元素的间距、对齐方式等，其属性对话框如图 7-23 所示。该分类对话框中包含以下 7 种 CSS 属性。

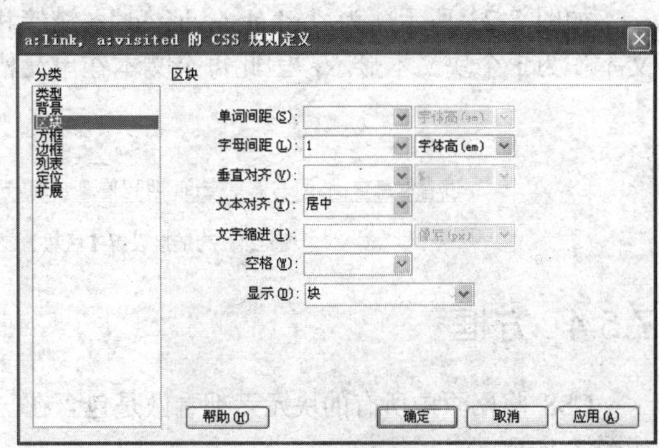

图7-23　CSS 的【区块】分类对话框

- 【单词间距】：属性名为“word-spacing”，主要用于控制文字间相隔的距离，有【正常】（normal）和【(值)】（value，自定义间隔值）两个选项。当选择【(值)】选项时，可用的单位有 8 种。
- 【字母间距】：属性名为“letter-spacing”，其作用与单词间距类似，也有【正常】（normal）和【值】（value，自定义间隔值）两个选项。
- 【垂直对齐】：属性名为“vertical-align”，用于控制文字或图像相对于其母体元素的垂直位置。如果将一个 2 × 3 像素的 GIF 图像同其母体元素文字的顶部垂直对齐，则该 GIF 图像将在该行文字的顶部显示。该属性共有【基线】（baseline，将元素的基准线同母体元素的基准线对齐）、【下标】（sub，将元素以下标的形式显示）、【上标】（super，将元素以上标的形式显示）、【顶部】（top，将元素顶部同最高的母体元素对齐）、【文本顶对齐】（text-top，将元素的顶部同母体元素文字的顶部对齐）、【中线对齐】（middle，将元素的中点同母体元素的中点对齐）、【底部】（bottom，将元素的底部同最低的母体元素对齐）、【文本底对齐】（text-bottom，将元素的底部同母体元素文字的底部对齐）及【(值)】（value，自定义）9 个选项。
- 【文本对齐】：属性名为“text-align”，用于设置块的水平对齐方式，有【左对齐】（left）、【右对齐】（right）、【居中】（center）和【两端对齐】（justify）4 个选项。
- 【文字缩进】：属性名为“text-indent”，用于控制块的缩进程度。
- 【空格】：属性名为“white-space”。在 HTML 中，空格是被省略的，也就是说，在一个段落标签的开头无论输入多少个空格都是无效的。要输入空格有两种方法，一是直接输入空格的代码“ ”，再者是使用“<pre>”标签。在 CSS 中则使用属性“white-space”控制空格的输入。该属性有【正常】（normal）、【保留】（pre）、【不换行】（nowrap）3 个选项。
- 【显示】：属性名为“display”，用于该区块的显示方式，共有 19 种方式。分别是【无】（none）、【内嵌】（inline）、【块】（block）、【列表项】（list-item）、【追加部分】（run-in）、【内联块】（inline-block）、【紧凑】（compact）、【标记】（marker）、【表格】（table）、【内嵌表格】（inline-table）、【表格行组】（table-

row-group)、【表格标题组】(table-header-group)、【表格注脚组】(table-footer-group)、【表格行】(table-row)、【表格列组】(table-column-group)、【表格列】(table-column)、【表格单元格】(table-cell)、【表格标题】(table-caption)、【继承】(inherit)。

如图 7-23 所示，为“a:link,a:visited”（链接和已访问链接）设置区块属性，将每个链接文本作为 1 个块文本显示，因此每个文本在单元格内就显示为 1 行，如图 7-24 所示。

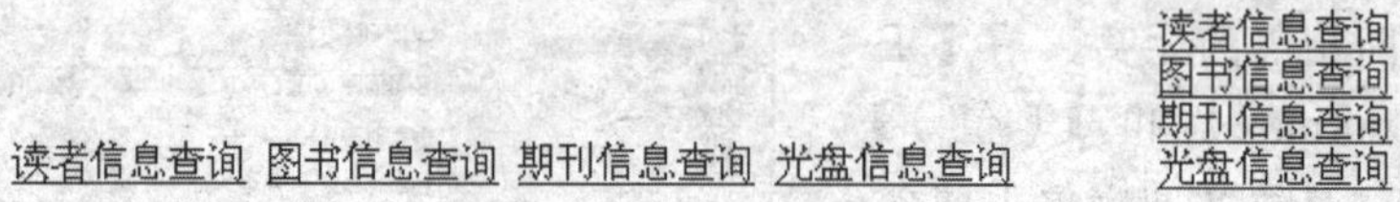

读者信息查询 图书信息查询 期刊信息查询 光盘信息查询

读者信息查询
图书信息查询
期刊信息查询
光盘信息查询

图7-24　为链接设置【区块】CSS 样式的前、后状态

7.5.4 方框

CSS 将网页中所有的块元素都看做是包含在一个方框中的，这个方框共分为 4 个部分，如图 7-25 所示。

方框属性与第 7.5.5 节的边框属性都是针对方框中各部分的，【方框】分类对话框如图 7-26 所示。该分类对话框中包含以下 6 种 CSS 属性。

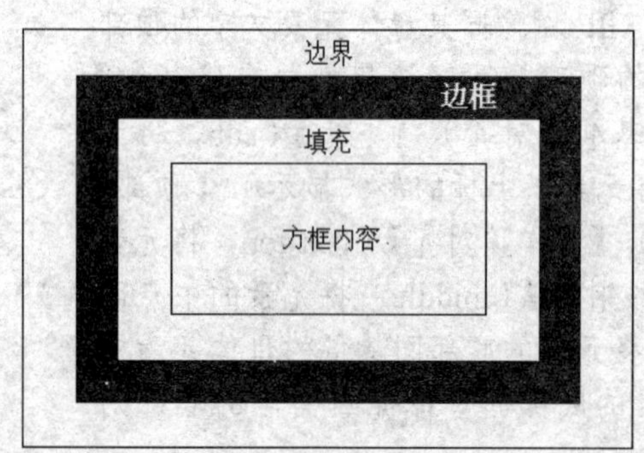

图7-25　方框组成示意图

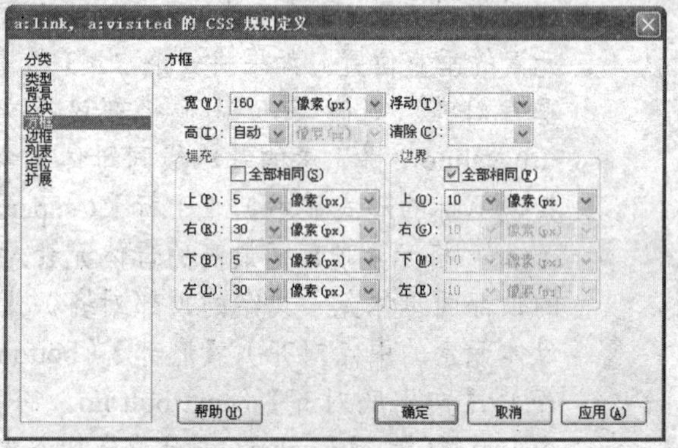

图7-26　CSS 的【方框】分类对话框

- 【宽】：属性名为“width”，用于确定方框本身的宽度，可以使方框的宽度不依靠于它所包含内容的多少。
- 【高】：属性名为“height”，用于确定方框本身的高度。
- 【浮动】：属性名为“float”，用于设置块元素的浮动效果。
- 【清除】：属性名为“clear”，用于清除设置的浮动效果。
- 【填充】：属性名为“margin”，用于控制围绕边框的边距大小，包含了【上】(margin-top，控制上边距的宽度)、【右】(margin-right，控制右边距的宽度)、【下】(margin-bottom，控制下边距的宽度)、【左】(margin-left，控制左边距的宽度) 4 个选项。
- 【边界】：属性名为“padding”，用于确定围绕块元素的空格填充数量，包含了【上】(padding-top，控制上留白的宽度)、【右】(padding-right，控制右留白的宽度)、【下】(padding-bottom，控制下留白的宽度)、【左】(padding-left，控制左留白的宽度) 4 个选项。

为了更好地看出方框的显示效果，先为上例中的“a:link,a:visited”添加背景颜色，然后按照图 7-26 所示的参数来设置方框属性，单击应用(A)按钮，将看到前后发生的变化，如图 7-27 所示。

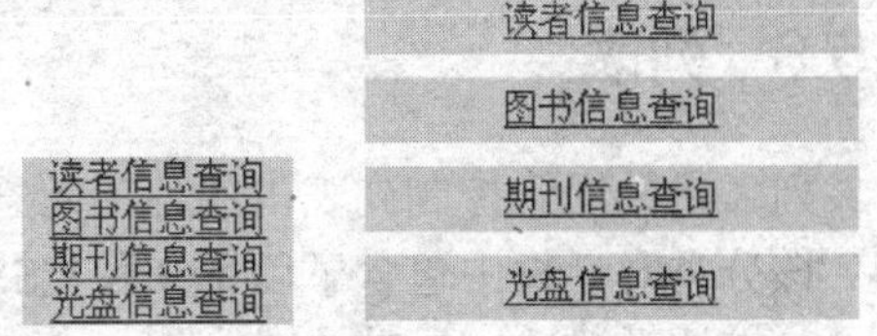

图7-27　为链接设置【方框】CSS 样式的前、后状态

7.5.5 边框

网页元素边框的效果是在【边框】分类对话框中进行设置的，如图 7-28 所示。

【边框】分类对话框中共包括 3 种 CSS 属性。

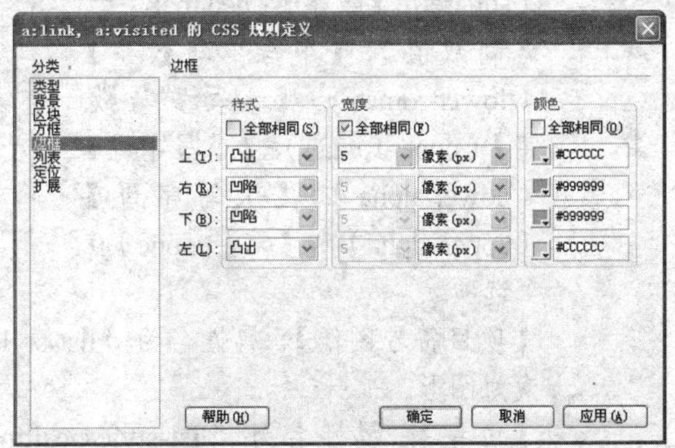

图7-28　CSS 的【边框】分类对话框

- 【宽度】: 属性名为“border-width”，用于控制边框的宽度，包括【上】(border-top-width，顶边框的宽度)、【右】(border-right-width，右边框的宽度)、【下】(border-bottom-width，底边框的宽度)、【左】(border-left-width，左边框的宽度) 4 个选项。
- 【颜色】: 属性名为“border-color”，用于设置各边框的颜色。如果想使边框的 4 条边显示不同的颜色，可以在设置中分别列出各种颜色，如顶边框的颜色 (border-top-color: #FF0000)，右边框的颜色 (border-right-color: #00FF00)，底边框的颜色 (border-bottom-color: #0000FF)，左边框的颜色 (border-left-color: #FFFF00)。浏览器将第 1 种颜色理解为顶边框的颜色参数值，第 2 种颜色为右边框，然后是底边框，最后是左边框。
- 【样式】: 属性名为“border-style”，用于设定边框线的样式，共有【无】(none，无边框)、【虚线】(dotted，边框为点线)、【点划线】(dashed，边框为长短线)、【实线】(solid，边框为实线)、【双线】(double，边框为双线)、【槽状】(groove)、【脊状】(ridge)、【凹陷】(inset)、【凸出】(outset，前面 4 种选择根据不同颜色设置不同的三维效果) 9 个选项。

在上例的基础上，根据图 7-28 所示参数来设置边框属性，将会得到按钮形状的链接，如图 7-29 所示。

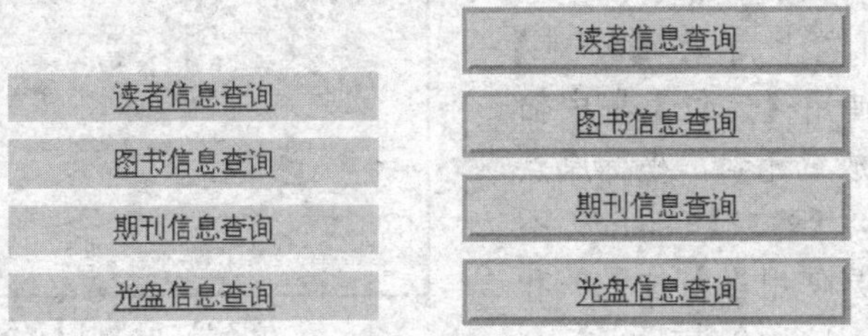

图7-29　为链接设置【边框】CSS 样式前、后的状态

7.5.6 列表

列表属性用于控制列表内的各项元素，其分类对话框如图 7-30 所示。

该分类对话框中包含了以下 3 种 CSS 属性。

- 【类型】：属性名为“list-style-type”，用于确定列表内每一项前使用的符号，有【圆点】(disc)、【圆圈】(circle)、【方块】(square)、【数字】(decimal，十进制数值)、【小写罗马数字】(lower-roman)、【大写罗马数字】(upper-roman)、【小写字母】(lower-alpha)、【大写字母】(upper-alpha)和【无】(none) 9 个选项。

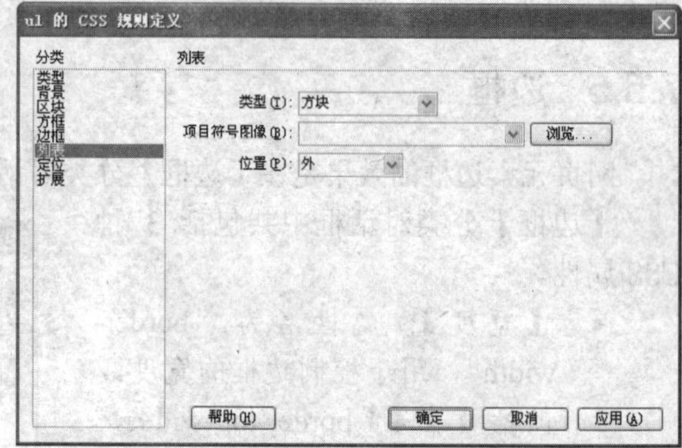

图7-30　CSS 的【列表】分类对话框

- 【项目符号图像】：属性名为“list-style-image”，其作用是将列表前面的符号换为图形。
- 【位置】：属性名为“list-style-position”，用于描述列表的位置，有【外】(outside，在方框之外显示）和【内】(inside，在方框之内显示）两个选项。

列表属性不仅可以修改列表符号的类型（见图 7-31），还可以使用自定义的图像来代替列表符号，这就使得文档中的列表格式有了更多的外观。

- 网上办公
- 网上课堂
- 校务公开
- 档案信息

▪ 网上办公
▪ 网上课堂
▪ 校务公开
▪ 档案信息

图7-31　未设置与设置方形符号的【列表】效果对比

7.5.7 定位

定位属性可以使网页元素随处浮动，这对于一些固定元素（如表格）来说，是一种功能的扩展，而对于一些浮动元素（如层）来说，却是有效地用于精确控制其位置的方法，其分类对话框如图 7-32 所示。

【定位】分类对话框中主要包含以下 8 种 CSS 属性。

- 【类型】：属性名为“position”，用于确定定位的类型，共有【绝对】(absolute，使用【定位】框中输入的坐标来放置元素，坐标原点为页面左上角)、【相对】(relative，使用【定位】框中输入的坐标来放置元素，坐标原点为当前位置)、【静态】(static，不使用坐标，只使用当前位置）和【固定】(fixed) 4 个选项。

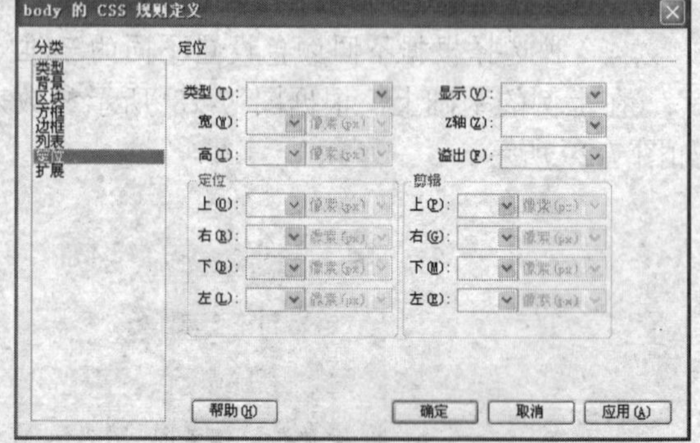

图7-32　CSS 的【定位】分类对话框

- 【显示】：属性名为“visibility”，用于将网页中的元素隐藏，共有【继承】

（inherit，继承母体要素的可视性设置）、【可见】（visible）和【隐藏】（hidden）3 个选项。

- 【宽】：属性名为“width”，用于设置元素的宽度。
- 【Z 轴】：属性名为“z-index”，用于控制网页中块元素的叠放顺序，可以为元素设置重叠效果。该属性的参数值使用纯整数，其值为“0”时，元素在最下层，适用于绝对定位或相对定位的元素。
- 【高】：属性名为“height”，用于设置元素的高度。
- 【溢出】：属性名为“overflow”。在确定了元素的高度和宽度后，如果元素的面积不能全部显示元素中的内容时，该属性便起作用了。该属性的下拉列表中共有【可见】（visible，扩大面积以显示所有内容）、【隐藏】（hidden，隐藏超出范围的内容）、【滚动】（scroll，在元素的右边显示一个滚动条）和【自动】（auto，当内容超出元素面积时，自动显示滚动条）4 个选项。
- 【定位】：为元素确定了绝对和相对定位类型后，该组属性决定元素在网页中的具体位置，包含有 4 个子属性，分别是【左】（left，控制元素左边的起始位置）、【上】（top，控制元素上面的起始位置）、【右】（right）和【下】（bottom）。
- 【剪辑】：属性名为“clip”。当元素被指定为绝对定位类型后，该属性可以把元素区域剪切成各种形状，但目前提供的只有方形一种，其属性值为“rect(top right bottom left)”，即“clip: rect(top right bottom left)”，属性值的单位为任何一种长度单位。

通过 CSS 的定位属性，可以将两个表格由垂直排列变为水平并排，如果不通过设置表格的 CSS 样式是无法做到的。如图 7-33 和图 7-34 所示，通过为“table2”设置 CSS 样式，将“table2”重新定位于网页左上角的绝对坐标（240，15），从而与未设置 CSS 样式的表格 1 并排。此时“table1”随着文档内容的变化而上下浮动，而“table2”由于使用绝对定位，因此是不动的。

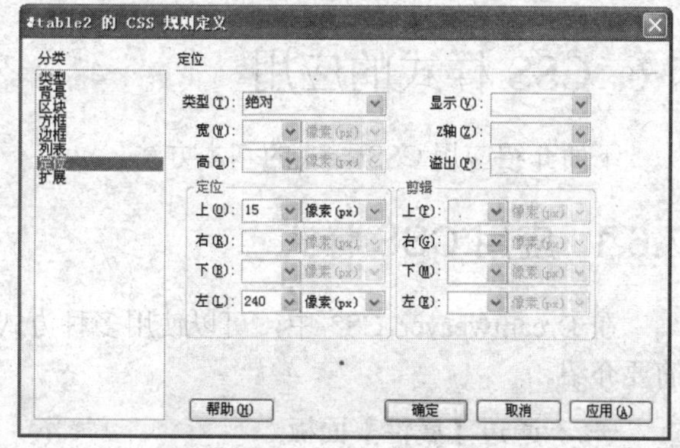

图7-33　设置“#table2”的【定位】属性

图7-34　表格由垂直排列变为水平并排

以上的方法并不是唯一的，也可以使用相对定位来放置“table2”。此时两个表格将会同时随着文档内容的变化而变化。读者可以根据上面介绍的内容，自己试着多加练习，仔细领会其中的奥秘，并仔细观察绝对定位和相对定位的区别，分析什么时候适合使用绝对定位，什么时候适合使用相对定位，从而做出精美的网页。

7.5.8 扩展

【扩展】分类对话框包含两部分，如图 7-35 所示。

(1) 【分页】栏中两个属性的作用是为打印的页面设置分页符。

- 【之前】：属性名为 “page-break-before”。
- 【之后】：属性名为 “page-break-after”。

(2) 【视觉效果】栏中的两个属性的作用是为网页中的元素施加特殊效果。

- 【光标】：属性名为 “cursor”，可以指定在某个元素上要使用的鼠标光标形状，共有 15 种选择方式，分别代表鼠标光标在 Windows 操作系统里的各种形状。另外，该属性还可以指定鼠标光标图标的 URL 地址。
- 【过滤器】：属性名为 “filter”，可为网页元素设置多种特殊显示效果，如阴影、模糊、透明、光晕等。

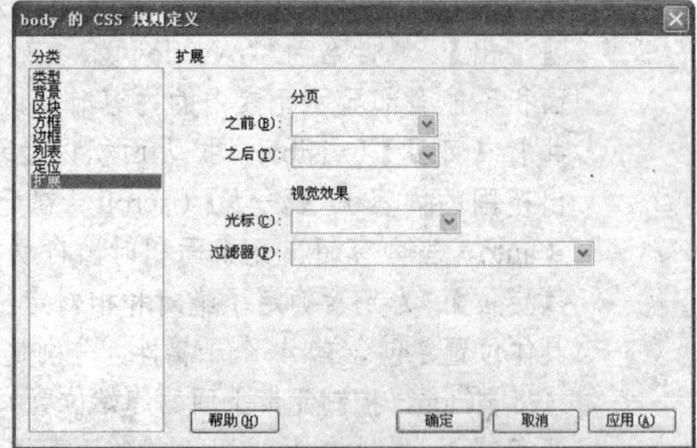

图7-35 CSS 的【扩展】分类对话框

7.6 CSS 样式的应用

下面介绍应用 CSS 样式的基本方法。

7.6.1 应用 CSS 样式

在 Dreamweaver CS3 中，可以使用多种方式来应用已经创建好的 CSS 样式。下面进行简要介绍。

一、 通过【属性】面板

首先选中要应用 CSS 样式的内容，然后在【属性】面板的【样式】下拉列表中选择已经创建好的样式，如图 7-36 所示。一般情况下，在【CSS 样式】面板中创建的样式都会在【属性】面板的【样式】下拉列表中出现，所以需要应用 CSS 样式时，在这里直接选择它们即可。

图7-36 通过【属性】面板应用样式

二、 通过菜单栏中的【文本】/【CSS 样式】命令

首先选中要应用 CSS 样式的内容，然后选择【文本】/【CSS 样式】命令，从下拉菜单中选择一种设置好的样式，这样就可以将被选择的样式应用到所选的内容上，如图 7-37 所示。

三、 通过【CSS 样式】面板下拉菜单中的【套用】命令

首先选中要应用 CSS 样式的内容，然后在【CSS 样式】面板中选中要应用的样式，再在面板的右上角单击按钮，或者直接单击鼠标右键，从弹出的下拉菜单中选择【套用】命令即可应用样式，如图 7-38 所示。

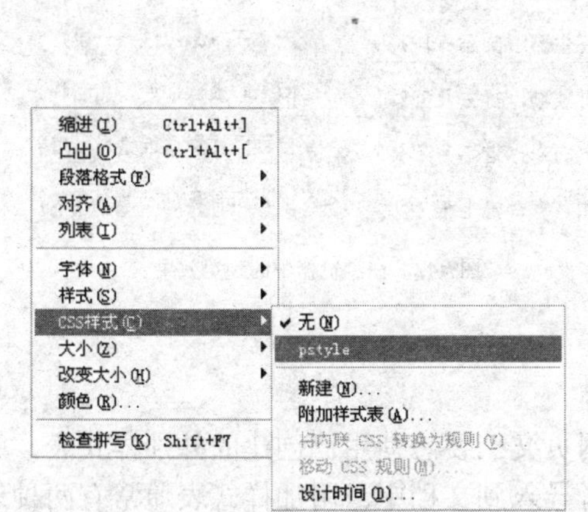

图7-37　通过菜单栏中的【文本】/【CSS 样式】命令应用样式

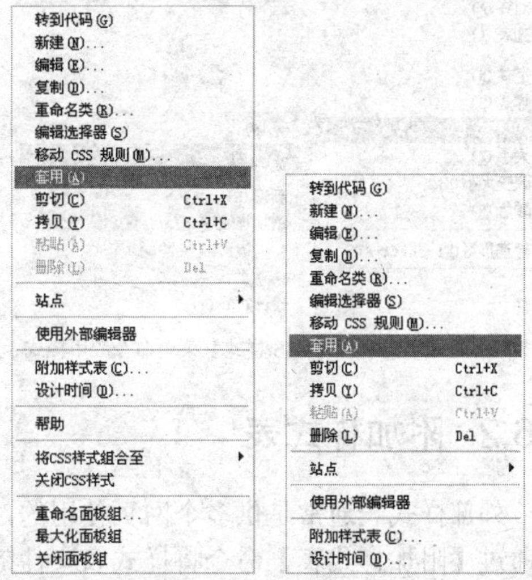

图7-38　通过【套用】命令

下面运用上面介绍的方法将 7.4 节创建的 CSS 样式应用到文档中的对象上。

应用 CSS 样式

1. 将文档"chap7-4.htm"保存为"chap7-6-1.htm"。
2. 将鼠标光标置于第 1 行，然后在【属性】面板的【格式】下拉列表中选择"标题 1"，如图 7-39 所示。

图7-39　应用标题样式

3. 将鼠标光标置于第 2 行，然后在【属性】面板的【样式】下拉列表中选择"pstyle"，如图 7-40 所示。

图7-40　通过【属性】面板应用 CSS 样式

4. 将鼠标光标置于第 3 行，然后选择【文本】/【CSS 样式】/【pstyle】命令，如图 7-41 所示。
5. 运用相同的方法设置其他两行文本的 CSS 样式。
6. 选中最后一行中的文本"玉人"，然后在【属性】面板的【链接】下拉列表中输入

"#"，即添加空链接，此时创建的超级链接【高级】CSS 样式将发挥作用。

7. 保存文档，在浏览器中的预览效果如图 7-42 所示。

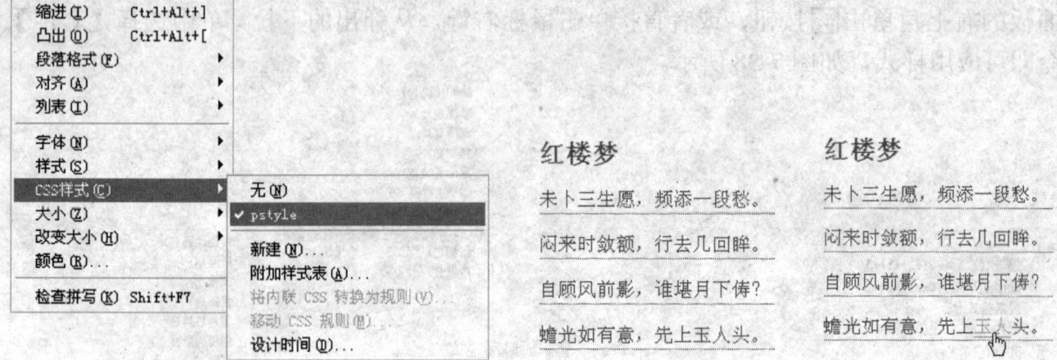

图7-41 通过【文本】/【CSS 样式】菜单命令应用样式

图7-42 在浏览器中的预览效果

7.6.2 附加样式表

外部样式表通常是供多个网页使用的，其他网页文档要想使用已创建的外部样式表，必须通过【附加样式表】命令将样式表文件链接或者导入到文档中。附加样式表通常有两种途径：链接和导入。在【CSS 样式】面板中单击 （附加样式表）按钮，打开【链接外部样式表】对话框，如图 7-43 所示。

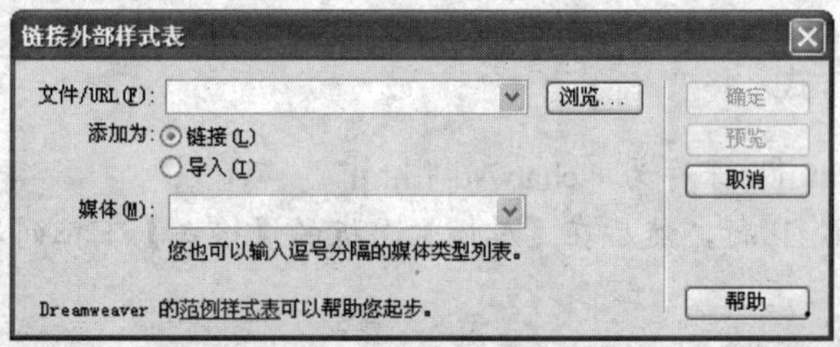

图7-43 【链接外部样式表】对话框

在对话框中选择要附加的样式表文件，然后选择【导入】单选按钮，最后单击 确定 按钮将文件导入。通过查看网页的源代码可以发现，在文档的"<head>…</head>"标签之间有如下代码。

```
@import url("main.css");
```

如果选择【链接】单选按钮，则代码如下。

```
<link href="main.css" rel="stylesheet" type="text/css">
```

将 CSS 样式表引用到文档中，既可以选择【链接】方式也可以选择【导入】方式。如果要将一个 CSS 样式文件引用到另一个 CSS 样式文件当中，只能使用【导入】方式。

7.7 实例——设置"一翔商城"网页样式

通过前面各节的学习，读者应该对 CSS 样式的基本知识有了一定的了解。本节将以制作"一翔商城"网页为例，介绍使用 CSS 样式控制网页外观的基本方法，让读者进一步巩固所学内容。本例将使用 CSS 样式分别对页眉、主体和页脚进行控制。

7.7.1　设置页眉 CSS 样式

下面来设置页眉的 CSS 样式。

设置页眉 CSS 样式

首先重新定义标签“body”的文本大小、对齐方式和边界。

1. 将本章素材文件“综合实例\素材”文件夹下的内容复制到站点根文件夹下，然后新建一个网页文档“shili.htm”。
2. 选择【窗口】/【CSS 样式】命令，打开【CSS 样式】面板，单击面板底部的按钮，打开【新建 CSS 规则】对话框，参数设置如图 7-44 所示。

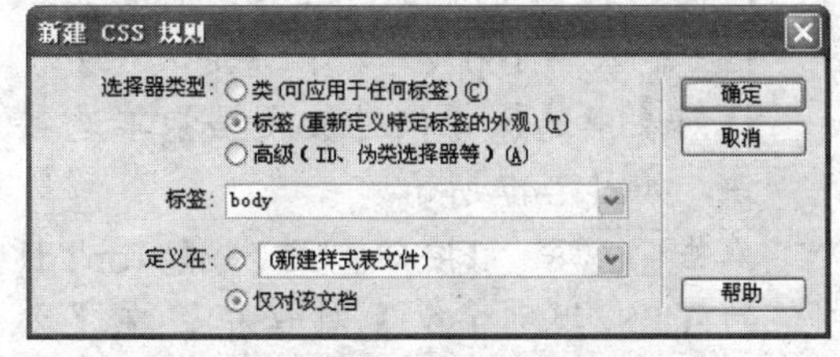

图7-44　【新建 CSS 规则】对话框

3. 单击 确定 按钮，进入【body 的 CSS 规则定义】对话框，在【类型】分类中设置文本大小为“12 像素”；在【区块】分类中设置文本对齐方式为“居中”；在【方框】分类中设置上边界为“0”，并勾选【全部相同】复选框。
4. 单击 确定 按钮，完成“body”的 CSS 规则定义。

下面开始设置页眉的 CSS 样式，包括基于表格的【高级】CSS 样式“#TopTable”以及针对表格两个单元格的类样式“.TopTd1”和“.TopTd2”。

5. 在网页中插入一个 1 行 2 列的表格，在【属性】面板中设置【表格 Id】为“TopTable”，【填充】、【间距】和【边框】均为“0”。

下面创建基于表格的【高级】CSS 样式“#TopTable”。

6. 在表格被选中的状态下，在【CSS 样式】面板中单击按钮，弹出【新建 CSS 规则】对话框，参数设置如图 7-45 所示。

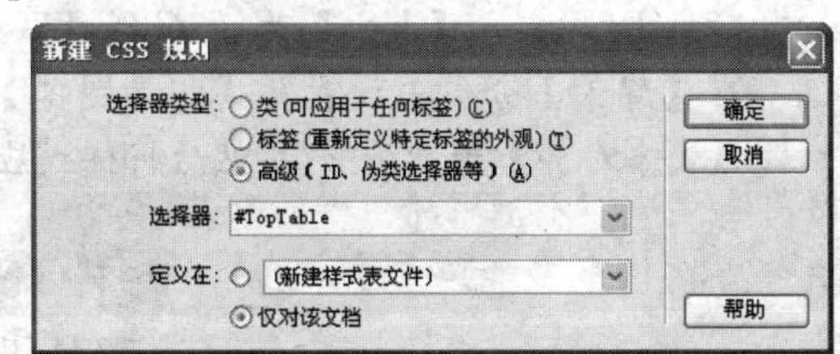

图7-45　【新建 CSS 规则】对话框

7. 单击 确定 按钮，打开【#TopTable 的 CSS 规则定义】对话框，在【背景】分类中，设置【背景颜色】为“#B0DC9F”；在【方框】分类中，设置方框【宽】为“780 像素”，【高】为“80 像素”，边界全部为“0”，如图 7-46 所示，然后单击 确定 按钮关闭对话框。

在【方框】分类中的【填充】和【边界】栏与表格【属性】面板中的【填充】和【间距】选项是两个不同的概念，要设置表格的【填充】和【间距】属性可以通过【属性】面板进行设置，不能通过【方框】分类中的【填充】和【边界】进行设置。对表格应用【方框】中的【边界】属性只影响表格本身所在块元素周围的空格填充数量，与表格本身无关。

下面创建针对表格单元格的类样式“.TopTd1”和“.TopTd2”。

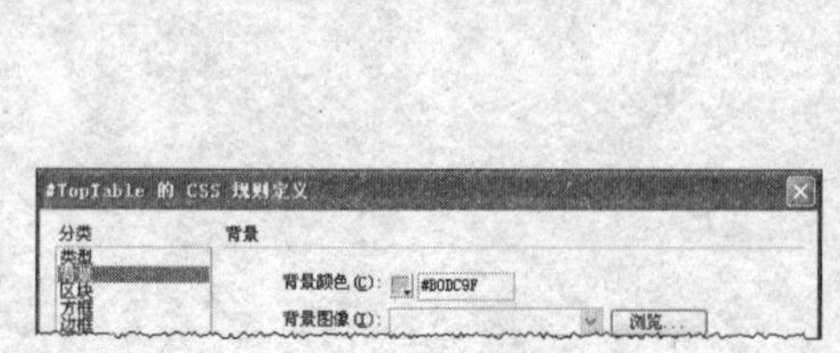

图7-46 创建【高级】CSS 样式“#TopTable”

8. 在【CSS 样式】面板中单击按钮，打开【新建 CSS 规则】对话框，在【选择器类型】选项组中选择【类（可应用于任何标签）】单选按钮，在【名称】文本框中输入“.TopTd1”，在【定义在】下拉列表中选择【仅对该文档】单选按钮，如图 7-47 所示。

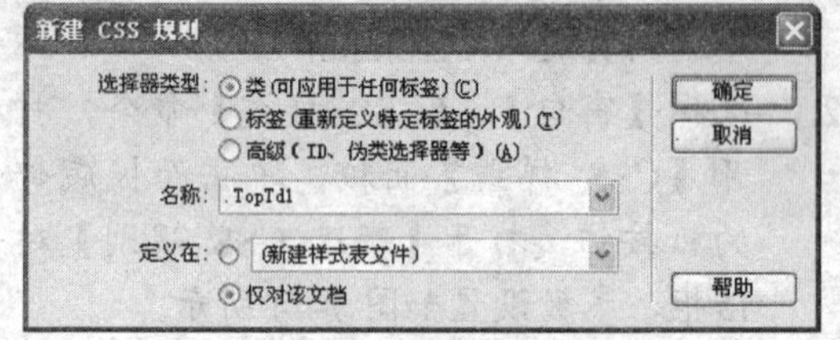

图7-47 创建【类】样式“.TopTd1”

9. 单击 确定 按钮，进入【.TopTd1 的 CSS 规则定义】对话框，在【方框】分类中设置【宽】为“250 像素”，如图 7-48 所示，然后单击 确定 按钮关闭对话框。

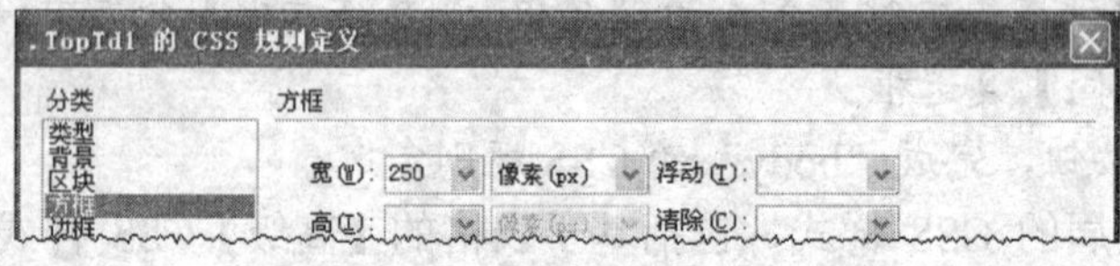

图7-48 设置宽度

10. 选择表格的第 1 个单元格，在【属性】面板中，设置【样式】为“TopTd1”，将其样式应用到第 1 个单元格上。
11. 使用同样的方法创建【类】CSS 样式“.TopTd2”，在【类型】分类中设置其【字体】为“隶书”，文本【大小】为“36 像素”，【行高】为“80 像素”，【颜色】为“#FF0000”；在【背景】分类中设置其【背景图像】为“images/topbg.jpg”；在【区块】分类中设置【文本对齐】为“居中”。然后将样式应用到第 2 个单元格上，如图 7-49 所示。

图7-49 应用样式后的效果

12. 在第 1 个单元格中插入图像“images/logo.jpg”，在第 2 个单元格中输入文本“顾客就是上帝”，如图 7-50 所示。

图7-50 添加页眉内容

7.7.2 设置网页主体的 CSS 样式

下面设置网页主体的 CSS 样式。

设置网页主体的 CSS 样式

首先设置左侧栏目的 CSS 样式。

1. 接上例。在页眉下面继续插入一个 1 行 2 列的表格，设置【表格 Id】为“MidTable”，【填充】、【边框】均为“0”，【间距】为“2”。
2. 创建【高级】CSS 样式“#MidTable”，设置【背景颜色】为“#B0DC9F”，方框【宽】为“780 像素”，【高】为“300 像素”，边界全部为“0”。
3. 选择左侧单元格，在【属性】面板中设置其水平对齐方式为“居中对齐”，垂直对齐方式为“顶端”。
4. 创建【类】CSS 样式“.MidTd1”，在【背景】分类中设置【背景颜色】为“#FFFFFF”；在【方框】分类中设置【宽】为“140 像素”，然后通过【属性】面板将该样式应用到左侧单元格。
5. 在左侧单元格中插入一个 6 行 1 列的表格，设置【表格 Id】为“MidTd1Table”，【宽】为“80%”，【填充】、【边框】均为“0”，【间距】为“5”。
6. 创建【高级】CSS 样式“#MidTd1Table td”，在【类型】分类中设置文本【大小】为“16 像素”，【行高】为“30 像素”；在【背景】分类中设置【背景颜色】为“#66CCFF”；在【区块】分类中设置【文本对齐】为“居中”；在【边框】分类中设置右和下边框样式为“实线”，【宽度】为“2 像素”，【颜色】为“#666666”，如图 7-51 所示。

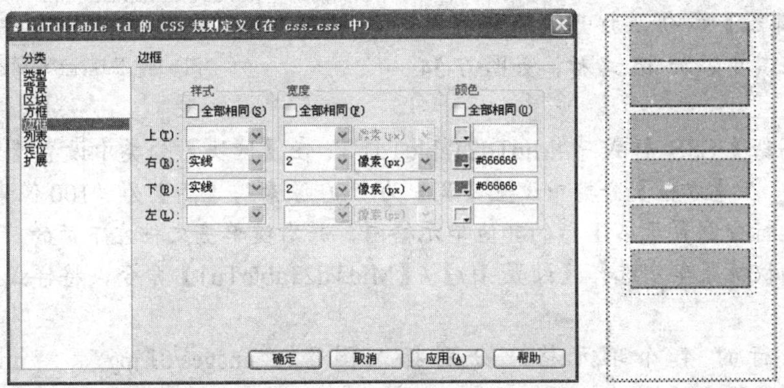

图7-51　创建【高级】CSS 样式“#MidTd1Table td”

7. 在单元格中输入文本并添加空链接，文本依次为“家用电器”、“手机数码”、“电脑产品”、“家居用品”、“健康休闲”、“趣味玩具”。
8. 创建基于表格“MidTd1Table”的超级链接【高级】CSS 样式“#MidTd1Table a:link,#MidTd1Table a:visited”，如图 7-52 所示，然后在打开的对话框中的【类型】分类中设置文本【粗细】为“粗体”，【颜色】为“#000000”，【修饰】为“无”。

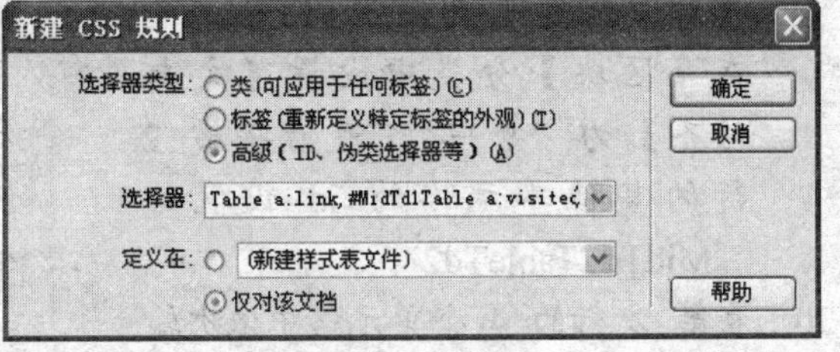

图7-52　创建【高级】CSS 样式

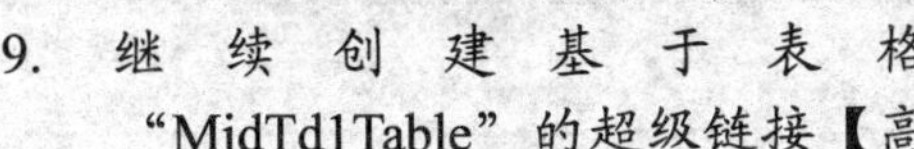

9. 继续创建基于表格“MidTd1Table”的超级链接【高

级】CSS 样式“#MidTd1Table a:hover”，在【类型】分类中设置文本【颜色】为“#FFFFFF”，【修饰】为“下画线”。

下面设置右侧栏目的 CSS 样式。

10. 选择主体部分右侧的单元格，在【属性】面板中设置其水平对齐方式为“居中对齐”，垂直对齐方式为“顶端”。
11. 创建【类】CSS 样式“.MidTd2”，在【背景】分类中设置背景颜色为“#FFFFFF”，然后通过【属性】面板将该样式应用到右侧单元格。
12. 在右侧单元格中输入一段文本，并按 Enter 键将鼠标光标移到下一段，然后插入一个 2 行 4 列的表格，设置【填充】、【边框】为“0”，【间距】为“2”，效果如图 7-53 所示。

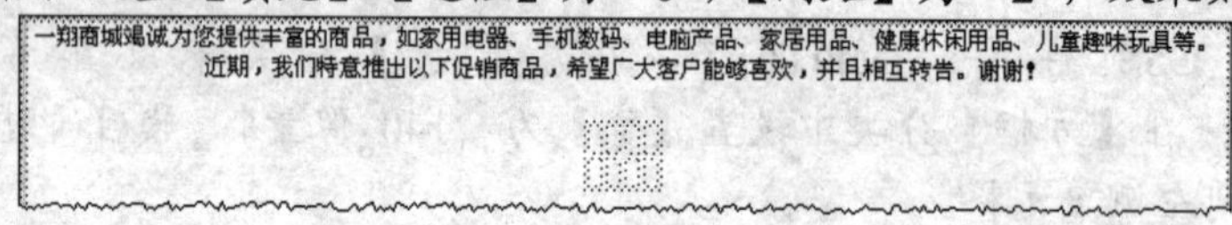

图7-53　在右侧单元格中添加内容

13. 创建【高级】CSS 样式“#MidTable .MidTd2 p”，在【类型】分类中设置文本【大小】为“14 像素”，【行高】为“30 像素”，【颜色】为“#006600”；在【区块】分类中设置【文本对齐】为“左对齐”，【文字缩进】为“4 像素”。
14. 将光标置于文本所在段，然后在【属性】面板中单击按钮使文本缩进显示。
15. 将光标置于文本下面表格的第 1 行第 1 个单元格内，右键单击文档左下角的“<td>”标签，在弹出的快捷菜单中选择【快速标签编辑器】命令，打开快速标签编辑器，在其中添加 id 名称，如图 7-54 所示。

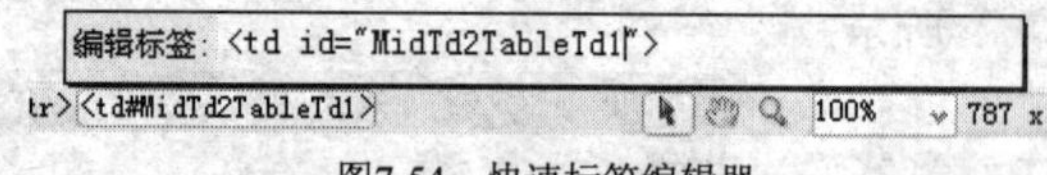

图7-54　快速标签编辑器

16. 创建【高级】CSS 样式“#MidTd2TableTd1”，在【区块】分类中设置【文本对齐】为“居中”；在【方框】分类中设置【宽】为“80 像素”，【高】为“100 像素”。
17. 将鼠标光标分别置于第 1 行的其他单元格内，并右键单击文档左下角的“<td>”标签，在弹出的快捷菜单中选择【设置 ID】/【MidTd2TableTd1】命令，将样式应用到这些单元格上。
18. 在第 1 行的 4 个单元格中分别插入图像“images/01.jpg”、“images/02.jpg”、“images/03.jpg”和“images/04.jpg”。
19. 运用同样的方法设置表格第 2 行第 1 个单元格的 id 为“MidTd2TableTd2”，并创建【高级】CSS 样式“#MidTd2TableTd2”，在【类型】分类中设置文本【大小】为“14 像素”，文本【粗细】为“粗体”，【行高】为“30 像素”；在【背景】分类中设置【背景颜色】为“#FFFFCC”；在【区块】分类中设置【文本对齐】为“居中”，最后将第 2 行的其他单元格的 id 设置为“MidTd2TableTd2”。
20. 在第 2 行的 4 个单元格中依次输入文本，如图 7-55 所示。

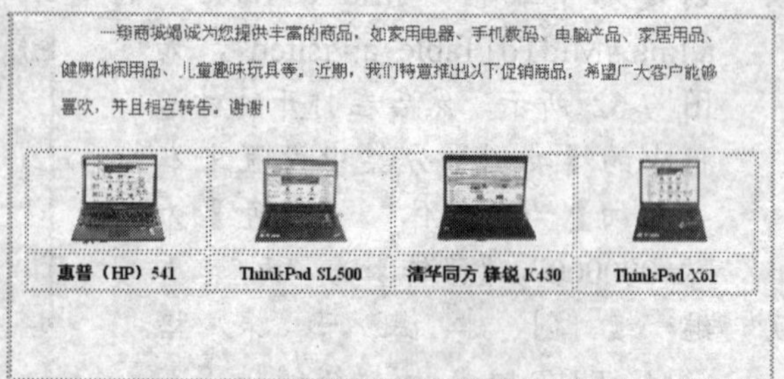

图7-55　右侧栏目内容

7.7.3 设置页脚的 CSS 样式

下面设置页脚的 CSS 样式。

设置页脚的 CSS 样式

1. 在主体页面表格的下面，即页脚处插入一个 1 行 1 列的表格，设置【表格 Id】为“FootTable”，【填充】、【间距】和【边框】均为“0”。
2. 创建【高级】CSS 样式“#FootTable”，在【类型】分类中设置【行高】为“40 像素”；在【背景】分类中设置【背景颜色】为“#B0DC9F”；在【区块】分类中设置【文本对齐】为“居中”；在【背景】分类中设置【背景颜色】为“#B0DC9F”；在【方框】分类中设置方框【宽】为“780 像素”。
3. 输入相应的文本，如图 7-56 所示。

版权所有 一翔商城 2009-2011

图7-56　页脚

4. 再次保存文件。

小结

本章主要介绍了 CSS 样式的基本知识，包括 CSS 样式的概念、类型和基本规则以及创建和应用 CSS 样式的基本方法，最后通过实例介绍了使用 CSS 样式控制网页外观的基本方法。熟练掌握 CSS 样式的基本操作将会给网页制作带来极大的方便，是需要重点学习和掌握的内容之一。

习题

一、填空题

1. ______是“Cascading Style Sheet”的缩写，可译为“层叠样式表”或“级联样式表”。
2. 在 Dreamweaver 中，根据选择器的不同类型，CSS 样式被划分为 3 大类，即______、“标签”和“高级”。
3. CSS 样式表文件的扩展名为______。
4. 设置活动超级链接的 CSS 选择器是______。
5. 应用______，网页元素将依照定义的样式显示，从而统一了整个网站的风格。

二、选择题

1. 在【新建 CSS 规则】对话框的【选择器类型】选项组中，选择【类（可应用于任何标签）】表示______。

   A. 用户自定义的 CSS 样式，可以应用到网页中的任何标签上

   B. 对现有的 HTML 标签进行重新定义，当创建或改变该样式时，所有应用了该样式的格式都会自动更新

   C. 对某些标签组合或者是含有特定 id 的标签进行重新定义样式

D. 以上说法都不对

2. 在【新建 CSS 规则】对话框的【选择器类型】选项组中，选择【标签（重新定义特定标签的外观）】表示______。

A. 用户自定义的 CSS 样式，可以应用到网页中的任何标签上

B. 对现有的 HTML 标签进行重新定义，当创建或改变该样式时，所有应用了该样式的格式都会自动更新

C. 对某些标签组合或者是含有特定 ID 属性的标签进行重新定义样式

D. 以上说法都不对

3. 在【新建 CSS 规则】对话框的【选择器类型】选项组中，选择【高级（ID、伪类选择器等）】表示______。

A. 用户自定义的 CSS 样式，可以应用到网页中的任何标签上

B. 对现有的 HTML 标签进行重新定义，当创建或改变该样式时，所有应用了该样式的格式都会自动更新

C. 对某些标签组合或者是含有特定 ID 属性的标签进行重新定义样式

D. 以上说法都不对

4. 下面属于【类】选择器的是______。

A. #TopTable　　B. .Td1　　C. P　　D. #NavTable a:hover

5. 下面属于【标签】选择器的是______。

A. #TopTable　　B. .Td1　　C. P　　D. #NavTable a:hover

三、问答题

1. 简要总结 3 种选择器各自的特点。
2. 应用 CSS 样式有哪几种方法？

四、操作题

根据操作提示设置网页 CSS 样式，如图 7-57 所示。

【操作提示】

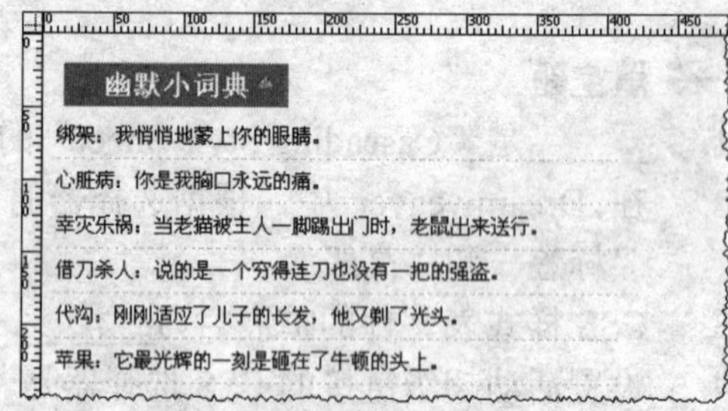

图7-57　设置 CSS 样式

1. 在文档中输入文本，标题使用“标题 2”格式，正文每行都按 Enter 键结束。
2. 针对该文档重新定义标签“h2”的属性：设置文本【颜色】为“#FFFFFF”，【背景颜色】为“#FF0000”，【文本对齐】为“居中”，方框【宽】为“150 像素”，【填充】和【边界】全部为“5 像素”。
3. 创建【类】样式“.pstyle”，并应用到各个段落：设置文本【大小】为“14 像素”，【行高】为“30 像素”，方框【宽】为“400 像素”，边界全部为“0”，下边框的【样式】为“点划线”，【宽度】为“1 像素”，【颜色】为“#CCCCCC”。

第8章　使用框架和 AP Div 布局页面

框架能够将浏览器页面分割成几个不同的窗口，每个窗口显示不同的内容。AP 元素是分配有绝对位置的 HTML 页面元素，可以使用 AP 元素来设计页面的布局。本章将介绍框架和 AP Div 的基本知识以及使用它们布局页面的基本方法。

【学习目标】

- 掌握创建框架的方法。
- 掌握设置框架的方法。
- 掌握创建 AP Div 的方法。
- 掌握设置 AP Div 的方法。
- 掌握 Div 标签的使用方法。

8.1　创建框架

框架是组织页面内容的常见方法。通过框架可以将网页的内容组织到相互独立的 HTML 页面内，而相对固定和经常变动的内容分别以不同的文件保存。下面介绍创建和保存框架、在框架中打开网页文档以及拆分和删除框架的基本方法。

8.1.1　创建框架

当一个页面被划分为若干个框架时，Dreamweaver 就建立一个未命名的框架集文件，每个框架中包含一个文档。也就是说，一个包含两个框架的框架集实际上存在 3 个文件，一个是框架集文件，另外两个是分别包含于各自框架内的文件。

Dreamweaver CS3 中预先定义了很多种框架集，创建预定义框架集的方法如下。

- 选择【文件】/【新建】命令，打开【新建文档】对话框，切换到【示例中的页】选项卡，在【示例文件夹】列表中选择【框架集】选项，在右侧的【示例页】列表中选择相应的选项。
- 在欢迎屏幕中，选择【从模板创建】/【框架集】命令。
- 在当前网页中，单击【插入】/【布局】工具栏中 （框架）按钮的 （向下箭头），在弹出的下拉按钮组中单击相应的按钮。
- 在当前网页中，选择【插入记录】/【HTML】/【框架】中的相应菜单命令。

下面通过具体操作体会使用预设的框架集创建框架的基本方法。

创建框架

1. 将本章素材文件“例题文件\素材”文件夹中的内容复制到站点根文件夹下。

2. 选择【文件】/【新建】命令，打开【新建文档】对话框。
3. 切换到【示例中的页】选项卡，然后在【示例文件夹】列表中选择【框架集】选项，在右侧的【示例页】列表中选择【上方固定，左侧嵌套】选项，如图 8-1 所示。

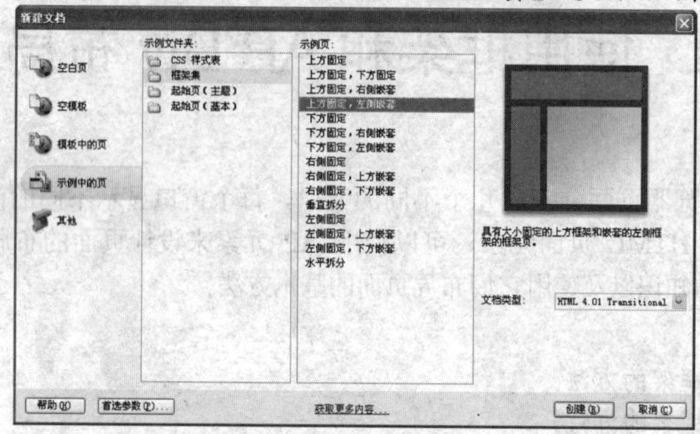

图8-1　新建框架集

要点提示　也可以直接在欢迎屏幕中选择【从范例创建】/【框架集】命令，打开【新建文档】对话框，此时只需在【示例页】列表中选择相应的选项即可。

4. 如果在【首选参数】对话框的【辅助功能】分类中勾选了【框架】复选框，单击 创建(R) 按钮时将弹出【框架标签辅助功能属性】对话框，在【框架】下拉列表中每选择一个框架，就可以在其下面的【标题】文本框中为其指定一个标题名称，如图 8-2 所示。

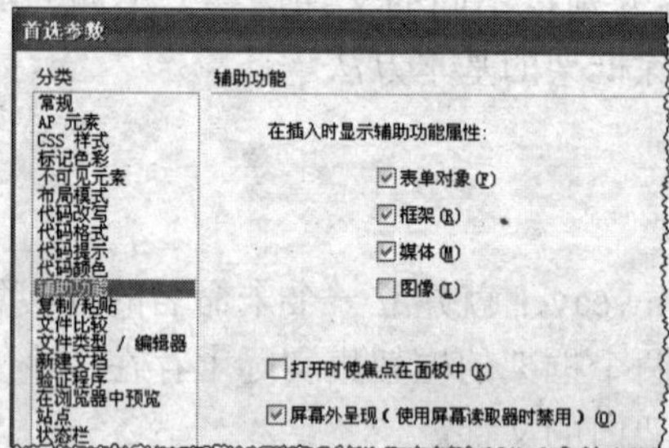

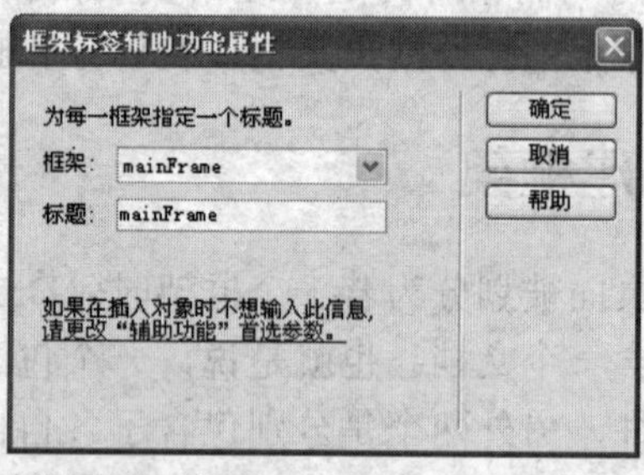

图8-2　【框架标签辅助功能属性】对话框

5. 如果在【首选参数】/【辅助功能】分类中没有勾选【框架】复选框，单击 创建(R) 按钮将直接创建如图 8-3 所示的框架网页。

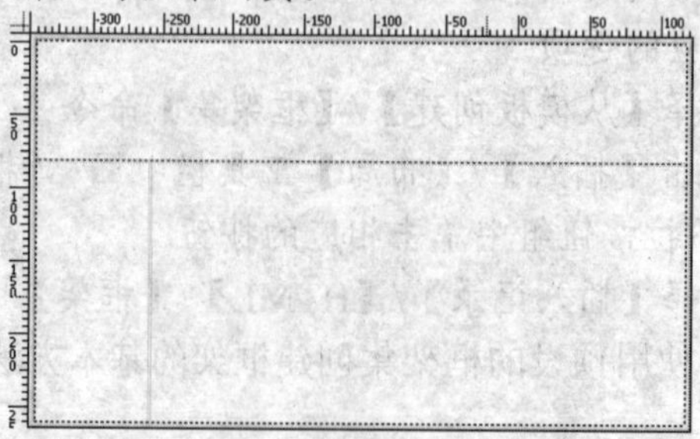

图8-3　创建框架网页

上面创建的框架网页实际上是一个嵌套框架。大多数使用框架的网页都使用嵌套的框架，并且在 Dreamweaver CS3 中大多数预定义的框架网页也使用嵌套。

8.1.2 保存框架

由于一个框架集包含多个框架，每一个框架都包含一个文档，因此一个框架集会包含多个文件。在保存框架网页的时候，不能只简单地保存一个文件，而要将所有的框架网页文档都保存下来。可以分别保存每个框架集页面或框架页面，也可以同时保存所有的框架文件和框架集页面。下面介绍保存新建框架网页的基本方法。

保存框架

1. 接上例。选择【文件】/【保存全部】命令，整个框架边框的内侧会出现一个阴影框，同时弹出【另存为】对话框。因为阴影框出现在整个框架集边框的内侧，所以要求保存的是整个框架集，如图 8-4 所示。

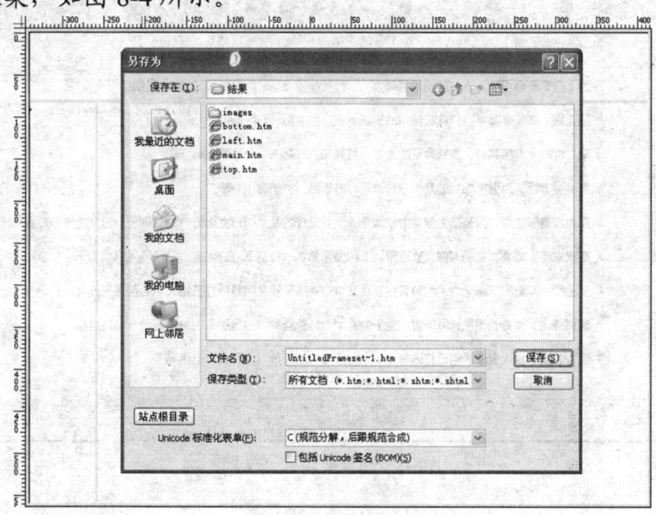

图8-4　保存整个框架集

2. 输入文件名“index.htm”，然后单击 保存(S) 按钮将整个框架集保存。
3. 接着出现第 2 个【另存为】对话框，要求保存标题为“mainFrame”的框架，输入文件名“main2.htm”进行保存。
4. 接着出现第 3 个【另存为】对话框，要求保存标题为“leftFrame”的框架，输入文件名“left2.htm”进行保存。
5. 接着出现第 4 个【另存为】对话框，要求保存标题为“topFrame”的框架，输入文件名“top2.htm”进行保存。

保存完毕后，进入框架集文件“index.htm”的【代码】视图，可以发现，定义框架集的 HTML 标签是“<frameset>…</frameset>”，其中含有“<frame>”标签，“<frame>”标签用于定义框架集中的框架，并为框架设置名称、源文件等属性。

8.1.3 在框架中打开网页文档

新创建的每一个框架都是一个空文档，也可以在该框架内直接打开已经预先制作好的文档。下面介绍在框架中打开网页文档的基本方法。

在框架中打开网页文档

1. 接上例。将鼠标光标置于顶部框架内，选择【文件】/【在框架中打开】命令，打开文档“top.htm”。
2. 将鼠标光标置于左侧框架内，选择【文件】/【在框架中打开】命令，打开文档“left.htm”。
3. 将鼠标光标置于右侧框架内，选择【文件】/【在框架中打开】命令，打开文档“main.htm”。
4. 最后选择【文件】/【保存全部】命令再次将文档进行保存，结果如图 8-5 所示。

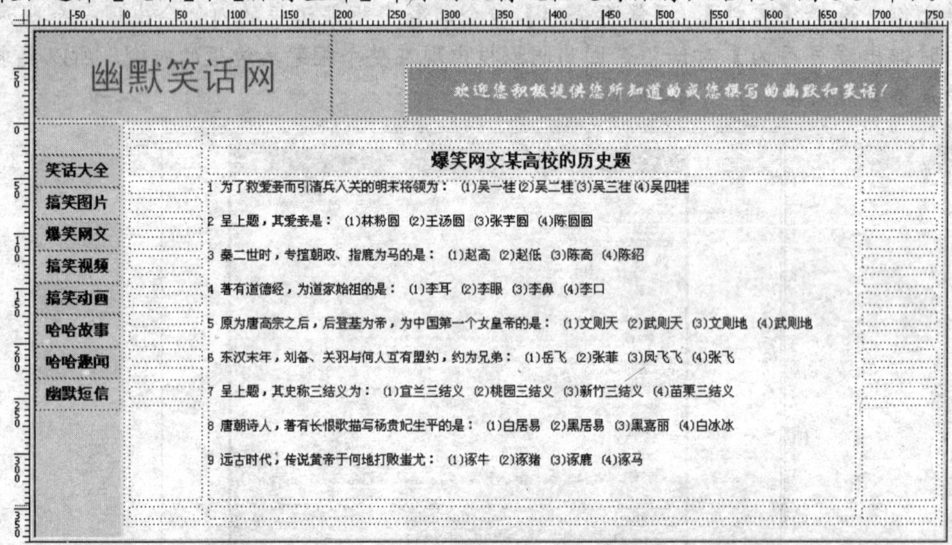

图8-5 在框架内打开文档

8.1.4 拆分框架

虽然 Dreamweaver CS3 预先提供了许多框架集，但并不一定满足实际需要，这时就需要在预定义框架集的基础上拆分框架或直接手动自定义框架集的结构。

一、使用菜单命令拆分框架

在菜单栏中选择【修改】/【框架集】菜单中的【拆分左框架】、【拆分右框架】、【拆分上框架】或【拆分下框架】命令可以拆分框架，如图 8-6 所示。也可以在【插入】/【布局】工具栏中单击相应的【框架】按钮来拆分框架。这些命令可以用来反复对框架进行拆分，直至满意为止。

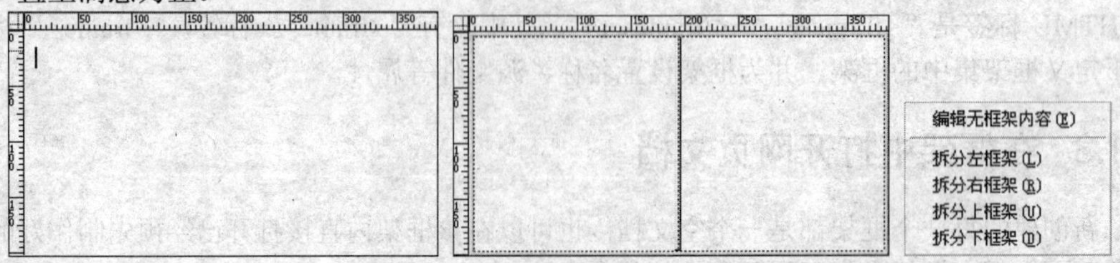

图8-6 【修改】/【框架集】/【拆分左框架】命令的应用

二、　手动自定义框架集

在菜单栏中选择【查看】/【可视化助理】/【框架边框】命令，显示出当前网页的边框，然后将鼠标光标置于框架最外层边框线上，当鼠标光标变为 时，单击并拖动鼠标到合适的位置即可创建新的框架，如图 8-7 所示。

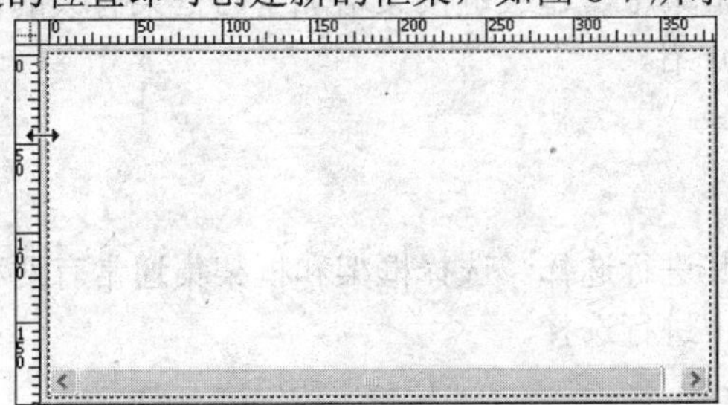
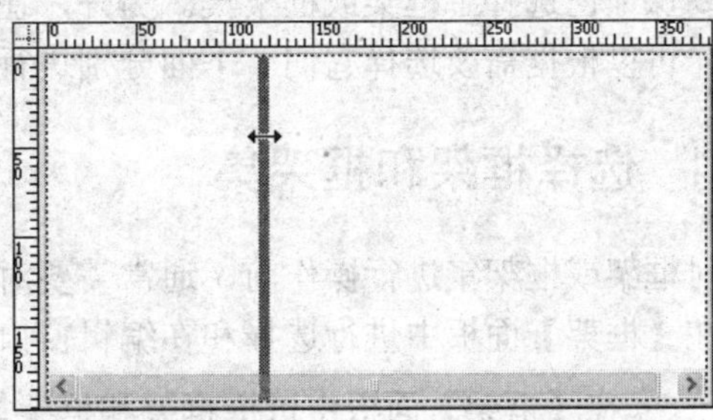

图8-7　拖动框架最外层边框线创建新的框架

如果将鼠标光标置于最外层框架的边角上，当鼠标光标变为 时，单击并拖动鼠标到合适的位置，可以一次创建垂直和水平的两条边框，将框架分隔为 4 个框架，如图 8-8 所示。

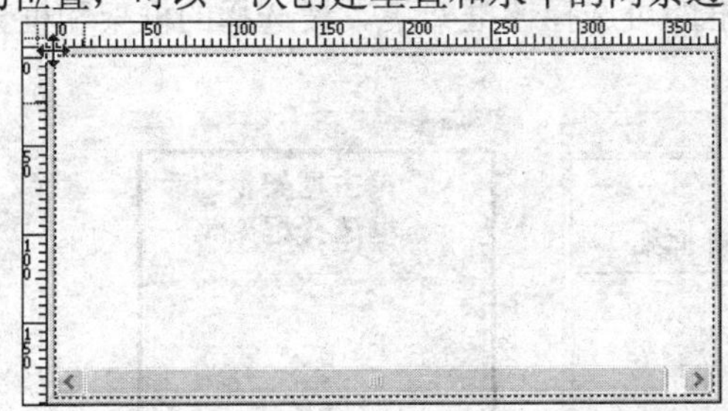
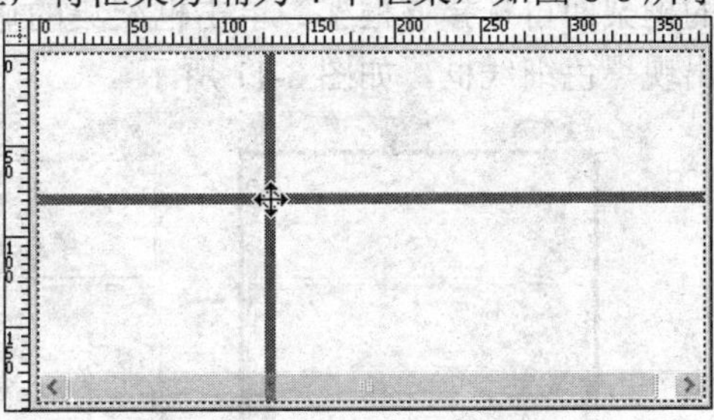

图8-8　拖动框架边角创建新的框架

如果拖动内部框架的边角，可以一次调整周围所有框架的大小，但不能创建新的框架，如图 8-9 所示。

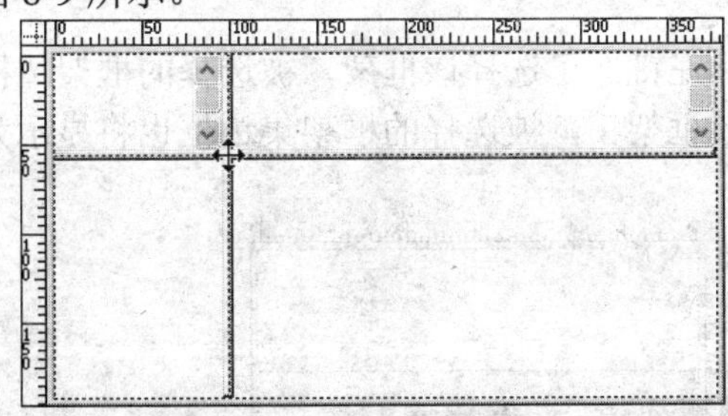
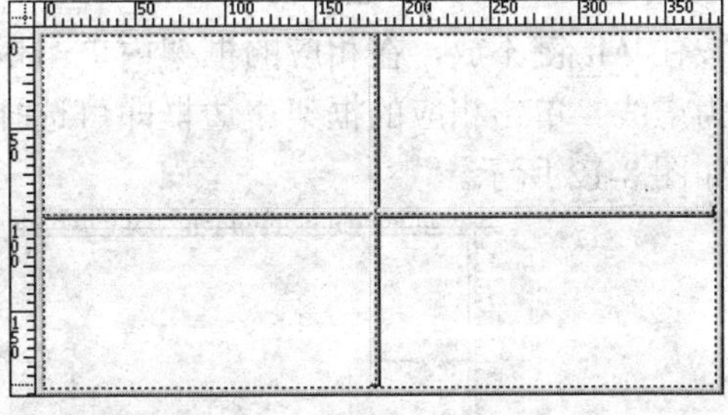

图8-9　拖动内部框架边角调整框架大小

如要创建新的框架，可以先按住 Alt 键，然后拖动鼠标光标，可以对框架进行垂直和水平的分隔，如图 8-10 所示。

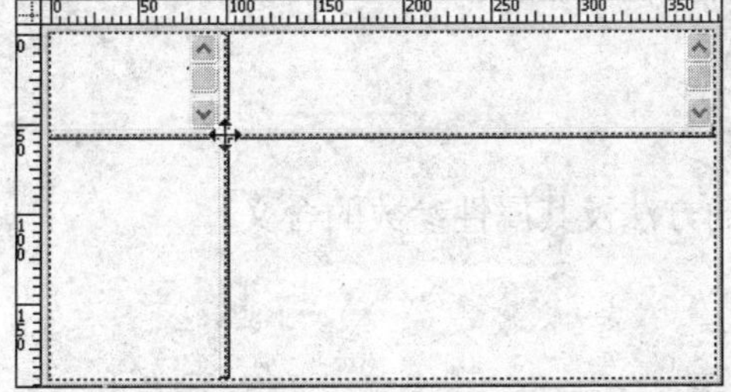
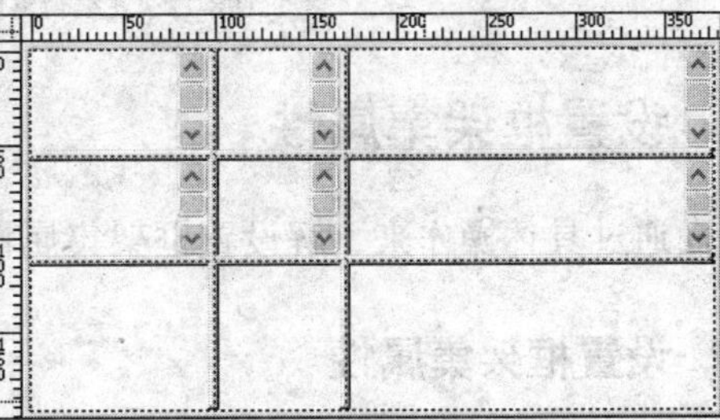

图8-10　对框架进行垂直和水平的分隔

8.2 设置框架

框架创建完毕以后，还需要设置框架及框架集的属性，在设置框架及框架集的属性前，首先要保证已选择了框架或框架集。另外，在框架中，超级链接又增加了与框架有关的目标窗口，可以根据需要选择它们。下面分别进行介绍。

8.2.1 选择框架和框架集

对框架或框架集进行操作前，通常需要对其进行选择。选择框架和框架集通常有两种方法：在【框架】面板中进行选择和在编辑窗口中进行选择。

一、 在【框架】面板中选择框架和框架集

选择【窗口】/【框架】命令，打开【框架】面板。【框架】面板以缩略图的形式列出了框架集及内部的框架，每个框架中间的文字就是框架的名称。在【框架】面板中，直接单击相应的框架即可选择该框架，单击框架集的边框即可选择该框架集。被选择的框架和框架集周围出现黑色细线框，如图 8-11 所示。

图8-11 在【框架】面板中选择框架和框架集

二、 在编辑窗口中选择框架和框架集

按住 Alt 键不放，在相应的框架内单击鼠标左键即可选择该框架，被选择的框架边框将显示为虚线。单击相应的框架集边框即可选择该框架集，被选择的框架集边框也将显示为虚线，如图 8-12 所示。

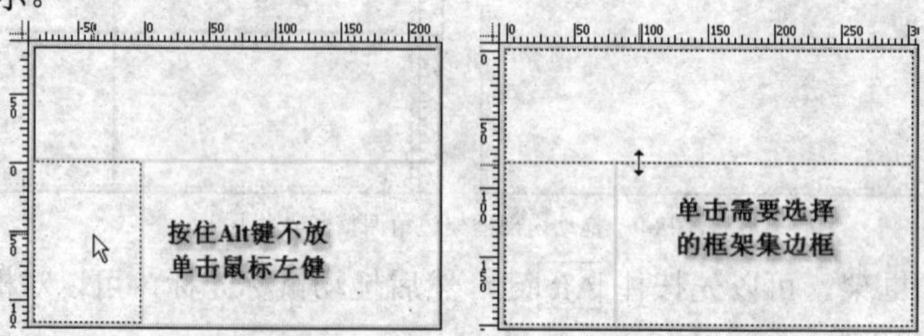

图8-12 在编辑窗口中选择框架和框架集

8.2.2 设置框架集属性

下面通过具体操作来了解设置框架集属性的方法及其属性参数的含义。

设置框架集属性

1. 打开网页文档“index.htm”，然后选择【窗口】/【框架】命令，打开【框架】面板。

2. 在【框架】面板中单击最外层框架集边框，将整个框架集选中，然后在【属性】面板中，设置【边框】为“否”，【边框宽度】为“0”，【行】(即顶部框架的高度)为“80 像素”。
3. 单击框架集底部预览图，然后设置相应参数，如图 8-13 所示。

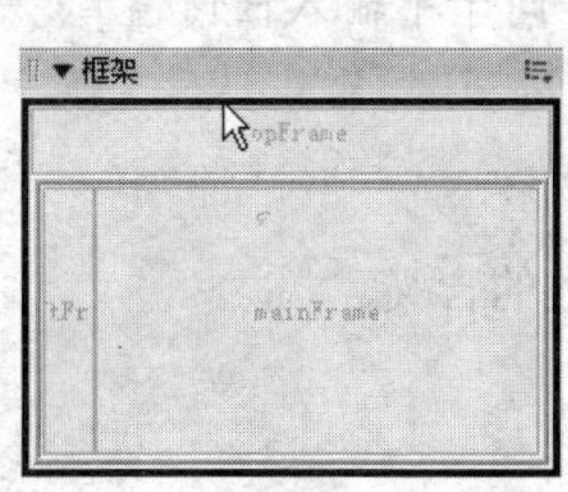
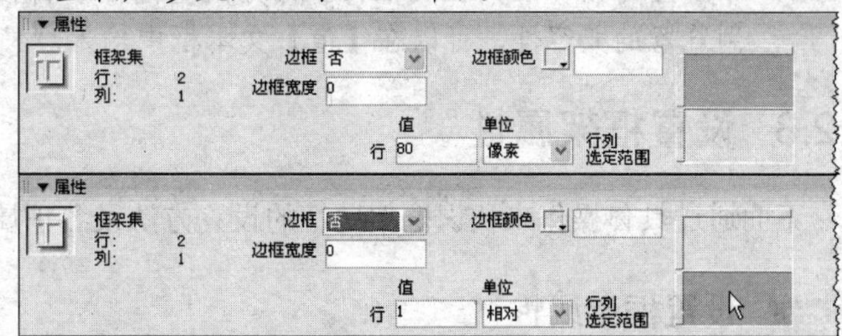

图8-13　设置第 1 层框架集属性

4. 在【框架】面板中单击第 2 层框架集边框，将第 2 层框架集选中，然后在【属性】面板中设置第 2 层框架集属性，如图 8-14 所示。
5. 选择【文件】/【保存全部】命令保存文件。

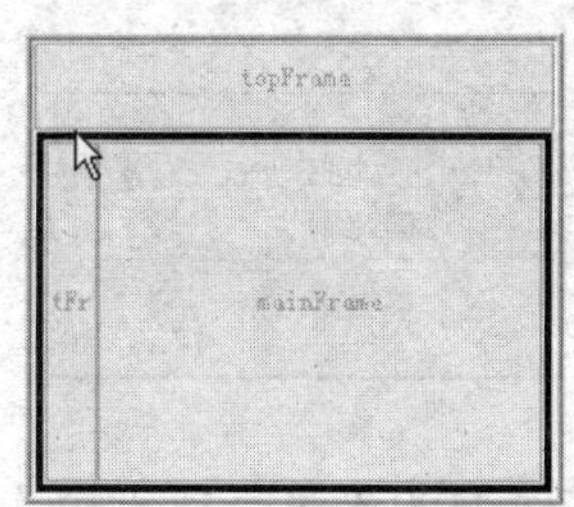
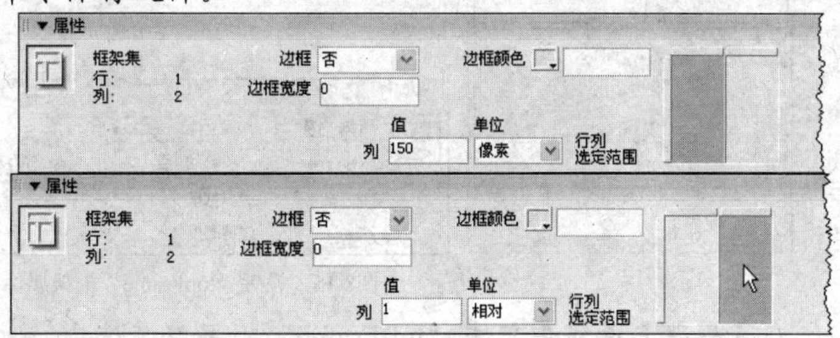

图8-14　设置第 2 层框架集属性

下面对框架集【属性】面板中各项参数的含义进行简要说明。

- 【边框】：用于设置是否有边框，其下拉列表中包含【是】、【否】和【默认】3 个选项。选择【默认】选项，将由浏览器端的设置来决定是否有边框。
- 【边框宽度】：用于设置整个框架集的边框宽度，以“像素”为单位。
- 【边框颜色】：用于设置整个框架集的边框颜色。
- 【行】或【列】：用于设置行高或列宽，显示【行】还是显示【列】是由框架集的结构决定的。
- 【单位】：用于设置行、列尺寸的单位，其下拉列表中包含【像素】、【百分比】和【相对】3 个选项。

  【像素】：以“像素”为单位设置框架大小时，尺寸是绝对的，即这种框架的大小永远是固定的。若网页中其他框架用不同的单位设置框架的大小，则浏览器首先为这种框架分配屏幕空间，再将剩余空间分配给其他类型的框架。

  【百分比】：以“百分比”为单位设置框架大小时，框架的大小将随框架集大小按所设的百分比发生变化。在浏览器分配屏幕空间时，它比“像素”类型的框架后分配，比“相对”类型的框架先分配。

  【相对】：以“相对”为单位设置框架大小时，框架在前两种类型的框架分配完屏幕空间后再分配，它占据前两种框架的所有剩余空间。

  设置框架大小最常用的方法是将左侧框架设置为固定像素宽度，将右侧框架设置为相对大小。这样在分配像素宽度后，能够使右侧框架伸展以占据所剩余空间。当设置单位为“相对”时，在【值】文本框中输入的数字将消失。如果想指定一个数字，则必须重新输入。但是，如果只有一行或一列，则不需要输入数字。因为该行或列在其他行和列分配空间后，将接受所有剩余空间。为了确保浏览器的兼容性，可以在【值】文本框中输入“1”，这等同于不输入任何值。

8.2.3 设置框架属性

下面通过具体操作来认识框架属性的设置方法及各项属性参数的含义。

设置框架属性

1. 接上例。在【框架】面板中单击“topFrame”框架将其选中，然后在【属性】面板中设置相关参数，如图 8-15 所示。

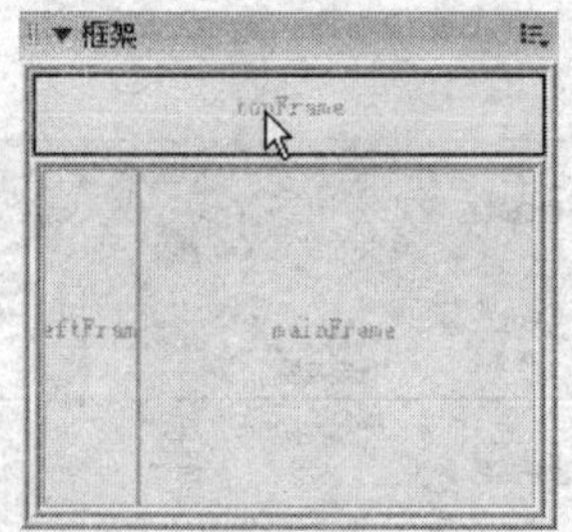

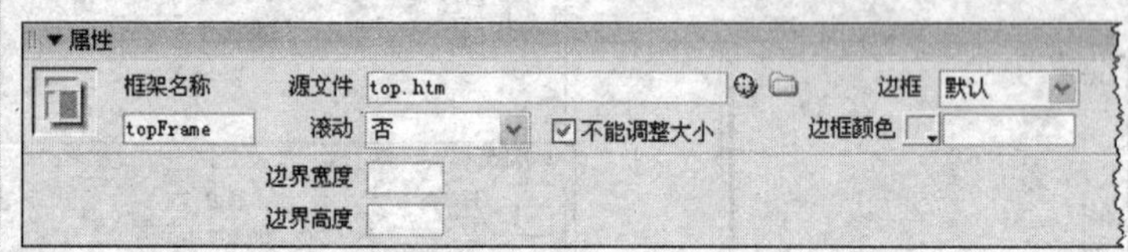

图8-15 设置“topFrame”框架属性

2. 在【框架】面板中单击“leftFrame”框架将其选中，然后在【属性】面板中设置相关参数，如图 8-16 所示。

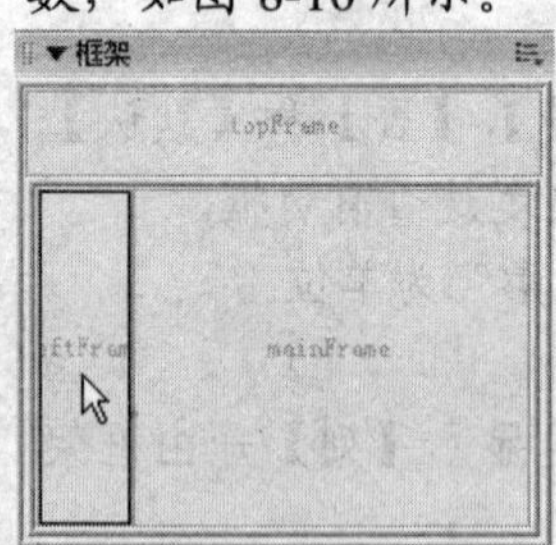

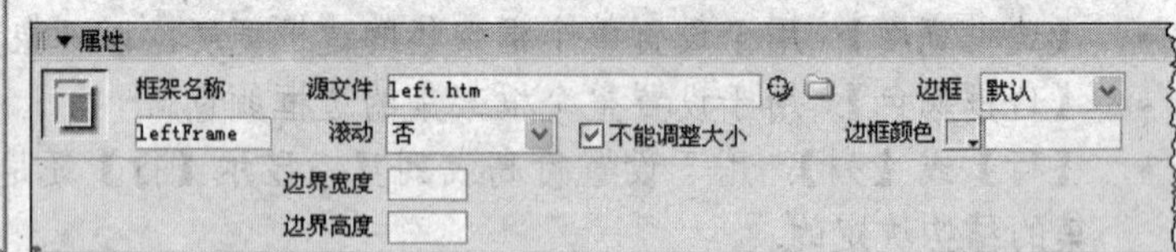

图8-16 设置“leftFrame”框架属性

3. 在【框架】面板中单击“mainFrame”框架将其选中，然后在【属性】面板中设置相关参数，如图 8-17 所示。

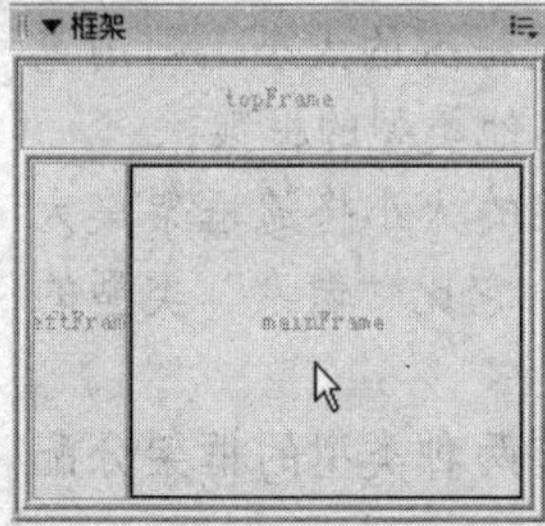

图8-17 设置“mainFrame”框架属性

4. 最后选择【文件】/【保存全部】命令保存文件。

下面对框架【属性】面板各项参数的含义进行简要说明。

- 【框架名称】：用于设置链接指向的目标窗口名称。
- 【源文件】：用于设置框架中显示的页面文件。
- 【边框】：用于设置框架是否有边框，其下拉列表中包括【默认】、【是】和【否】3 个选项。选择【默认】选项，将由浏览器端的设置来决定是否有边框。
- 【滚动】：用于设置是否为可滚动窗口，其下拉列表中包含【是】、【否】、【自动】和【默认】4 个选项。

  【是】：表示显示滚动条。

  【否】：表示不显示滚动条。

  【自动】：将根据窗口的显示大小而定，也就是当该框架内的内容超过当前屏幕上下或左右边界时，滚动条才会显示，否则不显示。

  【默认】：将不设置相应属性的值，从而使各个浏览器使用默认值。
- 【不能调整大小】：用于设置在浏览器中是否可以手动设置框架的尺寸大小。
- 【边框颜色】：用于设置框架边框的颜色。
- 【边界宽度】：用于设置左右边界与内容之间的距离，以“像素”为单位。
- 【边界高度】：用于设置上下边界与内容之间的距离，以“像素”为单位。

8.2.4 设置框架中的超级链接

在没有框架的文档中，按照指向的对象窗口不同，链接目标可以分为“_blank”、“_parent”、“_self”、“_top”等 4 种形式。而在使用框架的文档中，又增加了与框架有关的目标，可以在一个框架内使用链接改变另一个框架的内容。下面介绍在框架网页中设置超级链接的方法。

在框架中设置超级链接

1. 接上例。在“leftFrame”框架中选中文本“爆笑网文”，在【属性】面板的【链接】文本框中输入“main.htm”，设置【目标】选项为“mainFrame”，如图 8-18 所示。

图8-18　设置框架中链接的目标窗口

2. 分别选择其他文本，然后在【属性】面板的【链接】文本框中输入空链接“#”，设置【目标】选项为“mainFrame”。
3. 选择【文件】/【保存全部】命令保存文件。

要在一个框架中使用链接打开另一个框架中的内容，必须设置链接目标。在有框架的网页中，如“index.htm”，可以在【属性】面板的【目标】下拉列表中直接选择框架名称。如果是单独打开文档窗口编辑链接时，如“top.htm”，框架名称将不显示在【目标】下拉列表中，此时可以将目标框架的名称直接输入【目标】文本框中即可。

8.3 创建 AP Div

AP Div 是一种被定义了绝对位置的特殊 HTML 标签，它可以游离在文档之上。AP Div 的 *z* 轴属性使多个 AP Div 可以发生堆叠，也就是多重叠加的效果。可以控制 AP Div 的显示和隐藏，使网页的内容变得更加丰富。选择【窗口】/【AP 元素】命令，可以打开【AP 元素】面板。如图 8-19 所示是一个包含多个 AP Div 的【AP 元素】面板，它与【属性】面板配合使用，可以方便快捷地对 AP Div 进行各种操作。

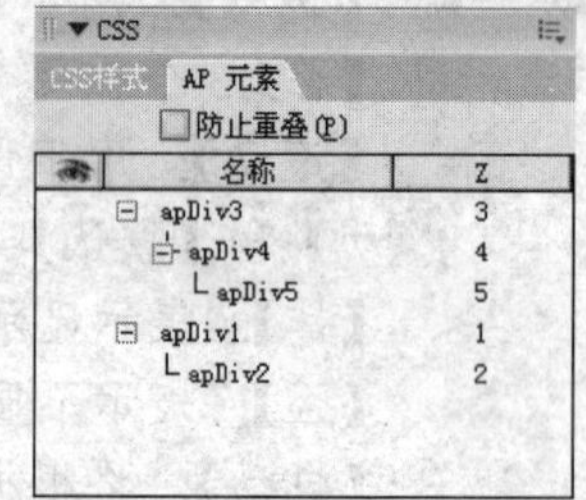

图8-19 【AP 元素】面板

在【AP 元素】面板中可以实现以下功能。

- 双击 AP Div 的名称对 AP Div 进行重命名。
- 单击 AP Div 后面的数字修改 AP Div 的 *z* 轴顺序，数字大的将位于上面。
- 勾选【防止重叠】复选框禁止 AP Div 重叠。
- 在 AP Div 的名称前面有一个图标，单击该图标可显示或隐藏 AP Div。
- 单击 AP Div 名称可以选定 AP Div，按住 Shift 键不放，依次单击 AP Div 名称可以选中多个 AP Div。
- 按住 Ctrl 键不放，将某一个 AP Div 拖动到另一个 AP Div 上，形成嵌套的 AP Div。

下面介绍创建 AP Div 的方法以及修改 AP Div 默认设置的方法。

8.3.1 创建 AP Div

在 Dreamweaver CS3 中，通常可以使用以下任意一种方法来创建 AP Div。

- 将鼠标光标置于文档窗口中欲插入 AP Div 的位置，选择【插入记录】/【布局对象】/【AP Div】命令，插入一个默认的 AP Div，如图 8-20 所示。
- 将【插入】/【布局】面板上的（绘制 AP Div）按钮拖动到文档窗口中，插入一个默认的 AP Div，如图 8-21 所示。
- 单击【插入】/【布局】面板上的按钮，将鼠标光标移至文档窗口中，当鼠标光标变为十形状时，拖曳鼠标光标，绘制一个自定义大小的 AP Div，如图 8-22 所示。如果想一次绘制多个 AP Div，在单击按钮后，按住 Ctrl 键不放，连续进行绘制即可。

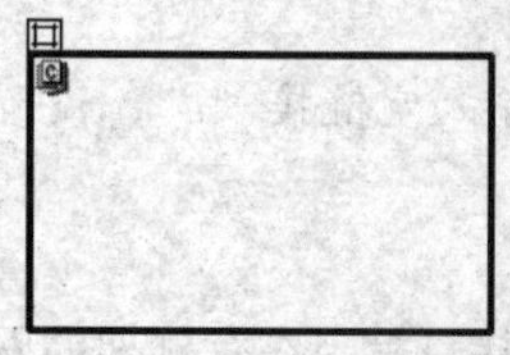
图8-20 插入 AP Div

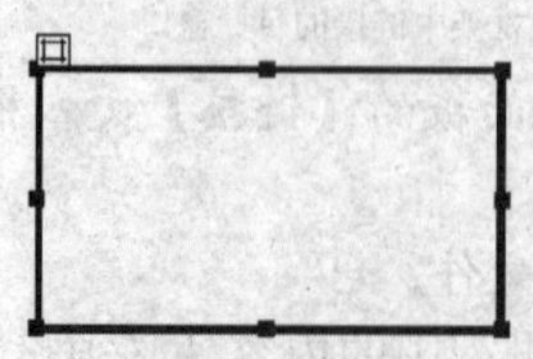
图8-21 绘制 AP Div

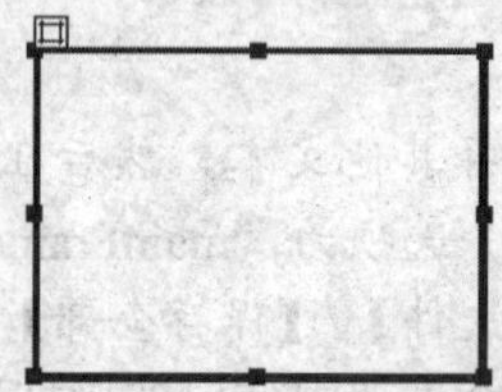
图8-22 绘制自定义大小的 AP Div

AP Div 还可以嵌套，网页制作者在利用 AP Div 对网页进行布局时，常常会通过嵌套将 AP 元素组织起来。制作嵌套的 AP Div 通常有两种方式：一种是在 AP Div 内部新建嵌套 AP Div；另一种是将已经存在的 AP Div 添加到另外一个 AP Div 内，从而使其成为嵌套的 AP Div。

绘制嵌套 AP Div 的方法是，首先选择【编辑】/【首选参数】命令，打开【首选参数】对话框，选择【分类】列表中的【AP 元素】分类，勾选右侧面板中的【在 AP div 中创建以后嵌套】复选框，然后在【插入】/【布局】工具栏上单击按钮，并在现有 AP Div 中拖曳，则绘制的 AP Div 就嵌套在现有 AP Div 中了。

插入嵌套 AP Div 的方法是，将鼠标光标置于所要嵌套的 AP Div 中，然后选择【插入记录】/【布局对象】/【AP Div】命令，插入一个嵌套的 AP Div，如图 8-23 所示。

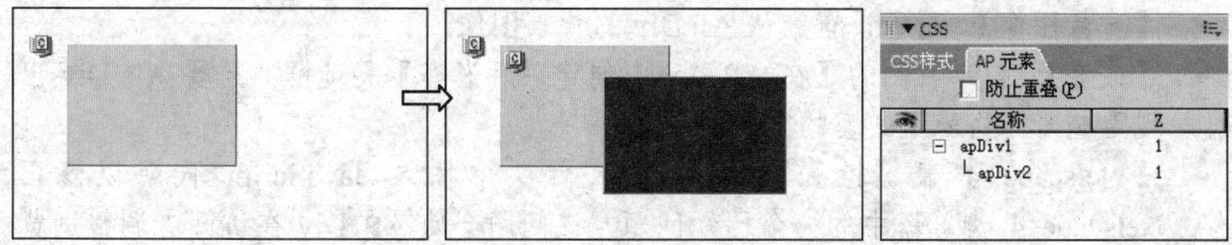

图8-23　插入嵌套 AP Div

还可以使用【AP 元素】面板将已经存在的 AP Div 制作成嵌套的 AP Div，方法是：在【AP 元素】面板中选择一个 AP Div，按住 Ctrl 键，将其拖动到另一个 AP Div 上面，形成嵌套 AP Div。

AP Div 的嵌套和重叠不一样。嵌套的 AP Div 与父 AP Div 是有一定关系的，而重叠的 AP Div 除视觉上会有一些联系外，其他根本没有什么关系。

在嵌套 AP Div 中，子 AP Div 与父 AP Div 的 *z* 轴顺序是一样的。嵌套的 AP Div 并不意味着子 AP Div 必须在父 AP Div 里面，它不受父 AP Div 的限制。当移动子 AP Div 位置时，父 AP Div 并不发生任何变化，而当移动父 AP Div 时，子 AP Div 也会随着父 AP Div 发生位移，并且位移量都一样，也就是说二者的相对位置不发生变化。

嵌套 AP Div 之间还存在着继承关系。继承的作用就是可以使子 AP Div 的可见性永远和父 AP Div 保持一致以及保持子 AP Div 与父 AP Div 的相对位置不变，这在动态网页制作中有很大作用，因为动态网页的很多效果是通过 JavaScript 控制 AP Div 的可见性及位置变化来实现的。对于嵌套 AP Div 而言，当父 AP Div 的位置变化时，子 AP Div 的位置也会随之变化；当父 AP Div 的可见性改变时，子 AP Div 的可见性也随之改变。

8.3.2　修改 AP Div 的默认设置

当插入 AP Div 时，其属性是默认的，但这些默认属性不是固定不变的，它们随时可以被修改。选择【编辑】/【首选参数】命令，打开【首选参数】对话框，在其中的【分类】列表框中选择【AP 元素】分类，如图 8-24 所示。

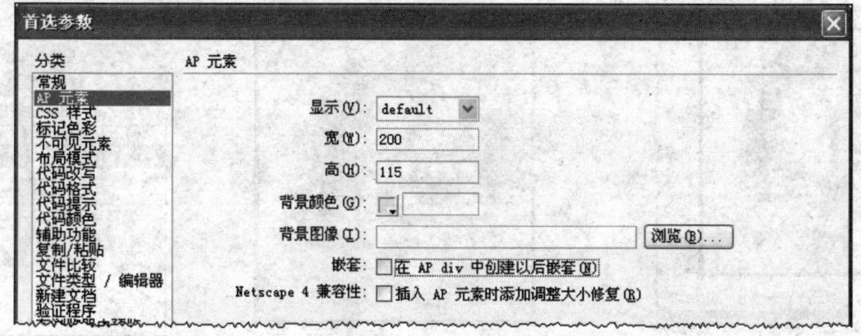

图8-24　【首选参数】对话框

此时可以看到 AP Div 有以下默认属性。

- 【显示】：用于设置 AP Div 是否可见。在其下拉列表中，【default】选项表示可见，【inherit】选项表示继承父 AP Div 的该属性，【visible】选项表示可见，【hidden】选项表示隐藏。
- 【宽】和【高】：用于设置默认 AP Div 的宽度和高度。
- 【背景颜色】：用于设置默认 AP Div 的背景颜色。
- 【背景图像】：用于设置默认 AP Div 的背景图像。
- 【嵌套】：勾选右侧的【在 AP div 中创建以后嵌套】复选框，只要 AP Div 出现重叠时，将采用嵌套的方式。
- 【Netscape 4 兼容性】：在文档的文件头中插入 JavaScript 代码以修正 Netscape 4 浏览器中的一个已知问题，该问题会使 AP Div 在访问者调整浏览器窗口大小时失去它们的定位坐标。

AP Div 的默认属性被修改后，当下一次插入 AP Div 时，其默认的属性会变为修改后的数值。

8.4 设置 AP Div

在创建了 AP Div 以后，还需要根据实际对其进行设置，例如调整大小、设置属性等。

8.4.1 选择 AP Div

要想设置 AP Div 的属性，首先必须选定 AP Div。选定 AP Div 有以下几种方法。

- 单击图标来选定 AP Div，如图 8-25 所示，如果该图标没有显示，可在【首选参数】/【不可见元素】分类中勾选【AP 元素的锚点】复选框。
- 将鼠标光标置于 AP Div 内，然后在文档窗口底边的标签条中选择“<div#apDiv1>”标签，如图 8-26 所示。
- 单击 AP Div 的边框线，如图 8-27 所示。
- 在【AP 元素】面板中单击 AP Div 的名称，如图 8-28 所示。

图8-25 选择 AP Div

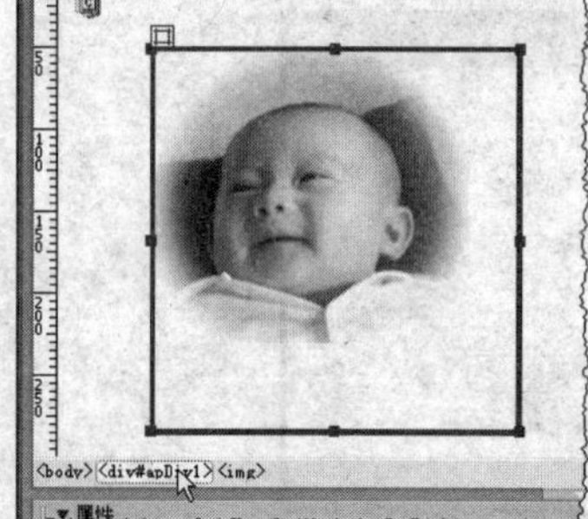

图8-26 选择“<div#apDiv1>”标签

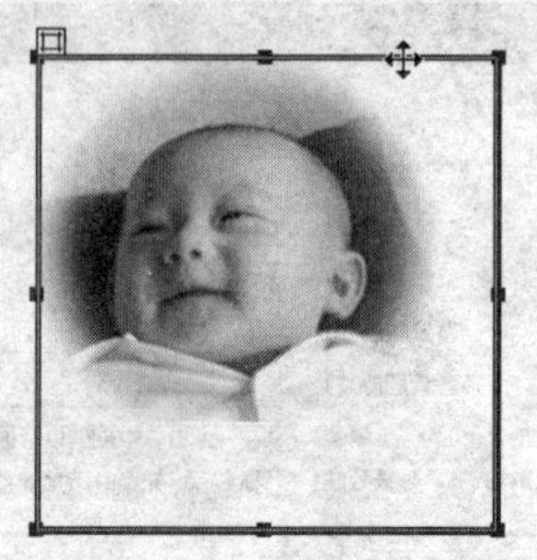

图8-27 单击 AP Div 的边框线

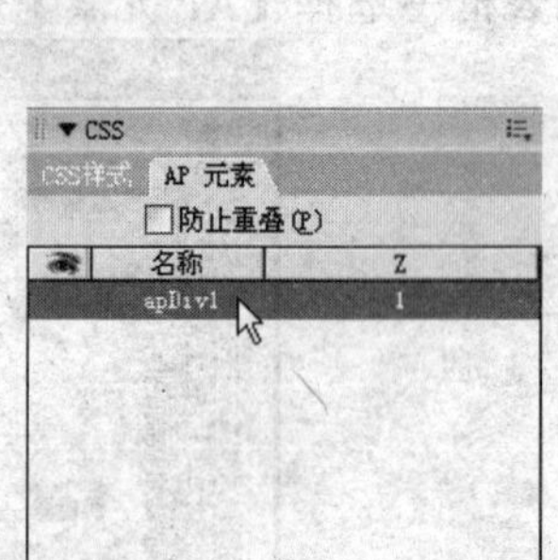

图8-28 单击 AP Div 的名称

- 如果要选定两个以上的 AP Div，只要按住 Shift 键，在文档窗口中逐个单击 AP Div 手柄或在【AP 元素】面板中逐个单击 AP Div 的名称，就可将 AP Div 同时选定。

以上几种方法都可以方便地选定 AP Div。选定 AP Div 以后，就可以在【属性】面板中查看其各项参数的属性。

8.4.2 设置 AP Div 属性

下面通过设置 AP Div 属性来认识其属性参数。

设置 AP Div 属性

1. 创建一个网页文档“chap8-4-2.htm”，然后选择【插入记录】/【布局对象】/【AP Div】命令，插入一个默认的 AP Div，如图 8-29 所示。
2. 确保 AP Div 处于选中状态，此时在【属性】面板中显示出 AP Div 的各项属性参数，如图 8-30 所示。

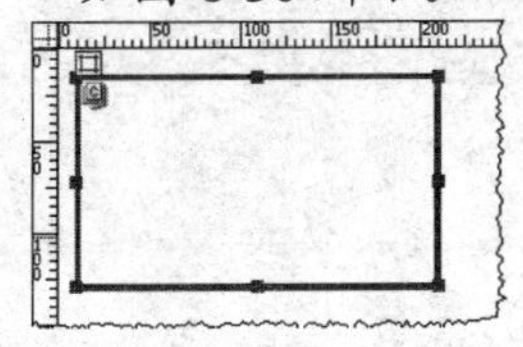

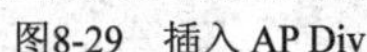

图8-29　插入 AP Div

图8-30　AP Div 的【属性】面板

下面对 AP Div【属性】面板的相关参数说明如下。

- 【CSS-P 元素】：用于设置 AP Div 的 Id，为 AP Div 创建高级 CSS 样式或者使用行为来控制 AP Div 时都会用到该项。
- 【左】、【上】：用于设置 AP Div 左边框、上边框与文档左边界、上边界的距离。
- 【宽】、【高】：用于设置 AP Div 的宽度和高度。
- 【Z 轴】：用于设置 AP Div 在垂直平面方向上的顺序号。
- 【可见性】：用于设置 AP Div 的可见性，包括【default】（默认）、【inherit】（继承父 AP Div 的该属性）、【visible】（可见）、【hidden】（隐藏）4 个选项。
- 【背景图像】：用于设置 AP Div 的背景图像。
- 【背景颜色】：用于设置 AP Div 的背景颜色。
- 【类】：用于添加对所选 CSS 样式的引用。
- 【溢出】：当【标签】参数设置为“DIV”或“SPAN”时才出现该选项，用于设置 AP Div 内容超过 AP Div 大小时（例如上面所插入的图像）的显示方式，其下拉列表中包括 4 个选项。

  【visible】：按照内容的尺寸向右、向下扩大 AP Div，以显示 AP Div 内的全部内容。

  【hidden】：只能显示 AP Div 尺寸以内的内容。

  【scroll】：不改变 AP Div 大小，但会增加滚动条，用户可以通过滚动来浏览整个 AP Div。该选项只在支持滚动条的浏览器中才有效，而且无论 AP Div 有多大，都会显示滚动条。

【auto】：只在 AP Div 不够大时才出现滚动条，设置该选项只在支持滚动条的浏览器中才有效。

- 【剪辑】：用于指定 AP Div 的可见部分，其中的【左】和【右】输入的数值是距离 AP Div 的左边界的距离，【上】和【下】输入的数值是距离 AP Div 的上边界的距离。

3. 在 AP Div 中插入图像“images/wyx03.jpg”，如图 8-31 所示。

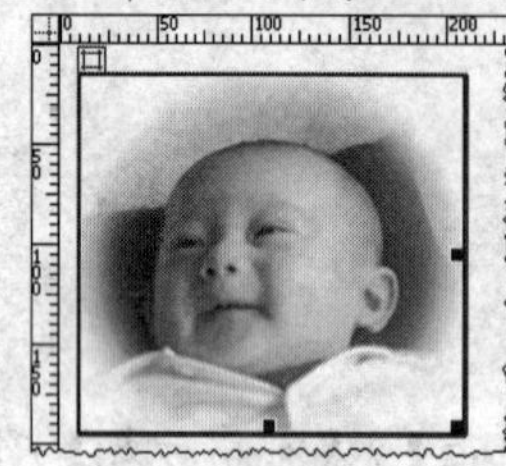

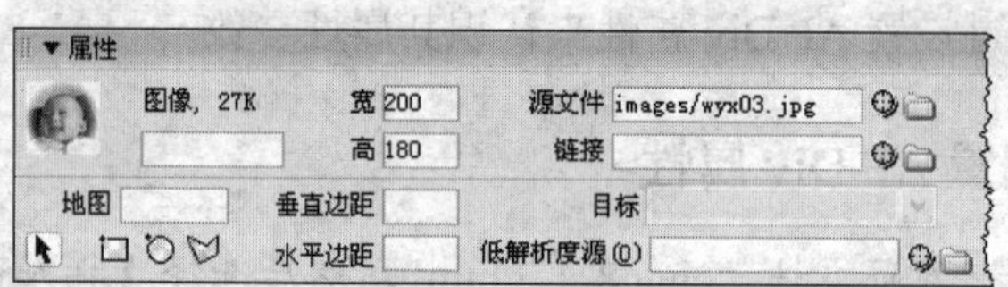

图8-31　插入图像

4. 选中 AP Div，在其【属性】面板中重新设置各项属性参数，如图 8-32 所示。

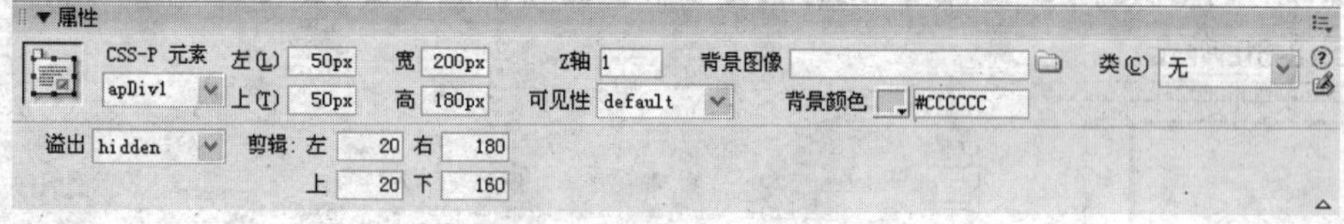

图8-32　重新设置各项属性参数

5. 最后保存文件，结果如图 8-33 所示。

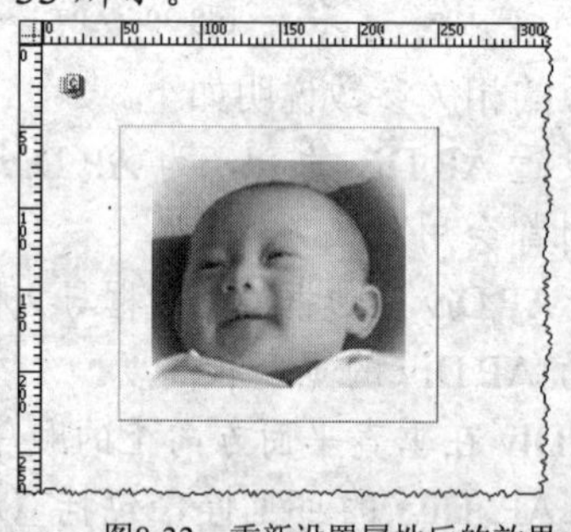

图8-33　重新设置属性后的效果

8.4.3 缩放 AP Div

缩放 AP Div 仅改变 AP Div 的宽度和高度，不改变 AP Div 中的内容。在文档窗口中可以缩放一个 AP Div，也可同时缩放多个 AP Div，使它们具有相同的尺寸。

缩放单个 AP Div 有以下几种方法。

- 选定 AP Div，然后拖动缩放手柄（AP Div 周围出现的小方块）来改变 AP Div 的尺寸。拖动下手柄改变 AP Div 的高度，拖动右手柄改变 AP Div 的宽度，拖动右下角的缩放点同时改变 AP Div 的宽度和高度。
- 选定 AP Div，然后按住 Ctrl 键，每按一次方向键，AP Div 就被改变一个像素值。
- 选定 AP Div，然后同时按住 Shift + Ctrl 键，每按一次方向键，AP Div 就被改变 10 个像素值。

那么如何对多个 AP Div 的大小进行统一调整呢？下面通过具体操作来进行说明。

同时调整多个 AP Div 的宽度

1. 新建网页文档"chap8-4-3.htm"，在其中插入 3 个大小不等的 AP Div，如图 8-34 所示。
2. 按住 Shift 键，将 3 个 AP Div 逐一选定，然后选择【窗口】/【属性】命令，打开它们的【属性】面板，如图 8-35 所示。

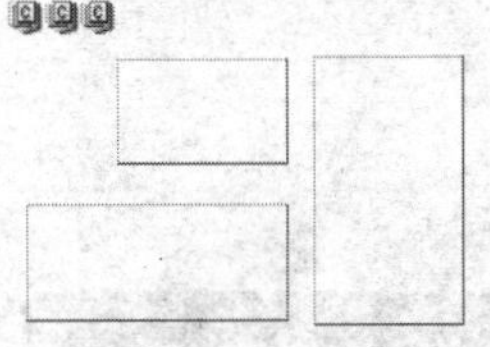

图8-34　插入 3 个 AP Div

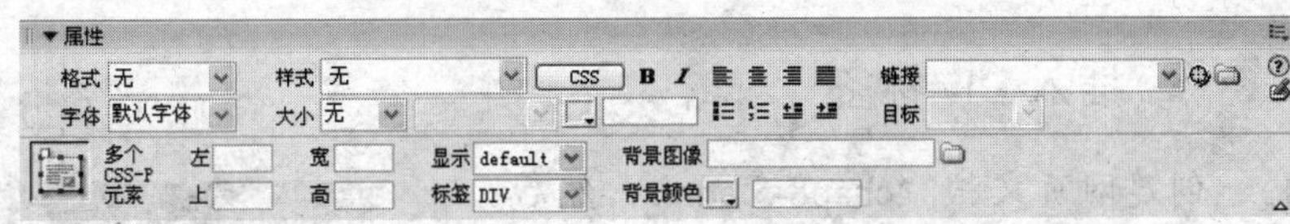

图8-35　多个 AP Div 的【属性】面板

3. 在【属性】面板中【宽】选项的文本框内输入数值"80"，按 Enter 键确认。此时文档窗口中所有 AP Div 的宽度全部变成了 80 像素，如图 8-36 所示。

还可以使用【修改】/【排列顺序】/【设成宽度相同】命令来统一宽度，利用这种方法将以最后选定的 AP Div 的宽度为标准。由本例可知，如对多个 AP Div 进行统一调整，只需设置它们共同的属性便可。

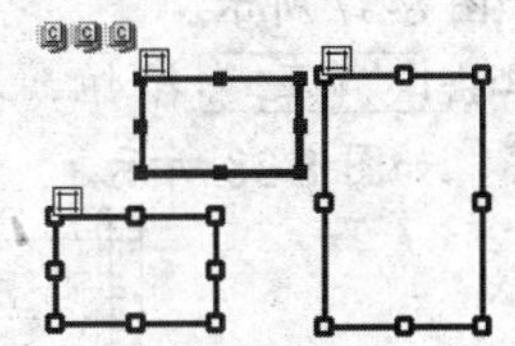

图8-36　统一调整所有 AP Div 的宽度

8.4.4　移动 AP Div

要想精确定位 AP Div，许多时候要根据需要移动 AP Div。移动 AP Div 时，首先要确定 AP Div 是可以重叠的，也就是不勾选【AP 元素】面板中的【防止重叠】复选框，这样 AP Div 可以不受限制地被移动。移动 AP Div 的方法主要有以下几种。

- 选定 AP Div 后，当鼠标光标靠近缩放手柄出现✥时，按住鼠标左键拖动鼠标，AP Div 将跟着鼠标的移动而发生位移。
- 选定 AP Div，然后按 4 个方向键，向 4 个方向移动 AP Div。每按一次方向键，将使 AP Div 移动 1 个像素值的距离。
- 选定 AP Div，按住 Shift 键，然后按 4 个方向键，向 4 个方向移动 AP Div。每按一次方向键，将使 AP Div 移动 10 个像素值的距离。

8.4.5　对齐 AP Div

对齐功能可以使两个或两个以上的 AP Div 按照某一边界对齐。对齐 AP Div 的方法是，首先将所有 AP Div 选定，然后选择【修改】/【排列顺序】中的相应命令，如选择【对齐下缘】命令，将使所有被选中的 AP Div 的底边按照最后选定的 AP Div 的底边对齐，即所有 AP Div 的底边都排列在一条水平线上。

在【修改】/【排列顺序】菜单中，共有以下 4 种对齐方式。

- 【左对齐】：以最后选定的 AP Div 的左边线为标准，对齐排列 AP Div。
- 【右对齐】：以最后选定的 AP Div 的右边线为标准，对齐排列 AP Div。
- 【对齐上缘】：以最后选定的 AP Div 的顶边为标准，对齐排列 AP Div。
- 【对齐下缘】：以最后选定的 AP Div 的底边为标准，对齐排列 AP Div。

8.5 Div 标签

前面已经详细介绍了 AP Div 的知识，下面来介绍 Div 标签。可以通过手动插入 Div 标签并对它们应用 CSS 定位样式来创建页面布局。Div 标签是用来定义 Web 页面内容中逻辑区域的标签。可以使用 Div 标签将内容块居中，创建列效果以及创建不同的颜色区域等。下面介绍插入 Div 标签的方法。

插入 Div 标签

1. 创建网页文档“chap8-5.htm”，然后在【插入】/【布局】面板中单击（插入 Div 标签）按钮，在弹出的对话框中设置【ID】为“Div_1”，如图 8-37 所示。

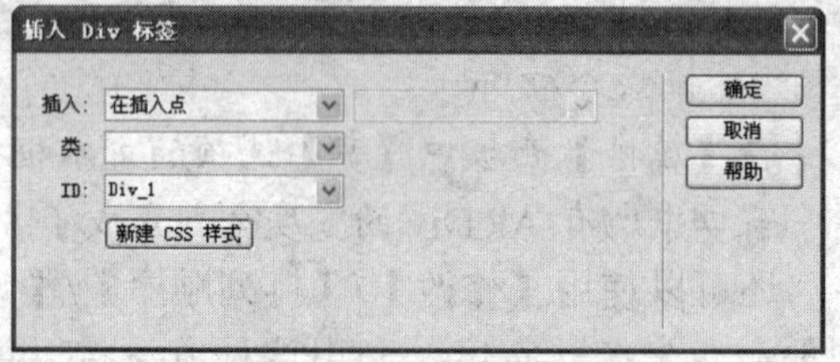

图8-37 【插入 Div 标签】对话框

2. 单击 确定 按钮，插入 Div 标签，如图 8-38 所示。

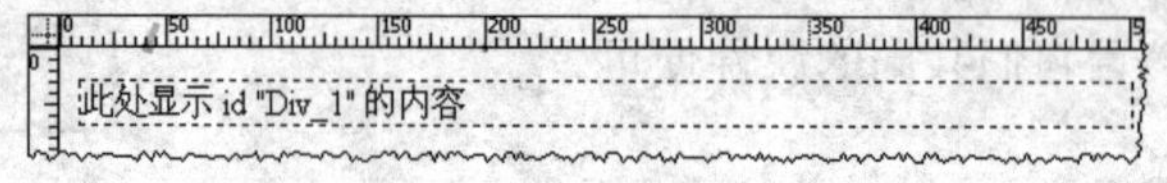

图8-38 文档中的 Div 标签

在文档中，Div 标签并没有可见的特征，只显示其中的内容，只有当鼠标光标接近时，它才会显示红边框，这与 AP Div 是不同的，如图 8-39 所示。

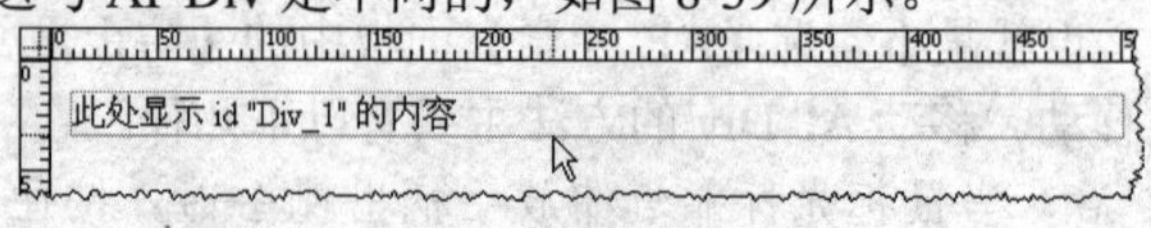

图8-39 显示红边框

3. 切换至【代码】视图，将鼠标光标置于标签末端，如图 8-40 所示。

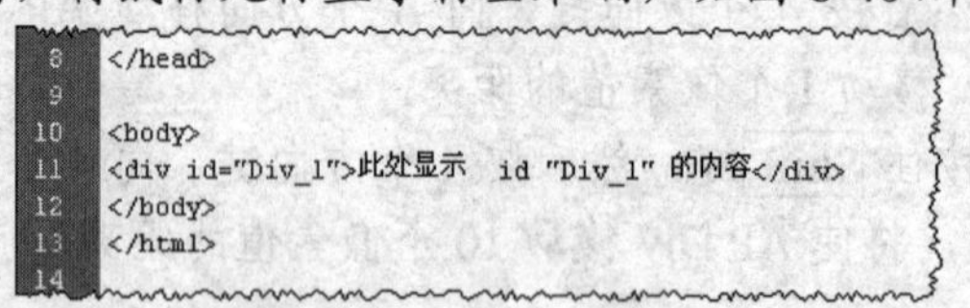

```
</head>

<body>
<div id="Div_1">此处显示  id "Div_1" 的内容</div>
</body>
</html>
```

图8-40 插入的 Div 标签源代码

4. 选择【插入记录】/【布局对象】/【AP Div】命令，插入一个 AP Div，并切换至【代码】视图，如图 8-41 所示。

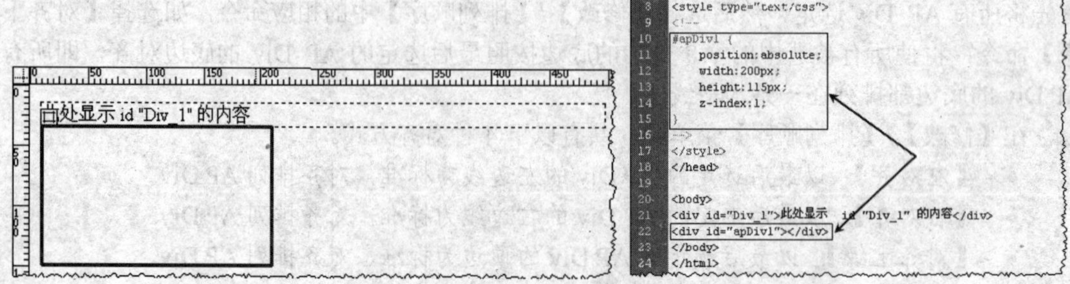

```
<style type="text/css">
<!--
#apDiv1 {
    position:absolute;
    width:200px;
    height:115px;
    z-index:1;
}
-->
</style>
</head>

<body>
<div id="Div_1">此处显示  id "Div_1" 的内容</div>
<div id="apDiv1"></div>
</body>
</html>
```

图8-41 插入 AP Div

下面为 Div 标签添加 CSS 样式。

5. 为 Div 标签“Div_1”设置【高级】CSS 样式，并在其规则定义对话框的【定位】分类中，设置【类型】为“绝对”，然后切换至【设计】视图，会发现又一个 AP Div 出现了，如图 8-42 所示。

图8-42　加入 CSS 样式后 Div 标签变成了 AP Div

6. 在【CSS 样式】面板中选定“apDiv1”，然后单击面板底部的按钮编辑样式，清除“绝对”定位属性。此时，AP Div 就变成了 Div 标签，如图 8-43 所示。

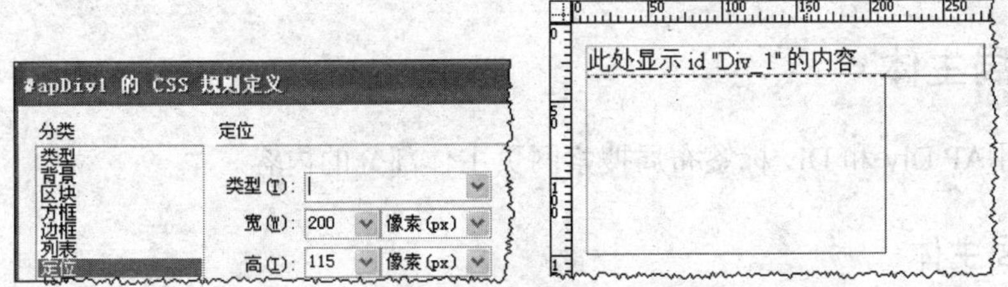

图8-43　清除“绝对”定位属性

由上面的操作可以看出，AP Div 与 Div 标签使用的是同一个标签——“<div>”，只是 AP Div 被赋予了 CSS 样式，而 Div 标签只有一个【ID】属性参数。AP Div 在绘制时，同时被赋予了 CSS 样式，而插入 Div 标签时，需要再单独创建 CSS 样式对它进行控制。实际上，AP Div 与 Div 标签是同一个网页元素的不同表现形态。

8.6 实例——布局“天搜”网页

通过前面各节的学习，读者应该对框架和 AP Div 的基本知识有了一定的了解。本节将以“天搜”网页为例，介绍使用 AP Div 和 Div 标签布局网页的基本方法，让读者进一步巩固所学内容。

8.6.1 布局页眉

下面使用 AP Div 布局搜索网页页眉的内容。

布局页眉

1. 将本章素材文件“综合实例\素材”文件夹下的内容复制到站点根文件夹下，然后新建一个网页文档“shili.htm”。
2. 将鼠标光标置于文档窗口顶部，然后选择【插入记录】/【布局对象】/【AP Div】命令来创建一个 AP Div。
3. 接着在【属性】面板中设置 AP Div 的大小和位置等参数，如图 8-44 所示。

图8-44　设置 AP Div 属性参数

4. 将鼠标光标置于层“TopLayer”中，然后插入图像文件“images/logo.gif”，并单击【属性】面板上的按钮使其居中显示，如图 8-45 所示。

图8-45　插入图像文件

至此，页眉部分就制作完了。

8.6.2 布局主体

下面使用 AP Div 和 Div 标签布局搜索网页主体部分的内容。

布局主体

1. 单击【插入】/【布局】面板上的按钮，在 AP Div 的“TopLayer”层下面绘制“MainLayer”层，其参数设置如图 8-46 所示。

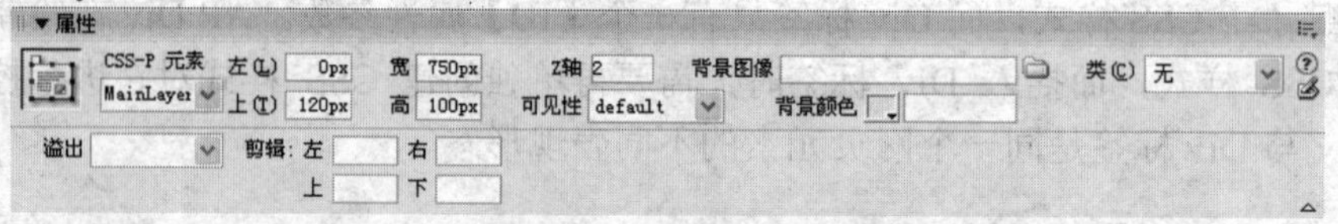

图8-46　设置 AP Div 属性参数

要点提示　将“MainLayer”层的上边界设置为“120px”，是因为 AP Div 的“TopLayer”层的高度为“120px”，且上边界为“0”，这样就使上下两个 AP Div 连接到一起了。

2. 将鼠标光标置于“MainLayer”层内，然后选择【插入记录】/【表单】/【表单】命令，插入一个表单。

   下面在表单内开始使用 Div 标签进行布局。

3. 将鼠标光标置于表单内，然后选择【插入记录】/【布局对象】/【Div 标签】命令，打开【插入 Div 标签】对话框，在【插入】下拉列表中选择【在插入点】选项，在【ID】下拉列表中输入“NavDiv”，如图 8-47 所示。
4. 单击 新建 CSS 样式 按钮，打开【新建 CSS 规则】对话框，参数设置如图 8-48 所示。

图8-47　插入 Div 标签“NavDiv”

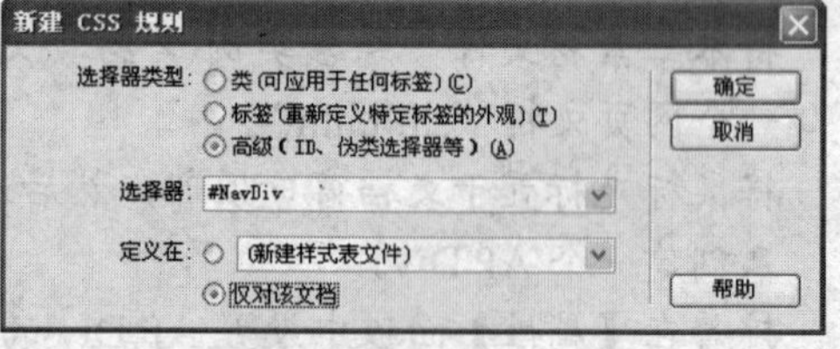

图8-48　创建 CSS 规则“#NavDiv”

5. 单击【确定】按钮，打开【#NavDiv 的 CSS 规则定义】对话框，在【类型】分类中设置文本【大小】为“12 像素”、【行高】为“25 像素”；在【区块】分类中设置【文本对齐】为“居中”；【方框】分类参数设置如图 8-49 所示。

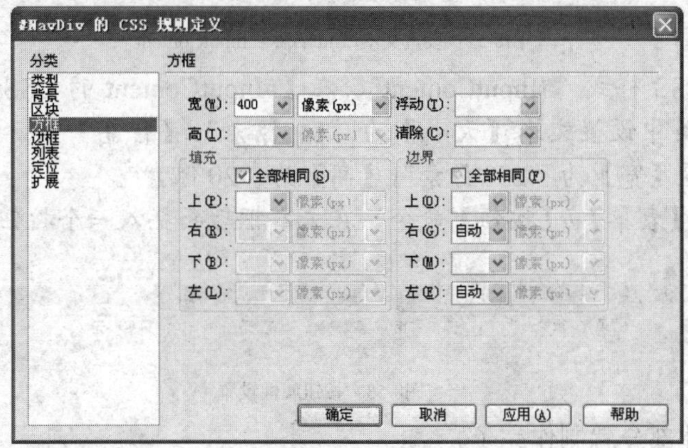

图8-49　设置宽度和边界

要点提示 将【边界】栏中的左右边界设置为“自动”，即可使 Div 标签居中显示。

6. 依次单击【确定】按钮，在表单中插入 Div 标签“NavDiv”，删除其中的原有文本，重新输入文本并添加空链接，如图 8-50 所示。

图8-50　输入文本并添加空链接

7. 在【插入】/【布局】面板中单击按钮，打开【插入 Div 标签】对话框，在【插入】下拉列表中选择【在标签之后】和【<div id="NavDiv">】选项，在【ID】下拉列表中输入“InputDiv”，如图 8-51 所示。

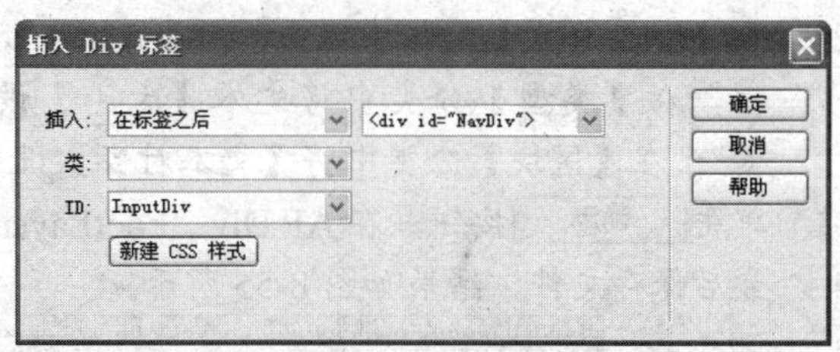

图8-51　插入 Div 标签“InputDiv”

8. 单击【新建 CSS 样式】按钮，创建【高级】CSS 样式“#InputDiv”，在【#InputDiv 的 CSS 规则定义】对话框的【类型】分类中设置文本【大小】为“14 像素”、【行高】为“20 像素”；在【区块】分类中设置【文本对齐】为“居中”；在【方框】分类中设置宽度为“400 像素”，高度为“20 像素”，左右边界为“自动”。

9. 删除 Div 标签“InputDiv”中的原有文本，然后选择【插入】/【表单】/【文本域】命令，插入一个文本框，然后在【属性】面板的【文本域】文本框中设置 id 名称为“InputContent”，如图 8-52 所示。

图8-52　设置文本域 id 名称“InputContent”

10. 创建【高级】CSS 样式“#InputContent”，在【#InputContent 的 CSS 规则定义】对话框的【类型】分类中设置文本【大小】为“14 像素”、【行高】为“20 像素”，在【方框】分类中设置【宽】为“250 像素”，【高】为“20 像素”。
11. 选择【插入】/【表单】/【按钮】命令，在文本框后面插入一个按钮，其属性设置如图 8-53 所示。

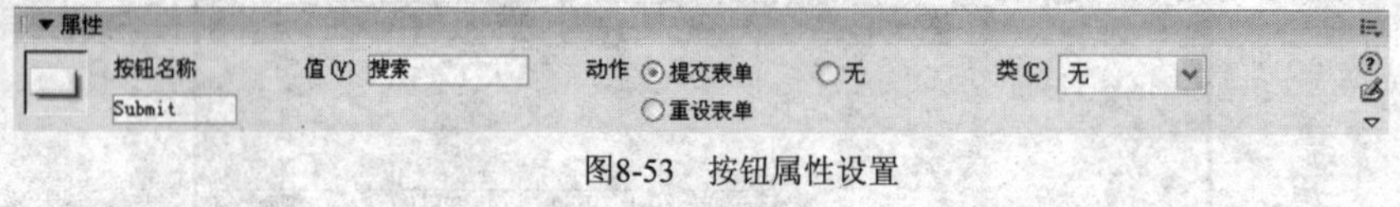

图8-53　按钮属性设置

至此，网页主体部分就制作完了。

8.6.3　布局页脚

下面使用 AP Div 布局搜索网页页脚的内容。

布局页脚

1. 单击【插入】/【布局】面板上的按钮，在 AP Div 的“MainLayer”层下面绘制“FootLayer”层，其属性参数设置如图 8-54 所示。

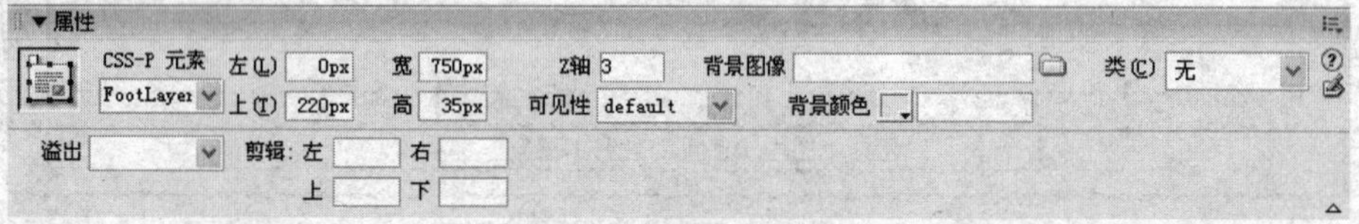

图8-54　设置 AP Div 属性参数

2. 在【CSS 样式】面板中双击“#FootLayer”，打开【#FootLayer 的 CSS 规则定义】对话框，在【类型】分类中将文本【大小】设置为“14 像素”，【行高】设置为“35 像素”；在【区块】分类中将【文本对齐】设置为“居中”。
3. 单击 确定 按钮，在 AP Div“FootLayer”中输入相应的文本。
4. 最后保存文件，结果如图 8-55 所示。

图8-55　使用 AP Div 和 Div 标签布局网页

至此，页脚部分制作完了。

小结

本章主要介绍了创建和设置框架、AP Div 的基本知识。通过本章的学习，读者应该掌握使用框架、AP Div 布局页面的基本方法。特别是如果能熟练掌握 AP Div 和 Div 标签的基本操作，将会给网页制作带来极大的方便，是需要重点学习的内容之一，希望读者能够在具体实践中认真领会并加以掌握。

习题

一、填空题

1. 一个包含两个框架的框架集实际上存在______个文件。
2. 按住______键，在欲选择的框架内单击鼠标左键可将其选中。
3. 定义框架的 HTML 标签是“<frame>”，定义框架集的 HTML 标签是______。
4. 如果要选定多个 AP Div，只要按住______键不放，在【AP 元素】面板中逐个单击 AP Div 的名称即可。
5. 可以按住______键，在【AP 元素】面板中将某一个 AP Div 拖动到另一个 AP Div 上面，形成嵌套 AP Div。

二、选择题

1. 下面关于创建框架网页的描述错误的是______。
   A. 在欢迎屏幕中选择【从范例创建】/【框架集】命令
   B. 在当前网页中单击【插入】工具栏中的▢·（框架）按钮
   C. 选择【查看】/【可视化助理】/【框架边框】命令显示当前网页的边框，然后手动设计
   D. 选择【文件】/【新建】/【基本页】命令
2. 下面关于框架的说法正确的有______。
   A. 可以对框架集设置边框宽度和边框颜色
   B. 框架大小设置完毕后不能再调整大小
   C. 可以设置框架集的边界宽度和边界高度
   D. 框架集始终没有边框
3. 关于【AP 元素】面板的说法错误的有______。
   A. 双击 AP 元素的名称，可以对 AP 元素进行重命名
   B. 单击 AP Div 后面的数字可以修改 AP Div 的 *z* 轴顺序
   C. 勾选【防止重叠】复选框可以禁止 AP 元素重叠
   D. 在 AP Div 的名称前面有一个 图标，单击 图标可锁定 AP Div
4. 依次选中 AP Div“apDiv1”、“apDiv 4”、“apDiv 3”和“apDiv 2”，然后选择【修改】/【排列顺序】/【左对齐】命令，请问所有选择的 AP Div 将以______为标准进行对齐。
   A. apDiv1　　B. apDiv2　　C. apDiv3　　D.apDiv4
5. 一个 AP Div 被隐藏了，如果需要显示其子 AP Div，需要将子 AP Div 的可见性设置为______。
   A. default　　B. inherit　　C. visible　　D. hidden

三、问答题

1. 如何选取框架和框架集？
2. AP Div 与 Div 标签有什么异同？

四、操作题

1. 根据操作提示创建如图 8-56 所示的框架网页。

【操作提示】

(1) 创建一个“左侧固定，下方嵌套”的框架网页，各部分的框架名称分别为“leftFrame”、“mainFrame”和“bottomFrame”。
(2) 保存整个框架集文件为“lianxi.htm”，保存底部框架为“bottom1.htm”，保存右侧框架为“main1.htm”，保存左侧框架为“left1.htm”。
(3) 设置最外层框架集属性：设置左侧框架的宽度为“150 像素”，边框为“否”，边框宽度为“0”；设置右侧框架的宽度为“1”，单位为“相对”，边框为“否”，边框宽度为“0”。
(4) 设置第 2 层框架集属性：设置右侧底部框架的高度为“45 像素”，边框为“否”，边框宽度为“0”；设置右侧顶部框架的宽度为“1”，单位为“相对”，边框为“否”，边框宽度为“0”。
(5) 设置左侧框架源文件为“left.htm”，滚动条根据需要自动出现。
(6) 设置右侧框架源文件为“main.htm”，滚动条根据需要自动出现。
(7) 设置底部框架源文件为“bottom.htm”，无滚动条。
(8) 最后保存全部文件。

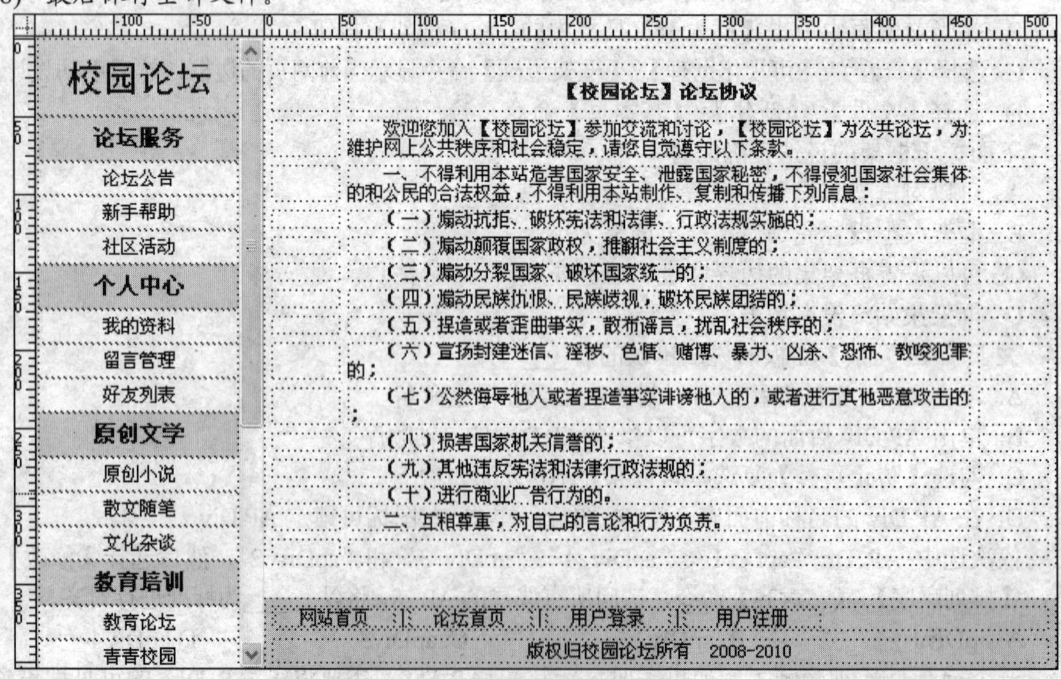

图8-56 框架网页

2. 根据操作提示使用 Div 标签布局如图 8-57 所示的网页。

图8-57　使用 Div 标签布局网页

【操作提示】

(1) 重新定义标签“body”的 CSS 样式，使文本居中对齐。

(2) 设置页眉部分。插入 Div 标签“TopDiv”，并定义其 CSS 样式：设置文本大小为“24 像素”，粗体显示，行高为“50 像素”，背景颜色为“#CCCCCC”，文本对齐方式为“居中”，方框宽度为“750 像素”，高度为“50 像素”。

(3) 设置主体部分。在 Div 标签“TopDiv”之后插入 Div 标签“MainDiv”，并定义其 CSS 样式：设置背景颜色为“#CCCCCC”，方框宽度为“750 像素”，高度为“250 像素”，上边界为“10 像素”。

(4) 设置主体左侧部分。在 Div 标签“MainDiv”内插入 Div 标签“LeftDiv”，并定义其 CSS 样式：设置文本大小为“12 像素”，背景颜色为“#FFFFCC”，文本对齐方式为“居中”，方框宽度为“150 像素”，高度为“240 像素”，浮动为“左对齐”，上边界和左边界均为“5 像素”。

(5) 设置主体右侧部分。在 Div 标签“LeftDiv”之后插入 Div 标签“RightDiv”，并定义其 CSS 样式：设置文本大小为“14 像素”，背景颜色为“#FFFFFF”，文本对齐方式为“左对齐”，方框宽度为“575 像素”，高度为“230 像素”，浮动为“右对齐”，填充均为“5 像素”，上边界和右边界均为“5 像素”。

(6) 设置页脚部分。在 Div 标签“MainDiv”之后插入 Div 标签“FootDiv”，并定义其 CSS 样式：设置文本大小为“14 像素”，行高为“30 像素”，背景颜色为“#CCCCCC”，方框宽度为“750 像素”，高度为“30 像素”，上边界为“10 像素”。

第9章 使用库、模板和行为

在制作网页的时候可以发现，同一个站点内的网页有一个共同的特点，即有某一部分是相同的，如页眉、页脚、导航条或广告等。如果每次都重新制作这些相同的部分，会浪费许多时间，也会给后期的维护带来麻烦。对于这个问题，Dreamweaver 给出了解决方案，这就是库和模板。Dreamweaver 还提供了许多内置的脚本程序，能够为网页增添许多功能，这就是行为。本章将介绍库、模板和行为的基本知识以及使用库和模板制作网页、使用行为完善网页功能的基本方法。

【学习目标】

- 了解库和模板的概念。
- 掌握创建和应用库项目的方法。
- 掌握创建和应用模板的方法。
- 掌握使用行为的方法。

9.1 创建库项目

如果想让每个页面具有相同的标题和脚注，但具有不同的页面布局，可以使用库来存储标题和脚注，然后在相应页面中调出使用。库是一种特殊的 Dreamweaver 文件，可以用来存放诸如文本、图像等网页元素，这些元素通常被广泛用于整个站点，并且经常被重复使用或更新。库是可以在多个页面中重复使用的页面元素，每当更改某个库项目的内容时，都可以更新所有使用该库项目的页面。

在 Dreamweaver CS3 中，使用库项目的前提条件是，必须为当前要制作的网站创建一个站点。库文件夹“Library”位于站点根文件夹下，是自动创建的，不能对其进行修改，主要用于存放每个独立的库项目。

下面介绍在 Dreamweaver CS3 中创建库项目的基本方法。

9.1.1 创建空白库项目

创建空白库项目通常有两种方法，一种是通过【资源】面板，另一种是通过菜单栏中的【文件】/【新建】命令。下面介绍其创建过程。

创建空白库项目

首先通过【资源】面板创建库项目。

1. 选择【窗口】/【资源】命令，如图 9-1 所示，打开【资源】面板。
2. 在【资源】面板中单击 (库) 按钮切换至【库】分类，如图 9-2 所示。

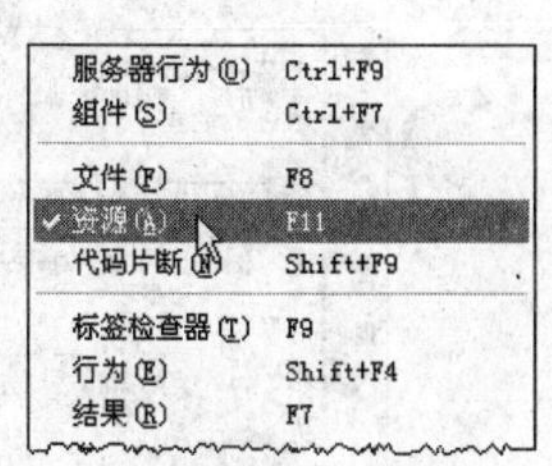

图9-1　选择【窗口】/【资源】命令

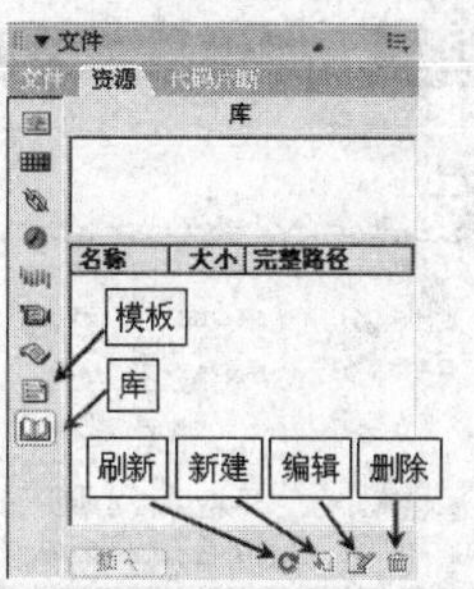

图9-2　切换至【库】分类

【资源】面板将网页元素分为 9 类，面板的左栏垂直并排着（图像）、（颜色）、（URLs）、（Flash）、（Shockwave）、（影片）、（脚本）、（模板）和（库）9 个按钮，每一个按钮代表一大类网页元素。面板的右边是列表区，分为上栏和下栏，上栏是元素的预览图，下栏是明细列表。

在【库】和【模板】分类的明细列表栏的下面依次排列着插入（或应用）、（刷新站点列表）、（新建）、（编辑）和（删除）5 个按钮。单击面板右上角的按钮将弹出一个菜单，其中包括【资源】面板的一些常用命令。

3. 单击【资源】面板右下角的（新建）按钮，新建一个库项目，然后在列表框中输入库项目的名称“top”，并按 Enter 键确认，如图 9-3 所示。

4. 选中库项目“top”，然后单击【资源】面板右下角的（编辑）按钮，在工作区打开库项目文件“top.lbi”即可输入内容。

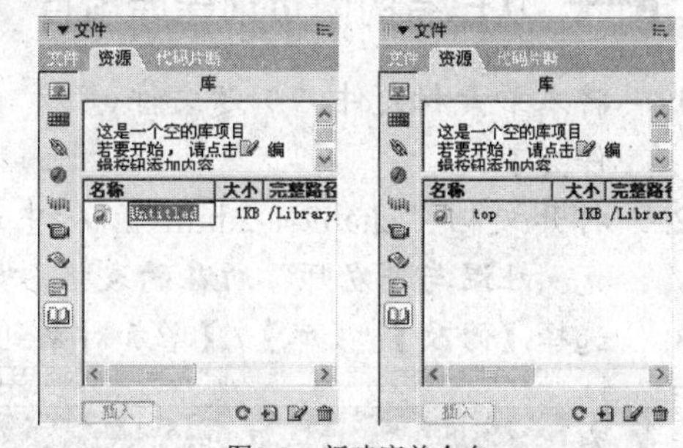

图9-3　新建库并命名

下面通过菜单栏中的【文件】/【新建】命令创建库项目。

5. 选择【文件】/【新建】命令，打开【新建文档】对话框，然后选择【空白页】/【库项目】选项，如图 9-4 所示。

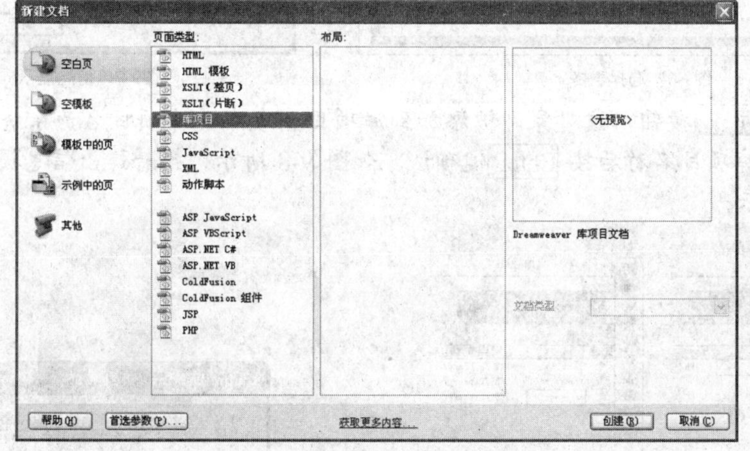

图9-4　选择【空白页】/【库项目】选项

6. 单击创建(R)按钮，打开一个空白文档窗口，添加内容后进行保存即可（也可先保存，以后再添加内容），如图 9-5 所示。

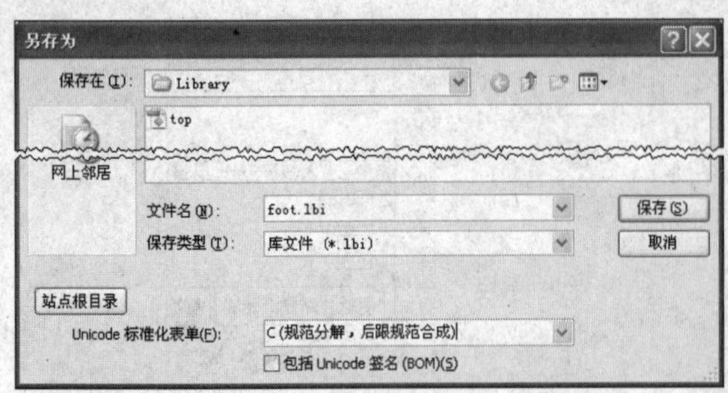

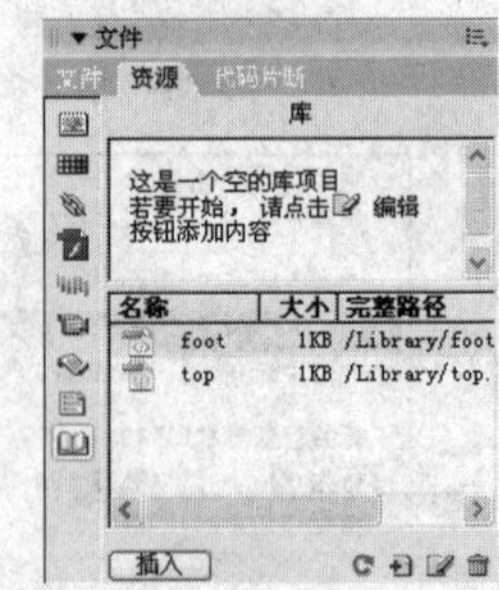

图9-5　保存库文件

创建空白库项目后，还需要为库项目添加内容，包括文本、图像、表格、CSS 样式等，这与制作网页没有本质区别，最后保存文件即可。

9.1.2 从已有的网页创建库项目

除了创建空白库项目，还可以从已有的网页创建库项目。下面介绍其创建过程。

从已有的网页创建库项目

1. 将本章素材文件“例题文件\素材”文件夹下的文档“chap9-1-2.htm”复制到站点根文件夹下。
2. 打开文档“chap9-1-2.htm”，从中选择要保存为库项目的对象，本例选择文本“马克·吐温与理发师”所在的表格，如图 9-6 所示。
3. 选择【修改】/【库】/【增加对象到库】命令，弹出信息提示框，如图 9-7 所示。

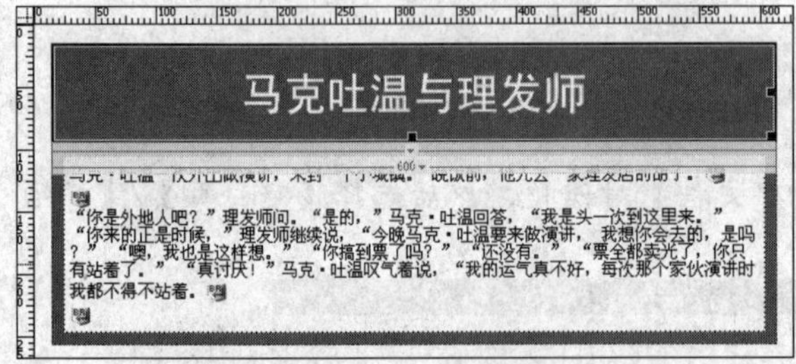

图9-6　选择表格

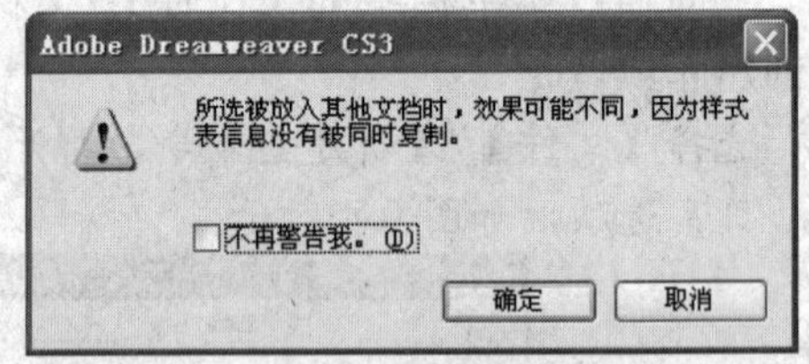

图9-7　信息提示框

4. 单击 确定 按钮，该对象即被添加到库项目列表中，库项目名为系统默认的名称，输入新的库项目名称后按 Enter 键确认，如图 9-8 所示。接着弹出信息提示对话框，如图 9-9 所示。

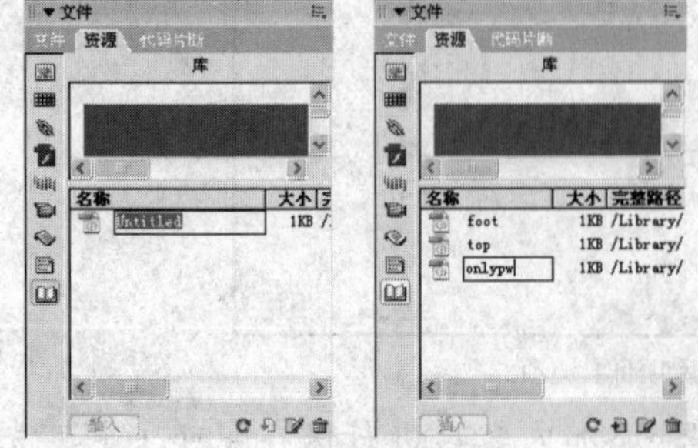

图9-8　修改库项目名称

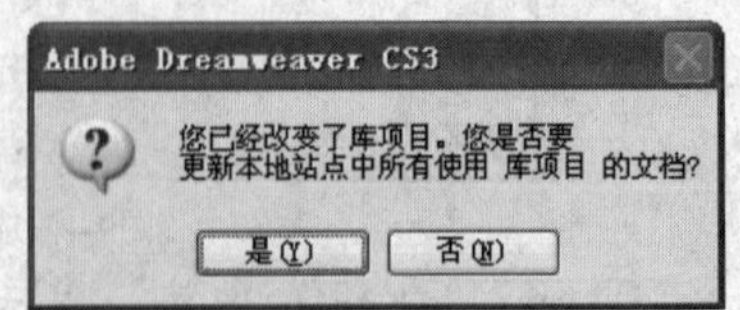

图9-9　【更新文件】对话框

5. 单击 是(Y) 按钮，打开【更新页面】对话框，如图 9-10 所示。更新完毕后单击 关闭(C) 按钮关闭对话框。
6. 保存文档“chap9-1-2.htm”。

此时的文档“chap9-1-2.htm”已经是一个引用库项目的文档，库项目中的内容在引用文档中是不能修改的，要修改只能修改库项目文档。

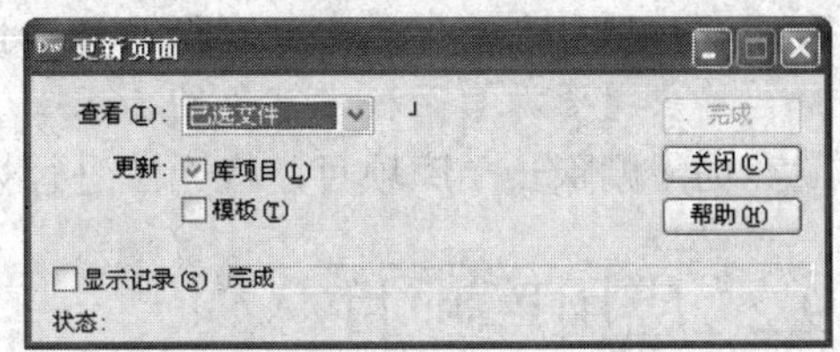

图9-10　【更新页面】对话框

9.1.3 修改库项目

库项目创建以后，应根据需要适时地修改其内容。如果要修改库项目，需要直接打开库项目进行修改。打开库项目的方式通常有两种：一种是在【资源】面板的库项目列表中双击，打开要修改的库项目，或先选中库项目并单击面板底部的按钮打开库项目，另一种是在引用库项目的网页中选中库项目，然后在【属性】面板中单击 打开 按钮打开库项目。

修改库项目

1. 将本章素材文件“例题文件\素材”下的“images”文件夹复制到站点根文件夹下。
2. 在【资源】面板的库项目列表中，双击打开库项目“top.lbi”。
3. 在库项目“top.lbi”中，插入一个 1 行 1 列、【宽】为“780 像素”的表格，设置【填充】、【间距】和【边框】均为“0”，表格对齐方式为“居中对齐”，然后在单元格中插入“image”文件夹下的图像文件“logo.gif”，如图 9-11 所示。

图9-11　编辑库项目“top.lbi”

4. 在【资源】面板的库项目列表中，先选中库项目“foot.lbi”并单击面板底部的按钮，打开该库项目。
5. 在库项目“foot.lbi”中，插入一个 1 行 1 列、【宽】为“780 像素”的表格，设置【填充】、【间距】和【边框】均为“0”，表格对齐方式为“居中对齐”，设置单元格水平对齐方式为“居中对齐”，垂直对齐方式为“居中”，【高】为“30”，然后输入文本，如图 9-12 所示。

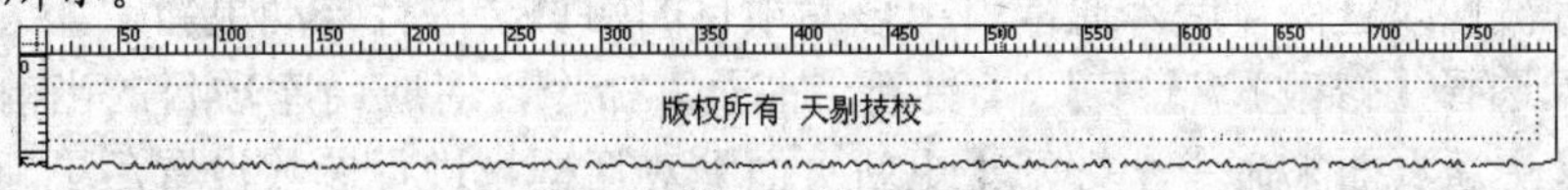

图9-12　编辑库项目“foot.lbi”

6. 分别保存两个库项目。

9.1.4 删除库项目

如果要删除库项目，其操作步骤如下。

1. 打开【资源】面板并切换至【库】分类。

2. 在库项目列表中选中要删除的库项目。
3. 单击【资源】面板右下角的按钮或直接在键盘上按 Delete 键即可。

如果删除一个库项目，将无法进行恢复，所以应特别小心。

9.2 应用库项目

库项目创建完毕后，只有将它插入到其他页面中才能发挥作用。库项目修改后，引用该库项目的文档将自动进行更新，如果没有自动更新，可以手动进行更新。库项目在引用文档中不能进行修改，如果必须在引用文档中修改，只有将库项目从源文件中分离。下面对这些内容进行详细介绍。

9.2.1 插入库项目

库项目是可以在多个页面中重复使用的页面元素。在使用库项目时，Dreamweaver 不是向网页中直接插入库项目，而是插入一个库项目链接，通过【属性】面板中的“Src / Library/onlypw.lbi”可以清楚地说明这一点。下面介绍插入库项目的基本方法。

插入库项目

1. 创建网页文档“chap9-2-1.htm”，并将鼠标光标置于文档中。
2. 打开【资源】面板并切换至【库】分类，在列表框中选中要插入的库文件，本例选择“onlypw.lbi”。
3. 单击【资源】面板底部的 插入 按钮，或单击鼠标右键，在弹出的快捷菜单中选择【插入】命令，将库项目插入到网页文档中，如图 9-13 所示。

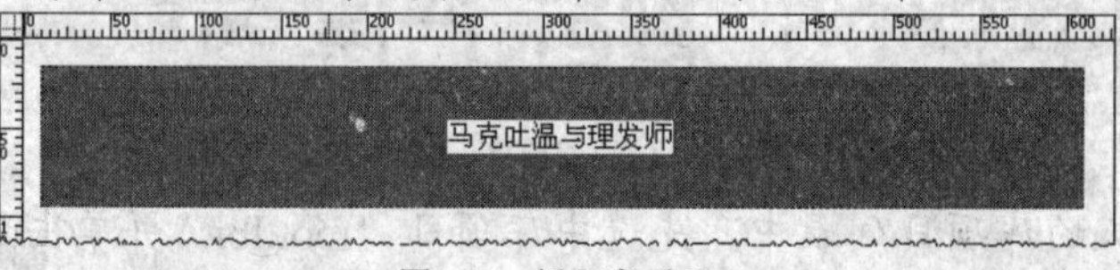

图9-13 插入库项目

4. 保存文件。

9.2.2 更新应用了库项目的文档

在库项目被修改且保存后，通常引用该库项目的网页会进行自动更新。如果没有进行自动更新，可以选择【修改】/【库】/【更新当前页】命令，对应用库项目的当前网页进行更新，或选择【更新页面】命令，打开【更新页面】对话框，进行参数设置后更新相关页面，如图 9-14 所示。

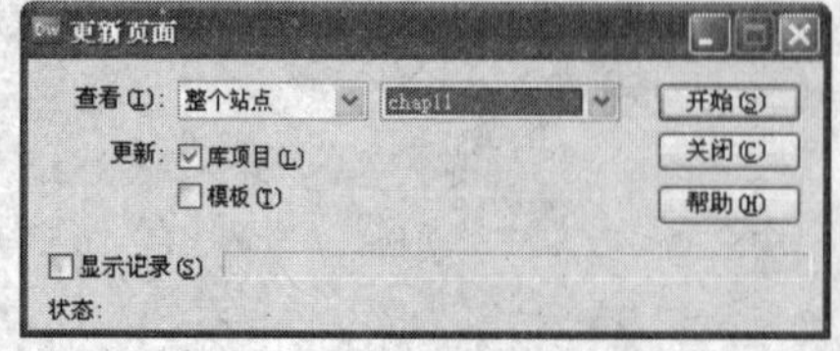

图9-14 【更新页面】对话框

如果在【更新页面】对话框的【查看】下拉列表中选择【整个站点】选项，然后从其右侧的下拉列表中选择站点的名称，将会使用当前版本的库项目更新所选站点中的所有页面；如果选择【文件使用…】选项，然后从其右侧的下拉列表中选择库项目名称，将会更新当前站点中所有应用了该库项目的文档。

9.2.3　从源文件中分离库项目

一旦在网页文档中应用了库项目，如果希望其成为网页文档的一部分，这就需要将库项目从源文件中分离出来。分离后，就可以对这部分内容进行编辑了，因为它已经是网页的一部分，与库项目再没有联系。下面介绍从源文件中分离库项目的具体操作方法。

从源文件中分离库项目

1. 将网页文档"chap9-1-2.htm"保存为"chap9-2-3.htm"。
2. 选中库项目，此时显示库项目的【属性】面板，如图 9-15 所示。

图9-15　库项目的【属性】面板

3. 在【属性】面板中单击【从源文件中分离】按钮，弹出信息提示框，如图 9-16 所示。
4. 单击【确定】按钮，将库项目的内容与库文件分离，分离后库项目的内容将自动变成网页中的内容，如图 9-17 所示。

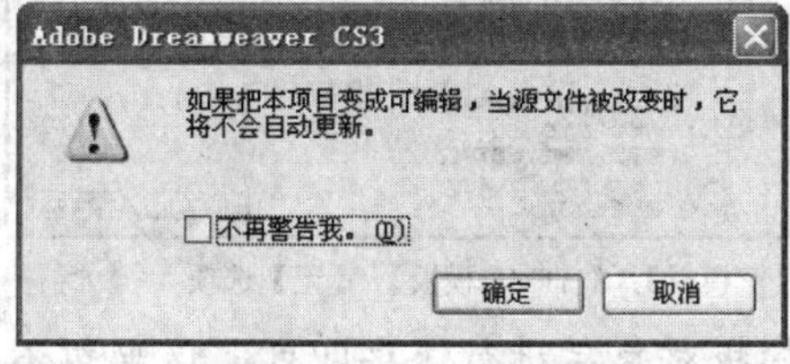

图9-16　信息提示框

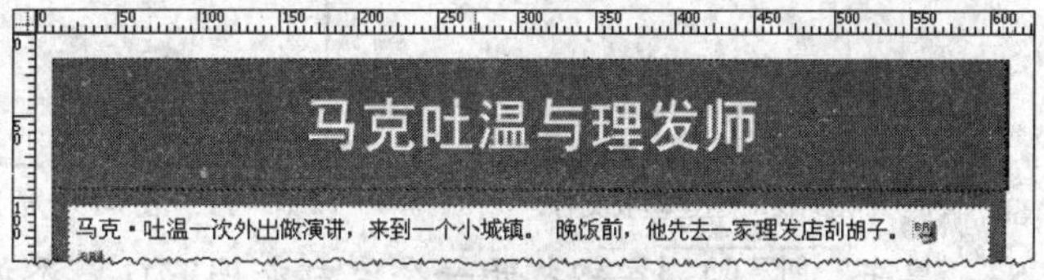

图9-17　库项目的内容自动变成网页中的内容

5. 保存文档。

9.3　创建模板

模板是制作具有相同版式和风格的网页文档的基础文档。模板的功能在于可以一次更新多个页面，并使网站拥有更统一的风格。可以通过修改模板来立即更新所有基于该模板的文档中的相应元素，因为从模板创建的文档与该模板保持链接状态。可以利用模板设计页面布局、在模板中创建基于模板的文档并对其进行编辑。

与库项目一样，创建模板之前首先要创建站点，因为模板是保存在站点中的，在应用模板时也要在站点中进行选择。如果没有创建站点，在保存模板时会先提示创建站点。

在 Dreamweaver CS3 中，创建的模板文件保存在网站根文件夹下的"Templates"文件夹内，"Templates"文件夹是自动生成的，不能对其进行修改。

9.3.1 创建空白模板文件

创建空白模板通常有两种方法：一种是通过【资源】面板；另一种是通过菜单栏中的【文件】/【新建】命令。下面介绍其创建过程。

创建空白模板

首先通过【资源】面板创建模板。

1. 打开【资源】面板，单击 （模板）按钮切换至【模板】分类。
2. 单击面板右下角的 按钮，新建一个默认名称为“Untitled”的模板。
3. 在“Untitled”处输入新的模板名称“index-1”，并按 Enter 键确认，如图 9-18 所示。

下面通过菜单栏中的【文件】/【新建】命令创建模板。

4. 选择【文件】/【新建】命令，打开【新建文档】对话框，然后选择【空模板】/【HTML 模板】/【无】选项，如图 9-19 所示。

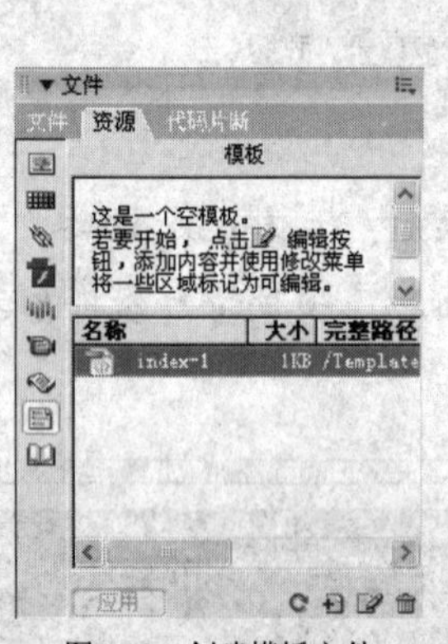

图9-18 创建模板文件

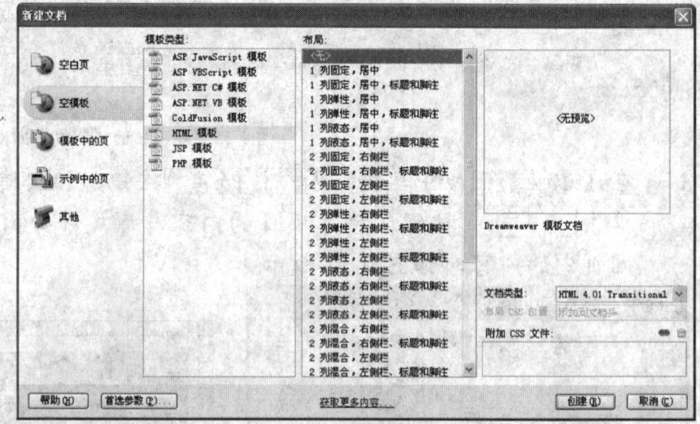

图9-19 选择【空模板】/【HTML 模板】/【无】选项

5. 单击 创建(R) 按钮打开一个空白文档窗口，添加模板对象后进行保存即可，这里暂不添加模板对象，先保存文档，【另存为】对话框中的参数设置如图 9-20 所示。
6. 单击 保存(S) 按钮，在【资源】面板的【模板】分类中增加了模板文件“index-2”，如图 9-21 所示。

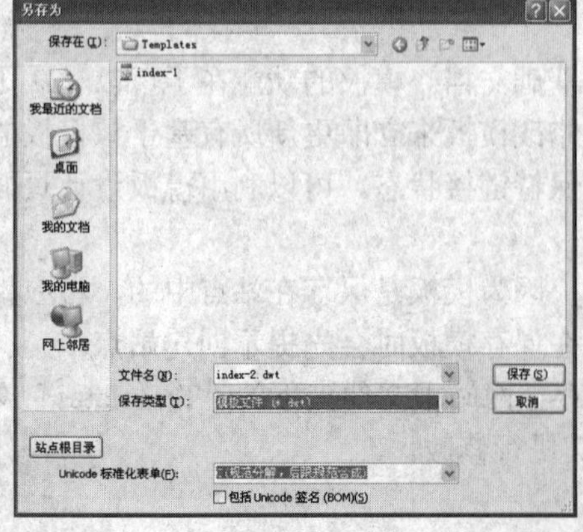

图9-20 保存库文件

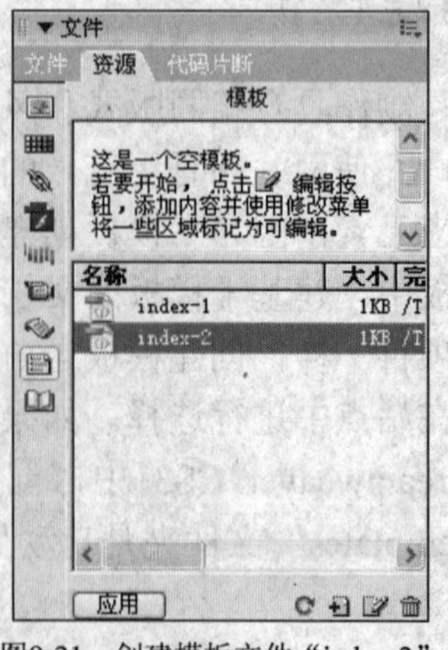

图9-21 创建模板文件“index-2”

创建空白模板后，还需要打开模板添加内容，包括网页的常规元素和模板对象，下面来进行介绍。

9.3.2 添加模板对象

在模板中，比较常用的模板对象有可编辑区域、重复表格和重复区域。

可编辑区域是指可以对其进行添加、修改和删除网页元素等操作的区域。可编辑区域在模板中由高亮显示的矩形边框围绕，该边框使用在首选参数中设置的高亮颜色。该区域左上角的选项卡显示该区域的名称。

在插入可编辑区域时，可以将整个表格定义为可编辑区域，也可以将单个单元格定义为可编辑区域，但不能同时指定某几个单元格为可编辑区域。如果要使用 AP Div，则 AP Div 与其中的内容是不同的元素，将 AP Div 定义为 AP Div 时，可以改变该 AP Div 的位置，但不能修改 AP Div 中的内容。只有将 AP Div 中的内容定义为可编辑区域时，才可以修改 AP Div 中的内容。

在创建模板的过程中，当创建了一个可编辑区域后，在该区域内不能再继续创建可编辑区域。但如果以该模板为基准新建一个文档，在该文档的可编辑区域内却可以继续插入可编辑区域，此时该文档必须保存为嵌套模板。因此可编辑区域的嵌套是模板嵌套的重要前提。在嵌套模板中，除新建的可编辑区域外，其他部分只能交给上级模板来修改，这是嵌套模板的特点。

重复表格是指包含重复行的表格格式的可编辑区域，可以定义表格的属性并设置哪些单元格可编辑。重复表格可以被包含在重复区域内，但不能被包含在可编辑区域内。另外，不能将选定的区域变成重复表格，只能插入重复表格。

重复区域是指可以在模板中复制任意次数的指定区域。重复区域不是可编辑区域，若要使重复区域中的内容可编辑，必须在重复区域内插入可编辑区域或重复表格。重复区域可以包含整个表格或单独的表格单元格。如果选定“<td>”标签，则重复区域中包括单元格周围的区域，如果未选定，则重复区域将只包括单元格中的内容。在一个重复区域内可以继续插入另一个重复区域。整个被定义为重复区域的部分都可以被重复使用。

修改可编辑区域等模板对象的名称可通过【属性】面板进行。这时首先需要选择模板对象，方法是单击模板对象的名称或者将鼠标光标定位在模板对象处，然后在工作区下面选择相应的标签，在选择模板对象时会显示其【属性】面板，在【属性】面板中修改模板对象名称即可。

下面介绍在模板中添加可编辑区域、重复表格和重复区域等模板对象的方法。

添加模板对象

1. 接上例。在【资源】面板的【模板】分类中，双击“index-1”或先选中“index-1”并单击面板底部的按钮打开模板文件。
2. 选择【修改】/【页面属性】命令，打开【页面属性】对话框，设置文本大小为“12 像素”，页边距为“0”。
3. 打开【资源】面板并切换至【库】分类，在列表框中选中库项目“top.lbi”，然后单击【资源】面板底部的 插入 按钮，将库项目插入到文档中。

4. 将鼠标光标置于所插库项目的后面，运用同样的方法插入库项目“foot.lbi”，如图 9-22 所示。

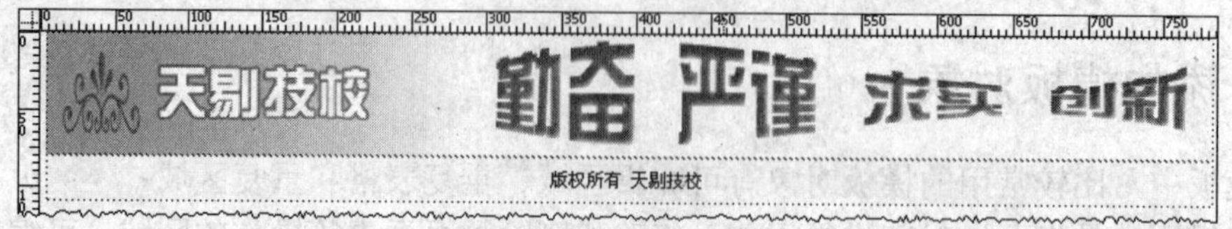

图9-22 插入库项目

5. 选中页眉库项目“top.lbi”，然后选择【插入记录】/【表格】命令，在页眉和页脚中间插入一个 1 行 2 列、【宽】为“780 像素”的表格，设置【填充】、【边框】均为“0”，【间距】为“1”，【背景颜色】为“#18860C”，并设置表格对齐方式为“居中对齐”，如图 9-23 所示。

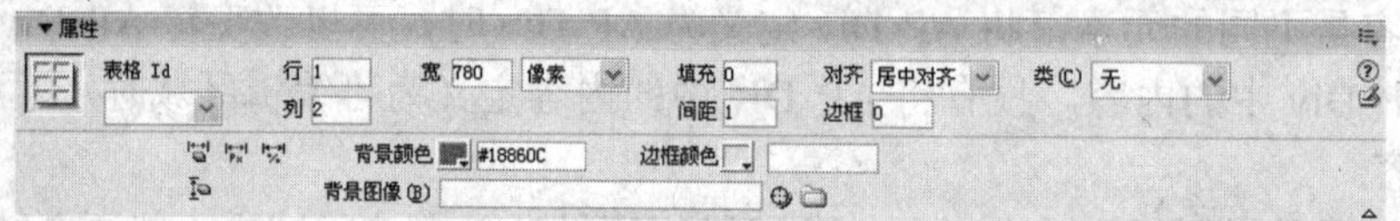

图9-23 设置表格间距和背景颜色

6. 设置左侧单元格的水平对齐方式为“居中对齐”，垂直对齐方式为“顶端”，宽度为“160 像素”，背景颜色为“#FFFFFF”。
7. 接着选择【插入记录】/【模板对象】/【重复区域】命令，打开【新建重复区域】对话框，在【名称】文本框中输入文本“导航栏”，单击 确定 按钮，在左侧单元格内插入名称为“导航栏”的重复区域，如图 9-24 所示。

要点提示 也可以在【插入】/【常用】/【模板】面板中单击（重复区域）按钮，打开【新建重复区域】对话框，在当前区域中插入重复区域。

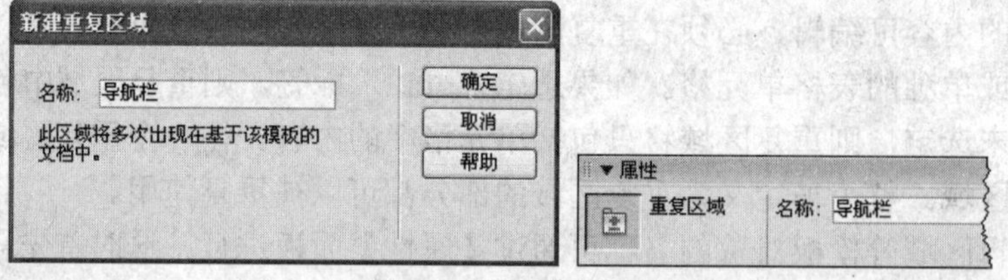

图9-24 插入重复区域

8. 将重复区域中的文本“导航栏”删除，然后在其中插入一个 1 行 1 列、【宽】为“90%”的表格，设置【填充】和【边框】均为“0”，【间距】为“5”。
9. 设置单元格的水平对齐方式为“居中对齐”，垂直对齐方式为“居中”，单元格【高】为“25”，【背景颜色】为“#CCCCCC”。
10. 选择【插入记录】/【模板对象】/【可编辑区域】命令，打开【新建可编辑区域】对话框，在【名称】文本框中输入文本“导航名称”，单击 确定 按钮，在单元格内插入名称为“导航名称”的可编辑区域，如图 9-25 所示。

要点提示 也可单击【插入】/【常用】面板中的（模板）按钮右侧的小三角形，在弹出的下拉按钮组中单击（可编辑区域）按钮，打开【新建可编辑区域】对话框，插入或者将当前选定区域设为可编辑区域。

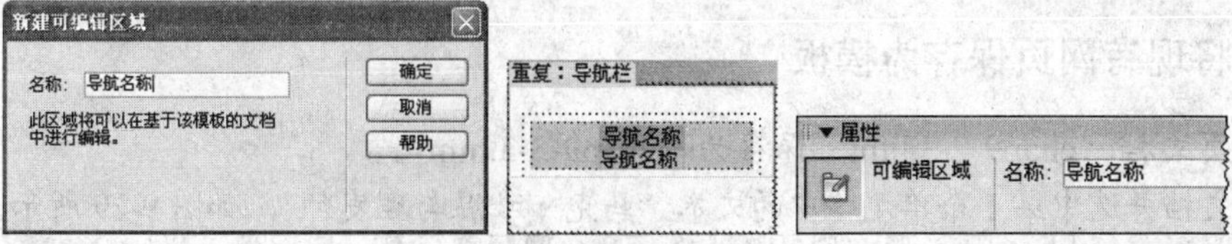

图9-25　插入可编辑区域

11. 设置右侧单元格的水平对齐方式为“居中对齐”，垂直对齐方式为“居中”，背景颜色为“#FFFFFF”。
12. 选择【插入记录】/【模板对象】/【重复表格】命令，打开【插入重复表格】对话框，并进行参数设置，然后单击 确定 按钮，在右侧单元格内插入名称为“内容”的重复表格，如图 9-26 所示。

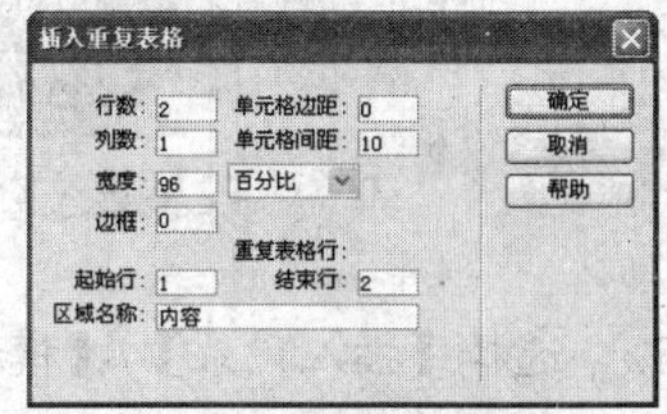

图9-26　插入重复表格

要点提示　也可以在【插入】/【常用】/【模板】面板中单击 （重复表格）按钮，打开【插入重复表格】对话框，在当前区域插入重复表格。

如果在【插入重复表格】对话框中不设置【单元格边距】、【单元格间距】和【边框】的值，则大多数浏览器按【单元格边距】为“1”、【单元格间距】为“2”、【边框】为“1”显示表格。【插入重复表格】对话框的上半部分与普通的表格参数没有什么不同，重要的是下半部分的参数。

- 【重复表格行】: 用于指定表格中的哪些行包括在重复区域中。
- 【起始行】: 用于设置重复区域的第 1 行。
- 【结束行】: 用于设置重复区域的最后 1 行。
- 【区域名称】: 用于设置重复表格的名称。

13. 单击可编辑区域名称“EditRegion4”，然后在【属性】面板中将其名称修改为“标题行”，如图 9-27 所示。

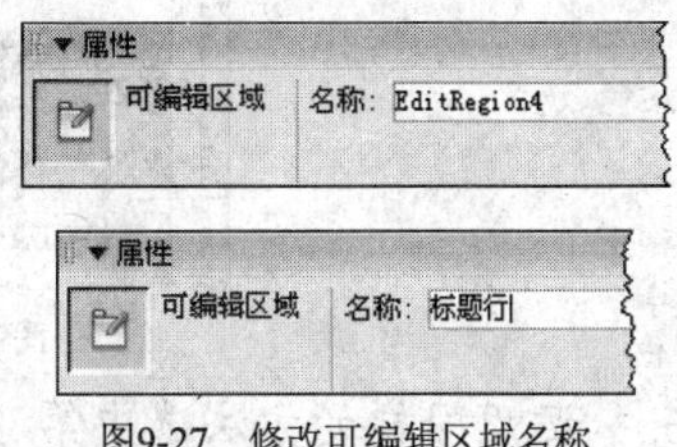

图9-27　修改可编辑区域名称

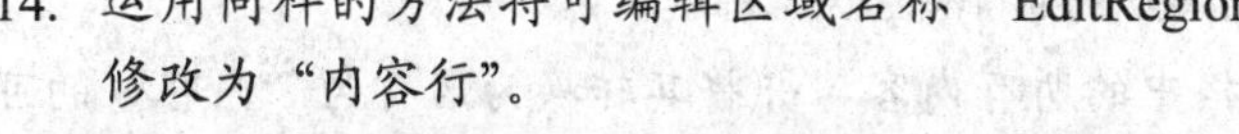

14. 运用同样的方法将可编辑区域名称“EditRegion5”修改为“内容行”。
15. 保存文件，结果如图 9-28 所示。

图9-28　制作的网页模板

9.3.3　将现有网页保存为模板

除了直接创建模板外，也可以将现有网页保存为模板。首先打开一个已有内容的网页文档，根据实际需要在网页中选择网页元素，并将其转换为模板对象，然后选择【文件】/【另存为模板】命令将其保存为模板。

将现有网页保存为模板

1. 将网页文档“chap9-2-3.htm”保存为“chap9-3-3.htm”。
2. 打开文档并选中第 1 个单元格中的文本“马克·吐温与理发师”，如图 9-29 所示。

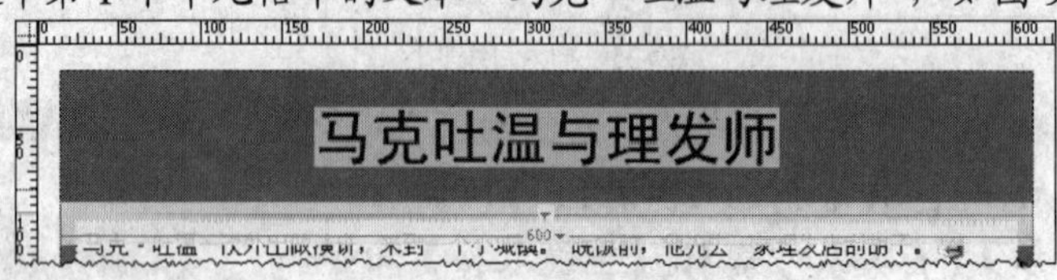

图9-29　选中文本

3. 选择【插入记录】/【模板对象】/【可编辑区域】命令，将弹出信息提示框，如图 9-30 所示。
4. 单击 确定 按钮，打开【新建可编辑区域】对话框，在【名称】文本框中输入文本“标题”，如图 9-31 所示。

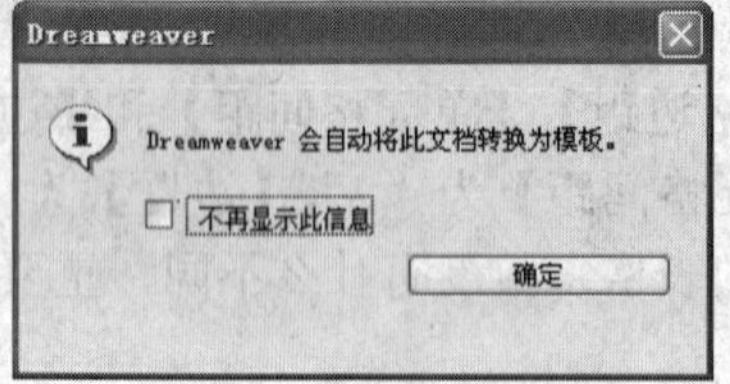

图9-30　弹出的信息提示框

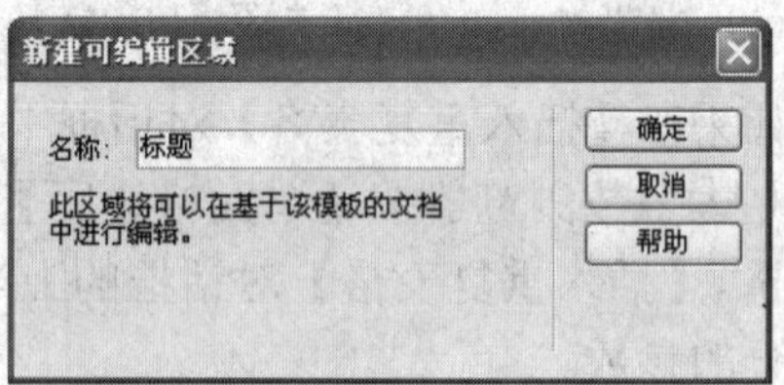

图9-31　【新建可编辑区域】对话框

5. 单击 确定 按钮，将所选内容转换成名称为“标题”的可编辑区域，如图 9-32 所示。

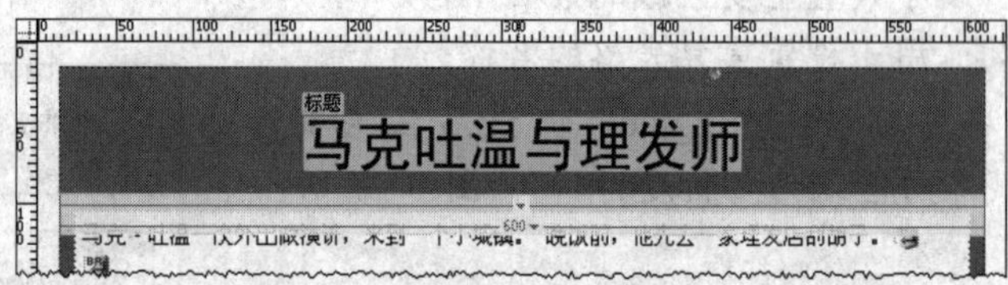

图9-32　将第 1 个单元格中的内容转换为可编辑区域

6. 运用同样的方法选中第 2 个单元格中的所有内容，并将其转换为名称为“内容”的可编辑区域，如图 9-33 所示。

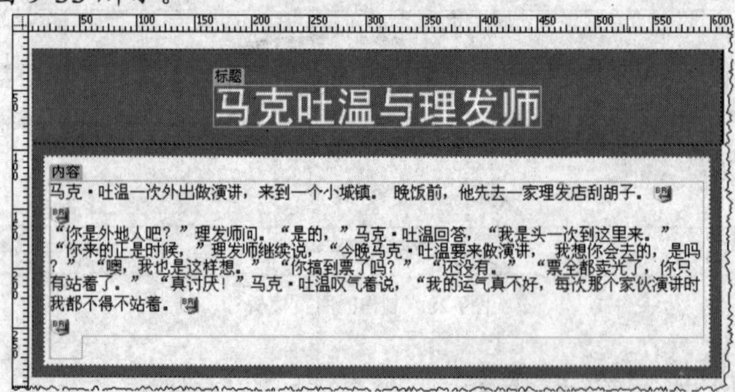

图9-33　将第 2 个单元格中的内容转换为可编辑区域

7. 选择【文件】/【另存为模板】命令，打开【另存模板】对话框，确定要保存的站点及保存名称，然后单击 保存 按钮，弹出信息提示框，根据需要单击 是(Y) 或 否(N) 按钮，将其保存为模板，如图 9-34 所示。

图9-34　保存为模板

9.3.4　删除模板

在【资源】面板的【模板】分类中选择要删除的模板，然后单击面板右下角的按钮，或在键盘上按Delete键即可将模板删除。

9.4　应用模板

模板创建完毕后，只有通过它创建网页才能发挥模板的作用。模板修改后，通过模板创建的网页文档将自动进行更新，如果没有自动更新，可以手动进行更新。模板不能在引用它的文档中修改，如果必须在引用它的文档中修改，只有将模板从源文件中分离。下面对这些内容进行详细介绍。

9.4.1　使用模板创建网页

创建模板的目的在于使用模板生成网页，下面介绍通过模板生成网页的方法。

使用模板创建网页

1. 选择【文件】/【新建】命令，打开【新建文档】对话框，选择【模板中的页】/【chap9】/【index-1】选项，然后勾选【当模板改变时更新页面】复选框，以确保模板改变时更新基于该模板的页面，如图 9-35 所示。

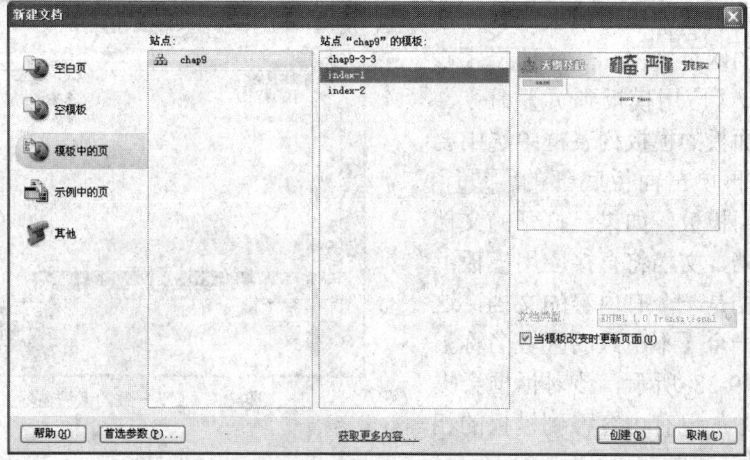

图9-35　选择【模板中的页】/【chap9】/【index-1】选项

要点提示 如果在 Dreamweaver CS3 中已经定义了多个站点，这些站点会依次显示在【站点】列表框中，在列表框中选择一个站点，在右侧的列表框中就会显示这个站点中的模板。

2. 单击 创建(R) 按钮，创建并打开基于模板的文档，然后将文档保存为“index-1.htm”，如图 9-36 所示。

图9-36 根据模板创建文档

3. 根据需要将可编辑区域中的现有提示文本删除并添加新内容即可，其中，单击 + 按钮可以添加一个重复栏目，如果要删除已经添加的重复栏目，可以先选择该栏目，然后单击 - 按钮。
4. 保存文件，如图 9-37 所示。

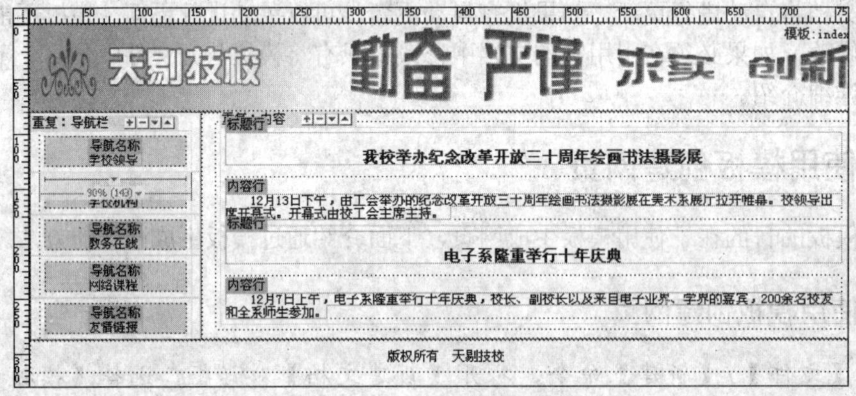

图9-37 添加内容后的页面效果

上面的操作是从模板新建网页，另外还可以在已存在页面中应用模板。首先打开要应用模板的网页文档，然后选择【修改】/【模板】/【应用模板到页】命令，或在【资源】面板的模板列表框中选中要应用的模板，再单击面板底部的 应用 按钮，即可应用模板。如果已打开的文档是一个空白文档，文档将直接应用模板；如果打开的文档是一个有内容的文档，这时通常会打开一个【不一致的区域名称】对话框，如图 9-38 所示，该对话框会提示读者将文档中的已有内容移到模板的相应区域。

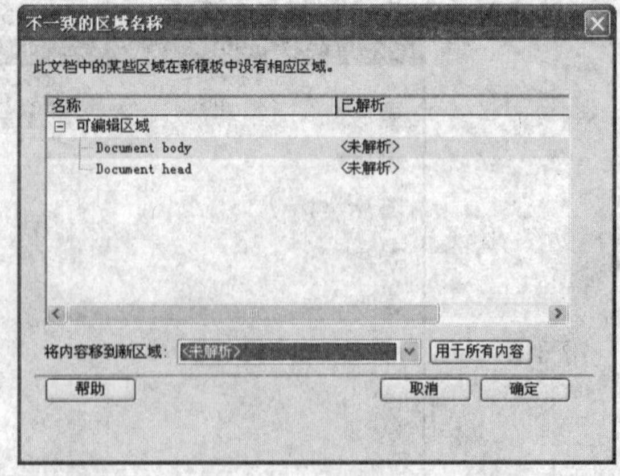

图9-38 【不一致的区域名称】对话框

9.4.2　更新应用了模板的文档

通过模板生成的网页，在更新模板时可以对站点中所有应用同一模板的网页进行批量更新，这就要求在【从模板新建】对话框中勾选【当模板改变时更新页面】复选框。如果页面没有更新，可以选择【修改】/【模板】菜单中的【更新当前页】或【更新页面】命令，打开【更新页面】对话框，对由模板生成的网页进行更新，如图 9-39 所示。

图9-39　【更新页面】对话框

9.4.3　将网页从模板中分离

如果一个文档应用了模板，而又想在文档中直接修改属于模板部分的内容，就必须先将文档与模板分离。但是将它们分离后，再更新模板时，文档不会再随之更新了。

将网页从模板中分离

1. 将应用了模板“index-1.dwt”的网页文档“index-1.htm”保存为“chap9-4-3.htm”。
2. 选择【修改】/【模板】/【从模板中分离】命令，将网页脱离模板，如图 9-40 所示。

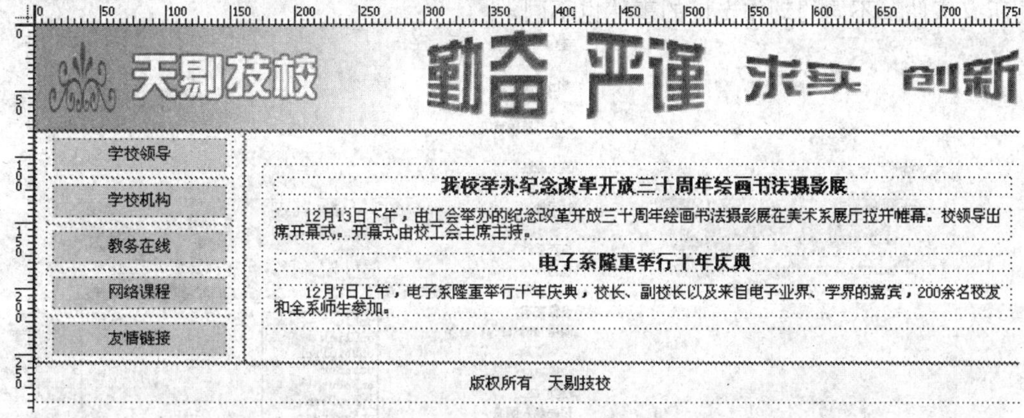

图9-40　将网页从模板中分离

脱离模板后，模板中的内容将自动变成网页中的内容，网页与模板不再有关联，用户可以在文档中的任意区域进行编辑。

9.5　使用行为

行为是 Dreamweaver CS3 的特色功能之一，使用行为可以允许浏览者与网页进行简单的交互，从而以多种方式修改页面或引发某些任务的执行。行为是由事件（Event）触发的动作（Action），因此行为的基本元素有两个：事件和动作。事件是浏览器产生的有效信息，也就是访问者对网页进行的操作。例如，当访问者将鼠标光标移到一个链接上，浏览器就会为这个链接产生一个“onMouseOver”（鼠标经过）事件。然后，浏览器会检查当事件为这个链接产生时，是否有一些代码需要执行，如果有就执行这段代码，这就是动作。动作是由 JavaScript 代码组成的，这些代码执行特定的任务。

在文档窗口中，选择【窗口】/【行为】命令，可以打开【行为】面板，如图 9-41 所示。【行为】面板中包含以下几个部分。

- +按钮：单击该按钮，会弹出一个行为菜单，如图 9-42 所示，在菜单中选择相应的动作，就可以将其附加到当前选择的页面元素中。当从列表中选择了一个动作后，会出现一个对话框，在里面可以指定动作的参数。动作为灰色不可选时说明当前被选择的元素没有可以产生的事件。
- −按钮：单击该按钮，可在【行为】面板中删除所选的事件和动作。
- ▲▼按钮：单击该按钮，可将被选的动作在【行为】面板中向上或向下移动。一个特定事件的动作将按照指定的顺序执行。对于不能在列表中被上移或下移的动作，该按钮组不起作用。
- （显示设置事件）按钮：列表中只显示当前正在编辑的事件名称。
- （显示所有事件）按钮：列表中显示当前文档中所有事件的名称。
- 动作：指的是行为菜单中所包含的具体动作。

在【行为】面板中添加一个动作，也就有了一个事件。当单击【行为】面板中事件名右边的按钮时，会弹出所有可以触发动作的【事件】菜单，如图 9-43 所示。这个菜单只有在一个事件被选中的时候才可见。选择不同的动作，【事件】菜单中会罗列出可以触发该动作的所有事件。不同的动作支持的事件也不同。

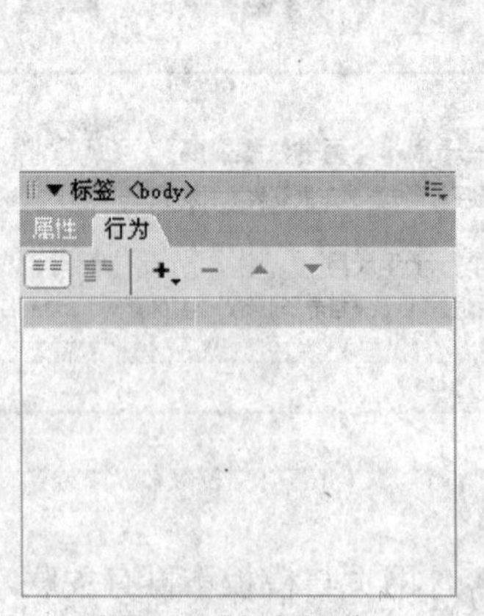

图9-41 【行为】面板

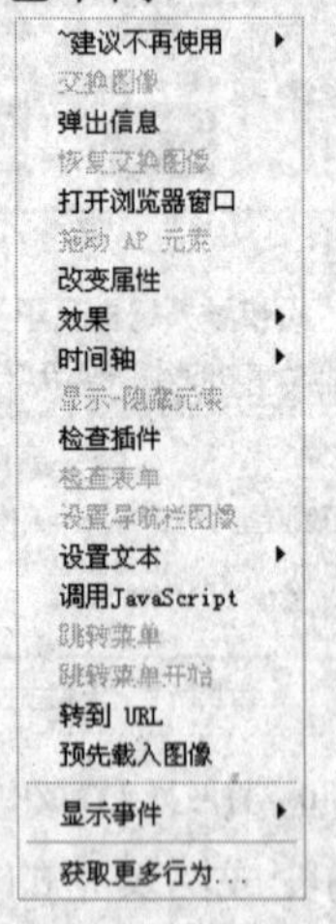

图9-42 行为菜单

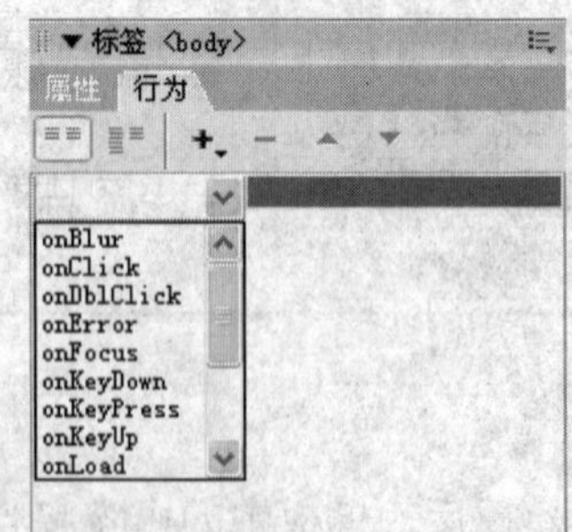

图9-43 事件下拉菜单

用户可以将行为添加到整个文档，还可以添加到链接、图像、表单元素或其他 HTML 元素中。下面对常用行为进行具体介绍。

9.5.1 弹出信息

【弹出信息】行为将显示一个指定的 JavaScript 提示信息框。因为该提示信息框只有一

个 确定 按钮，所以使用这个动作只是提供给用户信息，而不需做出选择。同时，此行为也不能控制这个提示框的外观，其外观要取决于用户所用浏览器的属性。

在文档中选择触发行为的对象，如图像，然后从行为菜单中选择【弹出信息】命令可打开【弹出信息】对话框，进行设置即可，如图 9-44 所示。

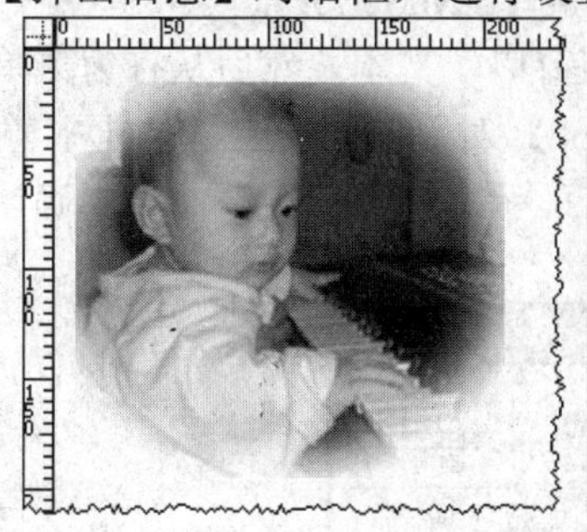

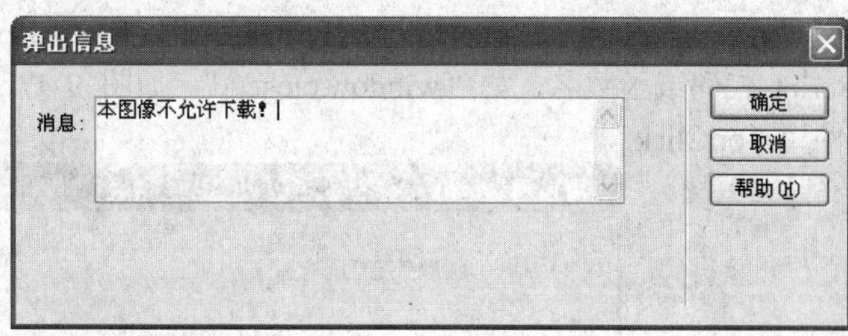

图9-44　【弹出信息】对话框

在【行为】面板中选择【onMouseDown】事件，即鼠标按下时触发该事件。在浏览网页时，用户可以在预下载的图像上单击鼠标右键，在弹出的快捷菜单中选择【图片另存为】命令，从而将网页中的图像下载到自己的计算机中。而当添加了这个行为动作以后，当访问者单击鼠标右键时，就只能看到提示框，而看不到快捷菜单，这样就限制了用户使用鼠标右键来下载图片。

9.5.2　打开浏览器窗口

使用【打开浏览器窗口】行为将打开一个新浏览器窗口来显示指定的网页文档。

在文档中选择触发行为的对象，如图像，然后从行为菜单中选择【打开浏览器窗口】命令即可打开【打开浏览器窗口】对话框，根据需要进行设置即可，如图 9-45 所示。在【行为】面板中将事件设置为“onClick”。当预览网页时，单击小图将打开一个大图像的新窗口，如图 9-46 所示。

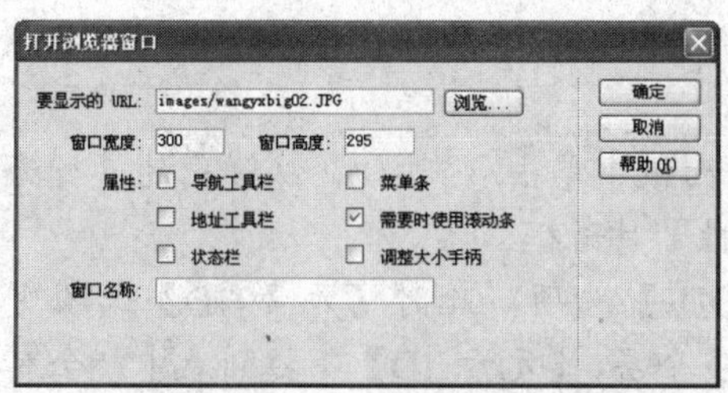

图9-45　【打开浏览器窗口】对话框

图9-46　打开浏览器窗口

由于 IE 7.0 和 IE 6.0 差别较大，“打开浏览器窗口”在 IE 6.0 中能够按照预设的形式显示，而在 IE 7.0 中通常在新的选项卡窗口中显示，读者可以进行比较。

9.5.3 调用 JavaScript

【调用 JavaScript】行为能够让设计者使用【行为】面板指定一个自定义功能，或者当一个事件发生时执行一段 JavaScript 代码。设计者可以自己编写 JavaScript 代码。

在文档中选择触发行为的对象，如带有空链接的“关闭窗口”文本，然后从行为菜单中选择【调用 JavaScript】命令即可打开【调用 JavaScript】对话框，在文本框中输入 JavaScript 代码或函数名，如“window.close()”，如图 9-47 所示。在【行为】面板中确认触发事件为“onClick”。

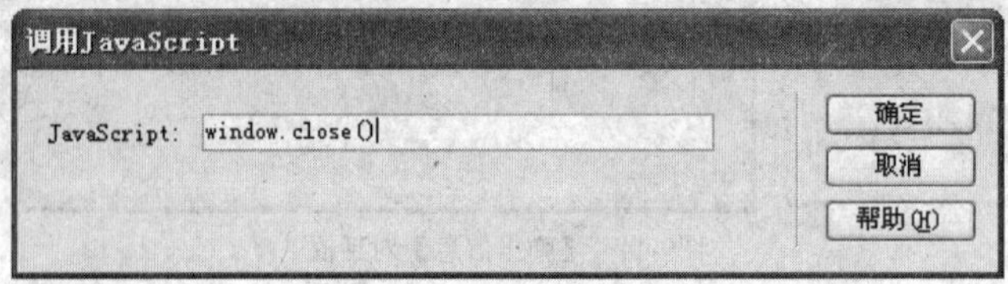

图9-47 【调用 JavaScript】对话框

当预览网页时，单击“关闭窗口”超级链接文本就会弹出提示信息框，询问用户是否关闭窗口，如图 9-48 所示。

图9-48 预览网页

单击 是(Y) 按钮关闭当前的浏览器窗口，单击 否(N) 按钮将回到浏览器窗口。

9.5.4 改变属性

【改变属性】行为用来改变网页元素的属性值，如文本的大小、字体，层的可见性，背景色，图片的来源以及表单的执行等。

改变属性

1. 新建网页文档“chap9-5-4.htm”，然后插入一个 AP Div，并在 AP Div 中输入文本，如图 9-49 所示。
2. 确认 AP Div 处于选中状态，然后在【行为】面板中单击 + 按钮，从弹出的【行为】菜单中选择【改变属性】命令，打开【改变属性】对话框。
3. 在对话框的【元素类型】下拉列表中选择【DIV】选项，此时【元素 ID】选项变为 AP Div 的名称（div"apDiv1"）。如果文档中有多个层，【元素 ID】下拉列表中就会有多个选项，选择某个 AP Div 就可对该 AP Div 的属性进行设置。在【属性】/【选择】下拉列表中选择【color】选项来设置颜色属性。在【新的值】文本框内输入“#FF0000”，如图 9-50 所示。

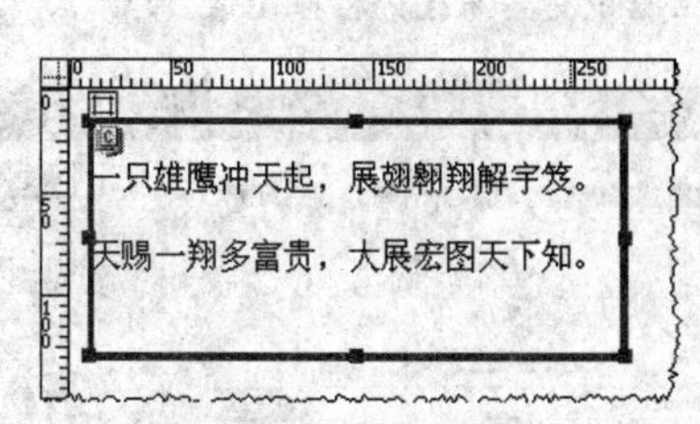

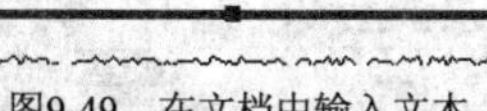

图9-49　在文档中输入文本

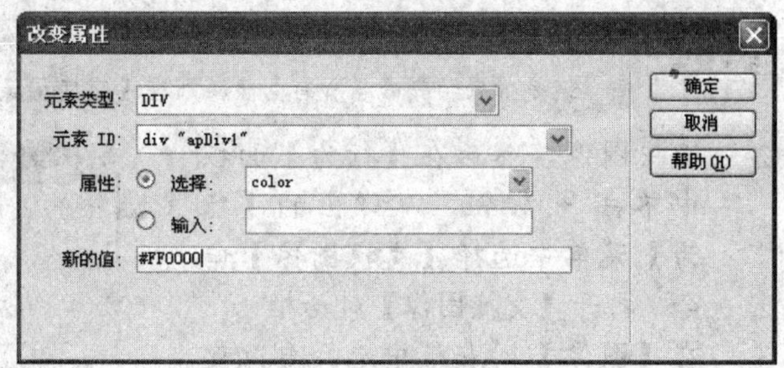

图9-50　【改变属性】对话框

4.　单击 确定 按钮关闭对话框，在【行为】面板中选择“onMouseOver”事件。

5.　运用相同的方法再添加一个“onMouseOut”事件，参数设置如图 9-51 所示。

6.　在【行为】面板中先后添加了两个【改变属性】行为，如图 9-52 所示。

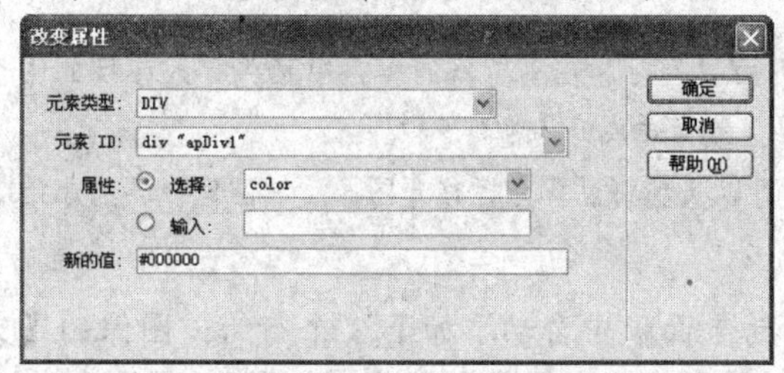

图9-51　添加一个“onMouseOut”事件

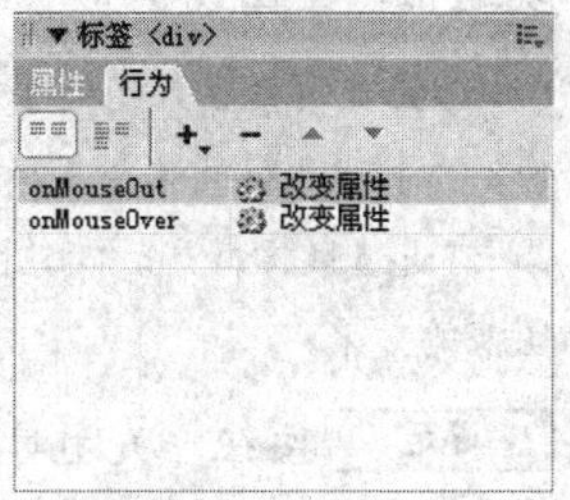

图9-52　【行为】面板

7.　按 F12 键预览网页，当鼠标经过 AP Div 时，文本颜色就会变成红色，离开 AP Div 时恢复原样，如图 9-53 所示。

一只雄鹰冲天起，展翅翱翔解宇笈。 天赐一翔多富贵，大展宏图天下知。	一只雄鹰冲天起，展翅翱翔解宇笈。 天赐一翔多富贵，大展宏图天下知。

图9-53　预览网页

9.5.5　交换图像

【交换图像】行为可以将一个图像替换为另一个图像，这是通过改变图像的“src”属性来实现的。在前一节中可以通过为图像添加【改变属性】行为来改变图像的“src”属性，不过【交换图像】行为更加复杂一些，可以使用这个行为来创建翻转的按钮及其他图像效果（包括同时替换多个图像）。

交换图像

1.　创建网页文档“chap9-5-5.htm”，然后在文档中插入图像“images/wangyx01.jpg”，并在【属性】面板中设置图像的名称为“wyx01”，如图 9-54 所示。

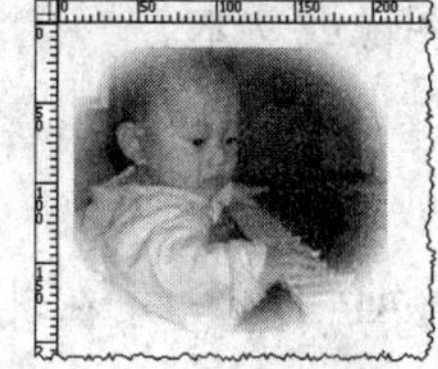

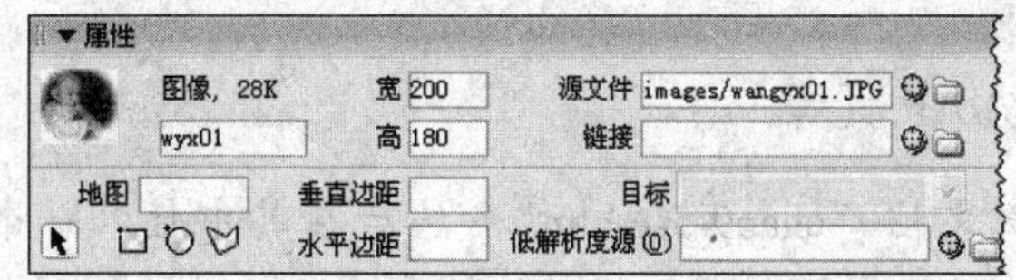

图9-54　在文档中插入图像

要点提示 【交换图像】行为在没有命名图像时仍然可以执行，它会在被附加到某对象时自动命名图像，但是如果预先命名所有图像，则在【交换图像】对话框中更容易区分相应图像。

2. 选中图像，然后在【行为】面板中单击 + 按钮，从弹出的【行为】菜单中选择【交换图像】命令，打开【交换图像】对话框。
3. 在【图像】列表框中选择要改变的图像，然后设置其【设定原始档为】选项，并勾选【预先载入图像】和【鼠标滑开时恢复图像】复选框，如图 9-55 所示。

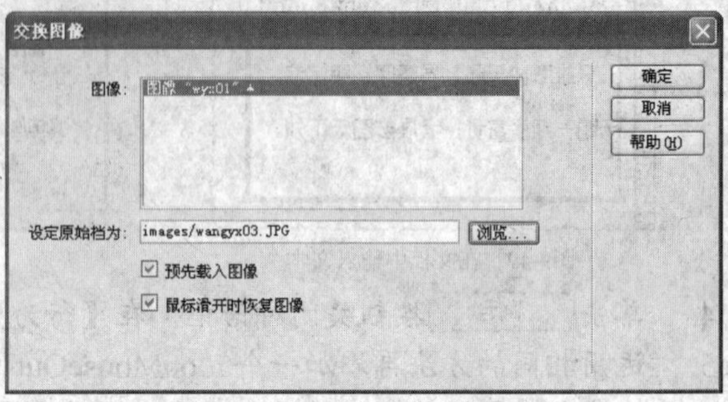

图9-55 【交换图像】对话框

要点提示 ① 勾选【预先载入图像】复选框可以在页面载入时，在浏览器的缓存中预先存入替换的图像，这样可以防止由于显示替换图像时需要下载而造成时间拖延。
② 勾选【鼠标滑开时恢复图像】复选框，可以实现将鼠标光标移开图像后，图像恢复为原始图像的效果。

4. 单击 确定 按钮，关闭对话框，在【行为】面板中自动添加了 3 个行为：图像的【交换图像】和【恢复交换图像】行为及文档的【预先载入图像】行为，如图 9-56 所示。
5. 预览网页，当鼠标滑过图像时，图像会发生变化，如图 9-57 所示。

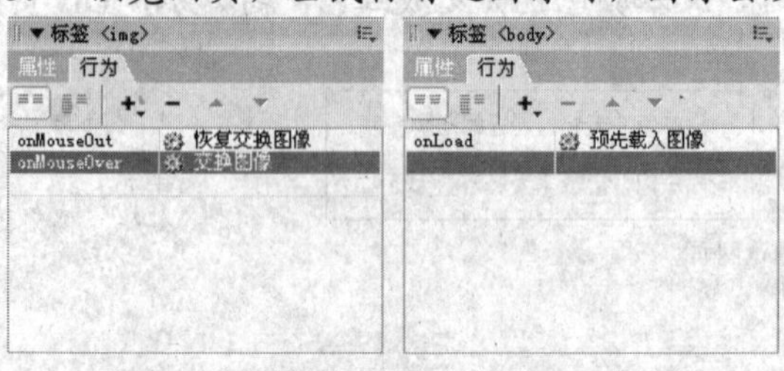

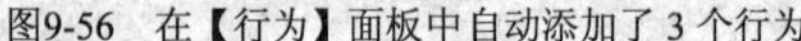
图9-56 在【行为】面板中自动添加了 3 个行为

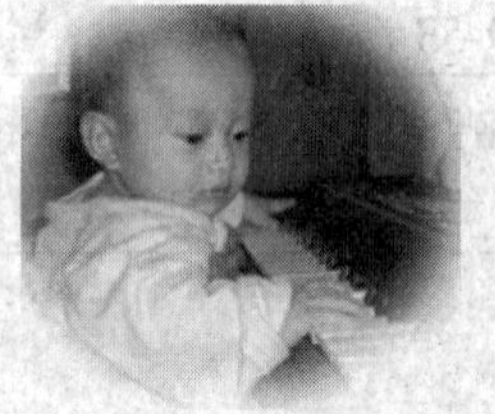

图9-57 预览效果

在使用【交换图像】行为时要注意，原始图像和替换图像的尺寸（宽和高）要完全一致，否则替换图像会为了符合原始图像的尺寸而发生变形。【恢复交换图像】行为用于将替换的图像恢复为原始的图像文件。在制作交换图像时，如果勾选【鼠标滑开时恢复图像】复选框，就相当于添加了【恢复交换图像】动作，而不必手动设置；如果没有勾选该复选框，那么在【动作】菜单中选择【恢复交换图像】命令就自动添加了恢复原始图像的行为动作。

9.5.6 拖动 AP 元素

如果使用了【拖动 AP 元素】行为，就可以制作出能让浏览者任意拖动的对象。不过，在开始制作前，需要在页面中先添加 AP Div，并在其中添加图像或文本。

拖动 AP 元素

1. 创建网页文档“chap9-5-6.htm”，然后在其中插入一个 AP Div，并在其中添加图像“images/wangyx01.jpg”，如图 9-58 所示。

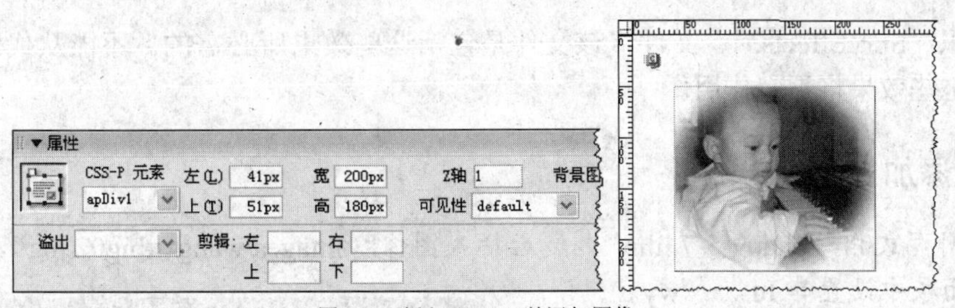

图9-58　插入 AP Div 并添加图像

2.　在文档中单击页面的空白部分，然后在【行为】面板中单击 + 按钮，从弹出的【行为】菜单中选择【拖动 AP 元素】命令，打开【拖动 AP 元素】对话框。

3.　根据需要对【基本】和【高级】选项卡中的内容进行设置，如图 9-59 所示。

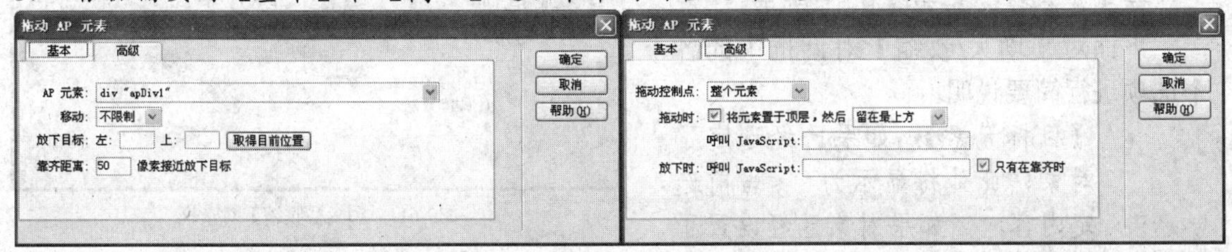

图9-59　【拖动 AP 元素】对话框

4.　单击 确定 按钮，关闭对话框并保存文档。这时就可以在浏览器中任意拖动图像了。

9.5.7　Spry 效果

"Spry 效果"是视觉增强功能，几乎可以将它们应用于使用 JavaScript 的 HTML 页面上的所有元素。设置该效果通常可以在一段时间内高亮显示信息、创建动画过渡或者以可视方式修改页面元素。可以将效果直接应用于 HTML 元素，而无需其他自定义标签。

要使某个元素应用效果，该元素必须处于当前选定状态，或者必须具有一个 Id。例如，如果要向当前未选定的 Div 标签应用高亮显示效果，该 Div 必须具有一个有效的 Id 值。如果该元素尚没有有效的 Id 值，则需要在 HTML 代码中添加一个。

利用该效果可以修改元素的不透明度、缩放比例、位置和样式属性（如背景颜色），也可以组合两个或多个属性来创建有趣的视觉效果。

由于这些效果都基于 Spry，因此，当用户单击应用了效果的对象时，只有对象会进行动态更新，不会刷新整个 HTML 页面。

在【行为】面板的下拉菜单中选择【效果】命令，其子命令如图 9-60 所示。

下面对【效果】命令的子命令进行简要说明。

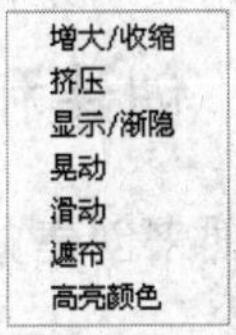

增大/收缩
挤压
显示/渐隐
晃动
滑动
遮帘
高亮颜色

图9-60　【效果】命令的子命令

- 【增大/收缩】: 使元素变大或变小。
- 【挤压】: 使元素从页面的左上角消失。
- 【显示/渐隐】: 使元素显示或渐隐。
- 【晃动】: 模拟从左向右晃动元素。
- 【滑动】: 上下移动元素。
- 【遮帘】: 模拟百叶窗，向上或向下滚动百叶窗来隐藏或显示元素。
- 【高亮颜色】: 更改元素的背景颜色。

当使用效果时，系统会在【代码】视图中将不同的代码行添加到文件中。其中的一行代

码用来标识“SpryEffects.js”文件，该文件是包括这些效果所必需的。不能从代码中删除该行，否则这些效果将不起作用。

添加 Spry 效果

1. 创建网页文档“chap9-5-7.htm”，然后插入图像“images/wangyxbig02.jpg”，并在【属性】面板中设置其 Id 为“wyx”。
2. 在【行为】面板中单击 + 按钮，从弹出的菜单中选择【效果】/【增大/收缩】命令，打开【增大/收缩】对话框，参数设置如图 9-61 所示。

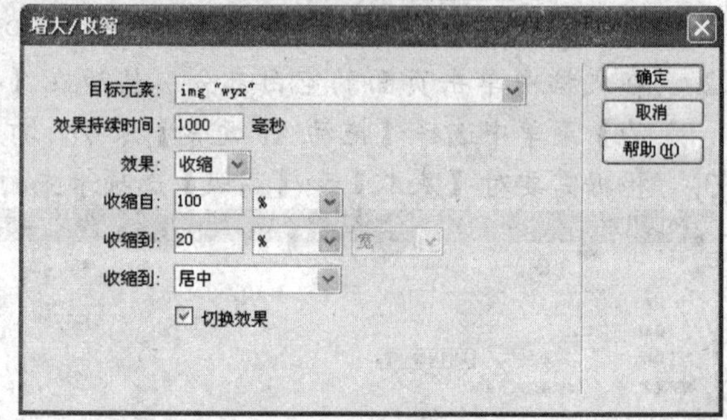

图9-61 【增大/收缩】对话框

下面对【增大/收缩】对话框中的各个选项进行简要说明。

- 【目标元素】: 如果已经选定了对象，此处将显示为“<当前选定内容>”，如果对象已经设置了 Id，也可以从下拉列表中选择相应的 Id 名称。
- 【效果持续时间】: 设置效果持续的时间，以“毫秒”为单位。
- 【效果】: 选择要应用的效果，包括“增大”和“收缩”。

3. 单击 确定 按钮，关闭对话框，在【行为】面板中添加了【增大/收缩】行为，同时检查默认事件是否正确，如图 9-62 所示。

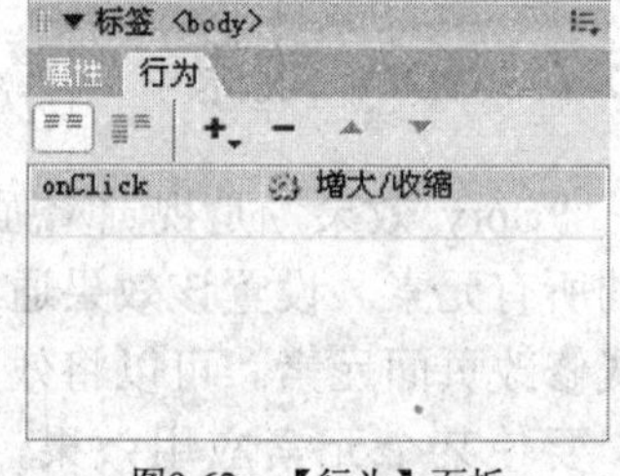

图9-62 【行为】面板

4. 保存文档，此时弹出【复制相关文件】对话框，单击 确定 按钮，关闭对话框并在浏览器中预览效果。

应用其他效果的方法与该方法大同小异，读者可自己进行练习，此处不再举例说明。

9.6 实例——制作“职业学校”网页模板

通过前面各节的学习，读者对库和模板的基本知识有了一定的了解。本节将以制作“馨华学校”网页模板为例，介绍库和模板的基本使用方法，让读者进一步巩固所学内容。

9.6.1 创建和编排库项目

下面来创建页眉和页脚两个库项目，然后添加内容。

创建和编排库项目

1. 将本章素材文件“综合实例\素材”文件夹下的内容复制到站点根文件夹下。
2. 在【资源】面板中创建两个库项目“top.lbi”和“foot.lbi”，然后打开库项目“top.lbi”。

下面创建 CSS 样式。

3. 在“css.css”中重新定义“body”标签的 CSS 样式，在【body 的 CSS 规则定义（在 css.css 中）】对话框的【区块】分类中，设置【文本对齐】为“居中”；在【方框】分类中设置边界全部为“0”。
4. 在“css.css”中重新定义“table”标签的样式，设置文本【大小】为“12 像素”。
5. 在“css.css”中创建【高级】CSS 样式“a:link,a:visited”，在【类型】分类中，设置文本【颜色】为“#006633”，【修饰】为“无”。
6. 在“css.css”中创建【高级】CSS 样式“a:hover”，在【类型】分类中，设置文本【颜色】为“#FF0000”，【修饰】为“下画线”。

下面编排页眉库项目的内容。

7. 插入一个 2 行 2 列的表格，其属性参数设置如图 9-63 所示。

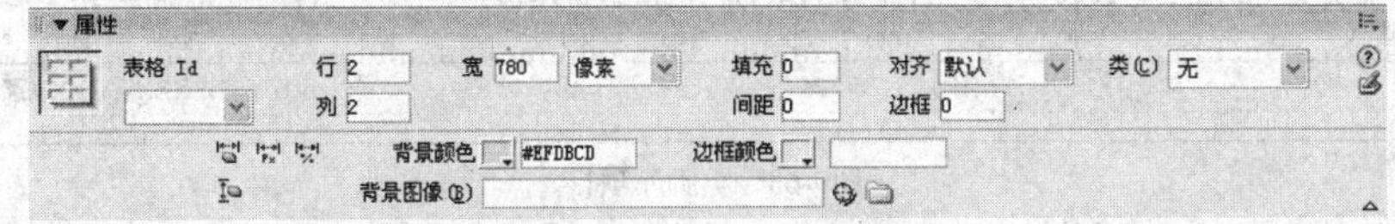

图9-63　表格属性参数设置

8. 对第 1 列的两个单元格进行合并，并在【属性】面板中设置其水平对齐方式为“居中对齐”，【宽】为“240”，然后在单元格中插入“images”文件夹下的学校标志文件“logo.gif”。
9. 设置第 2 列第 1 个单元格的水平对齐方式为“右对齐”，【高】为“30”，然后在单元格中再插入一个 1 行 3 列的嵌套表格，属性参数设置如图 9-64 所示。

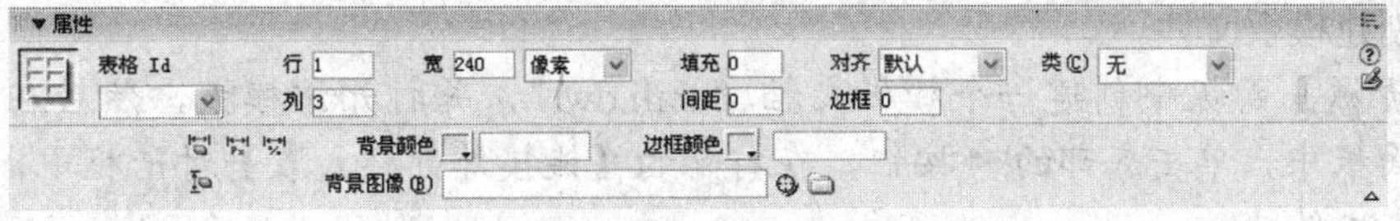

图9-64　表格属性参数设置

10. 设置嵌套表格 3 个单元格的水平对齐方式均为“右对齐”，【宽】均为“80”，然后在单元格中依次输入文本“设为主页”、“加入收藏”和“联系我们”。
11. 设置第 2 列第 2 个单元格的水平对齐方式为“右对齐”，【高】为“30”，然后在单元格中再插入一个 1 行 6 列的嵌套表格，属性参数设置如图 9-65 所示。

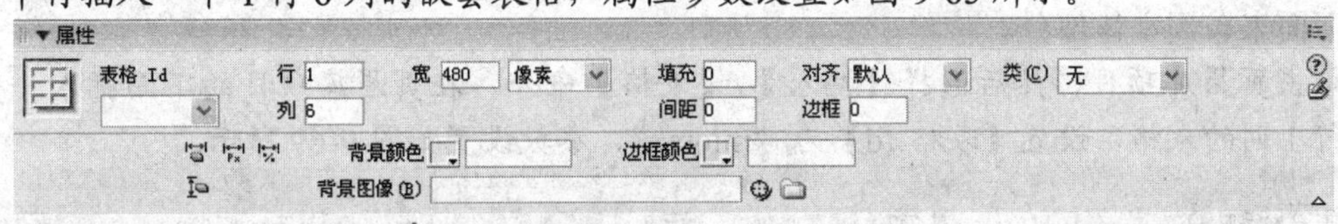

图9-65　表格属性参数设置

12. 设置嵌套表格所有单元格的水平对齐方式均为“居中对齐”，【宽】均为“80”，然后输入“学校主页”、“学校概况”、“课程设置”、“教学科研”、“学校社区”和“新闻消息”，并添加空链接“#”。
13. 保存页眉库文件，如图 9-66 所示。

下面编排页脚库项目的内容。

14. 打开库项目“foot.lbi”，然后单击【CSS 样式】面板底部的按钮，在打开的【链接外部样式表】对话框中链接外部样式表文件“css.css”。

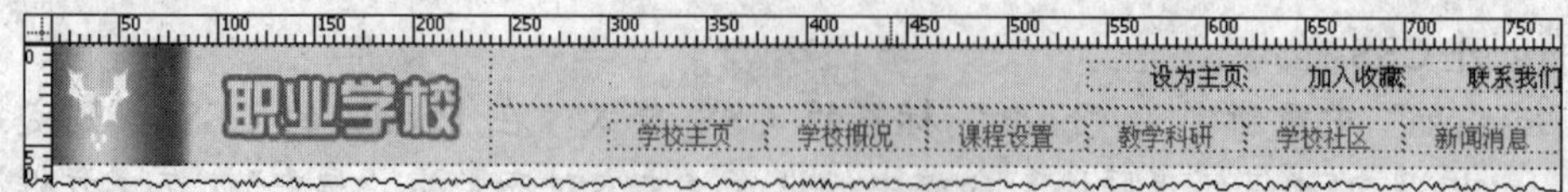

图9-66 页眉库项目

15. 在库项目中插入一个 1 行 6 列的表格，其属性参数设置如图 9-67 所示。

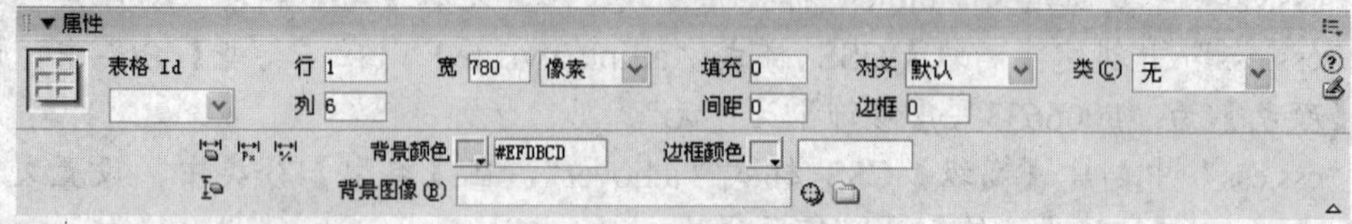

图9-67 表格属性参数设置

16. 设置最后一个单元格的水平对齐方式为“右对齐”，然后在其中输入文本“版权所有 XXX 省 XXX 市馨华学校”，如图 9-68 所示。

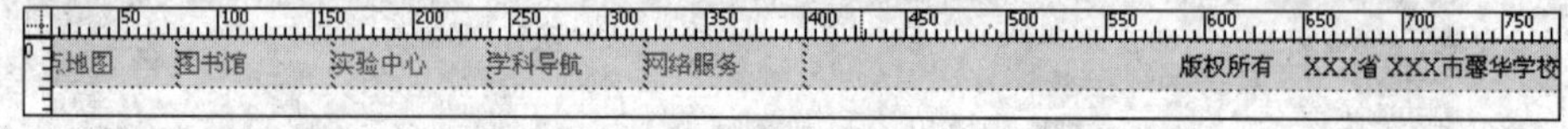

图9-68 页脚库项目

9.6.2 创建和编辑模板文档

下面首先来创建模板文件并添加模板对象。

创建和编排模板文档

下面创建模板文件。

1. 在【资源】面板中创建一个模板文档“shili.dwt”，并打开该模板，然后在【CSS 样式】面板中，单击底部的按钮，在打开的【链接外部样式表】对话框中，链接外部样式表文件“css.css”。

下面来插入库项目。

2. 将鼠标光标置于模板文档“shili.dwt”中，然后在【资源】面板中切换至【库】分类，并在列表框中选中库文件“top.lbi”，单击【资源】面板底部的 插入 按钮，将库项目插入到模板顶部，然后利用相同的方法将页脚库项目也插入到模板中。

下面来布局主体部分。

3. 单击页眉库项目，然后选择【插入】/【表格】命令，在页眉库项目的下面插入一个 1 行 1 列的表格，设置【表格 Id】为“midtab”，参数设置如图 9-69 所示。

图9-69 表格属性设置

4. 在“css.css”中创建基于表格“midtab”的【高级】CSS 样式“#midtab”，在【背景】分类中，设置【背景图像】为“images/background.jpg”，【重复】为“不重复”，【水平位置】为“左对齐”，【垂直位置】为“底部”。

5. 设置单元格的水平对齐方式为“右对齐”，垂直对齐方式为“顶端”，单元格的【高】

为“256 像素”，然后在其中插入一个 2 行 3 列的嵌套表格，设置【表格 Id】为“maintab”，其他参数设置如图 9-70 所示。

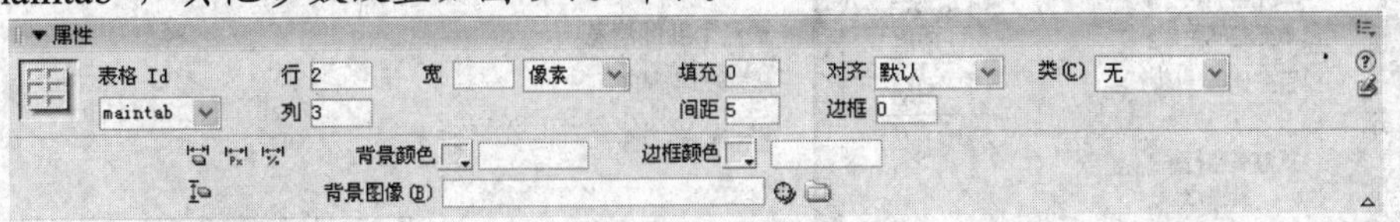

图9-70　表格属性参数设置

6. 选中表格中的所有单元格，设置其水平对齐方式为“左对齐”，垂直对齐方式为“顶端”，单元格【宽】为“150”，【高】为“120”，效果如图 9-71 所示。

图9-71　设置单元格属性后的效果

7. 在“css.css”中创建基于表格“maintab”的【高级】CSS 超级链接样式“#maintab a:link,#maintan a:visited”，设置文本【颜色】为“#0066FF”，无修饰效果。
8. 在“css.css”中创建基于表格“maintab”的【高级】CSS 超级链接悬停效果样式“#maintab a:hover”，设置文本【颜色】为“#000000”，有下画线。

下面插入模板对象可编辑区域。

9. 将鼠标光标定位在第 1 行的第 1 个单元格内，然后选择【插入记录】/【模板对象】/【可编辑区域】命令，打开【新建可编辑区域】对话框，在【名称】文本框中输入“校园公告”，然后单击 确定 按钮，在单元格内插入可编辑区域，如图 9-72 所示。

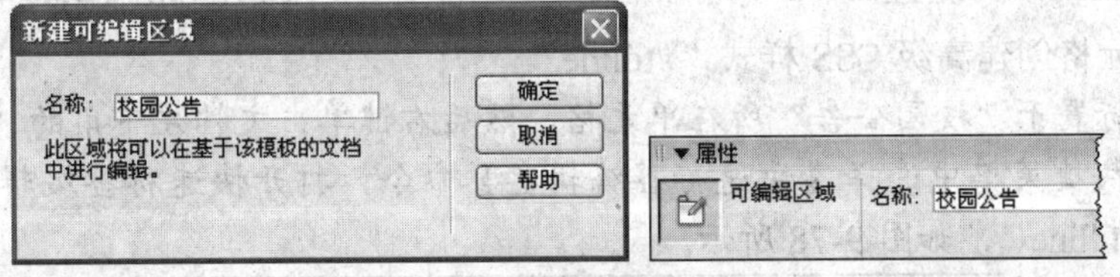

图9-72　插入可编辑区域

10. 运用同样的方法在第 2 行的第 1 个和第 2 个单元格内分别插入名称为“教学之星”和“学习之星”的可编辑区域，如图 9-73 所示。

下面来插入重复表格。

11. 将鼠标光标定位在第 1 行的第 2 个单元格内，然后选择【插入】/【模板对象】/【重复表格】命令，插入一个重复表格，如图 9-74 所示。

图9-73　插入可编辑区域

图9-74 插入重复表格

12. 单击可编辑区域“EditRegion4”的名称将其选择，在【属性】面板中将其修改为“内容1”，按照同样的方法修改可编辑区域“EditRegion5”的名称为“内容2”，如图9-75所示。

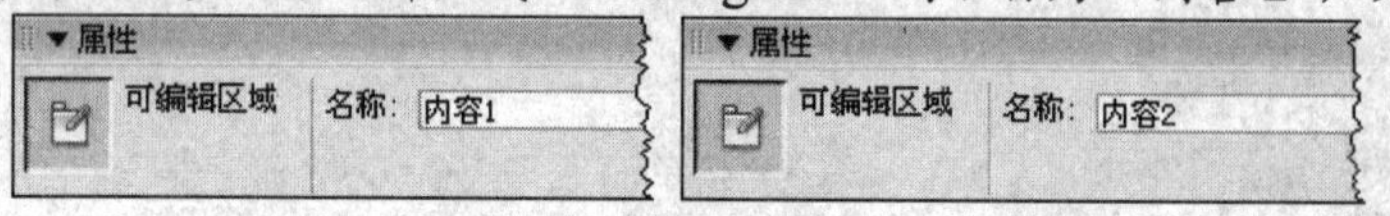

图9-75 修改可编辑区域名称

下面来插入重复区域。

13. 将第3列的两个单元格进行合并，然后选择【插入】/【模板对象】/【重复区域】命令，打开【新建重复区域】对话框，在【名称】文本框中输入“内容导读”，如图9-76所示，单击 确定 按钮，在单元格内插入名称为“内容导读”的重复区域。
14. 将重复区域内的文本“内容导读”删除，在其中插入符号“★”和两个换行符，然后在“★”和换行符之间再插入一个可编辑区域，如图9-77所示。

图9-76 插入重复区域

图9-77 插入可编辑区域

下面为单元格创建高级CSS样式“#tdline”。

15. 将鼠标光标置于“校园公告”所在单元格，然后右键单击文档左下角的“<td>”标签，在弹出的快捷菜单中选择【快速标签编辑器】命令，打开快速标签编辑器，在其中添加“id=“tdline””，如图9-78所示。

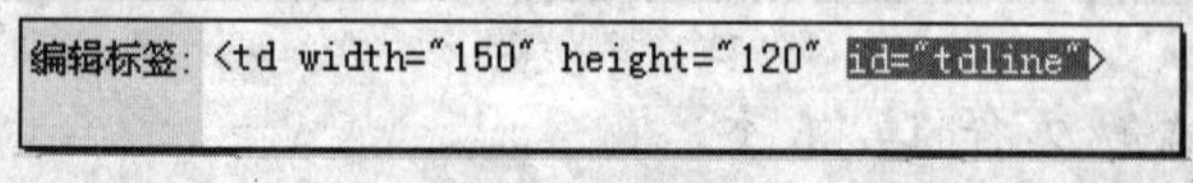

图9-78 快速标签编辑器

16. 在“css.css”中创建高级CSS样式“#tdline”，在【边框】分类中设置【样式】为“点划线”，【宽度】为“1像素”，【颜色】为“#99CC99”，如图9-79所示。
17. 分别将鼠标光标置于其他单元格内，并右键单击文档左下角的“<td>”标签，在弹出的快捷菜单中选择【设置ID】/【tdline】命令，把样式应用到这些单元格上，效果如图9-80所示。
18. 保存模板文件。

至此，模板就制作完成了。

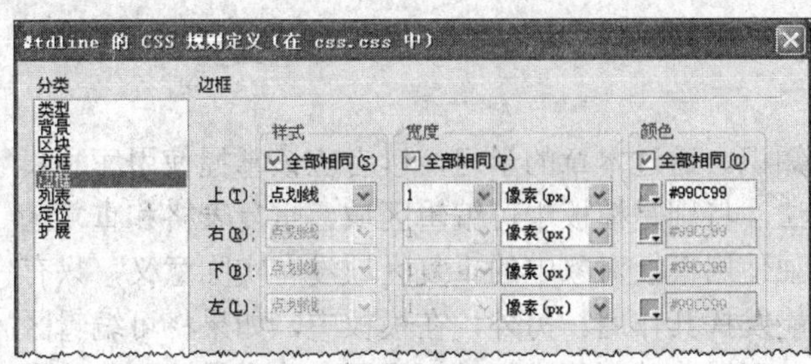

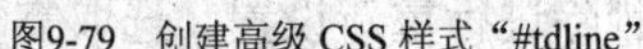

图9-79　创建高级 CSS 样式“#tdline”

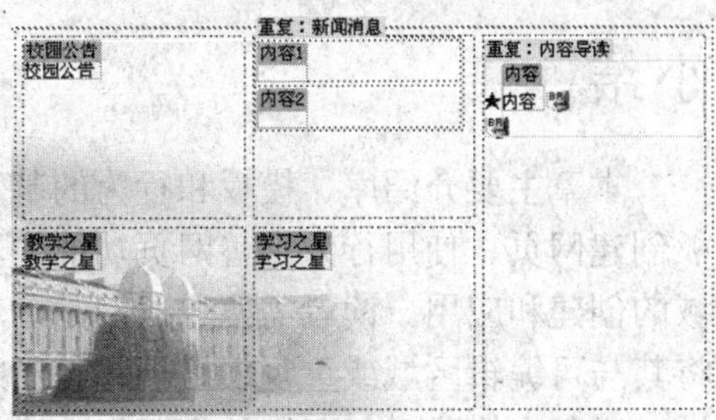

图9-80　应用单元格样式

9.6.3 使用模板创建网页

下面通过模板生成网页。

使用模板创建网页

1. 选择【文件】/【新建】命令，打开【新建文档】对话框，选择【模板中的页】/【chap11】/【shili】选项，然后勾选对话框右下角的【当模板改变时更新页面】复选框，以确保模板改变时更新基于模板的页面。
2. 单击 创建(R) 按钮打开文档，并将文档保存为“shili.htm”。
3. 将“校园公告”可编辑区域中的文本删除，然后插入一个 2 行 1 列、宽度为“100%”的表格，在【属性】面板中，设置【填充】、【间距】和【边框】均为“0”。
4. 设置第 1 个单元格的水平对齐方式为“居中对齐”，高度为“30 像素”，输入文本，并设置文本颜色为“#FF0000”，然后在第 2 个单元格中输入相应的文本。
5. 将“教学之星”和“学习之星”可编辑区域中的文本删除，分别添加图像文件“images/sxh.jpg”和“images/syx.jpg”，并使它们居中对齐。
6. 单击【重复：新闻消息】右侧的+按钮，给“新闻消息”栏目添加重复行，然后添加内容和空链接。
7. 将【重复：内容导读】中“内容”可编辑区域中的文本删除，然后单击右侧的+按钮，添加一个重复区域，最后输入相应的文本，如图 9-81 所示。

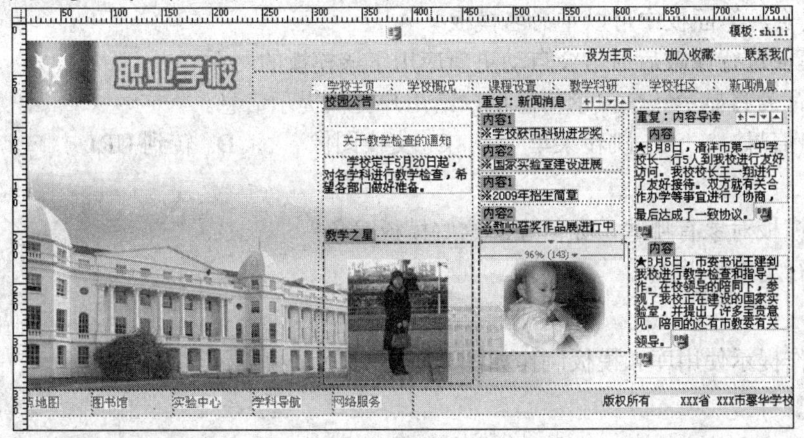

图9-81　添加内容

8. 保存文档并在浏览器中预览效果。

小结

本章主要介绍库、模板和行为的基本知识。通过本章的学习，读者应该掌握使用库和模板创建网页、使用行为完善网页功能的方法，特别是模板中可编辑区域、重复表格和重复区域的创建和应用。读者需要注意的是，单独使用模板对象中的重复区域没有实际意义，只有将其与可编辑区域或重复表格一起使用才能发挥其作用。另外，在模板中，如果将可编辑区域、重复表格或重复区域的位置指定错了，可以将其删除进行重新设置。选取需要删除的模板对象，然后选择【修改】/【模板】/【删除模板标记】命令或按 Delete 键即可。

习题

一、填空题

1. 创建的模板文件保存在网站根目录下的______文件夹内。
2. 模板中的______是指可以任意复制的指定区域，但单独使用没有意义。
3. 模板中的______是指可以创建包含重复行的表格格式的可编辑区域。
4. 行为的基本元素有两个：事件和______。
5. 交换图像行为是通过改变图像的______属性实现的。

二、选择题

1. 库文件的扩展名为______。
   A. .htm　　B. .asp　　C. .dwt　　D. .lbi
2. 模板文件的扩展名为______。
   A. .htm　　B. .asp　　C. .dwt　　D. .lbi
3. 对模板和库项目的管理主要是通过______。
   A. 【资源】面板　B. 【文件】面板　C. 【层】面板　D. 【行为】面板
4. 关于模板的说法错误的是______。
   A. 应用模板的网页可以从模板中分离
   B. 在【资源】面板中可以利用所有站点的模板创建网页
   C. 在【资源】面板中可以重命名模板
   D. 对模板进行修改后通常会自动更新应用了该模板的网页
5. ______行为将显示一个提示信息框，给用户提供提示信息。
   A. 弹出信息　　B. 跳转菜单　　C. 交换图像　　D. 转到 URL

三、问答题

1. 常用的模板对象有哪些，如何理解这些模板对象？
2. 常用的行为有哪些？

四、操作题

根据操作提示使用库和模板制作如图 9-82 所示网页模板。

【操作提示】

1. 创建页眉库文件“top_yx.lbi”，在其中插入一个 1 行 1 列、宽为“780 像素”的表格，设置【填充】、【间距】和【边框】均为“0”，表格对齐方式为“居中对齐”，然后在单元格中插入“image”文件夹下的图像文件“logo_yx.gif”。

图9-82　网页模板

2. 创建页脚库文件“foot_yx.lbi”，在其中插入一个 2 行 1 列、宽为“780 像素”的表格，设置【填充】、【间距】和【边框】均为“0”，表格对齐方式为“居中对齐”，然后设置单元格水平对齐方式为“居中对齐”，垂直对齐方式为“居中”，单元格高度为“25”，然后输入相应的文本。
3. 创建模板文件“lianxi.dwt”，设置页边距均为“0”，文本大小为“12 像素”，然后插入页眉和页脚两个库文件。
4. 在页眉和页脚中间插入一个 1 行 3 列、宽为“780 像素”的表格，设置【填充】、【间距】和【边框】均为“0”，表格对齐方式为“居中对齐”，然后设置所有单元格的水平对齐方式为“居中对齐”，垂直对齐方式为“顶端”，其中左侧和右侧单元格的宽度均为“180 像素”。
5. 在左侧单元格中插入名称为“左侧栏目”的可编辑区域。
6. 在中间单元格中插入名称为“中间栏目”的重复表格，如图 9-83 所示。然后把重复表格的两个单元格中的可编辑区域名称分别修改为“标题行”和“内容行”，并设置标题行单元格的高度为“25”，背景颜色为“#CCFFFF”。

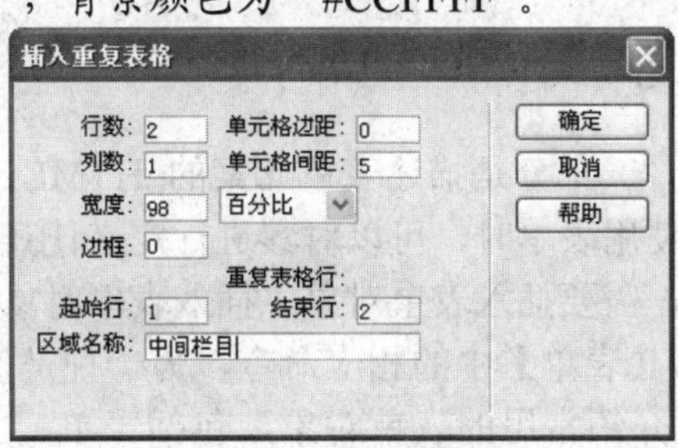

图9-83　插入重复表格

7. 在右侧单元格中插入名称为“右侧栏目”的重复区域，删除重复区域中的文本，然后在其中插入一个 1 行 1 列的表格，设置【表格宽度】为“98%”，【填充】和【边框】均为“0”，【间距】为“2”，最后在单元格插入名称为“右侧内容”的可编辑区域。
8. 保存模板，然后使用该模板创建一个网页文档，内容由读者自由添加。

第10章　创建动态网页

所谓动态网页，就是指网页中除含有 HTML 标记以外，还含有脚本代码。例如，使用 ASP 开发的动态网页，通常采用 VBScript 或者 JavaScript 脚本代码。表单是制作动态网页的基础，用户可以通过它向服务器传输信息，服务器通过它收集用户的信息。本章将介绍表单的基本知识以及通过服务器行为创建动态网页的基本方法。

【学习目标】

- 掌握插入表单对象的方法。
- 掌握创建数据库连接的方法。
- 掌握制作数据列表的方法。
- 掌握插入数据库记录的方法。
- 掌握更新数据库记录的方法。
- 掌握删除数据库记录的方法。
- 掌握限制用户对页面访问的方法。
- 掌握用户登录和注销的方法。
- 掌握检查新用户的方法。

10.1　插入表单对象

表单通常由两部分组成，一部分是描述表单元素的 HTML 源代码，另一部分是客户端处理用户所填信息的程序。使用表单时，可以对其进行定义使其与服务器端的表单处理程序相配合。在制作表单页面时，需要插入表单对象。插入表单对象通常有两种方法，一种是使用菜单栏中的【插入记录】/【表单】中的相应命令，另一种是使用【插入】/【表单】工具栏中的相应工具按钮。下面介绍常用的表单对象，包括表单、文本域、文本区域、单选按钮、复选框、列表/菜单、跳转菜单、图像域、文件域、隐藏域、字段集、标签、按钮等。

10.1.1　表单

在页面中插入表单对象时，首先需要在菜单栏中选择【插入记录】/【表单】/【表单】命令，插入一个表单区域，如图 10-1 所示，然后再在其中插入各种表单对象。当然，也可以直接插入表单对象，在首次插入表单对象时，将自动插入表单区域。

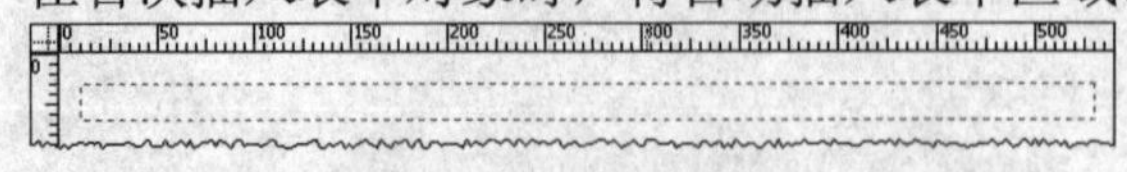

图10-1　插入表单区域

在【设计】视图中，表单的轮廓线以红色的虚线表示。如果看不到轮廓线，可以在菜单栏中选择【查看】/【可视化助理】/【不可见元素】命令显示轮廓线。

在文档窗口中，单击表单轮廓线将其选定，其【属性】面板如图 10-2 所示。

图10-2 表单的【属性】面板

下面对表单【属性】面板中的各选项及参数简要说明如下。

- 【表单名称】: 用于设置能够标识该表单的唯一名称，一般为英文名称。命名表单后，就可以使用脚本语言（如 JavaScript 或 VBScript）引用或控制该表单。如果不命名表单，Dreamweaver 将使用语法 formn（其中 n 表示数字）为表单生成一个名称，并为添加到页面中的每个表单递增 n 的值进行命名，如 form1、form2、form3 等。
- 【动作】: 用于设置一个在服务器端处理表单数据的页面或脚本，也可以输入电子邮件地址。
- 【方法】: 用于设置将表单内的数据传送给服务器的传送方式，其下拉列表中包括 3 个选项。

  【默认】是指用浏览器默认的传送方式，一般默认为“GET”。

  【GET】是指将表单内的数据附加到 URL 后面传送给服务器，服务器用读取环境变量的方式读取表单内的数据。因为 URL 的长度限制是 8 192 个字符，所以当表单内容比较多时就不能用这种传送方式。

  【POST】是指用标准输入方式将表单内的数据传送给服务器，服务器用读取标准输入的方式读取表单内的数据，在理论上这种方式不限制表单的长度。如果要收集机密用户名和密码、信用卡号或其他机密信息，POST 方法比 GET 方法更安全。但是，由 POST 方法发送的信息是未经加密的，容易被黑客获取。若要确保安全性，请通过安全的链接与安全的服务器相连。
- 【目标】: 用于指定一个窗口来显示应用程序或者脚本程序将表单处理完后所显示的结果。
- 【MIME 类型】: 用于设置对提交给服务器进行处理的数据使用“MIME”编码类型，默认设置“application/x-www-form-urlencoded”常与【POST】方法协同使用。如果要创建文件上传域，请指定“multipart/form-data MIME”类型。

10.1.2 文本域和文本区域

文本域是可以输入文本内容的表单对象。在 Dreamweaver 中可以创建一个包含单行或多行的文本域，也可以创建一个隐藏用户输入文本的密码文本域。选择【插入记录】/【表单】/【文本域】命令，或在【插入】/【表单】工具栏中单击 （文本字段）按钮，将在文档中插入文本域，如图 10-3 所示。

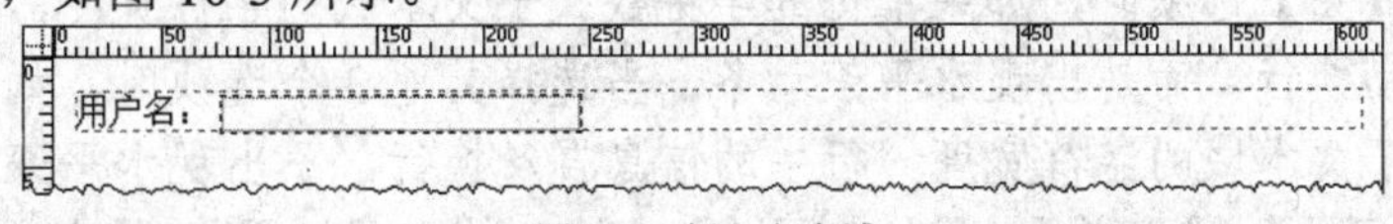

图10-3 插入文本域

如果在【首选参数】对话框的【辅助功能】分类中勾选了【表单对象】复选框，在插入表单对象时将显示【输入标签辅助功能属性】对话框，如图 10-4 所示。在该对话框中可以进一步设置表单对象的属性。如果在【输入标签辅助功能属性】对话框中单击 取消 按钮，表单对象也可以插入到文档中，但 Dreamweaver CS3 不会将它与辅助功能标签或属性相关联。如果在【首选参数】对话框的【辅助功能】分类中取消勾选【表单对象】复选框，在插入表单对象时，将不会出现【输入标签辅助功能属性】对话框。

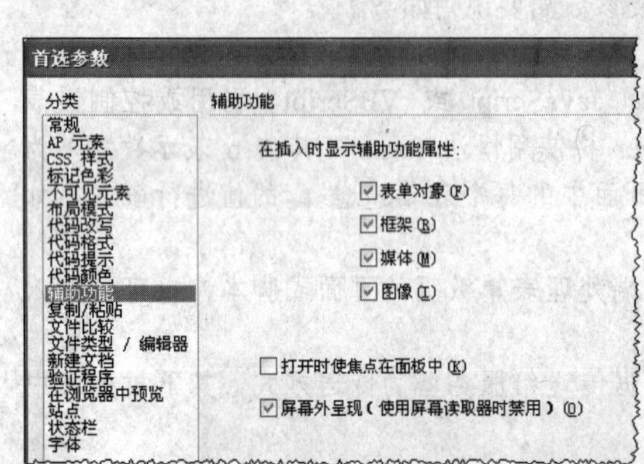

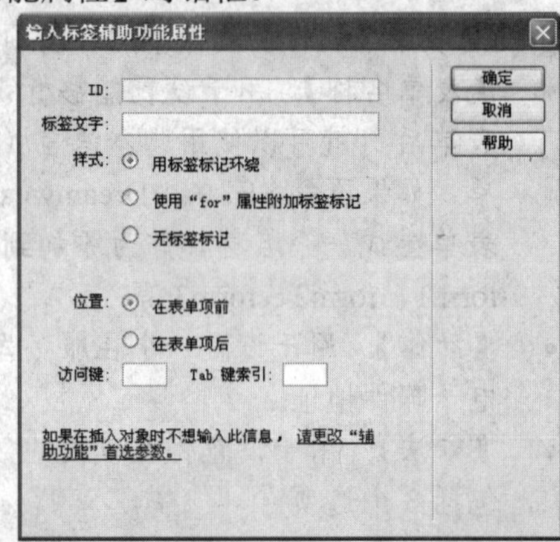

图10-4 表单辅助功能

单击并选中文本域，将显示其【属性】面板，如图 10-5 所示。

图10-5 文本域的【属性】面板

下面对文本域【属性】面板中的各项参数简要说明如下。

- 【文本域】：用于设置文本域的唯一名称。
- 【字符宽度】：用于设置文本域的宽度。
- 【最多字符数】：当文本域的【类型】选项设置为"单行"或"密码"时，该属性用于设置最多可向文本域中输入的单行文本或密码的字符数。例如，可以用这个属性限制密码最多为 10 位。
- 【初始值】：用于设置文本域中默认状态下填入的信息。
- 【类型】：用于设置文本域的类型，包括【单行】、【多行】和【密码】3 个选项。当选择【密码】选项并向密码文本域输入密码时，这种类型的文本内容显示为"*"号。当选择【多行】选项时，文档中的文本域将会变为文本区域。此时文本域【属性】面板中的【字符宽度】选项指的是文本域的宽度，默认值为 24 个字符，新增加的【行数】默认值为"3"。
- 【换行】：在其下拉列表中有【默认】、【关】、【虚拟】和【实体】4 个选项。当选择【关】选项时，如果单行的字符数大于文本域的字符宽度，行中的信息不会自动换行，而是出现水平滚动条。当选择其他 3 个选项时，如果单行的字符数大于文本域的字符宽度，行中的信息自动换行，不出现水平滚动条。

选择【插入记录】/【表单】/【文本区域】命令，或在【插入】/【表单】工具栏中单击

（文本区域）按钮，将在文档中插入文本区域，如图 10-6 所示。

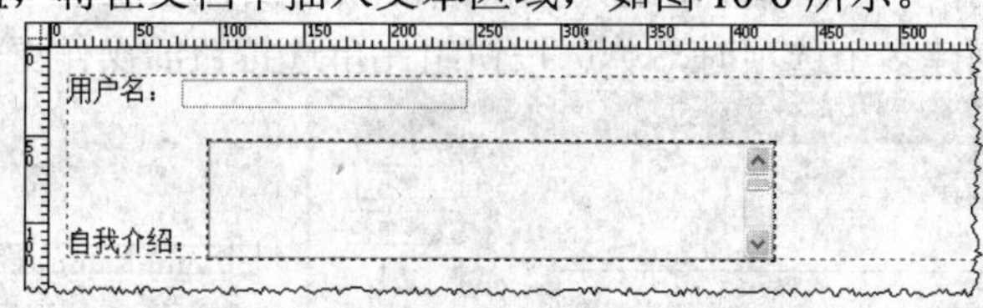

图10-6　插入文本区域

单击并选中插入的表单对象，将显示其【属性】面板，如图 10-7 所示。在【属性】面板中，通过设置【类型】为“单行”或“多行”可以实现文本域和文本区域之间的相互转换。

图10-7　文本区域的【属性】面板

10.1.3　单选按钮和单选按钮组

单选按钮主要用于标记一个选项是否被选中，单选按钮只允许用户从选项中选择唯一答案。单选按钮通常成组使用，同组中的单选按钮必须具有相同的名称，但它们的域值是不同的。选择【插入记录】/【表单】/【单选按钮】命令，或在【插入】/【表单】工具栏中单击（单选按钮）按钮，将在文档中插入单选按钮，如图 10-8 所示。

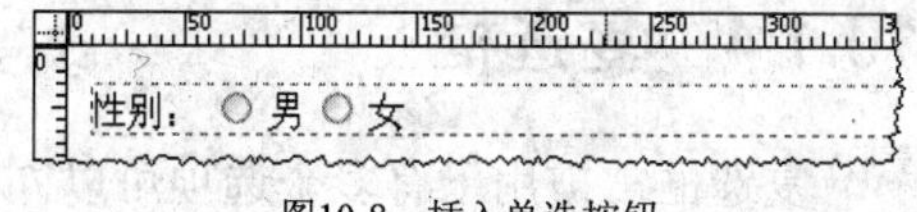

图10-8　插入单选按钮

单击并选择其中一个单选按钮，将显示其【属性】面板，如图 10-9 所示。在设置单选按钮属性时，需要依次选择各个单选按钮，分别进行设置。

图10-9　单选按钮的【属性】面板

下面对单选按钮【属性】面板的各项参数简要说明如下。

- 【单选按钮】：用于设置单选按钮的名称，所有同一组的单选按钮必须有相同的名字。
- 【选定值】：用于设置提交表单时单选按钮传送给服务端表单处理程序的值，同一组单选按钮应设置不同的值。
- 【初始状态】：用于设置单选按钮的初始状态是已被选中还是未被选中，同一组内的单选按钮只能有一个初始状态，即“已勾选”。

单选按钮一般以两个或者两个以上的形式出现，它的作用是让用户在两个或者多个选项中选择一项。既然单选按钮的名称都是一样的，那么依靠什么来判断哪个按钮被选定呢？因为单选按钮具有唯一性，即多个单选按钮只能有一个被选定，所以【选定值】选项就是判断的唯一依据。每个单选按钮的【选定值】选项被设置为不同的数值，如性别“男”单选按钮的【选定值】选项被设置为“1”，性别“女”单选按钮的【选定值】选项被设置为“0”。

另外，在菜单栏中选择【插入记录】/【表单】/【单选按钮组】命令，或在【插入】/

【表单】工具栏中单击 （单选按钮组）按钮，可以一次性在表单中插入多个单选按钮，如图 10-10 所示。在创建多个选项时，单选按钮组比单选按钮的操作更快捷。

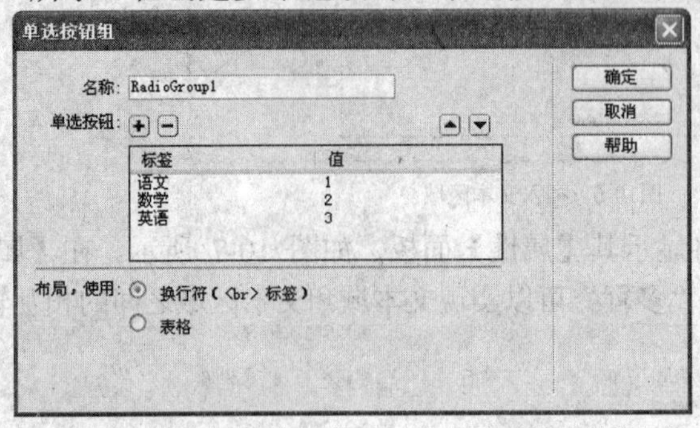

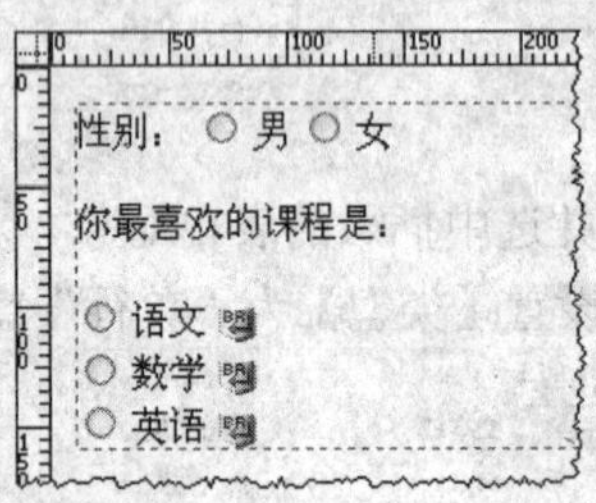

图10-10 插入单选按钮组

下面对【单选按钮组】对话框中的各项参数简要说明如下。

- 【名称】：用于设置单选按钮组的名称。
- 【单选按钮】：单击 按钮，向组内添加一个单选按钮项，同时可以指定标签文字和值；单击 按钮，在组内删除选定的单选按钮项；单击 按钮，将选定的单选按钮项上移；单击 按钮，将选定的单选按钮项下移。
- 【布局，使用】：可以使用换行符（
标签）或表格来布局单选按钮。

10.1.4 复选框

复选框常被用于有多个选项可以同时被选择的情况。每个复选框都是独立的，必须有一个唯一的名称。

选择【插入记录】/【表单】/【复选框】命令，或在【插入】/【表单】工具栏中单击 （复选框）按钮，将在文档中插入复选框，反复执行该操作将插入多个复选框，如图 10-11 所示。

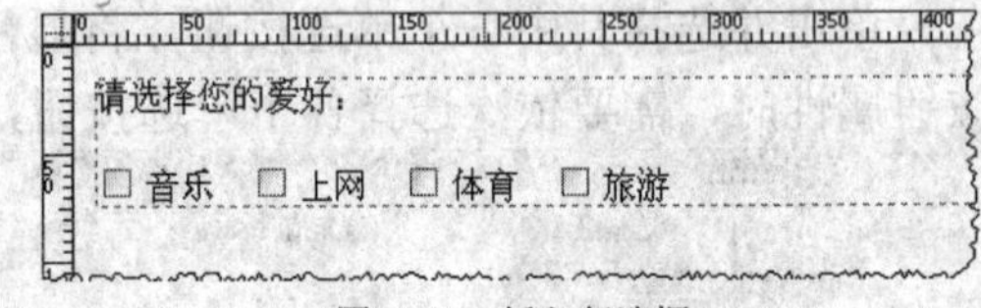

图10-11 插入复选框

单击并选中其中一个复选框，将显示其【属性】面板，如图 10-12 所示。在设置复选框属性时，需要依次勾选各个复选框，分别进行设置。

图10-12 复选框的【属性】面板

下面对复选框【属性】面板的各项参数简要说明如下。

- 【复选框名称】：用来设置复选框名称。
- 【选定值】：用来判断复选框被勾选与否，是提交表单时复选框传送给服务端表单处理程序的值。
- 【初始状态】：用来设置复选框的初始状态是“已勾选”还是“未选中”。

由于复选框在表单中一般都不单独出现，而是多个复选框同时使用，因此其【选定值】就显得格外重要。另外，复选框的名称最好与其说明性文字发生联系，这样在表单脚本程序的编制中将会节省许多时间和精力。由于复选框的名称不同，所以【选定值】可以取相同的值。

10.1.5　列表/菜单

列表/菜单可以显示一个包含有多个选项的可滚动列表，在列表中可以选择需要的项目。当空间有限而又需要显示许多菜单项时，列表/菜单将会非常有用。

选择【插入记录】/【表单】/【列表/菜单】命令，或在【插入】/【表单】工具栏中单击（列表/菜单）按钮，将在文档中插入列表/菜单，反复执行该操作将插入多个列表/菜单，如图 10-13 所示。

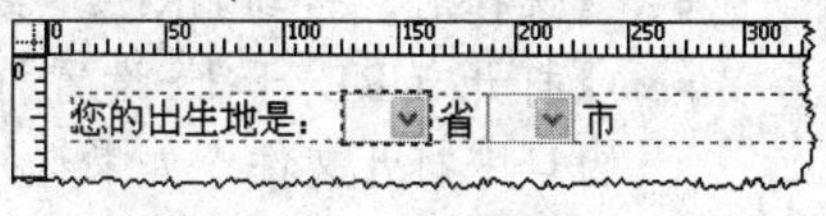

图10-13　插入列表/菜单

单击并选中其中的一个列表/菜单，将显示其【属性】面板，如图 10-14 所示。

图10-14　列表 / 菜单的【属性】面板

下面对列表/菜单【属性】面板的各项参数简要说明如下。

- 【列表 / 菜单】：用于设置列表/菜单的名称。
- 【类型】：用于设置是下拉菜单还是滚动列表。

  将【类型】选项设置为“列表”时，【高度】和【选定范围】选项为可选状态。其中，【高度】选项用于设置列表框中文档的高度，设置为“1”表示在列表中显示 1 个选项。【选定范围】选项用于设置是否允许多项选择，勾选【允许多选】复选框表示允许，否则为不允许。

  当【类型】选项设置为“菜单”时，【高度】和【选定范围】选项为不可选状态，在【初始化时选定】列表框中只能选择 1 个初始选项，文档窗口的下拉菜单中只显示 1 个选择的条目，而不是显示整个条目表。
- 列表值... 按钮：单击此按钮将打开【列表值】对话框，在这个对话框中可以增减和修改【列表/菜单】的内容。每项内容都有一个项目标签和一个值，标签将显示在浏览器中的列表/菜单中。当列表或者菜单中的某项内容被选中，提交表单时它对应的值就会被传送到服务器端的表单处理程序，若没有对应的值，则传送标签本身。
- 【初始化时选定】：文本列表框内首先显示列表/菜单的内容，然后可在其中设置列表/菜单的初始选项。单击欲作为初始选择的选项。若【类型】选项设置为“列表”，则可初始选择多个选项。若【类型】选项设置为“菜单”，则只能初始选择 1 个选项。

10.1.6　跳转菜单

跳转菜单利用表单元素形成各种选项的列表。当选择列表中的某个选项时，浏览器会立即跳转到一个新网页。

选择【插入记录】/【表单】/【跳转菜单】命令，或在【插入】/【表单】工具栏中单击（跳转菜单）按钮，将打开【插入跳转菜单】对话框，然后进行参数设置，如图 10-15 所示。

下面对【插入跳转菜单】对话框的各项参数简要说明如下。

- 【菜单项】：单击+按钮，添加一个菜单项；单击−按钮，删除一个菜单项；单击▲按钮，将选定的菜单项上移；单击▼按钮，将选定的菜单项下移。
- 【文本】：为菜单项输入在菜单列表中显示的文本。
- 【选择时，转到 URL】：设置要打开的 URL。
- 【打开 URL 于】：设置打开文件的位置，如果选择【主窗口】选项则在同一窗口中打开文件；如果选择【框架】选项则在所设置的框架中打开文件。
- 【菜单 ID】：设置菜单项的 ID。
- 【选项】：勾选【菜单之后插入前往按钮】复选框可以添加一个前往按钮，不用菜单选择提示；如果要使用菜单提示，则勾选【更改 URL 后选择第一个项目】复选框，效果如图 10-16 所示。

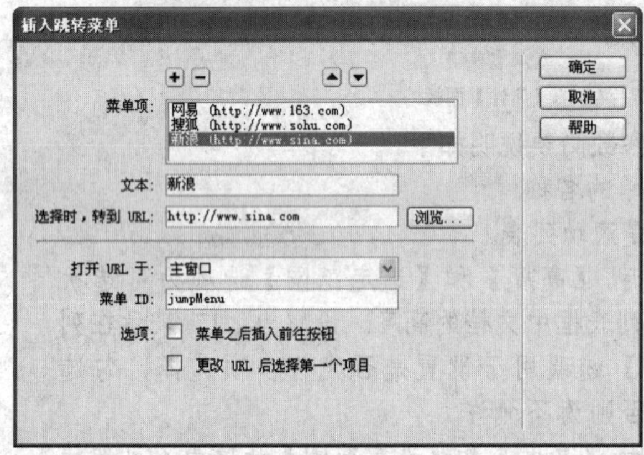

图10-15 【插入跳转菜单】对话框

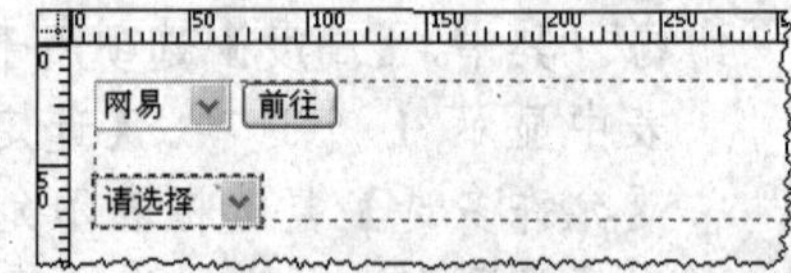

图10-16 插入跳转菜单

跳转菜单的外观和菜单相似，不同的是跳转菜单具有超级链接功能。但是一旦在文档中插入了跳转菜单，就无法再对其进行修改了。如果要修改，只能将菜单删除，然后再重新创建。这样做非常麻烦，而 Dreamweaver 所设置的【跳转菜单】行为可以弥补这个缺陷，读者可参考第 12 章有关【跳转菜单】行为的内容。

10.1.7 图像域

图像域用于在表单中插入一幅图像，使该图像生成图形化按钮，从而代替标准按钮的工作。在网页中使用图像域要比单纯使用按钮丰富得多。

选择【插入记录】/【表单】/【图像域】命令，或在【插入】/【表单】工具栏中单击（图像域）按钮，将打开【选择图像源文件】对话框，选择图像并单击确定按钮，一个图像域随即出现在表单中，如图 10-17 所示。

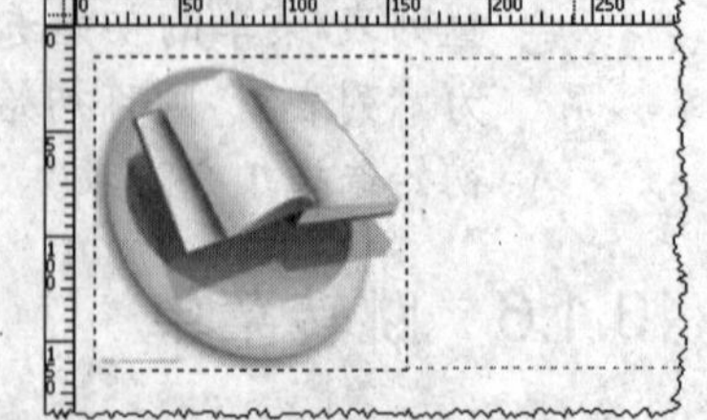

图10-17 插入图像域

单击并选中图像域将显示其【属性】面板，如图 10-18 所示。

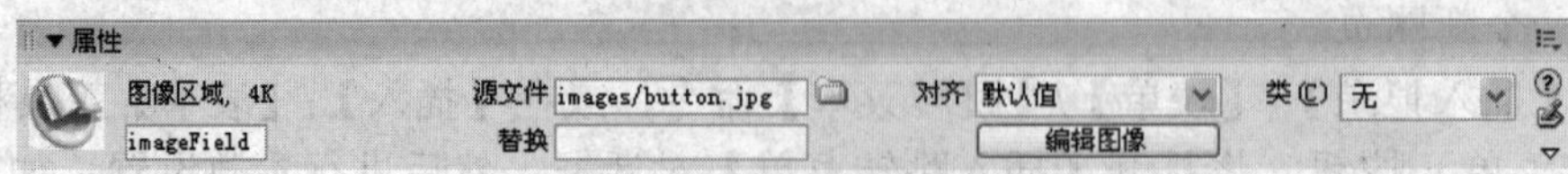

图10-18 图像域的【属性】面板

下面对图像域【属性】面板的各项参数简要说明如下。

- 【图像区域】：用于设置图像域名称。
- 【源文件】：指定要为图像域使用的图像文件。
- 【替换】：指定替换文本，当浏览器不能显示图像时，将显示该文本。
- 【对齐】：设置对象的对齐方式。
- 编辑图像：单击将打开默认的图像编辑软件对该图像进行编辑。

10.1.8　文件域

文件域的作用是使用户可以浏览并选择本地计算机上的某个文件，以便将该文件作为表单数据进行上传。当然，真正上传文件还需要相应的上传组件才能进行，文件域仅起供用户浏览并选择计算机上文件的作用，并不起上传的作用。文件域实际上比文本域只是多一个浏览...按钮。选择【插入记录】/【表单】/【文件域】命令，或在【插入】/【表单】工具栏中单击（文件域）按钮，将插入一个文件域，如图 10-19 所示。

单击并选中文件域，将显示其【属性】面板，如图 10-20 所示。

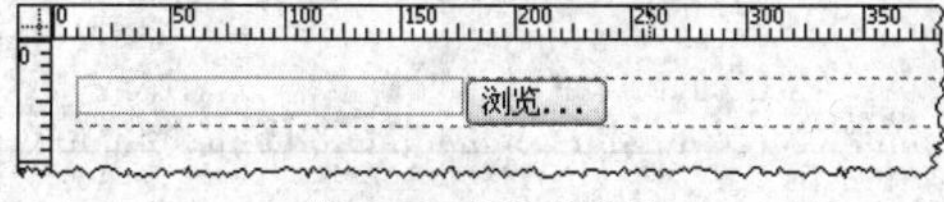

图10-19　插入文件域

图10-20　文件域的【属性】面板

下面对文件域【属性】面板的各项参数简要说明如下。

- 【文件域名称】：用于设置文件域的名称。
- 【字符宽度】：用于设置文件域的宽度。
- 【最多字符数】：用于设置文件域中最多可以容纳的字符数。

10.1.9　隐藏域

隐藏域主要用来储存并提交非用户输入信息，如注册时间、认证号等，这些都需要使用 JavaScript、ASP 等源代码来编写，隐藏域在网页中一般不显现。选择【插入记录】/【表单】/【隐藏域】命令，或在【插入】/【表单】工具栏中单击（隐藏域）按钮，将插入一个隐藏域，如图 10-21 所示。

单击选中隐藏域，将显示其【属性】面板，如图 10-22 所示。

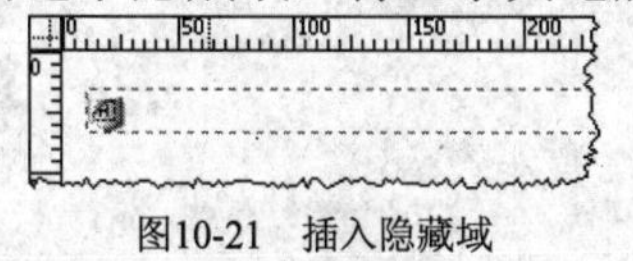
图10-21　插入隐藏域

图10-22　隐藏域的【属性】面板

【隐藏区域】文本框主要用来设置隐藏域的名称；【值】文本框内通常是一段 ASP 代码，如“<% =Date() %>”，其中“<%…%>”是 ASP 代码的开始、结束标志，而“Date()”表示当前的系统日期（如，2008-12-20），如果换成“Now()”则表示当前的系统日期和时间（如，2008-12-20 10:16:44），而“Time()”则表示当前的系统时间（如，10:16:44）。

10.1.10 字段集

使用字段集可以在页面中显示一个圆角矩形框，将一些内容相关的表单对象放在一起。

可以先插入字段集，然后再在其中插入表单对象。也可以先插入表单对象，然后将它们选择再插入字段集。选择【插入记录】/【表单】/【字段集】命令，或在【插入】/【表单】工具栏中单击（字段集）按钮，将打开【字段集】对话框，在【标签】文本框中输入标签名称，然后单击 确定 按钮插入一个字段集，如图 10-23 所示。

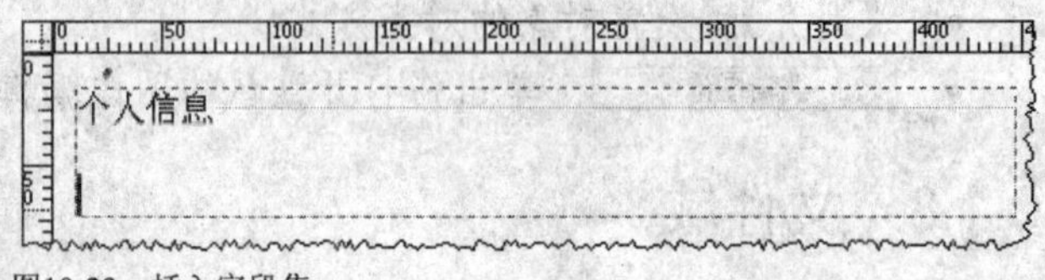

图10-23 插入字段集

10.1.11 标签

使用标签可以向源代码中插入一对 HTML 标签“<label></label>”。其作用与在【输入标签辅助功能属性】对话框的【样式】选项中选择【用标签标记环绕】单选按钮的用途是一样的。选择【插入记录】/【表单】/【标签】命令，或在【插入】/【表单】工具栏中单击（标签）按钮，即可插入一个标签，如图 10-24 所示。

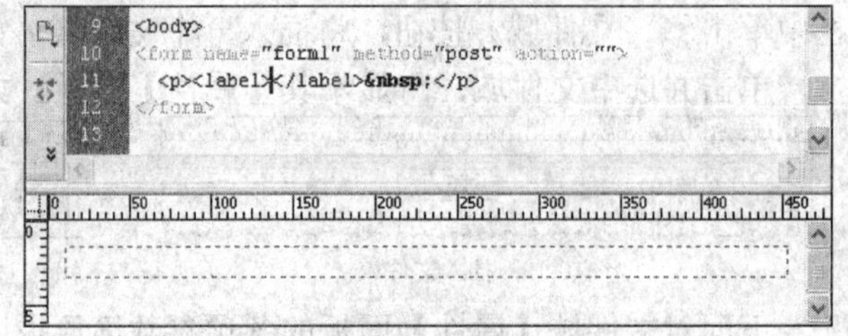

图10-24 插入标签

10.1.12 按钮

按钮对于表单来说是必不可少的，它可以控制表单的操作。使用按钮可以将表单数据提交到服务器，或者重置该表单。选择【插入记录】/【表单】/【按钮】命令，或在【插入】/【表单】工具栏中单击（按钮）按钮，将插入一个按钮，如图 10-25 所示。单击并选中按钮，将显示其【属性】面板，如图 10-26 所示。

提交

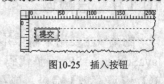

图10-25 插入按钮

图10-26 按钮的【属性】面板

下面对按钮【属性】面板的各项参数简要说明如下。

- 【按钮名称】：用于设置按钮的名称。
- 【值】：用于设置按钮上的文字，一般为“确定”、“提交”、“注册”等。
- 【动作】：用于设置单击该按钮后运行的程序，有以下 3 个选项。

  【提交表单】：单击该按钮后，将表单中的数据提交给表单处理应用程序。同时，Dreamweaver CS3 自动将此按钮的名称设置为“提交”。

  【重设表单】：单击该按钮后，表单中的数据将分别恢复到初始值。此时，Dreamweaver CS3 会自动将此按钮的名称设置为“重置”。

  【无】：单击该按钮后，表单中的数据既不提交也不重置。

10.2　Spry 验证表单对象

在制作表单页面时，为了确保采集信息的有效性，往往会要求在网页中实现表单数据验证的功能。Dreamweaver CS3 新增功能中的 Spry 框架提供了 4 个验证表单构件：Spry 验证文本域、Spry 验证文本区域、Spry 验证复选框和 Spry 验证选择。下面分别进行介绍。

10.2.1　Spry 验证文本域

Spry 验证文本域构件是一个文本域，该域用于在站点浏览者输入文本时显示文本的状态（有效或无效）。例如，可以向浏览者键入电子邮件地址的表单中添加验证文本域构件。如果访问者没有在电子邮件地址中键入“@”符号和句点，验证文本域构件会返回一条消息，声明用户输入的信息无效。

选择【插入记录】/【Spry】/【Spry 验证文本域】命令，或在【插入】/【Spry】工具栏中单击（Spry 验证文本域）按钮，将在文档中插入 Spry 验证文本域，如图 10-27 所示。

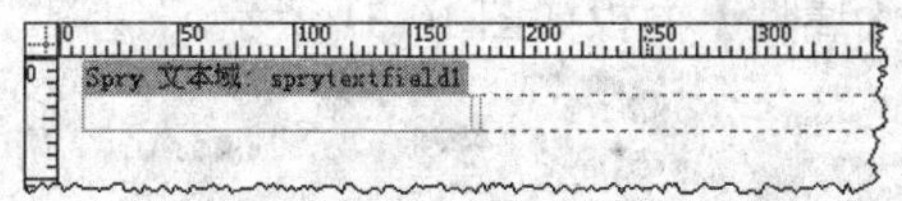

图10-27　插入 Spry 验证文本域

单击【Spry 文本域：sprytextfield1】，选中 Spry 验证文本域，其【属性】面板如图 10-28 所示。

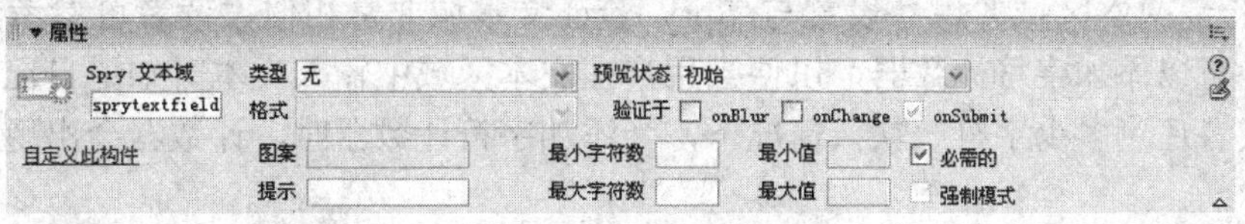

图10-28　Spry 验证文本域

下面对 Spry 验证文本域【属性】面板的常用参数简要说明如下。

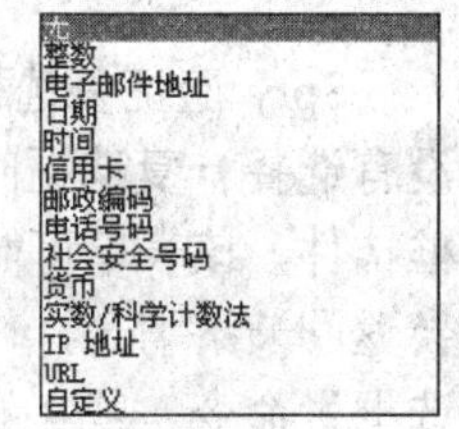

图10-29　验证类型

- 【Spry 文本域】：用于设置 Spry 验证文本域的名称。
- 【类型】：用于设置验证类型和格式，在其下拉列表中共包括 14 种类型，如图 10-29 所示。
- 【格式】：当在【类型】下拉列表中选择【日期】、【时间】、【信用卡】、【邮政编码】、【电话号码】、【社会安全号码】、【货币】或【IP 地址】时，该项可用，并根据各个选项的特点提供不同的格式设置。
- 【预览状态】：验证文本域构件具有许多状态，可以根据所需的验证结果，通过【属性】面板来修改这些状态。
- 【验证于】：用于设置验证发生的时间，包括浏览者在构件外部单击、键入内容或尝试提交表单时。
- 【最小字符数】和【最大字符数】：当在【类型】下拉列表中选择【无】、【整数】、【电子邮件地址】、【URL】时，还可以指定最小字符数和最大字符数。
- 【最小值】和【最大值】：当在【类型】下拉列表中选择【整数】、【时间】、【货币】、【实数/科学记数法】时，还可以指定最小值和最大值。
- 【必需的】：用于设置 Spry 验证文本域不能为空，必须输入内容。
- 【强制模式】：用于禁止用户在验证文本域中输入无效内容。例如，如果对

【类型】为“整数”的构件集选择此项，那么，当用户输入字母时，文本域中将不显示任何内容。

10.2.2 Spry 验证文本区域

Spry 验证文本区域构件是一个文本区域，该区域在用户输入几个文本句子时显示文本的状态（有效或无效）。如果文本区域是必填域，而用户没有输入任何文本，该构件将返回一条消息，声明必须输入值。选择【插入记录】/【Spry】/【Spry 验证文本区域】命令，或在【插入】/【Spry】工具栏中单击（Spry 验证文本区域）按钮，将在文档中插入 Spry 验证文本区域，如图 10-30 所示。单击【Spry 文本区域：sprytextarea1】选中 Spry 验证文本区域，其【属性】面板如图 10-31 所示。

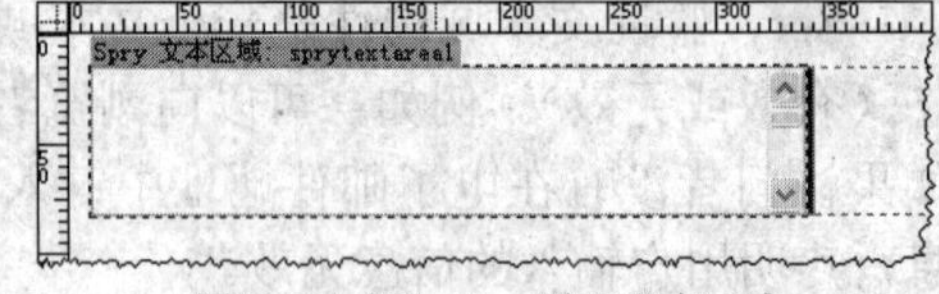

图10-30　插入 Spry 验证文本区域

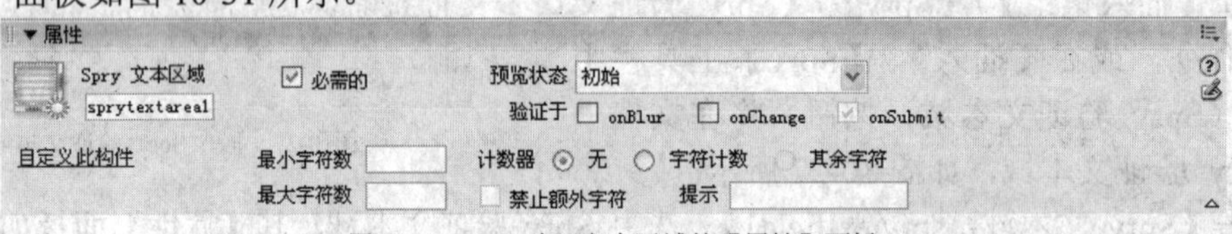

图10-31　Spry 验证文本区域的【属性】面板

Spry 验证文本区域的属性设置与 Spry 验证文本域非常相似，读者可参考上一节的介绍。另外，可以添加字符计数器，以便当用户在文本区域中输入文本时知道自己已经输入了多少字符或者还剩多少字符。默认情况下，当添加字符计数器时，计数器会出现在构件右下角的外部。

10.2.3 Spry 验证复选框

Spry 验证复选框构件是 HTML 表单中的一个或一组复选框，该复选框在用户选择（或没有选择）复选框时会显示构件的状态（有效或无效）。例如，可以向表单中添加验证复选框构件，该表单可能会要求用户进行 3 项选择。如果用户没有进行所有这 3 项选择，该构件会返回一条消息，声明不符合最小选择数要求。选择【插入记录】/【Spry】/【Spry 验证复选框】命令，或在【插入】/【Spry】工具栏中单击（Spry 验证复选框）按钮，将在文档中插入 Spry 验证复选框，如图 10-32 所示。单击【Spry 复选框：sprycheckbox1】选中 Spry 验证复选框，其【属性】面板如图 10-33 所示。

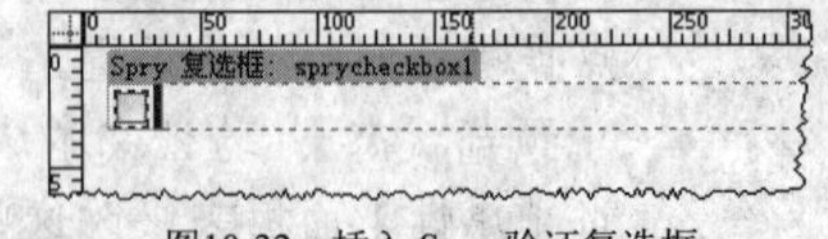

图10-32　插入 Spry 验证复选框

默认情况下，Spry 验证复选框设置为“必需（单个）”。但是，如果在页面上插入了多个复选框，则可以指定选择范围，即设置为“强制范围（多个复选框）”，然后设置【最小选择数】和【最大选择数】参数。

图10-33　Spry 验证复选框的【属性】面板

10.2.4　Spry 验证选择

Spry 验证选择构件是一个下拉菜单，该菜单在用户进行选择时会显示构件的状态（有效或无效）。例如，可以插入一个包含状态列表的验证选择构件，这些状态按不同的部分组合并用水平线分隔。如果用户意外选择了某条分界线（而不是某个状态），验证选择构件会向用户返回一条消息，声明他们的选择无效。选择【插入记录】/【Spry】/【Spry 验证选择】命令，或在【插入】/【Spry】工具栏中单击（Spry 验证选择）按钮，将在文档中插入 Spry 验证选择域，如图 10-34 所示。Dreamweaver CS3 不会添加这个构件相应的菜单项和值，如果要添加菜单项和值，必须选中构件中的菜单域，在列表/菜单【属性】面板中进行设置，如图 10-35 所示。

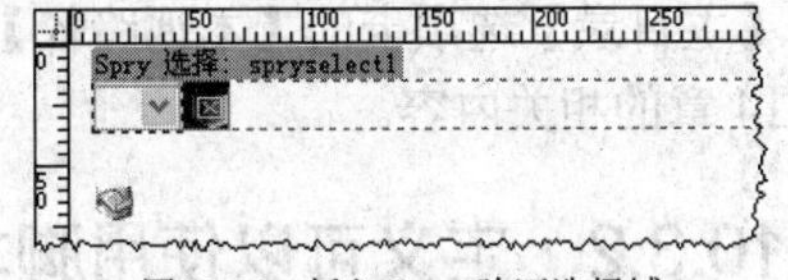

图10-34　插入 Spry 验证选择域

图10-35　在列表/菜单【属性】面板中添加菜单项和值

单击【Spry 选择：spryselect1】选中 Spry 验证选择域，其【属性】面板如图 10-36 所示。

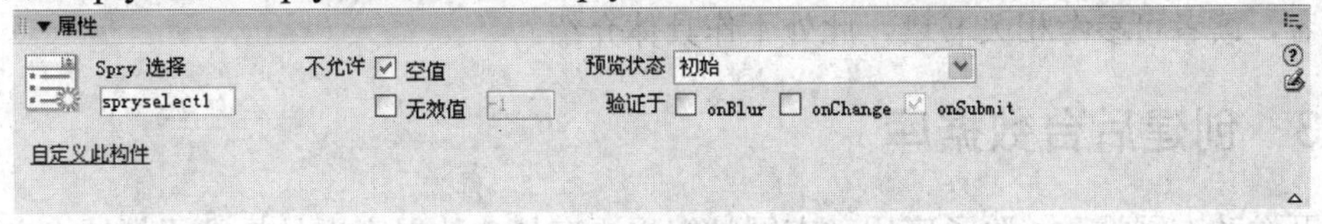

图10-36　Spry 验证选择域的【属性】面板

【不允许】选项组包括【空值】和【无效值】两个复选框。如果勾选【空值】复选框，表示所有菜单项都必须有值；如果勾选【无效值】复选框，可以在其后面的文本框中指定一个值，当用户选择与该值相关的菜单项时，该值将注册为无效。例如，如果指定“-1”是无效值（即勾选【无效值】复选框，并在其后面的文本框中输入“-1”），并将该值赋给某个选项标签，则当用户选择该菜单项时，将返回一条错误的消息，如图 10-37 所示。

图10-37　设置【无效值】复选框

10.3　搭建 ASP 应用程序开发环境

在创建带有后台数据库的动态网页之前，首先需要做好 3 个方面的工作：一是配置 IIS 服务器；二是在 Dreamweaver CS3 中定义可以使用脚本语言的站点；三是提前创建好后台数据库。下面分别进行介绍。

10.3.1 配置 IIS 服务器

为了便于测试，建议直接在本机上安装并配置 IIS 服务器。Windows XP Professional 中的 IIS 服务器在默认状态下是没有安装的，所以在第 1 次使用时应首先安装 IIS 服务器。可以通过在【控制面板】/【管理工具】中双击【Internet 信息服务】选项，打开【Internet 信息服务】窗口进行 IIS 服务器的配置，特别要注意设置好【网站】选项卡的【IP 地址】选项、【主目录】选项卡的【本地路径】选项以及【文档】选项卡的默认首页文档。详情可参考第 14 章的相关内容。

10.3.2 定义可以使用脚本语言的站点

在 Dreamweaver CS3 中定义站点时，为站点起一个名字，并设置站点的 HTTP 地址，如“http://10.6.4.8/”。使用的服务器技术是“ASP VBScript”，在本地进行编辑和测试，文件的存储位置和 IIS 中主目录位置一致。浏览站点根目录的 URL 仍为“http://10.6.4.8/”，最后测试设置是否成功，暂时不使用远程服务器。

ASP（Active Server Pages）是由 Microsoft 公司推出的专业 Web 开发语言。ASP 可以使用 VBScript、JavaScript 等语言编写，具有简单易学、功能强大等优点，因此受到了广大 Web 开发人员的青睐。因此，本章使用的脚本语言选择“ASP VBScript”。关于 ASP 语言的详细内容，读者可参考相关书籍，此处不作具体介绍。

10.3.3 创建后台数据库

在开发动态网站时，除了应用动态网站编程语言外，数据库也是最常用的技术之一。利用数据库，可以存储和维护动态网站中的数据，这样可以高效地管理动态网站中的信息。

一个数据库可以包含多个表，每个表具有唯一的名称。这些表可以是相关的，也可以是互相独立的。表中每一列代表一个域，每一行代表一条记录。

从一个或多个表中提取的数据子集称为记录集。记录集也是一种表，因为它是共享相同列的记录的集合。定义记录集是利用数据库创建动态交互网页的重要步骤。

Access 是 Microsoft Office 办公系统中的一个重要组件。它是最常用的桌面数据库管理系统之一。作为用户访问量不是很大的小型站点，使用 Access 设计数据库是可行的。下面介绍创建 Access 数据库的方法。

本节创建的数据库“book.mdb”位于本章素材文件夹“例题文件\素材”下，包括“mybooks”和“optioner”两个数据表。这些数据表的创建都是与应用程序的实际需要密切相关的，其中“mybooks”表用来保存书目信息，“optioner”表用来保存管理员信息，如图 10-38 所示。

mybooks : 表

id	bookname	author	press	date	price
1	男生和女生	清晨	文艺出版社	2008-5-20	¥18.00
2	山中的那朵花	绿叶	艺苑出版社	2008-8-18	¥20.50
3	馨华的故事	学学	红叶出版社	2008-10-16	¥26.00
4	青春校园	叶子	雨露出版社	2008-11-15	¥16.00
5	一翔出生在3月	馨华	太阳出版社	2008-12-12	¥22.00
6	我的家乡在中国	大陆	文艺出版社	2008-12-16	¥28.00
(自动编号)					¥0.00

记录: 6 共有记录数: 6

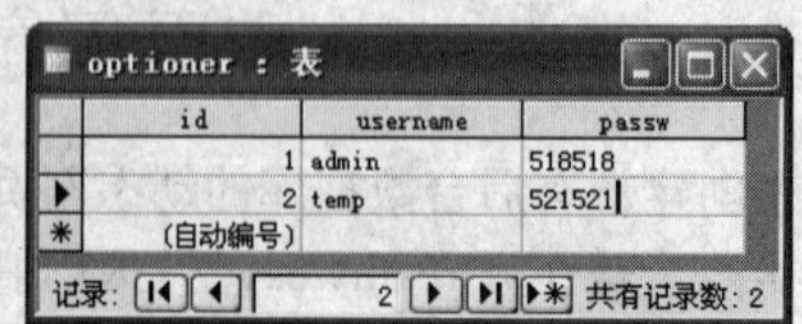

optioner : 表

id	username	passw
1	admin	518518
2	temp	521521
(自动编号)		

记录: 2 共有记录数: 2

图10-38 “mybooks”表和“optioner”表

10.4　制作数据列表

制作数据库应用的基本程序是，首先建立数据库连接，然后通过这个数据库连接创建记录集，最后对记录集进行查询、读取或者插入、更新、删除，从而实现对数据库的操作。下面介绍显示数据库记录的方法，具体包括创建数据库连接、创建记录集、添加动态数据、添加重复区域、记录集分页、显示记录记数等。

10.4.1　创建数据库连接

ASP 应用程序必须通过开放式数据库连接（ODBC）驱动程序（或对象链接）和嵌入式数据库（OLE DB）提供程序连接到数据库。该驱动程序或提供程序用作解释器，能够使 Web 应用程序与数据库进行通信。

创建数据库连接必须在打开 ASP 网页的前提下进行，数据库连接创建完毕后，站点中的任何一个 ASP 网页都可以使用该数据库连接。常用的创建数据库连接的方式有两种，一种是以连接字符串方式创建数据库连接；另一种是以数据源名称 DSN 方式创建数据库连接。连接字符串是手动编码的表达式，它会标识数据库并列出连接到该数据库所需的信息。DSN 是单个词的标识符（如“myConnection”），它指向数据库并包含连接到该数据库所需的全部信息。下面分别进行介绍。

一、 通过连接字符串创建数据库连接

如果站点使用的是租用的空间，建议通过连接字符串创建数据库连接，因为使用 DSN 方式是不现实的。下面介绍通过连接字符串创建数据库连接的方法。

通过连接字符串创建数据库连接

1. 选择【文件】/【新建】命令，打开【新建文档】对话框，选择【空白页】/【ASP VBScript】/【无】选项。
2. 单击 创建(R) 按钮，创建一个空白网页文档，然后将文档保存为“chap10-4.asp”。
3. 选择【窗口】/【数据库】命令，打开【数据库】面板，如图 10-39 所示。
4. 在【数据库】面板中单击 + 按钮，在弹出的菜单中选择【自定义连接字符串】命令，打开【自定义连接字符串】对话框，在【连接名称】文本框中输入连接名称“conn”，在【连接字符串】文本框中输入连接字符串“"Provider=Microsoft.Jet.OLEDB.4.0;Data Source=" & Server.MapPath("/data/book.mdb")”，如图 10-40 所示。

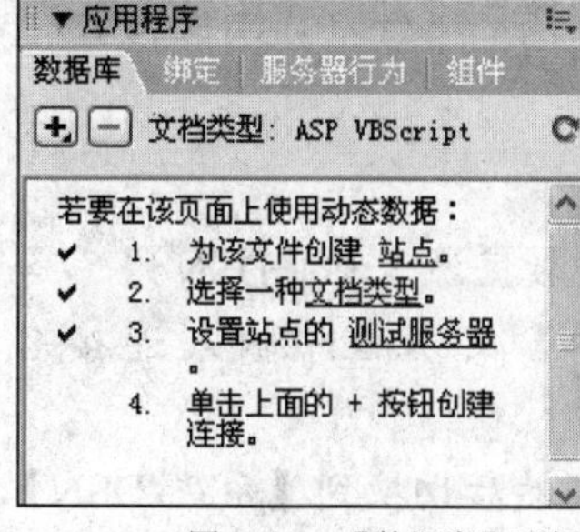

图10-39　【数据库】面板

图10-40　【自定义连接字符串】对话框

如果连接字符串中使用的是虚拟路径“/data/book.mdb”，则必须选择【使用测试服务器上的驱动程序】单选按钮；如果连接字符串中使用的是物理路径，则必须选择【使用此计算机上的驱动程序】单选按钮。

5. 单击[测试]按钮，弹出一个显示“成功创建连接脚本”的消息提示框，说明设置成功。
6. 测试成功后，在【自定义连接字符串】对话框中单击[确定]按钮关闭对话框，然后在【数据库】面板中展开创建的连接，会看到数据库中包含的表名及表中的各字段，如图 10-41 所示。

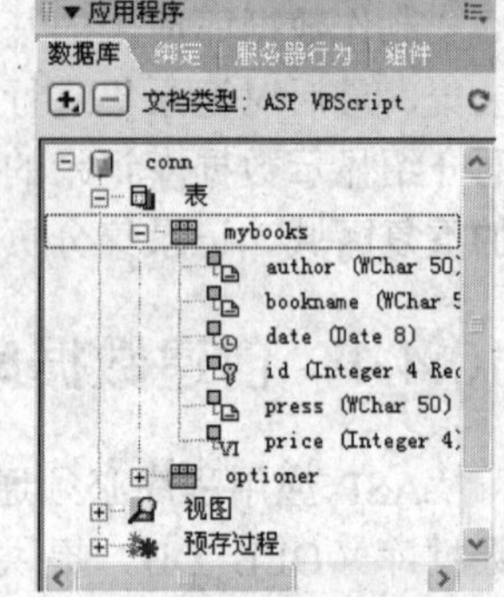

图10-41 创建数据库连接

成功创建连接后，系统自动在站点管理器的文件列表中创建专门用于存放连接字符串的文档“conn.asp”及其文件夹“Connections”。

目前使用 OLE DB 原始驱动面向 Access、SQL 两种数据库的连接字符串已被广泛使用。Access 97 数据库的连接字符串有以下两种格式。

- "Provider=Microsoft.Jet.OLEDB.3.5;Data Source=" & Server.MapPath ("数据库文件相对路径")
- "Provider=Microsoft.Jet.OLEDB.3.5;Data Source=数据库文件物理路径"

Access 2000～Access 2003 数据库的连接字符串有以下两种格式。

- "Provider=Microsoft.Jet.OLEDB.4.0;Data Source=" & Server.MapPath("数据库文件相对路径")
- "Provider=Microsoft.Jet.OLEDB.4.0;Data Source=数据库文件物理路径"

Access 2007 数据库的连接字符串有以下两种格式。

- "Provider=Microsoft.ACE.OLEDB.12.0;Data Source= "& Server.MapPath ("数据库文件相对路径")
- "Provider=Microsoft.ACE.OLEDB.12.0;Data Source=数据库文件物理路径"

SQL 数据库的连接字符串格式如下。

- "PROVIDER=SQLOLEDB;DATA SOURCE=SQL 服务器名称或 IP 地址;UID=用户名;PWD=数据库密码;DATABASE=数据库名称"

代码中的“Server.MapPath（）”指的是文件的虚拟路径，使用它可以不理会文件具体存在服务器的哪一个分区下面，只要使用相对于网站根目录或者相对于文档的路径就可以了。

二、 通过 DSN 创建数据库连接

如果拥有自己的服务器，可以使用 DSN 方式创建数据库连接，这种方式比较安全。

通过 DSN 创建数据库连接

1. 在【数据库】面板中单击[+]按钮，在弹出的菜单中选择【数据源名称（DSN）】命令，打开【数据源名称（DSN）】对话框，在【连接名称】文本框中输入连接名称“conn2”，如图 10-42 所示。
2. 单击[定义...]按钮，打开【ODBC 数据源管理器】对话框，然后切换到【系统 DSN】选项卡，如图 10-43 所示。

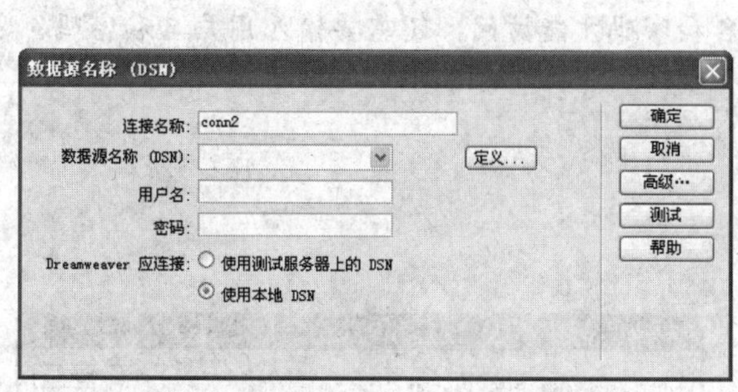

图10-42　【数据源名称（DSN）】对话框

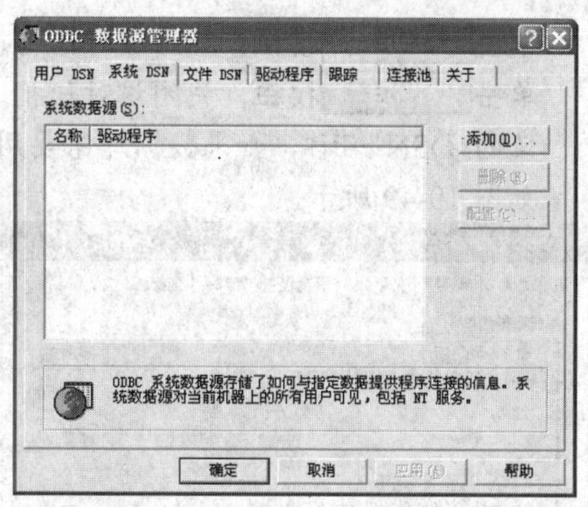

图10-43　【ODBC 数据源管理器】对话框

要点提示　也可通过在【控制面板】中，双击【管理工具】/【数据源（ODBC）】图标来打开【ODBC 数据源管理器】对话框进行设置。

3. 单击 添加(D)... 按钮，打开【创建新数据源】对话框，在其中选择 “Driver do Microsoft Access (*.mdb)”，如图 10-44 所示。
4. 单击 完成 按钮，打开【ODBC Microsoft Access 安装】对话框，在【数据源名】文本框中输入自定义的数据源名称，如 “mydsn”，如图 10-45 所示。

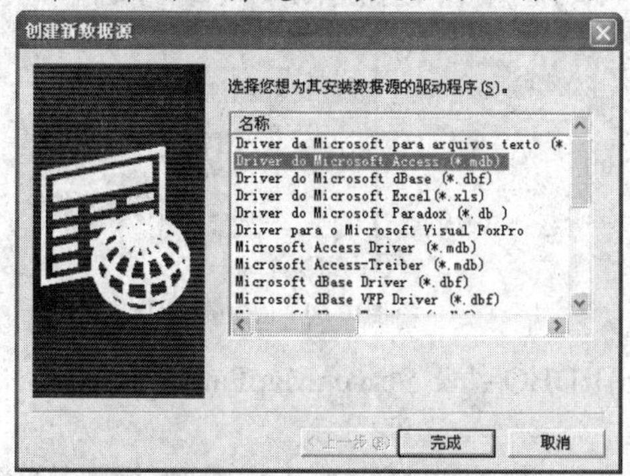

图10-44　【创建新数据源】对话框

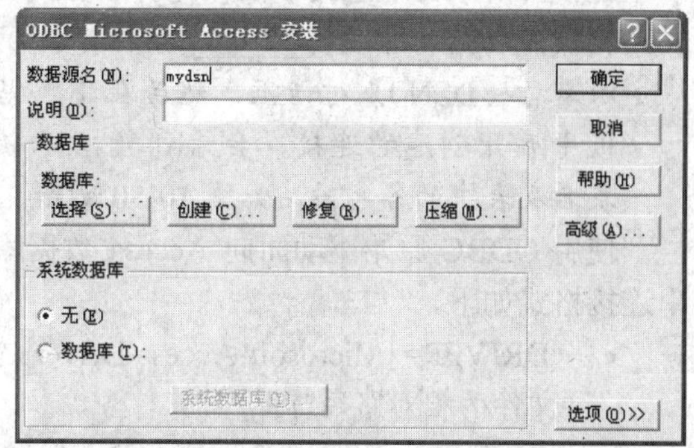

图10-45　【ODBC Microsoft Access 安装】对话框

5. 在【数据库】分组中单击 选择(S)... 按钮，打开【选择数据库】对话框，在该对话框的【驱动器】下拉列表中选择数据库所在的驱动器盘符，在【目录】列表框中选择数据库所在的文件夹，在【文件类型】下拉列表中选择数据库类型，在【数据库名】列表框中选择数据库，其名称将自动出现在【数据库名】文本框中，如图 10-46 所示。
6. 单击 确定 按钮，完成数据库的连接，如图 10-47 所示。

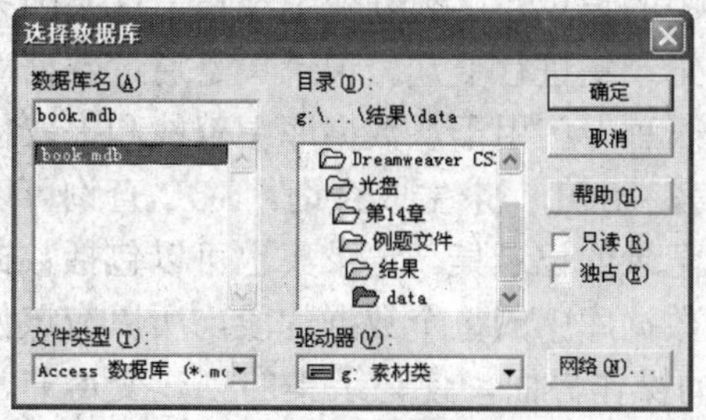

图10-46　【选择数据库】对话框

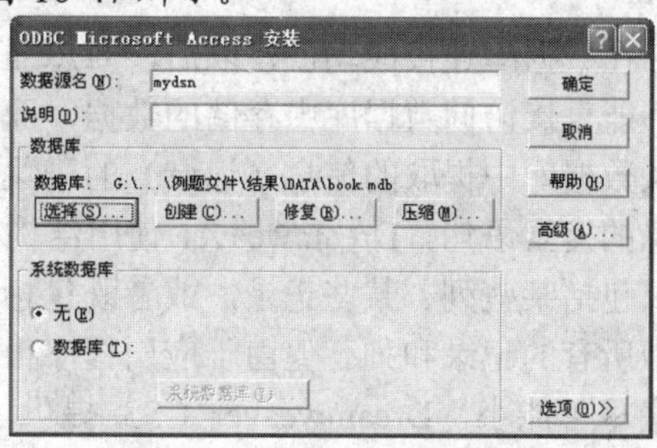

图10-47　完成数据库的连接

7. 单击 确定 按钮，关闭该对话框，结果如图 10-48 所示。
8. 单击 确定 按钮，关闭该对话框，在【数据源名称（DSN）】下拉列表中选择上面定义的 DSN 名称，如果数据库需要用户名和密码才能访问，还需要输入用户名和密码，如图 10-49 所示。

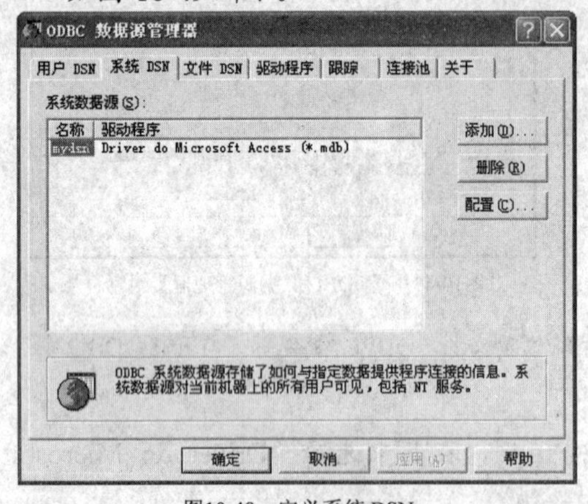

图10-48　定义系统 DSN

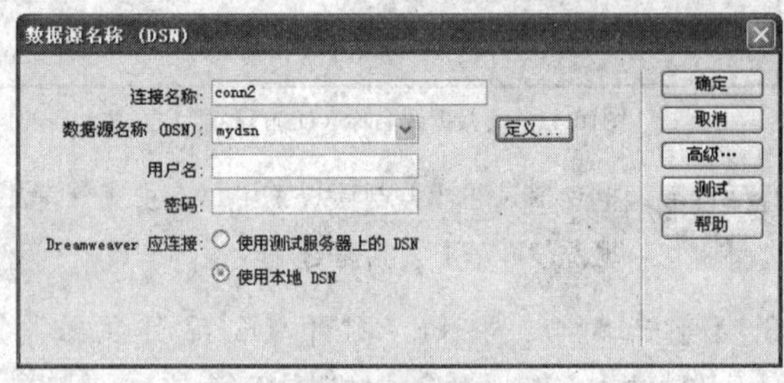

图10-49　设置数据源名称

9. 单击 测试 按钮，弹出一个显示“成功创建连接脚本”的消息提示框，说明设置成功。
10. 测试成功后，单击 确定 按钮，关闭【数据源名称（DSN）】对话框，然后在【数据库】面板中展开创建的连接，会看到数据库中包含的表名及表中的各字段，如图 10-50 所示。

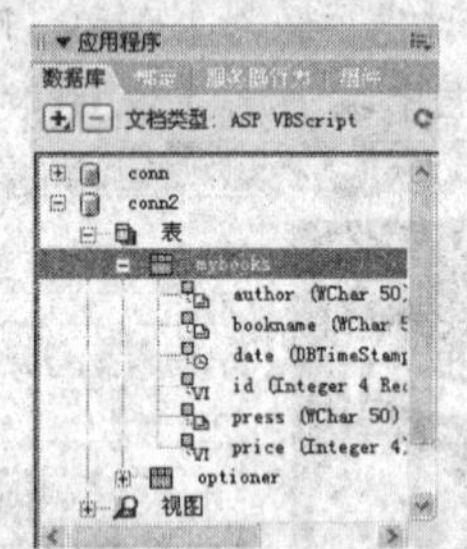

图10-50　创建数据库连接

使用 ODBC 原始驱动面向 Access 数据库的字符串连接格式如下。

- "DRIVER={Microsoft Access Driver (*.mdb)};DBQ=" & Server.MapPath ("数据库文件的相对路径")
- "DRIVER={Microsoft Access Driver (*.mdb)};DBQ=数据库文件的物理路径"

使用 ODBC 原始驱动面向 SQL 数据库的字符串连接格式如下。

- "DRIVER={SQL Server};SERVER=SQL 服务器名称或 IP 地址;UID=用户名;PWD=数据库密码;DATABASE=数据库名称"

10.4.2　创建记录集

在数据库连接成功创建以后，要想显示数据库中的记录还必须创建记录集。这是因为网页不能直接访问数据库中存储的数据，而是需要与记录集进行交互。记录集是通过数据库查询从数据库中提取的信息（记录）的子集。查询是一种专门用于从数据库中查找和提取特定信息的搜索语句。Dreamweaver 使用结构化查询语言（SQL）来生成查询。SQL 查询可以生成只包括某些列、某些记录，或者既包括列也包括记录的记录集。记录集也可以包括数据库表中所有的记录和列。但由于应用程序很少要用到数据库中的每个数据片段，所以应该使记录集尽可能小。Dreamweaver CS3 提供了图形化的操作界面，使记录集的创建变得非常简单。下面介绍创建记录集的方法。

创建记录集

1. 接上例。通过以下任意一种方式打开【记录集】对话框。
   - 在菜单栏中选择【插入记录】/【数据对象】/【记录集导航条】命令。
   - 在【服务器行为】面板中单击 按钮，在弹出的菜单中选择【记录集】命令。
   - 在【插入】/【数据】工具栏中单击 （记录集）按钮。
2. 对【记录集】对话框进行参数设置。在【名称】文本框中输入“RsBook”，在【连接】下拉列表中选择【conn】选项，在【表格】下拉列表中选择【mybooks】选项，在【列】按钮组中选择【全部】单选按钮，将【排序】设置为按照“date”、“降序”排列，如图 10-51 所示。

> 要点提示　如果只是用到数据表中的某几个字段，那么最好不要将全部字段都选中，因为字段数越多应用程序执行起来就越慢。

下面对【记录集】对话框中的相关参数简要说明如下。

- 【名称】：用于设置记录集的名称，同一页面中的多个记录集不能重名。
- 【连接】：用于设置列表中显示成功创建的数据库连接，如果没有则需要重新定义。
- 【表格】：用于设置列表中显示数据库中的数据表。
- 【列】：用于显示选定数据表中的字段名，默认选择全部的字段，也可按Ctrl键来选择特定的某些字段。

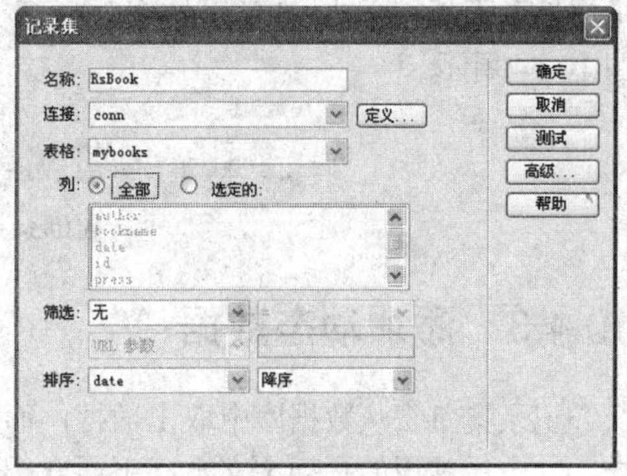

图10-51　【记录集】对话框

- 【筛选】：用于设置创建记录集的规则和条件。在第 1 个列表中选择数据表中的字段；在第 2 个列表中选择运算符，包括“=、>、<、>=、<=、<>、开始于、结束于、包含”9 种；第 3 个列表用于设置变量的类型；文本框用于设置变量的名称。
- 【排序】：用于设置按照某个字段“升序”或者“降序”进行排序。

3. 设置完毕后单击 测试 按钮，在【测试 SQL 指令】对话框中出现选定表中的记录，如图 10-52 所示，说明创建记录集成功。

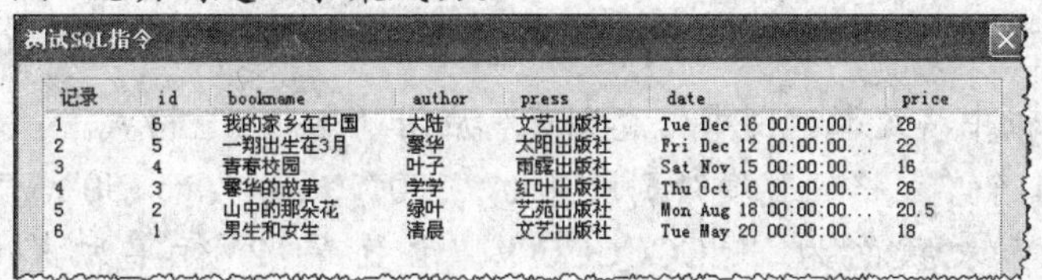
测试SQL指令

记录	id	bookname	author	press	date	price
1	6	我的家乡在中国	大陆	文艺出版社	Tue Dec 16 00:00:00...	28
2	5	一翔出生在3月	馨华	太阳出版社	Fri Dec 12 00:00:00...	22
3	4	青春校园	叶子	雨露出版社	Sat Nov 15 00:00:00...	16
4	3	馨华的故事	学学	红叶出版社	Thu Oct 16 00:00:00...	26
5	2	山中的那朵花	绿叶	艺苑出版社	Mon Aug 18 00:00:00...	20.5
6	1	男生和女生	清晨	文艺出版社	Tue May 20 00:00:00...	18

图10-52　【测试 SQL 指令】对话框

4. 关闭【测试 SQL 指令】对话框，然后在【记录集】对话框中单击 确定 按钮，完成创建记录集的任务，此时在【服务器行为】面板的列表框中添加了【记录集（RsBook）】行为，在【绑定】面板中显示了【记录集（RsBook）】记录集及其中的相应字段，如图 10-53 所示。

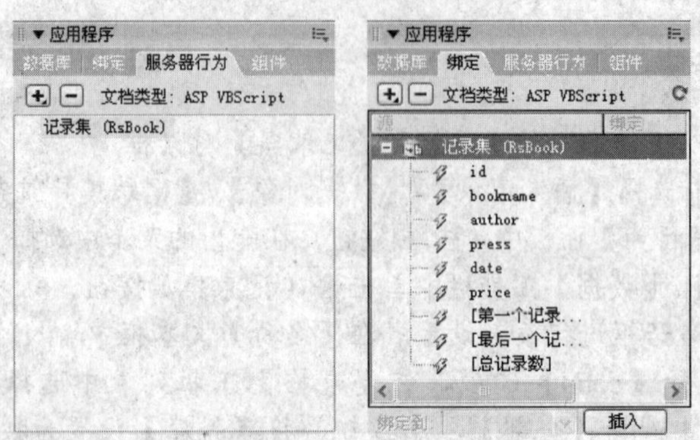

图10-53　【服务器行为】面板和【绑定】面板

要点提示 每次根据不同的查询需要创建不同的记录集，有时在一个页面中需要创建多个记录集。

如果对创建的记录集不满意，可以在【服务器行为】面板中双击记录集名称，或在其【属性】面板中单击 编辑... 按钮，打开【记录集】对话框，对原有设置进行重新编辑，如图 10-54 所示。

图10-54　记录集【属性】面板

10.4.3　添加动态数据

记录集负责从数据库中取出数据，而要将数据插入到文档中，就需要通过动态数据的形式，其中最常用的是动态文本。下面介绍添加动态文本的方法。

添加动态数据

1. 接上例。在文档中输入文本“图书信息浏览”，然后插入一个表格，表格的参数设置如图 10-55 所示。

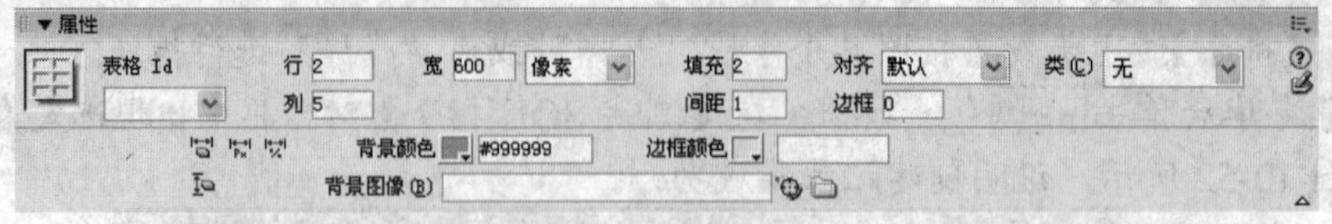

图10-55　插入表格

2. 在【属性】面板中将文本“图书信息浏览”应用“标题 1”格式。
3. 将第 1 行前 4 个单元格的宽度分别设置为“150”、“100”、“150”、“100”，然后设置 5 个单元格的背景颜色为“#CCCCCC”，设置第 2 行单元格的背景颜色均为“#FFFFFF”，然后设置表格所有单元格的水平对齐方式均为“居中对齐”。
4. 在第 1 行单元格中输入文本，然后选中第 1 行的所有单元格，在【属性】面板中勾选【标题】复选框，结果如图 10-56 所示。
5. 在【CSS 样式】面板中，重新定义标签“body”的样式，设置文本大小为“12 像素”，文本对齐方式为“居中”，保存在样式表文件“css.css”中，如图 10-57 所示。

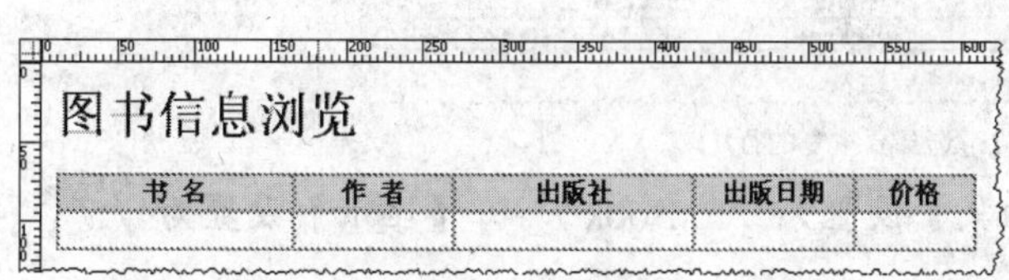

图10-56　设置单元格属性

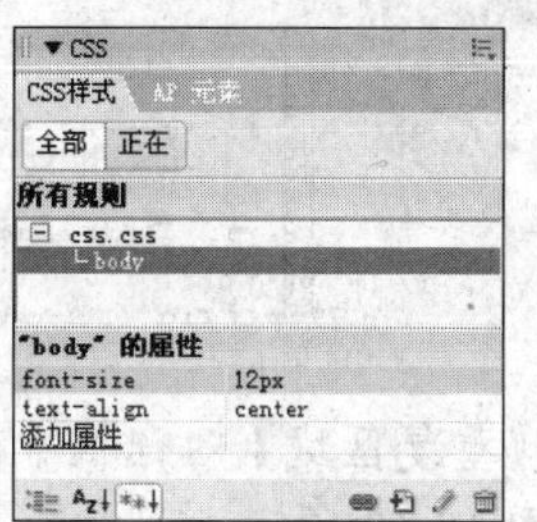

图10-57　重新定义标签“body”的样式

6. 将鼠标光标置于“书名”下面的单元格内，并在【绑定】面板中选择【记录集（RsBook）】/【bookname】，单击 插入 按钮，将动态文本插入到单元格中，然后运用相同的方法在其他单元格中插入相应的动态文本，如图 10-58 所示。

上面介绍的是动态文本，其中的表格需要读者自己提前做好，然后在其中插入动态文本。当然，也可以使用动态表格，这样就不用提前制作表格了，而是自动生成。在菜单栏中选择【插入记录】/【数据对象】/【动态数据】/【动态表格】命令，打开【动态表格】对话框并进行参数设置，如图 10-59 所示。

图10-58　插入动态文本

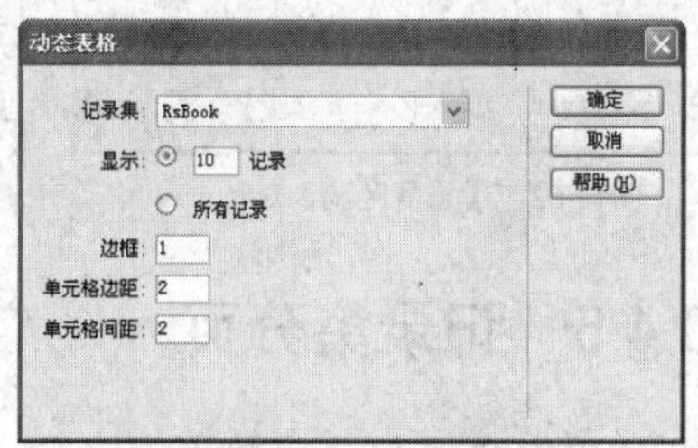

图10-59　【动态表格】对话框

在页面中插入的动态表格如图 10-60 所示。

图10-60　插入的动态表格

这样，就省去了插入动态文本和添加重复区域的步骤，只需再添加上记录集分页和记录计数功能就可以了。当然，还需要将表格第 1 行中的字段名称修改为相对应的中文名称，以便阅读。如果为了更美观，还可以重新设置表格属性和单元格属性。

10.4.4　添加重复区域

重复区域是指将当前包含动态数据的区域沿垂直方向循环显示，在记录集导航条的帮助下完成对大数据量页面的分页显示技术。下面介绍添加重复区域的方法。

添加重复区域

1. 接上例。选择如图 10-61 所示的表格中的数据显示行，然后在【服务器行为】面板中单击 + 按钮，在弹出的菜单中选择【重复区域】命令，打开【重复区域】对话框。

图10-61 选择要重复的行

2. 在【重复区域】对话框中，将【记录集】设置为“RsBook”，将【显示】设置为“5”，如图 10-62 所示。

在【重复区域】对话框中，【记录集】下拉列表中将显示在当前网页文档中已定义的记录集名称，如果定义了多个记录集，这里将显示多个记录集名称，如果只有一个记录集，不用特意去选择。在【显示】选项组中，可以在文本框中输入数字定义每页要显示的记录数，也可以选择显示所有记录。

3. 单击 确定 按钮，所选择的数据行被定义为重复区域，如图 10-63 所示。

图10-62 【重复区域】对话框

图10-63 文档中的重复区域

10.4.5 记录集分页

如果定义了记录集每页显示的记录数，那么要实现翻页，并能够一页一页地浏览数据，就需要用到记录集分页功能。下面介绍实现记录集分页的方法。

记录集分页

1. 接上例。将鼠标光标置于表格下面，然后选择【插入记录】/【数据对象】/【记录集分页】/【记录集导航条】命令，打开【记录集导航条】对话框。
2. 在对话框的【记录集】下拉列表中选择【RsBook】，设置【显示方式】为“文本”，如图 10-64 所示。

在【记录集导航条】对话框中，【记录集】下拉列表中将显示在当前网页文档中已定义的记录集名称，如果定义了多个记录集，这里将显示多个记录集名称，如果只有一个记录集，不用特意去选择。在【显示方式】选项组中，如果选择【文本】单选按钮，则会添加文字用作翻页指示；如果选择【图像】单选按钮，则会自动添加 4 幅图像用作翻页指示。

3. 单击 确定 按钮，在文档中插入的记录集导航条如图 10-65 所示。

图10-64 【记录集导航条】对话框

图10-65 插入的记录集导航条

10.4.6 显示记录计数

如果在显示记录时，能够显示每页显示的记录在记录集中的起始位置以及记录的总数，肯定是比较理想的选择。那么如何做到这一点呢？下面介绍显示记录计数的方法。

显示记录计数

1. 接上例。在文本“图书信息浏览”的下面插入一个 1 行 1 列的表格，如图 10-66 所示。

图书信息浏览

图10-66 插入一个 1 行 1 列的表格

2. 将鼠标光标置于刚插入的表格单元格内，设置其水平对齐方式为“左对齐”。
3. 选择【插入记录】/【数据对象】/【显示记录计数】/【记录集导航状态】命令，打开记录集导航状态对话框，在【Recordset】下拉列表中选择记录集，如“RsBook”，如图 10-67 所示。

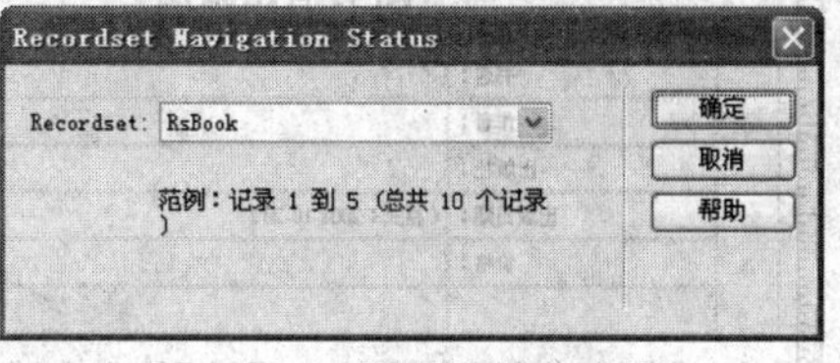

图10-67 记录集导航状态对话框

4. 单击 确定 按钮，插入记录集导航状态文本，如图 10-68 所示。

Records {RsBook_first} to {RsBook_last} of {RsBook_total}

重复 书名	作者	出版社	出版日期	价格
{RsBook.bookname}	{RsBook.author}	{RsBook.press}	{RsBook.date}	{RsBook.price}

图10-68 插入记录集导航状态文本

5. 保存文档。

至此，浏览数据库记录的一个完整的数据列表就制作完成了。

10.5 插入、更新和删除记录

数据库中的记录固然可以通过记录集和动态文本显示出来，但这些记录必须通过适当的方式添加进去，添加进去的记录有时候还需要根据情况的变化进行更新，不需要的记录还需要进行删除，这些均可以通过服务器行为来实现。下面将分别进行介绍。

10.5.1 插入记录

负责向数据库中插入记录的网页，通常由两部分组成：一个是允许用户输入数据的 HTML 表单；另一个是更新数据库的【插入记录】服务器行为。可以使用 Dreamweaver 表单工具和【服务器行为】面板分别添加它们，也可以选择【插入记录】/【数据对象】/【插入记录】/【插入记录表单向导】命令，在一次操作中同时添加这两个部分。下面进行详细介绍。

插入记录

1. 创建一个名为“chap10-5-1.asp”的 ASP VBScript 网页文档，并附加样式表文件“css.css”。
2. 在文档中输入文本“图书信息添加”，并通过【属性】面板应用“标题 1”格式。
3. 选择【插入记录】/【表单】/【表单】命令，在文本下面插入一个表单，然后在表单中插入一个 6 行 2 列的表格，属性设置如图 10-69 所示。

图10-69　表格属性设置

4. 将表格第 1 列单元格的宽度和高度分别设置为“150”和“25”，水平对齐方式设置为“右对齐”，背景颜色设置为“#FFFFFF”，将表格第 2 列单元格的水平对齐方式设置为“左对齐”，背景颜色设置为“#FFFFFF”，最后输入相应的文本，如图 10-70 所示。
5. 参见表 10-1 的设置，在表格的第 2 列插入相应的表单对象，如图 10-71 所示。

图10-70　插入表格并输入文本

图10-71　插入表单对象

表 10-1　　表单对象属性设置

说明文字	名称	字符宽度或动作	初始值或值
书名	bookname	40	\
作者	author	30	\
出版社	press	30	出版社
出版日期	date	20	\
价格	price	20	\
提交按钮	Submit	提交表单	提交
重置按钮	Cancel	重设表单	重置

6. 在【服务器行为】面板中单击+按钮，在弹出的下拉菜单中选择【插入记录】命令，打开【插入记录】对话框，如图 10-72 所示。
7. 在【连接】下拉列表中选择已创建的数据库连接【conn】，在【插入到表格】下拉列表中选择数据表【mybooks】，在【插入后，转到】文本框中定义插入记录后要转到的页面，此处仍为“chap10-5-1.asp”。
8. 在【获取值自】下拉列表中选择表单的名称【form1】，在【表单元素】下拉列表中选择相应的选项，在【列】下拉列表中选择数据表中与之相对应的字段名，在【提交为】

下拉列表中选择该表单元素的数据类型，如果表单元素的名称与数据库中的字段名称是一致的，这里将自动对应，不需要人为设置，如图 10-73 所示。

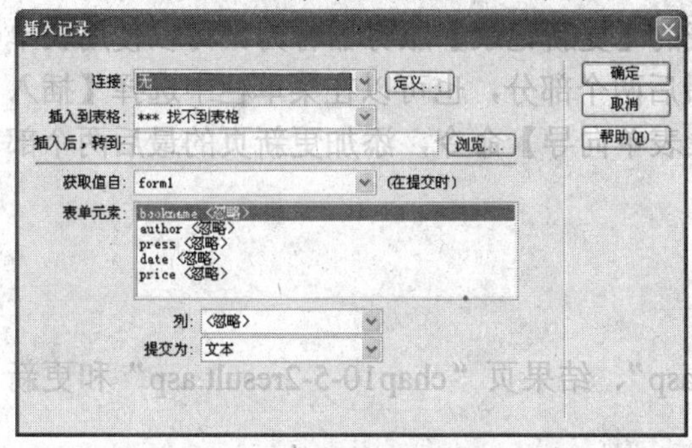

图10-72　【插入记录】对话框

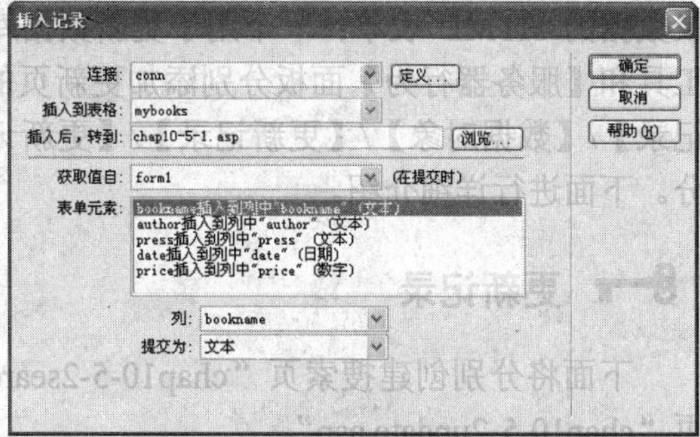

图10-73　设置参数

9. 单击 确定 按钮，向数据表中添加记录的设置就完成了，如图 10-74 所示。

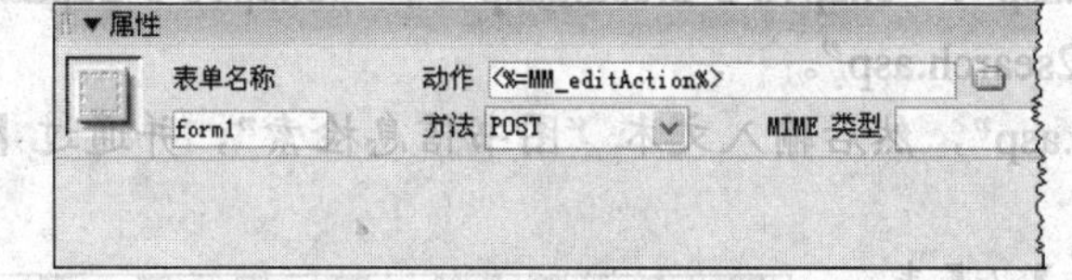

图10-74　插入记录服务器行为

10. 保存文档。

读者可在浏览器中浏览该文档，并添加数据进行提交，以测试设置是否正确。也可以通过下面的方法创建能够向数据库插入记录的页面。

选择【插入记录】/【数据对象】/【插入记录】/【插入记录表单向导】命令，打开【插入记录表单】对话框，根据实际需要进行参数设置，如图 10-75 所示。在对话框的【表单字段】中，单击+按钮将添加字段；单击−按钮将删除选定字段；单击▲按钮将选定字段上移；单击▼按钮将选定字段下移。在对话框中单击 确定 按钮后，将产生如图 10-76 所示的表单页面，将表格第 1 列中的字段名改成中文提示性文字即可。

图10-75　【插入记录表单】对话框

图10-76　产生的表单页面

10.5.2 更新记录

如果要更新数据库中的某个记录，首先要在数据库中找到该记录。因此，在制作页面时，需要一个搜索页、一个结果页和一个更新页。在搜索页中输入搜索条件，在结果页中显示搜索结果，当单击要更新的记录时，更新页将打开并在 HTML 表单中显示该记录。更新页通常包括 3 个部分：一个用于从数据库表中检索记录的过滤记录集；一个允许用户修改记录数据的 HTML 表单；一个用于更新数据库表的【更新记录】服务器行为。可以使用表单工具和【服务器行为】面板分别添加更新页的最后两个部分，也可以在菜单栏中选择【插入记录】/【数据对象】/【更新记录】/【更新记录表单向导】命令，添加更新页的最后两个部分。下面进行详细介绍。

更新记录

下面将分别创建搜索页“chap10-5-2search.asp”、结果页“chap10-5-2result.asp”和更新页“chap10-5-2update.asp”。

1. 接上例。分别创建 3 个 ASP VBScript 空白网页文档，并附加样式表文件“css.css”，分别保存为“chap10-5-2search.asp”、“chap10-5-2result.asp”和“chap10-5-2update.asp”。

   下面设置搜索页“chap10-5-2search.asp”。
2. 打开文档“chap10-5-2search.asp”，然后输入文本“图书信息检索”，并通过【属性】面板应用“标题 1”格式。
3. 选择【插入记录】/【表单】/【表单】命令，在文本下面插入一个表单，然后在表单中输入提示性文本，并插入一个文本域（名称为“bookname”）和一个提交按钮（名称为“Submit”），如图 10-77 所示。

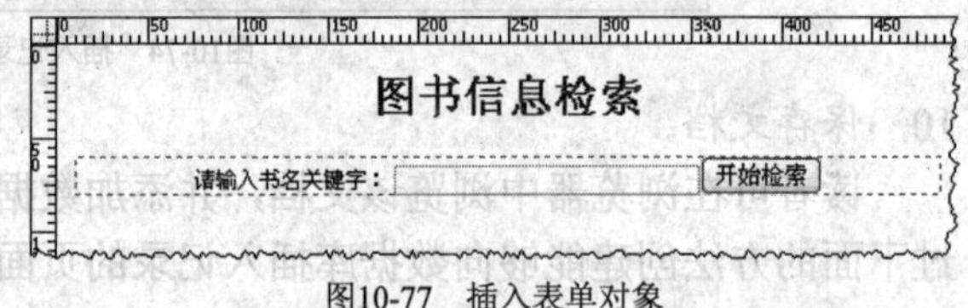

图10-77　插入表单对象

4. 单击红色虚线框选中表单，然后在【属性】面板中单击【动作】文本框后面的按钮，打开【选择文件】对话框，在文件列表中选择查询结果文件“chap10-5-2result.asp”，如图 10-78 所示。

图10-78　设置【动作】选项

5. 保存文档。

   下面接着设置结果页“chap10-5-2result.asp”。
6. 打开文档“chap10-5-2result.asp”，然后输入文本“图书信息检索结果”，并通过【属性】面板应用“标题 1”格式。
7. 在【服务器行为】面板中单击按钮，在弹出的菜单中选择【记录集】命令，打开【记录集】对话框。
8. 在【名称】文本框中输入“RsBookResult”，在【连接】下拉列表中选择【conn】选项，在【表格】下拉列表中选择【mybooks】选项，在【列】选项组中选择【选定的】单选按钮，然后按住 Ctrl 键不放，在列表框中依次选择“author”、“bookname”、“id”，在【筛选】的前 3 个下拉列表中依次选【bookname】、【包含】、【表单变量】，在文本框中输入“bookname”，如图 10-79 所示。
9. 单击 确定 按钮，完成创建记录集的任务，此时在【服务器行为】面板的列表框中添加了【记录集（RsBookResult）】行为。

10. 将鼠标光标置于文本“图书信息检索结果”的后面，然后选择【插入记录】/【数据对象】/【动态数据】/【动态表格】命令，打开【动态表格】对话框并进行参数设置，如图 10-80 所示。

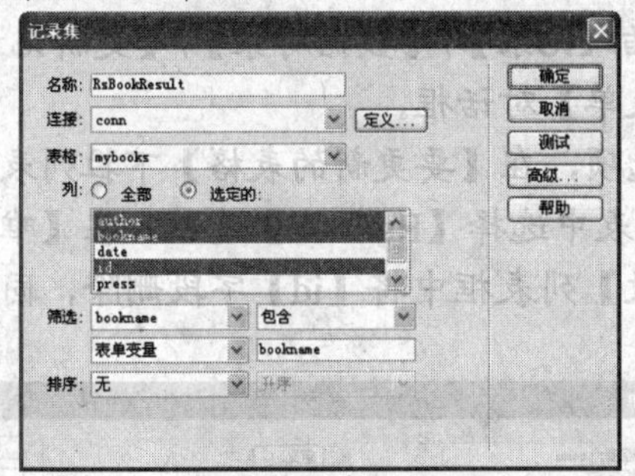

图10-79　创建记录集

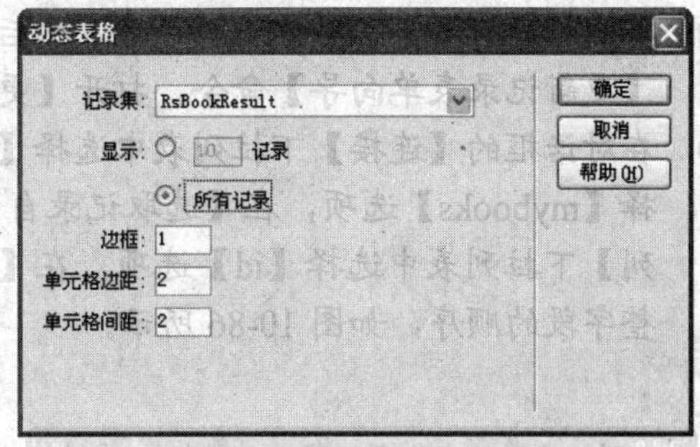

图10-80　【动态表格】对话框

11. 单击 确定 按钮，在页面中插入动态表格，如图 10-81 所示。
12. 将单元格中的字段名修改为中文，并适当调整先后顺序，如图 10-82 所示。

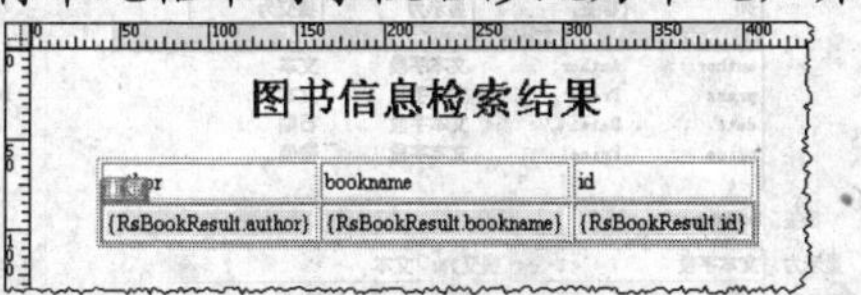

图10-81　插入动态表格

图10-82　修改字段名并调整先后顺序

13. 在文本“作者”所在列的后面再插入两列，并将第 1 行中的两个单元格进行合并，然后输入相应的文本，如图 10-83 所示。

图10-83　插入两列单元格并输入文本

14. 选中文本“修改记录”，然后在【属性】面板中单击【链接】后面的按钮，打开【选择文件】对话框，在文件列表中选择文件“chap10-5-2update.asp”。
15. 在【选择文件】对话框中单击【URL:】后面的 参数... 按钮，打开【参数】对话框，在【名称】文本框中输入“id”。单击【值】文本框右侧的按钮，打开【动态数据】对话框，选择“RsBookResult”记录集中的【id】选项，然后单击 确定 按钮，返回【参数】对话框，如图 10-84 所示。

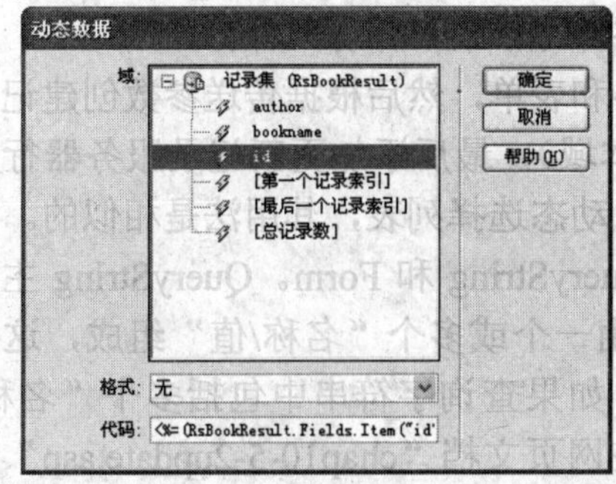

图10-84　选择“id”

16. 在【参数】对话框中，单击 确定 按钮，返回【选择文件】对话框，再单击 确定 按钮加以确认。

下面设置更新页“chap10-5-2update.asp”。

17. 打开文档“chap10-5-2update.asp”，然后输入文本“图书信息修改”，并通过【属性】面板应用“标题 1”格式。
18. 然后创建图书信息记录集“RsBook”，参数设置如图 10-85 所示。
19. 将鼠标光标置于文档中适当位置，然后选择【插入记录】/【数据对象】/【更新记录】/【更新记录表单向导】命令，打开【更新记录表单】对话框。
20. 在对话框的【连接】下拉列表中选择【conn】选项，在【要更新的表格】下拉列表中选择【mybooks】选项，在【选取记录自】下拉列表中选择【RsBook】选项，在【唯一键列】下拉列表中选择【id】选项，在【表单字段】列表框中将【id】字段删除，同时调整字段的顺序，如图 10-86 所示。

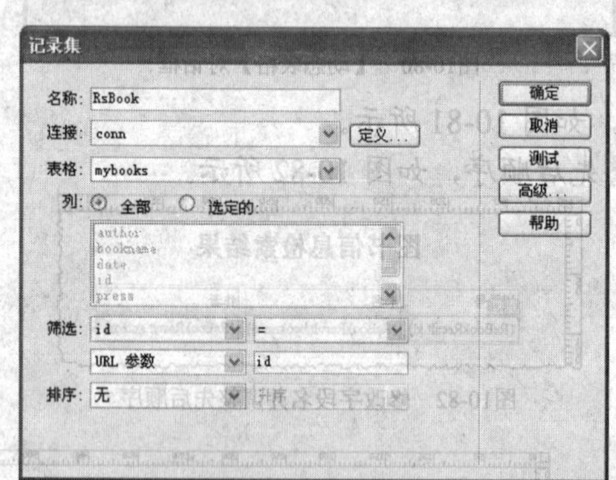

图10-85 创建记录集“RsBook”

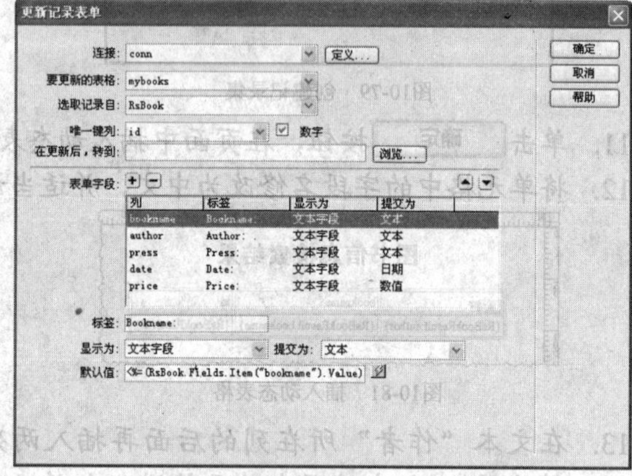

图10-86 【更新记录表单】对话框

21. 单击 确定 按钮，在页面中添加了表单和服务器行为，如图 10-87 所示。

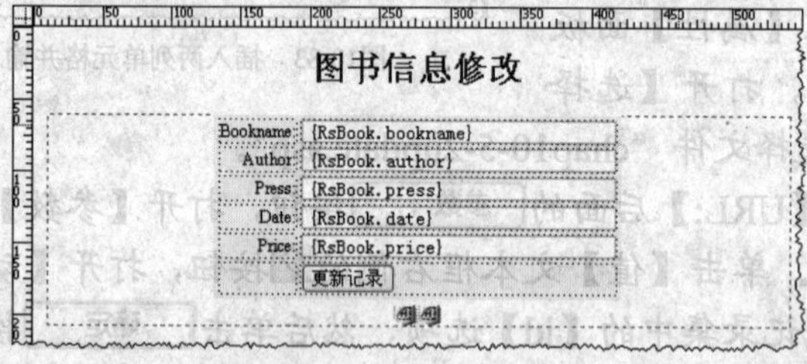

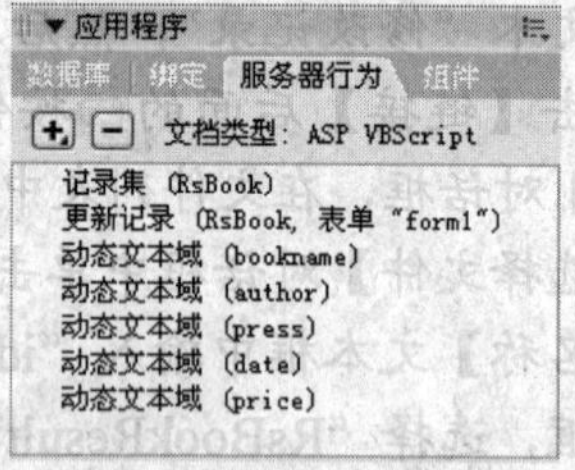

图10-87 更新记录页面

22. 将表格第 1 列中的字段名修改为中文说明文字即可，最后保存文件。

在制作更新记录页面时，也可以自己添加表格和表单，然后根据传送参数创建记录集，并在单元格中插入动态数据（这里主要是动态文本域），最后添加更新记录服务器行为。在动态数据中，还有动态复选框、动态单选按钮组、动态选择列表，其用法是相似的。

在上面的操作中，用到了两种类型的变量：QueryString 和 Form。QueryString 主要用来检索附加到发送页面 URL 的信息。查询字符串由一个或多个“名称/值”组成，这些“名称/值”使用一个问号（？）附加到 URL 后面。如果查询字符串中包括多个“名称/值”时，则用符号（&）将它们合并在一起。例如，在网页文档“chap10-5-2update.asp”中使用“RsBook__MMColParam = Request.QueryString("id")”语句来获取 URL 中传递的变量值，如“http://localhost/chap10-5-2update.asp?id=2”中的“2”。如果传递的 URL 参数中只包含简单的数字，也可以将 QueryString 省略，只采用 Request ("id")的形式。

Form 主要用来检索表单信息，该信息包含在使用 POST 方法的 HTML 表单所发送的 HTTP 请求的正文中。例如，在网页文档“chap10-5-2result.asp”中采用“RsBookResult__MMColParam= Request.Form("bookname")”语句来获取表单域“bookname”中的值。

10.5.3　删除记录

如果要删除数据库中的某个记录，首先也要在数据库中找到该记录。因此，在删除数据库记录时最好也遵循搜索记录、显示结果和进行删除的步骤。删除记录主要有两种方法：一种是使用【删除记录】服务器行为，使用该行为删除记录必须通过记录集和表单共同完成；另一种是使用【插入记录】/【数据对象】/【命令】命令，这种方法不需要表单，比较简捷。

删除记录

首先使用【删除记录】服务器行为删除记录。为了减少内容的重复，这里在“chap10-5-2result.asp”的基础上继续进行操作。

1. 接上例。打开网页文档“chap10-5-2result.asp”，将文本“删除记录”所在单元格拆分成两个单元格，并将文本“删除记录”移至后一个单元格。
2. 在前一个空白单元格中插入一个表单，然后在表单区域中添加一个按钮，如图 10-88 所示。
3. 通过以下任何一种方法打开【删除记录】对话框。
   - 在菜单栏中选择【插入记录】/【数据对象】/【删除记录】命令。
   - 在【插入】/【数据】工具栏中单击按钮。
   - 在【服务器行为】面板中单击按钮，在弹出的菜单中选择【删除记录】命令。

图10-88　添加表单

4. 在【删除记录】对话框中，在【连接】下拉列表中选择【conn】选项，在【从表格中删除】下拉列表中选择【mybooks】选项，在【选取记录自】下拉列表中选择【RsBookResult】选项，在【唯一键列】下拉列表中选择【id】选项，在【提交此表单以删除】下拉列表中选择【form1】选项，如图 10-89 所示。

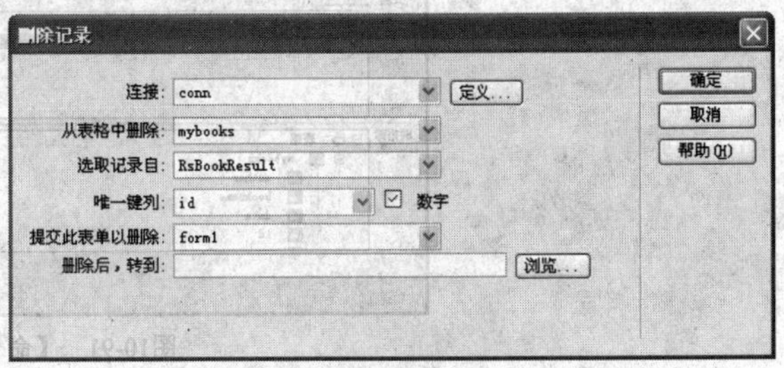

图10-89　【删除记录】对话框

5. 单击 确定 按钮，添加【删除记录】服务器行为，如图 10-90 所示。

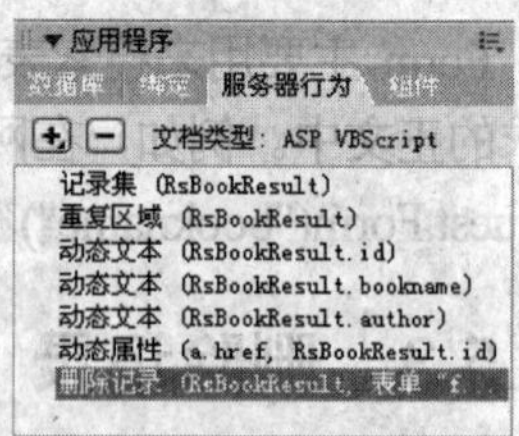

图10-90　添加【删除记录】服务器行为

使用【删除记录】服务器行为删除记录的方法就介绍完了，下面接着介绍使用命令删除记录的方法。

1. 首先创建一个 ASP VBScript 网页文档，并保存为“chap10-5-3.asp”。
2. 然后在“chap10-5-2result.asp”中选中文本“删除记录”，并在【属性】面板中单击【链接】右侧的按钮，打开【选择文件】对话框，在文件列表中选择文件“chap10-5-3.asp”。
3. 在【选择文件】对话框中单击【URL:】后面的 参数... 按钮，打开【参数】对话框，在【名称】文本框中输入“id”，单击【值】文本框中右侧的按钮打开【动态数据】对话框，选择“RsBookResult”记录集中的【id】选项，然后依次单击 确定 按钮加以确认，并保存文档。
4. 打开文档“chap10-5-3.asp”，然后选择【插入记录】/【数据对象】/【命令】命令，打开【命令】对话框。
5. 在【类型】下拉列表中选择【删除】选项，这时在【SQL】列表框中出现 SQL 语句“DELETE FROM WHERE”，在【连接】下拉列表中选择【conn】选项，然后在【数据库项】列表中展开【表格】选项，选中数据表“mybooks”，然后单击 DELETE 按钮，接着展开数据表“book”，选中字段“id”，并单击 WHERE 按钮，这时上面的 SQL 语句变成了“DELETE FROM mybooks WHERE id”。
6. 在“WHERE id”的后面输入“= MM_id”，然后单击【变量】后面的+按钮添加变量，在【名称】文本框中输入“MM_id”，在【类型】文本框中输入“Numeric”，在【大小】文本框中输入“1”，在【运行值】文本框中输入“Request("id")”，如图 10-91 所示。

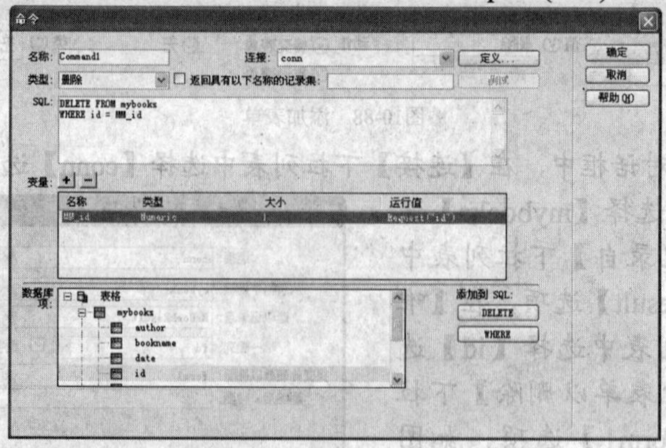

图10-91　【命令】对话框

7. 设置完毕后单击 确定 按钮关闭对话框，最后保存文件。

因为删除记录操作不可逆，因此在使用时要额外谨慎，应该制作提示功能，让使用者有确认的机会，否则将造成不必要的麻烦。

10.6　用户身份验证

在一些带有数据库的网站，后台管理页面是不允许普通用户访问的，只有管理员经过登录后才能访问，访问完毕后通常注销退出。在注册管理员用户时，用户名是不允许重复的。本节将介绍与此相关的内容。

10.6.1　限制对页的访问

可以使用【限制对页的访问】服务器行为来限制页面的访问权限。下面介绍设置方法。

限制对页的访问

1. 接上例。打开网页文档“chap10-5-1.asp”，然后选择【插入记录】/【数据对象】/【用户身份验证】/【限制对页的访问】命令，打开【限制对页的访问】对话框。
2. 在【基于以下内容进行限制】选项组中选择【用户名和密码】单选按钮。
3. 在【如果访问被拒绝，则转到】文本框中输入“chap10-6-2.asp”，即设置访问被拒绝后转到登录页进行登录，如图 10-92 所示。

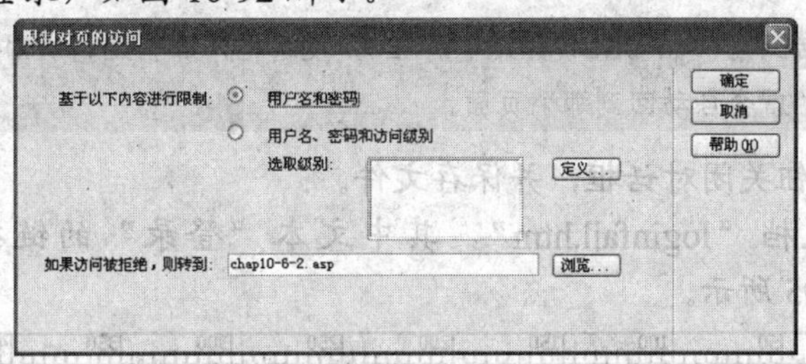

图10-92　【限制对页的访问】对话框

4. 运用同样的方法对“chap10-5-2result.asp”、“chap10-5-2update.asp”、“chap10-5-3.asp”、网页文档添加“限制对页的访问”功能。

10.6.2　用户登录

后台管理页面添加了【限制对页的访问】功能，这就要求给管理人员提供登录入口以便能够进入，同时提供注销功能以便安全退出。登录、注销的原理是：首先将登录表单中的用户名、密码与数据库中的数据进行对比，如果用户名和密码正确，那么允许用户进入网站，并使用阶段变量记录下用户名，否则提示用户错误信息。而注销过程就是将成功登录的用户的阶段变量清空。

用户登录

1. 创建一个 ASP VBScript 网页文档“chap10-6-2.asp”，并附加样式表文件“css.css”。
2. 然后添加表单对象用户名文本域（名称为“username”）、密码文本域（名称为“passw”）和两个按钮，如图 10-93 所示。
3. 选择【插入记录】/【数据对象】/【用户身份验证】/【登录用户】命令，打开【登录用户】对话框。

4. 将登录表单“form1”中表单域与数据表“optioner”中的字段相对应，也就是说将【用户名字段】与【用户名列】对应，【密码字段】与【密码列】对应，然后将【如果登录成功，转到】设置为“chap10-6-3.asp”，将【如果登录失败，转到】设置为“loginfail.htm”，如图 10-94 所示。

图10-93 创建登录页

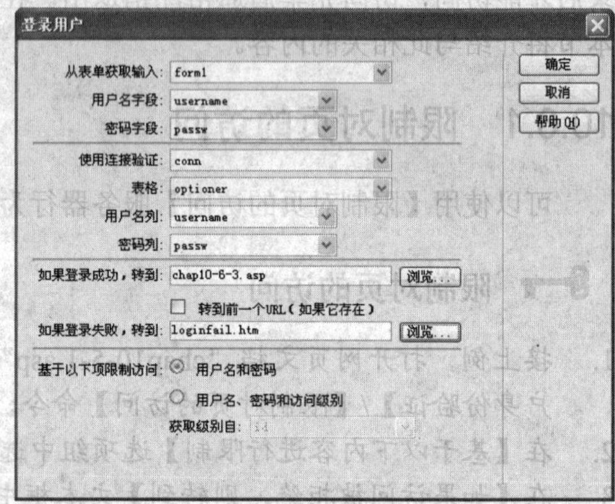

图10-94 【登录用户】对话框

要点提示 如果勾选了【转到前一个 URL（如果它存在）】复选框，那么无论从哪一个页面转到登录页，只要登录成功，就会自动回到那个页面。

5. 单击 确定 按钮关闭对话框，并保存文件。.
6. 最后创建网页文档“loginfail.htm”，其中文本“登录”的链接对象是“chap10-6-2.asp”，如图 10-95 所示。

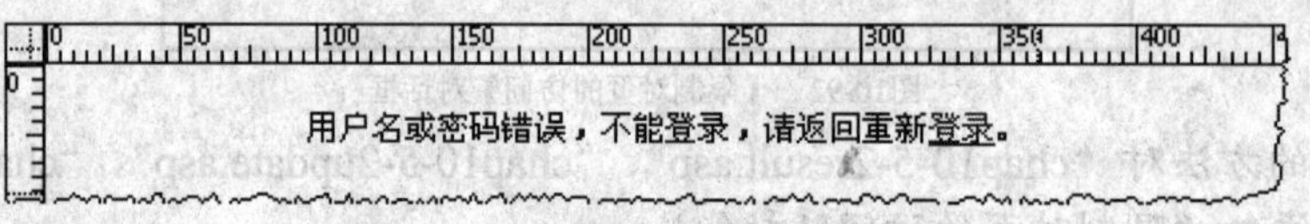

图10-95 创建网页文档“loginfail.htm”

10.6.3 用户注销

用户登录成功以后，如果要离开，最好进行用户注销。下面介绍用户注销的基本方法。

用户注销

1. 创建一个 ASP VBScript 网页文档“chap10-6-3.asp”，并附加样式表文件“css.css”。
2. 然后添加表格和文本，并设置超级链接，其中“添加记录”的链接地址是“chap10-5-1.asp”，“编辑记录”的链接地址是“chap10-5-2search.asp”，如图 10-96 所示。

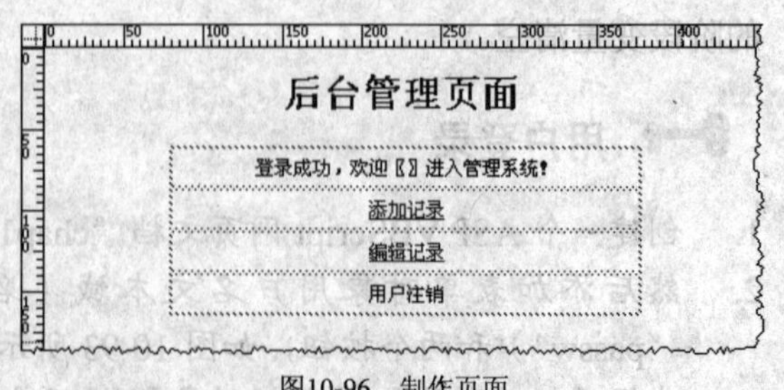

图10-96 制作页面

3. 在【绑定】面板中单击 + 按钮，在弹出的快捷菜单中选择【阶段变量】命令，打开【阶段变量】对话框，输入变量名称“MM_username”并单击 确定 按钮，如图 10-97 所示。

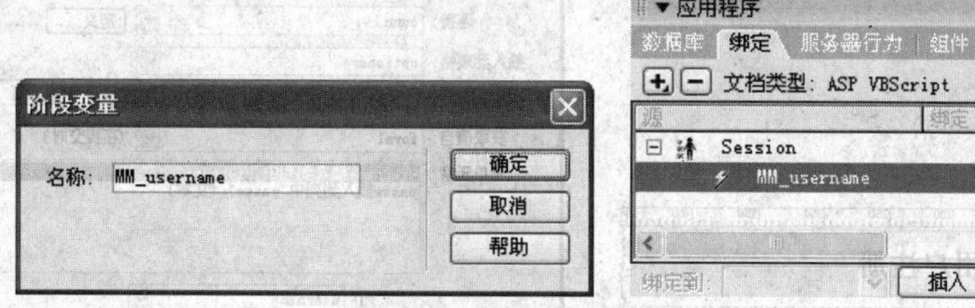

图10-97　【阶段变量】对话框

在 Dreamweaver 中创建登录应用程序后，应用程序将自动生成相应的 Session 变量，如“Session("MM_username")”，用来在网站中记录当前登录用户的用户名等信息，变量的值会在网页中互相传递，还可以用它们来验证用户是否登录。每个登录用户都有自己独立的 Session 变量，存储在服务器中，当用户离开网站或者注销登录后，这些变量会清空。

4. 在【绑定】面板中，选中 Session 变量“MM_username”，将它拖到页面中的括号中，如图 10-98 所示，用户登录成功后，括号中将显示用户名。

图10-98　插入 Session 变量

下面制作“用户注销”功能。

5. 选中文本“用户注销”，然后选择【插入记录】/【数据对象】/【用户身份验证】/【注销用户】命令，打开【注销用户】对话框，参数设置如图 10-99 所示，其中【在完成后，转到】选项设置为登录页“chap10-6-2.asp”，然后保存文件。

图10-99　【注销用户】对话框

10.6.4　检查新用户

在现实中，我们在使用网络服务时经常需要进行用户注册。用户注册的实质就是向数据库中添加用户名、密码等信息，可以使用【插入记录】服务器行为来完成用户信息的添加。但有一点需要注意，就是用户名不能重名，也就是说，数据表中的用户名必须是唯一的。那么，在 Dreamweaver 中如何做到这一点呢？下面进行详细介绍。

检查新用户

1. 创建一个 ASP VBScript 网页文档“chap10-6-4.asp”，并附加样式表文件“css.css”。
2. 然后添加表单对象用户名文本域（名称为“username”）、密码文本域（名称为“passw”）和两个按钮，如图 10-100 所示。

3. 在【服务器行为】面板中单击+按钮，在弹出的下拉菜单中选择【插入记录】命令，打开【插入记录】对话框并进行参数设置，如图 10-101 所示。

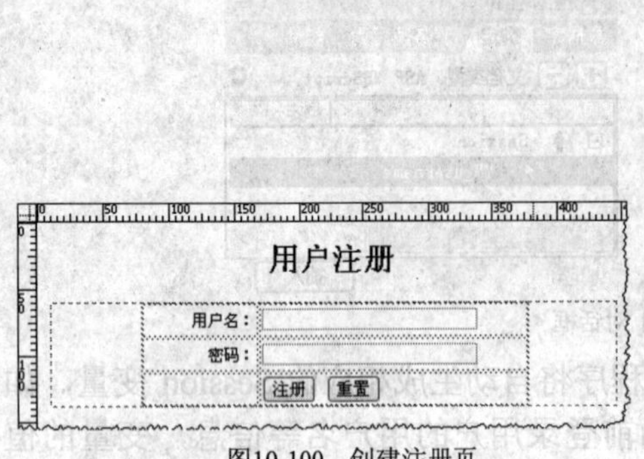

图10-100 创建注册页

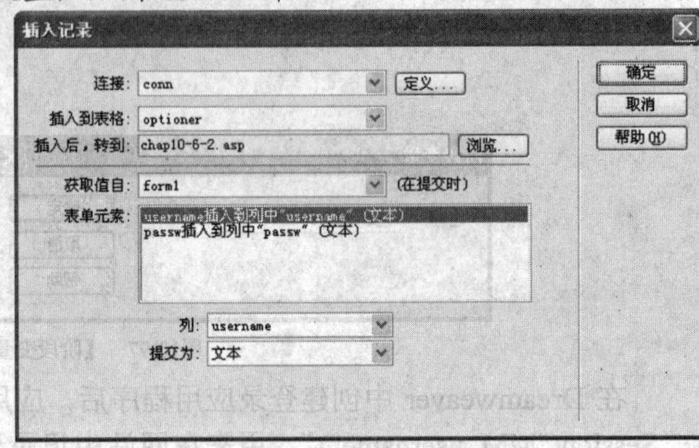

图10-101 【插入记录】对话框

4. 单击 确定 按钮关闭对话框，然后选择【插入记录】/【数据对象】/【用户身份验证】/【检查新用户名】命令，打开【检查新用户名】对话框并进行参数设置，如图 10-102 所示。

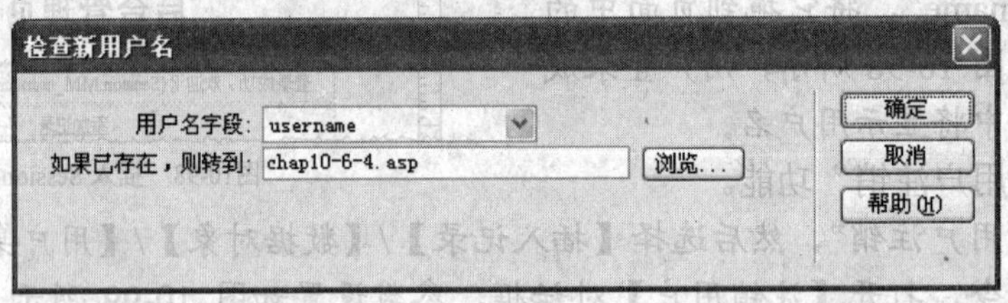

图10-102 【检查新用户名】对话框

5. 保存文档。

10.7 实例——制作用户信息查询网页

通过前面各节的学习，读者对应用程序的基本知识有了一定的了解。本节将制作用户信息查询网页，让读者进一步巩固所学内容。

制作用户信息查询网页

1. 将本章“综合实例\素材”文件夹下的内容复制到站点根文件夹下。
2. 打开文档“index.asp”，在【数据库】面板中单击+按钮，在弹出的菜单中选择【自定义连接字符串】命令，打开【自定义连接字符串】对话框。
3. 在【自定义连接字符串】对话框中进行参数设置，如图 10-103 所示，然后单击 确定 按钮关闭对话框。
4. 在【服务器行为】面板中单击+按钮，在弹出的菜单中选择【记录集】命令，打开【记录集】对话框。
5. 在【名称】文本框中输入“Rs”，在【连接】下拉列表中选择【conn】选项，在【表格】下拉列表中选择【user】选项，在【列】选项组中选择【全部】单选按钮，注意【筛选】选项中设置的是“表单变量”，如图 10-104 所示。

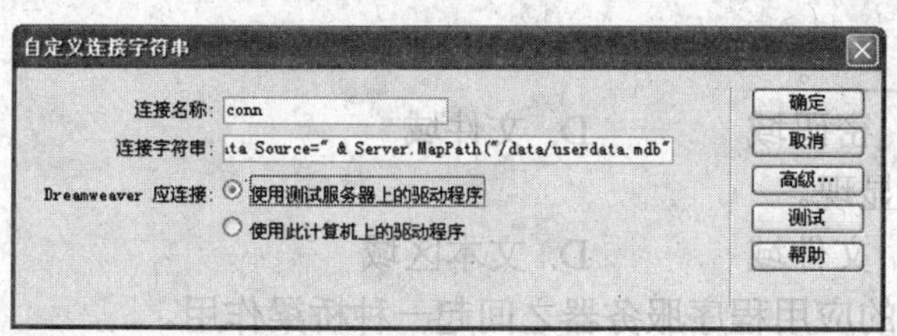

图10-103　创建数据库连接

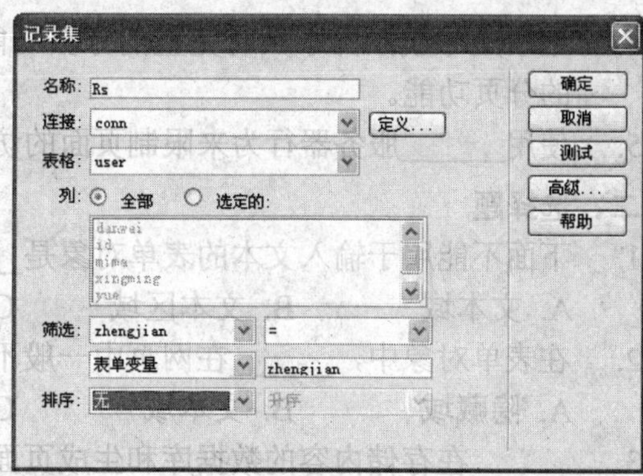

图10-104　创建记录集“Rs”

6. 在【绑定】面板中，依次将记录集“Rs”中的“xingming”、“zhengjian”、“mima”、“yue”、“danwei”插入到文档中的文本“姓名”、“证件号”、“密码”、“余额”、“单位”下面的单元格内。
7. 选择数据行，然后在【服务器行为】面板中单击 + 按钮，在弹出的菜单中选择【重复区域】命令，打开【重复区域】对话框，并进行参数设置，如图 10-105 所示。
8. 保存文件，结果如图 10-106 所示。

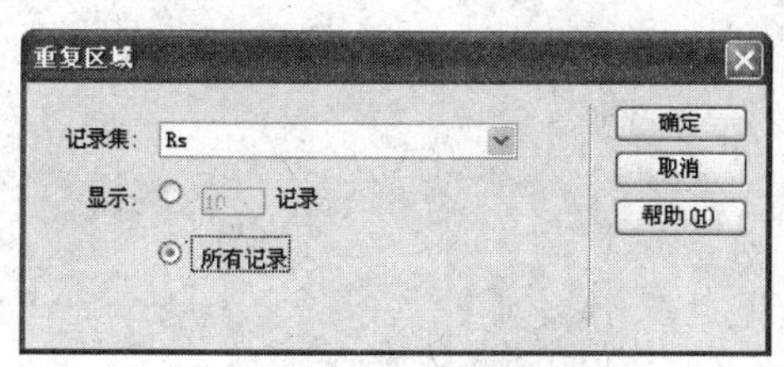

图10-105　设置重复区域

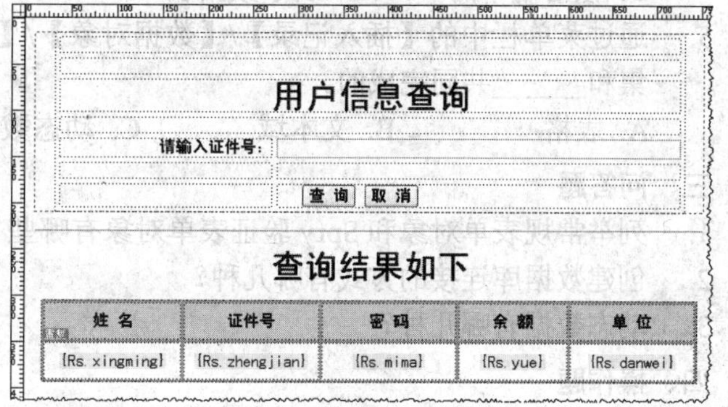

图10-106　制作用户信息查询网页

小结

本章主要介绍了创建动态网页的基本知识，这些知识都是围绕着查询、添加、修改和删除记录展开的。读者在掌握这些基本知识后，可以在此基础上创建更加复杂的应用程序。

习题

一、填空题

1. 文本域等表单对象都必须插入到______中，这样浏览器才能正确处理其中的数据。
2. ASP 应用程序必须通过开放式数据库连接______驱动程序（或对象链接）和嵌入式数据库（OLE DB）提供程序连接到数据库。
3. 记录集负责从数据库中按照预先设置的规则取出数据，而要将数据插入到文档中，就需要通过______的形式，其中最常用的是动态文本。

4. 记录集导航条并不具有完整的分页功能，还必须为动态数据添加______才能构成完整的分页功能。
5. 使用______服务器行为来限制页面的访问权限。

二、选择题

1. 下面不能用于输入文本的表单对象是______。
   A. 文本域　　B. 文本区域　　C. 密码域　　D. 文件域
2. 在表单对象中，______在网页中一般不显现。
   A. 隐藏域　　B. 文本域　　C. 文件域　　D. 文本区域
3. ______在存储内容的数据库和生成页面的应用程序服务器之间起一种桥梁作用。
   A. 记录集　　B. 动态数据　　C. 动态表格　　D. 动态文本
4. 关于 SQL 语句“SELECT Author, BookName, ID, ISBN, Price FROM book ORDER BY ID DESC”的说法错误的是______。
   A. 该语句表示从表“book”中查询所有记录
   B. 该语句显示的字段是“Author”、“BookName”、“ID”、“ISBN”和“Price”
   C. 该语句对查询到的记录将根据 ID 按升序排列
   D. 该语句中的“book”表示数据表
5. 通过菜单栏中的【插入记录】/【数据对象】/【删除记录】命令删除记录，是通过记录集和______共同完成的。
   A. 表格　　B. 文本域　　C. 动态数据　　D. 表单

三、问答题

1. 列举常规表单对象和 Spry 验证表单对象有哪些？
2. 创建数据库连接的方式有哪几种？
3. 动态数据有哪几种？

四、操作题

制作一个简易班级通信录管理系统，具有浏览记录和添加记录的功能，并设置非管理员只能浏览记录，管理员才可以添加记录。

【操作提示】

1. 首先创建一个能够支持“ASP VBScript”服务器技术的站点，然后将“素材”文件夹下的内容复制到该站点根目录下。
   下面设置浏览记录页面“index.asp”，如图 10-107 所示。

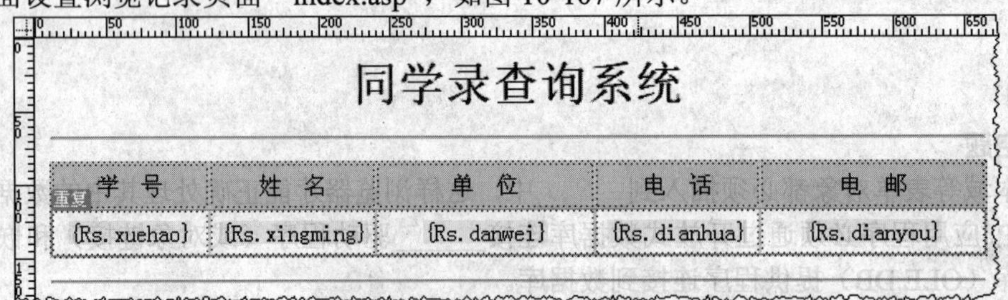

图10-107 浏览记录页面“index.asp”

2. 使用【自定义连接字符串】建立数据库连接“conn”，使用测试服务器上的驱动程序。

3. 创建记录集“Rs”，在【连接】下拉列表中选择【conn】选项，在【表格】下拉列表中选择【student】选项，在【排序】下拉列表中选择【xuehao】和【升序】选项。
4. 在“学号”下面的单元格内插入“记录集（Rs）”中的“xuehao”，然后依次在其他单元格内插入相应的动态文本。
5. 设置重复区域，在【重复区域】对话框中将【记录集】设置为“Rs”，将【显示】设置为“所有记录”。

下面设置添加记录页面“addstu.asp”，如图 10-108 所示。

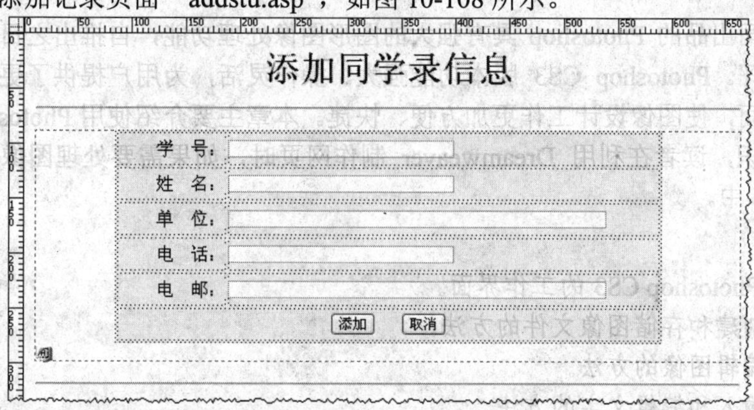

图10-108　添加记录页面“addstu.asp”

6. 打开【插入记录】对话框，设置【连接】为“conn”，【插入到表格】为“student”，【获取值自】为“form1”，并检查数据表与表单对象的对应关系。

下面设置用户登录页面，如图 10-109 所示。

图10-109　设置用户登录页面

7. 在文档“login.asp”中，打开【登录用户】对话框，将登录表单“form1”中表单域与数据表“login”中的字段相对应，然后将【如果登录成功，转到】选项设置为“addstu.asp”，将【如果登录失败，转到】选项设置为“login.htm”，将【基于以下项限制访问】选项设置为“用户名和密码”。

下面设置限制对页的访问。

8. 在文档“addstu.asp”中，打开【限制对页的访问】对话框，在【基于以下内容进行限制】选项组中选择【用户名和密码】单选按钮，在【如果访问被拒绝，则转到】文本框中输入“login.asp”。

第11章 使用 Photoshop CS3 处理图像

Adobe 公司出品的 Photoshop 具有强大的图形图像处理功能，自推出之日起就一直深受广大用户的好评。Photoshop CS3 版本功能强大、操作灵活，为用户提供了更为广阔的使用空间和设计空间，使图像设计工作更加方便、快捷。本章主要介绍使用 Photoshop CS3 处理图像的基本知识，读者在利用 Dreamweaver 制作网页时，如果需要处理图像，可以随时切换到 Photoshop 中。

【学习目标】

- 了解 Photoshop CS3 的工作界面。
- 掌握创建和存储图像文件的方法。
- 掌握编辑图像的方法。
- 掌握输入和编辑文字的方法。
- 掌握创建和编辑图层的方法。
- 掌握应用图层样式的方法。
- 掌握分割和保存图像的方法。

11.1 认识 Photoshop CS3

启动 Photoshop CS3，并在工作区中打开一幅图像，如图 11-1 所示。

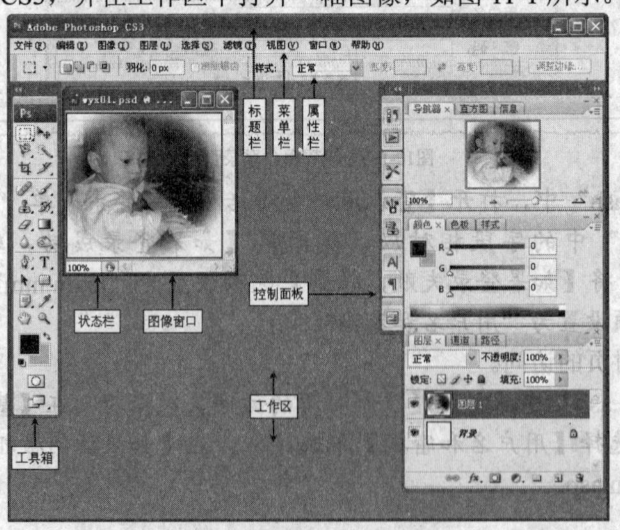

图11-1 Photoshop CS3 工作界面

Photoshop CS3 界面按其功能可分为标题栏、菜单栏、属性栏、工具箱、状态栏、图像窗口、控制面板和工作区等几部分。下面重点介绍属性栏、工具箱和控制面板的功能。

11.1.1　属性栏

属性栏位于菜单栏的下方，显示工具箱中当前选择按钮的参数和选项设置。在工具箱中选择不同的工具时，属性栏中显示的选项和参数也各不相同。例如，单击工具箱中的【横排文字】工具后，属性栏中就只显示与文本有关的选项及参数，在画面中输入文字后，单击【移动】工具来调整文字的位置，属性栏中将更新为与【移动】工具有关的选项，如图 11-2 所示。将鼠标光标放置在属性栏最左侧的灰色区域，按下鼠标左键并拖曳，可以将属性栏拖曳至界面的任意位置。

图11-2　属性栏

11.1.2　工具箱

工具箱默认位于工作界面的左侧，包含 Photoshop CS3 的各种图形绘制和图像处理工具，如图 11-3 所示。将鼠标光标放置在工具箱上方标有“Ps”的蓝色区域内，按下鼠标左键并拖曳即可移动工具箱的位置。单击工具箱中最上方的按钮或按钮，可以将工具箱转换为单列或双列显示。

将鼠标光标移动到工具箱中的任一按钮上时，该按钮将凸出显示，如果鼠标光标在工具按钮上停留一段时间，鼠标光标的右下角会显示该工具的名称。单击工具箱中的任一工具按钮可将其选择。绝大多数工具按钮的右下角带有黑色小三角形，表示该工具还隐藏有其他同类工具。将鼠标光标放置在这样的按钮上，按下鼠标左键不放或单击鼠标右键，即可将隐藏的工具显示出来；将鼠标光标移动到弹出的工具组中的任意一个工具上单击，可将该工具选择。

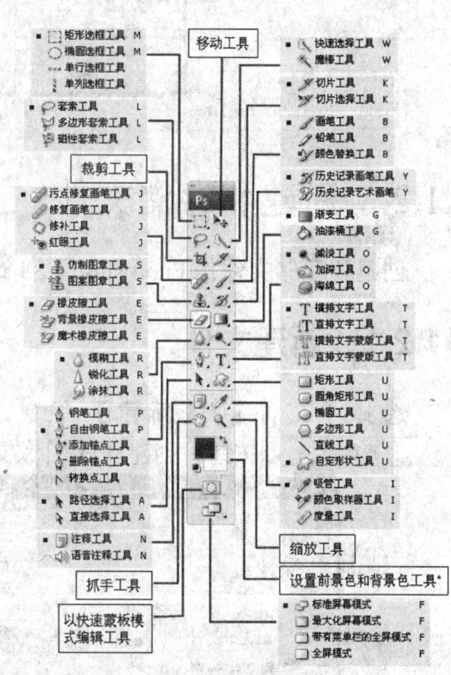

图11-3　工具箱

11.1.3　控制面板

控制面板默认位于界面的右侧，在 Photoshop CS3 中共提供了 21 种控制面板。利用这些控制面板可以对当前图像的色彩、大小显示、样式以及相关的操作等进行设置和控制。

在实际工作中，为了操作方便，经常需要调出某个控制面板，调整工作界面中部分面板的位置或将其隐藏等。选择【窗口】菜单命令将会弹出下拉菜单，该菜单包含 Photoshop CS3 的所有控制面板。当控制面板显示在工作区后，每一组控制面板都有两个以上的选项卡。例如，【颜色】面板上包含【颜色】、【色板】和【样式】3 个选项卡，选择【颜色】或

【样式】选项卡，可以显示【颜色】或【样式】控制面板，这样读者可以快速地选择和应用需要的控制面板。

在默认状态下，控制面板都是以组的形式堆叠在绘图窗口的右侧。单击面板左上角向左的双向箭头，可以展开更多的控制面板。在默认的控制面板左侧有一些按钮，单击相应的按钮可以打开相应的控制面板。单击默认控制面板右上角的双向箭头，可以将控制面板隐藏，只显示按钮图标，如图 11-4 所示。

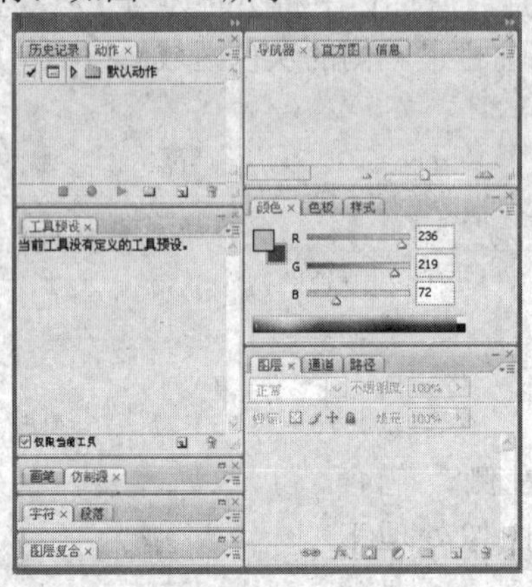

图11-4　控制面板

11.2　新建和存储文件

创建和存储文件是 Photoshop CS3 最基本的操作，下面进行简要介绍。

11.2.1　新建文件

选择【文件】/【新建】命令，打开【新建】对话框，进行参数设置后单击 确定 按钮将创建新的图像文件，如图 11-5 所示。

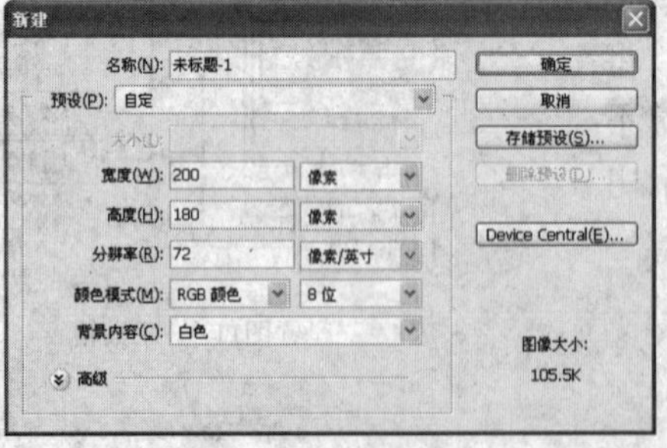

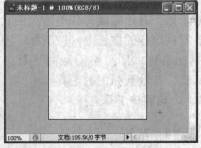

图11-5　创建新文件

下面对【新建】对话框中的相关参数说明如下。

- 【名称】：用于设置新建文件的名称。
- 【预设】：在其下拉列表中选择系统默认的文件尺寸，当自行设置尺寸时，其选项将自动变为【自定】选项。
- 【宽度】和【高度】：用于设置新建文件的宽度和高度尺寸，单位有“像素”、“英寸”、“厘米”、“毫米”、“点”、“派卡”、“列” 7 种。

- 【分辨率】：用于设置新建文件的分辨率，分辨率（Resolution）是指单位面积内图像所包含像素的数目，通常用“像素/英寸”和“像素/厘米”表示。像素（Pixel）是构成图像的最小单位，位图中的一个色块就是一个像素，且一个像素只显示一种颜色。一般情况下，如果图像仅用于显示，可将分辨率设置为“72 像素/英寸”或“96 像素/英寸”，如果图像用于印刷输出，则应将其分辨率设置为“300 像素/英寸”或更高。
- 【颜色模式】：用于设置新建文件的颜色模式。第 1 个列表框中有“位图”、“灰度”、“RGB 颜色”、“CMYK 颜色”、“Lab 颜色”5 个选项，第 2 个列表框中有“1 位”、“8 位”、“16 位”、“32 位”4 个选项。颜色模式是图像设计的最基本知识，它决定了如何描述和重现图像的色彩，同一种文件格式可以支持一种或多种颜色模式。
- 【背景内容】：用于设置新建文件的背景颜色，包括“白色”、“背景色”、“透明”3 个选项。

11.2.2　存储文件

Photoshop CS3 主要有以下几种存储方式。

一、【存储】和【存储为】

对于新建的文件进行编辑后保存，使用【存储】和【存储为】命令的性质是一样的，都是为当前文件命名并进行保存，其打开的对话框如图 11-6 所示。但对于打开的文件进行编辑后再保存，就要分清用【存储】命令还是【存储为】命令，【存储】命令是将文件以原文件名进行保存，而【存储为】命令可将修改后的文件重命名后进行保存。

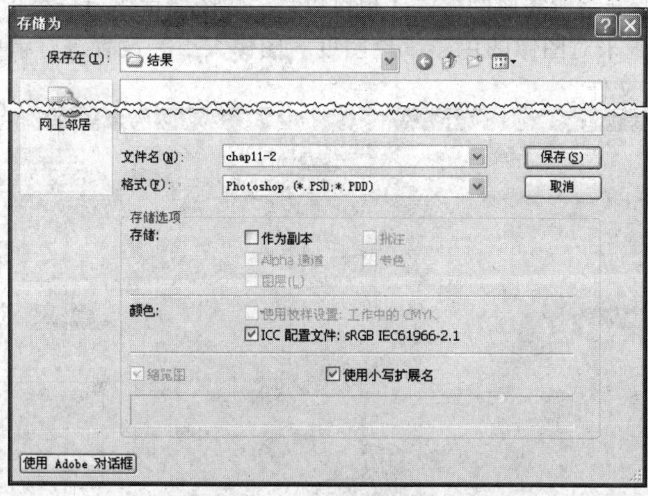

图11-6　【存储为】对话框

在文件存储时，需要设置文件的存储格式。下面介绍几种常用的文件格式。

- PSD 格式是 Photoshop 的专用格式，它能保存图像数据的每一个细节，可以存储为 RGB 或 CMYK 颜色模式，也能对自定义颜色数据进行存储。它还可以保存图像中各图层的效果和相互关系，各图层之间相互独立，便于对单独的图层进行修改和制作各种特效。其唯一的缺点是存储的图像文件特别大。

- BMP 格式也是 Photoshop 最常用的点阵图格式之一，支持多种 Windows 和 OS/2 应用程序软件，支持 RGB、索引颜色、灰度和位图颜色模式的图像，但不支持 Alpha 通道。
- TIFF 格式是最常用的图像文件格式，它既应用于 MAC，也应用于 PC。该格式文件以 RGB 全彩色模式存储，在 Photoshop 中可支持 24 个通道的存储，TIFF 格式是除了 Photoshop 自身格式外，唯一能存储多个通道的文件格式。
- JPEG 格式是最卓越的压缩格式。虽然它是一种有损失的压缩格式，但是在图像文件压缩前，可以在文件压缩对话框中选择所需图像的最终质量，这样就有效地控制了 JPEG 在压缩时的数据损失量。JPEG 格式支持 CMYK、RGB 和灰度颜色模式的图像，不支持 Alpha 通道。
- GIF 格式的文件是 8 位图像文件，几乎所有的软件都支持该格式。它能存储成背景透明化的图像形式，所以这种格式的文件大多用于网络传输，并且可以将多张图像存储成一个档案，形成动画效果。但它最大的缺点是只能处理 256 种色彩的图像文件。
- PNG 格式可以使用无损压缩方式压缩文件，支持带一个 Alpha 通道的 RGB 颜色模式、灰度模式及不带 Alpha 通道的位图、索引颜色模式。它产生的透明背景没有锯齿边缘，但一些较早版本的 Web 浏览器不支持该格式。

二、 存储为 Web 和设备所用格式

使用【存储为 Web 和设备所用格式】命令可以将图像文件保存为 Web 和设备所用格式。选择【存储为 Web 和设备所用格式】命令后，将打开如图 11-7 所示的【存储为 Web 和设备所用格式】对话框。在该对话框中，可以选择要压缩的文件格式或调整其他的图像优化设置，把图像文件存储为所需要的格式。也可以将一幅图像优化为一个指定大小的文件，使用当前最优化的设置来对图像的色彩、透明度、图像大小等设置进行调整，以便得到一个 GIF 或 JPEG 格式的文件。

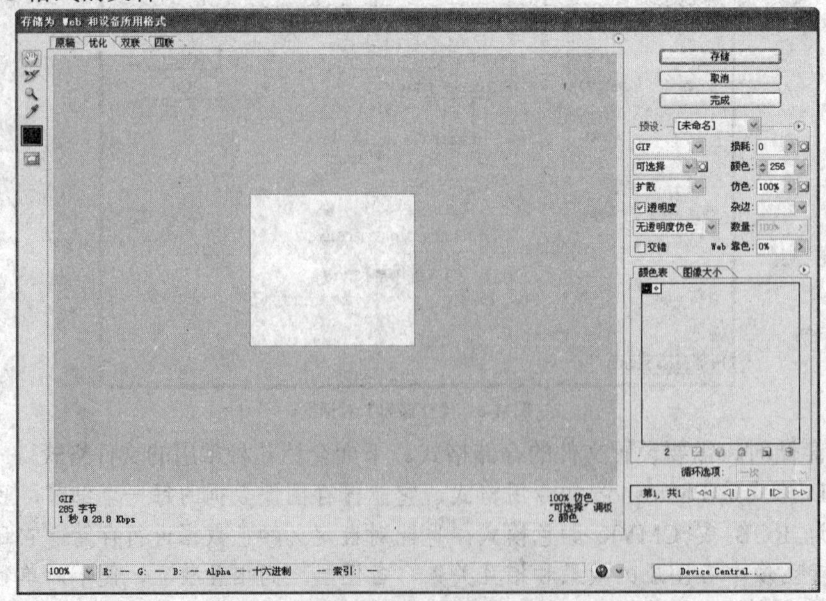

图11-7 【存储为 Web 和设备所用格式】对话框

11.3　编辑图像

下面简要介绍在 Photoshop CS3 中编辑图像的最基本的方法。

11.3.1　调整图像大小

首先打开图像，然后选择【图像】/【图像大小】命令打开【图像大小】对话框，重新设置图像大小参数即可，如图 11-8 所示。在图像左下角的状态栏会显示图像的大小，图像的大小以千字节（KB）和兆字节（MB）为单位，它们之间的换算为“1MB=1024KB”。修改【宽度】和【高度】参数后，从【图像大小】对话框的【像素大小】组名后面可以看到修改后图像大小为“351.6K”，括号内的“9.00M”表示图像的原始大小。

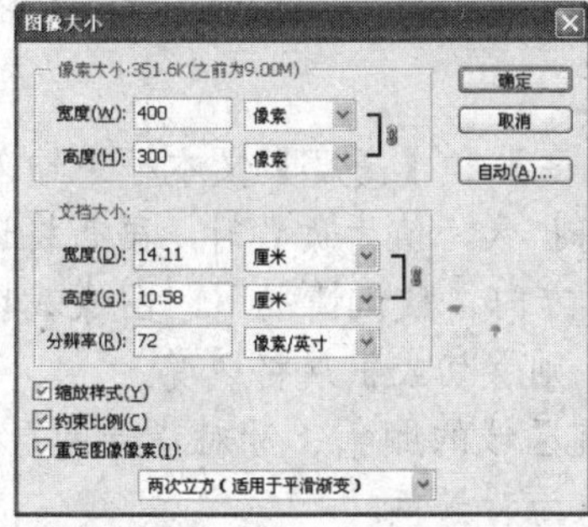

图11-8　调整图像大小

下面对【图像大小】对话框中的相关参数说明如下。

- 【像素大小】栏：包括【宽度】和【高度】两个选项，用于定义图像显示时的宽度和高度，它决定了图像在屏幕上的显示尺寸。
- 【文档大小】栏：包括【宽度】、【高度】和【分辨率】3 个选项，用于图像输出打印时的实际尺寸和分辨率大小。
- 【缩放样式】：当勾选【约束比例】复选框后该选项才被激活，勾选该复选框可以保持图像中的样式按比例进行改变。
- 【约束比例】：勾选该复选框后，在【宽度】和【高度】选项后将出现图标，表示改变其中一项设置时，另一项也按相同比例改变。
- 【重定图像像素】：勾选该复选框表示在改变图像显示尺寸时，系统将自动调整打印尺寸，此时图像的分辨率将保持不变。如果取消该复选框的勾选，则改变图像的分辨率时，图像的打印尺寸将相应改变。

在改变图像文件的大小时，如果图像由大变小，其印刷质量不会降低。如图像由小变大，其印刷品质将会下降。

11.3.2　调整画布大小

画布是图像的可编辑区域，可以调整画布的大小以满足设计需要。打开图像，然后选择【图像】/【画布大小】命令打开【画布大小】对话框，重新设置画布大小等参数即可，如图 11-9 所示。默认情况下，画布大小与图像大小是相等的。当调整图像尺寸时，图像会相应放大或缩小。当改变画布尺寸时，只会裁切或扩展画布，而图像本身不会被缩放。

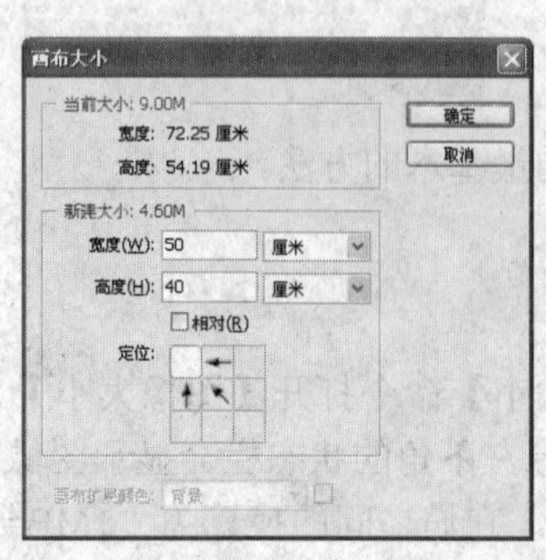

图11-9 【画布大小】对话框

下面对【画布大小】对话框中的相关参数说明如下。

- 【当前大小】：显示当前图像尺寸。
- 【新建大小】：用于设置新画布的尺寸。
- 【相对】：勾选该复选框后，可在【宽度】和【高度】文本框中输入数值来控制画布的增减量，值为正数时，画布将扩大，值为负数时，画布将进行裁切。
- 【定位】：用于设置图像裁切或延伸的方向。默认情况下，图像裁切或扩展是以图像为中心的。如果单击其他方块，则裁切或扩展将改变。
- 【画布扩展颜色】：用于设置图像扩展区域的颜色（针对背景图层），可单击右侧的■图标来自定义扩展颜色，默认为背景色。

11.3.3 旋转画布

在编辑图像时可能会需要对整个图像进行旋转，例如，180º 旋转、90º 旋转、水平翻转和垂直翻转等。要对图像进行旋转或翻转，首先需要打开该图像，然后选择【图像】/【旋转画布】中的相应命令即可，如图 11-10 所示。如果选择【图像】/【旋转画布】/【任意角度】命令，将打开【旋转画布】对话框，如图 11-11 所示，可对其参数进行设置。

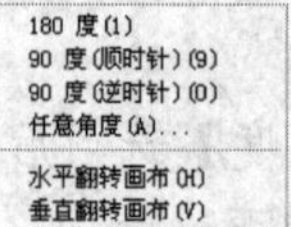

图11-10 菜单命令

图11-11 【旋转画布】对话框

11.3.4 选择图像

如果要选择整幅图像，可以选择【选择】/【全部】命令，要取消选择可以选择【选择】/【取消选择】命令或直接用鼠标单击图像，要再次选择已经取消的选择，可以选择【选择】/【重新选择】命令，如果在图像中选择了部分区域，此时要将所选择区域以外的区域选择，可以选择【选择】/【反向】命令。

在 Photoshop 中，大部分的选择是针对图像的局部区域而不是整幅图像，此时就必须创建选区。简单地讲，创建选区就是为图像的局部区域筑起一道封闭的“墙”。当用户只对图像中的某个区域进行复制、删除、填充等操作时，可以先创建该区域的选区，然后再编辑，这样只会改变选区内的图像，而选区外的图像不会受到影响。由此可见，选区的创建质量将直接影响到图像处理质量。

在 Photoshop 中，创建选区的方法有多种，可以使用选区工具直接创建选区，也可以使用命令来创建选区。

- 创建规则选区，可使用工具箱中的 （矩形选框工具）、 （椭圆选框工具）、 （单行选框工具）和 （单列选框工具）工具按钮。
- 创建不规则选区，可使用工具箱中的 （套索工具）、 （多边形套索工具）和 （磁性套索工具）工具按钮。
- 创建文字形状的选区，可使用工具箱中的 （横排文字蒙版工具）和 （直排文字蒙版工具）工具按钮。
- 按颜色创建选区，可使用工具箱中的 （魔棒工具）和 （快速选择工具）工具按钮以及【选择】/【色彩范围】命令。

当在工具箱中选择选区工具按钮时，在属性栏会显示该工具的属性参数，可以根据实际需要进行设置，然后再创建选区，如图 11-12 所示是选择 （矩形选框工具）时的属性栏。

图11-12　矩形选框工具属性参数

11.3.5　羽化图像

羽化通过建立选区和选区周围像素之间的转换边界来模糊边缘，羽化在处理图像中应用广泛。在设置羽化值后，选区的虚线框会缩小并且拐角变得平滑，填充的颜色不再局限于选区的虚线框内，而是扩展到了选区之外并且呈现逐渐淡化的效果。设置羽化值的方法通常有两种，一种是在选区工具属性栏中的【羽化】文本框中输入数值，另一种是选择【选择】/【修改】/【羽化】命令打开【羽化选区】对话框进行设置，如图 11-13 所示。

图11-13　【羽化选区】对话框

下面通过具体实例说明羽化的具体应用。

羽化图像

1. 打开本章素材文件“例题文件\素材”文件夹下的“wyx02.psd”。
2. 单击工具箱中的 （椭圆选框工具）按钮，然后选择图像中的部分区域，并在属性栏的【羽化】文本框中输入“10 px”，如图 11-14 所示。

图11-14　设置羽化值

3. 选择【选择】/【反向】命令，反选效果如图 11-15 所示。
4. 按 Delete 键删除反选区域，然后在图像中单击鼠标取消选择，羽化后的效果如图 11-16 所示。

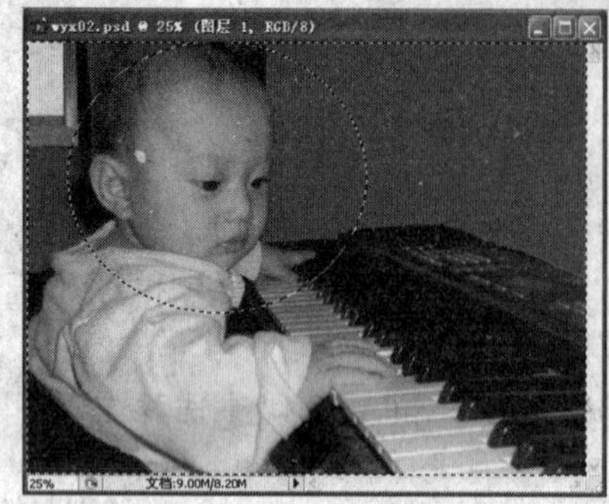

图11-15 反选效果

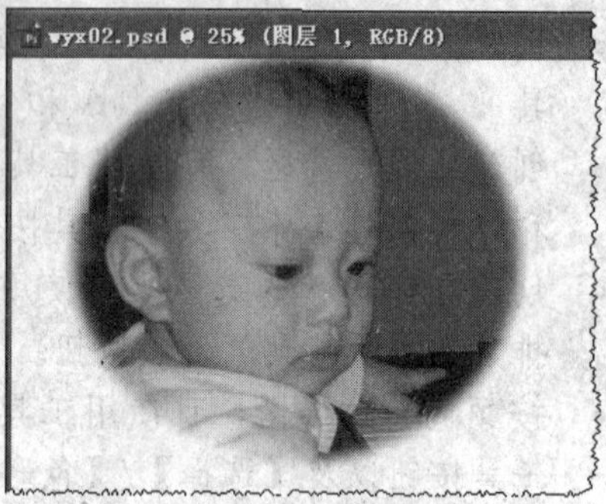

图11-16 羽化后的效果

5. 最后将文件存储为“chap11-3-5.psd”。

11.3.6 裁剪图像

在作品绘制及照片处理中，（裁剪工具）是调整图像大小必不可少的工具。使用此工具可以直观地裁剪掉图像中多余的部分，使图像更加完美。下面通过具体实例说明裁剪图像的方法。

裁剪图像

1. 打开本章素材文件“例题文件\素材”文件夹下的“wyx02.psd”。
2. 单击工具箱中的的（裁剪工具）按钮，如果需要可以在属性栏中设置相应的属性参数，如图 11-17 所示。

图11-17 设置属性参数

3. 在图像窗口中，按下鼠标左键并拖动，绘制一个裁剪框（裁剪框内的图像为保留区域），然后根据需要在属性栏中设置相应的属性参数，如图 11-18 所示。

图11-18 绘制裁剪框

4. 将鼠标放置在裁剪框的外侧，当光标呈形状时按下鼠标左键并拖动，可以旋转裁剪框，如图 11-19 所示。

5. 选定裁剪范围后，按 Enter 键或在裁剪区域中双击鼠标左键确定裁剪操作，如图 11-20 所示。

图11-19　旋转裁剪框

图11-20　裁剪图像

6. 最后将图像存储为“chap11-3-6.psd”。

11.3.7　裁切图像

选择【图像】/【裁切】命令，可以通过移去不需要的图像数据来裁切图像，其工作方式与裁剪图像不同，该命令通过裁切周围的透明像素或指定颜色的背景像素来裁切图像。如果要裁切图像，首先打开图像文件，然后选择【图像】/【裁切】命令，打开【裁切】对话框进行选项设置即可，如图 11-21 所示。

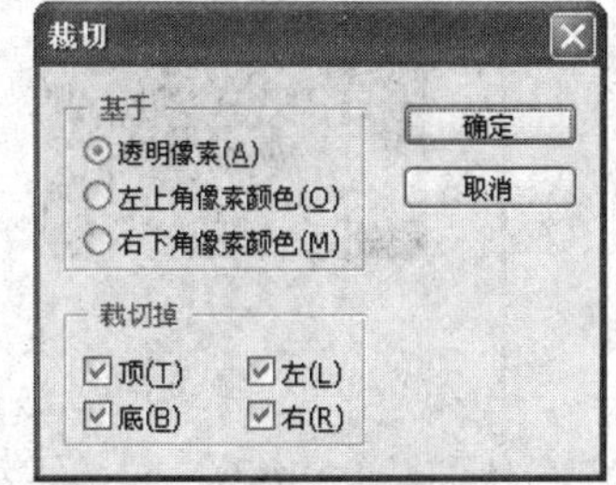

图11-21　【裁切】对话框

下面对【裁切】对话框中的相关参数说明如下。

- 【透明像素】：用于设置移去图像边缘的透明区域，只保留包含非透明像素的最小图像。
- 【左上角像素颜色】：用于设置从图像中移去与图像左上角像素颜色相同，并且与图像等宽或等高的完整区域。
- 【右下角像素颜色】：用于设置从图像中移去与图像右下角像素颜色相同，并且与图像等宽或等高的完整区域。
- 【裁切掉】：用于设置要移去的图像区域。

11.3.8　自由变换图像

选择【编辑】/【自由变换】命令，可以对图像中的选区或除背景层以外的所有图层进行放大、缩小和旋转等自由变形处理。下面通过具体实例说明自由变换图像的方法。

自由变换图像

1. 打开本章素材文件“例题文件\素材”文件夹下的“wyx02.psd”。
2. 选定要变换的图层（或创建要变换的选区），此处选定“图层 1”，如图 11-22 所示。
3. 选择【编辑】/【自由变换】命令，将出现 8 个控制点，拖动这些控制点即可变换图像的大小，此处按住 Shift 键拖动 4 个顶角的控制点，按比例缩放图像，如图 11-23 所示。

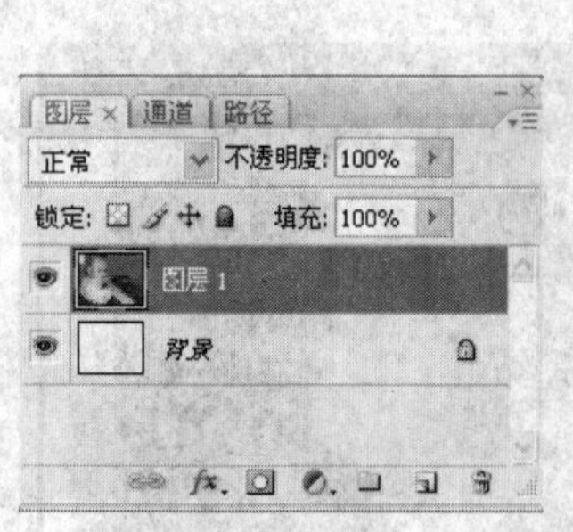

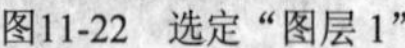
图11-22 选定“图层1”

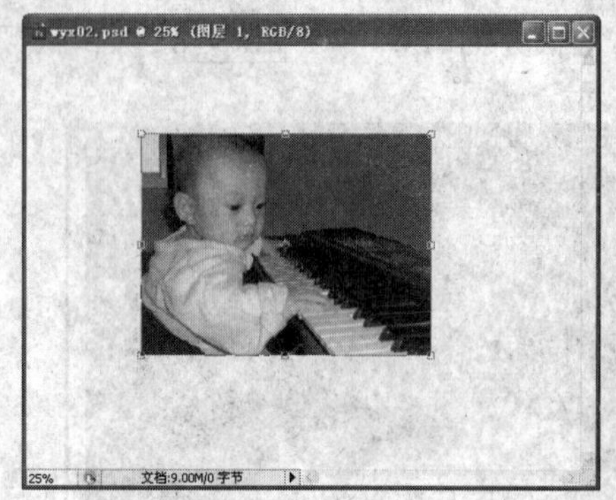

图11-23 变换图像

4. 在变换过程中，将鼠标光标移动到图像内部，然后按住鼠标左键不放并拖动鼠标，即可移动图像的位置，如图 11-24 所示。
5. 将鼠标光标置于变换框之外，当鼠标光标呈↻形状时拖动鼠标，即可旋转图像的角度，如图 11-25 所示。

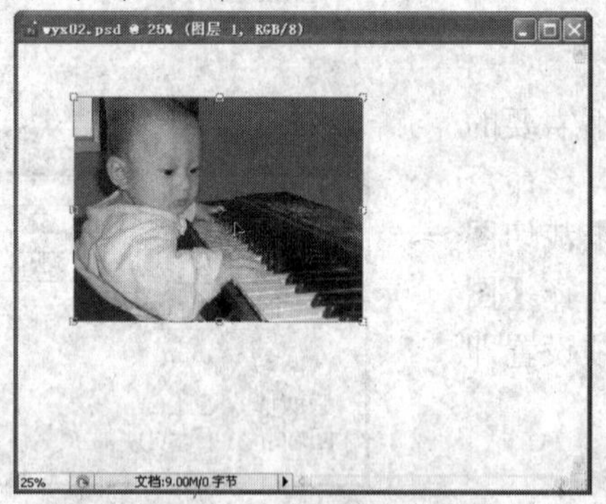

图11-24 移动图像的位置

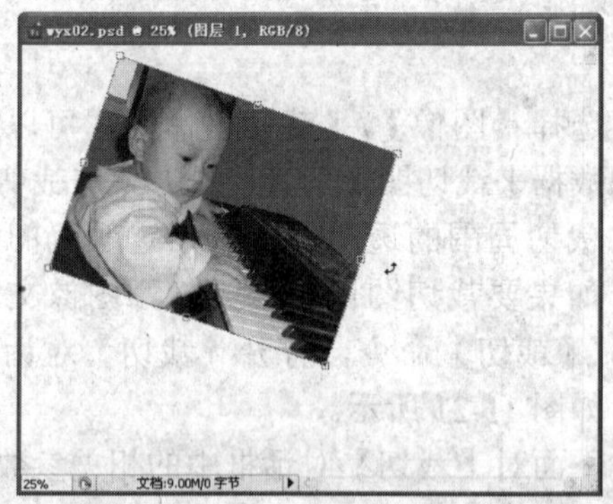

图11-25 旋转图像的角度

6. 变换完成后，按 Enter 键确认变换，按 Esc 键则取消变换。
7. 最后将图像文件存储为“chap11-3-8.psd”。

11.3.9 变换图像

选择【编辑】/【变换】中的相应命令，可以对图像中的选区或除背景层以外的所有图层进行更丰富的变换操作，如图 11-26 所示。

选择【缩放】、【旋转】、【斜切】、【扭曲】、【透视】、【变形】等命令后，将出现相应的属性栏，可以直接在其中设置属性参数来精确变换效果，如图 11-27 所示。

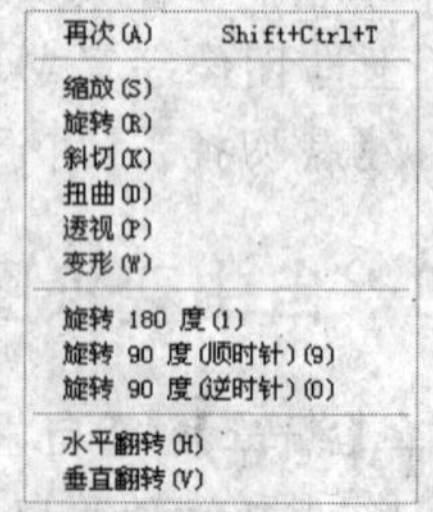

图11-26 【编辑】/【变换】子菜单中的命令

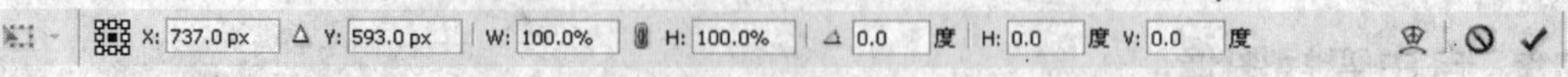

图11-27 属性栏

下面对属性栏中的属性参数进行简要说明。

- 參考点定位符图标：参考点定位符，用于更改参考点。
- X: 737.0 px Δ Y: 593.0 px：设置参考点的水平位置和垂直位置，如果单击 Δ 按钮将使用参考点相关定位。

- W: 100.0% H: 100.0%：设置水平缩放比例和垂直缩放比例，如果单击按钮将保持长宽比。
- 0.0 度：设置旋转角度。
- H: 0.0 度 V: 0.0 度：设置水平斜切和垂直斜切的角度。
- ：在自由变换和变形模式之间切换。

11.3.10 填充选区

填充选区就是在选区的内部填充颜色或图案。选择【编辑】/【填充】命令不仅可以填充前景色、背景色和图案，而且还可以设置填充颜色或图案的混合模式和不透明度。【填充】对话框及效果图如图 11-28 所示。

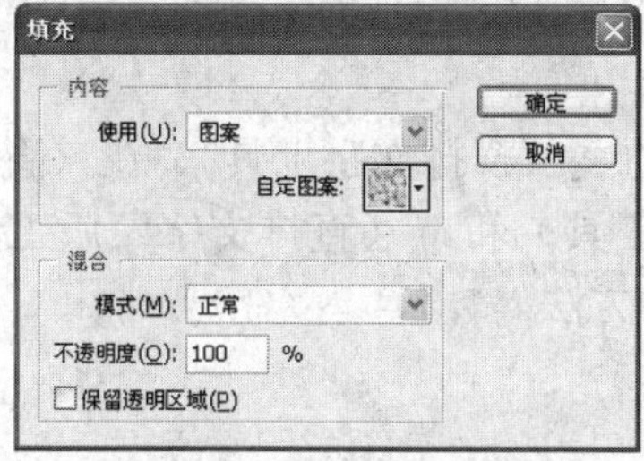

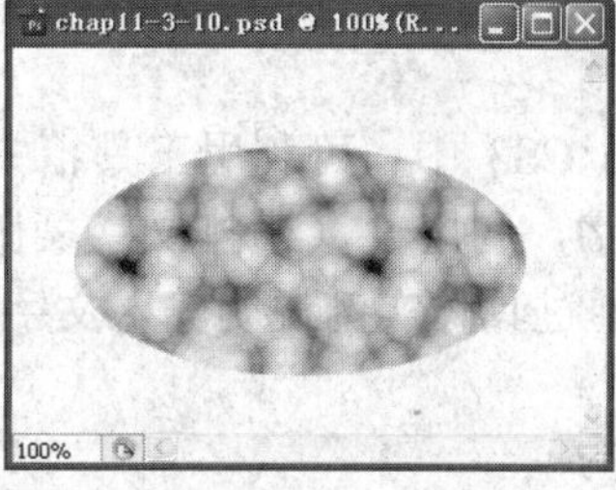

图11-28　【填充】对话框

下面对【填充】对话框中的相关参数说明如下。

- 【使用】：在其下拉列表中可以选择填充方式，包括前景色、背景色、颜色、图案、历史记录、黑色、50%灰色和白色等 8 种方式。
- 【自定图案】：在【使用】下拉列表中选择【图案】时，该选项将被激活，可单击按钮来选择所需要的图案进行填充。
- 【模式】：用于设置填充内容的混合模式。
- 【不透明度】：用于设置填充内容的不透明度。
- 【保留透明区域】：勾选该复选框后，只对普通图层（背景图层除外）中有像素的区域进行填充。

11.3.11 描边选区

描边选区是指沿着图像选区的边缘描绘指定宽度的颜色。如果要对选区进行描边，可选择【编辑】/【描边】命令，打开【描边】对话框，进行参数设置即可，如图 11-29 所示。

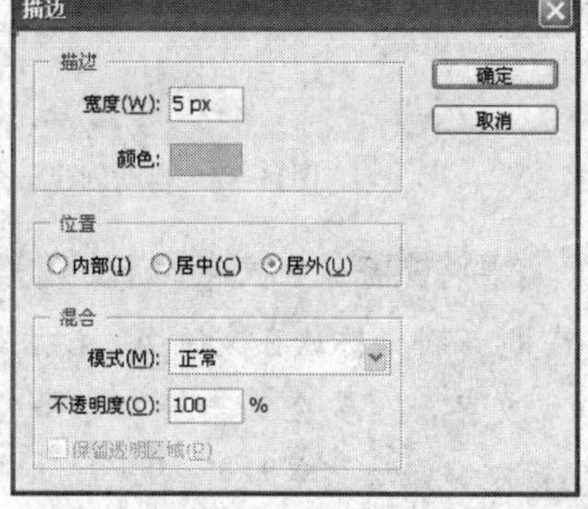

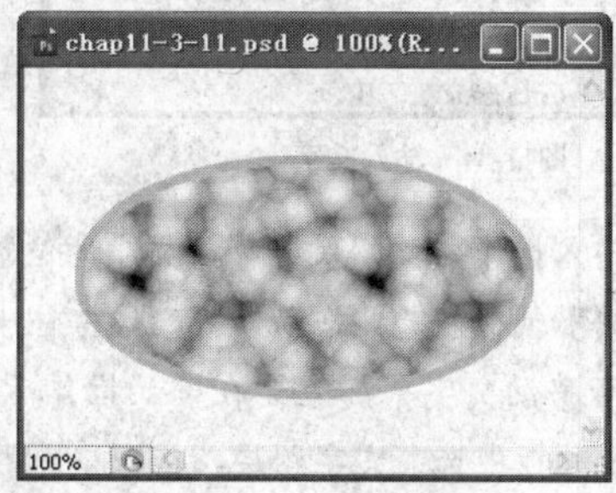

图11-29　【描边】对话框

下面对【描边】对话框【描边】和【位置】栏中的相关参数说明如下。

- 【宽度】：用于设置描边的宽度。
- 【颜色】：用于设置描边的颜色。
- 【位置】：用于设置描边位于选区的位置，包括【内部】、【居中】和【居外】3 个单选按钮。

11.4 编辑文字

文字在图像中往往起着画龙点睛的作用，一件完整的作品都需要有文字内容来说明主题或通过特殊编排的文字来衬托整个画面。

11.4.1 输入文字

在 Photoshop CS3 中，可利用工具箱中的T.（横排文字工具）、IT.（直排文字工具）输入横排或直排文字，利用T.（横排文字蒙版工具）和T.（直排文字蒙版工具）创建文字形状的选区。下面通过具体实例说明输入文字的方法。

输入文字

1. 创建一个宽度和高度分别为“400 像素”和“100 像素”的文档，然后存储为“chap11-4-1.psd”。
2. 在工具箱中单击T.（横排文字工具）按钮，然后在属性栏中设置文字属性，如图 11-30 所示。

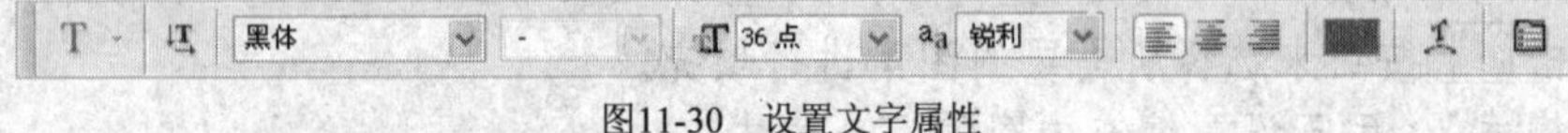

图11-30 设置文字属性

3. 文字属性设置完毕后，将鼠标光标移至图像窗口中并单击鼠标，确认一个插入点，在出现闪烁的光标后输入文字，如图 11-31 所示。
4. 输入完毕后，按 Ctrl+Enter 组合键确认输入操作，此时系统将自动创建一个文本图层，如图 11-32 所示。

图11-31 输入文字

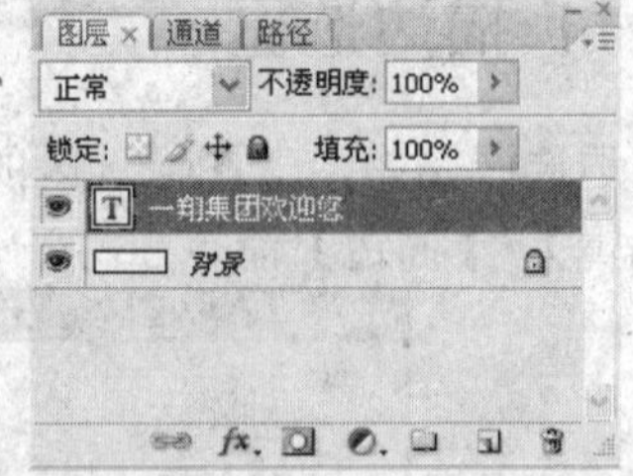

图11-32 自动创建一个文本图层

在确认输入操作前，如果要移动文字的位置，需要将光标放在文字的下方，当光标呈现▸✥形状时，按下鼠标左键并拖动即可，或按住 Ctrl 键，将光标放在文字上，然后按下鼠标左键并拖动也可移动文字。如果要在确认操作后移动文字，需要在工具箱中选择▸✥工具，然后在【图层】面板中选中文字图层，在窗口中用鼠标左键拖动文字即可。

下面将文字进行变形，使其更美观。利用【变形文字】命令可以在保持文字可编辑的状态下，使用系统提供的 15 种不同的变形样式将文字扭曲为不同的形状，使其呈现弧形、旗帜等特殊效果。

5. 保证文字图层处于选中状态，然后在文字属性栏中单击（创建文字变形）按钮，打开【变形文字】对话框，参数设置如图 11-33 所示。
6. 参数设置完毕后，单击 确定 按钮，效果如图 11-34 所示。

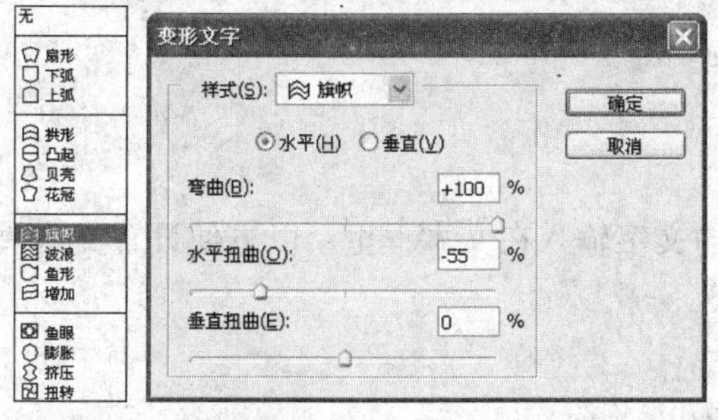

图11-33　【变形文字】对话框

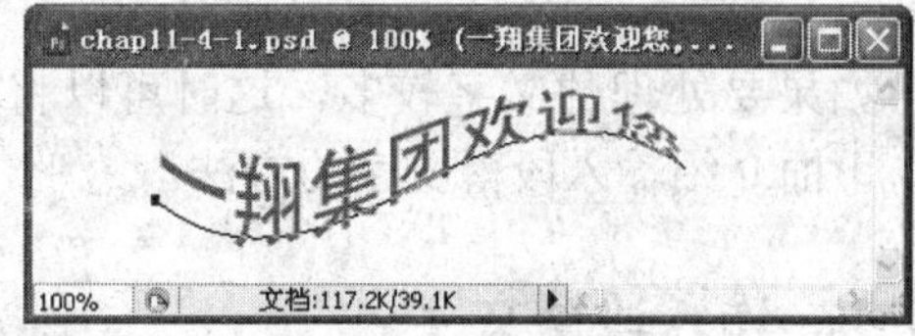

图11-34　应用变形效果

11.4.2　栅格化文字

在 Photoshop 中，不能使用画笔工具、铅笔工具、渐变工具等绘画工具直接在文本图层上绘画，也不能直接对其应用滤镜操作。要解决这个问题，需要将文本图层进行栅格化处理。下面介绍栅格化文字的具体方法。

栅格化文字

1. 打开文档“chap11-4-1.psd”并保存为“chap11-4-2.psd”。
2. 保证文本图层处于选中状态，然后选择【图层】/【栅格化】/【文字】或【图层】命令，或在【图层】面板的文字图层上单击鼠标右键，在弹出的快捷菜单中选择【栅格化文字】命令对文字进行栅格化，如图 11-35 所示。

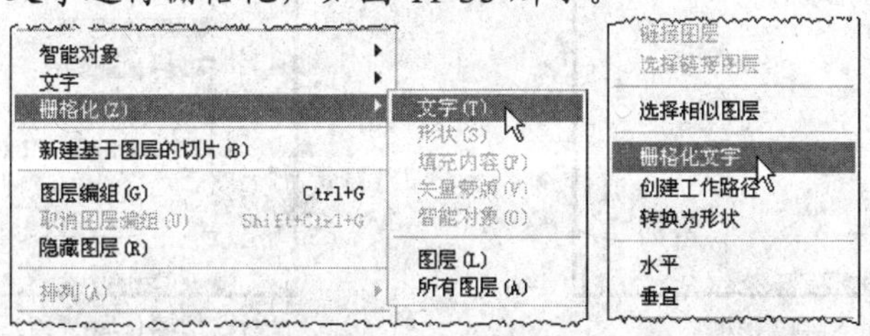

图11-35　栅格化文字

要点提示　文本图层一旦被转换为普通图层，用户将无法再编辑文本内容。

3. 在工具箱中，将前景色设置为“#0000FF”，然后单击（画笔工具）按钮，在属性栏中设置其属性参数，如图 11-36 所示。

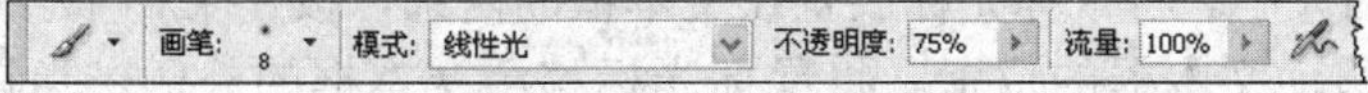

图11-36　设置画笔工具属性参数

4. 在文字的下面绘制如图 11-37 所示的点状线，最后保存文件。

图11-37　绘制点状线

文字图层经过栅格化变为普通图层后，就可以使用画笔等工具进行绘画了。

11.4.3　输入段落文字

如果要处理的文字较多，这时可以将大段的文字输入在文本框里，以方便设置文本属性。下面介绍输入段落文字的方法。

输入段落文字

1. 创建一个宽度和高度分别为“400 像素”和“300 像素”的文档，然后存储为“chap11-4-3.psd”。
2. 在工具箱中单击 T（横排文字工具）按钮，然后在属性栏中设置文字属性，如图 11-38 所示。

图11-38　设置文字属性

3. 将鼠标光标移至图像窗口中，按住鼠标左键不放绘制矩形框，释放鼠标后将创建一个具有 8 个控制点的文本框，如图 11-39 所示。
4. 在文本框的左上角出现闪烁的光标时，输入所需的段落文本，如图 11-40 所示。

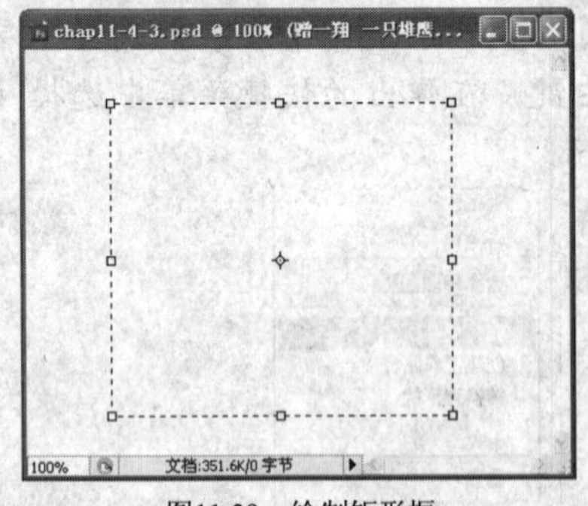

图11-39　绘制矩形框

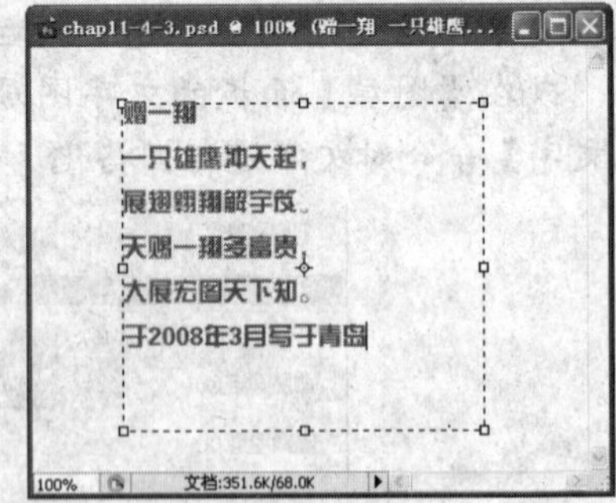

图11-40　输入段落文本

> **要点提示** 选择文字工具后，按住 Alt 键的同时，在图像窗口中绘制矩形框，将弹出【段落文字大小】对话框，从中可设置文本框的宽度和高度。

5. 文字输入完成后，按 Ctrl+Enter 组合键确认输入。

将鼠标光标放置在段落文本框的控制点上，当鼠标光标呈双向箭头时按下鼠标左键并拖动可调整文本框的大小。将鼠标光标放置在文本框的内部，按住 Ctrl 键的同时，按下鼠标左键并拖动可以移动文本框的位置。将鼠标光标移至文本框的外侧，当鼠标光标呈 形状时，按下鼠标左键并拖动可以旋转文本框。

11.4.4　设置文字属性

在 Photoshop 中，除了可利用文字工具的属性栏设置文字属性外，还可以利用【字符】和【段落】调板来设置更多的文字属性。先选中要设置属性的文本（如果是对图层中的所有文本应用相同的属性，则不需要选中文本，只需将文本所在的图层置为当前图层即可），然后选择【窗口】/【字符】或【段落】命令，或在文字工具的属性栏中单击▤按钮，打开【字符】和【段落】调板进行设置即可，如图 11-41 所示。

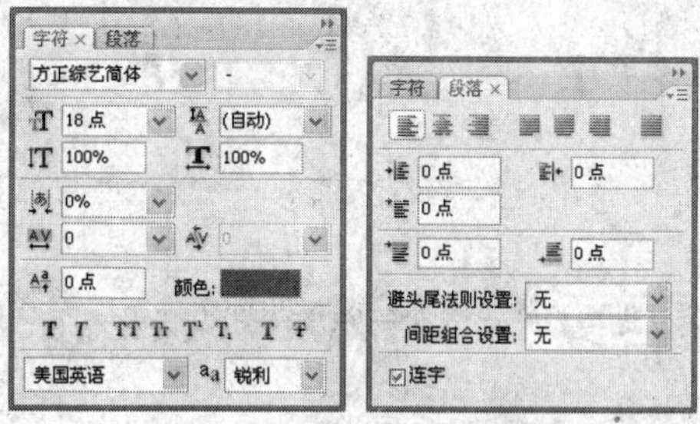

图11-41　【字符】和【段落】调板

11.4.5　路径和文字

在 Photoshop 中，通过沿路径或在路径内部输入文字的方法，可以制作出优美的文字曲线或以各种形状编排文本效果。下面介绍具体方法。

沿路径和在路径内部输入文字

1. 创建一个宽度和高度分别为“600 像素”和“500 像素”的文档，然后存储为“chap11-4-5.psd”。
2. 在工具箱中单击 （钢笔工具）按钮，然后在属性栏中单击 （路径）按钮，如图 11-42 所示。

图11-42　钢笔属性栏

3. 在图像窗口中通过依次单击鼠标绘制一条路径（开放或封闭均可），如图 11-43 所示。

图11-43　绘制路径

4. 在工具箱中单击 T（横排文字工具）按钮，然后在属性栏中设置文字属性，如图 11-44 所示。

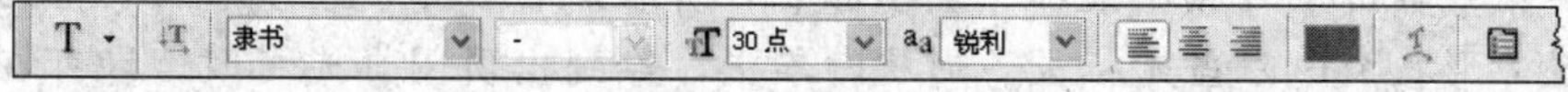

图11-44　设置文字属性

5. 将光标移至路径上，当光标呈 形状后单击鼠标确定一个插入点，等到出现闪烁的光标后，即可沿路径输入文本，如图 11-45 所示。

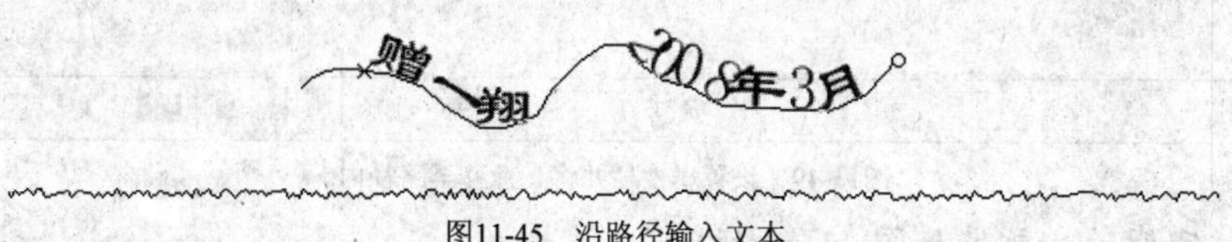

图11-45　沿路径输入文本

6. 在工具箱中单击 （直接选择工具）按钮，将光标移至文本上方，等到光标呈 形状后单击鼠标并沿路径拖动，可沿路径移动文本，如图 11-46 所示。

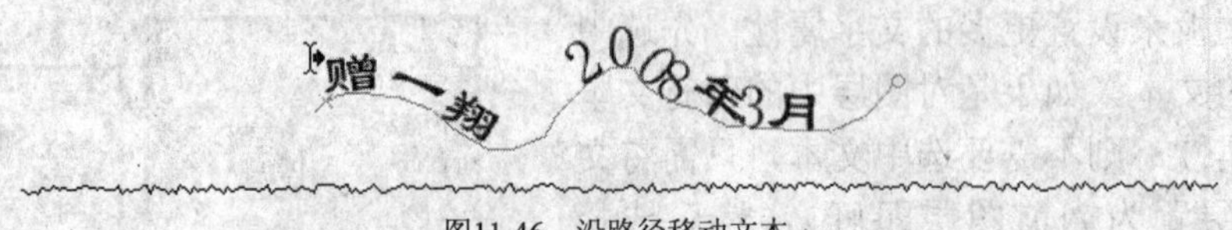

图11-46 沿路径移动文本

要点提示 按下鼠标左键，并将光标拖至路径的下方，可以翻转文字并转换起始点的位置。

要将文字放置在路径内部，可执行如下操作。

7. 在工具箱中单击 （自定形状工具）按钮，然后在属性栏设置属性参数，如图 11-47 所示。

形状:

图11-47 设置属性参数

8. 在图像窗口中绘制一个封闭的路径或形状，如图 11-48 所示。

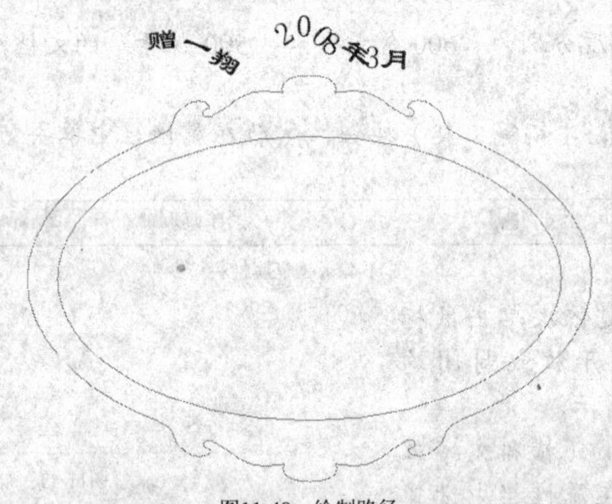

图11-48 绘制路径

9. 在工具箱中单击 （横排文字工具）按钮，并在属性栏中设置其属性，然后将光标移至路径（形状）内，当光标呈 形状时单击，等到出现闪烁光标时，即可在路径（形状）内输入文字，如图 11-49 所示。

图11-49 设置属性栏并将光标移至路径内

10. 文字输入完毕后，效果如图 11-50 所示。

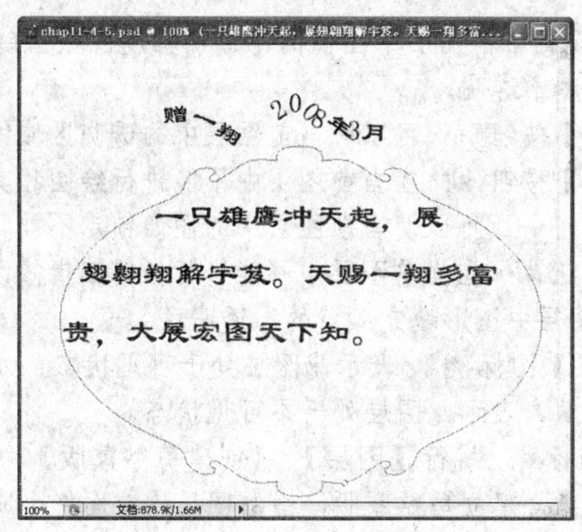

图11-50　输入文字

11. 最后按 Ctrl+Enter 组合键确认操作并将文件进行保存。

11.5　使用图层

图层是利用 Photoshop CS3 进行图形绘制和图像处理的最基础也是最重要的命令，可以说每一幅图像的处理都离不开图层的应用。下面简要介绍有关图层的基本知识。

11.5.1　认识图层

引入图层，可以将图像中各个元素分层处理和保存，从而使图像的编辑处理具有很大的弹性和操作空间。每个图层相当于一个独立的图像文件，几乎所有的命令都能对某个图层进行独立的编辑操作。可以将图层想象成是一张张叠起来的透明画纸，如果图层上没有图像，就可以一直看到底下的背景图层。

对图层的许多操作主要通过【图层】面板进行。【图层】面板是一个相当重要的控制面板，如图 11-51 所示。它的主要功能是显示当前图像的所有图层、图层样式、图层混合模式及【不透明度】等参数的设置，以方便设计者对图像进行调整修改。

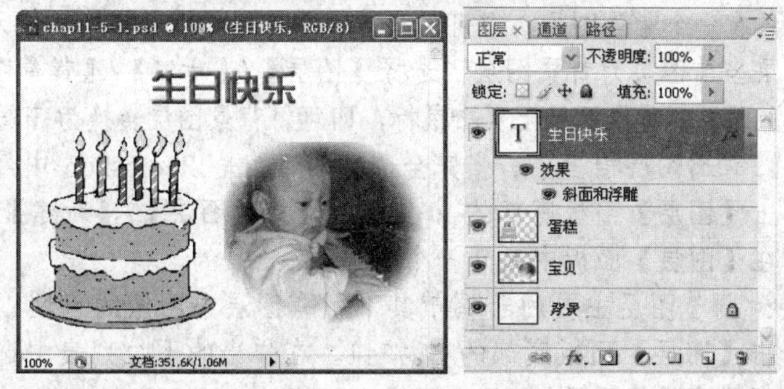

图11-51　【图层】面板

下面对【图层】面板中的选项进行简要说明。

- 【图层面板菜单】按钮：单击此按钮，可弹出【图层】面板的下拉菜单。
- 【图层混合模式】正常：设置当前图层中的图像与下面图层中的图像以何种模式进行混合。

- 【不透明度】：设置当前图层中图像的不透明程度。数值越小，图像越透明；数值越大，图像越不透明。
- 【锁定透明像素】按钮：可以使当前图层中的透明区域保持透明。
- 【锁定图像像素】按钮：在当前图层中不能进行绘图和其他命令操作。
- 【锁定位置】按钮：可以使当前图层中的图像锁定不被移动。
- 【锁定全部】按钮：在当前图层中不能进行任何编辑修改操作。
- 【填充】：设置图层中图形填充颜色的不透明度。
- 【显示/隐藏图层】图标：表示此图层处于可见状态。如果单击此图标，图标中的眼睛被隐藏，表示此图层处于不可见状态。
- 【剪贴蒙版】图标：执行【图层】/【创建剪贴蒙版】命令，当前图层将与它下面的图层相结合建立剪贴蒙版，当前图层的前面将生成剪贴蒙版图标，其下的图层即为剪贴蒙版图层。

在【图层】面板底部有 7 个按钮，下面分别进行介绍。

- 【链接图层】按钮：通过链接两个或多个图层，可以一起移动链接图层中的内容，也可以对链接图层执行对齐与分布以及合并图层等操作。
- 【添加图层样式】按钮 fx.：可以对当前图层中的图像添加各种样式效果。
- 【添加图层蒙版】按钮：可以给当前图层添加蒙版。如果先在图像中创建适当的选区，再单击此按钮，可以根据选区范围在当前图层上建立适当的图层蒙版。
- 【创建新组】按钮：可以在【图层】面板中创建一个新的序列。序列类似于文件夹，以便图层的管理和查询。
- 【创建新的填充或调整图层】按钮：可在当前图层上添加一个调整图层，对当前图层下边的图层进行色调、明暗等颜色效果调整。
- 【创建新图层】按钮：可在当前图层上创建新图层。
- 【删除图层】按钮：可将当前图层删除。

常用的图层类型主要分为背景图层、普通图层、调节图层、效果图层、形状图层、蒙版图层以及文本图层等几大类，下面进行简要说明。

- 背景图层：背景图层相当于绘画中最下方不透明的纸。在 Photoshop 中，一个图像文件中只有一个背景图层，它可以与普通图层进行相互转换，但无法交换堆叠次序。如果当前图层为背景图层，选择【图层】/【新建】/【背景图层】命令或在【图层】面板的背景图层上双击鼠标，即可将背景图层转换为普通图层。
- 普通图层：普通图层相当于一张完全透明的纸，是 Photoshop 中最基本的图层类型。单击【图层】面板底部的按钮或选择【图层】/【新建】/【图层】命令，即可在【图层】面板中新建一个普通图层。
- 调节图层：调节图层主要用于调节其下所有图层中图像的色调、亮度和饱和度等。单击【图层】面板底部的按钮，在弹出的下拉列表中选择任意一个选项，即可创建调节图层。
- 效果图层：【图层】面板中的图层应用图层效果（如阴影、投影、发光、斜面和浮雕以及描边等）后，右侧会出现一个 fx（效果层）图标，此时，这一图层就是效果图层。注意，背景图层不能转换为效果图层。单击【图层】面板底部的 fx. 按钮，在弹出的下拉列表中选择任意一个选项，即可创建效果图层。

- 形状图层：使用工具箱中的矢量图形工具在文件中创建图形后，【图层】面板会自动生成形状图层。当选择【图层】/【栅格化】/【形状】命令后，形状图层将被转换为普通图层。
- 蒙版图层：在图像中，图层蒙版中颜色的变化使其所在图层图像的相应位置产生透明效果。其中，该图层中与蒙版的白色部分相对应的图像不产生透明效果，与蒙版的黑色部分相对应的图像完全透明，与蒙版的灰色部分相对应的图像根据其灰度产生相应程度的透明。
- 文本图层：在文件中创建文字后，【图层】面板会自动生成文本层，其缩览图显示为T图标。当对输入的文字进行变形后，文本图层将显示为变形文本图层，其缩览图显示为图标。

11.5.2　图层基本操作

图层的基本操作包括图层的创建、显示或隐藏、复制与删除、链接与合并、对齐与分布等。

一、　图层的创建

选择【图层】/【新建】命令，弹出如图 11-52 所示的【新建】子菜单。

- 当选择【图层】命令时，系统将弹出如图 11-53 所示的【新建图层】对话框。在此对话框中，可以对新建图层的【颜色】、【模式】和【不透明度】进行设置。

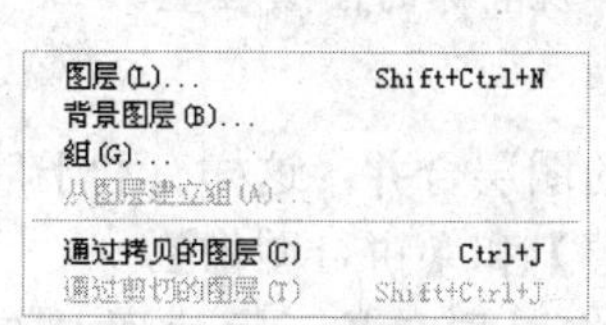

图11-52　【图层】/【新建】子菜单

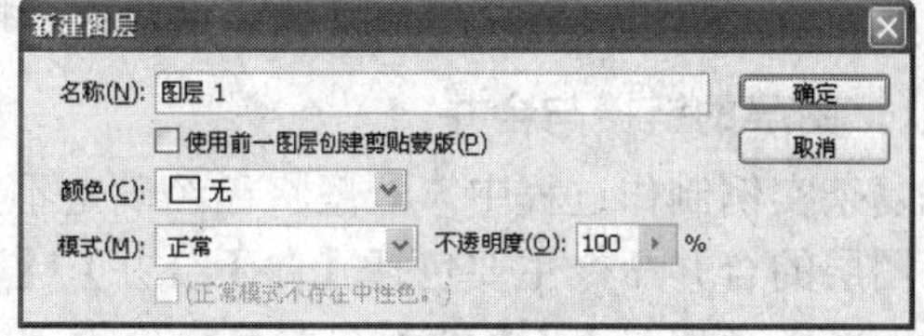

图11-53　【新建图层】对话框

- 当选择【背景图层】命令时，可以将背景图层改为一个普通图层，此时【背景图层】命令会变为【图层背景】命令；选择【图层背景】命令，可以将当前图层更改为背景图层。
- 当选择【组】命令时，将弹出如图 11-54 所示的【新建组】对话框。在此对话框中可以创建图层组，相当于图层文件夹。

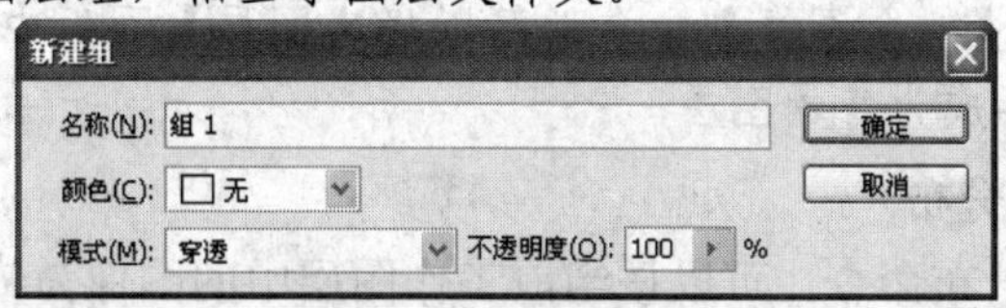

图11-54　【新建组】对话框

- 当【图层】面板中有链接图层时，【从图层建立组】命令才可用，选择此命令，可以新建一个图层组，并将当前链接的图层、除背景图层外的其余图层放置在新建的图层组中。
- 选择【通过复制的图层】命令，可以将当前画面选区中的图像通过复制生成一个新的图层，且原画面不会被破坏。
- 选择【通过剪切的图层】命令，可以将当前画面选区中的图像通过剪切生成一个新的图层，此时原画面将被破坏。

二、 图层的复制

将鼠标光标放置在要复制的图层上，按下鼠标左键向下拖曳至 （创建新图层）按钮上释放，即可将所拖曳的图层复制并生成一个“副本”层。另外，选择【图层】/【复制图层】命令也可以复制当前选择的图层。

图层可以在当前文件中复制，也可以将当前文件的图层复制到其他打开的文件中或新建的文件中。将鼠标光标放置在要复制的图层上，按下鼠标左键向要复制的文件中拖曳，释放鼠标后，所选择图层中的图像即被复制到另一文件中。

三、 图层的删除

将鼠标光标放置在要删除的图层上，按下鼠标左键向下拖曳至 （删除图层）按钮上释放，即可将所拖曳的图层删除。另外，确认要删除的图层处于当前工作图层，在【图层】面板中单击 按钮或选择【图层】/【删除】/【图层】命令，同样可以将当前选择的图层删除。

四、 图层的叠放次序

图层的叠放顺序对作品的效果有着直接的影响，因此在实例制作过程中，必须准确调整各图层在画面中的叠放位置，其调整方法有以下两种。

- 选择【图层】/【排列】中的子命令，可以调整图层的位置。
- 在【图层】面板中要调整叠放顺序的图层上按下鼠标左键，然后向上或向下移动鼠标光标，此时【图层】面板中会有一个线框跟随鼠标拖动，当线框调整至要移动的位置后释放鼠标，当前图层即会调整至释放鼠标的图层位置。

五、 图层的链接与合并

在复杂实例制作过程中，一般将已经确定不需要再调整的图层合并，这样有利于后续的操作。图层的合并命令主要包括【向下合并】、【合并可见图层】和【拼合图像】。

- 选择【图层】/【向下合并】命令，可以将当前工作图层与其下面的图层合并。在【图层】面板中，如果有与当前图层链接的图层，此命令将显示为【合并链接图层】，执行此命令可以将所有链接的图层合并到当前工作图层中。如果当前图层是序列图层，执行此命令可以将当前序列中的所有图层合并。
- 选择【图层】/【合并可见图层】命令，可以将【图层】面板中所有的可见图层合并，并生成背景图层。
- 选择【图层】/【拼合图像】命令，可以将【图层】面板中的所有图层拼合，拼合后的图层生成为背景图层。

六、 图层的对齐与分布

使用图层的对齐和分布命令，可以按当前工作图层中的图像为依据，对【图层】面板中所有与当前工作图层同时选取或链接的图层进行对齐与分布操作。

- 图层的对齐：当【图层】面板中至少有两个同时被选取或链接的图层，且背景图层不处于链接状态时，图层的对齐命令才可用。选择【图层】/【对齐】中的子命令，可以将图层中的图像进行对齐。
- 图层的分布：在【图层】面板中至少有 3 个同时被选取或链接的图层，且背景图层不处于链接状态时，图层的分布命令才可用。选择【图层】/【分布】中的子命令，可以将图层中的图像进行分布。

11.5.3　图层样式

图层样式主要包括投影、阴影、发光、斜面和浮雕以及描边等。利用图层样式可以对图层中的图像快速应用效果，通过【图层样式】面板还可以查看各种预设的图层样式，并且仅通过单击鼠标即可在图像中应用样式，也可以通过对图层中的图像应用多种效果创建自定样式。

如果要对图层应用样式，选择【图层】/【图层样式】中的相应命令即可，如图 11-55 所示，如选择【混合选项】命令，将打开如图 11-56 所示的【图层样式】对话框。限于篇幅限制，【图层样式】对话框的具体应用，读者可自行练习，这里不再介绍。

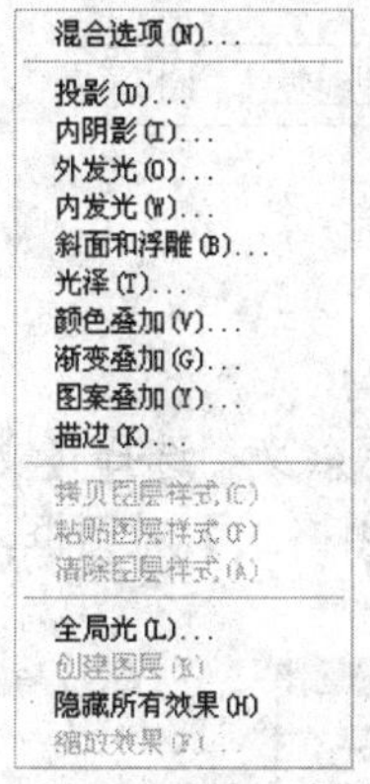

图11-55　【图层样式】中的子命令

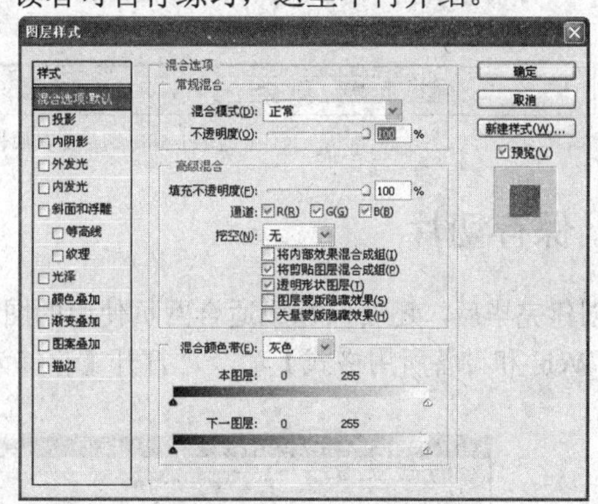

图11-56　【图层样式】对话框

11.6　切割图像

当网页中插入一幅较大的图像时，网页的下载时间就比较长。为了加快网页的下载速度，可以把大图像分割成若干小图像，然后再将这些小图像重新组合在一起，这就是所谓的切片技术。利用 Photoshop 提供的切片工具，可以很轻松地对图像进行切片。

11.6.1　创建切片

在 Photoshop CS3 的工具箱中，切片工具主要用于分割图像，切片选择工具主要用于编辑切片。

创建切片的方法是，单击工具按钮，将鼠标光标移动到图像窗口中适合的位置进行拖曳，释放鼠标后即在图像中创建了切片，可以根据需要反复进行切割，如图 11-57 所示。

将鼠标光标放置到所选择切片的任一边缘位置，当鼠标光标显示为双向箭头时按下鼠标左键并拖曳，可调整切片的大小。将鼠标光标移动到所选择的切片内，按下鼠标左键并拖曳，可调整切片的位置，释放鼠标后图像窗口中将产生新的切片效果。

图11-57　创建切片

利用工具选择图像中切片名称显示为灰色的切片，然后单击属性栏中的 提升 按钮，可以将当前选择的切片激活，即左上角的切片名称显示为蓝色。另外，单击属性栏中的 划分... 按钮，在弹出的【划分切片】对话框中，可对当前选择的切片进行水平或垂直分割，如图 11-58 所示。

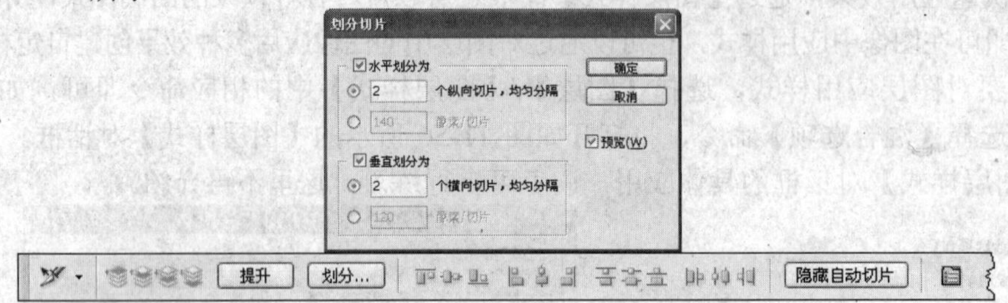

图11-58　切片工具属性栏

11.6.2　保存切片

切片创建完毕后，还要保存成适合网页使用的图像，这样才有实际意义。选择【文件】/【存储为 Web 和设备所用格式】命令，打开【存储为 Web 和设备所用格式】对话框，如图 11-59 所示。

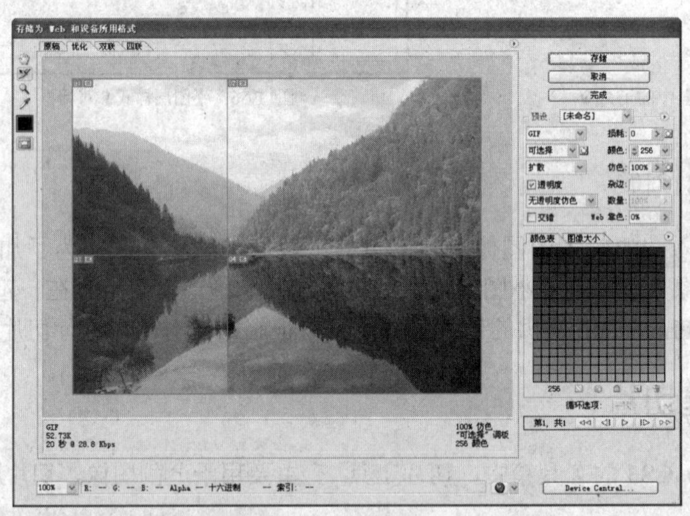

图11-59　【存储为 Web 和设备所用格式】对话框

根据需要设置参数，然后单击 存储 按钮，打开【将优化结果存储为】对话框，如图 11-60 所示，可以根据实际情况在【保存类型】下拉列表中选择相应的选项，如“仅限图像(*.gif)”，这样每个切片都将按顺序被保存成一个单独的图像文件。在 Dreamweaver 中，使用表格技术将图像拼接为一幅完整的图像即可。

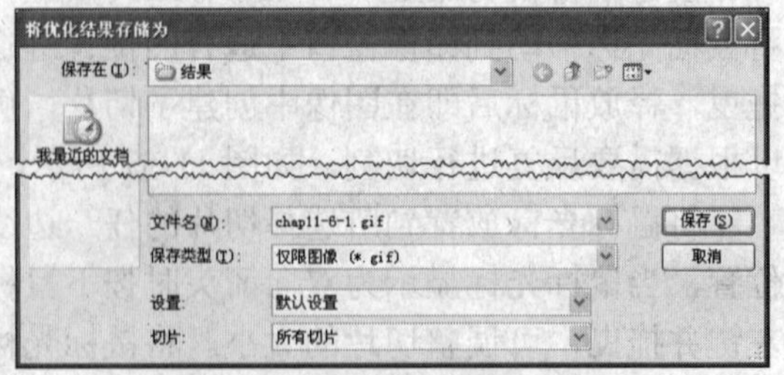

图11-60　【将优化结果存储为】对话框

11.7　实例——使用 Photoshop CS3 设计网页

通过前面各节的学习，读者对 Photoshop CS3 的基本知识有了一定的了解。本节将使用 Photoshop CS3 设计网页页面，让读者进一步巩固所学内容。

使用 Photoshop CS3 设计网页

1. 选择【文件】/【新建】命令创建文档“shili.psd”，【新建】对话框如图 11-61 所示。
2. 在【图层】面板中单击 （创建新图层）按钮创建图层“图层 1”，如图 11-62 所示。

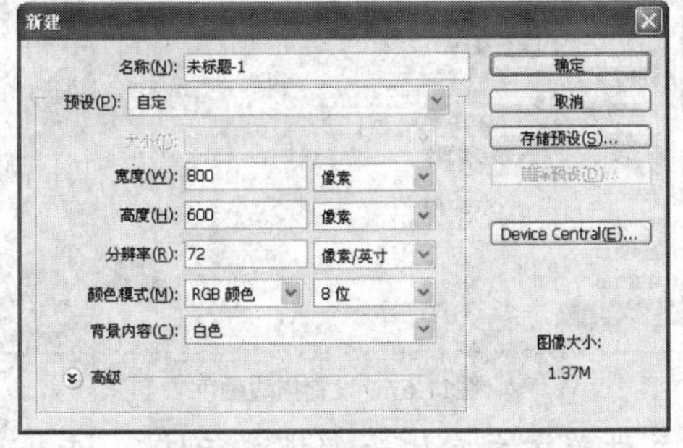

图11-61　【新建】对话框

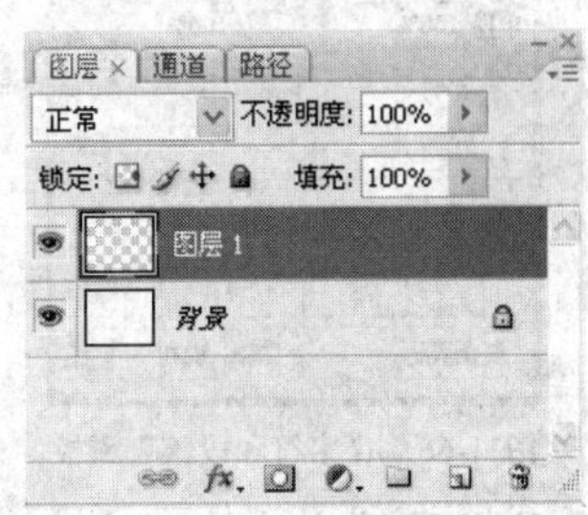

图11-62　新建“图层 1”

3. 在工具箱中，将前景色设置为“#70bbfe”，然后选择【编辑】/【填充】命令使用前景色填充“图层 1”，如图 11-63 所示。

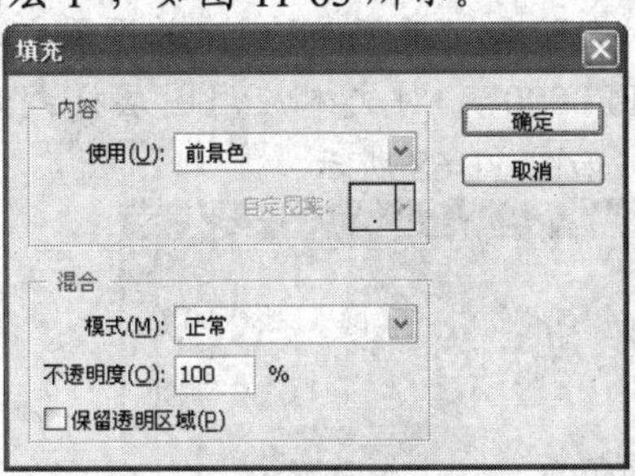

图11-63　使用前景色进行填充

4. 选择【文件】/【打开】命令打开图像“ruitinadao.jpg”，接着在工具箱中单击 （矩形选框工具）按钮，并在属性栏的【羽化】文本框中输入“10 px”，然后在图像窗口中选取图像，如图 11-64 所示。
5. 选择【编辑】/【拷贝】命令复制选区，然后将图像“shili.psd”所在窗口作为当前编辑窗口，选择【编辑】/【粘贴】命令，如图 11-65 所示。

图11-64　选取图像

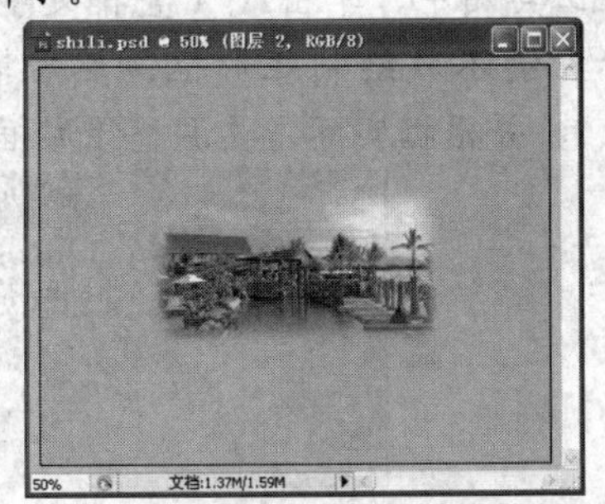

图11-65　粘贴图像

6. 在工具箱中，将前景色设置为“#FFFFFF”，然后单击 T.（横排文字工具）按钮，并将鼠标光标置于图像窗口中，输入文本“健康　自然　清新”，选择文本并单击属性栏中的 ▤（【字符和段落】调板）按钮打开调板进行更多的设置，如图 11-66 所示。
7. 在工具箱中单击 ▸✥（移动工具）按钮，在图像窗口中将输入的文字移至适当的位置，然后选择【图层】/【图层样式】/【描边】命令打开如图 11-67 所示的对话框，设置填充颜色为“#756d6d”，并选择【投影】选项，设置阴影颜色为“#000000”。

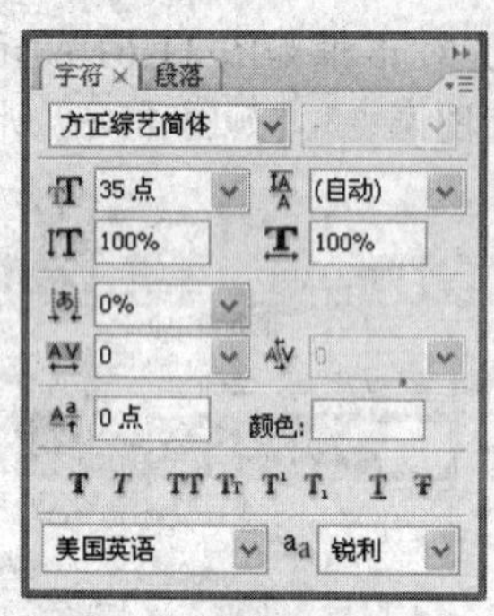

图11-66 【字符和段落】调板

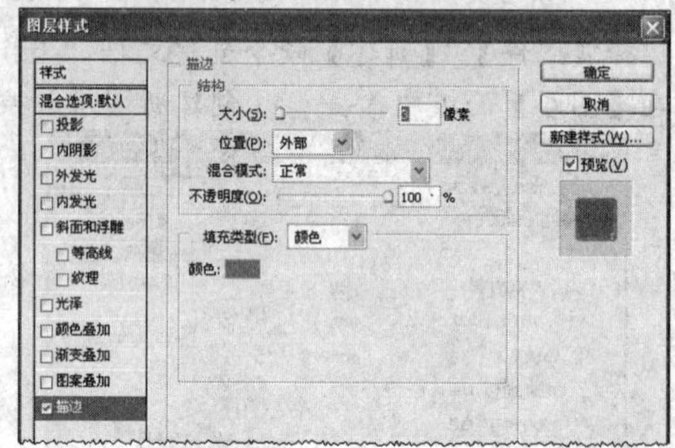

图11-67 设置描边颜色

8. 运用相同的方法输入文本“瑞提那岛”，并设置文本字体为“华文行楷”，大小为“80 点”，颜色为“#FF0000”，对文本应用图层样式：内投影颜色为“#000000”，描边颜色为“#FFFFFF”。
9. 仍然运用相同的方法输入文本“马尔代夫”和“度假圣地”，并设置文本字体为“方正舒体”，大小为“40 点”，颜色为“#FF0000”，对文本应用图层样式：内投影颜色为“#000000”，描边颜色为“#FFFFFF”，如图 11-68 所示。

图11-68 输入文本并设置图层样式

10. 在工具箱中，单击 IT.（竖排文字工具）按钮，并将鼠标光标置于图像窗口中，按住鼠标左键不放绘制矩形框，然后输入文本，并设置字体为“华文中宋”，大小为“18 点”，并根据实际需要调整矩形框的位置，如图 11-69 所示。

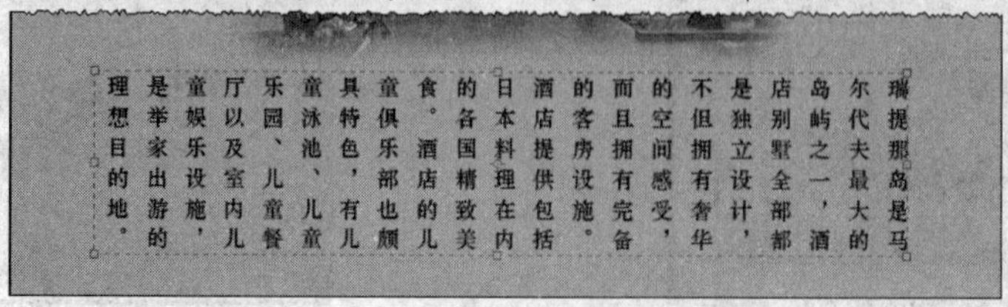

图11-69 输入竖排文字

11. 在工具箱中，单击（切片工具）按钮，对窗口中的图像进行切割，如图 11-70 所示。

图11-70　切割图像

12. 选择【文件】/【存储为 Web 和设备所用格式】命令，将图像存储为“HTML 和图像（*.html）”格式，此时将生成 1 个网页文件和 1 个“images”文件夹，“images”文件夹中是分割的图像文件，如图 11-71 所示。

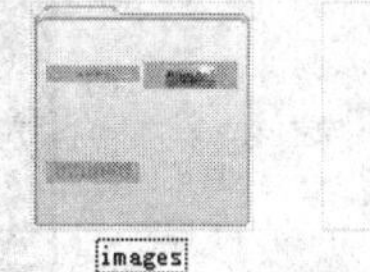

图11-71　保存文件

小结

本章主要介绍了使用 Photoshop CS3 创建和编辑图像的基本方法，包括 Photoshop CS3 的工作界面、创建和存储图像文件、编辑图像、输入和编辑文字、创建和编辑图层、应用图层样式、分割和保存图像等。通过对这些内容的学习，希望读者能够掌握使用 Photoshop CS3 创建和编辑图像的基本方法。

习题

一、填空题

1. 在默认状态下，控制面板都是以组______的形式堆叠在绘图窗口的右侧。
2. ______是指单位面积内图像所包含像素的数目，通常用“像素/英寸”和“像素/厘米”表示。
3. 对于新建的文件进行编辑后保存，使用【存储】和【______】命令的性质是一样的。
4. ______格式是除了 Photoshop 自身格式外，唯一能存储多个通道的文件格式。
5. ______是图像的可编辑区域，可以调整其大小以满足设计需要。

二、选择题

1. Photoshop 专用的图像格式是______。

   A. TIFF　B. PSD　C. BMP　D. JPG

2. 如果要将所选择区域以外的区域选择，此时需要选择______命令。
   A. 【选择】/【全部】　　B. 【选择】/【取消选择】
   C. 【选择】/【重新选择】　　D. 【选择】/【反向】
3. 下列工具可以用来创建规则选区的是______。
   A. （矩形选框工具）　　B. （磁性套索工具）
   C. （横排文字蒙版工具）　　D. （魔棒工具）
4. ______是通过建立选区和选区周围像素之间的转换边界来模糊边缘。
   A. 裁剪　　B. 填充　　C. 描边　　D. 羽化
5. ______相当于绘画中最下方不透明的纸。
   A. 背景图层　　B. 调节图层　　C. 形状图层　　D. 蒙版图层

三、问答题

1. 如何栅格化文字？
2. 裁剪图像和裁切图像有何区别？

四、操作题

使用本章素材文件“课后习题\素材”文件夹下的图像素材，制作如图 11-72 所示的生日贺卡。

图11-72　生日贺卡

【操作提示】

1. 新建一个名为“lianxi.psd”的文件。
2. 新建一个名为“背景图像”的图层，将“课后习题\素材”文件夹下的图像素材“shengri.jpg”复制到该图层中。
3. 选择横排文字工具并输入文本“祝你生日快乐”，字体为“华文中宋”，大小为“48点”，颜色为“#FF0000”，并利用移动工具将其移至适当位置，对文字应用图层样式：描边颜色为“#FFFFFF”，投影颜色为“#000000”，内投影颜色为“#000000”。
4. 选择横排文字工具并输入文本“Happy birthday”，字体为“Impact”，大小为“18 点”，颜色为“#FF9000”，在两个单词中间加入适当数量的空格，并利用移动工具将其移至适当位置，对文字应用图层样式：描边颜色为“#FFFFFF”，对文字应用变形效果“拱形”。

第12章 使用 Flash CS3 制作动画

使用 Flash CS3 进行动画设计和制作非常方便，由于其采用矢量图形和流媒体技术，用 Flash 制作出来的动画文件尺寸非常小，而且能在有限带宽的条件下流畅播放，所以 Flash 动画广泛用于 Web 领域。本章将介绍使用 Flash CS3 制作动画的基本知识。

【学习目标】

- 了解 Flash CS3 的工作界面。
- 掌握创建和保存 Flash 文件的方法。
- 掌握使用时间轴的基本方法。
- 掌握使用元件、库和实例的方法。
- 掌握 Flash 动画的类型和创建方法。
- 掌握导出 Flash 动画的方法。

12.1 认识 Flash CS3

启动 Flash CS3，并新建一个文件，如图 12-1 所示。

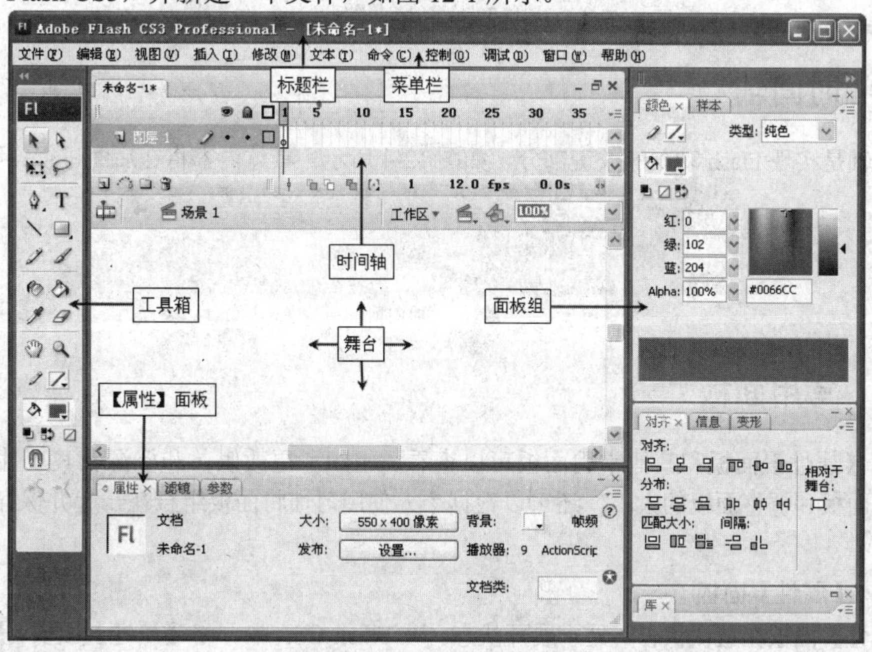

图12-1 Flash CS3 工作界面

Flash CS3 的工作界面主要包括标题栏、菜单栏、工具箱、时间轴、舞台、【属性】面板、面板组等。下面重点介绍工具箱、时间轴、常用面板、场景和舞台等内容。

12.1.1 工具箱

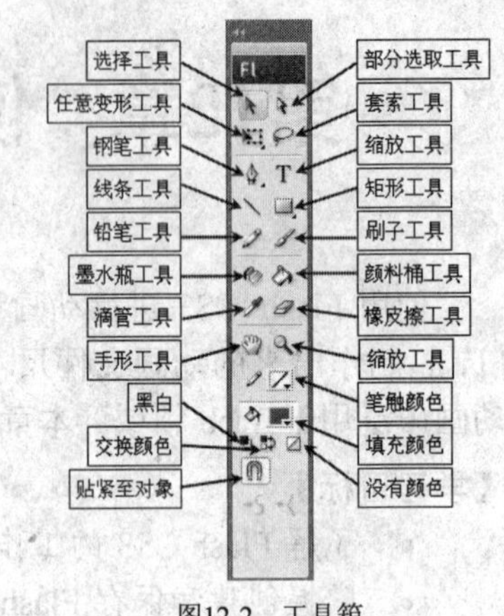

图12-2 工具箱

工具箱集中了绘图、文字和修改等常用工具，如图12-2所示。使用这些工具可以很方便地绘制、选取、喷绘及修改动画。默认情况下，工具箱位于工作界面的左侧。将鼠标光标放置在工具箱上方标有"Fl"的红色区域内，按下鼠标左键并拖曳即可移动工具箱的位置。单击工具箱中最上方的◂◂按钮或▸▸按钮，可以将工具箱转换为单列或双列显示。

将鼠标光标移动到工具箱中的任一按钮上时，该按钮将凸出显示，如果鼠标光标在工具按钮上停留一段时间，鼠标光标的右下角会显示该工具的名称。单击工具箱中的任一工具按钮可将其选择。个别工具按钮的右下角带有黑色小三角形，表示该工具还隐藏有其他同类工具，将鼠标光标放置在这样的按钮上，按下鼠标左键不放，即可将隐藏的工具显示出来，如图12-3所示。将鼠标光标移动到弹出工具组中的任一工具上并单击鼠标，可将该工具选择。

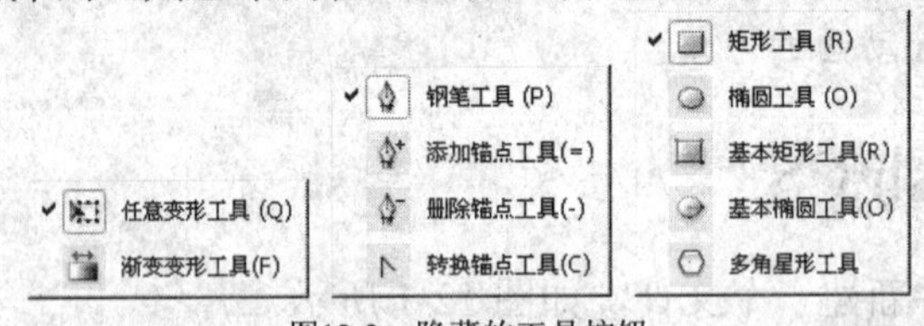

图12-3 隐藏的工具按钮

12.1.2 时间轴

时间轴是实现Flash动画的关键部分，如图12-4所示。具体内容将在后面进行详细介绍。

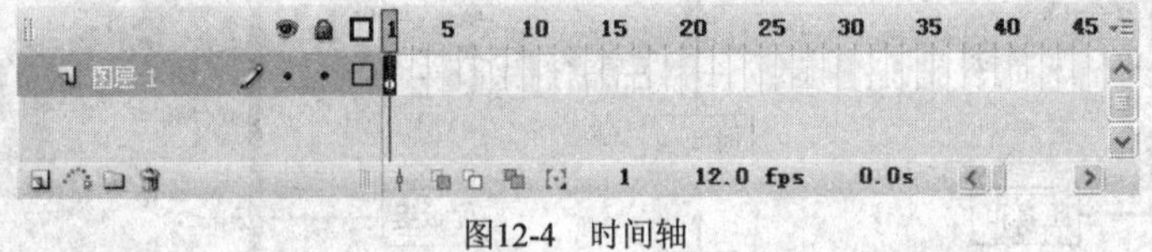

图12-4 时间轴

12.1.3 常用面板

使用【属性】面板和其他常用面板可以查看、组织和更改媒体和资源及其属性，可以显示、隐藏面板和调整面板的大小，还可以根据个人使用习惯将面板组合在一起并保存自定义面板设置。

一、 【属性】面板

【属性】面板在默认状态下处于展开状态。在Flash CS3中，将【属性】面板、【滤镜】面板和【参数】面板整合到了一个面板中，如图12-5所示。使用【属性】面板可以很容易地访问舞台或时间轴上当前选定项的最常用属性，从而简化文档的创建过程。可以在【属性】面板中更改对象或文档的属性，而不用访问用于控制这些属性的菜单或者面板。根据当前选定的内容，【属性】面板可以显示文档、文本、元件、形状、位图、视频、组、帧或工具的信息和设置。当选定了两个或多个不同类型的对象时，【属性】面板会显示选定对象的总数。

图12-5　【属性】面板

二、　【库】面板

选择【窗口】/【库】命令可以打开【库】面板，如图 12-6 所示。在【库】面板中可以方便快捷地查找、组织和调用资源。【库】面板中存储的元素称为元件，可以重复使用。【库】面板是存储和组织在 Flash 中创建的各种元件的地方，它还可用于存储和组织导入的文件，包括位图图形、声音文件和视频剪辑等。

三、　【项目】面板

选择【窗口】/【项目】命令可以打开【项目】面板，如图 12-7 所示。使用【项目】面板可以管理一个项目中的多个文档，把多个相关的文件组合在一起创建复杂的应用项目。

四、　【颜色】面板

选择【窗口】/【颜色】命令可以打开【颜色】面板，如图 12-8 所示。使用【颜色】面板可以创建和编辑纯色以及渐变填充，调制出大量的颜色，以设置笔触、填充色和透明度等。如果已经在舞台中选定了对象，那么在【颜色】面板中所做的颜色更改就会应用到该对象。

图12-6　【库】面板

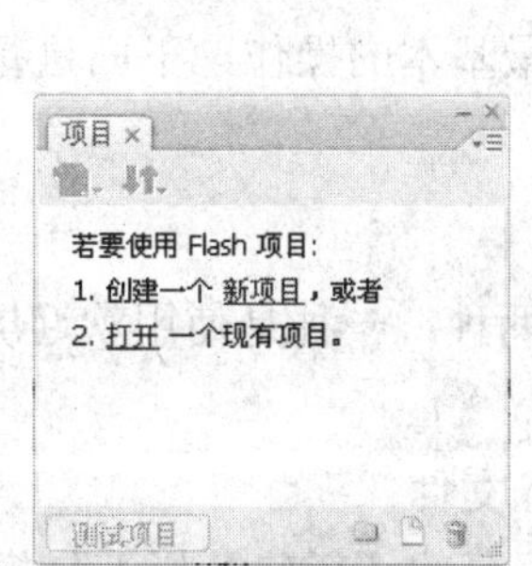

图12-7　【项目】面板

图12-8　【颜色】面板

五、　【行为】面板

选择【窗口】/【行为】命令可以打开【行为】面板，如图 12-9 所示。利用【行为】面板无需编写代码即可轻松地为 Flash 内容添加交互功能。但 ActionScript 3.0 不支持此功能，要使用此功能，必须以 ActionScript 1.0 或 ActionScript 2.0 为目标。

六、　【动作】面板

选择【窗口】/【动作】命令可以打开【动作】面板，如图 12-10 所示。使用【动作】面板可以创建和编辑对象或帧的 ActionScript 代码。选择帧、按钮或影片剪辑实例可以激活【动作】面板。

图12-9 【行为】面板

图12-10 【动作】面板

12.1.4 场景和舞台

在当前编辑的动画窗口中，进行动画内容编辑的整个区域叫做场景。在电影或话剧中，经常要更换场景，在 Flash 动画中，为了设计的需要，也可以更换不同的场景，每个场景都有不同的名称。可以在整个场景内进行图形的绘制和编辑工作，但是最终动画仅显示场景中白色区域（也可能会是其他颜色，这是由动画属性设置的）内的内容，我们就把这个区域称为舞台。而舞台之外的灰色区域称为工作区。舞台是绘制和编辑动画内容的矩形区域，这些动画内容包括矢量图形、文本框、按钮、导入的位图图形或视频剪辑等。动画在播放时仅显示舞台上的内容，对于舞台之外的内容是不显示的。在设计动画时，往往要利用工作区做一些辅助性的工作，但主要内容都要在舞台中实现。这就如同演出一样，在舞台之外（后台）可能要做许多准备工作，但真正呈现给观众的只是舞台上的表演。

12.2 创建和保存 Flash 文件

创建和保存文件是 Flash CS3 最基本的操作，下面进行简要介绍。

12.2.1 创建 Flash 文件

创建 Flash 文件的途径通常有两种：一种是使用欢迎屏幕，另一种是使用【文件】/【新建】命令。

一、 通过欢迎屏幕创建 Flash 文件

启动 Flash CS3 后，在欢迎屏幕的【新建】栏下包括 Flash 文件（ActionScript 3.0)、Flash 文件（ActionScript 2.0)、Flash 文件（移动)、ActionScript 文件、ActionScript 通信文件、Flash JavaScript 文件和 Flash 项目 7 个选项，如图 12-11 所示。选择任何一个选项都将创建相应的 Flash 文件并进入编辑窗口。

二、 通过【文件】/【新建】命令创建 Flash 文件

选择【文件】/【新建】命令将打开【新建文档】对话框，在【常规】选项卡的【类型】列表框中，列出了 Flash 文件（ActionScript 3.0)、Flash 文件（ActionScript 2.0)、Flash 文件（移动)、Flash 幻灯片演示文稿、Flash 表单应用程序、ActionScript 文件、ActionScript 通信文件、Flash JavaScript 文件和 Flash 项目 9 个选项，如图 12-12 所示。选择任何一个选项都将创建相应的 Flash 文件并进入编辑窗口。

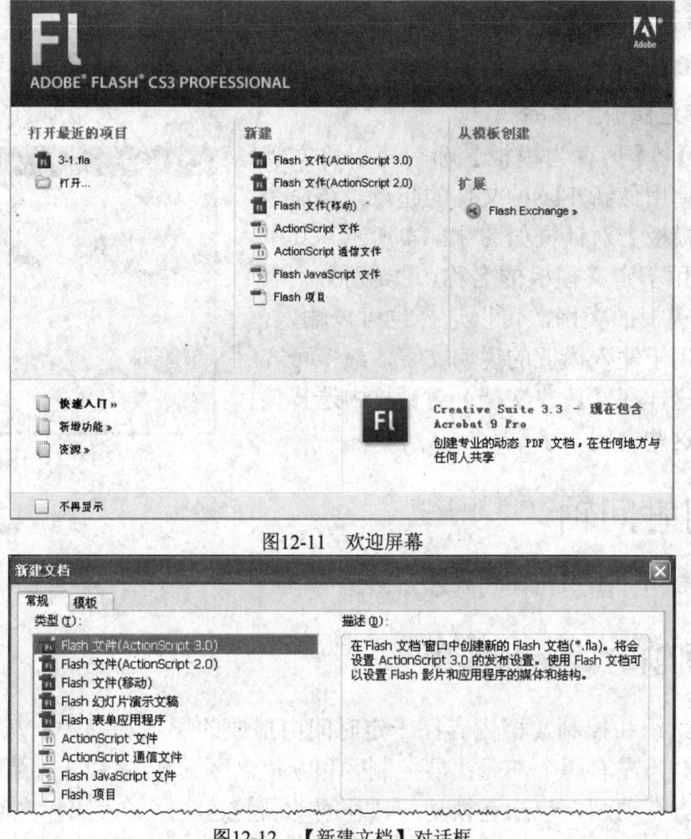

图12-11　欢迎屏幕

图12-12　【新建文档】对话框

12.2.2　保存 Flash 文件

Flash CS3 主要有以下几种保存方式。

一、　【保存】、【另存为】和【全部保存】命令

对于新建的 Flash 文件进行编辑后保存，使用【文件】/【保存】和【文件】/【另存为】命令的性质是一样的，都是为当前文件命名并进行保存，其打开的对话框如图 12-13 所示。但对于打开的文件进行编辑后再保存，就要分清用【保存】命令还是【另存为】命令，【保存】命令是将文件以原文件名进行保存，而【另存为】命令可将修改后的文件重命名后进行保存。如果要将打开的多个文件同时进行保存，可以选择【文件】/【全部保存】命令。在保存 Flash 文件时，可以在【另存为】对话框的【保存类型】下拉列表中选择是保存为"Flash CS3 文档（*.fla)"还是"Flash 8 文档（*.fla)"。

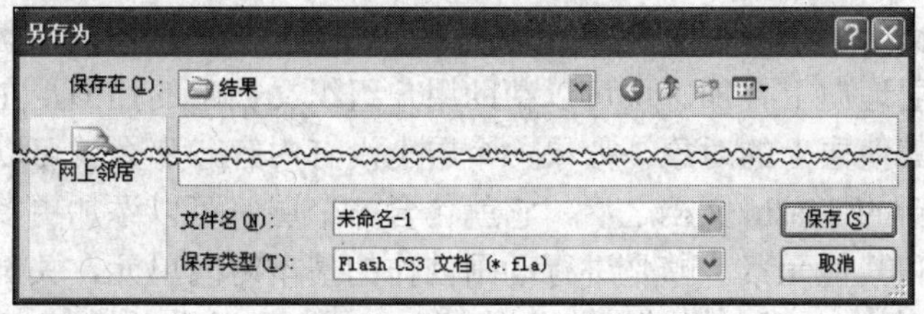

图12-13　【另存为】对话框

二、【还原】命令

如果需要还原到上次保存时的文档版本，可以选择【文件】/【还原】命令。

三、【另存为模板】命令

选择【文件】/【另存为模板】命令可以将文档保存为模板，以便用做新 Flash 文件的起点。该命令打开的【另存为模板】对话框如图 12-14 所示，其中【名称】文本框用于定义模板的名称，【类别】列表文本框用于定义模板的类别，可以选择也可以输入，【描述】文本框用于输入模板的说明文字，最多可容纳 255 个字符，这样在【新建文档】对话框中选择该模板时就会显示这些说明文字。

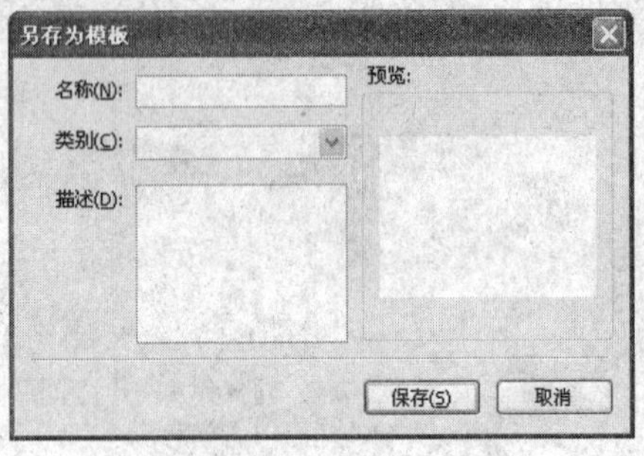

图12-14 【另存为模板】对话框

12.3 使用时间轴

下面介绍时间轴、图层和帧的基本知识。

12.3.1 时间轴的功能和作用

时间轴用于组织和控制文档内容在一定时间内播放的层数和帧数。从其功能来看，【时间轴】面板可以分为左右两个部分：层控制区和帧控制区，如图 12-15 所示。时间轴能够显示文档中哪些地方有动画，包括逐帧动画、补间动画和运动路径，可以在时间轴中插入、删除、选择和移动帧，也可以将帧拖到同一层中的不同位置，或是拖到不同的层中。

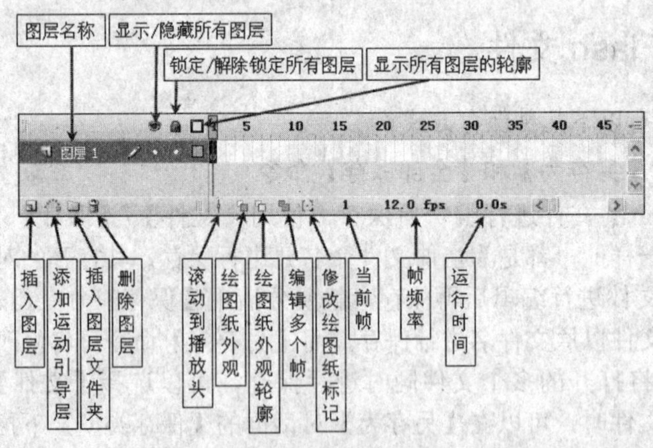

图12-15 【时间轴】面板

【时间轴】面板的主要组件是层、帧和播放头，还包括一些信息指示器。层就像透明的投影片一样，一层一层地向上叠加。层可以帮助用户组织文档中的插图，在某一层上绘制和编辑对象，不会影响其他层上的对象。如果一个层上没有内容，那么就可以透过它看到下面的层。当创建了一个新的 Flash 文档之后，它就包含一个层。可以添加更多的层，以便在文档中组织插图、动画和其他元素。帧是进行动画创作的基本时间单元，关键帧是对内容进行了编辑的帧，或包含修改文档中“帧动作”的帧。Flash 可以在关键帧之间进行补间或填充帧，从而生成流畅的动画。

12.3.2　图层的基本类型

图层是组织复杂场景和制作神奇效果的得力工具，在 Flash 中起着重要的作用。在 Flash 中，图层的使用简化了动画的制作过程，将不同的图形和动画分别制作在不同的图层上，既条理清晰又便于编辑。按其功能，图层可以分为以下几种类型。

- 普通图层：主要用于组织动画的内容，一般放置的对象是最基本的动画元素，如矢量对象、位图和元件等。
- 引导层：主要用于为动作补间动画添加引导路径，在引导层中，可以像其他层一样制作各种图形和引入元件，但最终发布时，引导层中的对象不会显示出来。
- 遮罩层：主要用于实现遮罩的视觉效果，可以将与遮罩图层中相链接图层中的图像遮盖起来，还可以将多个图层组合起来放在一个遮罩层下以创建多样的效果。

12.3.3　图层的基本操作

在制作动画的过程中，熟练掌握图层的基本操作将有助于控制复杂动画中的多个对象。

一、　新建图层

一般新建的 Flash 文档只有一个默认的图层，即“图层 1”。如果需要再添加新的图层，可通过以下 3 种途径。

- 单击【时间轴】面板底部的（插入图层）按钮，即可在当前图层上方插入一个新图层。此时新图层变为当前图层，新图层按照插入顺序生成系统默认名称，可以双击图层名称来为新建图层指定一个新的名称，如图 12-16 所示。

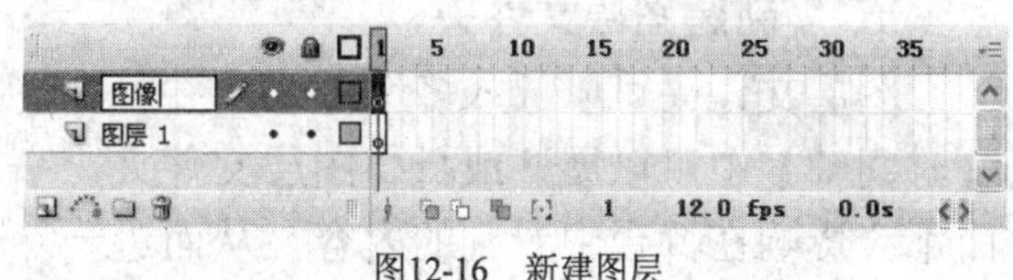

图12-16　新建图层

- 选择【插入】/【时间轴】/【图层】命令，即可在当前图层上方插入一个新图层，如图 12-17 所示。
- 在【时间轴】面板的已有图层上，单击鼠标右键，在弹出的快捷菜单中选择【插入图层】命令，即可插入一个图层，如图 12-18 所示。

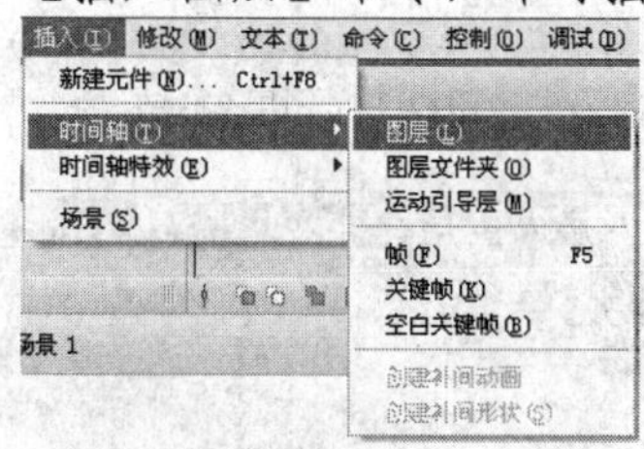

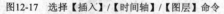

图12-17　选择【插入】/【时间轴】/【图层】命令

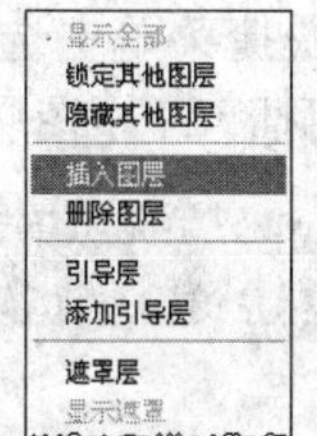

图12-18　在右键快捷菜单中选择【插入图层】命令

二、　锁定或解锁图层

锁定后的图层不能再进行操作，所以可以将动画中不需要修改的图层锁定，以防止误操作。单击图层名称右侧列的·图标，可以锁定当前图层，此时其图标由·变为，如图 12-19 所示，再次单击图标可以解锁该图层。单击顶部的图标可以锁定所有的图层。

三、 隐藏或显示图层

随着动画中图层及图层文件夹的增多，舞台上过多的内容可能会使人觉得杂乱，此时，最好将一些图层隐藏起来，以方便用户能够将注意力集中到正在制作的部分。单击图层名称右侧的👁列的 • 图标，可以隐藏当前图层，此时其图标由 • 变为 ✕，如图 12-20 所示，再次单击 ✕ 图标可以显示该图层；单击顶部的👁图标可以隐藏所有的图层。

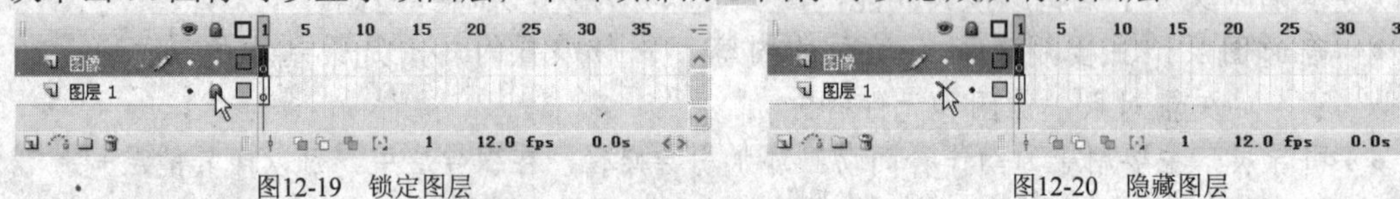

图12-19 锁定图层　　图12-20 隐藏图层

要点提示：隐藏图层只是为了方便编辑，它并不影响发布，在发布的动画中无论图层是否隐藏都将显示出来。

四、 使用彩色轮廓显示图层中的对象

为了帮助用户区分对象所属的图层，可以用彩色轮廓显示图层上的所有对象。要使用轮廓显示图层中的对象，可以单击图层右侧□列的实心图标，使其显示为空心，如图 12-21 所示。再次单击□列的空心图标，可以恢复正常显示。单击顶部的□图标，可以用轮廓线显示所有图层上的对象。

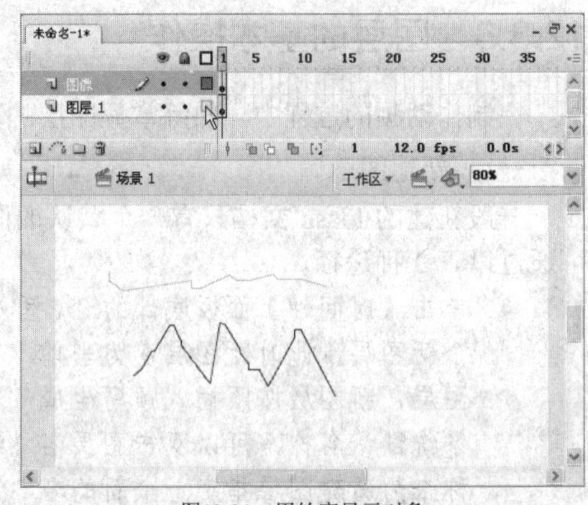

图12-21 用轮廓显示对象

五、 新建图层文件夹

图层文件夹可以放入多个图层，并且在【时间轴】中可以展开或折叠图层文件夹，而不会影响在舞台中看到的内容，从而进一步帮助用户组织和管理动画中过多的图层。单击【时间轴】底部的📁（插入图层文件夹）按钮，可新建一个图层文件夹，双击图层文件夹名称可为新建图层文件夹指定一个新的名称，如图 12-22 所示。另外，选择【插入】/【时间轴】/【图层文件夹】命令，或在【时间轴】面板的已有图层上单击鼠标右键，在弹出的快捷菜单中选择【插入文件夹】命令，都可插入一个图层文件夹。

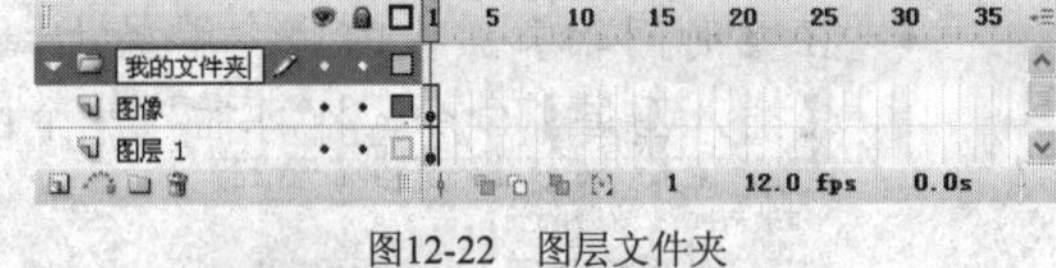

图12-22 图层文件夹

要点提示：按下 Shift 键后依次单击鼠标左键，可以连续选择多个图层或图层文件夹，按下 Ctrl 键后依次单击鼠标左键，可以不连续地选择多个图层或图层文件夹。

12.3.4 帧的基本类型

Flash 动画中包括多种类型的帧，各种帧的作用及显示方式也不相同。

一、 关键帧

关键帧是指内容改变的帧，它的作用是定义动画中的对象变化。包含对象的单个关键

帧在时间轴上用一个黑色圆点表示。关键帧中也可以不包含任何对象，即为空白关键帧，此时显示为一个空心圆。用户可以在关键帧中定义对动画对象的属性所做的更改，也可以包含 ActionScript 代码以控制文档的某些属性。Flash 能创建补间动画，即自动填充关键帧之间的帧，以便生成流畅的动画。通过关键帧的作用，不需画出每个帧就可以生成动画，使动画的创建更为方便。关键帧和空白关键帧在【时间轴】中的状态如图 12-23 所示。

二、 普通帧

普通帧是指内容没有变化的帧，通常用来延长动画的播放时间，以使动画更为平滑生动。空白关键帧后面的普通帧显示为白色，关键帧后面的普通帧显示为浅灰色，普通帧的最后一帧中显示为一个中空矩形，普通帧在【时间轴】中的状态如图 12-24 所示。

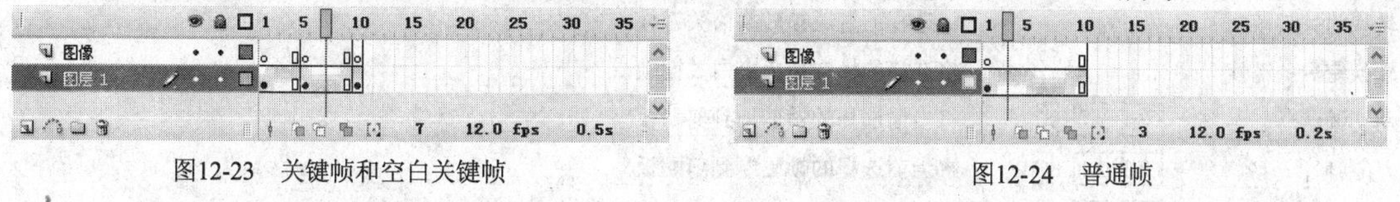

图12-23　关键帧和空白关键帧　　　图12-24　普通帧

12.3.5　帧的基本操作

帧的基本操作包括插入、移动、删除、复制、剪切、粘贴、清除帧或关键帧等。执行这些操作通常有 3 种途径。

- 选择【编辑】/【时间轴】下的子菜单命令，如图 12-25 所示。
- 使用鼠标右键单击帧或关键帧，在弹出的快捷菜单中选择命令，如图 12-26 所示。
- 使用键盘快捷键，如表 12-1 所示。

另外，选择帧的方法如下。

- 要选择一个帧，单击该帧即可。
- 要选择连续的帧，按住 Shift 键单击其他帧即可。
- 要选择不连续的帧，按住 Ctrl 键单击其他帧即可。
- 要选择所有帧，选择【编辑】/【时间轴】/【选择所有帧】命令或在右键快捷菜单中选择【选择所有帧】命令。

删除帧(R)　Shift+F5
剪切帧(T)　Ctrl+Alt+X
复制帧(C)　Ctrl+Alt+C
粘贴帧(P)　Ctrl+Alt+V
清除帧(L)　Alt+Backspace
选择所有帧(S)　Ctrl+Alt+A
复制动画
将动画复制为 ActionScript 3.0 脚本(Q)...
粘贴动画(P)
特殊粘贴动画...

图12-25　选择【编辑】/【时间轴】下的子菜单命令

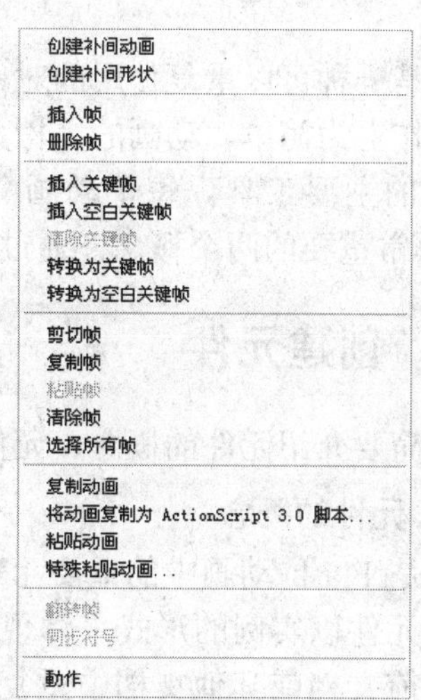

图12-26　用鼠标右键单击帧弹出的快捷菜单

表 12-1　　　　帧操作命令

命令	快捷键	功能说明
创建补间动画		在当前选择的帧左右的关键帧之间创建动作补间动画
创建补间形状		在当前选择的帧左右的关键帧之间创建形状补间动画
插入帧	F5	在当前位置插入一个普通帧，此帧将延继上帧的内容
删除帧	Shift+F5	删除所选择的帧
插入关键帧	F6	在当前位置插入关键帧并将前一关键帧的作用时间延长到该帧之前
插入空白关键帧	F7	在当前位置插入一个空白关键帧
清除关键帧	Shift+F6	清除所选择的关键帧，使其变为普通帧
转换为关键帧		将选择的普通帧转换为关键帧
转换空白关键帧		将选择的帧转换为空白关键帧
剪切帧	Ctrl+Alt+X	将当前选择的帧剪切到剪贴板
复制帧	Ctrl+Alt+C	将当前选择的帧复制到剪贴板
粘贴帧	Ctrl+Alt+V	将剪切或复制的帧粘贴到当前位置
清除帧	Alt+Backspace	清除所选择的帧，使其变为空白关键帧
选择所有帧	Ctrl+Alt+A	选择时间轴中的所有帧
翻转帧		将所选择的帧翻转，只有在选择了两个或两个以上的关键帧时该命令才有效
同步符号		如果所选帧中包含图形元件实例，那么执行此命令将确保在制作动作补间动画时图形元件的帧数与动作补间动画的帧数同步
动作	F9	将当前选择的帧添加 ActionScript 代码

在时间轴中，要移动关键帧或帧序列及其内容，将该关键帧或帧序列拖到所需的位置即可。要延长关键帧动画的持续时间，按住 Alt 键拖动关键帧到适当的位置即可。要通过拖动来复制关键帧或帧序列，按住 Alt 键单击并拖动关键帧到新位置即可。要更改补间序列的长度，将开始关键帧或结束关键帧向左或向右拖动即可。要将项目从库中添加到当前关键帧中，将该项目从【库】面板拖动到舞台中即可。

12.4　使用元件、库和实例

元件是一种可以重复使用的对象，而实例是元件在舞台上的一个副本。元件的引入使得动画的制作更为简单，动画的文档大小明显减小，播放速度也显著提高。而【库】面板则是管理元件的主要工具，每个动画文档都有自己的库，存放着各自的元件。元件和实例是 Flash 中非常重要的两个概念，通过它们可以实现已绘制的元素的重复使用。

12.4.1　创建元件

下面简要介绍元件的概念、元件的类型以及创建元件的方法。

一、 元件的概念

元件是 Flash 动画中的重要元素，是指创建一次即可以多次重复使用的图形、按钮或影片剪辑，元件以实例的形式来体现，库是容纳和管理元件的工具。元件只需创建一次，就可以在当前文档或其他文档中重复使用，并且使用的元件都会自动成为当前文档库的一部分。每个元件都有自己的时间轴、关键帧和图层。

使用元件可以简化动画的编辑。在动画编辑过程中，把要多次使用的元素做成元件，如果修改该元件，那么应用于动画中的所有实例也将自动改变，而不必逐一修改，大大节省了制作时间。使用元件可以使重复的信息只被保存一次，而其他引用就只保存引用指针，因此使用元件将使动画的文件尺寸大大减小。元件下载到浏览器端只需要一次，因此可以加快影片的播放速度。

二、 元件的类型

元件的类型有 3 种：图形元件、按钮元件和影片剪辑元件。

图形元件可以用于静态图像，并可以用于创建与主时间轴同步的可重用的动画片段，这些动画片段不需要对其进行控制。图形元件与主时间轴同步运行，也就是说，图形元件的时间轴与主时间轴重叠。例如，如果图形元件包含 10 帧，那么要在主时间轴中完整播放该元件的实例，主时间轴中需要至少包含 10 帧。在图形元件的动画序列中不能使用交互式对象和声音。

按钮元件可以创建响应鼠标弹起、指针经过、按下和点击的交互式按钮。

影片剪辑元件用来创建可以重复使用的动画片段，里面包括图形、按钮、声音或是其影片剪辑。例如，影片剪辑元件有 10 帧，在主时间轴中只需要 1 帧即可，因为影片剪辑将播放它自己的时间轴。

三、 创建元件的方法

下面介绍创建元件和将舞台上的对象转换为元件的方法。

创建元件

1. 创建一个 Flash 文件（ActionScript 3.0），并保存为“chap12-4-2.fla”。
2. 选择【插入】/【新建元件】命令，打开【创建新元件】对话框，设置元件的名称和类型，如图 12-27 所示。

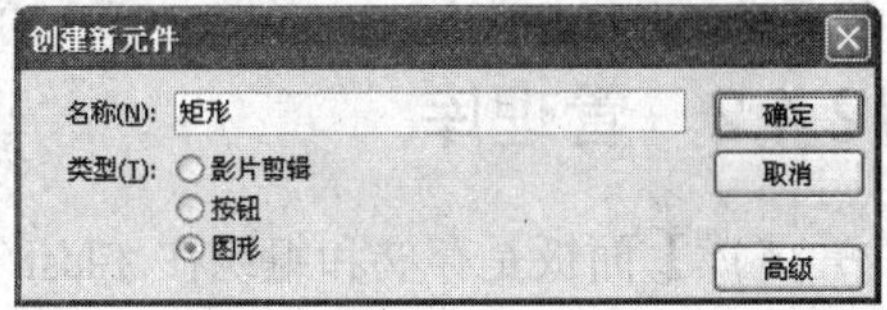

图12-27 【创建新元件】对话框

3. 单击 确定 按钮进入元件编辑模式，然后在舞台上绘制或添加内容，此处利用工具箱中的矩形工具绘制一个矩形，如图 12-28 所示。
4. 单击左上角的【场景 1】返回场景。
5. 选择【窗口】/【库】命令，打开【库】面板，可以发现新建的元件已经保存在【库】面板中，如图 12-29 所示。

图12-28 绘制一个矩形

图12-29 【库】面板

有时候，需要将舞台上的对象转换为元件，以便于动画的制作。

6. 选择【文件】/【导入】/【导入到舞台】命令，打开【导入】对话框，将本章素材文件"例题文件\素材"文件夹下的"fish.jpg"导入到舞台上，如图 12-30 所示。
7. 选中舞台上的图像，然后选择【修改】/【转换为元件】命令，打开【转换为元件】对话框，设置元件名称和类型，如图 12-31 所示。
8. 单击 确定 按钮，将图像转换为图形元件，如图 12-32 所示。

图12-30　将对象导入到舞台

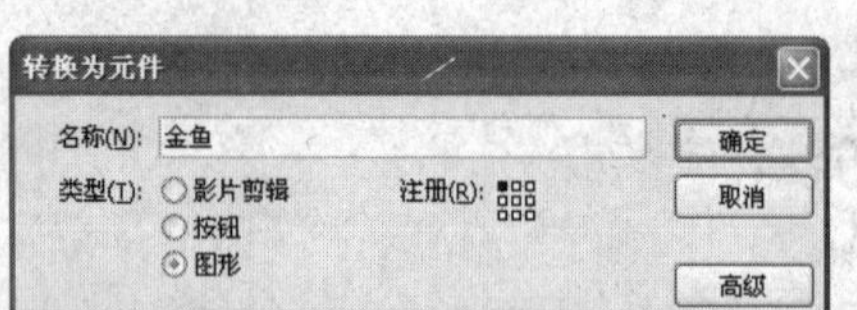

图12-31　【转换为元件】对话框

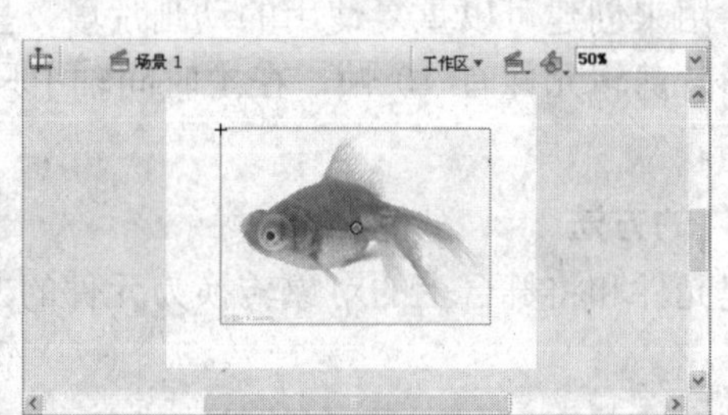

图12-32　将图像转换为元件

12.4.2　管理库

【库】面板是存储和组织在 Flash 中创建的各种元件的地方，如图 12-33 所示。除此之外，它还用于存储和组织导入的文件，包括位图图形、声音文件和视频剪辑等。使用【库】面板可以组织文件夹中的库项目，查看项目在文档中的使用频率，并可按照类型对项目进行排序。下面介绍【库】面板的基本使用方法。

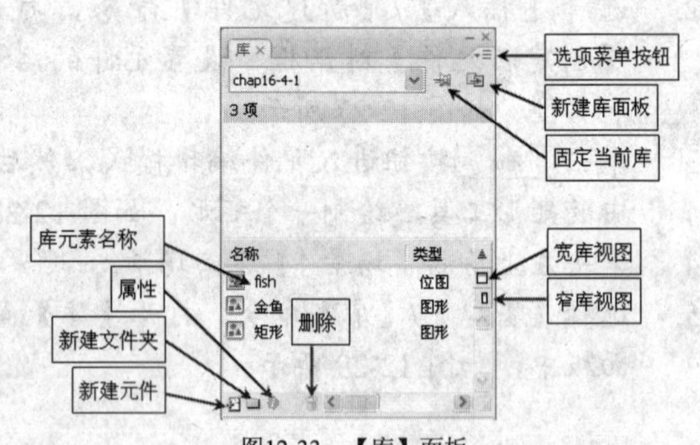

图12-33　【库】面板

一、　创建库元素

使用以下任意一种途径打开【新建元件】对话框，从中设置元件名称和元件类型即可。

- 选择【插入】/【新建元件】命令。
- 从【库】面板的选项菜单中选择【新建元件】命令。
- 单击【库】面板下方的（新建元件）按钮。

另外，还可以选择【文件】/【导入】/【导入到库】命令，将外部的视频、声音和位图等素材导入到影片中，它们会自动出现在库里。

二、　重命名库元素

要给元件改名，可以选择以下任意一种方法。

- 双击要命名的元件名称。
- 右键单击要重命名的元件，然后在快捷菜单中选择【重命名】命令。
- 选择要重命的文档，然后选择【选项】菜单中的【重命名】命令。

三、 创建库文件夹

在【库】面板中，单击▢（新建文件夹）按钮即可创建库文件夹，然后输入新的名称即可。

四、 移动元件

单击一个或多个元件，在【库】面板的选项菜单中选择【移至新文件夹】命令，弹出【新建文件夹】对话框，如图 12-34 所示，输入新的文件夹名称并加以确认，选中的元件就会移到新文件夹中。另外，还可以将选中的元件拖到已存在的文件夹中。

图12-34　【新建文件夹】对话框

五、 使用库文件

库文件可以反复地出现在影片的不同画面中，它们对整个影片的尺寸的影响不大。调用库中的元件非常简单，只需要将所需要的元件拖到舞台即可，既可以从预览窗口拖入，也可以从文件列表中拖入。

六、 编辑库元素

通过以下任意一种途径从【库】面板进入单独的元件编辑状态后即可编辑元件。

- 在库预览窗口或文件列表中双击要编辑的元件。
- 用鼠标右键单击库文件列表中的元件，然后在弹出的快捷菜单中选择【编辑】命令。
- 在库文件列表中选中元件，然后选择选项菜单中的【编辑】命令。

另外，双击场景中的实例就会自动地切换到与其元件对应的编辑状态，而场景中的其他元素将变暗显示，并且不能被编辑。

由于舞台是显示图像的，编辑声音与舞台无关，所以需要在【声音属性】对话框中编辑场景中的声音。在【库】面板中双击文件列表中的声音图标，即可弹出【声音属性】对话框，进行相应操作即可。

如果从外部导入位图，将在库中产生对应的位图元素，然后双击文件列表中的位图图标，即可弹出【位图属性】对话框，进行相应操作即可。

12.4.3　创建和编辑实例

一旦元件创建完成后，就可以创建它的实例。可以在多个文档中重复使用同一个元件来创建实例。

一、 创建实例

在舞台上创建实例，在时间轴中未选取关键帧的情况下，实例将被添加到当前图层的第 1 帧。如果需要将实例加在某一帧上，可先在此帧处插入空白关键帧再进行操作。另外，影片剪辑实例的创建与包含动画的图形实例的创建是不同的，影片剪辑只需要 1 帧就可以播放动画，且在编辑环境中不能演示动画效果，如果要看影片剪辑的动画效果和交互功能，只有选择【控制】/【测试影片】命令，或按 Ctrl+Enter 组合键进行影片效果测试。而包含动画的图形实例，则必须在与其元件同样长的帧中放置才能显示完整的动画。下面介绍创建实例的操作过程。

创建实例

1. 打开本章素材文件“例题文件\素材”文件夹下的“chap12-4-3.fla”。
2. 在时间轴上选取一个图层，如“图层 2”，如图 12-35 所示。
3. 选择【窗口】/【库】命令，打开【库】面板，拖动库中的元件“红色椭圆”到舞台上，如图 12-36 所示，此元件就变成了实例。

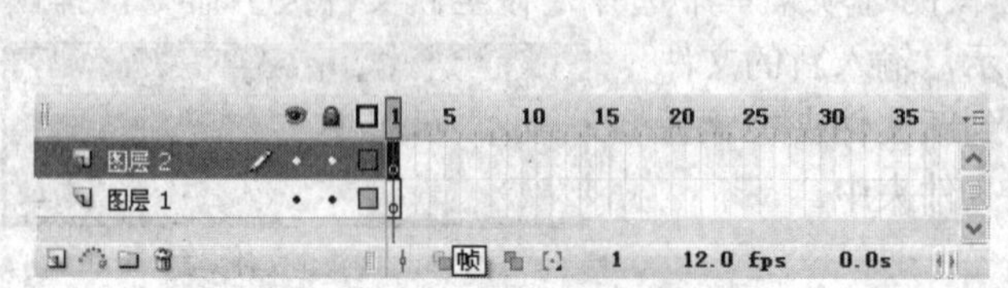

图12-35　选取“图层 2”

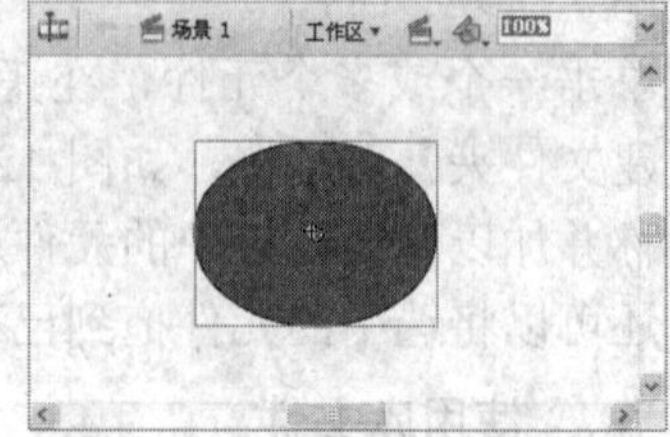

图12-36　建立实例

二、 编辑实例

实例出现在舞台上后，每个实例都有其自身独立于元件的属性。可以改变实例的色彩、透明度和亮度，重新定义实例类型，使用其他的元件替换实例，设置图形类动画的播放模式等。此外，还可以在不影响元件的情况下对实例进行倾斜、旋转或缩放等处理。

(1) 交换元件

为实例另外指定一个元件，会使舞台上出现一个完全不同的实例，原来的实例属性不会改变，如颜色效果、实例变形等。实例属性是和实例保存在一起的，如果对元件进行了编辑或者将实例重新连接到其他的元件，那么任何已修改过的实例属性依然作用于实例本身。

交换元件

1. 接上例。选取舞台上的实例“红色椭圆”，然后选择【修改】/【变形】/【顺时针旋转 90°】命令，将“红色椭圆”顺时针旋转 90°，如图 12-37 所示。
2. 单击【属性】面板上的 交换... 按钮，打开【交换元件】对话框，然后从其列表中选择元件“空心椭圆”，如图 12-38 所示。

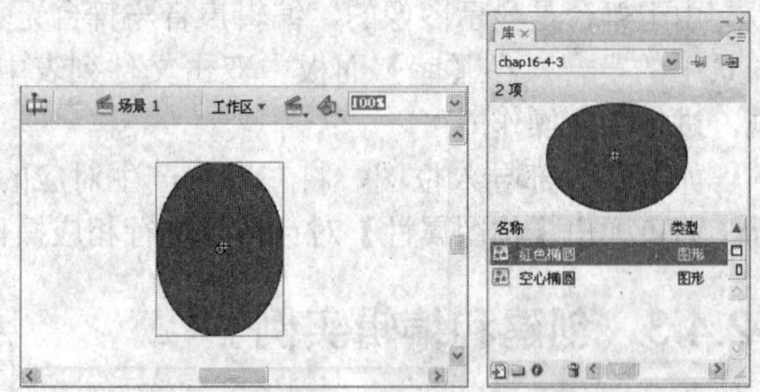

图12-37　顺时针旋转 90°

要点提示　对实例采取的变形操作并未影响【库】中的元件“红色椭圆”的形状，

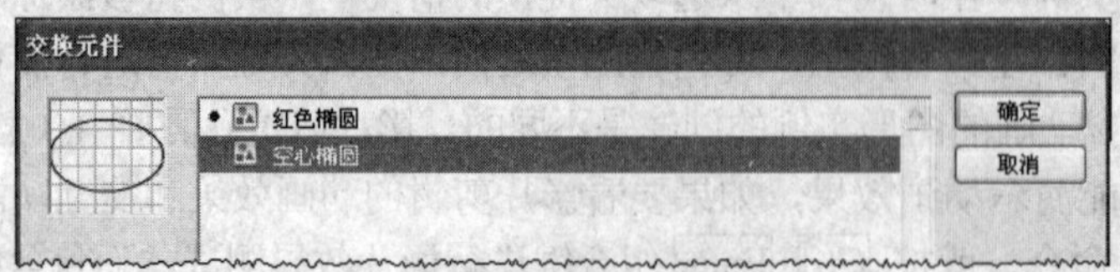

图12-38　选择元件“空心椭圆”

3. 单击 确定 按钮，舞台上的实例“红色椭圆”变成了“空心椭圆”，而且对“红色椭圆”应用的变形效果又应用到了“空心椭圆”上，而库中的“空心椭圆”是水平方向的，如图 12-39 所示。

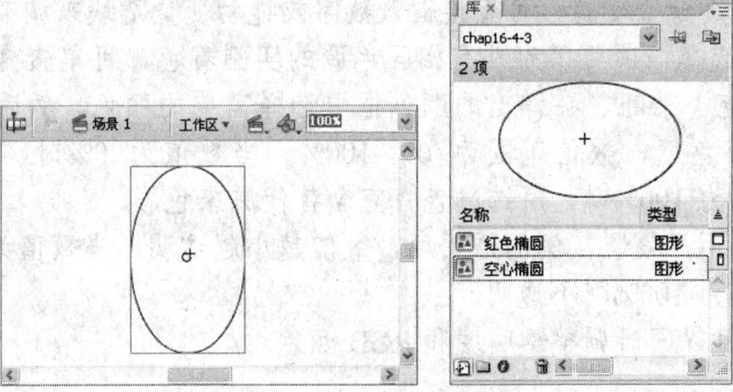

图12-39　交换元件

(2) 改变实例类型

每个实例最初的类型都继承了相应元件的类型，但是可以通过【属性】面板改变实例的类型。在【属性】面板的 图形 下拉列表中提供了 3 种类型，分别是【影片剪辑】、【按钮】和【图形】。当改变实例类型后，【属性】面板也会相应地变化，如图 12-40 所示。通过【属性】面板也可以修改其他相关属性设置。

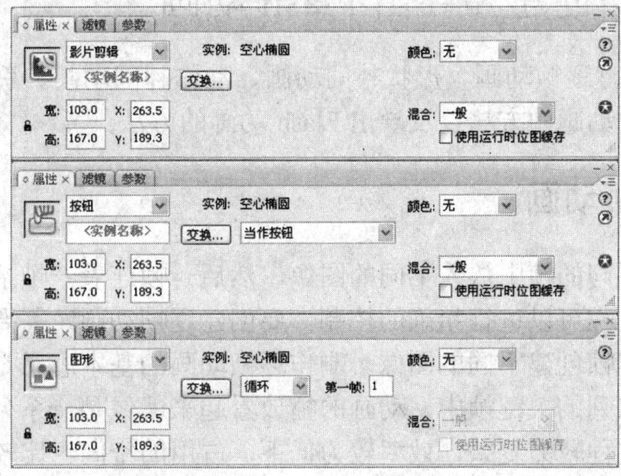

图12-40　【属性】面板

(3) 改变颜色效果

通过【属性】面板的【颜色】下拉列表中的选项可以设置实例的明亮度、色调和透明度等，如图 12-41 所示。元件的每个实例都可以有自己的颜色效果，利用这一功能可以制作出各种渐变动画。

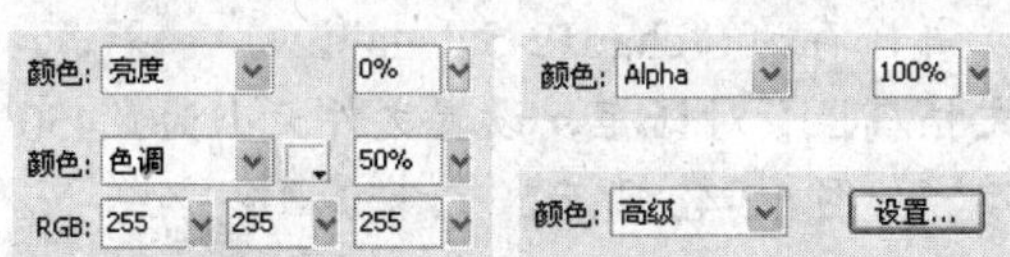

高级效果
红 = (100% x R) + 0
绿 = (100% x G) + 0
蓝 = (100% x B) + 0
Alpha = (100% x A) + 0
确定　取消

图12-41　【颜色】下拉列表中不同选项的属性参数

【颜色】下拉列表框中各个选项的含义如下。

- 【无】：什么颜色效果也没有。
- 【亮度】：用于设置实例的亮度，明亮度的数值范围为 0%~100%，数值大于 0 变亮，数值小于 0 变暗，可直接输入数字或拖动变量滑块来调节。
- 【色调】：选择该项可以为具有相同色调的实例着色，可单击【属性】面板中的（填充）按钮，在弹出的颜色框中选择需要的颜色，然后在右侧的调节框中调节着色度，数值范围为 0%~100%。当数值为 0%时，实例将不受影响，当数值为 100%时，所选颜色将完全替代原来色彩。
- 【Alpha】：用于设置实例的透明度，数值越小越透明，当数值为 0%时实例消失，当数值为 100%则不透明。
- 【高级】：可以同时调整透明度和 RGB 颜色。

(4) 分离实例

实例不能像图形或文字那样改变填色，但将实例分离后就会切断与元件的联系，将其变为形状（填充和线条），就可以彻底地修改实例，并且不影响元件本身和该元件的其他实例。分离实例的方法是，首先选取实例，然后选择【修改】/【分离】命令，这样就会把实例分离成图形，如果其中还包含组对象，可以再次选择【修改】/【分离】命令。

12.5 实例——创建和导出 Flash 动画

Flash 动画的类型有逐帧动画、形状补间动画、动作补间动画、引导动画和遮罩动画，下面分别介绍创建各种动画的方法以及导出 Flash 动画的方法。

12.5.1 制作逐帧动画

逐帧动画就是在不同的帧中放入不同的图像，然后一帧连着一帧播放，这种动画类型对于对象的运动和变形过程可以进行精确的控制。要创建逐帧动画，需要将每个帧都定义为关键帧，然后给每个关键帧创建不同的图像。制作逐帧动画的基本思想是把一系列相差甚微的图像或文字放置在一系列的关键帧中，动画的播放看起来就像是一系列连续变化的动画。其最大的不足就是制作过程较为复杂，效率较为低下，占用的空间也比较大。

创建逐帧动画的典型方法主要有以下几种。

- 从外部导入素材生成逐帧动画，如导入静态的图片、序列图像和 GIF 动态图片等。
- 使用数字或者文字制作逐帧动画，如实现文字跳跃或旋转等特效动画。
- 绘制矢量逐帧动画。利用各种制作工具在场景中绘制矢量逐帧动画。

制作逐帧动画

1. 创建一个 Flash 文件（ActionScript 3.0）并保存为“chap12-5-1.fla”。
2. 选择【修改】/【文档】命令，打开【文档属性】对话框，设置文件大小为“450 像素 × 300 像素”，【背景颜色】为“#FFFFFF”，如图 12-42 所示。
3. 单击“图层 1”第 1 帧，选择【文件】/【导入】/【导入到舞台】命令，打开【导入】

对话框，选择本章素材文件“例题文件\素材\01”文件夹中的“horse-1.gif”（只需选中序列图像的第 1 幅图像即可），如图 12-43 所示。

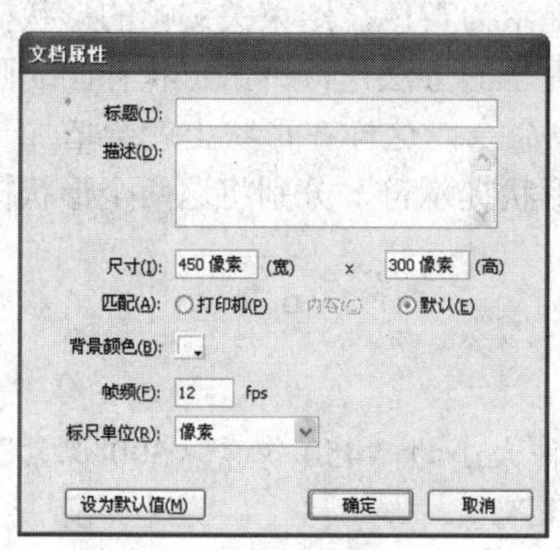
图12-42　【文档属性】对话框

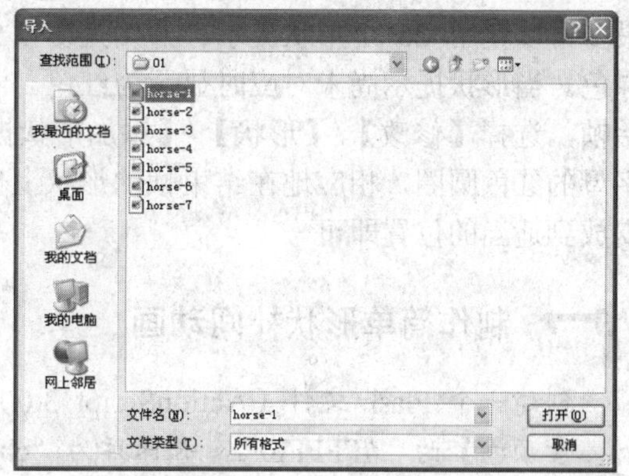
图12-43　【导入】对话框

4. 单击 打开(O) 按钮，将弹出一个信息提示框，如图 12-44 所示。
5. 单击 是(Y) 按钮，将所有图像导入到连续的帧中，如图 12-45 所示。
6. 保存文件并选择【控制】/【播放】命令观看其效果，如图 12-46 所示。

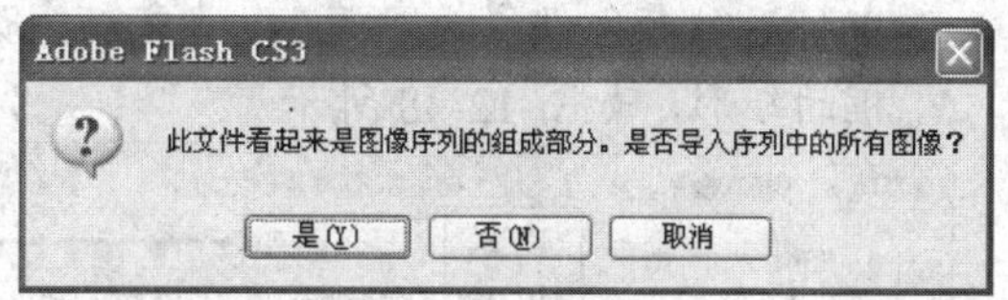
图12-44　提示框

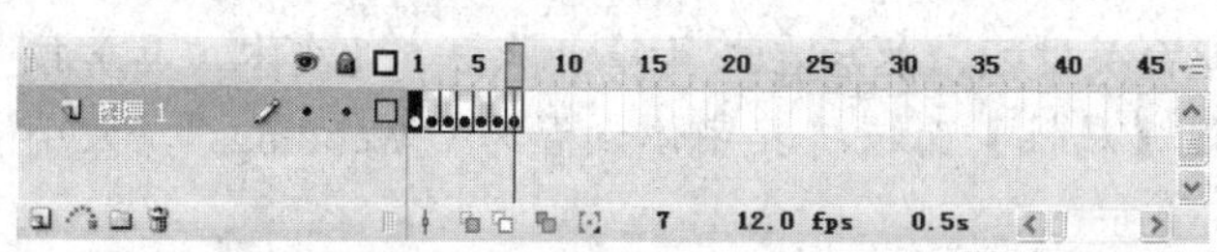
图12-45　导入图像到连续的帧中

图12-46　播放效果

12.5.2　制作形状补间动画

形状补间动画是指在两个或两个以上的关键帧之间对形状进行补间的动画，从而创建出类似于变形的效果，使一个形状随着时间推移变成另一个形状。形状补间动画可以实现两个图形之间颜色、形状、大小、位置的相互变化，其变形的灵活性介于逐帧动画和动作补间动画之间，使用的元素多为由绘图工具绘制出来的矢量形状。如果使用图形元件、按钮或者文字，则必先将这些对象“打散”后使用。

制作形状补间动画时，最少需要两个关键帧，在【时间轴】面板上的开始关键帧处设置最初的形状，在结束关键帧处设置最终的形状。再单击开始关键帧，在【属性】面板的【补间】下拉列表中选择【形状】选项，这样一个形状补间动画就创建完成了。

在开始关键帧和结束关键帧中必须包含必要的形状。如果使用非形状类型的对象制作形状补间动画，则在时间轴中为虚线，表示形状补间动画出现错误，如图 12-47 所示。

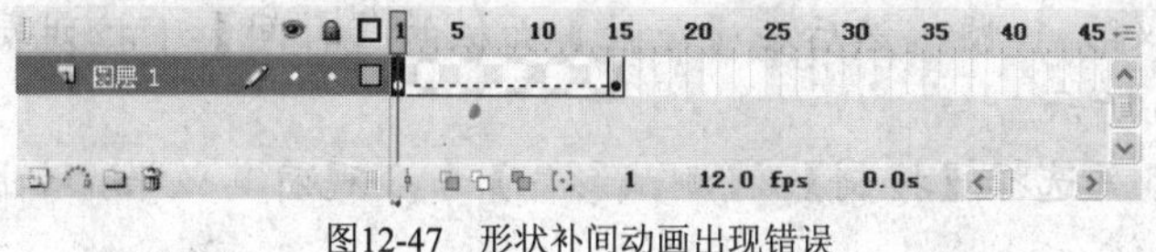
图12-47　形状补间动画出现错误

当要求实现较为复杂的形状变化时，可以使用形状提示来帮助完成设计。形状提示用字母 *a* 到 *z* 来表示，用于识别起始形状和结束形状中的相对应的点。在一个形状补间动画中，最多可以使用 26 个形状提示。开始关键帧上的形状提示为黄色，结束关键帧的形状提示为绿色。当形状提示尚未对应时显示为红色。添加形状提示的方法是，单击形状补间动画的开始帧，选择【修改】/【形状】/【添加形状提示】菜单命令，这样在形状上就会增加一个带字母的红色圆圈，相应地在结束帧的形状上也会增加形状提示符，分别将这两个形状提示符安放到适当的位置即可。

制作简单形状补间动画

1. 创建一个 Flash 文件（ActionScript 3.0），设置文件大小为“450 像素 × 300 像素”，【背景颜色】为“#FFFFFF”，并保存为“chap12-5-2.fla”。
2. 单击“图层 1”第 1 帧，在工具箱中单击（矩形选框工具）按钮，在其【属性】面板中将笔触颜色设置为“无”，填充颜色设置为“#999999”，然后在舞台上绘制一个无边框的矩形，如图 12-48 所示。

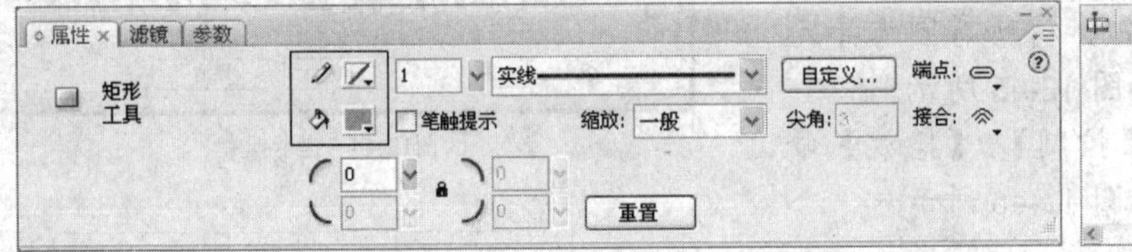

图12-48　绘制无边框的矩形

3. 在“图层 1”第 15 帧处插入一个空白关键帧，然后在工具箱中单击（文本工具）按钮，在舞台上输入字母“j”，并通过【属性】面板将其字体设置为“Webdings”，大小设置为“150”，如图 12-49 所示。

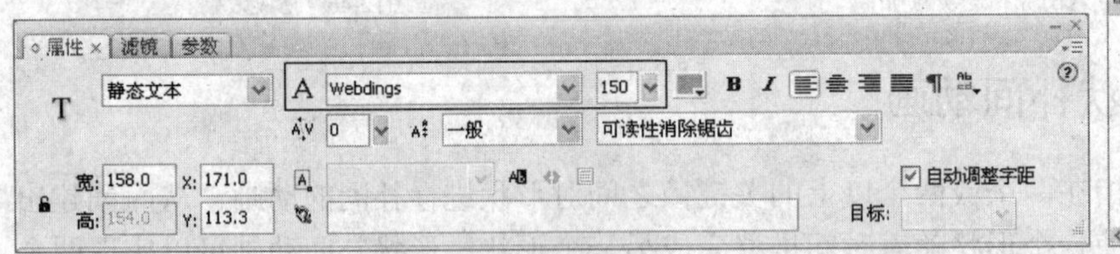

图12-49　输入文本并设置其属性

> **要点提示**　在英文字体中有很多特殊的字体，如“Webdings”，它可以产生各类图案。

4. 在工具箱中单击（选择工具）按钮，并在舞台上选择“飞机”字符，然后选择【修改】/【分离】命令将“飞机”字符分离，这样就能作为变形最终帧的图形。

> **要点提示**　因为 Flash 不能对组、符号、字符或位图图像进行形状变形，所以要将字符分离。

5. 在时间轴上选取第 1 帧，然后在【属性】面板的【补间】下拉列表中选择【形状】选项，如图 12-50 所示。
6. 最后保存文件，并选择【控制】/【测试影片】命令观看其效果，如图 12-51 所示。

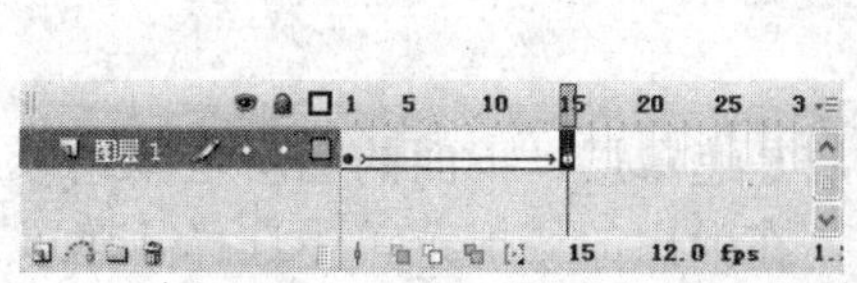

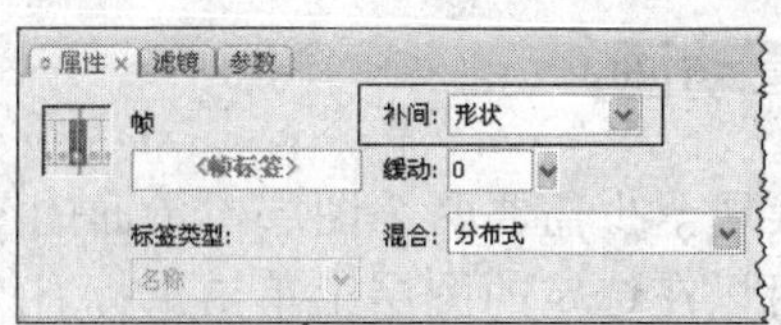

图12-50　创建形状补间动画

图12-51　测试影片效果

12.5.3　制作动作补间动画

动作补间动画是指在两个或两个以上的关键帧之间对某些特定类型进行补间动画，通常包含有对象的移动、旋转和缩放等效果，动作补间动画也是由 Flash 自动生成的动画。制作动作补间动画也至少需要两个关键帧，在第 1 个关键帧中为特定对象设置大小、位置、倾斜等属性，在第 2 个关键帧中更改相应对象的属性。这样，Flash 将自动计算两个关键帧之间的运动变化过程，从而产生动画效果。

制作动作补间动画

1. 创建一个 Flash 文件（ActionScript 3.0），设置文件大小为“450 像素 × 300 像素”，【背景颜色】为“#FFFFFF”，并保存为“chap12-5-3.fla”。
2. 单击“图层 1”第 1 帧，在工具箱中单击（矩形选框工具）按钮，在其【属性】面板中将笔触颜色设置为“无”，填充颜色设置为“#FF0000”，然后在舞台左上方绘制一个无边框的矩形。
3. 在工具箱中单击（选择工具）按钮，并在舞台上选择矩形，然后选择【修改】/【转换为元件】命令将绘制的矩形转换为元件，如图 12-52 所示。
4. 在“图层 1”第 25 帧处插入一个关键帧，然后将矩形从左上方拖到右下方，并在【属性】面板中修改对象的大小和 Alpha 值，如图 12-53 所示。

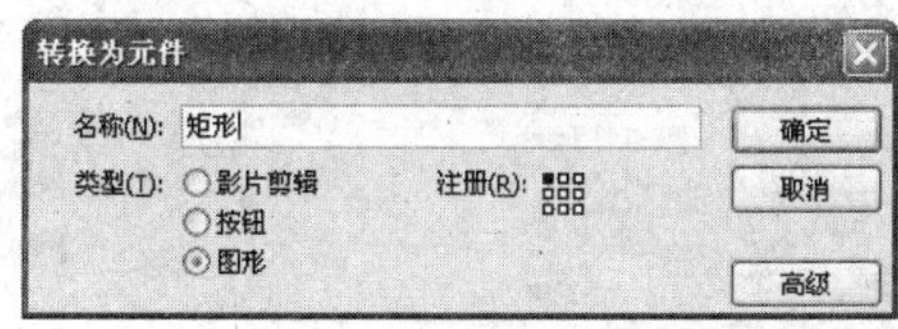

图12-52　将绘制的矩形转换为元件

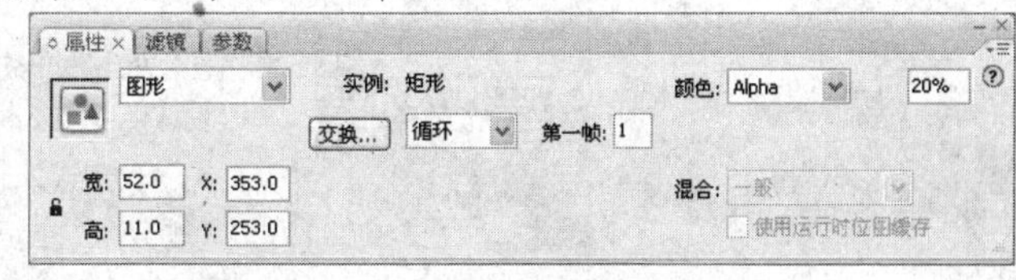

图12-53　修改属性参数

5. 选择开始帧和结束帧之间的任意一帧，打开【属性】面板，在【补间】下拉列表中选择【动画】选项，如图 12-54 所示。
6. 最后保存文件，并选择【控制】/【测试影片】命令观看其效果，如图 12-55 所示。

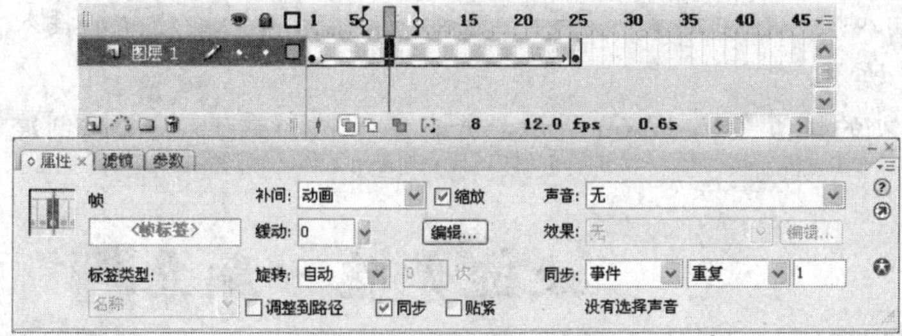

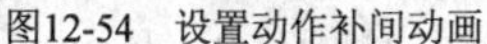

图12-54　设置动作补间动画

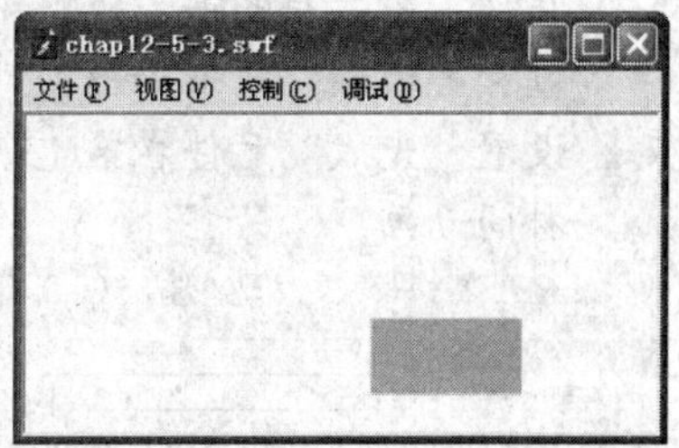

图12-55　测试动画效果

12.5.4 制作遮罩动画

一个遮罩效果的实现至少需要两个图层，上面的图层是遮罩层，下面的图层是被遮罩层。要创建遮罩层，可以在选定的图层上单击鼠标右键，在弹出的快捷菜单中选择【遮罩层】命令。被遮罩层可以有多个，那就是多层遮罩。遮罩层与普通层不同，在具有遮罩层的场景中，只能透过遮罩层上的形状，才可以看到被遮罩层上的内容。

制作遮罩动画

1. 创建一个 Flash 文件（ActionScript 3.0），设置文件大小为“500 像素 × 100 像素”，【背景颜色】为“#FFFFFF”，并保存为“chap12-5-4.fla”。
2. 将默认“图层 1”重命名为“文字”层，输入文本“欢迎光临一翔集团”，设置字体为“华文行楷”，字体颜色为“黑色”，字体大小为“50”并与舞台居中对齐，如图 12-56 所示。
3. 利用工具箱中的选择工具选择并复制“文字”层上的“欢迎光临一翔集团”，然后在“文字”层的上面新建图层并重命名为“遮罩”层，在舞台上单击鼠标右键，在弹出的快捷菜单中选择【粘贴到当前位置】命令，将文字粘贴到“遮罩”层中。
4. 仍然利用选择工具选择“遮罩”层上的文字，然后连续两次选择【修改】/【分离】命令，将文字全部打散，效果如图 12-57 所示。

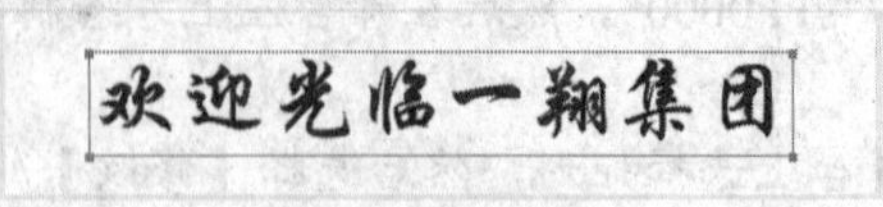

欢迎光临一翔集团

图12-56 输入文本

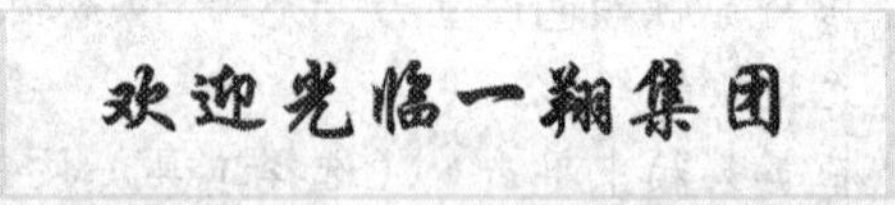

欢迎光临一翔集团

图12-57 将文字全部打散

5. 新建图层并重命名为“光效”，将其拖动到“遮罩”层的下面，绘制如图 12-58 所示的红色图形并将其转化为元件，命名为“光效”。

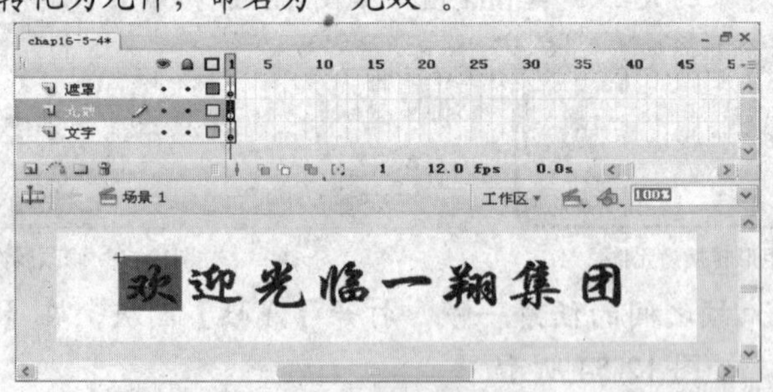

图12-58 绘制光效

6. 在“文字”层的第 25 帧处插入帧，在“遮罩”层和“光效”层的第 15 帧处分别插入帧和关键帧，效果如图 12-59 所示。
7. 设置“光效”元件在第 15 帧处的位置如图 12-60 所示，并在第 1 帧和第 15 帧之间创建补间动画。

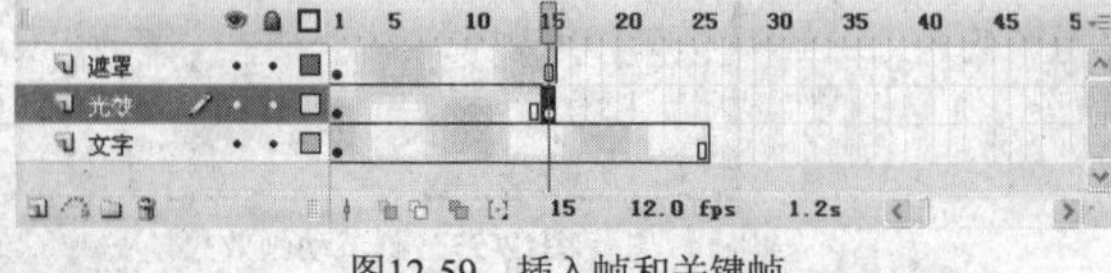

图12-59 插入帧和关键帧

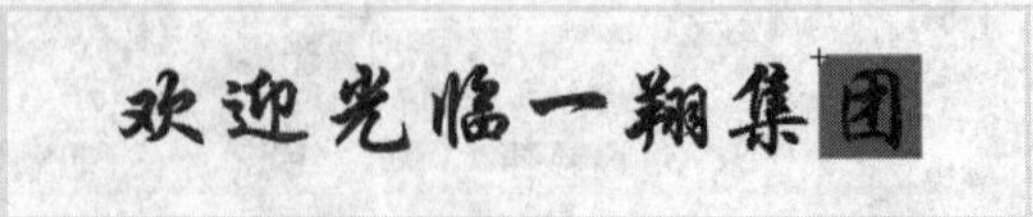

欢迎光临一翔集团

图12-60 创建补间动画

8. 用鼠标右键单击“遮罩”层，在弹出的快捷菜单中选择【遮罩层】命令，将该图层转化为遮罩层，此时，【时间轴】状态如图 12-61 所示。
9. 最后保存文件并测试影片，如图 12-62 所示。

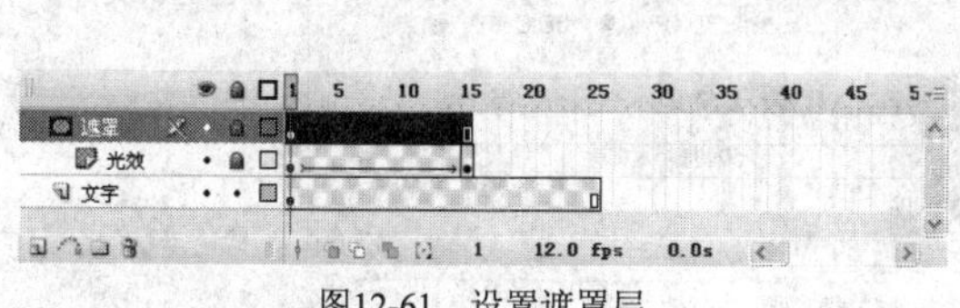

图12-61　设置遮罩层

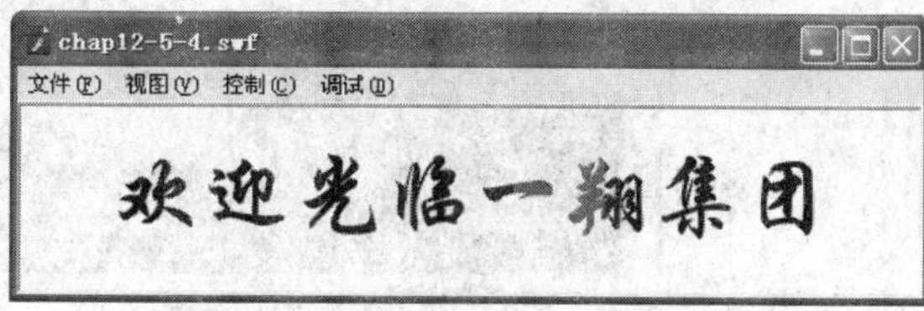

图12-62　测试影片效果

12.5.5　制作引导动画

引导层动画和遮罩层动画一样，其效果实现至少也需要两个图层，上面的图层是引导层，下面的图层是被引导层。要创建引导层，可以在图层上单击鼠标右键，在弹出的快捷菜单中选取【引导层】命令。与遮罩动画不同，被引导层需要通过设置来创建，一般使用鼠标将被引导图层拖到引导层的下面，当引导层的图标从变为时释放，则创建成功。被引导层同样可以有多个，那就是多层引导。引导层动画与逐帧和补间动画不同，它是通过在引导层上绘制的线条来作为被引导层上元件的运动轨迹，从而对被引导层上的动画进行路径约束的。在被引导层上被引导的图形必须是元件，而且必须创建补间动画，同时还需要将元件在关键帧处的重心位置设置到引导层上的线条上。设置成功后，被引导元件便会按照既定路线运动了。

制作引导动画

1. 创建一个 Flash 文件（ActionScript 3.0），设置文件大小为“550 像素 × 300 像素”，并保存为“chap12-5-5.fla”。
2. 双击“图层 1”将其名称修改为“背景”，然后选择【文件】/【导入】/【导入到舞台】命令，将本章素材文件“例题文件\素材”文件夹下的“psky.jpg”导入到舞台，并在【属性】面板中将其宽度修改为“550.0”，高度修改为“300.0”。
3. 在“背景”层的上面新建一个图层，将其名称修改为“月亮”，然后选择【文件】/【导入】/【导入到舞台】命令，将本章素材文件“例题文件\素材”文件夹下的“moon.gif”导入到舞台，如图 12-63 所示。

图12-63　导入图像

4. 选择【窗口】/【变形】命令，在【变形】面板中设置相应参数，如图 12-64 所示。
5. 单击【时间轴】面板底部的（添加运动引导层）按钮，在“月亮”层的上方新建一个引导层。
6. 分别在“背景”层和“月亮”层的第 40 帧插入帧和关键帧，如图 12-65 所示。

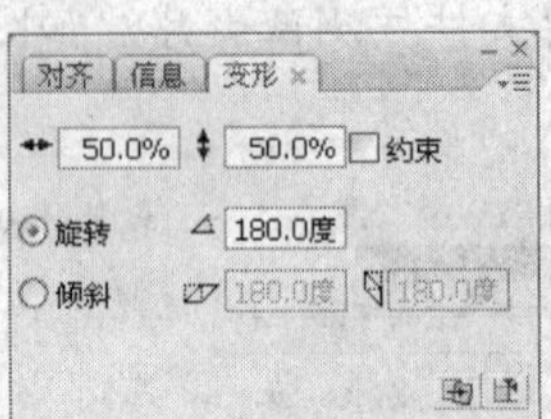

图12-64　对图像应用变形

7. 选中引导层的第 1 帧，在工具箱中单击（铅笔工具）按钮，在舞台上绘制月亮移动的路径，如图 12-66 所示。

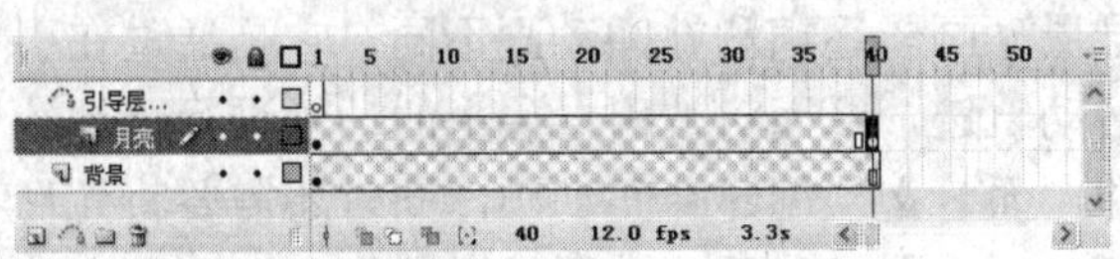

图12-65　插入帧和关键帧

图12-66　绘制月亮移动的路径

8. 选中“月亮”层的第 1 帧，在工具箱中单击（选择工具）按钮，然后将月亮的中心点对齐路径的起始位置，如图 12-67 所示。
9. 在引导层的第 40 帧插入帧，然后选中“月亮”层的第 40 帧，在工具箱中单击（选择工具）按钮，将月亮的中心点对齐路径的终点位置，如图 12-68 所示。

图12-67　将月亮移动到起始位置

图12-68　将月亮移动到终点位置

10. 单击“月亮”层的第 1～40 帧之间的任意一帧，然后在【属性】面板的【补间】下拉列表中选择【动画】选项，此时在【时间轴】面板中创建了运动补间动画，如图 12-69 所示。

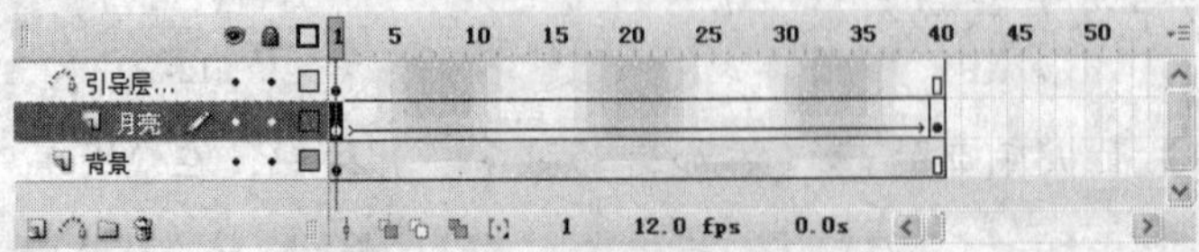

图12-69　创建运动补间动画

11. 最后保存文件并测试影片。

12.5.6 导出 Flash 动画

Flash 动画制作完成后要导出才能使用。

导出 Flash 动画

1. 选择【文件】/【导出】/【导出影片】命令，打开【导出影片】对话框。
2. 在【文件名】文本框中输入名称，在【保存类型】下拉列表框中选择文件类型，如"Flash 影片（*.swf)"，如图 12-70 所示。

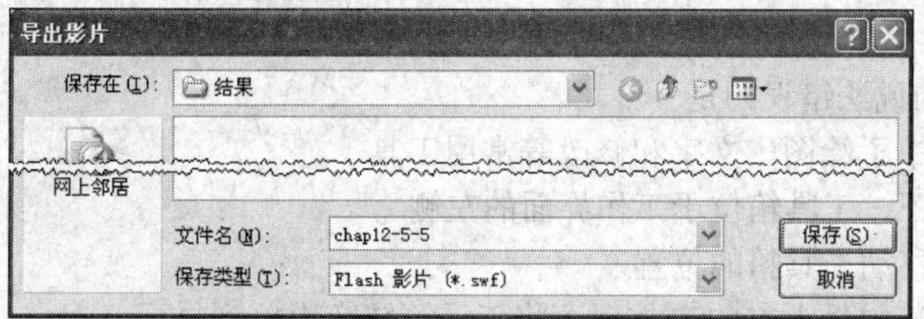

图12-70 【导出影片】对话框

3. 单击 保存(S) 按钮打开【导出 Flash Player】对话框，如图 12-71 所示，进行参数设置后单击 确定 按钮即可。

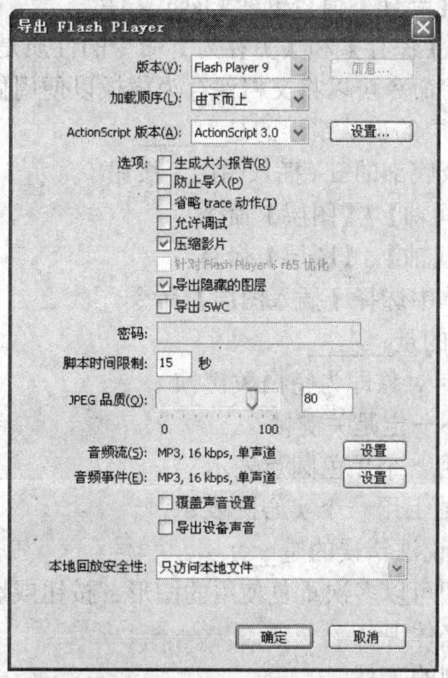

图12-71 【导出 Flash Player】对话框

小结

本章主要介绍了使用 Flash CS3 创建 Flash 动画的基本知识，包括 Flash CS3 的工作界面、创建和保存 Flash 文件、时间轴、元件和库及实例、创建和导出 Flash 动画的方法等。通过对这些内容的学习，希望读者能够掌握使用 Flash CS3 创建 Flash 动画的基本方法。

习题

一、填空题

1. 在当前编辑的动画窗口中，进行动画内容编辑的整个区域叫做______。
2. 如果需要还原到上次保存时的文档版本，可以选择【文件】/【______】命令。
3. ______用于组织和控制文档内容在一定时间内播放的层数和帧数。
4. ______是指内容改变的帧，它的作用是定义动画中的对象变化。
5. 元件是一种可以重复使用的对象，而______是元件在舞台上的一个副本。

二、选择题

1. 关于工具箱的说法错误的是______。
   A. 工具箱集中了绘图、文字和修改等常用工具
   B. 默认情况下，工具箱位于工作界面的左侧
   C. 可用鼠标移动工具箱的位置
   D. 单击工具箱中最上方的▸▸按钮可将工具箱转换为单列显示
2. 关于创建和保存 Flash 文件的说法错误的是______。
   A. 可以使用欢迎屏幕创建 Flash 文件
   B. 可以使用【文件】/【新建】命令创建 Flash 文件
   C. 对于 Flash 文件使用【保存】和【另存为】命令的性质是一样的
   D. 使用【另存为模板】命令可以将文档保存为模板以便用做新 Flash 文件的起点
3. 关于在时间轴中创建图层的说法错误的是______。
   A. 单击【时间轴】面板底部的▫（插入图层）按钮
   B. 选择【修改】/【时间轴】/【图层】命令
   C. 选择【插入】/【时间轴】/【图层】命令
   D. 在鼠标右键快捷菜单中选择【插入图层】命令
4. 关于关键帧的说法错误的是______。
   A. 关键帧中不包含任何对象即为空白关键帧
   B. 关键帧是帧，但帧不一定是关键帧
   C. 关键帧在时间轴上用一个黑色圆点表示
   D. 空白关键帧在时间轴上用一个实心圆表示
5. 关于元件、库和实例的说法错误的是______。
   A. 元件是指创建一次即可以多次重复使用的图形、按钮或影片剪辑
   B. 元件以实例的形式来体现
   C. 库是容纳和管理实例的工具
   D. 使用的元件会自动成为当前文档库的一部分

三、问答题

1. 图层可以分为哪几种类型？
2. Flash 动画的基本类型有哪些？

四、操作题

重做本章第 5 节的所有实例。

第13章　使用网页三剑客制作网页

Dreamweaver 与 Photoshop、Flash 等软件配合使用，可以制作出生动活泼的网页效果。本章通过实例介绍综合运用网页三剑客——Photoshop、Flash 和 Dreamweaver 来制作网页的基本方法。

【学习目标】

- 掌握使用 Photoshop CS3 处理网页图像的方法。
- 掌握使用 Flash CS3 制作 Flash 动画的方法。
- 掌握使用 Dreamweaver CS3 布局网页的方法。

13.1　实例概述

本例中将创建一个影视站点，通过这个实例的学习，读者可以掌握以下内容。

- 分析网站结构，勾画网站草图。
- 使用 Photoshop CS3 制作网站标志、宣传标语和导航图像。
- 使用 Flash CS3 制作主页 Flash 动画。
- 使用 Dreamweaver CS3 制作主页面。
- 使用 Dreamweaver CS3 创建二级页面模板。
- 使用模板创建二级页面。

本例制作的网站主页面效果如图 13-1 所示。

图13-1　网站首页

二级页面模板如图 13-2 所示。

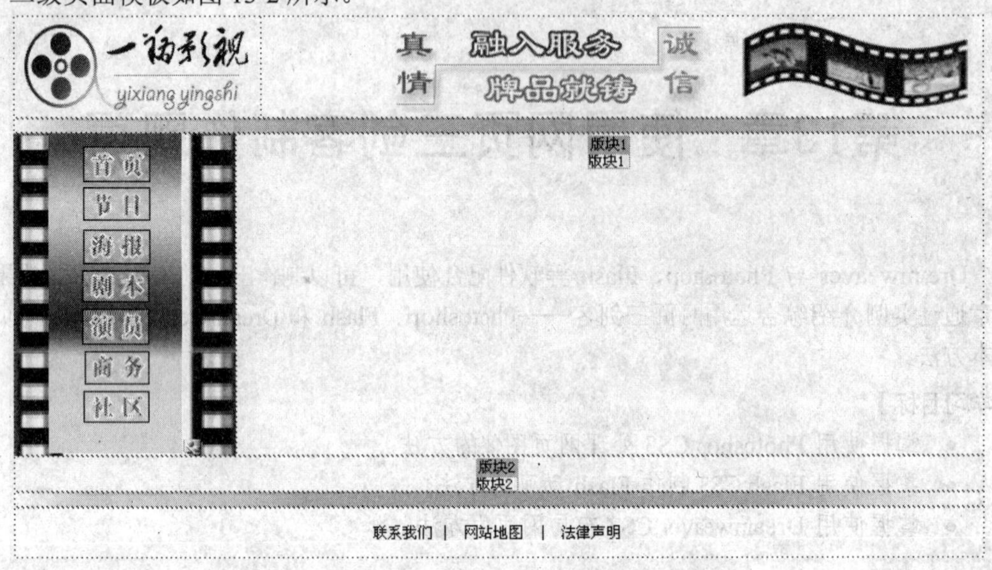

图13-2　二级页面模板

13.2　网站策划

在实际工作中，制作网站的第 1 步就是要搞清楚需要在网页中发布哪些信息，如何安排网站的层次结构。下面用一个小例子作介绍，虽然例子比较简单，但网站策划的原理和方法是相同的。

首先要确定网站的层次结构，可以绘制出简单的网站结构图。在这个实例中，将制作个人影视网站，网站的结构可以分为两级，如图 13-3 所示。

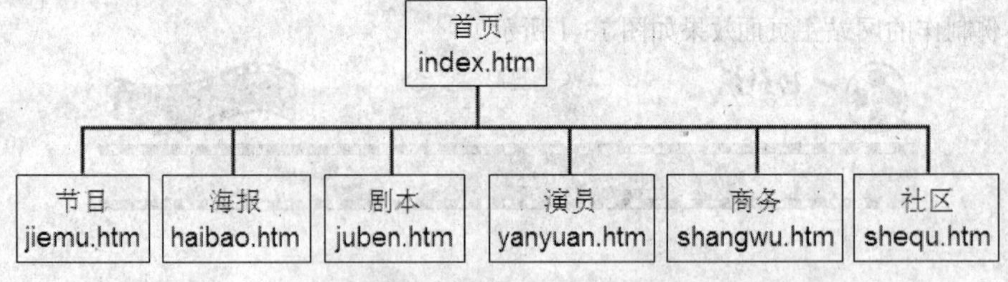

图13-3　网站结构层次图

由图 13-3 可以看出，网站的第 1 个页面是首页，称为一级页面，它又分为“节目”、“海报”、“剧本”“演员”、“商务”和“社区”等 6 个栏目。“节目”用于介绍各种类型的影视信息；“海报”用于介绍影视剧照信息；“剧本”用于介绍一些编剧通过网络提交的影视剧本信息；“演员”用于介绍演职员信息；“商务”用于介绍影视商务信息；“社区”是在线影视论坛。

在设计好网站结构以后，要对页面进行设计，要先搞清楚需要在页面上放置哪些内容。如图 13-4 所示为设计的首页方案。在这个页面中，按照页眉、主体和页脚的顺序进行页面布局。页眉部分放置的是网站 logo、banner 和导航栏，主体部分放置的是 Flash 宣传动画，页脚部分放置的是一些联系信息。

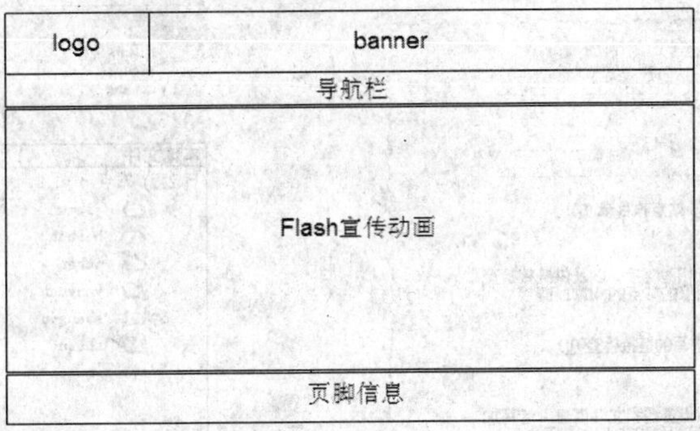

logo
banner
导航栏
Flash宣传动画
页脚信息

图13-4　首页方案

“节目”等 6 个栏目的页面称为二级页面，它们可以采用相同的内容结构，而各自的内容不同就可以了。如图 13-5 所示为设计的二级页面方案。在二级页面中，改变了导航栏的位置，由首页的页眉处移到二级页面主体部分的左侧，右侧放置各自栏目的具体内容。

logo
banner
导航栏
二级页面具体内容
页脚信息

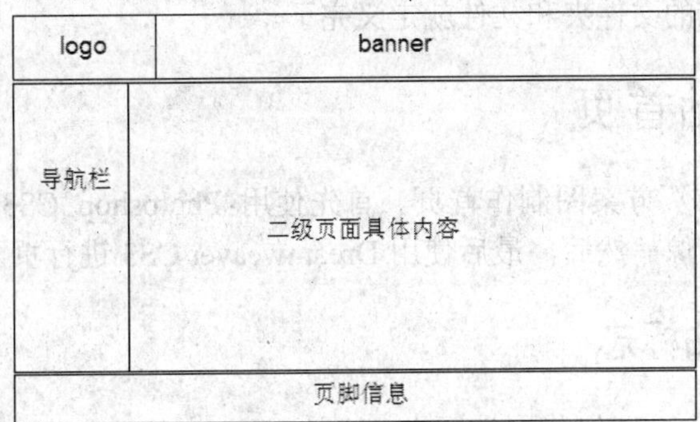

图13-5　二级页面方案

这样，网站的策划就完成了。

13.3　定义站点

首先在 Dreamweaver CS3 中定义一个本地站点，然后根据主页栏目在站点中创建文件夹和文件。在定义一个本地站点时，必须设置存储这个站点的所有文件的位置。

定义站点

1. 启动 Dreamweaver CS3，然后选择【站点】/【新建站点】命令，打开定义站点的对话框。
2. 切换到【高级】选项卡，选择【分类】列表框中的【本地信息】选项。
3. 在【站点名称】文本框中输入站点名称“yixiang”。
4. 在【本地根文件夹】文本框中定义站点的根文件夹为“D:\yixiang\”。
5. 在【缓存】选项组中勾选【启用缓存】复选框，如图 13-6 所示。
6. 单击 确定 按钮，关闭定义站点的对话框。
7. 在站点根目录下给主页中的“节目”、“海报”、“剧本”“演员”、“商务”和“社区”6 个栏目分别创建相应的文件夹“jiemu”、“haibao”、“juben”、“yanyuan”、“shangwu”和“shequ”，然后在根目录下再创建一个“images”文件夹用于存储图像文件，如图 13-7 所示。

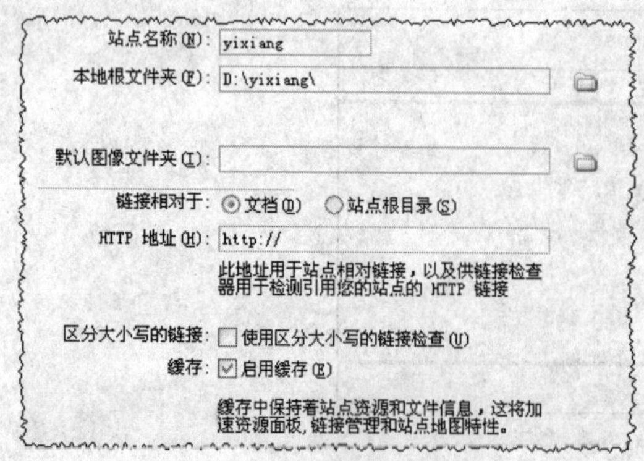

图13-6　定义本地站点信息

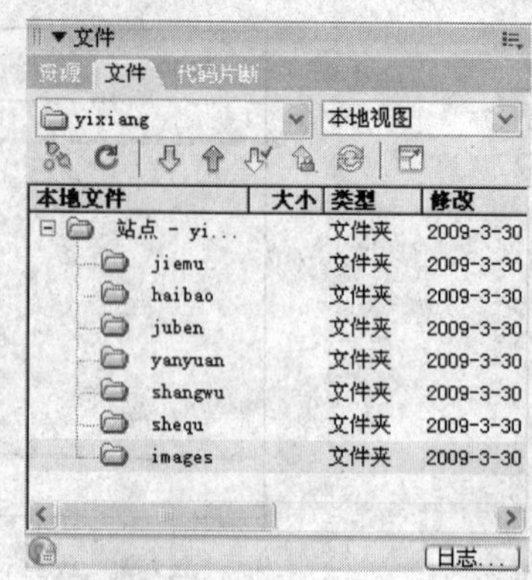

图13-7　创建站点文件夹

8. 创建主页文件“index.htm”以及各栏目中对应的网页文件“jiemu.htm”、“haibao.htm”、“juben.htm”、“yanyuan.htm”、“shangwu.htm”和“shequ.htm”。

这样，站点及相应的文件夹和文件就定义完了。

13.4　制作网站首页

本节根据设计的首页方案图制作首页。首先使用 Photoshop CS3 制作页眉中的网站标志、宣传标语和导航图像，然后，最后使用 Dreamweaver CS3 进行页面布局。

13.4.1　制作网站标志

首先使用 Photoshop CS3 制作网站标志。

制作网站标志

1. 启动 Photoshop CS3，新建一个图像文件并保存为“logo.psd”，如图 13-8 所示。
2. 单击工具箱底部的【前景色】按钮，在弹出的【拾色器】对话框中设置前景色为“#860b0b”，如图 13-9 所示，然后单击 确定 按钮。

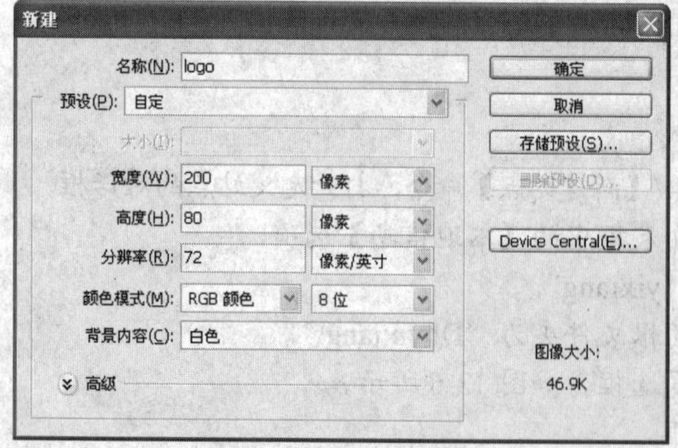

图13-8　新建图像文件

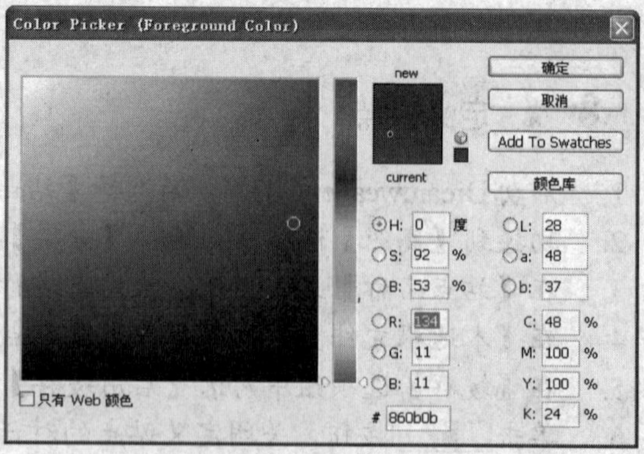

图13-9　设置前景色

3. 在工具箱中选取（钢笔）工具，并在工具属性栏中单击（路径）按钮和（自定形状）按钮，在【形状】下拉列表框中选择（影片）选项，如图 13-10 所示。
4. 按住鼠标左键不放，在绘图窗口中拖曳出如图 13-11 所示的路径。

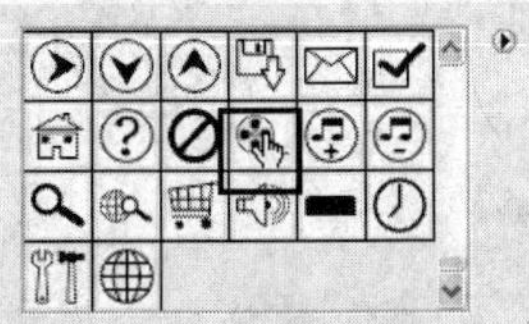

图13-10　选择影片图标

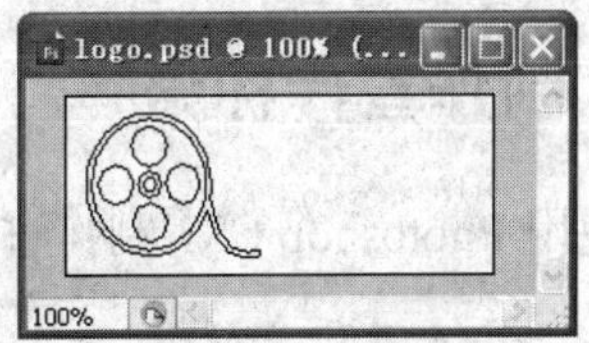

图13-11　在窗口中进行拖曳

5. 选择【窗口】/【路径】命令，打开【路径】面板，单击 （将路径作为选区载入）按钮，将路径转换为选区，如图 13-12 所示。
6. 在工具箱中选取 （渐变）工具，并在工具属性栏中单击 （线性渐变）按钮，然后打开渐变拾色器，选取如图 13-13 所示的渐变颜色方案。

图13-12　将路径作为选区载入

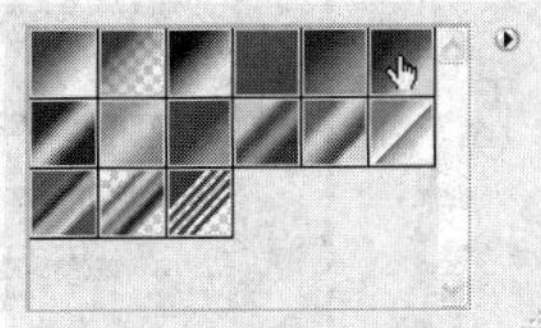

图13-13　选取渐变颜色方案

7. 按住鼠标左键不放在选区内进行拖曳，然后释放鼠标，并选择【选择】/【取消选择】命令取消对选区的选择，如图 13-14 所示。

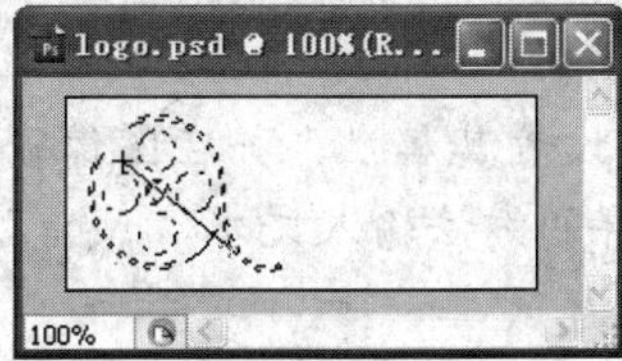

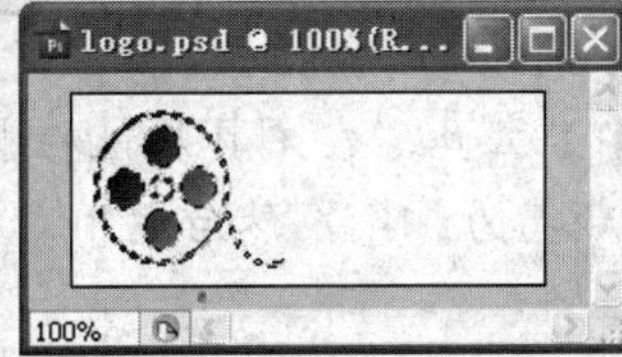

图13-14　对选区添加渐变色

8. 在工具箱中选择 T（横排文字）工具，并在工具属性栏中设置字体和大小，然后在图像窗口中输入文本，如图 13-15 所示。
9. 在工具箱中选择 （直线）工具，并在工具属性栏中设置颜色为“#30ff00”，然后按住 Shift 键，用鼠标在文档窗口中文本的下方绘制一条水平线。
10. 在图层面板中新建一个图层，继续在图像窗口中输入文本，文本的颜色为“#ff1800”，如图 13-16 所示。

图13-15　输入文本

图13-16　输入文本

11. 选择【文件】/【存储】命令，打开【存储为】对话框，在此对话框中设置文件的名称、所要保存的类型以及存储路径等，这里分别保存为两个文件，一个是“logo.psd”，另一个是“logo.gif”。

要点提示 保存成扩展名为“.psd”格式的文件，以便日后在 Photoshop 中修改该文件，保存成扩展名为“.gif”格式的文件，以便在网页中应用。

至此，一个简单的网站 logo 就制作完成了。

13.4.2 制作宣传标语

下面使用 Photoshop CS3 制作宣传标语。

制作网站标志

1. 新建一个图像文件并保存为“banner.psd”，如图 13-17 所示。

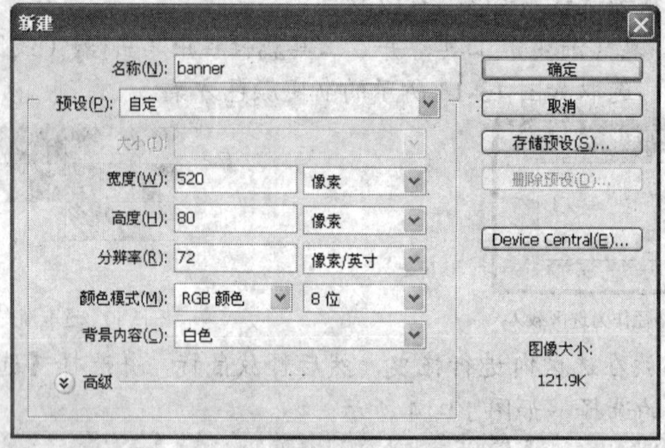

图13-17 新建图像文件

2. 在工具箱中选择 IT（竖排文字）工具，在工具属性栏中设置其属性，并在图像窗口中输入文本“真情”，设置文本颜色为红色，然后运用同样的方法输入文本“诚信”，如图 13-18 所示。

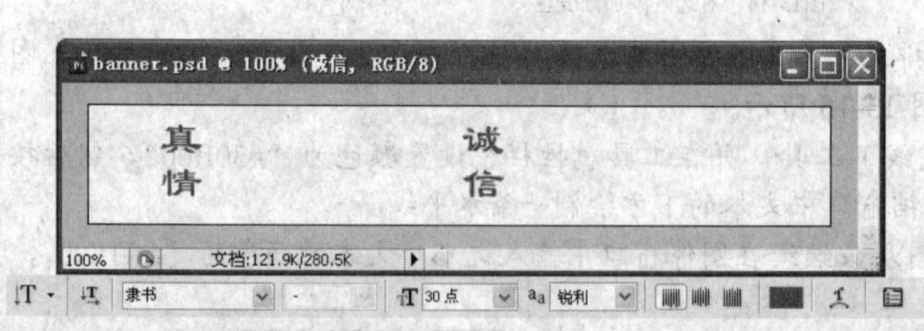

图13-18 输入文本

3. 在【图层】面板中，选择“诚信”图层，然后在工具箱中单击 IT（竖排文字工具）按钮，在工具属性栏中设置文本的颜色为绿色，这时文本“诚信”的颜色变为绿色，如图 13-19 所示。

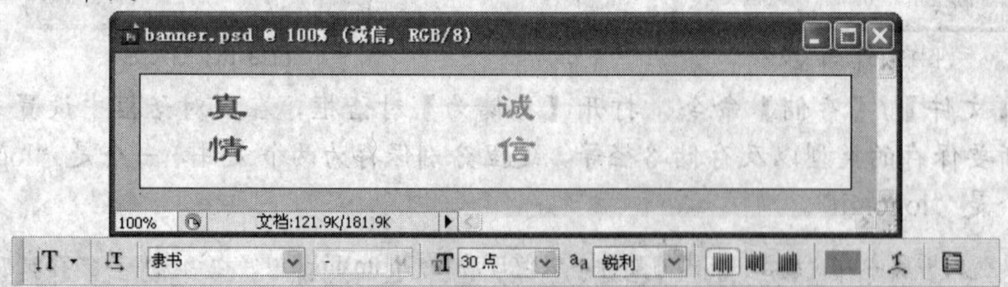

图13-19 重新设置文本颜色

4. 在【图层】面板中，选择“真情”图层，然后选择【图层】/【图层样式】/【斜面和浮雕】命令，参数设置如图 13-20 所示，最后单击 确定 按钮加以确认。

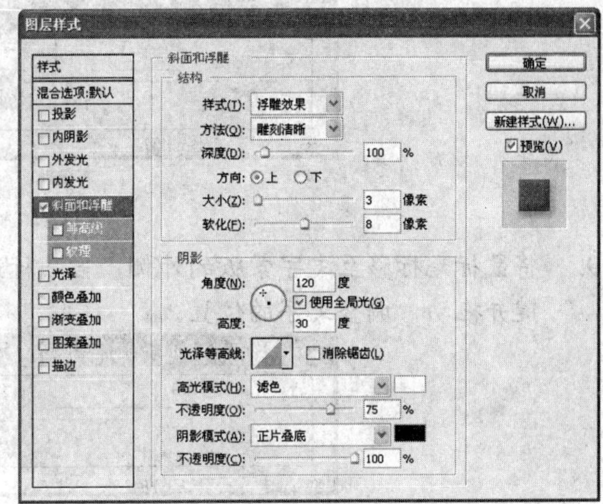

图13-20　应用斜面和浮雕效果

5. 选择【图层】/【图层样式】/【拷贝图层样式】命令，复制“真情”图层的图层样式，然后在【图层】面板中选择“诚信”图层，并选择【图层】/【图层样式】/【粘贴图层样式】命令，将“真情”图层的图层样式应用到“诚信”图层上，如图 13-21 所示。

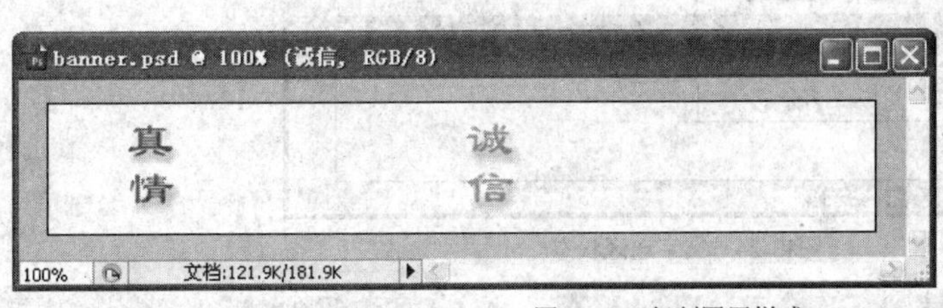

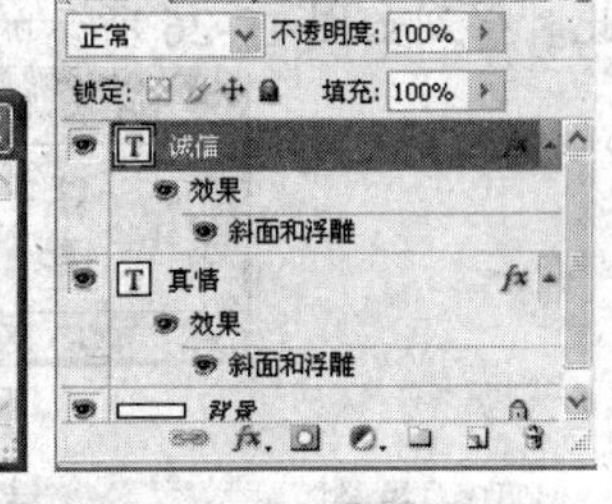

图13-21　复制图层样式

6. 在工具箱中选择 （直线）工具，并设置属性栏参数，其中的样式为“Yellow Paper Clip”，如图 13-22 所示。

图13-22　设置属性栏参数

7. 按住 Shift 键不放，在窗口中绘制如图 13-23 所示的图形。

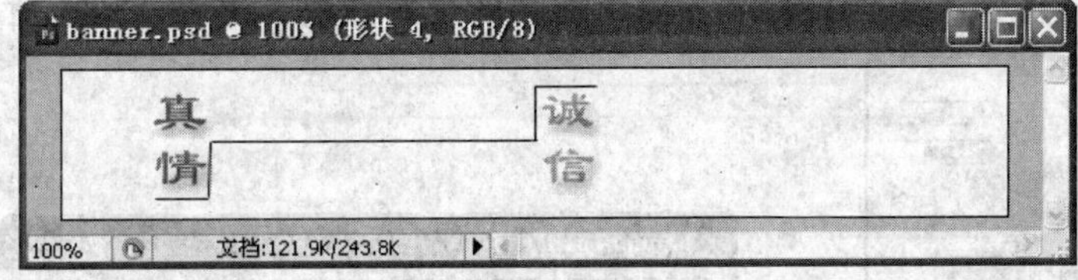

图13-23　绘制图形

8. 在【图层】面板中新建一个图层，然后在工具箱中单击 （横排文字蒙版工具）按钮，在属性栏中设置其属性，并在图像窗口中输入文本，设置文本颜色为白色，如图 13-24 所示。

图13-24　输入文本

9. 将鼠标光标移至文字蒙版的外侧，当鼠标光标呈如图 13-25 所示的形状时，按下鼠标左键并拖动，调整文字的位置。

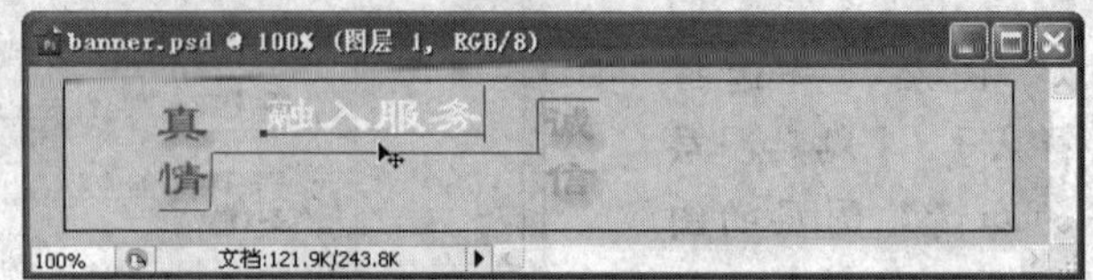

图13-25　调整文字的位置

10. 单击工具属性栏中的（提交所有当前编辑）按钮，或按 Ctrl+Enter 组合键确定输入，此时得到如图 13-26 所示的文字选区。

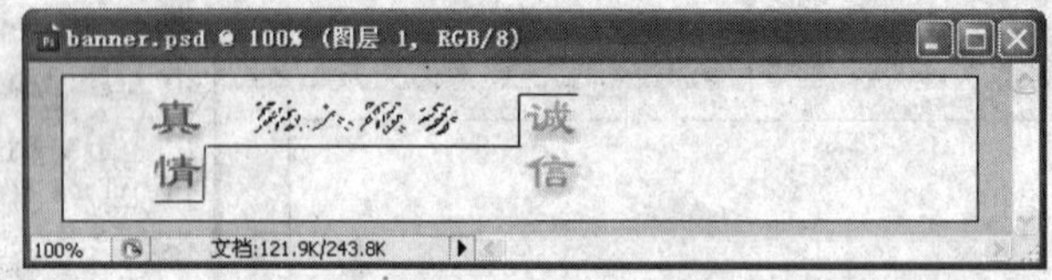

图13-26　文字选区状态

如果要更改文字内容，需要在提交当前编辑前修改。一旦提交了编辑，就不能再修改，这与选择文字工具按钮输入文字不同。如果确实想改变文字，只能选择【编辑】/【后退一步】命令，重新操作。

在 Photoshop 中，系统提供了两种文字蒙版工具，利用它们可以创建横排或直排文字形状的选区。文字选区创建好以后，可以对选区进行描边和填充操作，赋予选区各种色彩。描边选区是指沿着选区的边缘描绘指定宽度的颜色。填充选区是指在选区的内部填充颜色或图案。使用 Alt+Delete 组合键或 Ctrl+Delete 组合键只能使用前景色或背景色填充选区，而使用【编辑】/【填充】命令不仅可以使用前景色、背景色、图案进行填充，还可以设置填充颜色或图案的混合模式和不透明度。

11. 选择【编辑】/【描边】命令，打开【描边】对话框，参数设置如图 13-27 所示，其中颜色为“#003399”，位置为【居外】。

12. 选择【选择】/【取消选择】命令，取消选区的选择状态，如图 13-28 所示。

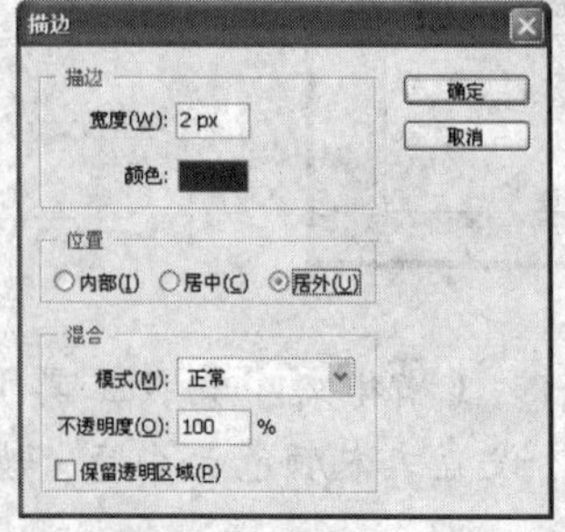

图13-27　【描边】对话框

图13-28　取消选择

13. 运用相同的方法输入文字“铸就品牌”并进行描边，文本方向为从右至左，颜色为“#009999”，如图 13-29 所示。
14. 打开本章素材文件“第 13 章\综合实例\素材\photoshop\film.jpg”，全选并复制图像，如图 13-30 所示。

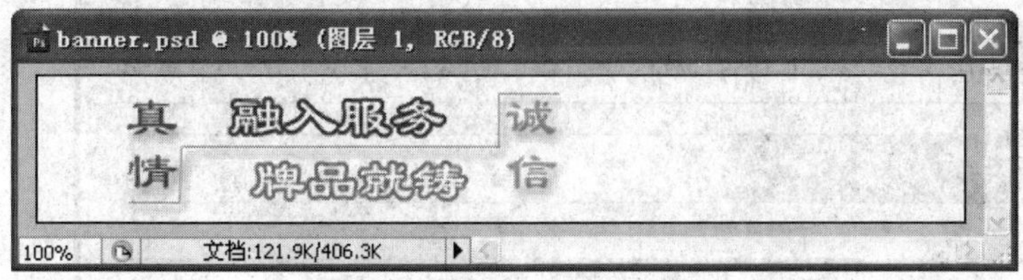

图13-29　设置文字“铸就品牌”

图13-30　复制图像

15. 在图像“banner.psd”的【图层】面板中再新建一个图层，然后将复制的图像粘贴到该图层中并将其调整到适当位置，如图 13-31 所示。

图13-31　粘贴图像

16. 分别将文件保存为“banner.psd”和“banner.gif”，以便后期修改及在网页中使用。

至此，网页宣传标语就制作完成了。

13.4.3　制作导航图像

下面使用 Photoshop CS3 制作导航图像。

制作导航图像

1. 选择【文件】/【新建】命令新建一个图像文件，参数设置如图 13-32 所示，然后保存为“nav.psd”。
2. 在【图层】面板中新建一个图层，然后选择（渐变）工具，单击图标中的箭头打开“渐变”拾色器，选择“铜色”选项，如图 13-33 所示。

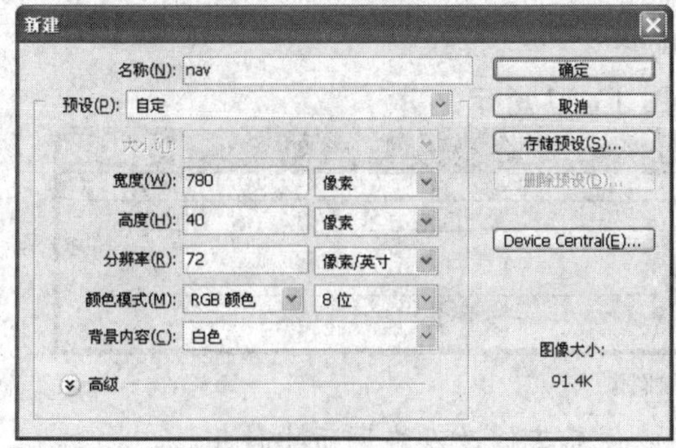

图13-32　【新建】对话框

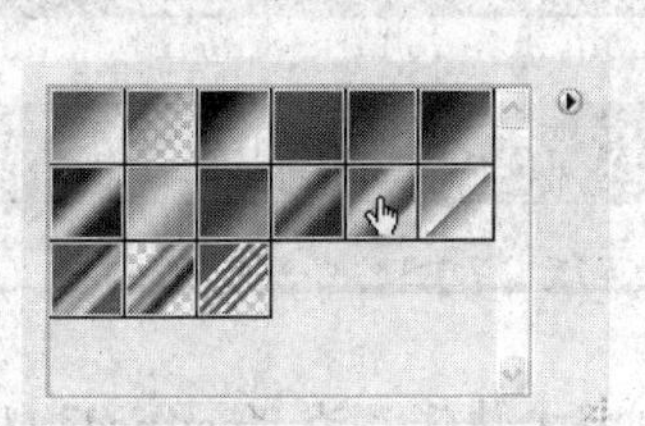

图13-33　选择“铜色”选项

3. 按住鼠标左键不放从左向右拖动，然后释放鼠标，效果如图 13-34 所示。

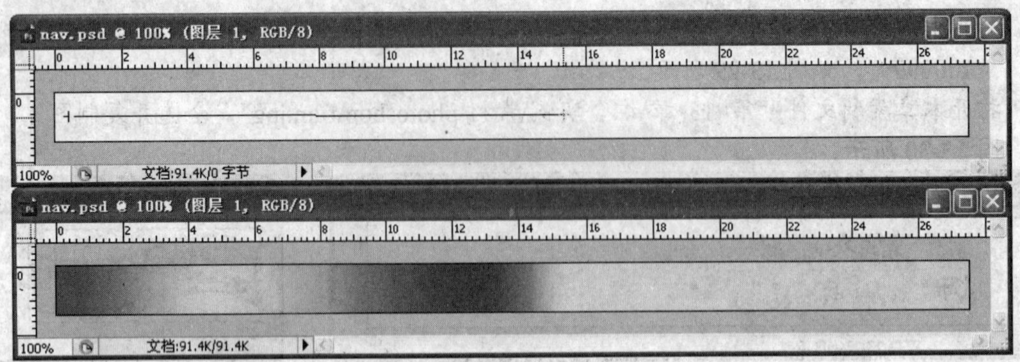

图13-34　设置渐变颜色

4. 在工具箱中选择T.（横排文字）工具，并在工具属性栏中设置字体和大小，然后在图像窗口中输入文本，如图 13-35 所示。

图13-35　输入文本

5. 选择【图层】/【图层样式】/【描边】命令，打开【图层样式】对话框，设置描边大小为“2”像素，描边颜色为白色，如图 13-36 所示。

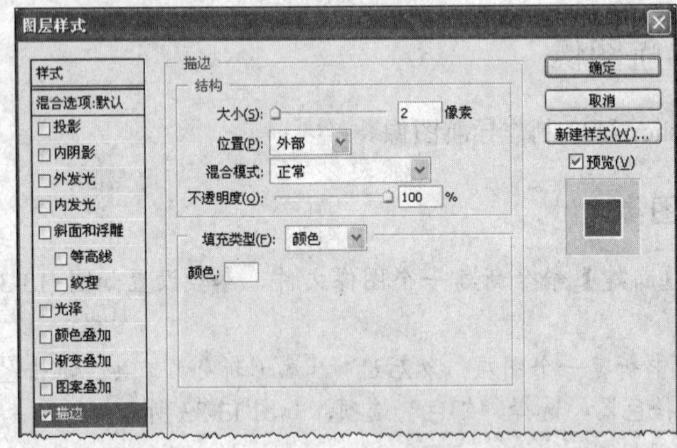

图13-36　设置描边参数

6. 单击 确定 按钮关闭对话框，效果如图 13-37 所示。

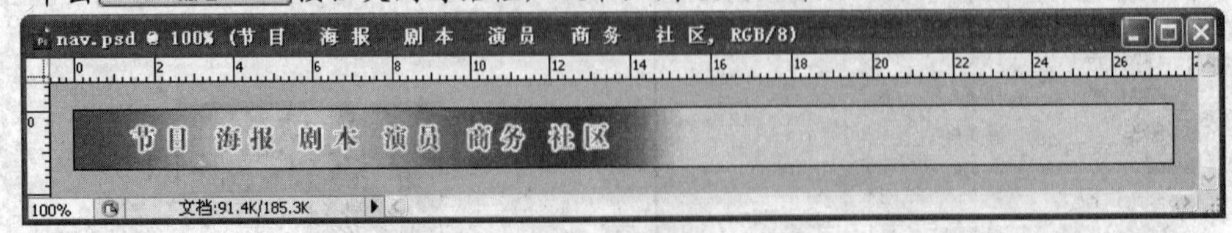

图13-37　导航图像

7. 分别将文件保存为“nav.psd”和“nav.gif”，以便后期修改及在网页中使用。

至此，网页导航图像就制作完了。

13.4.4 制作 Flash 动画

下面使用 Flash CS3 制作 Flash 宣传动画。

制作 Flash 动画

1. 启动 Flash CS3，创建一个 Flash 文档，然后选择【文件】/【保存】命令将文件暂时保存为“horse.fla”。
2. 选择【修改】/【文档】命令，打开【文档属性】对话框，设置文档的尺寸、帧频等参数，如图 13-38 所示，然后单击 确定 按钮加以确认。
3. 选择【文件】/【导入】/【导入到库】命令，将“第 13 章\综合实例\素材\Flash”文件夹下的“bg.jpg”导入到【库】面板中。
4. 将【库】面板中的图像文件“bg.jpg”拖曳到舞台上，然后选择【修改】/【对齐】菜单中的【水平居中】和【垂直居中】命令，使图像居中对齐。
5. 在时间轴的图层列表区，双击“图层 1”层，将其名称修改为“背景”，然后按 Enter 键确认。
6. 在“背景”层上方新建一个图层并将其命名为“骏马”，然后选择【文件】/【导入】/【导入到舞台】命令，打开【导入】对话框，选择本章素材文件“第 13 章\综合实例\素材\Flash”文件夹下的“horse1.jpg”（只需选中序列图像的第 1 幅图像即可），如图 13-39 所示。

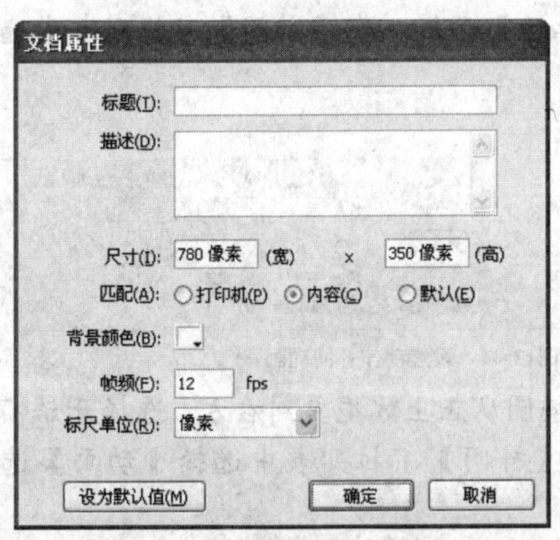

图13-38 【文档属性】对话框

图13-39 【导入】对话框

7. 单击 打开(O) 按钮将弹出一个信息提示框，单击 是(Y) 按钮将所有图像导入到连续的帧中，如图 13-40 所示。

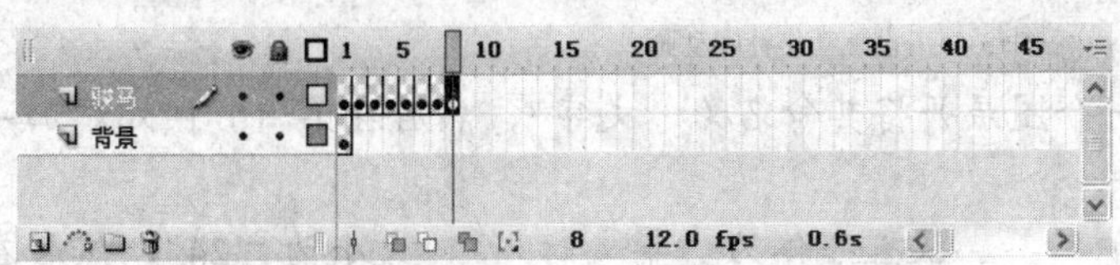

图13-40 导入系列图像

8. 在“骏马”图层的上方新建一个图层并将其命名为“太阳”，单击图层第 1 帧，在工具箱中单击（椭圆工具）按钮，在其【属性】面板中将笔触颜色设置为“无”，填充颜色设置为“#FF0000”，如图 13-41 所示。

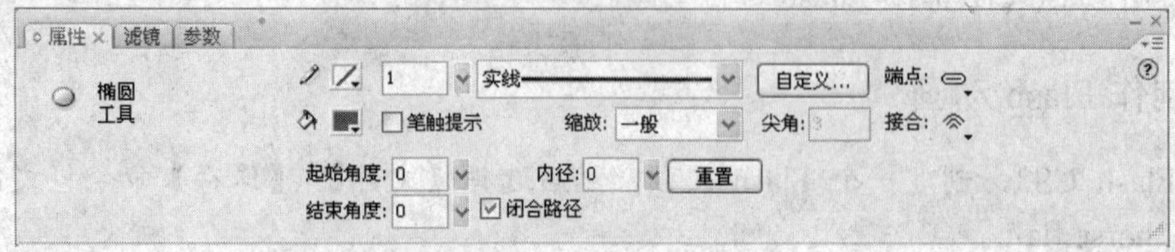

图13-41 属性设置

9. 在舞台左方绘制一个无边框的椭圆，在工具箱中单击（选择工具）按钮，并在舞台上选择椭圆，然后选择【修改】/【转换为元件】命令，将绘制的椭圆转换为元件，如图 13-42 所示。

图13-42 【转换为元件】对话框

10. 在“太阳”层第 20 帧处插入一个关键帧，然后将椭圆从左方拖曳到正上方，如图 13-43 所示。

11. 选择开始帧和结束帧之间的任意一帧，打开【属性】面板，在【补间】下拉列表中选择【动画】选项，如图 13-44 所示。

图13-43 拖动椭圆

图13-44 设置动作补间动画

12. 在“太阳”层第 40 帧处插入一个关键帧，并将椭圆从正上方拖曳到右方，选择开始帧和结束帧之间的任意一帧，在【属性】面板的【补间】下拉列表中选择【动画】选项，结果如图 13-45 所示。

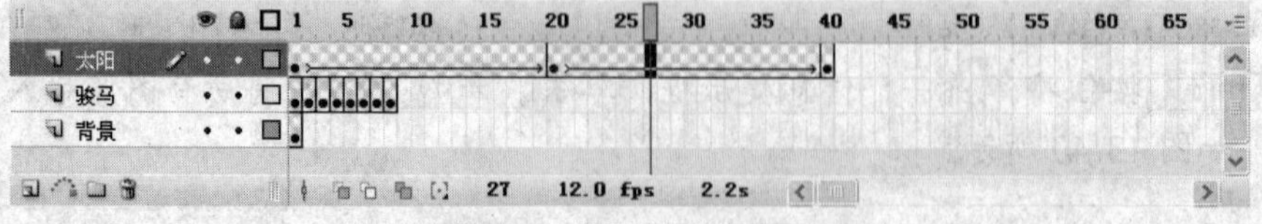

图13-45 设置动作补间动画

13. 在“太阳”层的上方新建一个图层并将其命名为“文字”，然后在第 10 帧处添加一个关键帧。

14. 在工具箱中选择（文本）工具，设置字体为“华文行楷”，大小为“24”，然后在舞台中输入文本“骏马奔驰保边疆”，并调整其位置，如图 13-46 所示。

图13-46　输入文本

15. 在“文字”层的第 40 帧处添加一个关键帧，接着单击第 10 帧和第 40 帧之间的任意一帧，然后在【属性】面板的【补间】下拉列表中选择【动画】选项，在【旋转】下拉列表框中选择【顺时针】选项，并在其后面的文本框中输入“1”，如图 13-47 所示。

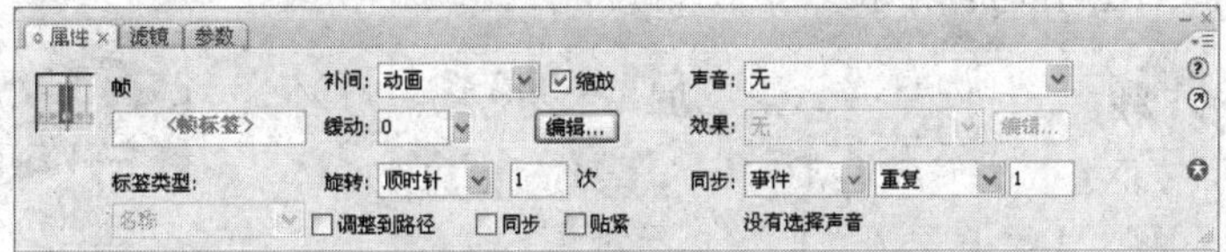

图13-47　设置补间动画参数

16. 按住 Shift 键，选择“文字”层的第 1 帧至第 8 帧，单击鼠标右键，在右键菜单中选择【复制帧】命令；单击第 9 帧，单击鼠标右键，在右键菜单中选择【粘贴帧】命令，将复制的内容进行粘贴，按照相同的方法一直粘贴至第 40 帧处。

17. 选择“背景”层，在第 40 帧处添加一个关键帧，如图 13-48 所示。

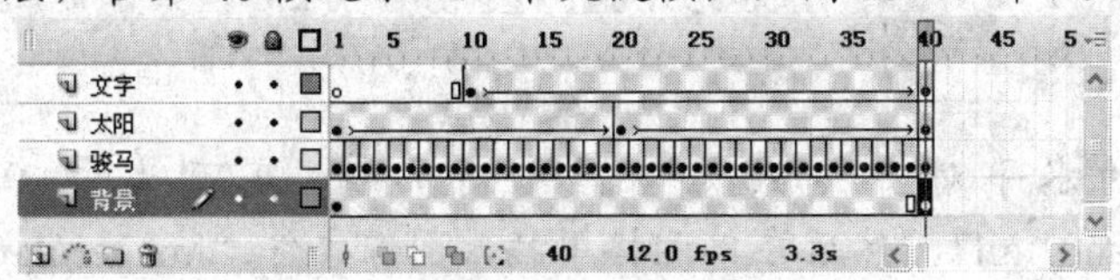

图13-48　添加关键帧

18. 选择【文件】/【保存】命令，保存文件，并将文件导出为“horse.swf”。

13.4.5　布局网站首页

下面使用 Dreamweaver CS3 布局网站首页。

布局网站首页

1. 将上面制作的图像文件“logo.gif”、“banner.gif”、“nav.gif”和 Flash 动画“horse.swf”复制到站点“images”文件夹中，然后将本章素材文件“第 13 章\综合实例\素材\images”的图像文件复制到站点“images”文件夹中。

2. 在站点中打开网页文件“index.htm”，并针对该文档重新定义标签“body”的 CSS 样式，设置文本大小为“12px”，背景颜色为“#FFFFCC”，文本对齐方式为“center”，如图 13-49 所示。

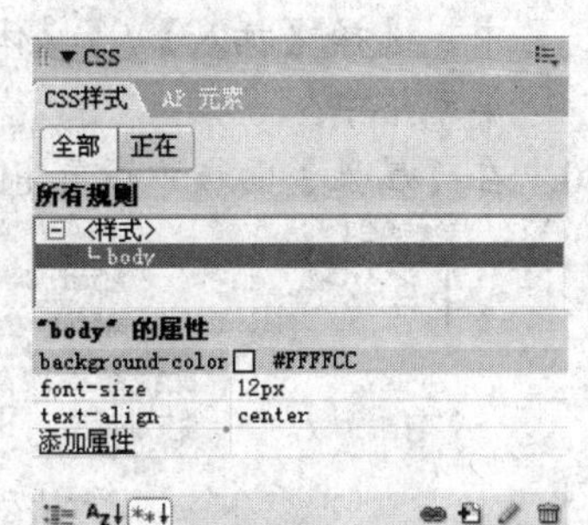

图13-49　定义标签“body”的 CSS 样式

3. 在【文档】工具栏的【标题】文本框中输入显示在浏览器的标题“一翔影视”。
4. 选择【插入】/【表格】命令，在文档中插入一个1行2列的表格，其属性设置如图13-50所示。

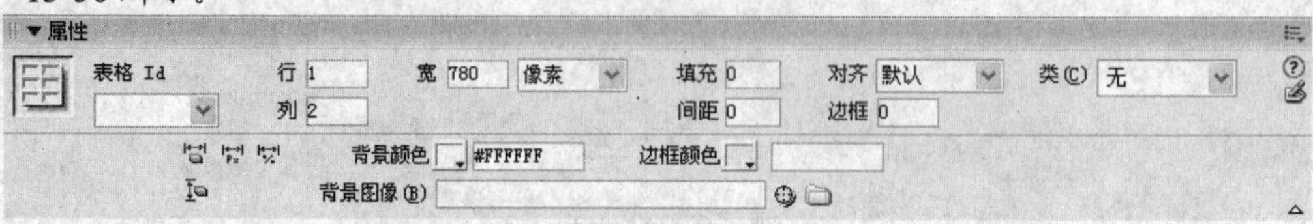

图13-50 插入表格

5. 设置第1个单元格的宽度为“200”，在其中插入图像“logo.gif”。
6. 设置第2个单元格的宽度为“580”、水平对齐方式为“右对齐”，在其中插入图像“banner.gif”，如图13-51所示。

图13-51 布局页眉

7. 在第1个表格的下面再插入一个1行1列的表格，其属性参数设置如图13-52所示。

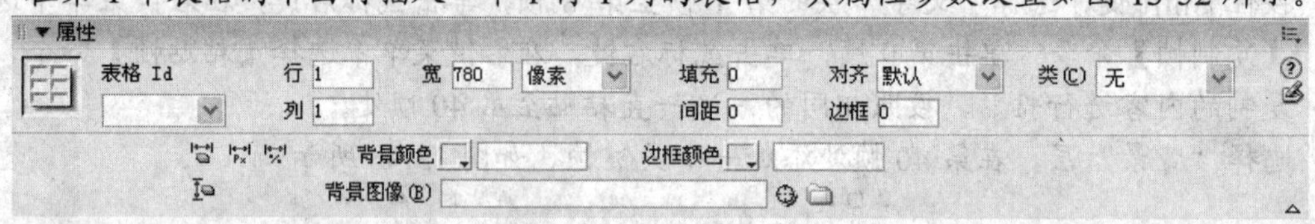

图13-52 设置属性参数

8. 设置单元格的水平对齐方式为“居中对齐”，高度为“60”，背景图像为“images/jiaopian01.gif”，然后在单元格中插入图像文件“images/nav.gif”，如图13-53所示。

图13-53 设置导航图像

9. 继续插入一个2行1列、宽度为“780像素”的表格，然后将光标置于第1行单元格中，选择【插入】/【媒体】/【Flash】命令，将制作的Flash动画“horse.swf”插入到单元格中。
10. 在【属性】面板中设置Flash动画为循环自动播放，如图13-54所示。

图13-54 设置Flash动画为循环自动播放

11. 设置第2行单元格的高度为“5”，背景图像为“images/bg.jpg”，如图13-55所示。

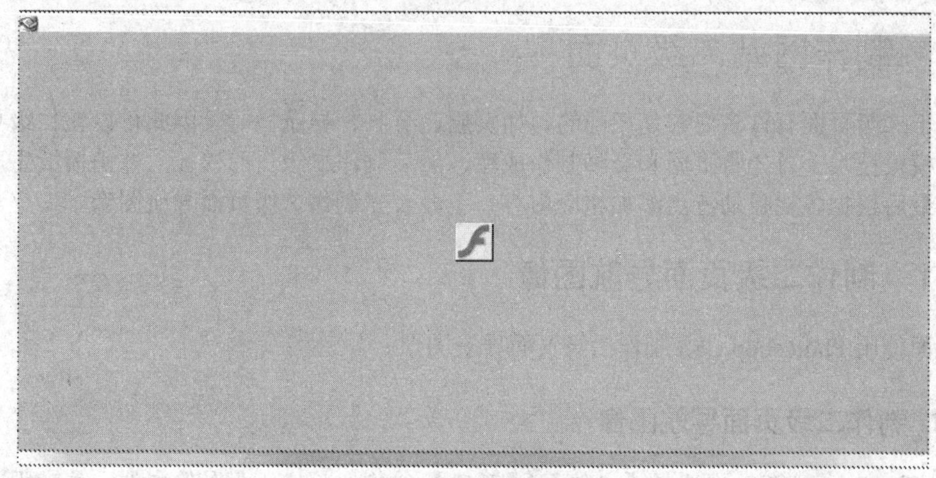

图13-55　设置单元格属性

12. 继续插入一个 1 行 1 列的表格，属性设置如图 13-56 所示。

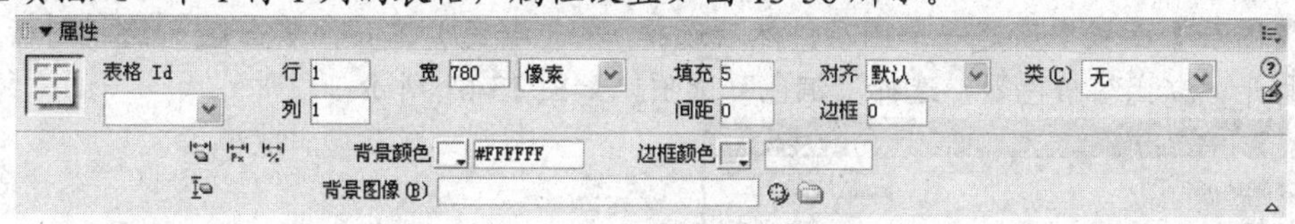

图13-56　表格属性设置

13. 设置单元格的水平对齐方式为“居中对齐”，高度为“40”，然后在单元格中输入相应的文本，如图 13-57 所示。

图13-57　输入文本

下面给导航图像添加链接地址。

14. 选中导航图像“images/nav.gif”，然后单击【属性】面板中的□（矩形热点工具）按钮，在“节目”上绘制矩形框，然后在【属性】面板中设置链接地址和替换文本，如图 13-58 所示。

图13-58　设置图像热点超级链接

15. 运用相同的方法设置其他图像热点超级链接，如图 13-59 所示。

图13-59　设置其他图像热点超级链接

16. 最后保存文件。

至此，网站首页就制作完成了。

13.5 制作网站二级页面

由于二级页面有许多内容是相同的，如页眉、页脚、导航栏等，因此可以在二级页面使用库和模板技术。首先将页眉和页脚制作成库，然后制作二级页面模板，并由模板生成二级页面，最后根据各栏目的特点添加相应内容。下面首先制作二级页面导航图像。

13.5.1 制作二级页面导航图像

下面使用 Photoshop CS3 制作二级页面导航图像。

制作二级页面导航图像

1. 在 Photoshop CS3 中选择【文件】/【新建】命令，新建一个图像文件，参数设置如图 13-60 所示，然后保存为“nav2.psd”文件。
2. 在【图层】面板中新建一个图层，然后选择（渐变）工具，单击图标中的箭头打开“渐变”拾色器，选择“铜色”选项，如图 13-61 所示。

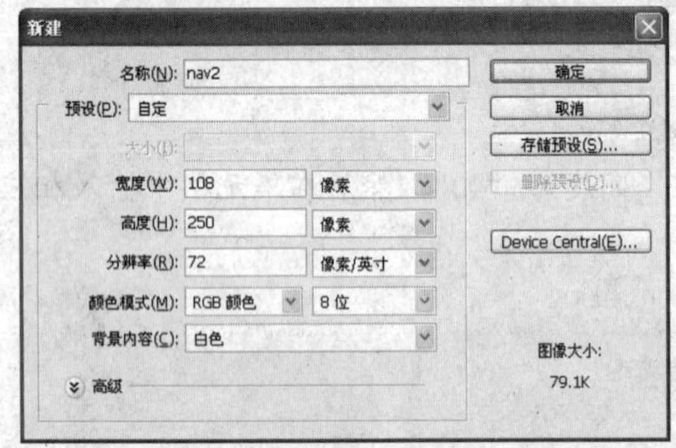

图13-60 【新建】对话框

图13-61 选择“铜色”选项

3. 在绘图窗口中从上到下拖曳鼠标，效果如图 13-62 所示。
4. 在工具箱中选择（横排文字）工具，并在工具属性栏中设置【字体】为“方正大标宋简体”（读者可以用自己喜欢的字体代替），【大小】为“18 点”，【颜色】为黑色，然后在图像窗口中拖曳出一个矩形框，并在其中输入文本，使其居中对齐，如图 13-63 所示。

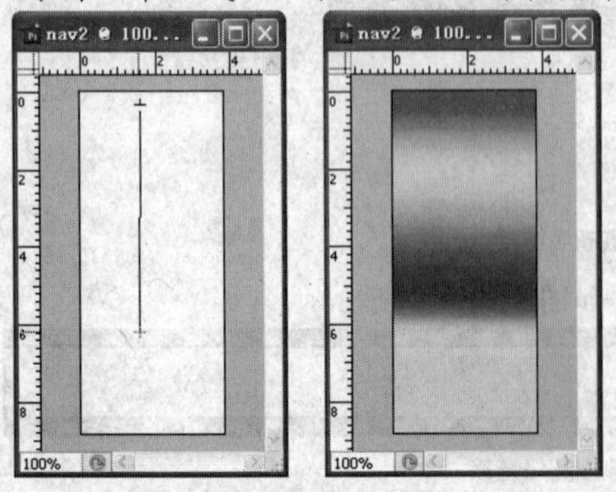

图13-62 设置渐变颜色

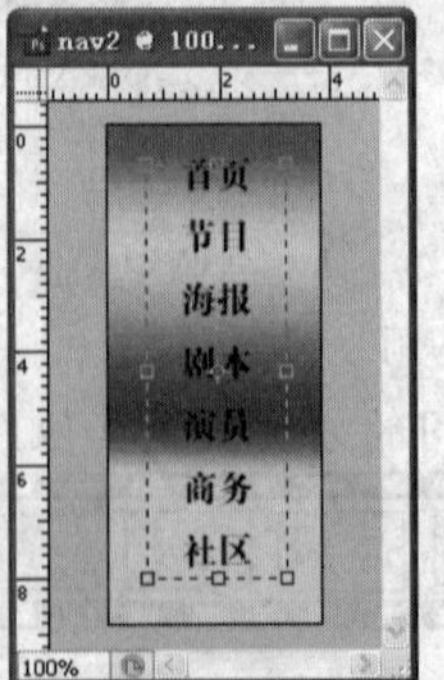

图13-63 输入文本

5. 选择【图层】/【图层样式】/【描边】命令，打开【图层样式】对话框，设置描边大小为“2”像素，描边颜色为白色，如图 13-64 所示。

6. 单击 确定 按钮关闭对话框，效果如图 13-65 所示。

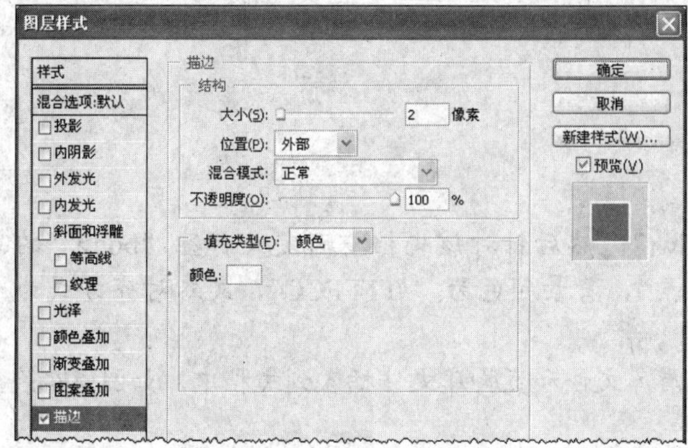

图13-64　设置描边参数

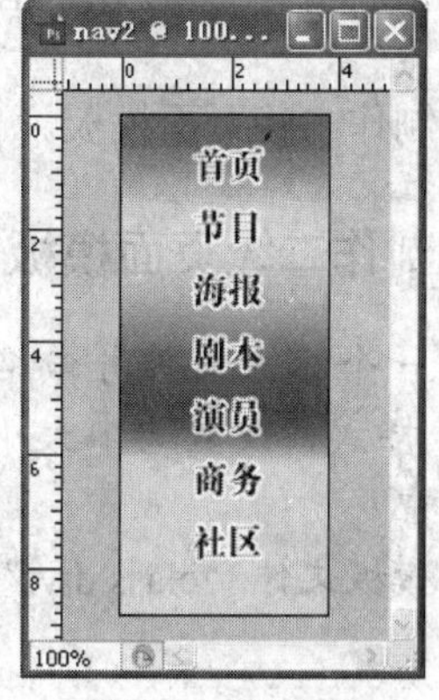

图13-65　导航图像

7. 分别将文件保存为“nav2.psd”和“nav2.gif”，以便后期修改及在网页中使用。至此，二级页面导航图像就制作完了。

13.5.2　制作库文件

下面将页眉和页脚制作成库文件。

制作库文件

1. 打开主页文件“index.htm”，然后选中第 1 个表格中的内容，如图 13-66 所示。

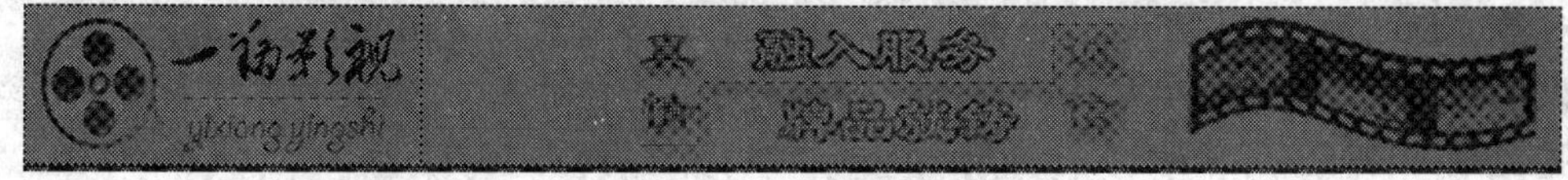

图13-66　选中页眉内容

2. 选择【修改】/【库】/【增加对象到库】命令，在【资源】面板的【库】分类中创建一个库文件，将其名称修改为“top”。
3. 按 Enter 键加以确认，此时弹出【更新文件】对话框，如图 13-67 所示。
4. 单击 更新(U) 按钮更新文件。
5. 运用同样的方法创建页脚库文件“foot.lbi”，如图 13-68 所示。

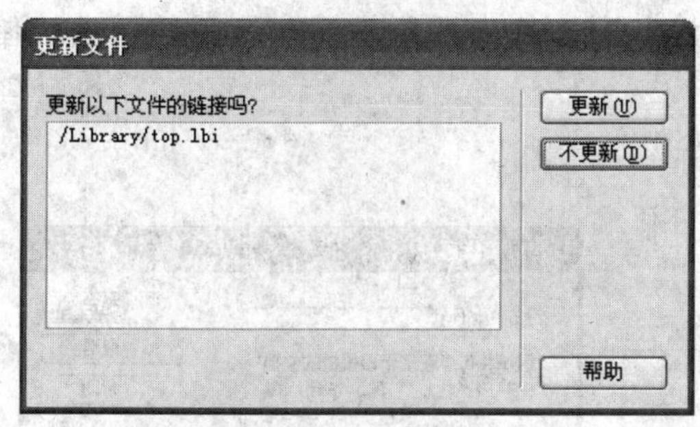

图13-67　【更新文件】对话框

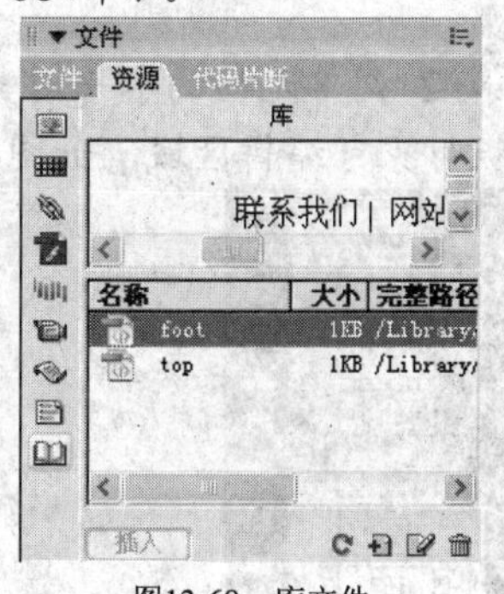

图13-68　库文件

6. 再次保存主页文档。

13.5.3 制作二级页面模板

下面制作二级页面模板。

制作二级页面模板

1. 创建一个模板文件并命名为“class.dwt”，然后针对该文档重新定义标签“body”的CSS 样式，设置文本大小为“12 像素”，背景颜色为“#FFFFCC”，文本对齐方式为“居中”。
2. 打开模板文件“class.dwt”，分别将页眉库文件和页脚库文件插入到文档中，如图 13-69 所示。

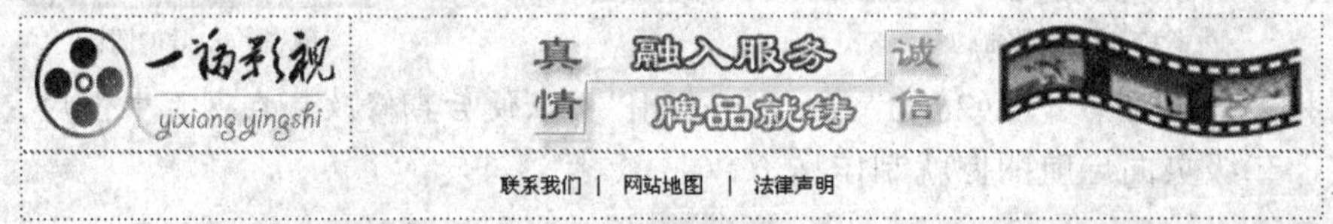

图13-69 插入库文件

3. 在页眉库文件的下面插入一个 2 行 2 列的表格，属性参数设置如图 13-70 所示。

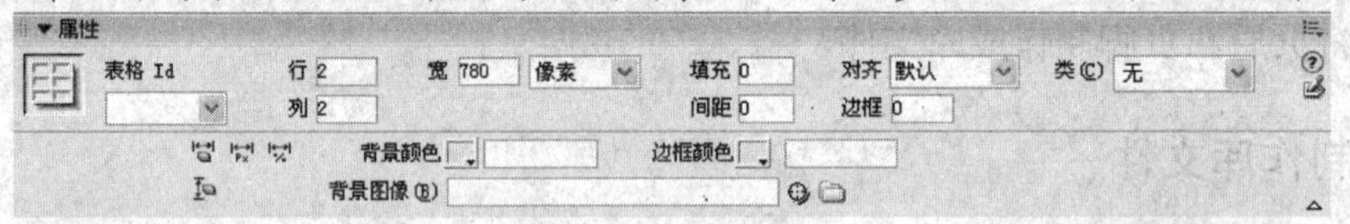

图13-70 表格属性参数

4. 对第 1 行的两个单元格进行合并，然后设置单元格背景为“../images/bg.jpg”。
5. 设置第 2 行第 1 列单元格的水平对齐方式为“居中对齐”，垂直对齐方式为“顶端”，宽度为“180”，背景为“../images/jiaopian02.gif”，如图 13-71 所示。

图13-71 设置单元格属性

6. 在单元格中插入导航图像“../images/nav2.gif”，并设置图像热点超级链接，如图 13-72 所示。
7. 设置第 2 列单元格的水平对齐方式为“居中对齐”，垂直对齐方式为“顶端”，然后插入模板对象可编辑区域，如图 13-73 所示。

图13-72 设置图像热点超级链接

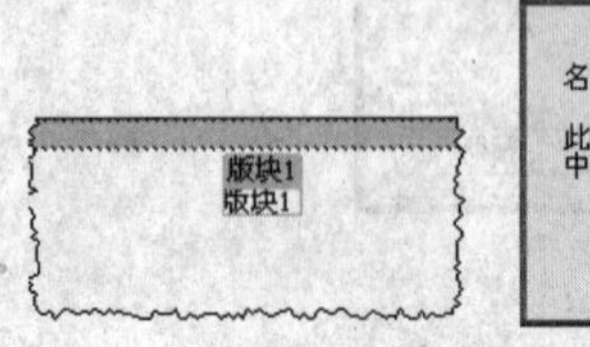

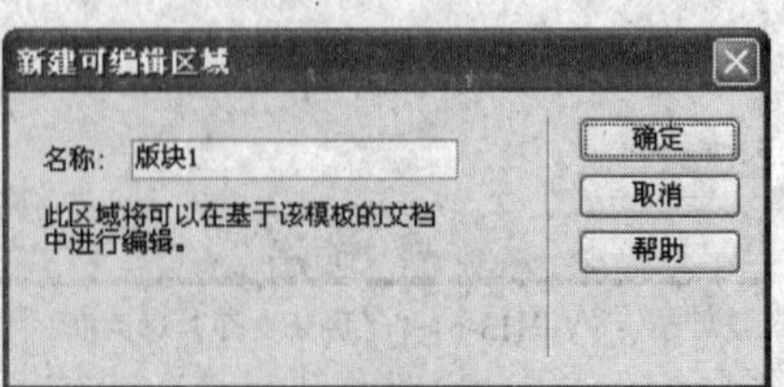

图13-73 插入可编辑区域

8. 继续插入一个 2 行 1 列的表格，表格属性参数设置如图 13-74 所示。

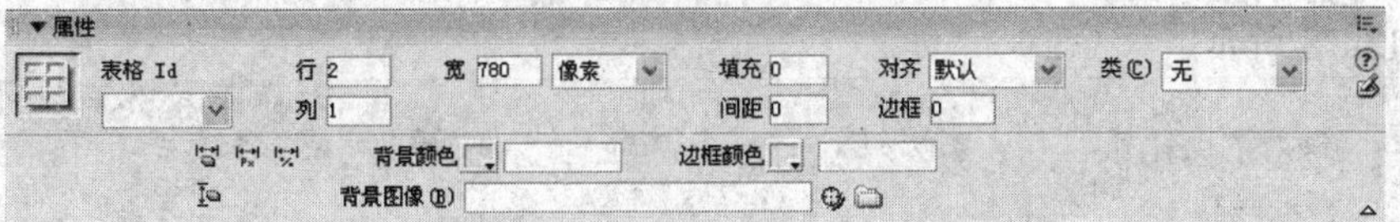

图13-74　表格属性参数设置

9. 设置第 1 行单元格的水平对齐方式为“居中对齐”，垂直对齐方式为“顶端”，然后插入模板对象可编辑区域，如图 13-75 所示。

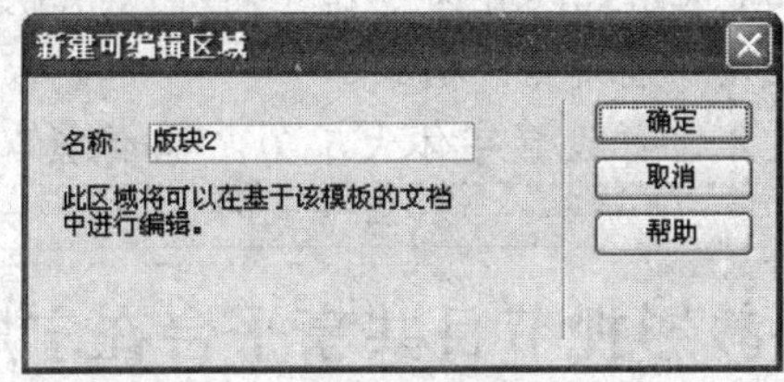

图13-75　插入可编辑区域

10. 设置第 2 行单元格的背景为“../images/bg.jpg”，如图 13-76 所示。

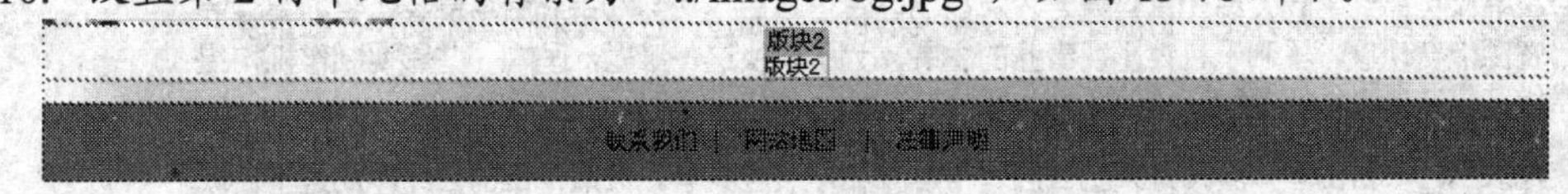

图13-76　设置单元格的背景

11. 最后保存文件。

13.5.4　使用模板生成二级页面

下面使用模板生成各个栏目的二级页面。

使用模板生成二级页面

1. 打开空白网页文档“jiemu.htm”，然后在【资源】面板的【模板】分类中选择模板，并单击 应用 按钮将模板应用到当前网页，如图 13-77 所示。

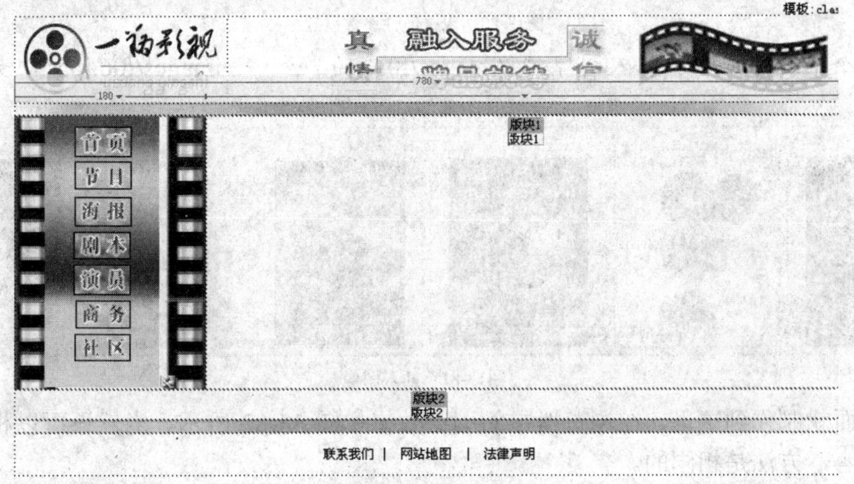

图13-77　应用模板

2. 将可编辑区域“版块 1”中的文本删除，然后插入一个 2 行 1 列的表格，属性参数设置如图 13-78 所示。

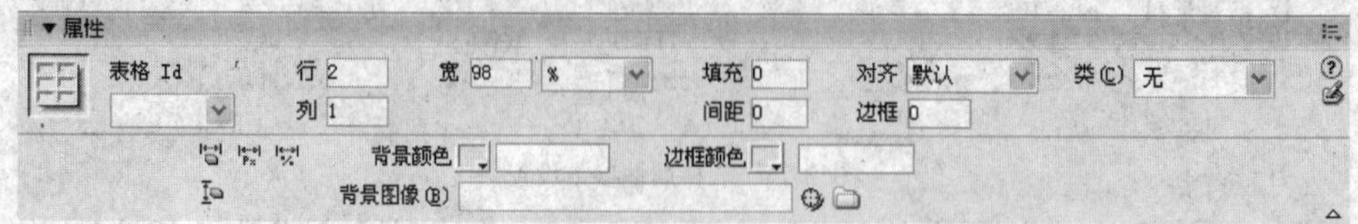

图13-78　表格属性参数设置

3. 将第 1 个单元格的水平对齐方式设置为“居中对齐”，高度设置为“50”，然后输入文本并通过【属性】面板应用“标题 2”格式。
4. 在第 2 个单元格中输入文本，并设置字体大小为“14 像素”，如图 13-79 所示。

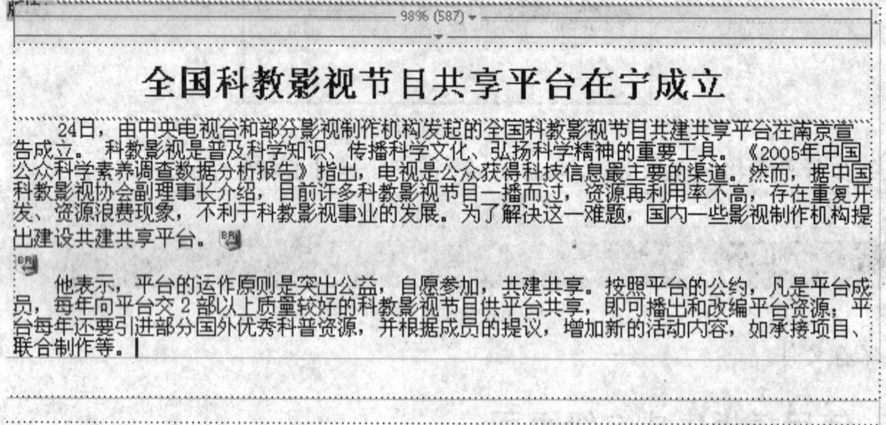

98% (587)

全国科教影视节目共享平台在宁成立

24日，由中央电视台和部分影视制作机构发起的全国科教影视节目共建共享平台在南京宣告成立。科教影视是普及科学知识、传播科学文化、弘扬科学精神的重要工具。《2005年中国公众科学素养调查数据分析报告》指出，电视是公众获得科技信息最主要的渠道。然而，据中国科教影视协会副理事长介绍，目前许多科教影视节目一播而过，资源再利用率不高，存在重复开发、资源浪费现象，不利于科教影视事业的发展。为了解决这一难题，国内一些影视制作机构提出建设共建共享平台。

他表示，平台的运作原则是突出公益，自愿参加，共建共享。按照平台的公约，凡是平台成员，每年向平台交 2 部以上质量较好的科教影视节目供平台共享，即可播出和改编平台资源，平台每年还要引进部分国外优秀科普资源，并根据成员的提议，增加新的活动内容，如承接项目、联合制作等。

图13-79　设置“版块 1”的内容

5. 将可编辑区域“版块 2”中的文本删除，然后插入一个 1 行 6 列的表格，属性参数设置如图 13-80 所示。

图13-80　表格属性参数设置

6. 在每个单元格中依次插入图像“../images/f01.jpg”至“../images/f06.jpg”，如图 13-81 所示。

图13-81　插入图像

本页面就制作到这里，在浏览器中的浏览效果如图 13-82 所示。当然还可以根据需要继续添加内容，方法是相同的。

图13-82　由二级页面模板生成的“节目”栏目的页面

另外，运用模板还可以生成其他栏目的二级页面，并根据各自栏目的特点添加内容，方法是相同的，这里不再详述。

13.6　发布网站

一个网站的所有页面制作完毕后，就可以发布网站了。所谓发布网站就是将站点文件上传到服务器，当然也可以自己配置服务器。上传文件通常使用 FTP 协议，使用 FTP 协议就必须安装 FTP 服务器软件。关于发布网站的具体方法将在第 14 章进行介绍，这里不再详述。

小结

本章主要介绍了综合使用 Photoshop、Flash 和 Dreamweaver 来制作网页的基本方法，包括网站策划、定义站点、制作页面等内容。通过对本章的学习，希望读者能够增强对 Photoshop、Flash 和 Dreamweaver 的综合运用能力。

习题

一、问答题

网页三剑客各自的作用是什么？

二、操作题

自己设计一个包含 Flash 动画的网页，并将其用网页三剑客制作出来。

第14章　发布和维护网站

网页制作完成以后，需要将所有网页文档上传到服务器，这个过程就是网站的上传，即网页的发布。在上传网页之前或之后，还有一些工作需要做，这也是维护网站的一些手段，如生成报告、检查链接、清理文档和批量修改网页等。本章将结合实际操作介绍配置 IIS 服务器、发布和维护网站的基本知识。

【学习目标】

- 掌握配置 IIS 服务器的方法。
- 掌握发布网页的方法。
- 掌握维护网站的方法。

14.1　配置 IIS 服务器

IIS 服务器通常包括 Web 服务器和 FTP 服务器。只有配置了 Web 服务器，网页才能够被用户正常访问。只有配置了 FTP 服务器，网页才可以通过 FTP 方式发布到服务器。下面以 Windows XP Professional 中的 IIS 为例介绍配置 Web 服务器和 FTP 服务器的方法。

14.1.1　配置 Web 服务器

下面介绍配置 Web 服务器的方法。

配置 Web 服务器

Windows XP Professional 中的 IIS 在默认状态下没有被安装，所以在第 1 次使用时应首先安装 IIS 服务器。

1. 将 Windows XP Professional 光盘放入光驱中。
2. 在【控制面板】窗口中选择【添加或删除程序】选项，打开【添加或删除程序】对话框，单击左侧栏中的【添加/删除 Windows 组件（A）】选项，进入【Windows 组件向导】对话框，勾选【Internet 信息服务（IIS）】复选框，如图 14-1 所示。

   如果要同时安装 FTP 服务器，可以继续下面的操作。
3. 双击【Internet 信息服务（IIS）】选项，打开【Internet 信息服务（IIS）】对话框，勾选【文件传输协议（FTP）服务】复选框，如图 14-2 所示，然后单击 确定 按钮，返回【Windows 组件向导】对话框。
4. 单击 下一步(N) > 按钮，稍等片刻，系统就可以自动安装 IIS 这个组件了。

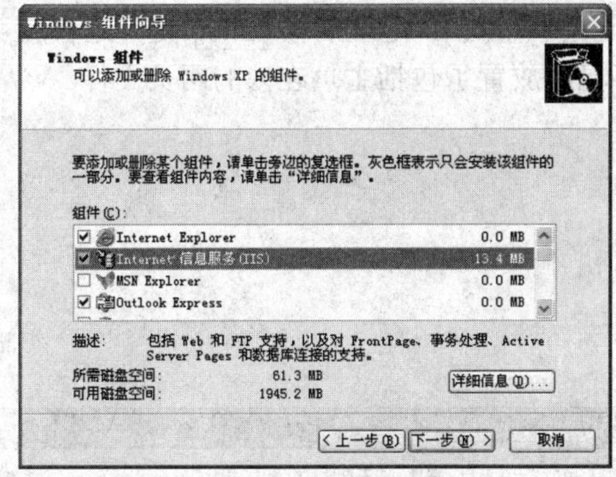

图14-1　安装 Internet 服务器（IIS）

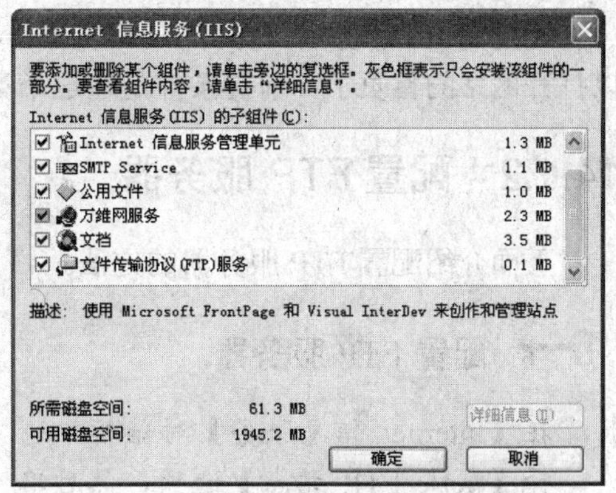

图14-2　【Internet 信息服务（IIS）】对话框

安装完成后还需要配置 IIS 服务，才能发挥它的作用。

5. 在【控制面板】/【管理工具】中双击【Internet 信息服务】选项，打开【Internet 信息服务】窗口，如图 14-3 所示。

6. 选择【默认网站】选项，然后单击鼠标右键，在弹出的快捷菜单中选择【属性】命令，打开【默认网站 属性】对话框，切换到【网站】选项卡，在【IP 地址】列表框中输入本机的 IP 地址，如图 14-4 所示。

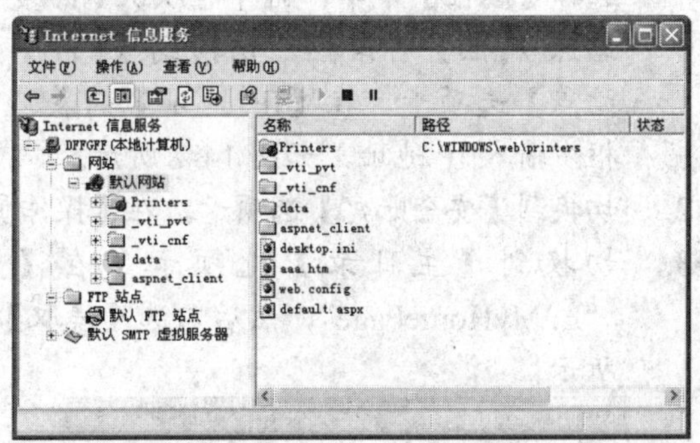

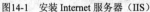

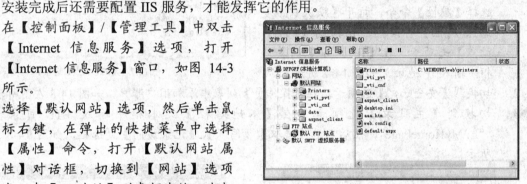

图14-3　【Internet 信息服务】对话框

7. 切换到【主目录】选项卡，在【本地路径】文本框中输入（或单击 浏览(O)... 按钮来选择）网页所在的目录，如“E:\MyHomePage”，如图 14-5 所示。

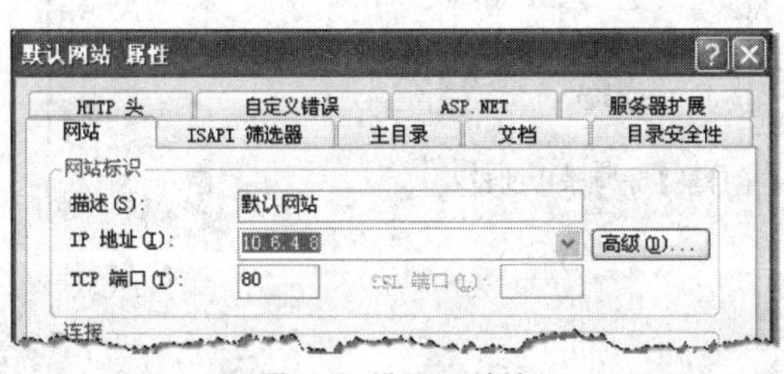

图14-4　设置 IP 地址

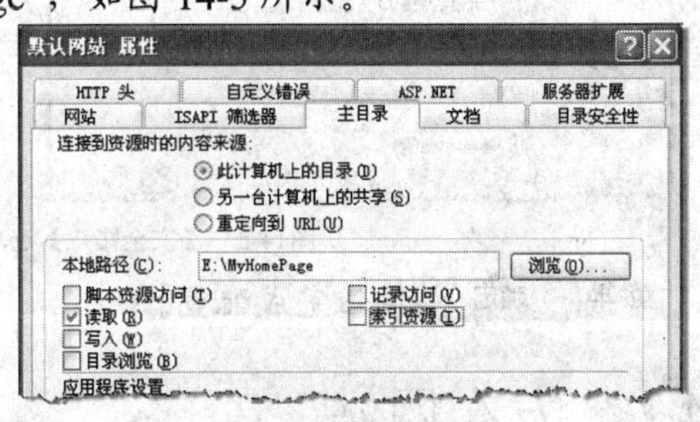

图14-5　设置主目录

8. 切换到【文档】选项卡，单击 添加(D)... 按钮打开【添加默认文档】对话框，在【默认文档名】文本框中输入首页文件名“index.htm”，然后单击 确定 按钮关闭该对话框，如图 14-6 所示。

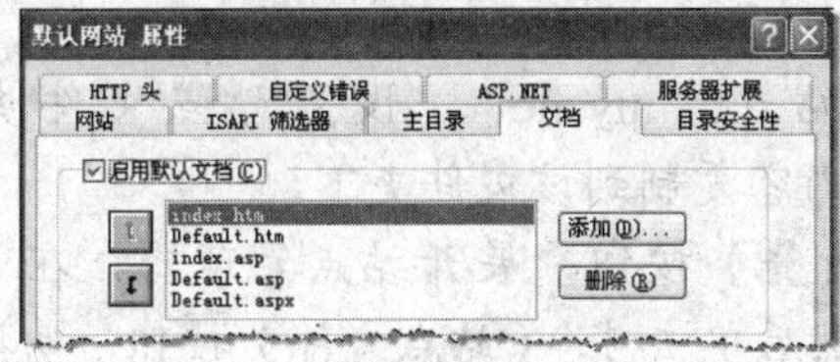

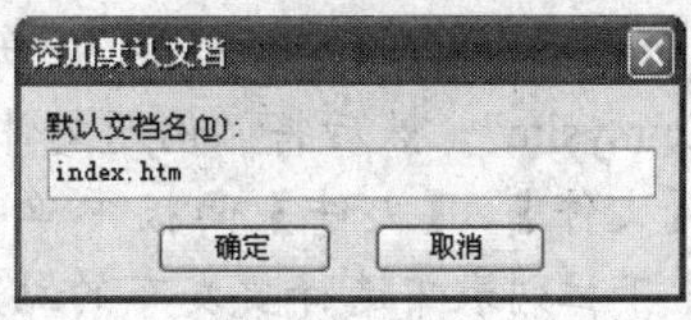

图14-6　设置首页文件

配置完 IIS 服务后，打开 IE 浏览器，在地址栏中输入 IP 地址后按 Enter 键，这样就可以打开网站的首页了。前提条件是在这个目录下已经放置了包括主页在内的网页文件。

14.1.2 配置 FTP 服务器

下面介绍配置 FTP 服务器的方法。

配置 FTP 服务器

1. 在【Internet 信息服务】对话框中选择【默认 FTP 站点】选项，然后单击鼠标右键，在弹出的快捷菜单中选择【属性】命令，打开【默认 FTP 站点 属性】对话框，切换到【FTP 站点】选项卡，在【IP 地址】列表框中输入 IP 地址，如图 14-7 所示。

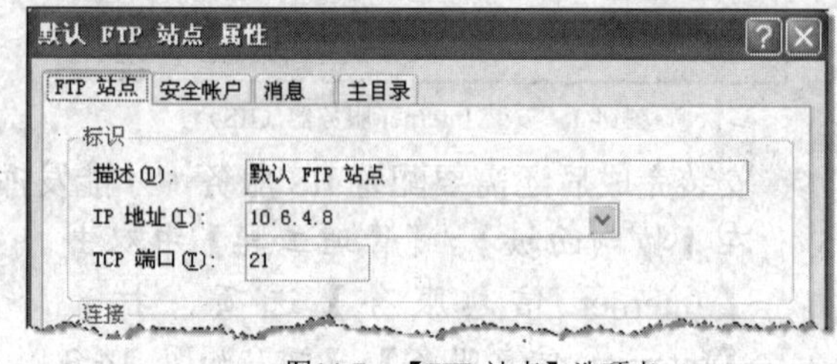

图14-7 【FTP 站点】选项卡

2. 切换到【安全账户】选项卡，在【操作员】列表中添加用户账户，如图 14-8 左图所示。
3. 切换到【主目录】选项卡，在【本地路径】文本框中输入 FTP 目录，如"E:\MyHomePage"，然后勾选【读取】、【写入】、【记录访问】复选框，如图 14-8 右图所示。

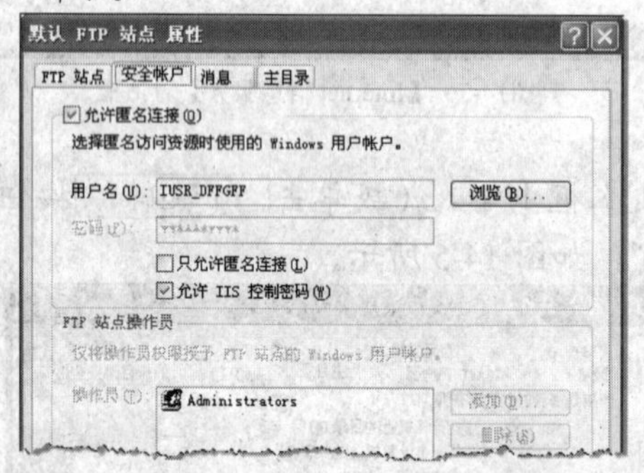

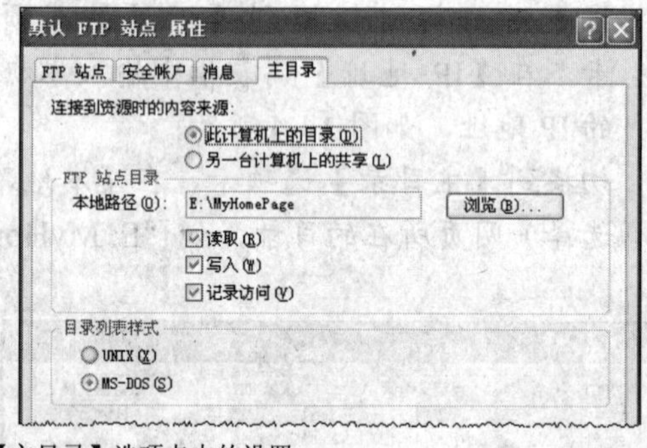

图14-8 【安全账户】选项卡和【主目录】选项卡中的设置

4. 单击 确定 按钮完成配置。

14.2 发布网站

下面介绍通过 Dreamweaver CS3 站点管理器发布网页的方法。

发布网站

1. 在 Dreamweaver CS3 中定义一个本地静态站点"mysite"，设置站点文件夹为"D:\mysite"，然后将"例题文件"文件夹中的内容复制到该文件夹下。
2. 在【文件】/【文件】面板中单击 （展开/折叠）按钮，展开站点管理器，在【显示】下拉列表中选择要发布的站点"mysite"，然后单击 （站点文件）按钮，切换到远程站点状态，如图 14-9 所示。

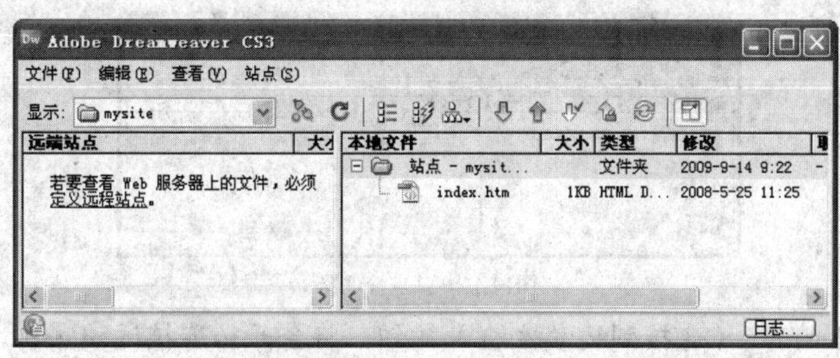

图14-9　站点管理器

在如图 14-9 所示的【远端站点】栏中提示："若要查看 Web 服务器上的文件，必须定义远端站点。"，这说明在本站点中还没有定义远端站点信息，下面来进行定义。

3. 单击【定义远端站点】超级链接，打开【mysite 的站点定义为】对话框，切换到【远程信息】分类，如图 14-10 所示。
4. 在【访问】下拉列表中选择【FTP】选项，然后设置 FTP 服务器的各项参数，如图 14-11 所示。

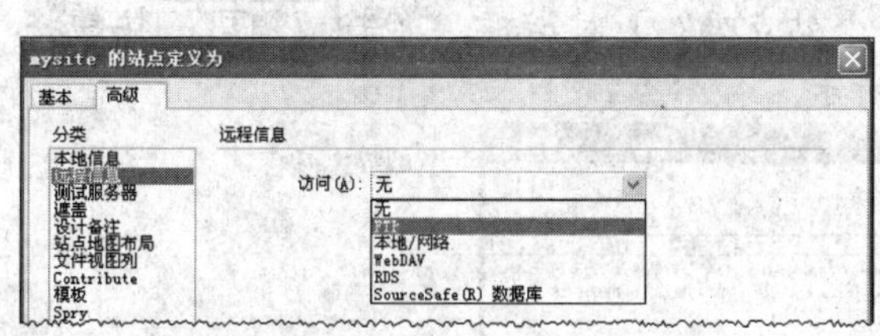

图14-10　【远程信息】分类

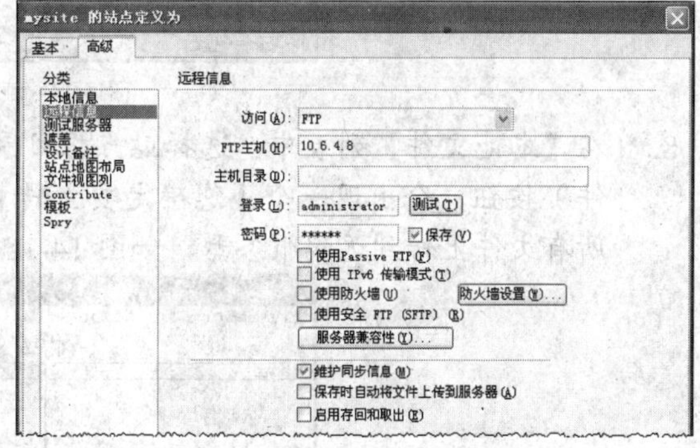

图14-11　设置 FTP 服务器的各项参数

FTP 服务器的有关参数说明如下。

- 【FTP 主机】：用于设置 FTP 主机地址。
- 【主机目录】：用于设置 FTP 主机上的站点目录，如果为根目录则不用设置。
- 【登录】：用于设置用户登录名，即可以操作 FTP 主机目录的操作员账户。
- 【密码】：用于设置可以操作 FTP 主机目录的操作员账户的密码。
- 【保存】：用于设置是否保存设置。
- 【使用防火墙】：用于设置是否使用防火墙，可通过防火墙设置(W)...按钮进行具体设置。

5. 单击测试(T)按钮，如果出现如图 14-12 所示的对话框，说明已连接成功。

图14-12　成功连接消息提示框

6. 最后单击确定按钮，完成设置，如图 14-13 所示。

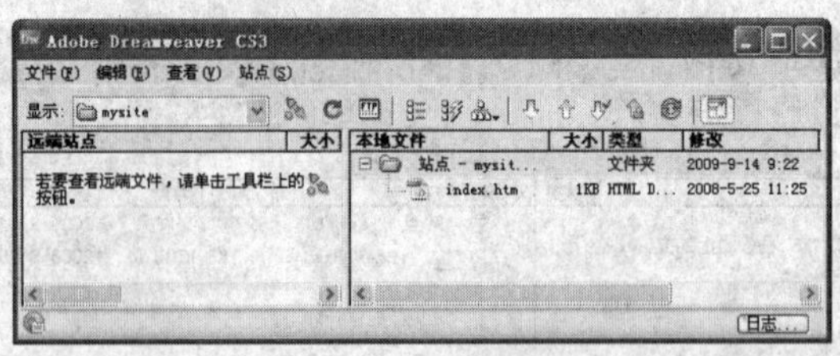

图14-13　站点管理器

7. 单击工具栏上的 （连接到远端主机）按钮，将会开始连接远端主机，即登录 FTP 服务器。经过一段时间后， 按钮上的指示灯变为绿色，表示登录成功了，并且变为 按钮（再次单击 按钮就会断开与 FTP 服务器的连接）。由于是第 1 次上传文件，远程文件列表中是空的，如图 14-14 所示。

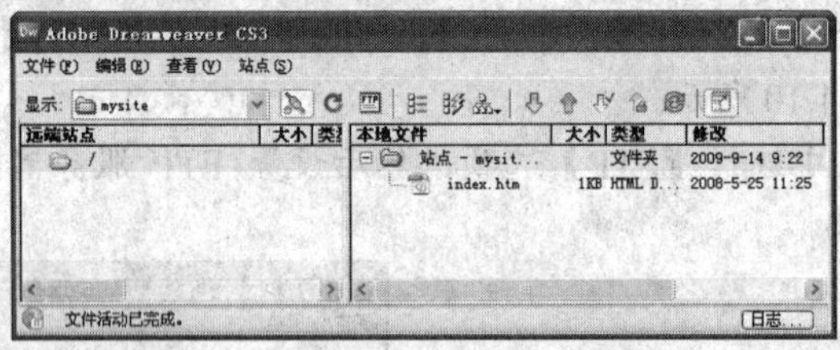

图14-14　连接到远端主机

8. 在【本地文件】列表中，选择站点根目录“mysite”，然后单击工具栏中的 （上传文件）按钮，会出现一个【您确定要上传整个站点吗？】对话框，单击 确定 按钮将所有文件上传到远端服务器，如图 14-15 所示。

图14-15　上传文件到远端服务器

9. 上传完所有文件后，单击 按钮，断开与服务器的连接。

上面所介绍的 IIS 中 Web 服务器、FTP 服务器的配置以及站点的发布都是基于 Windows XP Professional 操作系统的，掌握了这些内容，也就基本上掌握了在服务器操作系统中 IIS 的基本配置方法以及在本地上传文件的方法，因为这些都是大同小异的。另外，也可以使用专门的 FTP 客户端软件上传网页。

14.3　维护网站

下面简要介绍维护网站的一些手段，如检查链接、修改链接、查找和替换功能、清理文档以及保持同步等。

14.3.1　检查链接

发布网页前需要对网站中的超级链接进行测试，Dreamweaver CS3 提供了对整个站点的链接统一进行检查的功能。

检查链接

1. 选择【窗口】/【结果】命令，在【结果】面板中切换到【链接检查器】选项卡，如图 14-16 所示。

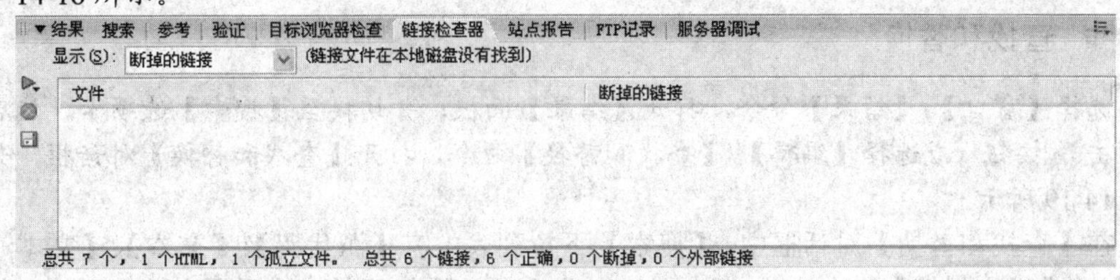

图14-16　【链接检查器】选项卡

2. 在【显示】下拉列表中选择检查链接的类型。
3. 单击▷按钮，在弹出的下拉菜单中选择【为整个站点检查链接】选项，Dreamweaver CS3 将自动开始检测站点里的所有链接，结果也将显示在【文件】列表中。

在【链接检查器】选项卡中，【显示】下拉列表中的链接分为【断掉的链接】、【外部链接】和【孤立文件】3 大类。对于断掉的链接，可以在【文件】列表中双击文件名，打开文件对链接进行修改；对于外部链接，只能在网络中测试其是否好用；孤立文件不是错误，不必对其进行修改。

4. 将所有检查结果修改完毕后，再对链接进行检查，直至没有错误为止。

14.3.2　修改链接

如果需要改变网站中成千上万个链接中的一个，会涉及很多文件。逐个地打开文件去修改是一件非常麻烦的事情，Dreamweaver CS3 提供了专门的修改方法。

修改链接

1. 选择【站点】/【改变站点范围的链接】命令，打开【更改整个站点链接 (站点—item01)】对话框，如图 14-17 所示。
2. 分别单击📁图标，设置【更改所有的链接】和【变成新链接】选项。
3. 单击 确定 按钮，系统将弹出一个【更新文件】对话框，询问是否更新所有与发生改变的链接有关的页面，如图 14-18 所示。

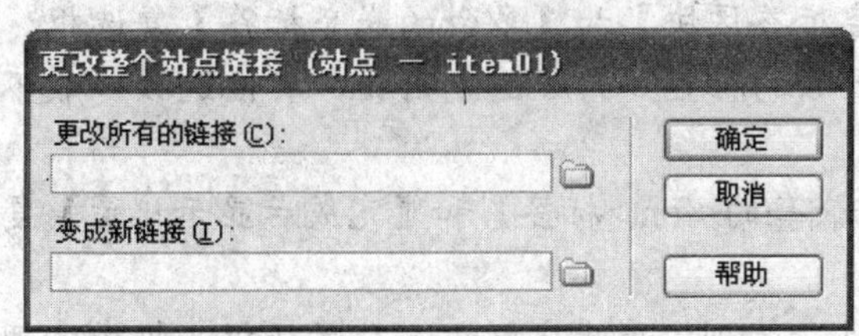

图14-17　【更改整个站点链接】对话框

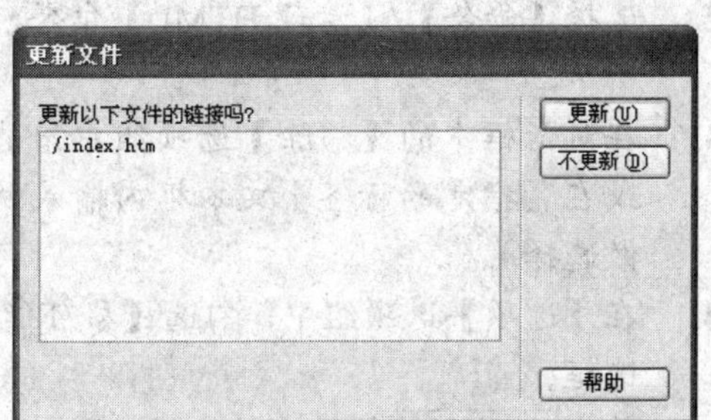

图14-18　【更新文件】对话框

4. 单击 更新(U) 按钮，完成更新。

14.3.3 查找和替换

如果要同时修改多个文档，可以使用查找和替换功能来实现。

查找和替换

1. 选择【窗口】/【结果】命令，打开【结果】面板，并切换至【搜索】选项卡，然后单击▷按钮，或选择【编辑】/【查找和替换】命令，打开【查找和替换】对话框，如图14-19 所示。

在【查找和替换】对话框中，【搜索】下拉列表中有【源代码】、【文本】、【文本（高级）】和【指定标签】4 个选项。利用这 4 个选项，不仅可以修改网页文档中所输入的文本，还可以通过修改文档的源代码来修改网页。

2. 在【搜索】下拉列表中选择【指定标签】选项，对话框的内容立即发生了变化，如图14-20 所示。

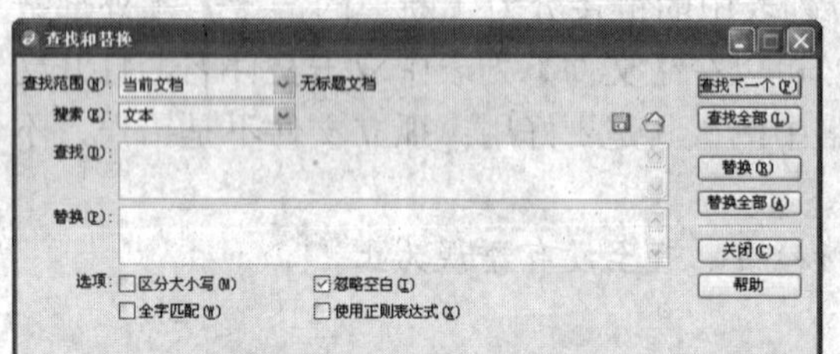

图14-19 【查找和替换】对话框

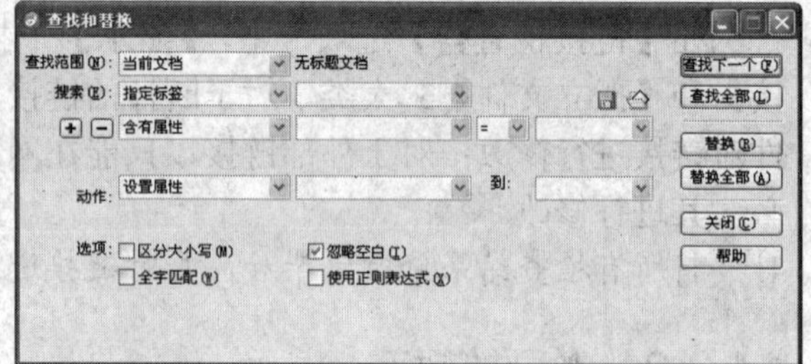

图14-20 在【搜索】下拉列表中选择【指定标签】选项

读者可以根据实际需要进行设置参数，这里不再详述。

14.3.4 清理文档

将制作完成的网页上传到服务器端以前，还要做一些工作，清理文档就是其中一项。清理文档也就是清理一些空标签或在 Word 中编辑 HTML 文档时所产生的一些多余标签的工作。

清理文档

1. 首先打开需要清理的文档。
2. 选择【命令】/【清理 HTML】命令，打开【清理 HTML/XHTML】对话框，如图 14-21 所示。
3. 在对话框中的【移除】选项组中勾选【空标签区块】和【多余的嵌套标签】复选框，或在【指定的标签】文本框内输入所要删除的标签（为了避免出错，其他选项一般不做选择）。
4. 在【选项】选项组中，勾选【尽可能合并嵌套的<font>标签】和【完成后显示记录】复选框。
5. 单击 确定 按钮，将自动开始清理工作。清理完毕后，弹出一个对话框，报告清理工作的结果，如图 14-22 所示。

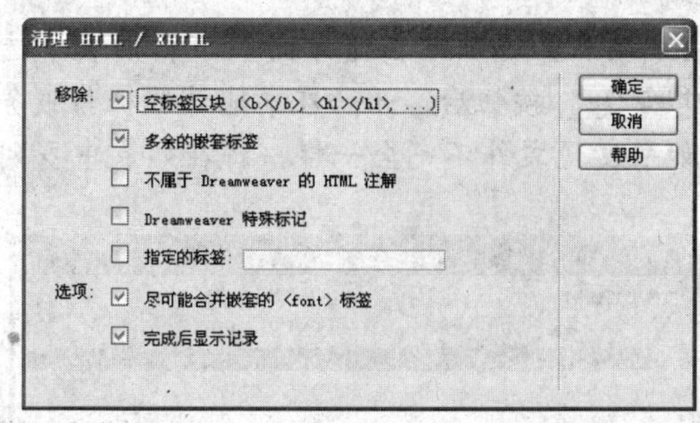

图14-21　【清理 HTML/XHTML】对话框

图14-22　消息框

接着进行下一步的清理工作。

6. 选择【命令】/【清理 Word 生成的 HTML】命令，打开【清理 Word 生成的 HTML】对话框，并设置【基本】选项卡中的各项属性，如图 14-23 所示。
7. 切换到【详细】选项卡，选择需要的选项，如图 14-24 所示。
8. 单击 确定 按钮开始清理，清理完毕将显示结果消息框，如图 14-25 所示。

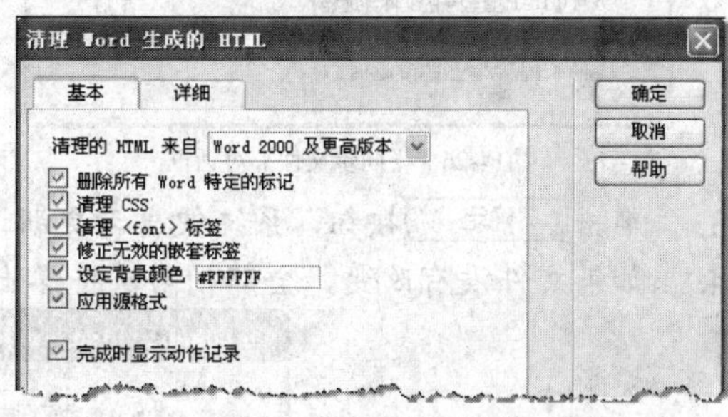

图14-23　【基本】选项卡

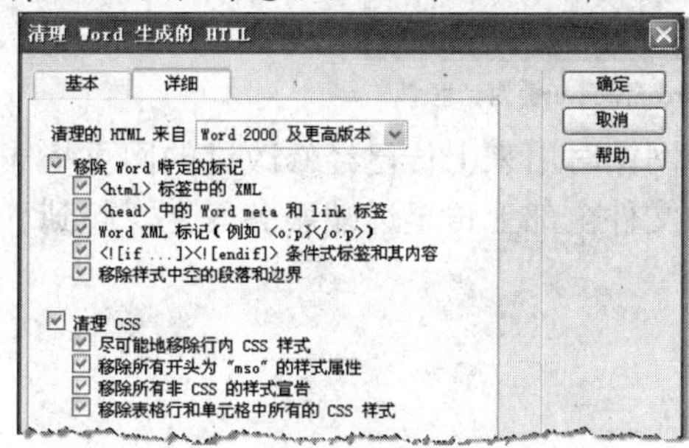

图14-24　【详细】选项卡

图14-25　消息框

14.3.5　保持同步

同步的概念可以这样理解，假设在远端服务器与本地计算机之间架设一座桥梁，这座桥梁可以将两端的文件和文件夹进行比较，不管哪端的文件或者文件夹发生改变，同步功能都将这种改变反映出来，以便让操作者决定是上传还是下载。

保持同步

1. 与 FTP 主机连接成功后，选择【站点】/【同步站点范围】命令，或在【站点管理器】的菜单栏中选择【站点】/【同步】命令，打开【同步文件】对话框，如图 14-26 所示。

在【同步】下拉列表中主要有两个选项：【仅选中的本地文件】和【整个‘×××’站点】。因此可同步特定的文件夹，也可同步整个站点中的文件。

在【方向】下拉列表中共有以下 3 个选项：【放置较新的文件到远程】、【从远程获得较新的文件】和【获得和放置较新的文件】。

2. 在【同步】下拉列表中选择【整个'mysite'站点】选项，在【方向】下拉列表中选择【放置较新的文件到远程】选项，单击 预览(P)... 按钮后，开始在本地计算机与服务器端的文件之间进行比较，比较结束后，如果发现文件不完全一样，将在列表中罗列出需要上传的文件名称，如图 14-27 所示。

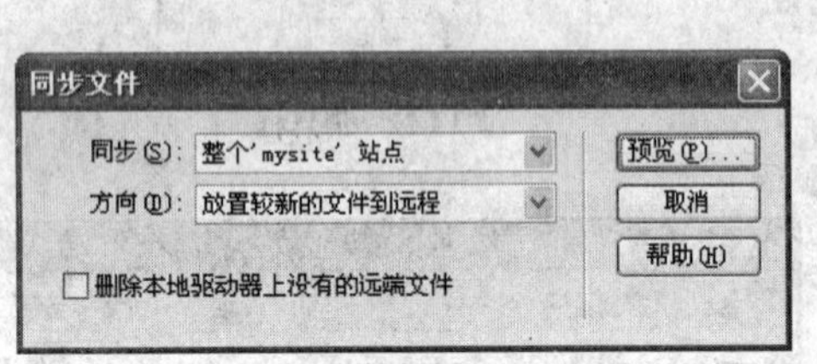

图14-26 【同步文件】对话框

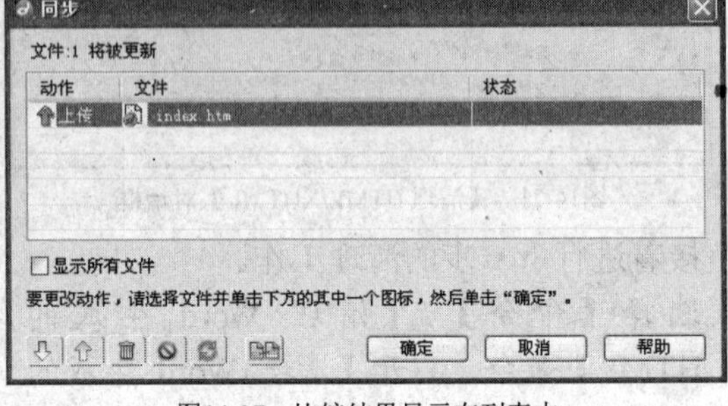

图14-27 比较结果显示在列表中

3. 单击 确定 按钮，系统便自动更新远端服务器中的文件。
4. 如果文件没有改变，全部相同，将弹出如图 14-28 所示的对话框。

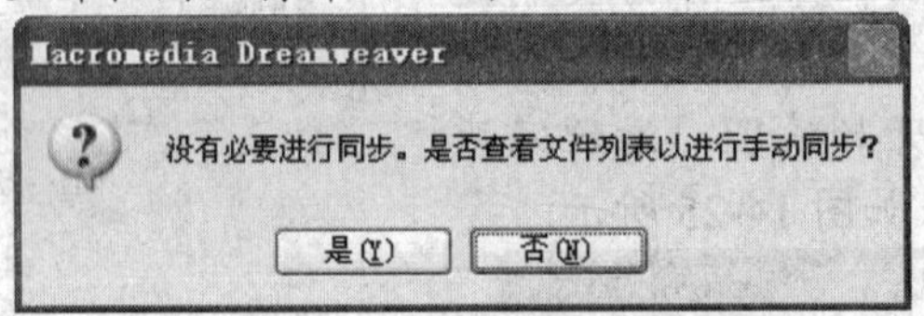

图14-28 【Macromedia Dreamweaver】对话框

这项功能可以有选择性地进行，在以后维护网站时用来上传已经修改过的网页将非常方便。运用同步功能，可以将本地计算机中较新的文件全部上传至远端服务器上，起到了事半功倍的效果。

小结

本章主要介绍了如何配置、发布和维护站点，这些都是网页制作中不可缺少的一部分，也是网页设计者必须了解的内容，希望读者能够多加练习并熟练掌握。

习题

一、问答题

1. 如何清理文档？
2. 简述同步功能的作用。

二、操作题

1. 在 Windows XP Professional 中配置 IIS 服务器。
2. 在 Dreamweaver 中配置好 FTP 的相关参数，然后进行网页发布。